文　学

经　典　鉴　赏

唐五代词三百首

上海辞书出版社文学鉴赏辞典编纂中心 编

上海辞书出版社

编者小识

“三百首鉴赏辞典系列”是我社古典文学鉴赏方面的一套小丛书，至今已陆续出版了近二十个品种，历时近二十年。它依托于我们一套编纂历史更长、规模更大的“中国文学鉴赏辞典系列”，延续其风格，具体而微。因其选目精当，篇幅适中，深受读者欢迎，已成为古典文学图书市场上的畅销书，也是长销书。其中《唐诗三百首鉴赏辞典》《宋词三百首鉴赏辞典》《古文观止鉴赏辞典》《元曲三百首鉴赏辞典》等自面市以来，已数十次重印。

为了更好地满足读者的需求，我们感到有必要对“三百首鉴赏辞典系列”从内容到形式做一些升级。在内容的修订方面，首先，对篇目进行了调整完善，以期更好地反映这些年文学研究的进展，读者阅读口味的变化。我们注重经典，也尽力了解和满足新一代读者的审美风尚。我们还参考了最新的课程标准，尽可能地囊括了新编教材的篇目。其次，我们再一次地对全书内容进行了审校，订正了多年习而不察的舛误。在形式上，我们采用精装的形式，版式上力图醒目、美观，一改过去“字小纸透”的缺陷。种种修订、更新，我们只有一个目的，就是让读者能更好地体验传统文学的魅力。因一些品种如古文、楚辞不足三百之数，为名实相符，我们索性将此系列更名为“文学经典鉴赏”。

需要说明的是，“文学经典鉴赏”仍保持我社文学鉴赏辞典的特色。不唯在选目上精益求精，在鉴赏文方面也一如既往地讲究辞理俱佳、典雅博洽，使赏析和原作相得益彰。相比于时下众多选本蜻蜓点水似的评论，我们的鉴赏文字均由古典文学领域的专家精心撰写，凝聚了他们深厚的学术功底和文学修养，看似“冗长”，实则字字珠玑，内涵丰富。各位作者娴熟运用现代文艺理论，全面而深入地分析作品的写作背景、艺术特色、文学成就，解释“古典”“今典”，揭示“诗心”“文心”，仿佛旧小说里所讲的“车轮战法”——通过各个角度、各个层面的解析，使文学作品丰富的意蕴纤毫毕现。

奇文共欣赏，疑义相与析，让我们跟随名家的步伐，逐渐地提高自己的审美鉴赏能力吧。

文学鉴赏辞典编纂中心

2021 年 10 月

目录

菩萨蛮　李　白

平林漠漠烟如织，寒山一带伤心碧。暝色入高楼，有人楼上愁。　玉阶空伫立，宿鸟归飞急。何处是归程，长亭更短亭。

季节和时序对敏感的人常是触发感兴的媒介。黄昏，是动感情的时刻。风烛残年的老人惆怅地倚闾盼望浪子归家；怀春少女，望着湖中的鸳鸯，陷入了缠绵悱恻的相思之中；而那远离乡井的旅人，也不禁在异地的暮色中勾起浓重的乡思，如果他凑巧是诗人，便会像孟浩然那样地吟出“移舟泊烟渚，日暮客愁新”（《宿建德江》），那愁思，正像薄暮的烟霭那样侵入人的心头，愈来愈浓郁，愈来愈沉重，终于像昏暝的夜幕似的压得人难以喘息。难怪诗人总爱融情入景地选择“烟”来渲染惹愁的暮色，而不用华灯和暮归者的喧笑。

瞧，这首《菩萨蛮》正是用画笔在广漠的平林上抹出牵动愁思的如织暮烟。画面的静景带有动势，它暗藏着时间在瞬息之间的冉冉推移。当远眺着暮霭笼罩的平林的第一眼，望中还呈现着寒碧的山光，该是太阳垂没未久吧！只是词人避免了诸如落日余晖这样的明调子，以免损害苍凉味的基调的统一罢了。但一转眼，暝色已悄悄地降临了。这和英国诗人雪莱的名作《云》描写暮夜递嬗一样：

当落日从明亮的海发出
　爱情与安息的情热，
而黄昏的堇色的帷幕也从
　天宇的深处降落……

但是，我们的词人更着意在“暝色”之下用了一个神来之笔的“入”字，把暝色人格化，比作一个带来了离愁的闯入者，比“夜幕”这一类平泛的静物更能使景色活跃在读者的心头眼底。于是，高楼上孤单的愁人，就益发和冉冉而入的暝色融合在一起了。

这楼头的远眺者是因何而发愁呢？我们不禁要想起“盈盈楼上女，皎皎当窗牖”这两句汉代古诗。她是在怀念、期待远人。从下片，可以想象，那征人是已经有了行将归来的消息了吧。但此刻，他在何处，在做什么？是日暮投宿的时候了，他正在走入一家村舍吗？还是早已打尖，此刻正和旅伴在酒肆中畅饮，乃至在和当垆的酒家女调笑？或者，由于什么事情的牵扯，至今还未踏上归程？向心头袭来的各种怪异的联想，不断增添这女子的愁思。这里面当然也缠夹着往昔的甜美回忆，遐想着久别重逢的情景。这时令，正如李商隐所说的“心事如波涛”，这样那样都会增添她期待的激情的浓度。

这惆怅、哀怨而又缠绵的期待，自然会使楼头人产生有如王维诗“心怯空房不忍归”的心情。这驱使她伫立于玉阶，痴痴地、徒劳地茫然望着暮色中匆遽归飞的宿鸟。鸟归人不归，触景生情，这归鸟又惹起无限愁思。那阻挡在她和征人之间的遥远的归程啊，这一路上不知有多少长亭、短亭！

眼前所见的日暮景色，这平林笼烟，寒山凝碧，暝色入楼，宿鸟归林；心头所想的那远人，那长亭、短亭，以及横隔在他们之间的迢递的路程……真是“这次第，怎一个愁字了得”！

历来解说这首词，虽然有不少论者认为它是眺远怀人之作，但更多的人却说它是羁旅行役者的思归之辞。后一种理解，大概是受了宋代文莹《湘山野录》所云“此词不知何人写在鼎州沧水驿楼”一语的影响吧。以为既然题于驿楼，自然是旅人在抒思归之情。其实，古代的驿站邮亭等公共场所以及庙宇名胜的墙壁上，有些诗词不一定要即景题咏，也不一定是写者自己的作品。细玩这首词，也不是第一人称，而是第三人称。有如电影，从“平林”“寒山”的远镜头，拉到了“高楼”的近景，复以“暝色”作特写镜头造成气氛，最终突出“有人楼上愁”的半身镜头。分明是第三者所控制、所描摹的场景变换。下片的歇拍两句，才以代言的方法，模拟出画中人的心境。而且，词中的“高楼”“玉阶”，也不是驿舍应有之景。驿舍邮亭，是不大会有高楼的；它的阶除也决不会“雕栏玉砌”，正如村舍茅店不能以“画栋雕梁”形容一样。同时，长亭、短亭也不是望中之景；即使是“十里一长亭，五里一短亭”中的最近一座，也不是暮色苍茫中视野所能及。何况“长亭更短亭”，不知凡几，当然只能意想于心头，不能呈现于楼头人的眼底。

李白究竟是不是这首词的作者，也是历来聚讼不决的问题。光以《菩萨蛮》这一词调是否在李白时已有这一点，就是议论纷纭的。前人不谈，现代的研究者如浦江清说其无，杨宪益、任二北等信其有；而它的前身究系西域的佛曲抑系古缅甸乐，也难以遽断。有人从词的发展来考察，认为中唐以前，词尚在草创期，这样成熟的表现形式，这样玲珑圆熟的词风，不可能是盛唐诗人李白的手笔。但这也未必可援为的据。敦煌卷子中《春秋后语》纸背写有唐人词三首，其一即《菩萨蛮》，亦颇成熟，虽无证据断为中唐以前人所作，亦难以断为必非中唐以前人所作，而且，在文学现象中，得风气之先的早熟的果子是会结出来的。十三世纪的诗人但丁，几乎就已经唱出了文艺复兴的声调，这是文学史家所公认的。六朝时期的不少吴声歌曲，已近似唐人才开始有的、被称为近体诗的五言绝句。以文人诗来说，隋代王绩的《野望》：“东皋薄暮望，徙倚欲何依。树树皆秋色，山山唯落晖。牧人驱犊返，猎马带禽归。相顾无相识，长歌怀采薇。”如果把它混在唐人的律诗里，不论以格律或以风味言，都很难辨别。这不过是信手拈来的例子。李白同时人、玄宗时代的韦应物既然能写出像《调笑令》（“胡马，胡马”）那样的小词，为什么李白偏偏就办不到呢？

总之，迄今为止，虽然没有确切不移的证据，断定这首词必属李白之作，但也没有无法还价的证据，断定确非李白所作。因此，历来的词评家都不敢轻率地剥夺李白的创作权，从宋代黄昇《花庵词选》起到近人王国维，词学大家都尊之为“百代词曲之祖”。（何满子）

忆秦娥　李　白

箫声咽。秦娥梦断秦楼月。秦楼月。年年柳色，灞桥伤别。　乐游原上清秋节。咸阳古道音尘绝。音尘绝。西风残照，汉家陵阙。

这一篇千古绝唱，永远照映着中华民族的吟坛声苑。打开一部词史，我们的诗心首先为它所震荡，为之沉思翘首，为之惊魂动魄。

然而，它只是一曲四十六字的小令。通篇亦无幽岩跨豹之奇情、碧海掣鲸之壮采，只见他寥寥数笔，微微唱叹，却不知是所因何故，竟会发生如此巨大的艺术力量！每一循吟，重深此感，以为这真是一个绝大的文学奇迹。含咀英华，揽结秀实，正宜潜心涵咏，用志覃研。

第一韵，三字短句。万籁俱寂、玉漏沉沉，忽有一缕箫声，采入耳际。那箫声虽与笛韵同出瘦竹一枝，却与彼之嘹亮飘扬迥异其致，只闻幽幽咽咽，轻绪柔丝，珠喉细语，无以过之，莫能名其美，无以传其境。复如曲折泉流，冰滩阻涩，断续不居，隐显如泣，一个咽字，已传尽了这一枝箫的神韵。

第二韵，七字长句。秦娥者谁？犹越艳吴娃，人以地分也。扬雄《方言》："娥、嬿，好也。秦曰娥。"必秦地之女流，可当此一娥字，易地易字，两失谐调，此又吾夏汉字组列规律法则之神奇，学者所当措意。

秦娥之居，自为秦楼——此何待言，翻成辞费？盖以诗的"音组"以读之，必须是"秦娥——梦断——秦楼——月"，而自词章学之角度以求之，则分明又是"秦娥梦——秦楼月"，双行并举，中间特以一"断"字为之绾联，别成妙理。而必如是读，方觉两个秦字，重叠于唇齿之间(本音 cín，齿音，即剧曲中之"尖字"；读作 qín 者失其美矣)，更呈异响。若昧乎此，即有出而责备古代词人；何用如此笨伯，而重复一个"毫无必要"的"秦"字？轻薄为文，以哂作者，古今一慨，盖由不明曲词乃音学声家之事，倘假常人以"修改"之权，"润色"之职，势必挥大笔而涂去第二"秦"字，而浓墨书曰"秦娥梦断'高'楼月"了！

梦断者何？犹言梦醒，人而知之。但在此处，"断"字神情，与"醒"大异，与"梦回""梦觉""梦阑"亦总不相同。何者？醒也，回也，觉也，阑也，都是蘧蘧眠足，自然梦止，乃是最泛常、极普通的事情与语言。"断"即不然，分明有忽然惊觉、猝然张目之意态在焉。由此而言，"断"字乃非轻下。词人笔致，由选字之铮铮，知寄情之忒忒。

箫声幽咽之下，接以梦断——则梦为箫断耶？以事言，此为常理；以文言，斯即凡笔。如此解词，总是一层"逻辑"意障，横亘胸中，难得超脱。箫之与梦，关系自存，然未必如常情凡笔所推。吾人于此，宜知想象：当秦娥之梦，猝猝惊断，方其怅然追捕断梦之间，忽有灵箫，娓娓来耳根，两相激发，更助迷惘，似续断梦——适相会也，非相忤也。大诗人东坡不尝云乎："客有吹洞箫者，倚歌而和之，其声呜呜然，如怨如慕，如泣如诉。"此真不啻为吾人理解此篇的一个绝好注脚。四个"如"字，既得"咽"字之神，复传秦娥之心矣。

箫宜静夜，尤宜月夜。"二十四桥明月夜，玉人何处教吹箫"，言之最审。故当秦娥梦断，张目追寻，唯见满楼月色，皎然照人。而当此际，乃适逢吹箫人送来怨曲。其难为怀，为复何若！

箫声怨咽，已不堪闻——然尤不似素月凝霜，不堪多对。"寂寞起来搴绣幌，月明正在梨花上"。寂寞之怀，既激于怨箫，更愁于明月，于此，词人乃复再叠第三个"秦"字，而加重此"秦楼月"之力量！炼响凝辉，皆来传映秦娥心境。而由此三字叠句，遂又过入另一天地。

秦楼人月，相对不眠，月正凄迷，人犹怅惘，梦中之情，眼前之境，交相引惹。灞桥泣别，柳色青青，历岁经年，又逢此际。闺中少妇，本不知愁，一登翠楼，心惊碧柳，于是"悔教夫婿觅封侯"，以致风烟万里难相见。此时百感，齐上心头。可知箫也，梦也，月也，柳也，皆为此情而生，为此境而设——四者一也。

春柳为送别之时，秋月乃望归之候。自春徂秋，已经几度；兹复清秋素节，更盼归期有讯。都人士女，每值重阳九日，登乐游原以为观赏。身在高原，四眺无际。向西一望，咸阳古道，直接长安，送客迎宾，车马络绎；此中宜有驿使，传递佳音——然而自晨及昏，了无影响，音尘断绝，延伫空劳——命局定矣，人未归也。

至“音尘绝”三字，直如雷霆震耸！“笔落惊风雨，诗成泣鬼神”，仿佛似之。音尘绝，心命绝，笔墨绝，而偏于此三字，重叠短句一韵，山崩而地坼，风变而日销。必具千钧力，出此三字声。

音尘已绝，早即知之，非独一日一时也，而年年柳色，夜夜月光，总来织梦；今日登原，再证此“绝”。行将离去，所获者何？立一向之西风，沐满川之落照，而入我目者，独有汉家陵阙，苍苍莽莽，巍然而在。当此之际，乃觉凝时空于一点，混悲欢于百端，由秦娥一人一时之情，骤然升华而为吾国千秋万古之心。盖自秦汉以逮隋唐，山河缔造，此地之崇陵，已非复帝王个人之葬所，乃民族全体之碑记也。良人不归，汉陵长在，词笔至此，箫也，梦也，月也，柳也，遂皆退居于次位，吾人所感，乃极阔大，极崇伟，极悲壮！四十六字小令之所以独冠词史、成为千古绝唱者在此，为一大文学奇迹者亦在此。

向来评此词者，谓为悲壮，是也。而又谓为衰飒，则非也。若衰飒矣，尚何悲壮之可云？二者不可混同。夫小令何以能悲壮？以其有伟大悲剧之质素在，唯伟大悲剧能唤起吾人之悲壮感，崇高感，而又包含人生哲理与命运感。见西风残照字样，即认定为衰飒，何其皮相——盖不识悲剧文学真谛之故。

论者又谓此词“破碎”，似“连缀”而成，一时乍见，竟莫知其意何居，云云。此则只见其笔笔变换，笔笔重起，遂生错觉，而不识其潜气内转，脉络井然。全篇两片，一春柔，一秋肃；一婉丽，一豪旷；一以“秦楼月”为眼，一以“音尘绝”为目——以“伤别”为关纽，以“灞桥伤别”“汉家陵阙”家国之感为两处结穴。岂是破碎连缀之无章法、无意度之漫然闲笔乎？故学文第一不可见浅识陋。

此词句句自然，而字字锤炼，沉声切响，掷地真作金石声。而抑扬顿挫，法度森然，无一字荒率空浮，无一处逞才使气。其风格诚五代花间未见，亦非歌席诸曲之所能拟望，已开宋代词家格调。

凡填此词，上下片两煞拍四字句之首字，必用去声，方为合律，方能起调——如“汉”家“灞”桥是，其声如巨石浑金，斤两奇重；一用平声，音乐之美全失，后世知此理者寥寥，学词不知审音，精彩遗其大半矣。（周汝昌）

章台柳　韩　翃

章台柳，章台柳！昔日青青今在否？纵使长条似旧垂，也应攀折他人手。

杨柳枝　柳　氏

杨柳枝，芳菲节。所恨年年赠离别。一叶随风忽报秋，纵使君来岂堪折！

这两首词出于唐许尧佐所撰传奇小说《柳氏传》，收入《太平广记》四百八十五；又见于唐孟启《本事诗·情感一》。文字小有出入。两书中韩翃皆作韩翊。柳氏本长安倡女，为韩翊朋友李生的爱姬，艳绝一时，喜谈谑，善讴咏，慕翊之才。李生知其意，乃请翊饮酒，席间将柳氏赠之。后韩翊登第，归家省亲，柳氏留在长安。天宝末年，遇安禄山叛乱，陷长安。柳氏以姿容绝世，惧为乱兵所辱，乃剪发毁形，寄居尼庵。此时韩翊在淄青节度使侯希逸幕中任书记。长安收复后，翊遣人寻访柳氏，携去一囊金并题写了这首《章台柳》。柳氏捧金呜咽，回报以《杨柳枝》词。两词反映了乱世妇女命运之不幸与韩、柳二人悲欢离合的爱情故事中悲离的一面，篇幅虽短，却蕴含着丰富的情意。

两词艺术上的共同点是以柳枝喻柳氏，借咏柳以诉情。章台街原是汉代长安一条热闹的街道，在后世多用指倡家聚居之地。韩翃赠词重在抒发对柳氏的思念和忧虑她的命运。开头用两个叠句："章台柳，章台柳！"如呼唤声口，韵味深长，表达他日思夜想的怀恋之情。接着以"今""昔"二字领起下文。"昔日青青"象征柳氏的年轻美貌；"今在否"暗言社会动乱，邪恶猖獗，柳氏单身独处，其安全令人担忧。"纵使长条似旧垂"与上文"昔日青青"呼应，"也应攀折他人手"是"今在否"的进一步推测，前句见怀想之切，后句见忧虑之深。

柳氏答词亦托咏柳以自述境况，诉说苦情。"杨柳枝，芳菲节"，"芳菲节"指花草茂盛的春天季节，此时柳枝繁密，因风得意，象征自己年华正好的时光。然而"所恨年年赠离别"，不能与丈夫厮守，同赏芳时，而年年在离别的景况中度过。《本事诗》述韩、柳分手后的情况说："后数年，淄青节度使侯希逸奏(韩)为从事。以世方扰，不敢以柳自随，置之都下，期至而迓之。连三岁，不果迓。"这里以传统的折柳赠别故事转入离别之意。《三辅黄图》载："霸桥在长安东，跨水作桥，汉人送客至此桥，折柳赠别。"(韩词的"也应攀折他人手"一句也用此事，但侧重点不同，是忧虑柳氏为他人"折"去。)下"一叶随风忽报秋"，承上"芳菲节"之"春"，作大拗转，喻指安禄山叛军入长安，自己剪发毁形、避居尼庵等情事。长安被陷，事出突然，个人遭遇，斩折亦大，以春忽报秋拟之，极为切合。春柳繁茂，秋柳凋零，自己如今处境亦与秋柳相同。"纵使君来岂堪折！"极写此时中心之哀伤。柳氏词是在会见韩翃派来寻她的人并在读了韩词之后写的，知道情爱不渝，重逢有望，故有"纵使君来"之语；而自顾风鬟雾鬓，如今憔悴，又有"岂堪折"之叹。"折"字回应"杨柳枝"，不离"折柳"之典。末句肠回百转，亦喜亦悲，而以悲为主。以此结束，情意有余不尽。

两词各以起句为题。柳氏的《杨柳枝》与韩翃的《章台柳》同属一调(唯首句不入韵)，而与七言四句的古调《杨柳枝》并非一体。万树《词律》同隶于《章台柳》调下，云："君平(韩翃字)赠句本只是诗，后人采入词谱，即以起句为名。其柳姬答词，亦以起句名《杨柳枝》，句法与此相同。"(蒋哲伦)

渔　父　张志和

西塞山前白鹭飞，桃花流水鳜鱼肥。青箬笠，绿蓑衣，斜风细雨不须归。

在唐代，小令词风格多样，清空乃其风格之一；王维一派水墨画又有冲淡之特质。词人而兼画家的张志和，则完美地融合了这两种艺术风格。他把高远的情思外化为清空的意境，又把质朴玲珑的语感，提炼为翛然脱俗的冲淡意趣，从而使他的词作形成了独树一帜的高蹈风格。他传世之作有《渔父》词五首，但另外四首却都为这一首的光辉所掩。也正因为有这么一首短短的词，张志和得以传名千古。

张志和肃宗时待诏翰林，做过左金吾卫录事参军，因事被贬，作南浦尉。赦还以后，绝意仕途。朝廷赐给他奴婢各一名，他把他们配为夫妇，取名“渔童”“樵青”，自号为“烟波钓徒”，长期过着隐逸生活，徜徉于太湖一带的山水之间。他对文艺多所通晓，凡歌词、书画、击鼓、吹笛，无不精工，善于汲取各方面的营养化为己用，《渔父》词便是借鉴民间的渔歌而成的。

由于取自民间，这首词的基调以清新、质朴见长。但另一方面，由于作者张志和并不是一个真正的渔父，而是以“烟波”为寄托的文人式的“钓徒”，所以词中除了具有民间文学的质朴、清新之气外，还融和着一种出淤泥而不染的古代高蹈文人的淡泊、澄洁的高情远意。

因此，我们可以说《渔父》词是渔父式的文人之歌，也是文人醉心渔父而确乎领略了烟波妙境的歌。尽管这境界不能代表渔父的心境，但作为诗人艺术加工的形象，作为张志和由于长期徜徉太湖之上而领悟到的审美意象来说，这首词正如胡震亨称道王维所说的：“以淳古淡泊之音，写山林闲适之趣。”（《唐音癸签》）在那一个长夜难明的社会，不求闻达，“有山林闲适之趣”，可以说是别有襟抱的。当然，因为词人和世俗相忤，只落得从大自然中觅取心灵滋养，陶醉其中，也就不免回避现实。但，毕竟不能掩盖作品的出于自然的淳美的光彩，到如今，作品依然给读者带来词人的淡怀逸致的美感。

词人的淡怀逸致不是诉诸直接咏怀，而是寄情于景，以画入词。通篇二十七字，写了山，写了水，写了白鹭和肥鱼，写了斜风细雨，更写了优游自在的渔父。词人藉渔父寄托自己的情怀，而渔父又是被安排在一个特定的环境之中，显示了这是一幅江南水乡的渔歌图。

尽管诗是时间的艺术，画是空间的艺术，一动一静，各有特点，然而它们却又可以相通和相补。东坡论王维之作“诗中有画，画中有诗”，正说明高明的诗人，善于在时间流程中突出事物的某一点，描绘出空间中一刹那间静止的状态；而高明的画家，也善于在暂时凝固的画面中，不着一笔，巧妙地传写出事物静止时前前后后可能出现的变化。张志和是词人，又是画家，所以他对淡怀逸致的抒发，是诗画相兼的。从渔父的长期烟波生活中切取这么一点：恰是斜风细雨时，江南春色方浓时，而偏偏又是桃花汛泛起时。就这样，作者写出了一刹那的空间状态，相对凝定式的画图。与此同时，他还用中国传统的“散点透视”画法，以旧吴兴县西的西塞山作为观察点，落落清疏地、几乎是信手拈来地捕捉了山前的一片景色：高处有从水田飞入上空的白鹭鸶，低处有落英缤纷的春水绿波，以及引起人们鲜美味觉的大口细鳞的肥嫩鳜鱼。作为画图中心的，则是头戴“青箬笠”、身披“绿蓑衣”的渔父。而从这些互为烘托的静态的空间结构中，分明又通过景物生气的渲染，表现出渔父内心翛然自得的动态。鹭在飞，水在流，鱼在泼剌地嬉逐，一切景物都是那么新鲜、清丽、秀润，当然，渔父也就被当前的景物所吸引，产生了自然、淳朴的意趣和不愿离开这一个魅人亦复宜人的境界的深情。你看，“斜风细雨不须归”，对渔父说来，不正是他对美的发现、美的执着么？在斜风细雨中，渔父体验到鹭鸶的飞翔更为飘逸，漂流在水里的桃花瓣格外鲜妍。在这样优美的环境中垂钓，渔父的心情，就不只是为美陶醉，而且还因当前的优美画境而坚定了意志，不仅是“不思归”，而且更进一步作出诉诸审美判断形式的“不须归”了。渔父所执着的已经不是垂钓，而是作为词人内心的自白——

"我决心以山水之间的自由自在的生活终老"。这显然又是画中之诗,隐伏在西塞山前空间结构背后的时间潜流,悠悠地但终于又是深稳有力地荡漾着的感情波澜。就凭这样的时间和空间的结合,而尤其是突出了瞬间的静止的状态,突出了渔父这一个写景人物,让他"与山水有顾盼,人似看山,山亦似俯而看人"(《芥子园画谱》),这样的诗中之画,便充溢着这位"烟波钓徒"的胸中丘壑了。

唯其是烟波钓徒的诗中之画,就不同于唐代著名画家大、小李将军工笔的青绿重彩,以及其中所显示的那种帝王宗室的富贵堂皇气派。张志和这幅"烟波垂钓图",显然是另一路,属于王维一派,是泼墨画,是写意画。画中景物,无不有水墨淋漓之意。"漠漠水田飞白鹭"。鹭鸶,本来就沾满了水气。鱼,也离不开水。苏轼因"长江绕郭"而"知鱼美",张志和因为桃花汛来临而想起"鳜鱼肥",二者正如出一辙。水映桃花而红,桃花因水而湿,这和"竹外桃花"不同,自然也是湿漉漉的。渔父的一身打扮,就更不用说了。人、花、鱼、鹭,一切都被斜风细雨所笼罩。天地万物各自消失了它们的边际而成为浑然整体。这使我们想到古代文人画的水墨晕染,特别是宋代大、小米的那派取自潇湘奇观的云水烟树的技法。词人矢意绝尘脱俗,所以特地给安排了这么一个渔父,"襟度洒落,望之飘然"(宋刘学箕《方是闲居士小稿》)。而为了表现自己的率性归真,寄情缥缈,则又把整个画面,建构为"斜风细雨"的审美内涵,归于"平淡"二字。林泉高致要淡,向万物"回归"的人要淡,因忤世、傲世而避世的张志和自然也要淡。这首《渔父》中的整个人物和事物,按照美学的"先定默契"来说,作为点景人物的传神之笔,既然已经透露出"烟波垂钓"的隐逸基调,那么人们在目击到鹭飞、花漂、鱼游,以至整个画幅时,自然也就更容易对之萌发出"同化"作用,不仅走进"平淡"的境界,更能"于平淡中求真味"(清王士禛《师友诗传录》)。也许有人要问,词中不是也夹有鲜艳的颜色么?可是别忘记,"青"哟,"绿"哟,它们都已经在斜风细雨中被吹被淋,色彩变淡了。"桃花",也早已漂落水中。一切都淡。至于通篇音节的自然、简短、随和、淳朴,它们恰恰体现了作者平易近人的情调,并与作品色彩的"淡"糅合起来,而汇归为"平淡"的风格。无意雕琢,情趣极深;可再定睛一望,却又不止忘归,还忘却了"钓徒"自我,这真是司空图所说的"遇之非深,即之愈稀"(《诗品·冲淡》)了。(吴调公)

转应曲　戴叔伦

边草,边草,边草尽来兵老。山南山北雪晴。千里万里月明。明月,明月,胡笳一声愁绝。

戴叔伦的词,只存这首《转应曲》,《全唐诗》作《调笑令》,并注明即《转应曲》。戴叔伦的作品,在唐代大历、贞元间,以能反映社会现实见称。其写边地生活的诗,有《边城曲》《屯田词》等,词则是这首《转应曲》。此词以明白如话的语言,比较深刻地反映了边地戍卒的思想情绪,真实地揭示了中唐时代民间极以戍边为苦的社会心理。起句以"边草"点明边塞的地理环境;以边草的"尽"与戍卒的"老"构成一对鲜明的形象,借以反映长期戍边生活的愁怨。以"草"衬

"兵",以"尽"喻"老",不独用笔新颖,而且暗寓作者对当时戍卒的同情。这种思想情绪一直贯串全词。"山南山北"的"山",自然也是指边塞的山,这一句明写冰天雪地的景象。"千里万里"字面是写月光的普照,实则是写戍卒离家之遥远,而以明月这个最易使人动情之景,暗写戍卒的思乡怀人之情。在那遥远的边塞的山地上、雪堆里,戍卒们望着天上的明月,思念着远在千里万里之外而同此明月的家乡,偶尔一声胡笳传来,悲悲切切,呜呜咽咽,此情此景,戍卒的心都要碎了!这种心情,作者在词的结尾用"愁绝"二字加以概括,起到了画龙点睛、卒章见志、揭示主题的作用。

"愁绝"为一篇之骨,也是全词之"眼"。作者为了使之得以突出表现,增加其艺术感染力,在写作上成功地使用了"烘托"的艺术手法。首先是景物的烘托。全词的主要篇幅是写自然景物:边塞将尽的枯草,积满山山岭岭的冰雪,初晴的夜空上普照大地的明月,偶尔传来的悲切呜咽的胡笳声,用这诸般景物托出那羸弱的老兵。这样步步写来,层层烘托,感情所至,就自然凝成了"愁绝"二字。这样的"愁",自有其沉重的扣人心弦的力量。景物的烘托之外,作者又运用叠句的艺术形式所创造的艺术氛围加以烘托。全词八句之中,有两对叠句("边草""边草"与"明月""明月"),用这种重叠复沓的结构形式,一方面反复歌咏,加强语意、感情的抒发,以尽其情;另一方面也起到一种创造意境的作用。"边草"的叠句,就造成了一种茫茫无边的荒凉草原的意境,从而为那老兵提供了一片迷离的活动背景,以烘托其空虚彷徨的心理状态。这是单一句"边草"所收不到的艺术效果。"明月"一叠,又有其特殊性:这两句乃是"千里"句末二字"月明"的倒词的重叠,用这种倒叠的手法使叠句与上句转相呼应("转应曲"的名称即由此而来)。这样一来,既造成了一种月光满地、使戍卒辗转难寐的意境,又形成了一种回环往复的韵致和上下勾连的构局。这种复杂的艺术氛围,就强烈地烘托了那老兵的辗转反侧的思乡情绪,再加上那一声追魂夺魄的悲笳,困于戍守的老兵还会不"愁绝"吗?

《转应曲》尽管属于单调小令,但在用韵上却是比较复杂的。在全词八句之中,共押四仄韵、两平韵、两叠韵,而且又要三换其韵(起韵用仄,二韵换平,三韵再换仄),使全词句句入韵,连绵而下,虽然其唱法早已失传,但诵读起来,我们仍能感觉到它确有一种行云流水般的音韵美。据白居易说,这种调子本来是一种"抛打曲"。于小令之中有如此复杂的用韵和如此多变的构局,是前无古人的。(邱鸣皋)

调笑令　韦应物

胡马,胡马,远放燕支山下。跑沙跑雪独嘶,东望西望路迷。迷路,迷路,边草无穷日暮。

此调一名《宫中调笑》,一名《转应曲》,一般以咏物名开始,此词即从"胡马"咏起。

自汉代以来,一向推西北地区所产的马匹最为骁腾精良,杜甫咏"房兵曹胡马"道:"竹批双耳峻,风入四蹄轻。所向无空阔,真堪托死生。"此词以"胡马,胡马"的叠语起唱,赞美之意盎然,能使人想象那名马的神情,为全词定下豪迈的基调。"燕支山",在今甘肃北部,绵延祁连、龙首二山之间，是水草丰美的牧场，亦是古时边防要地。词中地名虽属想象，初非实指，但“燕支山下”，天似穹庐，四野茫茫，写入词中实有壮美之感。加上“远放”二字，更觉景象辽远而又真切。“远放燕支山下”的应是成群的马。时值春来，虽然残雪未消，却是“牧马群嘶边草绿”（唐李益《塞下曲》），这情景真有无限的壮丽。

草原是那样阔大，马儿可以尽情驰骋，偶尔失群者不免有之。三四句由仄韵转换为平韵，集中刻画一匹日暮失群的骏马的情态。它抖鬃引颈而独嘶，大约是呼唤远去的伙伴；它焦灼地踱来踱去，四蹄刨起沙和雪（“跑”读作刨，唐刘商《胡笳十八拍》“马饥跑雪衔草根”），显得彷徨不安；它东张西望，一时却又辨不清来路。这动态的描写极为传神，可谓状难写之景如在目前。仅仅这样说还不足尽此二语之妙，本来马是极具灵性的动物，善跑路亦善识路，不当迷失方向，但作者却将此反常情事通过具体景象写得极为可信：沙雪无垠，边草连天，空旷而迷茫，即使是马也不免“东望西望路迷”。这就通过骏马的困惑，写尽了草地风光的奇特，堪称神来之笔。从来都说“老马识途”，不道良马也有迷途的时候，这构思既独到而又完全得于无意之中，故尤觉隽永入妙。

“迷路，迷路”，是“路迷”二字倒转重叠，转应咏叹，本调定格如此，颇得顿挫之妙。不仅是说马，而且满足对大草原的惊叹赞美，正是在这样充分酝酿之后，推出最后壮阔的景语：“边草无穷日暮。”此句点出时间，与前面的写景融成一片：远山、落照、沙雪、边草……其间回荡着独马的嘶鸣，境界阒寂而苍凉，豪迈而壮丽。

现存《调笑令》，以此词较早。二言与六言相间，凡三换韵，笔意回环，音调宛转。从意境说，此词与一般咏马之作不同，它不拘于马的描写，而意在草原风光；表面只咏物写景，却处处含蕴着饱满的激情。其语言清新，气象旷大，风格质朴，大有《敕勒歌》的气势与韵味。（周啸天）

宫中三台（二首）　王　建

鱼藻池边射鸭，芙蓉苑里看花。日色赭袍相似，不着红鸾扇遮。

池北池南草绿，殿前殿后花红。天子千秋万岁，未央明月清风。

“三台”，原是古乐府“杂曲歌辞”，为三十拍促曲。唐“三台”则为教坊曲名，属诸“羽调曲”，后用作词调名。平仄不拘，字数不定（有七言、五言、六言之别，但均为四句），单调令词。因题材不同，故有《上皇三台》《江南三台》《突厥三台》《怨陵三台》《伊州三台》等名称。王建存词十首，其中《三台》词占六首。这两首词写宫闱情事，故名曰“宫中三台”。

第一首起句写“射鸭”游戏，次句写“看花”娱目。“鱼藻池”“芙蓉苑”，点明游乐地点。畋猎不在郊野山林，而在“池边”；猎物不是走兽飞禽，而是戏水家鸭；以及在花团锦簇的园苑中优悠自若地“看花”，作者通过这一特定的环境、典型的事例和不寻常的举止的描摹，为介绍人物预为伏笔。三、四句从服色、仪仗的点拨中，显示出人物的身份和地位。红彤彤的旭日和金灿灿的衮衣交相辉映，益增圣颜的光彩和愉悦。这里词人运用“以偏概全”即以部分代全体的修辞手法，如以所穿的服饰“赭袍”，所用的仪仗“红鸾扇”，指代帝王；同时，又用比喻兼象征的手法，如以“日色”映“赭袍”，非但取其色彩近似，更寓有以日喻君之意。“夫日者，人君之德，帝王之象也。”这也是古典诗人所惯用的艺术手法，如晋傅玄《日升歌》“旭日照万方，皇德配天地”，李峤《咏日》“倾心比葵藿，朝夕奉光曦”，杜甫《咏怀五百字》“葵藿倾太阳，物性固难夺”等等，均以日喻君。“不着”二字，意在赞颂圣上简约礼仪，平易近人。杜甫“云移雉尾开宫扇，日绕龙鳞识圣颜”（《秋兴八首》之五）写天子临朝时的尊贵、威严和肃敬，此词则写君王平居时的随和，二者各有其趣。

第一首写白天游乐，第二首写晚上观赏。首先作者以赋的手法来写春景。“池北池南”“殿前殿后”，就是遍地、到处的意思。碧水清池，绿草如茵；巍峨宝殿，红花似锦。两句互文见义，无论是宫殿还是池塘的周围，绿草遍生，鲜花盛开，呈现出一派春意盎然的欣欣向荣景象。它是天子千秋永驻、万年为乐的吉祥征兆。后两句当用古乐府《上之回曲》“千秋万岁乐无极”句的意思。

王建这两首《宫中三台》是一种宫廷词，通过对帝王游乐生活的描写，颂扬升平，对最高统治者极尽恭维之能事。此词的体式雍容典雅工丽，浑成一体。“鱼藻池边射鸭，芙蓉苑里看花”“池北池南草绿，殿前殿后花红”，辞藻华美，对偶工整，句式复叠（如“池北池南”“殿前殿后”，这种修饰方式，前人也曾用过，如王维《赴润州留别鲍侍御》“江南江北春草”；韦应物《三台词》“明日后日花开”等），并注意色彩的搭配（如“草绿”之与“花红”）。但纵观全词，细加体味，在典丽中却蕴藏有一股淡雅、清新的气息。这是此词有别于其他宫廷诗词之处。故近人俞陛云说：“二词皆台阁体。其浑成处，想见盛唐词格。”（《唐词选释》）

这是两首六言绝句式的词。六言绝句在唐代颇为流行，但到王建等人手中已接近了词的体制，这是由诗到词发展史中的一个环节。自四杰之后，诗歌从宫廷逐渐移到了市井，从台阁逐步转向了江山和边塞；自李杜之后，更延伸到人生、社会各个角落。而词自民间转向了文人后，题材内容反趋狭隘。王建这两首台阁体的词作似乎是一个信号，值得治词史者注意。（陈耀东）

宫中调笑　王　建

团扇，团扇，美人病来遮面。玉颜憔悴三年，谁复商量管弦！弦管，弦管，春草昭阳路断。

此调亦即《调笑令》（又称《转应曲》）。宋黄昇云：“王仲初（王建字仲初）以《宫词》百首著名，《三台令》《转应曲》，其余技也。”此词即属《宫词》之余。词调本以“转应”为特点，凡三换韵，仄平仄间换；而此词内容上亦多转折照应，大体一韵为一层次。

“团扇，团扇，美人病来遮面。”以咏扇起兴，同时绘出一幅妍妙的宫中仕女图。“新裂齐纨素，皎洁如霜雪。裁成合欢扇，团团如明月。”（汉班婕妤《怨歌行》）美的团扇，是美人的衬托。人的外表美当与健康分不开，但在封建时代，士大夫的审美观念却是：西子捧心则更添妍姿。词起首写美人病来，自惭色减，以扇遮面，而纨扇与玉颜掩映，反有“因病致妍”之妙。如此写人，方为传神；如此咏物，方觉生动。倘如说“病态美”于今天的读者已经隔膜，那也无关紧要，因为全词的旨趣并不在此。作者最多不过是借此表明一种“红颜未老恩先断”的感慨罢了。

“玉颜憔悴三年，谁复商量管弦！”“玉颜憔悴”上应“美人病来”，却从咏物及人的外部动态过渡到写人物的命运和内心活动，转折中词意便深入一层。从下句的“复”字可会出，“三年”前美人曾有人与同“商量管弦”，以歌笑管领春风，而这一切已一去不复返。可见美人的“病”非常病，乃是命运打击所致，是由承恩到失宠的结果。“玉颜憔悴三年”，其中包含多少痛苦与辛酸。“谁复商量管弦！”将一腔幽怨通过感叹句表出。谁，有谁，也即“没有谁”。冷落三年之久，其为无人顾问，言下自明，语意中状出一种黯然神伤、独自叹息的情态。

“弦管，弦管，春草昭阳路断。”点明宫怨之意。“昭阳”，汉殿名，为汉成帝赵昭仪所居，用来指得宠的所在。“昭阳路断”即“君恩”已断，不直言这是因为君王喜新厌故所致，而托言是春草萋萋遮断通往昭阳之路，含怨于不怨，尤婉曲有味。“弦管，弦管”的叠语用在这里，则大有“月明歌吹在昭阳”（唐李益《宫怨》）的意味。这从昭阳殿那边隐约传来的歌吹之声，会勾起久已不复有人“商量管弦”的宫人多深的惆怅，是不言而喻的。于是，“团扇”的兴义立见，它显然暗用了班婕妤著名的《怨歌行》的全部诗意，即以“秋扇见弃”暗示“恩情中道绝”。则所谓“美人病来遮面”亦不仅是自惭形秽而已，其中颇含“且将团扇共徘徊”（唐王昌龄《长信秋词》）的感慨，见物我同情。这又是首尾转应了。

本来“弦管”的叠语按律只为上句末二字“管弦”倒文重叠咏叹，不必具实义。此词用来却能化虚为实，使二叠语大有助于意境的深化和词意的丰富。全词之所以能曲尽“转应”之妙，与此大有关系。这样的句子，方称得上“活句”。（周啸天）

宫中调笑　王　建

杨柳，杨柳，日暮白沙渡口。船头江水茫茫，商人少妇断肠。肠断，肠断，鹧鸪夜飞失伴。

《宫中调笑》或称《调笑》，即《转应曲》。

王建的《宫中调笑》，过去以“团扇”最出名，《白雨斋词话》曾说它“结语凄怨，胜似《宫词》百首”。而于“杨柳”一首，评论家则多未注意。其实，“杨柳”这首词，在刻画商人少妇盼望丈夫而不见归来的那种怅惘、悲凉、孤独心情方面，倒颇见特色。

词以“杨柳”起句，寓别离之意。折柳赠别，为古代习俗，故在诗词中遂以杨柳为别离的象征。刘禹锡《杨柳枝》“长安陌上无穷树，唯有垂杨管别离”，柳氏《章台柳》“杨柳枝，芳菲节，可惜年年赠离别”，皆其意也。“杨柳”用叠句，以加强语意、感情的抒发，等于现代诗歌中的“杨柳啊，杨柳！”这类重叠，是早期词的共同特点，这正是词脱胎于民歌的一种标志——民歌语言表达上的显著特点就是重叠复沓，反复歌咏，以尽其情。“肠断”两句亦同此例。“日暮”以下，是写商人少妇对久别不归的丈夫——商人的盼望。词中由“渡口”而“船头”，由“日暮”而至于“夜”，以场景、时间的推移，表现这位少妇盼望之殷切，等待之良苦。“江水茫茫”“鹧鸪夜飞”，写盼而不见，当归未归，唯有江水满眼、鹧鸪夜飞而已，则少妇心情之怅惘、悲凉与孤独由此可知。“失伴”句，以鸟喻人，进一步点明题旨。且“失伴”本来就够孤独的了，何况又是在“夜”中失伴呢！这里的“鹧鸪”是义兼比兴，以鸟喻人，又不失鸟的特点，这就是它的“飞”。失伴而仍夜飞，意在寻伴，其孤独之感，凄苦之情，就更甚一层。宋人贺铸的《半死桐》即《鹧鸪天》有“头白鸳鸯失伴飞”，意境仿佛。

此词寓情于景，情景交融。心事茫茫，皆在诸般景物之中，而诸般景物又无一虚设，皆在言情。所以少妇的心事，虽终无一言道破，但却历历如见，掬之可出。

唐代的城市经济比较发达，商人活动频繁。而商人是“重利轻别离”的，他们往往长年不归，遂使他们的妻子翘盼悲伤，造成一些家庭悲剧，成为唐代文学作品的一个重要内容。王建能用词这种形式摄取这样的题材，反映当时社会生活的一个侧面，是可贵的。（邱鸣皋）

拨棹歌　释德诚

千尺丝纶直下垂，一波才动万波随。夜静水寒鱼不食，满船空载月明归。

释德诚，号船子和尚。唐元和会昌间人，为禅宗南宗青原系药山惟俨禅师法嗣，南宋居简《西亭兰若记》说他是“蜀东武信（今四川遂宁西北）人”。《祖堂集》卷五、《景德传灯录》卷十四、《五灯会元》卷五皆有其小传，称他在吴江朱泾（今属上海金山区）、秀州华亭（今上海松江）一带，泛一小舟，垂纶举棹，接应四方往来者，并作有《拨棹歌》三十九首。本首是其中之一。

词的前二句，描写的是垂钓的景象。千尺丝纶说钓丝之长，颇有些夸张，但也比喻人们在世上贪欲无已，为沽名钓誉趋炎逐利而下穷黄泉。据《五灯会元》记载，有人问船子和尚：“如何是和尚日用事？”他回答：“棹拨清波，金鳞罕遇。”比喻皈依佛法之人，出世随缘悠游不涉荣利虚名。可见，鱼在这里象征功名利禄之类的欲求。而“一波才动万波随”，看是平常自然景象，但也暗含佛理：佛教认为人间之权谋纷扰，皆因为人有所欲后而产生，而世上一切，又因缘相生，环环相扣，就像水波一般。

如果说，前二句是借垂钓表现人间贪婪纷扰的世相，那么后二句是通过垂钓的结果暗喻顿悟的禅境。夜深无声，万籁俱寂，水寒江冷，鱼儿没有食欲，不会来上钩了，也就是说，各种垂钓的条件（或者说因缘）都不具备了，那么，渔父该何去何从？是执迷不悟还是幡然醒悟，就在这时候，全首词的境界豁然开朗：“满船空载月明归”，渔船虽然空空如也，但却满载皎洁月光，渔父心怀欲求百般追寻而来，但收获的是空灵和澄澈，从千尺垂纶到满船月色扬帆而归，词的意境在这里陡然升华了，黄檗希运禅师有偈曰“心外无法，满目青山，虚空世界皎皎地”（《古尊宿语录》卷三《黄檗断际禅师宛陵录》）似可参证。这满船明月是什么东西，就是我们自己因为贪欲而失去的本性，渔父要回归的此岸世界，也同样是自己固有的识心见性的本旨。佛教认为人先天的本性如日月，只是后天的欲求将之障蔽了，如果要回归自己的本性，首先要摈弃沽名钓利的贪欲。那么怎样才能达到这个境界呢？禅宗南宗要求徒弟信众在日常的随缘任运中通过顿悟超凡入圣，反对死读佛经渐悟入道。船子和尚的师傅药山惟俨禅师不要求弟子看佛经，怕弟子无休止地读下去而忘记乃至违背识心见性的本旨，说偈“云在青天水在瓶”，表明万物自有规律，各有自己的安身处。那么，词中的垂丝千尺的渔父，在垂钓失败之际，也是他幡然醒悟、参透入道之时，这种情景的陡然转换和意境的鲜明对比，正宣扬了禅宗的顿悟思想。这首词没有具体的主人公和垂钓的细节，而是借渔父词的形式，通过船子和尚特有的身份，用象征和对比表明禅理禅境。这和柳宗元《独钓》“千山鸟飞绝，万径人踪灭。孤舟蓑笠翁，独钓寒江雪”中充满对现实社会的不满和抗争的渔父形象是大异其趣的。

禅宗讲求不落言筌、不为理障，故其说法传道皆用比喻暗示，因此禅宗机锋或公案往往借用诗词形式。但由于这些布道诗词形象鲜明，语言清新，也反过来开拓了词在产生初期的内容和意境，对后人产生相当影响，北宋大诗人大书法家兼词人黄庭坚在被贬戎州时，曾写过一首《诉衷情》词，词云：“一波才动万波随，蓑笠一钩丝。金鳞正在深处，千尺也须垂。　吞又吐，信还疑，上钩迟。水寒江静，满目青山，载月明归。”分明从此首“夺胎换骨”而出。不仅如此，他还手书船子和尚的《拨棹歌》，并跋云：“船子和尚歌渔父语，语意清新，道人家风处处出现。”（《山谷别集》卷十二《书船子和尚歌后》）足见黄山谷对他的称赏。（祝振玉）

忆江南　刘禹锡

春去也，多谢洛城人。弱柳从风疑举袂，丛兰裛[①]露似沾巾。独坐亦含嚬。

注 ① 裛(yì)：通“浥”，沾湿。

此词调名下有作者自注：“和乐天春词，依《忆江南》曲拍为句。”时为唐文宗开成三年(838)，白居易为太子少傅分司东都，刘禹锡为太子宾客分司东都，二人均在洛阳，时相唱和。白词共三首，刘的和词共两首。这是其中的第一首。白词是说江南之春如何令人心驰神往，刘词是说洛阳之春如何缱绻多情；白词以“忆”字标目，直抒胸臆，刘词却托喻女子惜春，曲折达意；白词采取重章复沓的形式，以唱叹出之，刘词则运用拟人化的手法，写女子感伤春光易逝，却偏从春的惜别一边着笔，“正面不写写反面，本面不写写对面、旁面”（见刘熙载《艺概·诗概》），使物我两方相摩相荡、相间相融，由此生出无限的情思和妙境。因此，本词虽然是白词的和作，但在取径、构思方面，明显地表现出与白词不同的特色。

“春去也，多谢洛城人。”这两句是说，匆匆欲归的春天正在向爱春、惜春的洛城人殷勤致意，恋恋不舍地道别。“去也”两字感情色彩极浓，不可轻轻放过。在临别之际说一声“去也”，抵得上千言万语，其中当然也包含着不忍去、不愿去、又不得不去的衷曲。后来柳永《雨霖铃》词“念去去千里烟波”，连用两个“去”字，也是为了突出他心头不忍去、不愿去而又不得不去的复杂感情。这是从春的一方即客观的一方言之。再从爱春、惜春的一方即主观的一方言之，则“去也”两字更为关情。《西厢记·长亭送别》有句云：“听得道一声‘去也’，松了金钏；遥望见十里长亭，减了玉肌。此恨谁知！”如果借来作为“去也”两字的注解，就不难想象那种爱春、惜春而又无计留春的惆怅之情。

从唐人的诗词看来，唐代洛城的春天是非常美丽的。白居易《洛城东花下作》：“花多数洛阳。”韦庄《菩萨蛮五首》其五：“洛阳城里春光好。”可见洛城的春天确实是花团锦簇、姹紫嫣红，景色十分迷人。洛阳人对春天的爱赏，使得春天临当归去的时候，也不胜其依依惜别之情了：“弱柳从风疑举袂，丛兰裛露似沾巾。”瞧，春天是多么富于人情味！柳丝轻风，上下飘扬，这是她在向人们挥袖作别；香兰沾露，晶莹闪光，这是她在垂泪伤别。曰“疑”曰“似”，说明“举袂”“沾巾”都是想象之辞。所以能生此想象，缘词中有人。于是就自然而然地过渡到结句：“独坐亦含嚬。”如果说，前面四句都是从春的惜别一边着笔的话，那么这最后一句写到了惜春之人，即词中的抒情主人公。从句中的“独”字可以领悟到，这位抒情主人公的心情非常寂寞惆怅。旖旎的春光曾给她以欢乐与安慰，或者说，曾激励她满怀憧憬地追求美好的理想，但是，曾几何时，春阑花谢，欢乐成为过去，安慰被失望所代替，理想也终于落空。愁绪煎熬使她坐卧不安。从句中的“亦”字可以想象到除“独坐”以外的独眠、独酌、独吟都已一一行之而终于无法排遣愁绪。在百无聊赖之中，唯有借“独坐”以自持性情，但“独坐”既久，仍不免嚬眉蹙额，为愁绪所包围，由此总见得愁绪缠绵深长而避之无由了。

刘禹锡笔下的春光有时是有寄托的。在《洛中春末送杜录事赴蕲州》诗中，他写道：“君过午桥回首望，洛城犹自有残春。”午桥是中唐著名宰相裴度的别墅所在地。裴度曾对唐代的元和中兴作出过重要贡献，所以前人曾说：“时唐祚日衰，裴公为国柱石，故以残春拟之，言为时所属望也。不然到处皆春，何独望午桥哉！”（明李攀龙《唐诗训解》卷七）刘禹锡曾希望通过裴度的力量在政治上有所作为，但裴度被李宗闵等人排挤出朝，调任东都留守，后又移镇太原，为北都留守。刘禹锡的政治抱负无法实现，内心十分苦闷。本词写于开成三年，其时裴度尚在太原。词中流露的孤独的心情和对春逝的伤感，同刘禹锡当时的心境不无关系。由自然界美好春天的消逝，引起自己对盛年难再、政治良机丧失的感叹。这就是本词的大旨所在。从艺术上说，全词以“独坐”运思，凭虚构象，赋予无情的春天以丰富的感情，把抒情主人公的主观与客观，心声与天籁，融成一片，境界妍丽而又浑成，构思新巧而又合乎自然，所以况周颐说：“唐贤为词，往往丽而不流，与其诗不甚相远。刘梦得《忆江南》‘春去也’云云，流丽之笔，下开北宋子野、少游一派。唯其出自唐音，故能流而不靡，所谓‘风流高格调’，其在斯乎？”（《蕙风词话》卷二）

另外，还应该指出，这首词调名下的自注，明言按照《忆江南》的曲调来填词。这是我国文学史上开始出现依曲填词的记录。因而它在词史上的地位是不容忽视的。（吴汝煜）

潇湘神　刘禹锡

斑竹枝，斑竹枝，泪痕点点寄相思。楚客欲听瑶瑟怨，潇湘深夜月明时。

《潇湘神》，一名《潇湘曲》。单调二十七字，五句四平韵，词首三字例用叠句。此调创始于刘禹锡，且在唐、五代词人中，仅刘禹锡留下两首。这里选录的是其中的第二首。词咏湘妃故事，正是调名本意。湘妃是指帝舜的两个妃子娥皇、女英。据《列女传》《博物志》等书中的传说，帝舜巡游南方，死于苍梧。她们两人赶至湘江边，哭泣甚哀，以泪挥竹，染竹成斑，后投水而死，成为湘水女神，俗称湘灵。这是本词调名的由来。《白雨斋词话》卷七云"古人词大率无题者多，唐五代人，多以调为词"，这就是一例。

词的开头两句"斑竹枝，斑竹枝"，以重叠的形式写出了心中无限低徊曲折的叹息。自然界的竹枝，本属雅品，其姿娟秀，其质清丽，而潇湘之竹，自从一染娥皇、女英之泪，便增添了一层长存永在的哀伤色彩，从而成为与众竹不同的特殊景物了。由于作者深深地被斑竹的特征和传说所激动，所以他感到竹上的每一个斑痕都包含着深意："泪痕点点寄相思。""点点"两字极写泪痕之多与泪痕之深。唯其多，故幽篁翠篆，无不尽染，湘妃之情多可知；唯其深，故千龄百代，虽久不灭，湘妃之怨深可见。情多，故相思绵绵不绝；怨深，故悲韵世世相传。至此，作者笔下的株株斑竹，已不是单纯的景物，而俨然成为一种永生不死的多情精灵的象喻了。

"楚客欲听瑶瑟怨，潇湘深夜月明时。"这两句主要写湘妃通过鼓瑟以抒发千古哀怨之情。楚客，本指屈原。《楚辞·远游》："使湘灵鼓瑟兮，令海若舞冯夷。"《远游》这篇作品，王逸以为是屈原所作，所以钱起《省试湘灵鼓瑟》诗有"冯夷空自舞，楚客不堪听"之句。这里是作者以屈原自比。作者写作此词时，正值贬官朗州（治所在今湖南常德）。他的遭遇与屈原极为相似，且又在屈原贬谪之区，难以排遣的哀怨与对帝京的强烈思念，使他希望成为善于鼓悲瑟的湘灵的知音。"瑶瑟"是瑟的美称。"瑶瑟怨"是说湘灵演奏的瑟曲韵悲调苦，特别动人。在这静谧的湘江月夜，作者那种因忠信而见弃的怨愤和在极度苦闷中所产生的无穷的惆怅，同传说中的湘灵的瑟声梦幻般地交织在一起，构成了一种迷离惝恍、亦真亦幻的艺术境界。说它幻，是因为湘灵的瑟声在现实世界中是听不到的；说它真，是因为只要湘竹上的泪痕犹在，只要人间还有哀伤的情事，这古老的传说将会永远牵惹人们的情思。词的结句"潇湘深夜月明时"，具体描绘了瑶瑟的哀怨动人：湘流之清冷如斯，夜深之孤寂若彼，更兼明月如霜，给夜景平添了几分凄清的情韵。此时此境，湘灵那如怨如慕、如泣如诉的瑟声，从幽密的竹林或静谧的江面轻轻飘出，无处不在，却又若有若无。是天籁自鸣，还是作者心灵的悲叹，抑或两者兼而有之？于作者无从分说，于欣赏者也无须辨析。是之谓寓真于幻，愈幻愈真。（吴汝煜）

忆江南　白居易

江南好，风景旧曾谙。日出江花红胜火，春来江水绿如蓝。能不忆江南？

江南忆，最忆是杭州。山寺月中寻桂子，郡亭枕上看潮头。何日更重游？

江南忆，其次忆吴宫。吴酒一杯春竹叶，吴娃双舞醉芙蓉。早晚复相逢？

这个词牌原名《望江南》，见于《教坊记》及敦煌曲子词。其后又有《谢秋娘》《梦江南》《望江梅》等许多异名。白居易则即事名篇，题为《忆江南》，突出一个“忆”字，抒发他对江南的忆恋之情。

白居易早在青年时期就曾漫游江南，行旅苏、杭。其后又在苏、杭作官：唐穆宗长庆二年(822)七月除杭州刺史，十月到任，长庆四年五月任满离杭；唐敬宗宝历元年(825)三月除苏州刺史，五月初到任，次年秋天因目疾免郡事，回到洛阳。这时候，他五十五岁。苏、杭是江南名郡，风景秀丽，人物风流，给白居易留下了美好的记忆；回到洛阳之后，写了不少怀念旧游的诗作。如《见殷尧藩侍御〈忆江南〉三十首，诗中多叙苏杭胜事，余尝典二郡，因继和之》云：“江南名郡数苏杭，写在殷家三十章。君是旅人犹苦忆，我为刺史更难忘。境牵吟咏真诗国，兴入笙歌好醉乡。为念旧游终一去，扁舟直拟到沧浪。”直到开成三年(838)六十七岁的时候，还写了这三首《忆江南》。

第一首泛忆江南，兼包苏、杭，写春景。全词五句。一开口即赞颂“江南好”，正因为“好”，才不能不“忆”。“风景旧曾谙”一句，说明那江南风景之“好”，不是听人说的，而是当年亲身感受到、体验过的，因而在自己的审美意识里留下了难忘的记忆。既落实了“好”字，又点明了“忆”字。接下去，即用两句词写他“旧曾谙”的江南风景：“日出江花红胜火，春来江水绿如蓝。”“日出”“春来”，互文见义。春来百花盛开，已极红艳；红日普照，更红得耀眼。在这里，因同色相烘染而提高了色彩的明亮度。春江水绿，红艳艳的阳光洒满了江岸，更显得绿波粼粼。在这里，因异色相映衬而加强了色彩的鲜明性。作者把“花”和“日”联系起来，为的是同色相烘染；又把“花”和“江”联系起来，为的是异色相映衬。江花红，江水绿，二者互为背景。于是红者更红，“红胜火”；绿者更绿，“绿如蓝”。

杜甫写景，善于着色。如“江碧鸟逾白，山青花欲燃”(《绝句》)、“两个黄鹂鸣翠柳，一行白鹭上青天”(《绝句》)诸句，都明丽如画。而异色相映衬的手法，显然起了重要作用。白居易似乎有意学习，如“夕照红于烧，晴空碧胜蓝”(《秋思》)、“春草绿时连梦泽，夕波红处近长安”(《题岳阳楼》)、“绿浪东西南北水，红栏三百九十桥”(《正月三日闲行》)诸联，都因映衬手法的运用而获得了色彩鲜明的效果。至于“日出”“春来”两句，更在师承前人的基础上有所创新：在明媚的春光里，从初日、江花、江水、火焰、蓝叶那里吸取颜料，兼用烘染、映衬手法而交替综错，又济之以贴切的比喻，从而构成了阔大的图景。不仅色彩绚丽，耀人眼目；而且层次丰富，耐人联想。

读者如果抓住题中的“忆”字和词中的“旧曾谙”三字驰骋想象，就会发现还有一个更重要的层次；以北方春景映衬江南春景。全词以追忆的情怀，写“旧曾谙”的江南春景。而此时，作者却在洛阳。比起江南来，洛阳的春天来得晚。请看作者写于洛阳的《魏王堤》七绝：“花寒懒发鸟慵啼，信马闲行到日西。何处未春先有思，柳条无力魏王堤。”在江南“日出江花红胜火”的季节，洛阳却“花寒懒发”，只有魏王堤上的柳丝，才透出一点儿春意。

花发得比江南晚，水怎么样呢？洛阳有洛水、伊水，离黄河也不远。但即使春天已经来临，这些水也不可能像江南春水那样碧绿。不难设想，当作者信马寻春，看见的水都是黄的，花呢，还因春寒料峭而懒得开，至少还未盛开；他触景生情，怎能不追忆江南春景？怎能不从内心深处赞叹“江南好”？而在用生花妙笔写出他“旧曾谙”的江南好景之后，又怎能不以“能不忆江南”的眷恋之情，收束全词？词虽收束，而余情摇漾，凌空远去，自然引出第二首和第三首。

第二首紧承前首结句“能不忆江南”，以“江南忆，最忆是杭州”开头，将记忆的镜头移向杭州。偌大一个杭州，可忆的情境当然很多，而按照这种小令的结构，却只能纳入两句，这就需要选择和集中最有代表性、也是他感受最深的东西。杭州最有代表性的景物是什么呢？且看宋之问的名作《灵隐寺》：“鹫岭郁岧峣，龙宫锁寂寥。楼观沧海日，门对浙江潮。桂子月中落，天香云外飘……”浙江潮和月中桂子，就是杭州景物中最有代表性的东西，而作者对此也感受最深。

何谓“月中桂子”？《南部新书》里说：“杭州灵隐寺多桂。寺僧曰：‘此月中种也。’至今中秋望夜，往往子堕，寺僧亦尝拾得。”既然寺僧可以拾得，别人也可能拾得。白居易做杭州刺史的时候，也很想拾它几颗。《留题天竺、灵隐两寺》诗云：“在郡六百日，入山十二回。宿因月桂落，醉为海榴开……”自注云：“天竺尝有月中桂子落，灵隐多海石榴花也。”看起来，他在杭州之时多次往寻月中桂子，欣赏三秋月夜的桂花。因而当他把记忆的镜头移向杭州的时候，首先再现了“山寺月中寻桂子”这样一个动人的画面。

天竺寺里，秋月朗照，桂花飘香，一位诗人，徘徊月下，留连桂丛，时而举头望月，时而俯身看地，看看是否真的有桂子从月中落下，散在桂花影里。这和宋之问的“桂子月中落”相比，境界迥乎不同，其关键在于着一“寻”字，使得诗中有人，景中有情。碧空里的团圞明月，月光里的巍峨山寺和寺中的三秋桂子、婆娑月影，都很美。然而如果不通过人的审美感受，就缺乏诗意。着一“寻”字，则这一切客观景物都以抒情主人公的行动为焦点而组合、而移动，都通过抒情主人公的视觉、触觉、嗅觉乃至整个心灵而变成有情之物。于是乎，情与景合，意与境会，诗意盎然，引人入胜。

如果说天竺寺有月中桂子飘落不过是神话传说，那么，浙江潮却是实有的奇观。所以，上句说的“寻”桂子，不一定能寻见；下句所说“看”潮头，那是实实在在看见了。

浙江流到杭州城东南，称钱塘江；又东北流入海。自海上涌入的潮水，十分壮观。《杭州图经》云：“海门潮所起处，望之有三山。”这潮水，奔腾前进，直到杭州城外的钱塘江。《方舆胜览》云：“钱塘每昼夜潮再上，至八月十八日尤大。”就是说，每天都有早潮、晚潮，而以阴历中秋前后潮势最大。请看《钱塘候潮图》里的描写：“常潮远观数百里，若素练横江；稍近，见潮头高数丈，卷云拥雪，混混沌沌，声如雷鼓。”正因为“潮头高数丈”，所以作者当年做杭州刺史的时候，躺在郡衙里的亭子上，就能看见那“卷云拥雪”的壮丽景色。

这两句词，都有人有景，以人观景，人是主体。所不同的是：上句以动观静，下句以静观动。

“山寺”“月”“桂”，本来是静的，主人公“寻桂子”，则是动的。以动观静，静者亦动，眼前景物，都跟着主人公的“寻”而移步换形。然而这里最吸引人的还不是那移步换形的客观景物，而是主人公“山寺月中寻桂子”的精神境界。他有感于山寺里香飘云外的桂花乃“月中种”的神话传说，特来“寻桂子”，究竟为了什么？是想寻到月中落下的桂子亲手种植，给人间以更多的幽香呢，还是神往月中仙境，感慨人世沧桑、探索宇宙的奥秘呢？

海潮涌入钱塘江，潮头高数丈，卷云拥雪，瞬息万变，这是动的。主人公“郡亭枕上看潮头”，其形体当然是静的；但他的内心世界，是否也是静的呢？作者有一首《观潮》诗：“早潮才落晚潮来，一月周流六十回。不独光阴朝复暮，杭州老去被潮催。”不用说，这是他在“郡亭枕上看潮头”时出现过的内心活动。但难道只此而已，别无其他吗？何况，仅就这些内心活动而言，已蕴含着人生有限而宇宙无穷的哲理，值得人们深思啊！

第三首，照应第一首的结尾和第二首的开头，从“江南忆，其次忆吴宫”冠下，追忆苏州往事：“吴酒一杯春竹叶，吴娃双舞醉芙蓉。”即一面品尝美酒，一面欣赏美女双双起舞。“春竹叶”，是对“吴酒一杯”的补充说明。张华诗云：“苍梧竹叶清，宜城九酝醝。”可见“竹叶”本非“吴酒”。这里用“竹叶”，主要为了与下句的“芙蓉”在字面上对偶，正像杜甫的“竹叶与人既无分，菊花从此不须开”借“竹叶”对“菊花”一样。“春”，在这里是个形容词。所谓“春竹叶”，可以解释成春天酿熟的酒，作者在另一篇诗里就有“瓮头竹叶经春熟”的说法；也可以解释成能给饮者带来春意的酒，作者生活的中唐时代，就有不少名酒以“春”字命名，如“富水春”“若下春”之类(见李肇《国史补》)。从“春”与“醉”对偶来看，后一种解释也许更符合原意。“醉芙蓉”是对“吴娃双舞”的形象描绘。以“醉”字形容“芙蓉”，极言那花儿像美人喝醉酒似的红艳。“娃”，美女也。西施被称为“娃”，吴王夫差为她修建的住宅，叫“馆娃宫”。开头不说忆苏州而说“忆吴宫”，既为了与下文协韵，更为了唤起读者对于西施这位绝代美人的联想。读到“吴娃双舞醉芙蓉”，这种联想就更加活跃了。

“吴酒”两句，前宾后主，喝酒，是为观舞助兴，着眼点落在“醉芙蓉”似的“吴娃”身上，因而以“早晚复相逢”收尾。“早晚”，当时口语，其意与“何时”相同。

白居易在《与元九书》中说：“感人心者，莫先乎情，莫始乎言，莫切乎声，莫深乎义。诗者：根情，苗言，华声，实义。……未有声入而不应，情交而不感者。”又在《问杨琼》诗里慨叹道：“古人唱歌兼唱情，今人唱歌唯唱声！”诗歌，需要有音乐性和图画性。但它感动人心的艺术魅力，却不独在于声韵悠扬，更在于以声传情；不独在于写景如画，更在于借景抒情。白居易把情看作诗歌的“根”，作诗谱歌，力图以浓郁的实感真情动人心魄。这是他留给后人的最宝贵的艺术经验。这三首《忆江南》，也正是他的艺术经验的结晶。正如题目所昭示，洋溢于整个组诗的，是对于江南的赞美之情和忆恋之情。“日出江花红胜火，春来江水绿如蓝”，真是写景如画！但这不是纯客观的景，而是以无限深情创造出来的情中景，又抒发了热爱江南的景中情。读这两句词，不仅看见了江南春景，还仿佛看见主人公赞美江南春景、忆恋江南春景的体态神情，从而想象他的精神活动，进入了作者所谓“情交”的境界。读“山寺”“吴酒”两联，情况也与此相似。

这三首词，从今时忆往日，从洛阳忆苏杭。今、昔，南、北，时间、空间的跨度都很大。每一首的头两句，都抚今追昔，身在洛阳，神驰江南。每一首的中间两句，都以无限深情，追忆最难忘的江南往事。结句呢？则又回到今天，希冀那些美好的记忆有一天能够变成活生生的现实。因此，整个组词不过寥寥数十字，却从许多层次上吸引读者进入角色，想象主人公今昔南北所经历的各种情境，体验主人公今昔南北所展现的各种精神活动，从而获得寻味无穷的审美享受。

这三首词，每首自具首尾，有一定的独立性；而各首之间，又前后照应，脉络贯通，构成有机的整体。在“联章”诗词中，其谋篇布局的艺术技巧，也值得借鉴。（霍松林）

长相思　白居易

汴水流，泗水流，流到瓜洲古渡头。吴山点点愁。　思悠悠，恨悠悠，恨到归时方始休。月明人倚楼。

这首词是抒发“闺怨”的名篇，构思比较新颖奇巧。它写一个闺中少妇，月夜倚楼眺望，思念久别未归的丈夫，充满无限深情。词作采用画龙点睛之笔，最后才点出主人公的身份，突出作品的主题思想，因而给读者留下强烈的悬念。

上片全是写景，暗寓恋情。前三句以流水比人，写少妇丈夫外出，随着汴水、泗水向东南行，到了遥远的地方；同时也暗喻少妇的心亦随着流水而追随丈夫的行踪飘然远去。第四句“吴山点点愁”才用拟人化的手法，婉转地表现少妇思念丈夫的愁苦。前三句是陈述句，写得比较隐晦，含而不露，如若不细细体会，只能看到汴水、泗水远远流去的表面意思，而看不到更深的诗意，这就辜负了作者的苦心。汴水发源于河南，古汴水一支自开封东流至今徐州，汇入泗水，与运河相通，经江苏扬州南面的瓜洲渡口而流入长江，向更远的地方流去。这三句是借景抒情，寓有情于无情之中，使用的是暗喻和象征的手法。“吴山点点愁”一句，承“瓜洲古渡”而入吴地，而及吴山，写得清雅而沉重，是上片中的佳句。“吴山点点”是写景，在这里，作者只轻轻一带，着力于下面的“愁”字。着此“愁”字，就陡然使词意发生了巨大的变化，吴山之秀色不复存在，只见人之愁如山之多且重，这是一；山亦因人之愁而愁，这是二；山是愁山，则上文之水也是恨水了，这是三。一个字点醒全片，是何等之笔力！

下片直抒胸臆，表达少妇对丈夫长期不归的怨恨。前三句写她思随流水，身在妆楼，念远人而不得见，思无穷，恨亦无穷。“悠悠”二字，意接流水，笔入人情。“恨到归时方始休”一句，与《长恨歌》之“天长地久有时尽，此恨绵绵无绝期”，各擅胜场。《长恨歌》写死别，故恨无绝期；此词写生离，故归即无恨。“恨到归时方始休”，句意拙直，不假藻饰，然而深刻有味，情真意真。末句“月明人倚楼”，是画景也是情语。五字包拢全词，从而知道以上的想水想山，含思含恨，都是人于明月下、倚楼时的心事；剪影式的画幅，又见出她茫茫然远望驰思，人仍未归，恨亦难休，几乎要化为山头望夫石也。（陆永品）

长相思　白居易

深画眉，浅画眉。蝉鬓鬅鬙[1]云满衣。阳台行雨回。　　巫山高，巫山低。暮雨潇潇[2]郎不归。空房独守时。

注 ① 蝉鬓：妇女的一种发式。其特点是轻而薄，望之缥缈如蝉翼。鬅鬙（péng sēng）：发乱貌。 ② 潇潇：形容风雨急骤。

闺怨词要写得一往情深，很重要的一着是要把闺妇生活中最能表现其闺怨情怀的片断吸取入文。这首词，颇得力于此。

先从时间上说。作者把闺妇置于“暮雨潇潇”的傍晚时分，很见匠心。一天之中，傍晚时分无疑是最易惹动离愁的。飞鸟投林，牛羊下括，农夫收工回家，都在傍晚时分。当此之时，如果丈夫行役异乡，久久未归，闺妇自然会加倍地感到空虚寂寞。李白的词作早已注意到了这一点,在《菩萨蛮》中写道:“暝色入高楼,有人楼上愁。”白居易则突进一层。他不是截取一般的傍晚时分,而是截取了一个“雨潇潇”的傍晚时分。这就使这一敏感的时间在展示离人愁怀方面更恰到好处了。不难想见,词中的闺妇处此时刻之中,于空虚寂寞之外,必然会平添心烦意乱之感。那感触,较之一般的暝色起愁更为强烈。陈廷焯说:“好在‘暮雨潇潇’四字。妙在绝不着力。”(《词则·闲情集》卷一评)道理即在于此。

次从心态的刻画上说。作者把闺妇内心的潜意识以梦幻的方式出之,愈感真切。上片所写的境界颇为恍惚。“深画眉,浅画眉”两句,显然不是“现在时”,而是“过去时”。为了逗丈夫喜欢,她精心地画过眉。究竟是画得深好,还是画得浅好,颇费思量。在夫妻生活中,画眉这件事尽管很小,却幸福而甜蜜,因而在这相思的时刻,最先从记忆中跳出来。回忆过去,不仅仅是为了填补当前的不足,更重要的是在于追求,对曾经获得过的幸福的追求。“蝉鬓鬅鬙云满衣。阳台行雨回”,则是由热烈的追求和缠绵的相思所引起的一种极为艳丽的梦幻。由于不便直说,便借用巫山神女这个熟典来曲说。相传为宋玉所撰的《高唐赋》中的神女曾说过“旦为朝云,暮为行雨。朝朝暮暮,阳台之下”的话,且曾自荐枕席于楚王,因此“阳台行雨”往往是男女欢会的代称。众所周知,梦幻是潜意识的活跃状态。而潜意识的活跃状态,正是思之深、念之切的必然结果。闺妇在现实生活中无法得到的幸福终于在梦幻中暂时地得到了。但是她必须付出代价。这就是下片所写的从梦幻中醒来以后的加倍的痛苦。

换头“巫山高,巫山低”,紧扣上片中的“阳台”一词,“高”“低”两字又与上片“回”字相关,句法细密无间。由于与丈夫分别太久,相思之苦太深,因而当她悠悠醒来以后,仍然惦念着那高高低低的巫山。这时,她发现作为梦幻中的欢会之地的巫山离自己是那样的遥远,简直是虚无缥缈,而留在自己心头的却是一大堆迷惘、杂乱、剪不断、数不清的离愁。听着窗外潇潇的暮雨声,她比先前更为痛楚地叹息自己的可悲处境:“空房独守时。”“空”“独”两字以其怵目惊心的敏锐感觉,与梦幻中的朦胧恍惚适成对照。它说明,梦幻过去以后,闺妇陷入了更为难堪的空虚和无比深切的怅恨的煎熬之中。大凡相思彻骨而导致潜意识的活跃,希冀在梦幻中获得暂时的慰藉,这就不同于一般的相思之情而应该称之为痴情了。作者抓住了闺妇最有痴情的片刻来展示其缠绵悱恻的相思之苦,所以黄昇《花庵词选》评为“非后世作者所及”。

本词在声律上也有特色。全词八句,除第五句外,句句用韵,而且用细微级的之、微、齐韵通押,使词的声情与闺妇的哀情融成一片,自然凄响,宛转谐美。故俞陛云说:“此首音节,饶有乐府之神。”(《唐词选释》)另据叶申芗《本事词》说:“吴二娘,江南名姬也,善歌。白香山守苏州时,尝制《长相思》‘深画眉’一阕云云。吴善歌之,故香山有‘吴娘暮雨潇潇曲,自别江南久不闻’之咏。盖指此也。”可见本词的音乐美也是不可多得的。(吴汝煜)

谪仙怨[①]　刘长卿

晴川落日初低,惆怅孤舟解携。鸟向平芜远近,人随流水东西。白云千里万里,明月前溪后溪。独恨长沙[②]谪去,江潭[③]春草萋萋。

注 ① 据唐窦弘余《广谪仙怨序》称，此曲调为唐玄宗思念张九龄而创制。张九龄于开元中预察到安禄山必反，曾密启玄宗诛之，未被采纳。张九龄后遭贬而死。玄宗于安禄山叛乱后仓皇奔蜀，后悔未听张九龄之言，故吹笛制此《谪仙怨》曲以悼之。“谪仙”盖指张九龄。 ② 长沙：原指西汉前指被谪为长沙王太傅的贾谊，这里借指梁耿。 ③ 江潭(xún)：即江畔。

《谪仙怨》又名《剑南神曲》，其曲调为唐玄宗于天宝十五载(756)入蜀途中所创制。刘长卿写作此词时约在大历中。当时作者因受到鄂岳观察使吴仲孺的诬陷，由淮西鄂岳转运留后贬为睦州(今浙江建德)司马。词题一作《苕溪酬梁耿别后见寄》，一作《答秦征君、徐少府春日见集苕溪，酬梁耿别后见寄六言》。从题目上看，这首词是寄给梁耿的。从词的内容看来，梁耿当时亦在贬所。苕溪在今浙江湖州。当是作者赴睦州途中行经之处。

开头两句“晴川落日初低，惆怅孤舟解携”，以回忆起笔，叙写了数年前与梁耿分手时节的情景。“晴川”是指晴朗的原野。“落日初低”是说落日开始接近地平线。“解携”就是与友人分手。刘长卿于唐肃宗至德初曾任苏州长洲尉，与梁耿交厚，不久梁耿因事获谴，行将远谪。作者为他饯行于苕溪之上。这次重经苕溪，很自然地回想起当年送别的情景。首句中的“初”字，很值得玩味。送别之际，留恋盘桓，把臂倾觞，暂时忘却了离愁别绪，也不觉得时间的流逝。直至红日西沉，始觉天色向晚，不得不解舟启程了。“初”字以敏锐的直觉，抒写了强烈的主观感受：话别的时间实在太短暂了。离别之愁已够凄楚，更何况言未尽怀，孤舟催发。次句紧接以“惆怅”两字，就势把满腹愁绪泻出，以下便转到眼前实景上来。

三、四两句“鸟向平芜远近，人随流水东西”，由眼前实景引出更深一层的感慨。作者送别梁耿以后，自己也因“刚而犯上”，于至德三载(758)被贬为潘州南巴尉。这段心酸的往事涌上心头，遂使眼前的景物也似乎为作者的心境而设。他从鸟儿忽远忽近的飞翔，想到了自己在宦海中忽东忽西的漂泊；鸟儿飞翔，尚能自由掌握远近方位，而自己宦游，却身不由主，只能听凭命运的摆布。上句中的“向”字写飞鸟凌空展翅，在广阔的平芜上空任意来往，显得极为自由活跃；下句中的“随”字写自己受名缰利锁的束缚，只能随人俯仰，欲罢不能，显得极为拘窘可悲。鸟为羽族，卑乎其微，人乃万物之长，人鸟相比，反不如鸟，这已是够悲怆的了；何况今日之飞鸟，一似识破作者的心理，故意在平芜上空去来不已，引起作者的身世之感，则其景其情，实令人难以为怀。作者在此运用相反相成的手法，极为深切而又含蓄地写出了内心的酸楚之事和悲愤之情。以上四句明代以后的选家都定为上片，而把下面四句定为下片。按之唐人窦弘余、康骈的同调之作，不仅三辞平仄一致，而且八句浑然一体，可见此词原无分片之说。

五、六两句“白云千里万里，明月前溪后溪”，写别后思念之深。“白云”“明月”在古诗词中常被用来表现对远方亲友的思念。如杜甫《恨别》诗：“思家步月清宵立，忆弟看云白日眠。”词中两句也是借白云、明月来寄托对梁耿的怀念。白云飘忽不定，时或千里，时或万里，象征着今日与友人睽隔之远，而自己的思念之情也悄悄地随着远去的白云飞向天涯。“明月”一词，上承首句“落日”而来。友人于“落日初低”时分乘舟远去，诗人伫立溪畔，凝神望久，不觉月轮初上，照得前溪后溪犹如白昼。两句虽然都是景语，但上句喻今日之睽隔，下句写昔日之相别，不仅景中有情，而且充分发挥了诗歌是时间艺术的长处，把今昔融为一体，创造了一幅形象凝练的感情画面，既呼应了开头，又十分自然地过渡到结尾。

最后两句"独恨长沙谪去,江潭春草萋萋",写作者竭力从离愁别恨中解脱出来而终于无法解脱出来的情状。"长沙"原指西汉前期被谪为长沙王太傅的贾谊,这里借指梁耿。贾谊是一个有才学、有品格的杰出人物。他的被贬,完全是无罪的。用贾谊比梁耿,说明梁耿人才出众。他的遭贬也是无辜罹罪。"独恨"者,意即人世间一切恨事皆可忘却排遣,唯独对志同道合的友人无辜遭贬一事永远不能忘怀之谓。作者所以能具此一份强烈的感受,当与自己切身感受有关。"长沙谪去"四字,复于"独恨"之余,在心灵上扫出一片感情空白。这片空白,在现实人生中已经无法填补。于是,只好从虚拟的想象中去寻求寄托。"江潭"是作者想象中梁耿谪居之处。"春草萋萋"是《楚辞·招隐士》中语:"王孙游兮不归,春草生兮萋萋。"古人常以春草之生,兴游子思归之情。"萋萋"形容春草的茂盛。春草由初生而至茂盛,游子自当由远出而思归。但实际情形并非如此。游子欲归而终不得归,梁耿远谪未返,已亦正行赴贬所。诗人原想借《楚辞》的妙文秀句填补内心的感情空白。至此则非但不能达到此项目的,反而更增添了几分凄怆寥落之感。充塞于诗人心头而又聊可与友人千里相接的,唯有一片连绵不断、延伸到天涯海角的萋萋春草而已。由此可见,他们彼此的心境都是非常悲苦的。

全词六言八句,四十八字,五平韵。每句作三次停顿,音节短促激楚,有一波三折之妙,颇能传达出作者抑郁不舒的哀切心情。中间四句两两相对,不仅有律诗的严整,而且多用民歌语言(如"千里万里""前溪后溪"),有歌词的通俗和回环荡漾的情致,因此很适合于传唱。窦弘余《广谪仙怨序》称刘长卿撰写此词后,曾"吹之为曲,意颇自得",足见作者自己也是很欣赏这篇作品的。(吴汝煜)

广谪仙怨　窦弘余

胡尘犯阙冲关,金辂[1]提携玉颜。云雨此时萧散,君王何日归还?
伤心朝恨暮恨,回首千山万山。独望天边初月,蛾眉犹自弯弯。

注 ① 辂(lù):车名。

这首词原来有一篇很长的序,序中写到本词的缘起。天宝十五载(756),安禄山叛军陷潼关,进逼长安。唐玄宗西逃,至马嵬驿,六军不发,赐杨贵妃自尽。至骆谷,玄宗对高力士说:"吾听九龄之言,不到如此。"因在马上索长笛吹,曲成,潸然流涕。遂名此曲为《谪仙怨》,其音怨切,诸曲莫比。此曲后来流传,已无人知其本事,称之为"剑南神曲"。窦弘余有感于此,聊因暇日撰其辞,复命乐工唱之,"用广其不知者",故名《广谪仙怨》。

首句写安禄山反,进犯长安。犹白居易《长恨歌》"九重城阙烟尘生"意。次句写玄宗携同贵妃,车驾幸蜀,犹《长恨歌》"千乘万骑西南行"意。"金辂"指玄宗的车辇。"玉颜"指杨贵妃。起两句用赋体,叙事简练。"云雨"二句,分写贵妃和玄宗的命运。云雨萧散,喻贵妃之死。"云雨",用宋玉《高唐赋序》言楚王梦与神女相会事。神女自谓"旦为朝云,暮为行雨",因称男女欢合为"云雨"。云散雨收,玄宗和贵妃的爱情生活也就结束了。语意比《长恨歌》"宛转蛾眉马前死”来得含蓄蕴藉，具有抒情色彩。“君王”句，故意设问，中有寓意。玄宗晚年昏庸，不接受张九龄等有远见的大臣劝谏，把军事大权交到野心勃勃的胡将安禄山手里，终于导致了安史之乱。玄宗逃到西蜀，命太子李亨监国。李亨擅自登基为帝，遥尊玄宗为太上皇。玄宗从此失去权力，受制于肃宗、张后。“何日归还”四字，微讽纤悲，既不满玄宗所为，复致惋伤之意。

过片二句，“伤心朝恨暮恨，回首千山万山”，写玄宗在蜀中的怨恨，可比之《长恨歌》的“蜀山水碧蜀山青，圣主朝朝暮暮情”，回首长安，山河阻隔，朝思暮忆，长恨无期。无论是在入蜀途中，在蜀地的行宫，还是在回京时候，经历千山万山，总是触景伤心，对已逝的妃子无限思念。两句语言精练流畅，重复“恨”字“山”字，具有特殊的音乐美，展现出感人的诗的境界。试与曼声吟哦，自觉心魄摇曳。后来康骈复填此调云：“晴山碍目横天，绿叠君王马前。銮辂西巡蜀国，龙颜东望秦川。”花了许多笔墨描写，转觉才情浅拙，不及此二语的简朴动人了。收二句“独望天边初月，蛾眉犹自弯弯”，是词人想象之辞，唐玄宗凄然念旧的神情毕现。《长恨歌》云：“芙蓉如面柳如眉，对此如何不泪垂。”而本词说看到天边的初月弯弯便想起妃子的蛾眉了。两句融情入景，增添了哀怨的气氛。俞陛云《唐词选释》曰：“后人或言杨妃未死，为之辨证，岂弘余亦知其潜遁，故言蛾眉犹似，隐约其词耶?”则纯属臆测，恐作者初无此意。(陈永正)

八六子　杜　牧

洞房深。画屏灯照，山色凝翠沉沉。听夜雨冷滴芭蕉，惊断红窗好梦，龙烟细飘绣衾。辞恩久归长信，凤帐萧疏，椒殿闲扃[1]。　辇路苔侵。绣帘垂、迟迟漏传丹禁。蕣[2]华偷悴，翠鬟羞整，愁坐、望处金舆渐远，何时彩仗重临。正消魂，梧桐又移翠阴。

注 ① 扃(jiōng)：门窗，门户。　② 蕣(shùn)：木槿花。

这是一首描写宫怨的词，是代失宠的后宫嫔妃的立言之作。表现后宫女子不得见御而产生怨恨的抒情文学作品，有久远的历史，《诗经》《楚辞》中就有类似之作，西汉司马相如的《长门赋》更是一篇专写宫怨的名作。南朝徐陵选编的《玉台新咏》中有大量描写这个题材的作品。男欢女爱和离情别恨之作，一向被认为是词之正宗，而宫怨正与此相应，因此进入传统的词域和词境中，是再正常不过的事情。

五代之前，词作多属小令，杜牧这首《八六子》，可以算是长调了。词分上下两片。

上片以记事为主，兼有写景抒情，专写一宫内女子日暮至入夜时分独处深宫，无人相伴的孤寂。起拍三句，明是写景。笔触由室内移向室外。以“洞房深，画屏灯照”起句，看似直写所居之室的幽深和孤灯如豆的暗昧，但细细品读，则有言外之意在。一是用“洞”与“深”呼应，写居室之深旷，更体现出人的不胜冷寞；二是在视觉上以灯为中心，造成一种渐远渐暗的空间效果，形成阴森之气氛，更体现出人心理上的寒怖之感；三是用室内的华丽陈设、与人心理上的凄清，构成反衬关系，更见人情之难堪。室内已然如此，放眼室外，正是黄昏时分，薄暮中，山色仍不失苍翠，越来越暗。“沉沉”二字，构成了光线在时间上的变化，很值得品味。三句渲染了一种深秋时分特有的氛围，既不像春天那样光彩，也不像盛夏时那样盛旺，更不似冬天那样酷寒，而是一种秋季特有的迟暮。“听夜雨”三句切入写事。“夜雨”照应上句“凝翠”言时间暗逝，已由暮至夜。本来慵懒困倦，已经入眠，但是秋雨的声音，扰醒了自己。秋雨打芭蕉，是中国文学中的传统意象，与男女相思之情相关。“红窗”与上边的“画屏”呼应，写居室的豪华，暗寓住在这里的不是等闲女子。“惊断红窗好梦”与下句“龙烟细飘绣衾”构成点染关系，用景语染情语。在中国文化中“龙”字往往专指帝王，而“绣衾”则是指绣有凤凰鸳鸯之类图案的缎被，这又喻指男女之事。暗示了这位女子是曾受过皇上恩宠者。果真接下来“辞恩”三句，点明自己辞恩失宠，已经年累月。“久”“萧疏”“闲”这些与时间流逝关联的词的重复使用，使这种长期受冷遇之感形成巨大而持久的压力，以至难以忍受！还是用点染手法，只不过这次是前一句是点，表情之语，后两句是渲染之语，很有意味，谓凤帐为“萧疏”可见其尘蔽之状，表明主人对生活的失望乃至绝望，而谓殿门为“闲扃”，则是明扃而暗留，难道还指望夜半人来？

下片以抒发孤怨之情为主，兼有写景叙事。换头之句，词家颇重虽换象而意脉相续，这里果真是承前启后。殿门虚掩，指望人来，相思愈重，无法入睡，故展眼望去：专走车驾的道路，已是斑斑苍苔，可见久已无人过往。“绣帘垂”从意思上看，应置于上句之前，即写隔着闲扃之门的帘幕所见之辇路，倒装后以“辇路苔侵”始，更突出了与上片的呼应作用。“绣帘”以下七句，言人，写景，记事和心理描写相融相交，但中心却是抒发闲愁满腹，度日如年，殷切盼望帝驾重新临幸的迫切心情。“漏传”从时间上照应上片“夜雨”，表明时间已至凌晨。从木槿花的转瞬即谢想到自己韶华易逝，不禁心灰意懒，不思梳妆。女为悦己者容，无悦己者，则不容，当是顺理成章之举。花容与人貌，其间由联想而对接，自然而然。“愁坐”两句又是倒装，车驾仪仗开行，但并不是前来，而是远去。如同以前一样，期望今日再次落空。但是，孰料明天之事？谁敢说明日后日“彩仗”不会“重临”。有着三宫六院七十二妃三千佳丽的万乘之主，会如这位失宠者之愿吗？但是旧时入了深似海的女子，又还能有什么理想吗？想来让人心酸。结拍二句，言正在想得消魂夺魄之时，曙光初照，梧桐树阴又一次在窗上移动。但愿在新的一天中，她的好梦成真。“移翠阴”近应“漏传”，远接“凝翠”，表示从薄暮到清晨时间的流度。“正消魂”与“梧桐又移翠阴”还是点染关系，将正消魂中欲说还休的复杂感情，借助于时间和空间中树影的移动，巧妙而含蓄地表达出来，需要读者细细体会。

自屈原以后，文学中借香草美人以喻君臣之交，成为重要传统。晚唐诗人这一点又特别突出，以至于在谈到与杜牧齐名的诗人李商隐之作时，有“诗家总爱西昆好，独恨无人作郑笺”之说。如果说杜牧此作也有将自己比作失宠的嫔妃，以表达怀才不遇的君臣之慨，恐怕还不能算是失之毫厘、谬以千里吧。（李向菲）

天仙子　皇甫松

晴野鹭鸶飞一只，水葓花发秋江碧。刘郎此日别天仙，登绮席，泪珠滴。

十二晚峰青历历。

南朝宋刘义庆《幽明录》记有刘、阮故事。东汉剡县人刘晨、阮肇同入天台山采药，迷不得返，饥食桃实，渴饮溪水。在山溪边遇二美貌女子，待他们如旧相识，并邀至家款待，当晚成亲。十日后刘、阮求归，二女苦留，又过了半年。山中气候草木常是春时，百鸟啼鸣，更使二人怀乡念家，归思甚苦，女遂相送，指示还路。既还，亲旧零落，邑屋改异，子孙已历七代。这个故事，为后世诗词小说戏曲取作题材，或寄寓世人对仙境奇遇的向往，或借以抒发聚散相思的苦情。皇甫松此词，就是撷取临别时的一幕，写得情景交融，篇幅虽短，思致却深。

“晴野鹭鸶飞一只，水荭花发秋江碧”，叙写秋景，切半年后还家的时令；已非复“气候草木常是春时”的山中景致，是为别后独行野望所见，兼以衬托人物此时的心境。鹭鸶为水鸟，栖于水边，高下飞翔。王维诗：“漠漠水田飞白鹭。”李绅诗：“碧峰斜见鹭鸶飞。”此句特写“飞一只”，寓意显然。“一只”二字置于句末，唐高骈《步虚词》已有“青溪道士人不识，上天下天鹤一只”的先例，都是为了使这两个字得到强调，和加上着重点差不多，不只是为了押韵的缘故。水荭是丛生于江边洲渚间的水草，又称水荭，夏秋开花，花白色或粉红色。“水荭花发秋江碧”，境界未尝不阔远清疏，色彩亦甚鲜妍谐美，然而不能吸引此时刘郎的心目者，他的心还留在适才分别的场景之中，于目前佳景自似视若无睹，因下文而可知也。于是接转“刘郎此日别天仙，登绮席，泪珠滴”三句，回叙别时情景。对“天仙”、临“绮席”而“泪珠滴”，是一“别”字使然。思归之心至初，离别之情又难，当此际，自应有许多心事、言辞、态度，而作者只用“泪珠滴”三字了之。盖写情人相别情景，最富概括性、表现力的，莫如写流泪了。格律上此处只许写三个字，就写这三个字，一切都可尽包其中；至如“和泪出门相送”之“相送”也，“执手相看泪眼”之“执手”也，在这三个字面前，反觉辞费了。盖写也写不尽，写一二点反显其少，不如不写反觉其多。末句“十二晚峰青历历”，又转头来写别后独行所见。此亦写景，但与开头写景又有不同。开头之景，作者所设之景也，非必主人公目中之景；入目而不入心，与无景同。结句之景，诚主人公目中之景也，入目而又动心。情人已别，眼前只有青峰历历可数；山色可认，山中人更可思。陈廷焯评云：“结有远韵，是从‘江上数峰青’化出。”（《词则·别调集》）此言甚是。必曰“十二峰”者，又用宋玉《高唐赋》中巫山神女事。南宋范成大曾两游巫山，作有前后《巫山高》诗，后诗云：“凝真宫前十二峰，两峰娟妙翠插空；余峰竞秀尚多有，白壁苍崖无数重。”可以为词中的“峰青”作注。此句以景结情，兼用两典，融合无痕。

词咏调名本意。唐五代此题并多用刘阮事，托意仙缘，实写人情。丁寿田等评韦庄本调“刘阮不归春日曛”云：“此词盖借用刘阮事咏美人窝耳。”（《唐五代四大名家词》乙篇）于皇甫此词固亦可作如是观。但皇甫词句丽而意清，语真而情挚，不涉绮思，诚为此调中上驷。（陈长明）

浪淘沙　皇甫松

滩头细草接疏林，浪恶罾[①]船半欲沉。宿鹭眠鸥飞旧浦，去年沙嘴是江心。

注 ① 罾(zēng)：渔网。

《浪淘沙》是较早的词调之一，形式与七言绝句同，内容则多借江水流沙以抒发人生感慨，属于"本意"(调名等于词题)一类。皇甫松此词抒写人世沧桑之感，表现得相当蕴藉。

首句写沙滩远景：滩头细草茸茸，遥接岸上一派疏林。细草初生，可见是春天，也约略暗示那是一带新沙。次句写滩边近景：春潮带雨，挟泥沙而俱下，水昏流急，是扳罾捕鱼的好时节。但由于波浪险恶，罾船时时有被弄翻的危险。两句一远一近，一静一动，通过细草、疏林、荒滩、罾船、浪涛等景物，展现出一幅生动的荒沙野水的图画，虽然没有一字点出时间，却能表达一种暮色苍茫之景。正因为如此，三句写到"宿鹭眠鸥"就显得非常自然。大江有小口别通为"浦"。浦口沙头，乃水鸟栖息之所。三句初似客观写景，而联系末句读来，"旧浦"二字则大有意味。今之"沙嘴"乃"去年"之"江心"，可见"旧浦"实为新沙。沙嘴虽新，转瞬已目之为旧，言外便有余意。按散文语法，末句应为"沙嘴去年是江心"。这里语序倒置，不仅音韵和婉协律，而"沙嘴是江心"的造语也更有奇警，言外之意更显。恰如汤显祖所评："桑田沧海，一语破尽。红颜变为白发，美少年化为鸡皮老翁，感慨系之矣。"

偌大感慨，词中并未直接道出，而是系之于咏风浪之恶，沙沉之快。而写沙沉之快也未直说，却通过飞鸟归宿，认新沙为旧浦来表现。手法纡曲，读来颇有情致。前三句均为形象画面，末句略就桑田沧海之意一点，但点而未破，读者却不难参悟其中遥深的感慨，也就觉得那人世沧桑的大道理被它"一语破尽"。(周啸天)

梦江南　皇甫松

兰烬落，屏上暗红蕉。闲梦江南梅熟日，夜船吹笛雨潇潇，人语驿边桥。

《梦江南》又名《忆江南》，唐人用此调而咏本题的作品，今仅传白居易三首、皇甫松二首。王国维辑《檀栾子词》(檀栾子为皇甫松自号)后记中称皇甫松二首"情味深长"，在白居易之上。平心而论，其"楼上寝"一首未必能超过白乐天，但这阕则的确做到了不让白氏专美于前。"日出江花红胜火，春来江水绿如蓝"，此白香山词之警策也，景色是何等的鲜明，情调是何等的亢爽！借用苏东坡的一句诗来评价它，正所谓"水光潋滟晴方好"。相比之下，本篇显得凄迷、柔婉，又是一种境界——"山色空濛雨亦奇"，换句话说，也就是"语语带六朝烟水气"(俞陛云《唐词选释》评语)。烟水氤氲，山色空濛，美就美在"朦胧"。能赏"朦胧"之美，然后可以读此词。

"兰烬落，屏上暗红蕉。"夜，已经很深了。兰烛烧残，烧焦了的烛灺无人为剪，自拳自垂自落，余光摇曳不定。屏风上猩红色的美人蕉花，也随之黯然，模糊不清了。这光景自然是一片朦胧。词人就在这一片朦胧中进入了梦乡。以下三句，便转写梦境。

"闲梦江南梅熟日，夜船吹笛雨潇潇。人语驿边桥。""梅子黄时雨如雾"(宋寇準诗句)，雨帘掩蔽下的江船是朦胧的，雨帘掩蔽下的驿、桥乃至桥上之人也是朦胧的。而这一切连同雨帘，又笼罩在夜幕之中。而这一切连同雨帘，连同夜幕，又隐没在梦云缥缈之中。雨朦胧，夜朦胧，梦朦胧，朦胧而至于三重，真可谓极迷离惝恍之致了。还有那笛声，那人语。笛声如在明月静夜高楼，当然清越、浏亮，但在潇潇夜雨江船，却不免呜呜然，闷闷然。人语如于万籁俱寂中侧耳谛听，虽则细细焉，絮絮焉，也还清晰可闻，但一经与雨声、笛声相混，便隐隐约约、断断续续，若有而若无了。词中诉诸读者的这些听觉印象倘若转换为视觉形象，仍然不外乎那两个字——“朦胧”。

随着“朦胧诗”这一新流派在现代诗坛上的出现，文学评论家们是非蜂起，对它褒贬不一。或以为“朦胧”即是“晦涩”的代名词。本文无意介入这场讨论，此处须加说明的是，我们认定皇甫松这首词之美在“朦胧”，是指它的气象“朦胧”，境界“朦胧”。就语句而言，它字字如在目前，一点也不流于“晦涩”的。披文见情，一读便知词人曾经在风光旖旎的江南水乡生活和漫游过，江南水乡的旖旎风情给他留下了永远也不能够忘怀的美好记忆，使他朝思暮想，使他魂牵梦萦，终至满怀深情地飞动彩笔，写出了风流千古的清辞丽句。但“一读便知”却并不等于“一览无余”，细细吟味，全词还是很蕴藉、很耐咀嚼的。具体地说，上两句只写烛残屏暗，而词人在入梦前有一长段时间的辗转反侧，居然可知；下三句只写梦中之愉悦，而词人醒时之惆怅又可于言外得之。凡此都是藏锋未露的含蓄之笔，不应草草看过。除此之外，更有一桩费人思量之事，那就是本篇的主旨究为怀念江南之地呢，还是怀念江南之人？或者，怀地、怀人，兼而有之？笔者以为，作既怀其地、又怀其人，而以怀人为主理解，可能更接近事实。如果孤立地看这一篇，也许大多数读者都会倾向于“怀地”说。但我们应该十分注意，词人写了章法大致相同的两首《梦江南》，它们当是一对姊妹篇。据第二首中“梦见秣陵惆怅事……双髻坐吹笙”云云推断，则本篇所写，似乎也是当年“秣陵”（今江苏南京）之事；“人语驿边桥”之“人”，或者就是词人自己和他所钟情的那位梳着“双髻”的姑娘（“双髻”，表明她还是待嫁的少女，当是一名雏妓）吧？按照两首词中交代的节令，本篇所梦为“梅熟日”，亦即农历四五月间；而下篇所梦则为“桃花柳絮满江城”时，亦即暮春三月。若依时间顺序编排，那么下篇应前而本篇应后，互相调换一下位置。果然如此，则“楼上寝”阕既已明白点出具体之地“秣陵”与具体之人“双髻”少女，本篇就不必重出了，其所以泛称“江南”而泛言“人语”的缘故，岂在此乎？（钟振振）

梦江南　皇甫松

楼上寝，残月下帘旌。梦见秣陵惆怅事，桃花柳絮满江城，双髻坐吹笙。

皇甫松《梦江南》共有两首，这是其二。词所写是梦境中的情事。

“楼上寝，残月下帘旌。”词的一开头，写梦醒后的深夜景象，是做梦人身处的客观环境。主人公寝息于高楼上，夜很深很深了，西沉的残月收尽了楼头帘子上的余辉，夜色又归于黯淡。这一描写将此时此刻高楼上的居者孤独凄清的心情渲染了出来。“残月”的“残”同“缺”义近。月的圆缺常常被人用来比喻人的离合聚散。“残月”实际上暗示了楼上的居者孤单无偶，引逗出下边所写的梦境。

“梦见”句纯为叙述之语，是联结全词前后的纽带。前两句，是梦者身处的实境，后两句，则是梦中情景。“枕上片时春梦中，行尽江南数千里”（岑参《春梦》），梦是飘忽无定的，可以瞬息千里，这是梦的一般特点。此词却不同，主人公所梦见的只是江南一隅——秣陵（即金陵，今南京市），这是他深情忆恋的所在。梦中情景，本是梦者对过去一段美好生活的追忆，何来“惆怅”呢？这点明词是从梦醒后的角度来写的。旧日的欢情除了见之于梦，再也无法得以重温，面对着的又是残月收辉、万籁俱寂的深夜，怨怀无托，怎能不迷惘惆怅呢？“桃花柳絮满江城”，是梦中秣陵的迷人春景；“双髻坐吹笙”，是梦中相遇的女子。这是一幅景如画、人姣美的春景图。景物和人物互相映照，将人物衬托得十分娇艳，而且，她还吹奏着悠扬的笙乐。貌美艺高，更足动人。但这一切只不过是梦境中的“一晌贪欢”而已。这两句有虚实结合的妙处。虚，即所谓“梦见”，它是梦中景色，梦中欢情；实，指梦中情景，本是昔日的真境遇。旧欢不可再遇，积思成梦，梦境如蜃楼，醒后愈觉凄清。虚中有实，实事早虚，婉转曲折地表达了梦者往事成空的怅恨。

全词共五句，中间一句，点梦与所梦之地、入梦之事，其余四句，分置首尾，均为景语，却又是情语，梦者的感情融注在画面中，表达得极为婉转含蓄。刘熙载说：“（唐）五代小词，虽小却好，虽好却小，盖所谓‘儿女情多，风云气少’也。”（《艺概·词曲概》）此词体制固小，而以婉约为宗，情味深长，耐人咀嚼，所以为好。至于“儿女情多”，则本是“花间”特色，气类所聚，无怪其然。故陈廷焯《词则·大雅集》称赞这首词：“梦境画境，婉转凄清，亦飞卿之流亚也。”（王锡九）

采莲子（二首）　皇甫松

菡萏香连十顷陂举棹。小姑贪戏采莲迟年少。晚来弄水船头湿举棹，更脱红裙裹鸭儿年少。

船动湖光滟滟秋举棹。贪看年少信船流年少。无端隔水抛莲子举棹，遥被人知半日羞年少。

反映江南采莲优美风俗的第一首诗，是汉乐府《江南可采莲》。后来梁武帝制《采莲曲》，梁、陈、隋三代相沿之作不少，但多浮泛轻靡。皇甫松是唐代人，生于江南，他的这组《采莲子》，则是清水出芙蓉，充满健康活泼的生活气息。

《采莲子》是唐代教坊曲，七言四句，句尾带有和声。此组歌词，若去掉和声，则无异七言绝句，呈示的是一位少女采莲的情景，这是其第一境界。包括和声在内则不同，展现的是采莲众少女一唱众和的情景，这是其第二境界。此词和声既传，则应欣赏其作为有和声之歌词而不是无和声之绝句的全幅境界。

两词的主角为同一位少女，两词回环映照，实不可分。先看前一首。“菡萏香连十顷陂举棹。”菡萏即荷花。采莲是采莲蓬，但此时不妨还有迟开的荷花，如此则意境更美，荷花与红裙少女相映成趣。陂是池沼，即荷塘。“香连”二字，以荷花的清香把回塘十顷连了起来，并把采莲女曲曲引入荷塘深处，这样写法，有空灵之妙。句尾和声“举棹”，与现境相关，分明唱出众少女打桨荡舟的情景。诵之则仿佛一女歌声方余音袅袅，众少女已齐声相和。“小姑贪戏采莲迟年少。”小姑是歌中人，其实不妨就是唱歌的少女，如此则有戏剧性，意味更妙。小姑平时藏深闺，今日入荷塘，林立的荷叶似乎隔开了人世的拘束，清清的水波更荡开了她的心扉。小姑不禁贪玩戏水，流连忘返。“晚来弄水船头湿举棹。”“晚来”承上句“采莲迟”，“弄水”点上句“贪戏”。小姑弄水，大概是赤着双脚打水吧，到了兴头上，采莲船也给浇得水湿淋淋。可是她的娇憨之态还不止于此呢。“更脱红裙裹鸭儿年少。”小姑的无拘无束，憨态可掬，活脱脱就在眼前。句尾和声一起，伴随着众少女的一片笑声，那不消说了。

再看第二首。“船动湖光滟滟秋举棹。”采莲船，荡漾在一片湖光闪动之中。湖光豁亮了小姑的心眼，她的心灵也暗暗波动。心动为何？“贪看年少信船流年少。”原来，为的是有一位“陌上谁家年少足风流”。小姑久藏深闺，采莲无异为身心的一次解放，一旦遇见渴望的意中人，就什么礼法也不大顾了，何况这小姑忒大胆。她只顾痴痴地看，不觉莲舟轻轻的漂。“贪看”二字，充分刻画出小姑的情窦初开，大胆无羁。英俊少年迷住了她的心，爱情之火燃起，鼓舞她去勇敢追求。“无端隔水抛莲子举棹。”她抓起一颗莲子（那是她初恋的一颗心），扔过水面，扔向那少年。无端，点少女之冲动。莲子，谐音为怜子（爱你），这是南朝民歌的传统手法。这一抛莲子，实在是太大胆，不仅是人世间的礼法，连少女自己的矜持也置之于不顾了。“遥被人知半日羞年少。”抛了莲子后，才猛然感到远处有人看见呐！也许是岸上的旁人，也许是邻舟的女伴吧。别人看见如何姑不论，小姑可害羞了好半天呢。当众少女和声再起时，可以想见，那是伴随着一片会心的欢笑的。

此组歌词艺术特色有三。一是人物刻画之妙。小姑形象，又娇憨又大胆。刻画其娇憨，前首着力于小姑贪戏弄水之贪，后首着力于贪看少年之贪。刻画其大胆，则前首突出于更脱红裙裹鸭儿，后首突出于无端隔水抛莲子。况周颐《餐樱庑词话》说得好：“写出闺娃稚憨情态，匪夷所思，是何笔妙乃尔！”二是和声作用之妙。和声带出众少女，采莲场面就热闹了，也更富于戏剧性。正如刘永济《唐五代两宋词简析》所说：“采莲时，女伴甚多，一人唱‘菡萏香莲十顷陂’一句，余人齐唱‘举棹’和之。第二、三、四句亦同。此二首写采莲女子之生活片段，非常生动，读之如见电影镜头，将当日采莲情景摄入，有非画笔所能描绘者。”第三，这组《采莲子》兼容了南北朝民歌之风神。取材江南采莲，便有南朝民歌之清美。而描写初恋少女之大胆，则接近北朝民歌之泼辣。（同写少女初恋，南歌说“感郎千金意，惭无倾城色”，北歌却说“女儿自言好，故入郎君怀”。）唐歌词兼容南北朝民歌之风神，这并非偶然。唐代是空前大统一的时代，融合了南北朝的文化，读此词，于此背景不可不知。（邓小军）

菩萨蛮　温庭筠

小山重叠金明灭[①]，鬓云欲度香腮雪。懒起画蛾眉，弄妆梳洗迟。
照花前后镜，花面交相映。新帖绣罗襦，双双金鹧鸪。

注 ① 旧解多以小山为“屏”，其实未允。此由一不知全词脉络，误以首句与下无内在联系；二不知“小山”为眉样专词，误以为此乃“小山屏”之简化。又不知“叠”乃眉蹙之义，遂将“重叠”解为重重叠叠。然“小山屏”者，译为今言，谓“小小的山样屏风”也，故“山屏”即“屏山”，为连词，而“小”为状词；“小”可省减而“山屏”不可割裂而止用“山”字。既以“小山”为屏，又以“金明灭”为日光照映不定之状，不但“屏”“日”全无着落，章法脉络亦不可寻矣。

飞卿为晚唐诗人，而《菩萨蛮》十四首乃是词史上的一段丰碑，雍容绮绣，罕见同俦，影响后来，至为深远，盖曲子词本是民间俗唱与乐工俚曲，士大夫偶一拈弄，不过花间酒畔，信手消闲，不以正宗文学视之。至飞卿此等精撰，始有意与刻意为之，词之为体方得升格，文人精意，遂兼入填词，词与诗篇分庭抗礼，争华并秀。

本篇通体一气，精整无只字杂言，所写只是一件事，若为之拟一题目增入，便是“梳妆”二字。领会此二字，一切迎刃而解。而妆者，以眉为始；梳者，以鬓为主；故首句即写眉，次句即写鬓。

小山，眉妆之名目，晚唐五代，此样盛行，见于《海录碎事》，为“十眉”之一式。大约“眉山”一词，亦因此起。眉曰小山，也时时见于当时词中，如五代蜀秘书监毛熙震《女冠子》云：“修蛾慢脸（脸，古义，专指眼部），不语檀心一点（檀心，眉间额妆，双关语），小山妆。”正指小山眉而言。又如同时孙光宪《酒泉子》云：“玉纤（手也）淡拂眉山小，镜中嗔共照。翠连娟，红缥缈，早妆时。”亦正写晨妆对镜画眉之情景。可知小山本谓淡扫蛾眉，实与韦庄《荷叶杯》所谓“一双愁黛远山眉”同义。

重，在诗词韵语中，往往读平声而义为去声，或者反是，全以音律上的得宜为定。此处声平而义去，方为识音。叠，相当于蹙眉之蹙字义，唐诗有“双蛾叠柳”之语，正此之谓。金，指唐时妇女眉际妆饰之“额黄”，故诗又有“八字宫眉捧额黄”之句，其良证也。

已将眉喻为山，再将鬓喻为云，再将腮喻为雪，是谓文心脉络。盖晨间闺中待起，其眉蹙锁，而鬓已散乱，其披拂之发缕，掩于面际，故上则微掩眉端额黄，在隐现明灭之间；下则欲度腮香，——度实亦微掩之意。如此，山也，金也，云也，雪也，构为一幅春晓图画，十分别致。

上来两句所写，待起未起之情景也，故第三句紧接懒起，起字一逗——虽曰懒起，并非不起，是娇懒迟迟而起也。闺中晓起，必先梳妆，故“画蛾眉”三字一点题——正承“小山”而来。“弄妆”再点题，而“梳洗”二字又正承鬓之腮雪而来。其双管并下，脉络最清。然而中间又着一“迟”字，远与“懒”相为呼应，近与“弄”字互为注解。“弄”字最奇，因而是一篇眼目。一“迟”字，多少层次，多少时光，多少心绪，多少神情，俱被此一字包尽矣。

梳妆虽迟，终究须有完毕之日，故过片重开，即写梳妆已罢，最后以两镜前后对映而审看梳妆是否合乎标准。其前镜，妆台奁内之座镜也；其后镜，手中所持之柄镜也——俗呼“把儿镜”。所以照者，为看两鬓簪花是否妥恰，而两镜之交，“套景”重叠，花光之与人面，亦交互重叠，至于无数层次！以十个字写此难状之妙景，尽得神理，实为奇绝之笔。

词笔至此，写梳妆题目已尽其能事了，后面又忽有两句，又不知为何而设？新帖，新鲜之“花样子”也，剪纸为之，贴于绸帛之上，以为刺绣之“蓝本”者也。盖言梳妆既妥，遂开始一日之女红：刺绣罗襦，而此新样花帖，偏偏是一双一双的鹧鸪图纹。闺中之人，见此图纹，不禁有所感触。

讲词至此，本已完毕。若有人必定诘问：所感所触，与全篇何涉？岂非赘疣，而成蛇足乎？

答曰：假使不有所感所触，则开头之山眉深蹙，梦起迟妆者，又与下文何涉？飞卿词极工于组织联络，回互呼应，此一例，足以见之。（周汝昌）

菩萨蛮　温庭筠

水精帘里颇黎枕，暖香惹梦鸳鸯锦。江上柳如烟，雁飞残月天。　藕丝秋色浅，人胜参差剪。双鬓隔香红，玉钗头上风。

这首词所写的主人公是一位年轻女子。词的上阕写她居处的环境，借助景物的烘托委婉地透露出人物的心理状态；下阕描述她的穿戴打扮，通过几个细节勾勒了人物的形貌，合起来是一幅玲珑明丽的女子怀春图。

水精，就是水晶。颇黎，就是玻璃。门窗上挂着水晶制成或者晶莹透明赛似水晶的帘子，床上放着玻璃制成或滑润细腻如玻璃般的枕头。第一句虽仅举出两件器物，但女子房中其他陈设的精致讲究由此便可想见。更重要的是，房主人情操的高雅美洁，也就可以借此窥见端倪。此刻，女主人公正恬然入睡于她那绣有鸳鸯图案的锦被之中，做着一个个旖旎的梦。《古诗十九首》："客从远方来，遗我一端绮。……文采双鸳鸯，裁为合欢被。"被子用香炉熏过，既暖且香，故能"惹梦"——带有温柔绮丽色彩的春梦。开篇两句，仅十四个字，并列地写了水精帘、颇黎枕、鸳鸯锦三件器物，却并不给人平板呆滞之感，因为其中着意点染了轻轻浮动于室内的香气和主人公幽远缥缈的梦思，就使这本来静止的画面变得有了生气，甚至充满了幻想的意味。

"江上柳如烟，雁飞残月天"，紧承"暖香惹梦"而来，因此清人张惠言认为这两句写的就是女主人公的梦境（见张惠言《词选》对本词的评注）。这自然不无道理。可是，尽管日常生活中的梦有许多确是不可思议、无从解释的，在文学作品中所写的梦却大抵能找到某种现实的原因或契机。因此，即使"江上"两句写的是梦境，这梦境也必然与女主人公的生活实境有些关系。如果我们记得温庭筠的另一首词《望江南》："梳洗罢，独倚望江楼。过尽千帆皆不是，斜晖脉脉水悠悠，肠断白蘋洲。"那么我们可以想象，这位梦见"江上柳如烟"的女子，恐怕也是住在临江的楼阁里，每日对着江水在思念着什么人吧？她的梦，很可能便是她平日习见景致的幻化表现。在梦境里，江岸边的柳树迷蒙似烟，晕成朦胧的一片。侵晓时分，月亮残了。在熹微的晨光中，大雁已经开始一天的旅程，它们正结队飞回北方。寂静的天空中，也许还偶尔传来它们的长唳。这是一幅多么凄清迷离而又有声有色的画面。这幅图画的含义是什么，与女主人公又有什么关系？原来这幅春江晓雁图的意义是在画面之外：冬天过去了，春天已经归来，因避寒而飞往南方的大雁，如今正连夜飞返家乡，唯独楼上那女子所思念的人却仍然没有音耗。眼前的景致既是她平时倚楼眺望所常见，也就难免化作她今日在鸳鸯锦被里所做之梦。顺便提一句，锦被上绣鸳鸯也是作者有意的安排。成双成对的鸳鸯，恰恰反衬了女主人公的孤单寂寞。

上阕的妙处全在借景物作烘托，以极其含蓄委婉的笔法暗示女主人公的生活情状和心理活动。“水精帘里”二句是近景，“江上柳如烟”二句则是远景，不管近景远景，都紧紧围绕着女主人公的生活和情绪落笔。在前二句与后二句看似松散的结构中，实际上贯穿着内在的有机联系。

词的后半正面刻画这位女主人公，同样有着含蓄深婉之妙。“藕丝秋色浅”写衣着。藕成熟于秋季，故将淡紫近白的藕合色称作“秋色”，又转而用这色彩来代指藕合色丝绸做成的衣裳，这是我国古代诗文常用的一种修辞手法。

“人胜参差剪。”人胜又叫花胜、春胜，是用彩纸或金箔剪刻而成的一种饰品，可以贴在屏风上，也可以戴在发鬓上。唐时风俗在正月七日（又称人日）这一天，要剪戴花胜以迎接春天到来，尤以妇女喜爱此项活动。从这句看，女主人公参参差差地剪出花胜准备佩戴，似乎兴致不浅。

“双鬓隔香红。”以描写气味和颜色的“香红”代指好的面容，正如以“藕丝秋色浅”代指衣裳，手法相同。这里的“隔”字用得颇讲究，因为双鬓正是隔开在脸庞两边，形象鲜明如见，而且仿佛“双鬓”有了某种主动性，还似有若无地流露出一丝遗憾不足的意味。

“玉钗头上风”，承上双鬓连写女主人公的头饰。她头上插着的玉钗在春风中轻轻摇曳摆动。“风”在这里是名词作动词用，形容女子的头饰在微微颤动的样子。

这四句刻画人物用的也是借物衬托之法。写女子的衣着、头饰，写她剪制春胜的活动，并没有一句直接写她的形貌，却使人可以想见她的外形与心灵之美好可爱。最奇妙的是整个下阕根本不提她的满腹心事，只是一味渲染她的美丽和她剪春胜的动作，而这就使她的孤单处境和悠悠梦思更加令人觉得可叹。词人对她的同情，也就尽在不言之中。

温庭筠是唐诗人中较早致力于词的创作的一个，是花间派的代表作家之一。他的词多写女子日常生活，显然受到南朝宫体诗的一定影响。但温词常着重表现人物心理活动，而且是借助写景写物等手法来表现，因此在艺术境界上又与宫体诗有所不同。这些从这首《菩萨蛮》词都可以看得很清楚。（董乃斌）

菩萨蛮　温庭筠

蕊黄无限当山额，宿妆隐笑纱窗隔。相见牡丹时，暂来还别离。　翠钗金作股，钗上蝶双舞。心事竟谁知？月明花满枝。

温庭筠是唐五代著名词人，其词题材狭窄，多写男女思慕或离愁别绪。温词造语精工，风格浓艳香软，被称为花间鼻祖。《菩萨蛮》“蕊黄无限当山额”一词即是一首抒写离情别绪之词。该词通过与恋人相聚离别之短暂瞬间的铺叙，叙写了“心事竟谁知，月明花满枝”的无限怨恨与愁绪，具有典型花间词作的特征。

实际上，词从一诞生开始，就是写心的艺术，在创作过程中也一直有偏重风月艳情的倾向，只不过温庭筠将此种倾向更向前推进一步而已。此词通过对女主人公离别时生活情态的铺叙和心理活动的刻画，展现了短暂相聚后，匆匆别离所带来的无限惆怅与怨恨。

上片以女主人公梳妆情态发端，追忆在暮春时分与恋人短暂相聚，旋即分别的情境。“蕊黄无限当山额”，开篇将笔力集中在女主人的容颜装饰——“蕊黄”——上。“蕊黄”即额黄。古代妇女的化妆主要是施朱傅粉，六朝至唐，女妆常用黄点额，形似花蕊，故称“蕊黄”。梁简文帝《戏赠丽人》有“同安鬟里拔，异作额间黄”之句。“宿妆隐笑纱窗隔”，接着，词人没有高赞女主人公妆扮的美丽，而是注意到离别之情带给主人妆饰的影响。隔夜妆扮的额黄仅留下一些依稀的印象，而迷濛的窗纱又将你浅浅的笑容隐去，所有关于浪漫的回忆，一切都变得非常模糊，当你在牡丹盛开的暮春时分和我相聚时，匆匆相见，又匆匆别离，怎不让人无比惆怅与伤心。

下片着重抒发女主人公内心的孤寂和无人理解的惆怅心绪。“翠钗金作股，钗上蝶双舞”，为强化词人内心的孤独寂寞，词人采用诗词创作中常用的比兴手法，用玉钗上装饰的双宿双飞之彩蝶来反衬主人公的孤独与怨恨。融情于景，深化了诗歌的意境。“心事竟谁知？月明花满枝”，面对此情此景，女主人欲问明月和繁花，你可了解我的心事？词人以问情于景的方式来宣泄内心情感的孤寂。可是花月无语，唯有抬眼张望，但见窗外明月洒下了迷濛的遍地银光，照耀在庭院里繁花满枝的树上。词作末尾以景结情，用淡语作收束，将主人公沉重的心事消解在对景物的描绘之中，就像电影中的空镜头一般，将内在的情感物化为可见的意象，使离别情绪浓而不腻，清新淡雅。

从具体操作来看，该词在艺术上亦颇有创获。首先，景物描述与心理刻画的交错展现。上、下两阕均采用“写景——叙事（抒情）”的方式来具体构件词作。该词上、下阕均为四句，头两句都是写景，以写景来隐喻情感。后二句或叙事，如追叙相聚时的短暂与离别的突然；或抒情，直接抒发内在的心事。当然，此种具体操作方式，也曾遭到后人的非议。李冰若《花间集评注·栩庄漫记》称：“以一句或二句描写一简单之妆饰，而其下突接别意，使词意不贯，浪费丽字，转成赘疣，为温词之通病。如此词‘翠钗’二句是也。”其次，笔法转换，生动灵活。或叙事、或描绘、或抒情，不拘一格。浦江清称此词“有描绘语，有叙述语，有托物起兴语，有抒情语，随韵转折，绝不呆滞。”（浦江清《词的讲解》）“蕊黄”二句是描绘女主人公的妆饰，“相见”二句是叙述相聚离别之事，“翠钗”二句则借钗上双蝶托物起兴，“心事”二句乃直抒胸臆之语。其三，结尾以景结情，以淡语收浓情，意蕴独具。实际上，在唐诗宋词中，用写景来收束全文不乏其例，且大多起到了良好的效果。不管是张若虚《春江花月夜》结尾之“不知乘月几人归？落月摇情满江树”，抑或是岑参《白雪歌送武判官归京》末句的“山回路转不见君，雪上空留马行处”，无不达到“无声胜有声”的独特效果。此词亦不例外，用“月明花满枝”来消解自己的离情。这一点，李渔在《窥词管见》第十五则中就强调了此种具体操作的独特效果：“有以淡语收浓词者，别是一法。……大约此种结法，用之忧怨处居多，如怀人、送客、写忧、寄慨之词，自首至终，皆诉凄怨。其结句不独言情，而反述眼前所见者，皆自状无可奈何之情，谓思之无益，留之不得，不若且顾目前。而目前无人，止有此物，如‘心事竟谁知，月明花满枝’‘曲终人不见，江上数峰青’之类是也。”李渔之论，可为确论。（曾绍皇）

菩萨蛮　温庭筠

翠翘金缕双鸂鶒[①]，水纹细起春池碧。池上海棠梨，雨晴红满枝。

绣衫遮笑靥，烟草粘飞蝶。青琐对芳菲，玉关音信稀。

注 ① 㶉鶒(xī chì)：古书上指像鸳鸯的一种水鸟，因此鸟色多紫，也叫“紫鸳鸯”。

这是一个春色满园、生意盎然而又充满着无限幽情的环境。一对㶉鶒鸟儿，身上披拂着灿烂的金色花纹，翘起它们那双翠绿的尾巴，在春水溶溶、碧绿滢滢的池面上，掀起了层层的水纹。㶉鶒，又名紫鸳鸯，是如鸳鸯一样成双成对儿的象征爱情的鸟。有说：“此以㶉鶒之成双，喻闺人之独处。”从全词看，并非如此。这两句写景极其鲜艳，而暗含着欢情，是人眼中之所见。景物本身是令人赏心悦目的。下两句把对满园春色的描写由动物转到植物，由水面移向池上。岸边海棠花开，一阵潇潇春雨过后，天放晴了，红花满枝，滴着清亮的水珠儿，更加艳丽。“海棠梨”，一说就是海棠花，一说即棠梨。这两句的关键在“雨晴红满枝”。如丝的春雨飘洒之后，天色初晴，不仅没有落红满地，而是“红满枝”。“春色满园关不住”呵！如果如苏东坡所说“能道得眼前真景，便是佳句”（钱泳《履园谭诗》），上阕的四句正是这样。它由美丽成双、金缕其身、翠绿其尾的㶉鶒鸟，而到它们在春池中掀起粼粼水纹，两情欢洽；再由池及岸，树上棠梨花开，雨后新晴，红花满枝；景色幽美，气象清新。布局有动（前二句）有静（后二句），设色有浓（一、四句）有淡（二、三句）。陈匪石称温词《菩萨蛮》“语语是景，语语即是情”（《旧时月色斋词谭》）。从这四句看，正是用此明媚春光、佳景良辰，来衬托人情的欢愉。因为“言情之词，必藉景色映托，乃具深宛流美之致”（吴衡照《莲子居词话》）。读至下阕，倍觉意味浓醇，却是得力于此处的着力写景。

“绣衫遮笑靥，烟草粘飞蝶。”至此，才出现了人物。她红润的两腮上，有一对酒窝儿。我们仿佛看见一位美丽的少女，乍出现在一个心有所悦但却陌生的男人面前，不由自主地抿嘴一笑，却露出了那一对可爱的酒窝儿，于是她赶紧用绣衫遮住了。写一个少女的娇羞，既有形，又有神；既有动作，又有对动作的掩饰；既有乍见时的内心欢悦，又有猛然引起的内心慌乱，这五个字形神兼备地写出了少女那颗欢悦却又不平静的心。沈祥龙《论词随笔》提出：“词有三要，曰情，曰韵，曰气。情欲其缠绵，其失也靡。韵欲其飘逸，其失也轻。气欲其动宕，其失也放。”这句表现情，确很“缠绵”，但是不“靡”；表现韵（味），确很飘逸，但是不“轻”（浮）；表现气（声气），确很“动宕”，但是不“放”（荡）。从词的结构说，这句是全首的关键。

接下来的一句又很警策：“烟草粘飞蝶。”“烟草”是蒸腾着水气的芳草。在“烟草”与“飞蝶”之间，用了一个“粘”字，可见“飞蝶”之于“烟草”有多么迷恋！五、六句连起来看，上句深情无限，下句景色如画。但下句是比托衬映上句的，这“绣衫遮笑靥”的人的深情远韵，不恰如飞蝶恋恋于烟草吗？正是“情以景幽”，“景以情妍”。

俞平伯释首句为少女的妆饰，因而说“绣衫”句“乃承上‘翠翘’句”（见《读词偶得》）。也有人认为“绣衫”两句不过写女人的衣饰精致华丽而已。我却觉得“绣衫”两句仍紧承上阕，继续写人情之欢愉，所不同的是：上阕情隐景中，下阕首二句，人则从后台走到了前台来，词人以真实的描绘直写她的欢愉之情。上下阕之间，“意脉不断”，六句全是写她昔时两情初遇那令人难忘的良辰美景和自己的情意绵绵。可是如今都如过眼烟云，虽可追怀却不可复得了。

“青琐对芳菲，玉关音信稀。”“青琐”，借指华贵之家。“芳菲”，谓美好时节。周祈《名义考》云：“青琐，即今之门有亮隔者，刻镂为连琐文也。以青涂之，故曰青琐。”这句是说，富贵之家，芳菲时节，景物依旧，可是，“玉关音信稀”，当日春游之人，今已远戍边塞（玉门关，在今甘肃敦煌西北），而且连个信儿都没有！诚如刘永济所说：“后二句则以今日孤寂之情，与上六句作对比，以见芳菲之景物依然，而人则音信亦稀，故思之而怨也。”（《唐五代两宋词简析》）

这首闺情词，艺术手法颇有独到之处，而且“神理超越，不复可以迹象求矣；然细绎之，正字字有脉络”（周济《介存斋论词杂著》）。针缕细密，间不容发，其“昔欢今悲”之感，如“杳霭流玉，悠悠花香”（司空图《诗品·委曲》），透人心脾。（艾治平）

菩萨蛮　温庭筠

杏花含露团香雪，绿杨陌上多离别。灯在月胧明，觉来闻晓莺。　玉钩褰[①]翠幕，妆浅旧眉薄。春梦正关情，镜中蝉鬓轻。

注 ① 褰(qiān)：揭起，撩起。

这首词描写的是一位思妇梦醒后的情态。首句以杏花之芳美点明时节，也暗逗思妇致梦之因。春物这样芳美，独处闺中的少妇，怎能不思绪牵萦而梦魂颠倒！这句写物色极为清丽。“香”和“雪”形容杏花的气色，着一“团”字，则花朵丛集的繁密景象宛然。再于前面着上“含露”二字，赋予“香雪”以更清鲜的生气，使人感到春物的芳妍。这句也表明时间是夜晚，如果说“含露”也可说是早晨景象，杏花如雪则定是夜间。韩愈《杏花》诗“杏花两株能白红”方世举注：“杏花初放，红后渐白。”其红者入夜暗不可见，白者得月色照映而愈显。证以杨万里诗“近红暮看失燕支，远白宵明雪色奇。‘花不见桃惟见李’，一生不晓退之诗”，确是如此。次句写主人公的梦中情节。“绿杨陌”是绿杨夹立两旁的大道，这是梦中的离别之地。“灯在”二句写梦初醒时的感觉。帘内残灯尚明，帘外残月朦胧，而又闻晓莺恼人，其境既迷离惝恍，而其情尤可哀。“觉来”句既点明“绿杨”句为梦境，又与首句相映，增浓春的美感。这句收束上阕，启开下阕，上阕前三句所写皆为觉前之事，下半则为觉后起来的活动情态。

“玉钩”二句写主人公晨起后的活动情态，与上阕末二句在时间上有一段距离。从“月胧明”看，主人公被晓莺惊醒时天还未大明，而“褰翠幕”当在既明之后，这期间当是醒后萦思梦境，长久恹卧床榻而慵于起身之故。“褰翠幕”即挂起翠色窗幕。“妆浅”意谓淡淡梳妆。“旧眉薄”意谓旧来画的眉已经黛色淡薄了，表明未重新画眉，活现出主人公的慵惰心情。这种情态的表现，正是由上阕描写梦别醒来的心情滋生的。“春梦”句是对上句情态表现的申释，更点明“绿杨”句所写之为梦境。“关情”意谓梦中之事牵系情怀，中间连一“正”字，可想见弄妆时的凝思之状。末句突出人物形象。“蝉鬓”形容女子鬓发梳得匀薄如蝉翼。《古今注》载：魏宫人莫琼树“制蝉鬓，缥缈如蝉，故曰蝉鬓”。蝉鬓已极薄，而更曰“轻”，用以形容鬓发之枯槁，即以见其人之面容憔悴。发槁容悴，绝非一夕梦思而致，当为已忍受长期相思折磨的征验，春梦离别，不过是这种生活中的一折而已。对镜而觉蝉鬓轻，正当春梦关情之际，其中心当如何难堪，然并未明言，只从人的观感略点一句，则其中蕴蓄的人情，极为委婉易感。

这首词和作者同调其他诸作一样，通体只作客观的描写，从主人公的生活环境及行动中体现其深刻隐微的情绪，即在景物动作上亦只作扼要的勾点，使读者从所勾点的事物中想象到丰富的境象及其中隐含的深微的人情，初读稍苦难入，既入则觉包蕴层深，体味无尽，这就是温词的“深美闳约”所在。（胡国瑞）

菩萨蛮　温庭筠

玉楼明月长相忆，柳丝袅娜春无力。门外草萋萋，送君闻马嘶。　画罗金翡翠，香烛销成泪。花落子规啼，绿窗残梦迷。

词的抒情主人公是一位年轻的女子。在暮春的黎明时分，她送走情人，懒懒地踱回玉楼，陷入沉思之中。昨宵的相会，今晨的送别，柳丝，春草，马嘶，鸟啼，种种印象纷至沓来，一片迷惘。词人截取她意识活动中的几个片断，写成这首精绝动人的作品。

中国古典诗词多是篇幅短小的抒情诗，所以特别注重语言的精炼含蓄，一句诗往往可以让人体会出多方面的含义。有的诗虽不免带一点朦胧，但这朦胧却正可以启发人的想象。如这首词开头一句“玉楼明月长相忆”，可以说是女子送走情人之后，自己在玉楼晓月之中久久地思念着他；也可以说是女子在叮咛她的情人，请他永远记住这玉楼明月的相会，记住这楼中人。或许两方面的意思都有，她想着他，他想着她，而这玉楼明月就是唤起他们记忆的标志和象征。

“柳丝袅娜春无力”，这一句也可以唤起读者多种多样的联想。首先，柳丝是春的象征。在各种树木中，柳树大概是对春的来临最敏感了，而柳丝到了袅娜无力地下垂着、摇摆着的时候，已经是暮春时节了。其次，柳丝又是离别的象征。折柳送别，本是古代的习俗。隋无名氏诗：“杨柳青青著地垂，杨花漫漫搅天飞。柳条折尽花飞尽，借问行人归不归？”传为李白的《忆秦娥》词：“年年柳色，霸桥伤别。”都是借柳来渲染离情，而给人留下深刻的印象。温庭筠在这首词里写柳丝也有暗示离别的意思。复次，那袅娜无力的，你说是柳丝吗？确是柳丝。但那刚刚送走了情人的没情没绪的女子，又何尝不是这样呢？词人将一个“春”字放在“无力”的前面，是有意把“无力”的主语弄得模糊一点，让读者从更广泛的事物上产生联想。在暖烘烘的春天里，那女子觉得自己是无力的，所以一切也都是无力的。近人浦江清说：“‘春’字见字法，若云‘风无力’则质直无味。柳丝的袅娜，东风的柔软，人的懒洋洋地失情失绪，诸般无力的情景，都是春的表现。”（《国文月刊》第三十六期《温庭筠菩萨蛮笺释》）

“门外草萋萋，送君闻马嘶。”这两句有声有色。眼中所见，耳中所闻，无不加重了离别的愁绪。在古诗里，春草萋萋的意象本来就和离别结了缘，《楚辞·招隐士》：“王孙游兮不归，春草生兮萋萋。”白居易《赋得古原草送别》：“又送王孙去，萋萋满别情。”而马嘶更能震动离人的心弦，提醒人离别的难免。《西厢记》长亭送别一折：“柳丝长玉骢难系”，用柳丝、玉骢点染离情，与温词有异曲同工之妙。

下片写那女子回到楼中之所见所思。昨宵的欢聚顿成过去，再看那些引起欢乐回忆的东西，反而感到凄凉。“画罗金翡翠，香烛销成泪。”画罗，大概指帷帐之属。温词中如《定西番》

“罗幕翠帘初卷”、《南歌子》“罗帐罢炉熏”、《遐方怨》“凭绣槛，解罗帷”，皆是。罗帷上绣画金翡翠，犹之《诉衷情》中的“凤凰帷”。这女子送走情人之后，转回内室，首先映入眼中的便是那绣着金翡翠的罗帷。可以想见，那翡翠鸟一定是成双成对的，这热闹的图画反衬出她的孤单。等她进入帷内，在晨曦微明之中，最引她注目的自然要数那即将燃尽的香烛了。“香烛销成泪”，是因为她的心绪不好，所以烛油在她看来竟似泪水一般。这是所谓移情作用。杜牧的《赠别》中有两句说：“蜡烛有心还惜别，替人垂泪到天明”，也是这样的写法。这里虽然没有写那女子流泪，但她的流泪已是不言而喻了。

“花落子规啼”这一句转而写窗外。似乎那女子回到楼中便守着窗儿远眺，想再目送情人一程。此时，窗外是花落鸟啼，一片暮春景象。她触景伤情，也许想到自己的青春难驻，而越发悲伤了。子规鸟又叫思归、催归，啼声凄厉，如言“不如归去”。子规的声声啼唤，仿佛是这女子的代言，唤出了她的心思，也加重了她的哀伤。词的最后以“绿窗残梦迷”作结，绿窗给人以安谧宁静的感觉。刘方平《夜月》：“今夜偏知春气暖，虫声新透绿窗纱。”韦庄《菩萨蛮》：“劝我早归家，绿窗人似花。”都以绿窗渲染家庭气氛。此处举绿窗以见窗下的女子。关于“残梦迷”，如浦江清所说：“往日情事至人去而断，仅有片断的回忆，故曰残梦。迷字写痴迷的神情，人既远去，思随之远，梦绕天涯，迷不知踪迹矣。”

温词长于抒情，能把握感情的每一丝细微的波澜，以艳词秀句出之，兼有幽深、精绝之美。温词之抒情，往往只是截取感情的几个片断，意象之间若断若续，几乎看不见缝缀的针线，中间的环节全靠读者发挥自己的想象加以补充，因此特别耐人寻味。人的情绪作为一种心理活动，本来就不很容易把握，它往往是模糊的、浮动的、若隐若现的，喜怒哀乐之间的界限有时也不一定那么分明。情绪的转换往往在转瞬之间，它们随着外界景物的变换不断地跳跃着。像温庭筠笔下常常出现的那类多愁善感的女子，她们的感情尤其是如此。温庭筠善于掌握她们的心理特点，细致、准确而又不着痕迹地将她们的情绪表现出来，真是恰到好处。周济说：“针缕之密，南宋人始露痕迹，《花间》极有浑厚气象。如飞卿则神理超越，不复可以迹象求矣，然细绎之，正字字有脉络。”（《介存斋论词杂著》）也可以说是温庭筠的知音了。（袁行霈）

菩萨蛮　温庭筠

宝函钿雀金鸂鶒[①]，沉香阁上吴山碧。杨柳又如丝，驿桥春雨时。
画楼音信断，芳草江南岸。鸾镜与花枝，此情谁得知？

注 ① 鸂鶒(xī chì)：水鸟名，或以此鸟形大于鸳鸯而色多紫，故亦称“紫鸳鸯”。

《花间集》收温庭筠的《菩萨蛮》十四首，都是写女子相思离别之情，这是第十首。

宝函，指华美的梳妆盒；钿雀，钗头上用金银装饰的雀；鸂鶒，水鸟名，又称紫鸳鸯。第一句暗示了人物以及与此有关的生活情景，起着象征的作用。可以想象一幅美人晨妆图：一位女子坐在妆台前，打开妆盒，首先映入眼帘的是金钗上那一对相向的紫鸳鸯，不由得牵动情怀，她不敢、也不愿多看，便移目向外望去——“沉香阁上吴山碧”。“沉香阁”，叙出女子居处。

“碧”字不见着力，却领起了词中的春光，吴山青翠碧绿，触景生情，视线难收，于是再放眼一望——“杨柳又如丝”，一个“又”字，透露了她内心的跃动，那时光的推移，年华的流逝，往事的回忆，都隐藏在这一“又”字之中，不仅如此，还使得下一句“驿桥春雨时”，这个本非眼前之景，也能勾黏得紧密无间。笔触纤巧自然，轻灵流走，意不浅露，词中虚字的妙用，于此可见。这两句写柳丝拨动女子心弦，使她回到当年一个春雨潇潇的时刻，和情人在驿桥边，依依惜别的情景如在眼前，而今，杨柳又如丝，离人却在何处？它利用了时空的交替，前后的映衬，创造出耐人寻味的意境，这是温词凝练、深密的典型笔法。

上片的结句回忆驿桥送别，下片接写别后，似断非断，血脉相连。“画楼音信断”，是说远去的人久无音信到画楼。“芳草江南岸”，既是上承“吴山碧”“柳如丝”，进一步渲染春色之浓，又化用了“王孙游兮不归，春草生兮萋萋”（《楚辞·招隐士》）的意思，抒发了春归人不归的隐痛。这两句用眼前之景把人物的思想活动引回到现实中来，芳草萋萋，春色恼人，画楼空守，更衬出孤寂难耐之情，“为君憔悴尽，百花时”，无限自伤自怜之情使她不由得窥镜自照。“鸾镜与花枝”，鸾镜即梳妆用的铜镜，花枝喻人，意思说镜中映出了自己如花的容颜。然而这花容玉貌又有谁来怜爱？“寻春须是先春早，看花莫待花枝老”（李煜《子夜歌》）。而自己的青春年华却将在无边的企盼中逐渐逝去，这种种心事，有谁能了解？结尾“此情谁得知”是全词感情分量最重的一句，也是全词的高潮。这高潮来得千回百转，去得也迷离渺茫，似尽未尽，所以《白雨斋词话》说“鸾镜与花枝，此情谁得知”二句，含有深意。

温庭筠的词，往往以浓艳的词藻，铺写服饰、器物以及自然景色，乍看似是物象的罗列、杂置，有时虽也插进一些人物动作或情态的描写，却也难以一眼看出它们之间的关联。但是，如能透过物象，看出作者用以暗示的“人”，再以那“人”的眼睛、心灵去体察、去感受词中所写的“物”，就会发现“罗列”之中自有章法。比如这首词就是由物到景，由景到情，自今忆昔，又由昔至今，看似散乱不连，实则脉络暗通，婉转绵密，情韵悠然，这些，正是温词在艺术表现上的一个显著的特色。（赵其钧）

菩萨蛮　温庭筠

南园满地堆轻絮，愁闻一霎清明雨。雨后却斜阳，杏花零落香。　无言匀睡脸，枕上屏山掩。时节欲黄昏，无憀独倚门。

本词所写为一独处闺中的女子春昼睡起后的生活情态。

上阕纯写时节景物，展现出一幅典型的晚春图画，而于其中略露人情。“愁闻”句是上阕的关键，说“闻”即有人在，而且是“愁闻”，更透露出人情。前后三句的景物，都是“愁闻”的人感受到的。从下阕首句看，其人闻雨是在床榻上，并是被雨惊醒的，闻雨而愁，是下意识的惜春之情的流露，正如李煜之乍闻“帘外雨潺潺”即感到“春意阑珊”一样，因为上下三句的一片晚春浓丽景象是已存在她的意识中的。首句先从景物表明时节。柳絮飞于春暮时。“轻絮”前用一“堆”字形容柳絮落积之厚，在杨柳树多的地方即有这种景象。轻絮堆满地是春光将尽的季节。次句明言节候,“清明时节雨纷纷”,这是连绵阴雨,这里“一霎”的雨是阵雨,下面两句即是阵雨后的景象。“雨后”二句写暮春阵雨后的光景:雨余气清,斜阳照射,落花犹香,一切作用于人的各种感官,总的给人以凄艳的感觉。“却”为倒转之意,雨与阳光乃是相反的气象,而“雨后”即出现“斜阳”,故用一“却”字表示感觉的特异,亦有助于对整个境象的新鲜之感。杏花零落犹香,丽质虽残亦艳,然终堪惜,闻雨兴愁正因此。这两句紧承第二句:“雨后”句从上句翻出异境,“杏花”句则证实愁因,意脉至为完密。

下阕转到对主人公情态的描写。“无言”二句为午睡初起的表情。“无言”二字可见主人公冷寂的心情,也可看出她是独处闺中的。“匀睡脸”则是由冷寂心情产生的懒散容态,只是略匀面脂而未着意梳妆。“枕上”句是“匀睡脸”时对睡处的回顾,只淡淡地把屏、枕物象略提一下,暗露主人公从起身后的屏枕感到的空虚心情,也是产生“无言”句那种表情的环境气氛,因为在这样的处境中,人自然地要懒洋洋的了。“屏山”是床畔的掩蔽物,即屏风。这里只提“枕上屏山掩”,因起身后枕上空虚,最是关情。末二句以主人公之黄昏无聊作结,觉光景人情,一片黯然。“无憀”同无聊,无可倚托而感到莫可如何的样子。“倚门”为傍着门外望,这里并无目的,乃是无聊时藉以自遣的活动。对于一个孤独悲愁的人,黄昏是最难堪的,一天结束,人和鸟兽都各有归宿,唯独旅人思妇,身心无托,如传为李白作的《菩萨蛮》“平林漠漠烟如织”,刘方平的《宫怨》“纱窗日落渐黄昏”,韦庄的《小重山》“颙情立,宫殿欲黄昏”,这类还很多,都是从这一时间对人们的心情作用来着笔的。本词上阕所布设的时节景物,如堆絮、落花、愁雨、斜阳,与下阕描写人的活动如无言匀脸,无憀倚门,情境同此索寞,互为表里,可见匠心。(胡国瑞)

菩萨蛮　温庭筠

夜来皓月才当午,重帘悄悄无人语。深处麝烟长,卧时留薄妆。　当年还自惜,往事那堪忆。花落月明残,锦衾知晓寒。

温庭筠为花间鼻祖,其词镂金错采,雕缋满眼,而这首词却清新淡雅,自然可爱。词中写的是女子的生活、女子的感情。然而词人并没有一开头就让这位女子出场,而是先铺叙环境,渲染氛围。“夜来皓月才当午”,说的是时值午夜。而着一“才”字,便写出夜来已久,明月才渐渐升到中天的情味。此为卧床之人所见,亦为卧床之人所感。只此一字,夜之漫长、人之无寐,凝然可想矣。午夜之月,也有不同的写法。樊铸《明光殿粉壁赋》云:“月桂低檐,失蟾晖于午夜。”午夜的月亮被高高的粉壁遮挡了光辉。此词同样写午夜,却呈现了月到中天、清光万里的景象。在此烘托之下,重帘复幕,不闻人语,境极静矣。复以“悄悄”二字形容,更使人感到这里的夜晚静悄悄,一种寂寞凄凉之感已于境界摹写中自然流露。词人费如许笔墨渲染环境之幽静,目的在于写人。原来在洞房深处,有一位女子正拥衾而卧。究竟是熟睡还是半睡、未睡,词人并未写明。但细审画面,却没有入睡。帘幕低垂,帘外一轮皓月,帘内光影暗淡,只见一炉香麝,升起长长的烟霭,而卧在床上的女郎,面部尚留有薄薄的粉黛,一动也不动。叶嘉莹曾把此词"深处麝烟长"中的"长"字,与王维诗"墟里上孤烟"(《辋川闲居赠裴秀才迪》)之"上"字及"大漠孤烟直"(《使至塞上》)之"直"字相比,认为"飞卿词与摩诘诗,虽一浓一淡,一绮艳一闲逸,然而其为近于绘画式之客观艺术之一点则颇为相似,以'上'字、'直'字、'长'字,形容静定之空气中之烟气,皆极绘画式之客观艺术之妙"(《迦陵论词丛稿·温庭筠词概说》)。所云极是。但词中并非完全客观的描写。画中主体是人,只以一缕长烟作为陪衬,其所以令人感到静者,亦渗透人之感情也。近人王国维有云:"有我之境,以我观物,故物皆著我之色彩。"(《人间词话》)便是此意。其实这里所写的静,不是绝对的静,在静的纱幕下还掩盖着女子内心的矛盾,"卧时留薄妆"之"留"字,透出个中消息。李清照《诉衷情》词云:"夜来沉醉卸妆迟,梅萼插残枝。"古代女子晨起梳妆,临寝卸妆,只因心绪不宁,才迟迟卸妆,卸时又漫不经心,故鬓上仍留有残梅。这首词中的女子临寝时也是马马虎虎地卸了一下妆,因此脸上尚留有薄薄的脂痕。《诗经·伯兮》云:"自伯之东,首如飞蓬;岂无膏沐,谁适为容?"是写女子因丈夫外出而无心梳理,是从"梳妆"着笔;此词与易安词却从另一角度,以无心卸妆写女子之愁苦,脱尽畦畛,不主故常,可谓各极其妙。

过片逐渐透过氛围的描写,接触到女主人公的内心感情。月到中天,夜深人静,独处深闺,耿耿难寐。想到当年美妙的年华、甜蜜的生活,她不由得感到安慰和留恋,所谓"当年还自惜"也;但是其中还有不少烦恼,不少辛酸苦辣,想到这些,她不敢再想下去,因为越想越感到痛苦,于是发出"往事那堪忆"的叹息。这两句中的"还自""那堪",俱为虚字,起到了化质实为流畅、化浓艳为清丽的作用。张炎《词源》卷下说:词中"若堆叠实字,读且不通,况付之雪儿(唐李密之爱姬,此指歌女)乎?合用虚字呼唤,单字如'正''但''甚''任'之类,两字如'莫是''还又''那堪'之类……此等虚字,却要用之得其所"。这两句中的虚字正是用得其所,读起来语音流转,自然真切,如同听到人物的叹息声。比起温庭筠同调其他几首,不再有浓得化不开的毛病。这不能不说是此词的一种特色。

词的结尾较为绮丽,然寓情于景,情景相生,承上意脉,有有余不尽之味。"花落"二字,汲古阁本作"花露"。叶嘉莹以为"花露"二字写花上露浓,正是破晓前情事,与"月明残"三字密合无间(《迦陵论词丛稿·温庭筠词概说》),可备一说。然愚意以为"花落"之"落"字与"月明残"之"残"字恰恰相对,在语法上为复合词组,符合逻辑。就塑造人物性格而言,花落花飞,景象惨,亦有助于突出伤春之感。花好月圆,在我们民族心理习惯上总是爱情幸福的象征;月残花落,则具有相反的意义。词笔至此,女子内心之痛苦,便进一步刻画出来。又词人在另一首《菩萨蛮》中说:"花落子规啼,绿窗残梦迷。"由此看来,作"花落"之可能性较大,其义亦胜。"月明残"与前片"皓月当午"相呼应。从皓月当午到残月西沉,表现了时间的推移。在这迢迢长夜中,独宿的女子,自觉枕冷衾寒。然而词人不说"佳人知晓寒",而说"锦衾知晓寒",用语极为工巧。衾本无生命之物,焉知寒冷?语似无理,却能更深刻地揭示人物的感情。一句"锦衾知晓寒",概括多层意思:一是天寒,二是衾寒,三是人寒,四是天晓。总的说来,则是女主人因相思而失眠;因不眠而知天晓,于是觉得一夜之间,花已落了,月已残了。伤春之感,离别之情,隐然流于言外。所有这些,若非一"知"字,则散如珍珠,不能成串。由此可见,这"知"字实乃句中之眼,也是篇中之眼,着此一字,便通体皆活,透彻玲珑,成为一个艺术珍品了。

张惠言《词选》评此词云"此自卧时至晓,所谓'相忆梦难成'也",颇能切中肯綮。这首词写女子的相思和失眠，自晚至晓，脉络清晰可寻，主旨亦分明可按。就风格而言，它幽闲淡远，自然浑成，亦有别于同调的其他作品。（徐培均）

菩萨蛮　温庭筠

牡丹花谢莺声歇，绿杨满院中庭月。相忆梦难成，背窗灯半明。　翠钿金压脸，寂寞香闺掩。人远泪阑干，燕飞春又残。

这是一首闺思词，主要通过对“春残”“人远”之景致与人事的铺叙，抒写思妇对远方行人的无限思念和自己独守空闺的极度寂寥。

上片着意于室外、室内规定情境的设置，为情感的抒发奠定基调。“牡丹花谢莺声歇，绿杨满院中庭月”，词作一开篇主要刻画室外春残月夜的景象，塑造了一种凄伤的氛围。暮春时节，牡丹花谢。在静谧的夜晚，就连最喜欢唱歌的夜莺也暂停了自己美妙的歌喉。月光倾泻而下，洒满在满院绿杨的庭院之中。“相忆梦难成，背窗灯半明”则转入到室内人景的描述。因见春意凋残而直抒“梦难成”的怀人胸臆。在如许轻柔寂静的夜晚，主人公因惦念着远方未归的人而久久难以入睡。她尽量压抑住内心的思念，背对窗外月色撩人的景致，寂静地厮守着长夜孤灯，看它在空旷的闺室半明欲灭。

下片则以特写镜头凸显“人远春残”的香闺寂寞之情。过片“翠钿金压脸，寂寞香闺掩”二句，词人将笔力集中在女主人公的头部，特别聚焦于头上妆饰的雕琢刻画，用近乎特写的镜头来描摹主人的内心。玉坠金钿低垂，遮掩住了主人公本已消瘦的脸庞，在门窗紧闭的香闺里，心中充满无限的寂寞和空荡。此处以其穿戴的富丽豪华，反衬室内空空荡荡，房门紧闭，更多的是凸显心中的孤单寂寞。“人远泪阑干，燕飞春又残”，“阑干”即纵横貌。托名蔡琰的《胡笳十八拍》（其十七）有“岂知重得兮入长安，叹息欲绝兮泪阑干”之句。想起远在边关的亲人不能及时归家，不觉珠泪纵横。燕子也因春天的流逝而飞走了，只留下残春一片陪伴着孤寂的主人。结拍以“人远”“春残”，与上片描述之人事、景物之句遥相呼应，点明人未归、春又残，是使思妇伤心难耐、珠泪纵横的双重原因，读来愁肠九转，催人泪下。

陈廷焯在《云韶集》卷一说：“领略孤眠滋味，逐字逐句凄凄恻恻，飞卿大是有心人。”从该词选景的用心、抒情的细腻来看，温庭筠确实是情感敏锐的“有心人”。将景物的择取与情感的抒发有机地统一起来，达到了景中含情、情由景生的效果，具有独特的艺术魅力。其一，选择典型的意象凸显残梦迷情的心理情绪。离别相思既是人类共有的普通情绪，但也是很难用文字来表现的独特情感。词人有意疏远直抒胸臆式的感情告白，而是选择大量富于情感色彩的典型意象来凸显内心的情感波动。该词除了“相忆梦难成”一语强调词作主旨在于展现“残梦迷情事”（张惠言《词选》卷一），带有直接抒情的色彩外，其他语句均是通过极富情感色彩的典型意象加以凸显，比如“牡丹花谢”“夜莺声歇”“绿杨满院”“皓月中庭”“孤灯半明”“翠钿压脸”“燕飞春残”等等，避免了直接描述心理过程带来的直白缺陷。其二，在叙事操作的具体模式上，词人选用景—情—景的整体结构模式，打破了上下片的形式体制，形成一贯而下的整体气势。从词意的整体来看，该词没有局限于上、下二片之间的体制隔阂，而是有意打通二者的形式拘束，形成一贯而下的情感脉络。该词上、下两片总共八句，首二句写景，亦构成情感基调；中间四句以景写情，着重情感的抒发；末二句又回到“燕飞春残”的景致描写，形成了“景—情—景”的整体结构模式。（曾绍皇）

更漏子　温庭筠

柳丝长，春雨细，花外漏声迢递。惊塞雁，起城乌，画屏金鹧鸪。　香雾薄，透帘幕，惆怅谢家池阁。红烛背，绣帘垂，梦长君不知。

《更漏子》，即所谓夜曲。本篇所写的也正是一位女子长夜闻更漏声而触发的相思与惆怅。

上片全都围绕“漏声”来写。起首三句看似平列写景，实际上是以柳丝之长、春雨之细烘托漏声。春夜，霏霏细雨，悄然飘洒，细雨轻风中，柳丝悠悠飘拂，花外传来点点更漏。夜深人静，漏声似乎变得特别悠长而遥远。文学作品中的景物描写，往往不大拘泥于客观的真实，而多诉诸人的主观感觉。暗夜兼雨，似不可能目接“柳丝长”的景象。但雨丝之于柳丝，形状意态本有相似之处，女主人公夜闻雨丝声细之际，不妨因日间所见的景象和经验，自然联想起夜雨中的柳丝。因此“柳丝长”的视觉形象即因“春雨细”的听觉形象触类而生。静夜闻更漏，往往感到其声悠永，仿佛传自花外某一遥远的地方，故有“花外漏声迢递”的感觉。词人这样写，无非是要借细长袅娜的柳丝、迷蒙霏微的雨丝，烘托漏声的悠长、深远和轻细，造成一种轻柔、纤细、深永而又带有迷惘情调的氛围，以表现女主人公所处的环境和她长夜不寐、愁听漏声时深长柔细的情思。在情景相互渗透交融中，柳丝、雨丝之于情思，漏声之于心声，也就浑然莫辨了。或以为柳丝长、春雨细都是比拟漏声之长之细，不免将丰富的客观景象与感觉印象简单化；或以为“漏声”实指雨声，则不但与题意不合（此调在唐、五代多咏本意），而且与下两句也显然脱节。

“惊塞雁，起城乌，画屏金鹧鸪。”雨夜漏声之中，传来塞雁、城乌的鸣叫声，从长夜怀人的不寐者听来，仿佛是这“漏声”所惊起的。这和实际生活的情形可说相差很远，但就特定情境中的女主人公来说，却是感觉的真实。静夜怀人，相思无寐，本来隐约细微的更漏声几乎吸引她的全部注意力，感觉印象中遂不觉将漏声放大了许多倍。这真切地表达了女主人公静夜闻漏声过程中间，闻乌啼、雁鸣所引起的寂寥、凄清和骚屑不宁的心理状态。两句之下，陡接“画屏金鹧鸪”一句，乍读很觉费解。张惠言说：“三句言欢戚不同。”实则不然。对于这一句，读者可以根据全词所写的相思惆怅之情来理解。它表明，在屏中人的眼里，画屏上的金鹧鸪虽深居华屋，却未必不感到孤寂，和自己有同样的苦闷。这里所采用的是一种暗示手法。

上片围绕漏声写相思中的女子对外界的种种感受和印象，过片转笔正面描写她的居处环境。“谢家”，即谢娘家，借指女子所居。霏微轻淡的香雾，笼罩着这座华美的池阁，透入层层帘幕。环境是美好的，但身披香雾的女主人公却因寂寥中的相思而感到分外怅惘。“惆怅”二字，虽只略作点染，却是点睛之笔，上片结句的意蕴固借此可约略想见，上下片之间也借此勾连暗渡。

“红烛背，绣帘垂，梦长君不知。”结尾三句似续写女主人公在惆怅索寞中黯然入梦，但也可以理解为她的心理独白。长夜相思，寂寥惆怅，在意绪索寞中不得不背对红烛，低垂绣帘，想借寻梦来暂解惆怅，稍慰相思（梦中或许能与对方相会）。但转而又想，所思者是否也像自己一样，在异地夜雨闻漏，耿耿不眠呢？恐怕自己的相思乃至长梦，对方根本就不知情呢。韦庄《浣溪沙》说：“夜夜相思更漏残……想君思我锦衾寒。”温词这几句正是它的反面，怨怅中含无限低徊之意，显得特别蕴藉深厚。

温庭筠另一首《更漏子》（玉炉香），抒写女子秋夜离愁，题材与这一首相近，但风格却比较清疏明快，与此首之绮艳含蓄者颇不相同。王国维拈出此首中“画屏金鹧鸪”一句，来形容温词的词品和风格，看来是有见地的。（刘学锴）

更漏子　温庭筠

星斗稀，钟鼓歇，帘外晓莺残月。兰露重，柳风斜，满庭堆落花。　虚阁上，倚阑望，还似去年惆怅。春欲暮，思无穷，旧欢如梦中。

这首词写的是一个思妇晨起怅望之情。上阕纯写清晓时的景象。“星斗稀”三句从视听的感觉点明时间。“星斗”即星星。天刚晓时许多星都隐没了，故觉“星斗稀”。“钟鼓”指城上报时的钟鼓声。“钟鼓歇”即清晓报时的钟鼓声已经停歇。首二句从高远处写起，“帘外”句落到近处。星斗、钟鼓、晓莺、残月，一片清晓景象，俱是从人的耳目感受到的，这种纯客观的景物描写中，隐然有个人在。“兰露重”三句继续描写景物，不仅感到其中有人，而且隐约似见其活动，从室内到了庭院。这三句庭院景物的描写，使人于寂静中还感到消沉的意味。“兰露重”恰是清晓的物状，稍晚露当减轻了。“柳风斜”即柳在风中被吹得枝叶倾斜着。“柳风斜”在这里以动显静，如欧阳修的《采桑子》“垂柳阑干尽日风”，同样有布设静境的作用。“满庭堆落花”除了进一步表明春已晚暮，也微逗出人的意绪阑珊，落花委积，春事已了，一年好景又成虚度，怎能不兴美人迟暮之感！

下阕着重写主人公的活动心情。“虚阁上”三句写阁上眺望引起的感触。“虚”字既表物象，也表人情。虚的感觉因空空无人产生，从实境的空虚导致心情的空虚。“倚阑望”是下阕的关节，一切内心活动俱由此句的“望”引出。“还似”句是“望”的最初感触，“去年惆怅”包蕴情事无限。“去年惆怅”的内容为何？当是良人未归、芳时虚度之类的情节。“还似”二字表情有力，“去年惆怅”的已是去年以前许多时日的种种，而今年“还似”，则其孤处时间更倍加漫长，这期间又含茹多少酸辛！此二字既有对过去的回顾，还有对当前的失望，是其复杂心情的自然流露。“春欲暮”三句是惆怅之际的深入思索。“春欲暮”与上阕末句“落花”相应，是“思无穷”的因由。“欲暮”即将暮。“思”为所思之事，作名词用，读去声。“思无穷”蕴含内容极为丰富，既有“惟草木之零落兮，恐美人之迟暮”的忧惧，也有“悔教夫婿觅封侯”的失计，还有“悔当初不把雕鞍锁”的懊恼，更有“低帏昵枕”的欢乐，这一切都是读者可以想象体味到的方面。

末句语调似甚轻淡，而表情极为深刻。"旧欢"是"思"的中心，两性欢爱是深闭闺中妇女的至愿，尤其是芳春花前月下的亲昵，多么欢乐！而今芳时一再虚度，旧日欢乐益令人追思不置。然过往之事，真恍如梦逝，可思而不可即，而系念之情亦何可开释，其思极而迷惘之状，于此句的内心表白中宛然如在读者目前。（胡国瑞）

更漏子　温庭筠

玉炉香，红蜡泪，偏照画堂秋思。眉翠薄，鬓云残，夜长衾枕寒。　梧桐树，三更雨，不道离情正苦。一叶叶，一声声，空阶滴到明。

《更漏子》，借"更漏"夜景咏妇女相思情事，词从夜晚写到天明。

开头三个字，表面看是景语，不像后来李清照《醉花阴》的"薄雾浓云愁永昼，瑞脑消金兽"含有以炉烟袅袅来表示愁思无限的意思。次句"红蜡泪"就不同了：夜间燃烛，用以照明，但多了一个"泪"字，便含有了人的感情。说"玉炉"，既见其精美，又见其色洁；"红蜡"则透出色泽的艳丽而撩人情思，而闺中的寂寞也隐隐流露出来了。"画堂"，写居室之美，与"玉炉""红蜡"相映衬。这句紧承上句，说红蜡所映照是画堂中人的秋思。"秋思"，是一种看不见、摸不着、深藏于人心中的情愫，红蜡如何能"照"到？可是作者却执拗地强调"偏照"！"偏照"者，非照不可也。这一来，将室内的华美陈设与人的感情，巧妙地联系起来了。此刻，在这美丽的画堂中，冷清寂静，只有玉炉之香，红蜡之泪，与女主人相伴，不管它们是有意，无意，但在她看来，却是"偏照"。至此，是蜡在流泪，抑或人在流泪，浑融一体，更反衬女主人公的"秋思"之深。概言之，第一句主要是衬景，第二句景中含情，第三句感情色彩强烈，女主人公的愁肠百结，已跃然纸上。陈匪石云："词固言情之作，然但以情言，薄矣。必须融情入景，由景见情。"（《旧时月色斋词谭》）这里"融情入景"是逐步深入的，至"偏照"始喷涌而出了。

"眉翠薄，鬓云残"，两句写人。以翠黛描眉，见其眉之美。鬓云，是形容美发如云，可知其人之美。但紧接着用了一个"薄"字，一个"残"字，景况便完全不同了。"薄"字形容眉黛褪色，"残"字描绘鬓发不整。这两个字反映出她辗转反侧、无法入睡的情态，不仅写外貌，也同时写出了她内心难言的苦闷。"夜长衾枕寒"，继续写思妇独处无眠的感受，它不仅点明了时间——长夜漫漫，还写出了人的感觉——衾枕生寒。由此可知上述的一切景物，都是夜长不寐之人目之所见，身之所感。这些景物如粒粒珍珠，通过"秋思"这条线串了起来。

上阕写画堂中人所见，下阕从室内转到室外，写人的所闻。秋夜三更冷雨，点点滴在梧桐树上，这离情之苦又有谁可以理解呢？它与"偏照画堂秋思"呼应，可见"秋思"即是离情。下面再作具体描述："一叶叶，一声声，空阶滴到明。"潇潇秋雨不理会闺中少妇深夜怀人的苦情，只管让雨珠洒在一张张梧桐叶上，滴落在窗外的台阶上，一直滴到天明，还没有休止。秋雨连绵不停，正如她的离情连绵无尽。李清照《声声慢》："梧桐更兼细雨，到黄昏点点滴滴，这次第、怎一个愁字了得。"由玉炉生香、红蜡滴泪的傍晚，到闻"三更雨"，再到"滴到明"，女主人公的彻夜不眠，当然更非"一个愁字了得"了。

整首词写画堂人的"秋思""离情"，上阕的意境，在《花间集》中颇常见，下阕的写法则独辟蹊径。陈廷焯说："'梧桐树'数语，用笔较快，而意味无上二章之厚。"（《白雨斋词话》）其实，"用笔快"如果一泻千里，言尽意止，固然不好；但这里并非如此。谭献称："'梧桐树'以下似直下语，正从'夜长'逗出，亦书家'无垂不缩'之法。"（《谭评词辨》）书法中的所谓"垂"，指竖笔；在作竖笔时，最后须注上逆缩一下，使字体不失其气势。比之于词，即是看似直率，纵笔而下，但须顿挫深厚，跌宕而有情致，似直而实纡也。《更漏子》下阕，写梧桐夜雨，正有此特色。这里直接写雨声，间接写思妇，亦是"夜长衾枕寒"的进一步说明；但整夜不眠却仍用暗示，始终未曾点破，这就是直致中有含蓄之处。所以说此词深得书家"无垂不缩"之法，即是指它"直说"中仍适当地配合以"含蓄"，否则便会使人有一览无余、索然寡味之感了。宋人聂胜琼《鹧鸪天》词有句云："枕前泪共阶前雨，隔个窗儿滴到明。"当是从本词脱胎而来，写得语浅情深；但全词并不像本词上下片浓淡相间，又缺乏转折变化，相较之下，韵味亦是略逊一筹。（艾治平）

酒泉子　温庭筠

楚女不归。楼枕小河春水。月孤明，风又起。杏花稀。　　玉钗斜篸云鬟重，裙上金缕凤。八行书，千里梦。雁南飞。

温庭筠《酒泉子》共四首，此其三。有人据《荷叶杯》"楚女欲归南浦，朝雨"，认为此词"楚女"指所怀者言（华钟彦《花间集注》），是不确的。通观《酒泉子》四首，均以女性为抒情主人公，此词亦莫能外。"楚女不归"与"楚女欲归"互证，恰恰说明词中写的是一个身世飘零的歌舞女伎的离情别绪。"楼枕小河春水"的"楼"，即楚女暂栖之所，可推测为一歌楼舞馆，临水构筑，"枕"字下得别致。

"月孤明"三句写暮春月夜之景而隐含伤春离别之情。月本无所谓孤不孤，但对于欲归不归的楚女来说，它却显得孤独凄清，物象染上了人的主观情感色彩。加之"风又起。杏花稀"，其景象就更凄清，不眠的人儿，心情可想而知。这里既写暮春之景，又寓有自伤身世飘零，自伤老大，自伤离别的情绪。

过片写女子服饰，以见不寐宵立之意。一句写她的头饰和美发，一句写她用金缕盘绣成凤鸟图纹的舞裙。金玉锦绣的字面，适反衬出主人公内心的空虚索寞。于是最后三句说要借"八行书"，诉千里相隔魂梦萦牵之情，恰值月夜闻雁，便欲凭雁足传书，以达思念之意。此数句与李商隐"玉珰缄札何由达？万里云罗一雁飞"（《春雨》）异曲同工，虽然明说着欲凭鸿雁寄相思之意，其实隐含的意味却是鸿雁长飞，锦书难托，这一结实有含蓄不尽之情。（张㧑之）

酒泉子　温庭筠

罗带惹香，犹系别时红豆。泪痕新，金缕旧。断离肠。　　一双娇燕语雕梁。还是去年时节。绿阴浓,芳草歇。柳花狂。

这是一首伤春怀人之词。

上片开头两句写睹物思人。“罗带”是一种轻软织物,可结同心,象征定情,故又是情人赠别的物件,如秦观《满庭芳》云:“销魂,当此际,香囊暗解,罗带轻分。”“红豆”一名相思子,亦是象征爱情的信物。“罗带惹香,犹系别时红豆”,分明暗示着一对恋人的离别和相思,来得直截了当而又含蓄有味。“泪痕新,金缕(衣)旧”,这一“新”一“旧”,则又暗示离别之久,相忆之深。再下“断离肠”三字,更有分量。

此词一反先写景后抒情的通例,上片可以说是直赋别情,下片却转入景语,但景语中实含有情事。“一双娇燕语雕梁。还是去年时节”,去年的燕子归来了,成双作对,依恋如旧;大约去年人也不似而今那样孤单,“还是”二字,暗含了物是而人非之意。于是引起词中人更深的回忆:“绿阴浓,芳草歇。柳花狂。”这是一派暮春景象,其中的情绪似乎更加迷茫了。但读者若深入词境,会觉得其意悠然可会,这大约不仅是描写眼前景色,而且也唤起了对去年此景此情的回忆。那时节绿暗红稀,草盛(“歇”是指草长大而香气消尽)花飞,柳絮扑面,离别在即,情人们分赠了罗带、红豆,各自东西……尽管这里并不直接赋写离别之事,但由景物兴发的忆别情味却是甚浓的,言有尽而意无穷。

此词与前词皆有词旨哀怨,色泽朦胧,语言精妙,意境深沉的特点。“绿阴浓,芳草歇。柳花狂”与“月孤明,风又起。杏花稀”,都是含有复杂情事的景语,分别用在下片或上片的结尾,尤觉隽永。

《酒泉子》用韵特别,所用为平仄韵错叶的形式,即以一平声韵为主,中间插入别的仄声韵,把平声韵隔开,极为错综起伏。用这样的调式来写绮怨之思,那真有“弦弦掩抑声声思,似诉平生不得志”(白居易《琵琶行》)的奇效了。(张㧑之)

杨柳枝　温庭筠

馆娃宫外邺城西,远映征帆近拂堤。系得王孙归意切,不同芳草绿萋萋。

“馆娃宫外邺城西,远映征帆近拂堤。”馆娃宫相传是吴王夫差为西施建筑的宫殿。邺城是曹操作魏王时的都城,为建安文人活动中心,城西北有著名的铜雀台。后来,后赵、前燕、东魏、北齐皆定都于此,所谓“邺下风流”是常常为古人所称羡的。邺城跨漳河,馆娃宫(故址在苏州)靠近运河,都是船只往来之地。两句虽未交代究竟是什么远映征帆、近拂河堤,但读者却自然会联系到杨柳。《杨柳枝》调皆咏柳,调名即是题目,从唐代刘禹锡、白居易起就是如此。读者根据《杨柳枝》这个词调,再结合词中所描写的情态而得到意会,比直接点出杨柳,在艺术效果上要含蓄有味得多。馆娃宫和邺城,一南一北,构成跨度很大的空间,配合着流水征帆、大堤杨柳,构成一幅广阔渺远的离别图。而“馆娃宫外”与“邺城西”、“远映征帆”与“近拂堤”，句中自对，则又构成一种回旋荡漾的语调，渲染了一种别情依依的气氛。

“系得王孙归意切，不同芳草绿萋萋。”柳枝紧紧地系住游子，使他思归心切，这种意境是很新颖的。但上文既然说杨柳拂堤，枝条无疑是既柔且长；用它来系住游子的心意，又是一种很合理的推想。古代有折柳送行的习俗，“柳”与“留”谐音，折柳相赠，正是为了加强对方对于己方的系念。有这种习俗，又加上柳枝形态在人心理上所唤起的感受，就让人觉得柳枝似乎真有此神通，能系住归心了。由此再趁势推进一层：“王孙游兮不归，春草生兮萋萋”，作者巧妙地借此说芳草没有能耐，反衬出柳枝神通之广大。

唐人之词，多缘题生咏。这首词不仅扣住《杨柳枝》这个词调咏杨柳，而且加以生发，绝不沾滞在题上。词中的杨柳，实际上是系住游子归意的女子的化身。当初伊人临歧低回，折柳赠别，给游子留下极深的印象，杨柳和所爱的女子在游子心理上遂仿佛融合为一，无论行至何方，那映帆拂堤的杨柳都使他想起伊人，觉得伊人的精神似乎就附着在杨柳上，她的目光仿佛一直没有离开自己的帆影，她的柔情又正像柳丝，一丝丝都牵系自己的心。词中处处有伊人的倩影，但笔笔都只写杨柳；写杨柳亦只从空际盘旋，传其神韵，这是词写得很成功的地方。

《杨柳枝》全词四句，每句七字，从形式看，与七绝没有不同，可以说唐人的《杨柳枝》本来就是介乎诗词之间的，不过，在意境上，它与一般的七绝诗仍然或多或少有所区别。刘禹锡、白居易等人写的《杨柳枝》，民歌味道较浓，内容以写男女恋情为主，不像一般绝句那样雅正。而温庭筠的《杨柳枝》较之刘、白等人的作品，民歌风味减少了，内容更纯属男女相思。从刘、白到温庭筠，又明显表现出由模仿民歌进行创作，到有意为歌妓填词的发展趋向。（余恕诚）

杨柳枝　温庭筠

织锦机边莺语频，停梭垂泪忆行人。塞门三月犹萧索，纵有垂杨未觉春。

词写闺思。首二句檃栝李白名篇《乌夜啼》：“黄云城边乌欲栖，归飞哑哑枝上啼。机中织锦秦川女，碧纱如烟隔窗语。停梭怅然忆远人，独宿孤房泪如雨。”的诗意，谓女子在机上织锦，机边传来黄莺叫声，着一“频”字，足见鸣声此伏彼起，春光秾丽，句中虽未提杨柳，但“莺语频”三字，已可以想见此地杨柳千条万缕、藏莺飞絮的景象。织锦虽是叙事，同时暗用了前秦苏蕙织锦为回文璇玑图的典故，点出女子相思。思妇织锦，本欲寄远，由于莺语频传，春光撩拨，只得停梭而流泪忆远。

三、四句和首二句之间跳跃很大，由思妇转到征人，由柳密莺啼的内地转到边塞，说塞上到了三月仍然是一片萧索，即使有杨柳而新叶未生，征人也无从觉察到春天的降临。这里用王之涣《凉州词》“羌笛何须怨杨柳，春风不度玉门关”而又更翻进一层。思妇之可怜，不仅在于极度相思而不得与征人团聚，还在于征人连春天到来都无从觉察，更不可能遥知妻子的春思。这样比单从思妇一方着笔多了一个侧面，使意境深化了。

词主要运用比衬手法，在同一时间内展开空间的对比。它的画面组合，犹如电影蒙太奇，先是柳密莺啼、思妇停梭垂泪的特写，一晃间响起画外音，随着词的末二句，推出一幅绝塞征戍图，征人面对着萧索的原野，对春天的到来茫然无知。两个镜头前后衔接所造成的对比，给人留下深刻而鲜明的印象。相思本身已堪肠断，何况由于空间的阻隔、对方环境的艰苦，相思的眼泪只不过是空洒，连让征人知道都不可得呢？这首词或许会使人想到陈陶《陇西行》中的诗句："可怜无定河边骨，犹是春闺梦里人。"也是用两个方面进行对照，但陈陶的诗刺激性强烈，并且用"可怜""犹是"把问题更明确地告诉读者，作者的情绪显得激切。本篇则是冷静客观地展开两幅画面，让读者自己慢慢地领会、思考，显得比较含蓄，这是温词风格的一种体现。

这首词口气和神情非常宛转，不像一般七言诗，但如与宋代一些词相比，却又显得浑朴。陆游《跋花间集》说："历唐季五代，诗愈卑，而倚声者辄简古可爱。"看来，由于诗庄而词媚，诗疏而词密，两者之间距离比较大，处在从诗到词过渡状态的某些作品，作为诗看，格调或许纤弱一些，而作为词则又算简古的了。（余恕诚）

南歌子　温庭筠

手里金鹦鹉，胸前绣凤凰。偷眼暗形相。不如从嫁与，作鸳鸯。

《南歌子》本为唐教坊曲名，有单、双调二体，其中单调由温庭筠首创。温庭筠《南歌子》组词共七首，多借对深闺女子精致生活的描写发摅相思情愫及孤寂心理。李冰若曾对组词给予极高评价，认为可与温词中素负盛誉的《菩萨蛮》相媲美，称之"有《菩萨蛮》之绮艳而无其堆砌，天机云锦，同其工丽"（《栩庄漫记》）。此处所选为组词第一首。作为花间词人之渠帅，温庭筠的词作一向以含蓄婉藉、"深美闳约"（张惠言《词选序》语）见称，这首词则因率真的情感表露而别具韵味，历来为人所激赏。

温庭筠的词娴熟运用了以物写情的表达手法。精美的名物描写不仅隐含着细腻的情思，更使词作平添了旖旎香艳的美感。这首词开头两句，便是撷取手中物象和胸前绣饰来描绘形象。从目前所见注本来看，对这两句的理解尚有分歧。原因在于"金鹦鹉"一词所指不明，故句意解释莫衷一是。归结起来，不外两种解读：一、金鹦鹉指女子绣件上的花样，此句描写女子正在刺绣的情景（俞平伯认为"金鹦鹉""绣凤凰"皆指刺绣花样言。此处归入第一种解释。《唐宋词选释》云："一指小针线，一指大针线。小件拿在手里，所以说'手里金鹦鹉'。大件绷在架子上，俗称'绷子'，古言'绣床'，人坐在前，约齐胸，所以说'胸前绣凤凰'。"）；二、指活的鹦鹉，描写贵介公子手里提着或托着鹦鹉。然细研其意，此二说恐都有值得商榷之处。若前两句写女子刺绣情景，则男子并未出现，而第三句接以"偷眼"便显突兀；若依第二种解释，理解为"真鸟与假鸟对举"（"鹦鹉"对"凤凰"），也不免牵强。我以为，"金鹦鹉"解释为以金铸成的鹦鹉状酒杯更为妥帖，句意也显得更加自然。这一解释并非悬揣，时人有诗可证。如梁简文帝萧纲："车渠屡酌，鹦鹉骤倾。"（《答张缵谢示集书》）"鹦鹉"即指酒杯。李商隐："愿泛金鹦鹉，升君白玉堂。"（《菊》）"金鹦鹉"也是指以黄金仿鹦鹉螺形铸造的酒杯言，诗句大意是：菊花愿浸泡在鹦鹉杯中，为白玉堂中的明君所饮。（参见张强、刘海宁《李商隐集》，山西古籍出版社;清·冯浩《玉谿生诗集笺注》,上海古籍出版社;叶葱奇《李商隐诗集注疏》,人民文学出版社)宋人郑刚中《辛丑正月十三饮南厅》诗亦有"玉壶注入金鹦鹉"(《北山文集》卷二)之句。因此,我们可以认为,这首词的首句描写了一位手持金色鹦鹉杯的贵族青年形象。虽只描写酒杯,但令人联想到宫廷酒宴的场面以及男子尊前谈笑的雍容闲雅神态。次句"胸前绣凤凰"则写男子服饰的华丽,凤凰乃华服、窗枕上常见图案,唐代词作中多出现,仅温词中就有"凤凰相对盘金缕"(《菩萨蛮》)、"绿檀金凤凰"(《菩萨蛮》)、"凤凰窗映绣芙蓉"(《杨柳枝》)等多处描写。举止的优雅、服饰的精致、色彩的鲜明,使一位生活裕如、地位尊贵的男子形象宛然在目、呼之欲出。前两句一如继往地延续着温词擅长标举精美名物、语言富丽的特点。作者写物传情,物事的描写巧妙细腻地暗示了人物的地位、身份、生活环境、情趣,亦暗示了女子对男子外表仪态的细心观察。

后三句一转,把词笔宕开,出现了女子的形象。寥寥数笔,勾勒出女子偷窥的动作和内心活动。"偷眼暗形相"五字生动捕捉住了女子情不自禁地于暗中偷偷打量、细细观看时眉目送情的神态。描写的画面因其视角的延伸切换得以将画卷铺展开来,成为一幅鲜活完整的宫廷酒宴偷觑图。明代汤显祖评价这首词:"短调中能尖新而转换,自觉隽永。"(汤本《花间集》卷一)由这种情境宕深的手法观之,汤氏如是说确是独具慧眼。煞尾二句,女子因偷视引起心情的波动,内心的欣喜逾常,使她自然发出了"不如从嫁与,作鸳鸯"的心声。她对爱情的热烈呼唤和大胆畅想,颇能打动人心,正如胡国瑞云:"辞藻仍极艳丽,但仍使读者感到新鲜活泼,乃是其中表现的男女感情非常坦率鲜明。"(《论温庭筠词的艺术风格》)如此真率的情感表白,与唐代词作中诸如"陌上谁家年少、足风流。妾拟将身嫁与、一生休"(韦庄《思帝乡》)等直率的爱情宣言一起,在词的百花园中回响不绝。

从语言上来讲,这首词不重藻饰,如璞玉浑金,但却依然体现着温词语言深密曲折的特点。首先,语言极具暗示性。在词中,鹦鹉、凤凰等图画物象与鸳鸯这一想象物象相互映照,暗示着女主人公遐想出的成双成对情景,这一构思的新巧已被前人点出,清代陈廷焯即发现词中"'鸳鸯'二字与上'鹦鹉''凤凰',映射成趣"(《词则·闲情集》卷一)的巧妙安排。其次,词作篇幅虽小,而情感表现却颇为曲折。作者在短短五句内,选择从细处落笔,以侧笔写男子形象,又以女子内心非分之想烘托形象,既切合女性观察缜细的特点,也展露了女性浪漫的情思。进而至于动作神态,最后写到心理活动,更是把女性内心情思的流动形象洗炼地表现了出来,并使情境由写实渐至虚想遐思的幻境。词作描写妥帖、辞浅意丰、语短情长,不愧为名家手笔。正是因为以上原因,这首以直快见长的作品,仍然给人以余韵袅袅之感。(刘燕歌)

南歌子　温庭筠

懒拂鸳鸯枕,休缝翡翠裙。罗帐罢炉熏。近来心更切,为思君。

《花间集》所收温庭筠的七首《南歌子》均具有绮丽浓郁、辞藻华艳的特点,言情处却以率直见长,以拙重之笔写闺阁之情,所以前人称它是温词中以"重笔"写闺情的代表作。

这一首全词五句都是写一个“思”字。“懒拂鸳鸯枕，休缝翡翠裙。罗帐罢炉熏”三句，是写昔思之苦。“近来心更切”一句，是写近思之切。“为思君”一句，是写为谁而思。在写昔思之苦时，作者描绘了三种具有典型意义的事物。鸳鸯枕因久置未用而积满灰尘；积尘而又“懒拂”，一是说明“鸳鸯枕”仍无用处，二是暗示所思之“君”尚未归来，三是表现了思君不至时颓丧的精神状态。翡翠裙而“休缝”，也曲折地表现了主人公的心理活动。女为悦己者容，悦己之人不在，也就无须用翡翠裙来装扮自己了。罗帐熏香，表现了昔日柔情蜜意的幸福生活情趣，“罢炉熏”说明恋人去后，这种情趣已不复存在了。这三句词，是使用睹物思人、化虚为实的表现手法。写的是抽象的感情，但给读者以具体的感受。“懒”“休”“罢”这三个动词，在这三句词中所表达的词意是一层进一层。“懒”，疏懒之意，含义较轻；“休”，表示停止的意愿，比“懒”义稍重，意思进了一层；“罢”是表示终止的一种决断、果敢语气，比“休”的语义又重了一层。通过这种化虚为实的表现手法，把闺妇对久客不归之“君”的怅惘之情，表现得十分真切具体。

“懒拂”“休缝”“罢炉熏”这些都是昔日思念之“切”的心理表现在行为上。“近来”之思如何呢？只用一个“更”字，说明近思之切远远过于昔日。这种艺术表现手法，其妙有三：第一，在意脉上使词意曲折层深；第二，在文意上做到言简意赅；第三，在结构上层层相扣。由此可见，这个“更”字的内涵是较为丰富的。

末句“为思君”一语，一是点明了所思之人。一个“君”字既有爱又有恨；既有亲昵之情，又有怨愤之意。二是总括了昔思之苦与近思之切的种种痛苦感受。三是交代了全词的主旨。一个“思”字是全词的抒情线索，而在篇末出现，成为点睛之笔，在构思上是颇具匠心的。（秦惠民）

梦江南　温庭筠

千万恨，恨极在天涯。山月不知心里事，水风空落眼前花。摇曳碧云斜。

旧称温词香软，以绮靡胜。《花间集》中所载，亦确多秾丽之作。这首《梦江南》，在风格上却迥然不同。非但开门见山，直抒胸臆，而且不假堆砌，纯用白描，全无“裁花剪叶，镂玉雕琼”的藻绘习气。在温词中虽为别调，却属精品。一开口便作恨极之语，全没些子温柔敦厚。比起其他温词特别是那若干首《菩萨蛮》来，这简直不像是同一作家的笔墨。夫“恨”而有“千万”，足见恨之多与无穷，而且显得反复凌乱，大有不胜枚举之概。但第二句却紧接着说“恨极在天涯”，则是恨虽千头万绪而所恨之事仅有一桩，即远在天涯的人久不归来是也。就词的主旨说，这已经是一语揭破，再无剩义，仿佛下文没有什么可说的了。

然而从全词的比重看，后面三句才是主要部分。特别是中间七言句一联，更须出色点染，全力以赴。否则纵使开头两句笔重千钧，终为抽象概念，不能予人以浑厚完整之感。这就要看作者的匠心和功力了。

“山月不知心里事，水风空落眼前花”二句，初读感受亦自泛泛；几经推敲玩味，才觉得文章本天成，而妙手得之却并非偶然。上文正面意思既已说尽，故这两句只能侧写。词中抒情主人公既有“千万恨”，说她“心里”有“事”当然不成问题；但更使她难过的，却在于“有恨无人省”。她一天到晚，茕茕孑立，形影相吊，却无人能理解她的心事，只有山月不时临照闺中而已。不说“人不知”，而说“山月不知”，则孤寂无聊之情可以想见。这是一层。夫山月既频来相照，似乎有情矣；其实却是根本无情的。心里有恨事，当然想对人倾诉一下才好，但平时并可以倾诉的对象亦无之。好容易盼到月亮来了，似乎可以向它倾诉一下，而向月亮倾诉实等于不倾诉，甚至比根本不倾诉时心情还更坏些！于是“山月不知心里事”也成为这个主人公“恨”的内容之一了。这是又一层。至于说“不知心里事”的是“山月”而不是其他，这也是经过作者精心选择的。李白《静夜思》：“举头望山月，低头思故乡。”（今本通作“望明月”）望山月能使客子思乡，当然也能使闺人怀远。况且山高则月小，当月逾山尖而照入人家时必在夜深。这就点明词中女主人公经常是难以入眠的。这是第三层。《诗·邶风·柏舟》：“日居月诸，胡迭而微。”以日月喻丈夫，原是传统比兴手法。然则这一句盖谓水阔山长，远在天涯的丈夫并不能体谅自己这做妻子的一片苦心也。这是第四层。

“水风”句与上联角度虽异，意匠实同。夜里看月有恨，昼间看花也还是有恨。看花原为了遣闷，及至看了，反倒给自己添了烦恼。况上句以月喻夫，则此句显然以花自喻。惜花落，正是惜自己年华之易谢。花开花落正如人之有青年老年，本是自然现象；但眼前的花却是被风吹落的。“空落”者，白白地吹落，无缘无故地吹落之谓；这正是《诗·小雅·小弁》中所谓的“维忧用老”一语（《古诗十九首》则云“思君令人老”）的形象化，而不仅是“恐年岁之不吾与”这一层意思了。

至于所谓“水风”，指水上之风。这也不仅为了求与“山月”工整相对而已。水面风来，风吹花落，落到哪里？自然落在水中，这不正是稍后于温庭筠的李煜的名句“流水落花春去也”的另一种写法么？温的这句写得比较蕴藉，但并不显得吞吐扭捏，依然是清新骏快的风格，可是造意却深曲多了。

夜对山月，昼惜落花，在昼夜交替的黄昏又是怎样呢？作者写道：“摇曳碧云斜。”江淹《杂体·拟休上人怨别》诗云：“日暮碧云合，佳人殊未来。”这里反用其意。“摇曳”，犹言动荡。但动的程度却不怎么明显，只是似动非动地在缓缓移斜了角度。看似单纯景语，却写出凝望碧云的人百无聊赖，说明一天的光阴又在不知不觉中消逝了，不着“恨”字而“恨极”之意已和盘托出。因此后三句与前二句正是互为补充呼应的。没有前两句，不见感情之激切；没有后三句，不见词旨之遥深。此之谓胆大而心细。（吴小如）

望江南　温庭筠

梳洗罢，独倚望江楼。过尽千帆皆不是，斜晖脉脉水悠悠。肠断白蘋洲。

这是一首闺怨词。写的是思妇楼头，望人不归。古代这一类诗词很多，本词以淡笔写思妇不见归舟的惆怅之情，寥寥二十七字，却写得情韵兼胜，因而传诵人口，历久不衰。

这首词在艺术技巧方面，有两点值得提出：

一是精练。首两句八个字，勾勒出思妇的形象和动态。首句仅三个字，就概括了她在倚楼眺望之前用心梳妆修饰的经过和切盼重逢的心情。南朝《西洲曲》写道："鸿飞满西洲，望郎上青楼，楼高望不见，尽日栏干头。""独倚"句与之意思相近，但仅只五个字，还能用"独"字来突出她的孤寂之感。

"过尽"句前四字形容江上船只之多，"皆不是"陡然一转，句意亦变，前面船只之多适足以反映失望之深，这里并未多费笔墨就使人领会思妇的心情。"斜晖"两句，描绘自然景物，景中透情。"肠断"两字，表现出在思妇眼中，夕阳余晖似脉脉含情；绿水悠悠而去，又像含恨无穷；倚楼久望不见远客归来，只有水边一片白蘋洲，其上芳草离离，蘋花摇曳，令人愁思满怀。两句即景抒情，显得含义深长。

二是用拟人手法写夕晖、流水，是借以暗示思妇因失望而凝愁含恨。而"白蘋洲"之所以成为她肠断之处，其原因作者亦未明说，参之唐赵徵明《思归》诗"犹疑望可见，日日上高楼。惟见分手处，白蘋满芳洲"，则"白蘋洲"自是当日分携之处，思妇的悠悠相思之意即由于这样的描绘而显示出来，使人同情，并又留下充分的想象余地，让读者进一步去猜度、悬想个中情事，极婉曲之致。（潘君昭）

河　传　温庭筠

湖上，闲望。雨潇潇，烟浦花桥路遥。谢娘翠蛾愁不销。终朝，梦魂迷晚潮。　　荡子天涯归棹远。春已晚，莺语空肠断。若耶溪，溪水西。柳堤，不闻郎马嘶。

宋代胡仔说："庭筠工于造语，极为绮靡，《花间集》可见矣。"（《苕溪渔隐丛话后集》卷十七）温庭筠的许多艳词都是蹙金结绣，密丽繁缛，用实字写实景、实物；但另外他也善于运用疏宕的文字写景抒情，如本词就是以淡墨化染而出，两者都可说是"工于造语"。

本词以湖上迷离雨景为背景，写荡子春晚不归、思妇惆怅之情。《古诗十九首·青青河畔草》云："青青河畔草，郁郁园中柳。盈盈楼上女，皎皎当窗牖。娥娥红粉妆，纤纤出素手。昔为倡家女，今为荡子妇，荡子行不归，空床难独守。"倡家女，即歌伎。本词女主角也是歌伎而为荡子妇。词中"谢娘"为"谢秋娘"之简称，本来是唐代一歌伎的名字，后来成为歌伎的泛称。荡子，指长期远游不归的人，并不是后世所说的浪荡子。可以看出本词就是从这首古诗脱胎而来。

上片一开始就指明地点，是在湖上；"闲望"，是一篇之主。关于"闲望"的内容，预先并未说破，而是逐步透露。她极目远眺，但见春雨潇潇，烟浦花桥隐约可见，那儿曾是两人游宴之处。周邦彦《兰陵王》词亦有句云："念月榭携手，露桥闻笛。"如今远远望去，却是濛濛一片，什么都望不见，看不清；这些就是"闲望"时所见的景色。"翠蛾"句描绘思妇愁眉不展，相思难解，这是她“闲望”时所怀的愁情；这种愁情使她从早到晚心事重重，梦魂犹牵系于水上，盼行人客舟归来。一“迷”字很形象地绘出了这种心情。潮声本易使人联想起客舟和舟中之人，由潮及人，又直接勾起下片首句。

下片叙述思妇闺怨。荡子飘泊天涯，归棹杳无音讯，思妇在湖上望断云水，也盼不到归舟远客，这里方始点出“闲望”的用意所在。春意阑珊，莺语如簧，只令人愁肠欲断，此是念及客舟去远时的失望之情。“若耶溪”本是西施浣纱之处，用来借指思妇住所；那儿长堤垂柳，依依拂水，昔日郎曾骑马来访，如今柳色依旧，伫立长堤，却听不到旧侣重来的马嘶之声。虽然内容已从湖上转到柳堤，但仍然归结到荡子迟迟未回，而且又与上面的“闲望”相互关联。湖、堤两处都无踪影，其失望为何如！

《青青河畔草》以直抒胸臆为主，和《诗经·柏舟》“泛彼柏舟，在彼中河。髧彼两髦，实维我仪。之死矢靡它。毋也天只，不谅人只”以及《汉乐府·上邪》“上邪！我欲与君相知，长命无绝衰。山无陵，江水为竭，冬雷震震，夏雨雪，天地合，乃敢与君绝”手法相同，都是直率大胆，感情强烈而一泻无遗，不加掩饰。相较之下，本词显得情致缠绵，含意宛转，极尽低徊留连之致，思妇的身份、所处的环境以及盼望之心、失望之情，融合在景物描绘之中，通过逐步透露，间接道出，亦即以“含蓄”“暗示”的方式来反映。这就是说，在写作手法上，本词与《青青河畔草》是完全不同的。

在音律方面，本词也很有特色，可说是促节繁音，变化多端。内容起伏，句法也随之长短不齐，二、三、四、五、七字句错杂使用，并且换韵频繁，曲折尽情，显得结构复杂而富于变化，想来演奏时悲管清瑟，抑扬宛转，必能丝丝入扣地表达出思妇内心的无限哀怨。（潘君昭）

蕃女怨（二首）　温庭筠

万枝香雪开已遍，细雨双燕。钿蝉筝，金雀扇，画梁相见。雁门消息不归来，又飞回。

碛南沙上惊雁起，飞雪千里。玉连环，金镞箭，年年征战。画楼离恨锦屏空，杏花红。

《蕃女怨》一调是温庭筠的首创，不过写来并不见一点“蕃”味，仍是一般的思妇词。

第一首写飞燕双双还巢，引发了思妇的离愁别恨。“万枝香雪开已遍，细雨双燕”，写又一个春天已经来临：千树万枝的杏花已经开遍（温庭筠《菩萨蛮》有句云“杏花含露团香雪”，可知香雪即指杏花），微风细雨中有双燕飞舞。这浓郁的春意，自然会反衬出思妇的寂寞。“钿蝉筝，金雀扇，画梁相见”，是说正当思妇难耐寂寞，一会儿拨弄镶嵌有金蝉的筝，一会儿把玩画有金雀的扇子的时候，旧日的燕子双双飞回到画梁上的旧巢。思妇为此受到极大的触动，于是发出深深的慨叹：“雁门消息不归来，又飞回。”这对燕子去年还在梁上时我就盼着丈夫回来，如今燕子去了又回，可丈夫仍在边疆要塞雁门戍守，心绪哪能安宁。如此，词中的杏花闹春与空闺寂守,燕燕双飞与人影独立,燕子还巢与人不归家等就形成强烈的对比,这思妇之怨也就是从这几重对比中体现出来的。

第二首着重写边塞的寒冷与艰苦,使思妇倍增思念。“碛南沙上惊雁起,飞雪千里”,写边塞环境与气候的恶劣:地处沙碛荒漠,气候变化无常,一夜之间千里飞雪,惊起大雁南翔。“玉连环,金镞箭,年年征战”,写战士的艰苦:再寒冷,再荒凉,战士们也要身佩玉连环,肩挎金镞箭,年复一年地拼杀疆场。丈夫如此长期在边关服役,能不使妻子思念和怨恨吗?结二句于是点明题旨:“画楼离恨锦屏空,杏花红。”战争使天下无数的妻子独守空闺,她们的寂寞与空虚无以慰藉。尤其是在杏花开遍、春满人间的时候,更是令人肠断、魂断,唯有恨不断、泪不断。

就内容说,此词并无新意,唐人诗中屡见不鲜。温庭筠在这里也不是为了宣扬什么反战情绪,只是觉得思妇的愁恨是一种纯真的感情,值得珍重与同情,于是就收入笔底。然而在艺术上却颇具匠心:首先是此二词之间具有明显的互补互衬的作用,说明二词当写于同时,在构思上作了某种通盘考虑。我们可以发现第一首所写的主要内容即是第二首结二句“画楼离恨锦屏空,杏花红”的具体化,而第二首所写的主要内容又是第一首结二句“雁门消息不归来,又飞回”的具体化。二词互为补充,互作注脚,相互包孕,读任何一首都可以联想到另一首,从而形成一个更为丰满和鲜明的总体形象。这有点类似园林建筑的“借景”,本是园外景物,通过某种布置,可以使它与园内景物融为一体,以增观览之胜。其次是二词在结构上也有某种有意的安排。第一首以杏花开遍起,第二首又以“杏花红”作结;第一首以魂飞雁门作结,第二首接着以碛南惊雁开头,如此首尾相顾、相衔,连环生姿,能说仅仅是巧合吗?

在温词中,此二首自然属于较为浅直的作品,辞藻不算艳丽,含义也还显豁。但是仍然具有其某些深曲之作的特点:只客观地提供精美的物象情态,而隐去它们之间的表面联系,让读者凭着自己的想象去领悟。像“钿蝉筝”“金雀扇”“画梁相见”三者之间就省略了很多话;“画楼离恨锦屏空”与“杏花红”之间也未点明其关系。而这些物象情态的关系,读者是完全可以领悟出来的,所以反而显得浅而不露,短而味永。(谢楚发)

浣溪沙　韦　庄

惆怅梦余山月斜,孤灯照壁背窗纱,小楼高阁谢娘家。　暗想玉容何所似:一枝春雪冻梅花,满身香雾簇朝霞。

这是一首“寄兴深微”的艳词。上片写眼中所见的景象,是在梦醒后睡眼惺忪时见到的。下片写心中想象的美人,是在“暗想”中幻化出来的。它给人一种迷离恍惚、依稀隐约的审美感受。是现实中的生活,也是幻想中的追求;像是别有寄托,又像是纯粹抒情。词的上片,情景交融,浮现在人们眼前的画面是:一座高高的小楼,有个蒙着碧纱的小窗,反射出照在壁上的一线灯光,笼罩在朦胧的月色中。一个惆怅自怜的青年,正凝望着那反射出灯光的窗口,原来这就是绝代佳人“谢娘”的住房。“谢娘”是唐代有名的妓女,后人因以作为眉目娟好、体态妩媚的美女的代称。在韦庄的诗词中常用来指意中人。不过这首词中的“谢娘”,完全是词人心造的幻影,并不是现实生活中的某个佳人。只是词中抒情主人公看到那碧纱窗下,孤灯荧荧,便驰骋着丰富的想象,幻想出一个背灯斜坐、含情脉脉的深闺丽人来,反映了词人一种朦胧的理想和追求。寄托在若有若无之间,情趣在若隐若显之际。乍看起来,似乎只是寻常的艳语;细味之后,又觉得语言之外,还有一些值得咀嚼的东西。与词人同时的张泌也有一首《浣溪沙》,跟这首词的意境很相似。词云:“独立寒阶望月华,露浓香泛小庭花,绣屏愁背一灯斜。　　云雨自从分散后,人间无路到仙家,但凭魂梦访天涯。”画面同样出现了楼和月,人和灯,梦和花,皆景中含情,深得风人之旨。然而一个是对往事的回忆,一个是对未来的追求;一个是写曾经热恋过的对象,一个是写从未谋面的佳人;一个把重温旧好,寄托在梦魂的访问,一个是把朦胧的追求,付诸驰骋的想象。两相对照,张词写的只是爱情的纠葛,别离的愁绪;而韦词却在男女之外,别有兴寄。这种兴寄,作者虽未必有此意,而读者未尝不可以作如是观,因而它比张词更加耐人寻味,更加富有深意,这大概就是郑振铎所说的“端己词,明白如话,而蕴藉至深”吧。

下片抒情主人公继续展开想象的翅膀,对背灯坐在碧纱窗下的美人进行浪漫主义的描绘。把花的精神赋予美人,把美人的“玉容”写成花,使花成为美人的倩影,美人成为花的化身。一支生花的妙笔,出神入化,为花锡宠,为人争春,在艳语之中,寓比兴之意,确是大家笔墨。“一枝春雪冻梅花,满身香雾簇朝霞”,可见他理想中的美人,容貌像雪一样的洁白,梅一样的疏淡。衣裳像雾一般的飘逸,霞一般的鲜艳。词人把自己朦胧中的追求,写得如此高洁,如此淡雅,使人自然联想到“制芰荷以为衣兮,集芙蓉以为裳”的爱国诗人屈原的自画像,其言外自有寄托,自有高致,绝不同于寻常的艳词。张炎说得好:“簸弄风月,陶写性情,词婉于诗”(《词源》)。我们试拿韦庄这首词的下片,跟李白的“云想衣裳花想容”“一枝秾艳露凝香”(《清平调》),白居易的“芙蓉如面柳如眉”“梨花一枝春带雨”(《长恨歌》),对照来看,既可以发现它们之间的继承关系,又可以寻绎出它们之间的“新变”轨迹。太白和乐天是以花柳来喻其貌,用“朝露凝香”和“梨花带雨”传其神,自然是千秋妙笔。然其意止于“以形写神”,“以景传情”,把杨妃的“天生丽质”形容得形神俱肖而已。至于韦词所描写的那个美人,则是雪里梅花,具有冰清玉洁的高尚情操;霞中仙子,具有超凡绝俗的潇洒风韵,象外有象,景外有景,作为物化于作品中的艺术形象,具有极大的启发性和诱发力,既能给读者以真实的感知,又能给读者以丰富的联想。以朦胧的美,含无穷的趣,正是它的艺术生命和灵魂之所在。月下观景,雨中看山,雾里赏花,隔帘望美人,往往能够引起人们更好的审美情趣,其奥秘就在于它以有限表无限,以实境带虚境,以朦胧代显露,能使人以丰富的想象补充具体的情景,从而取得了“韵外之致”“味外之旨”的艺术效果。这也就是韦庄这首词所追求的审美趣味,所发出的艺术光辉。(羊春秋)

浣溪沙　韦　庄

夜夜相思更漏残,伤心明月凭栏干,想君思我锦衾寒。　　咫尺画堂深似海，忆来惟把旧书看，几时携手入长安。

这是一首伤离惜别的词。从“咫尺画堂深似海”等句的词意来看，我以为也是思念他那被蜀主王建夺去的爱姬的。词中反映出真实的生活，洋溢着火热的感情。正是这种感情的潮水从肺腑深处自然地流到笔端，才能以如此哀感顽艳的情调，创造出如此真切动人的意境。

词的上片从自己寝不安席的思念之情落墨，转到对方也正在关心自己的冷暖。缘情布景，因景生情，在没有转折词处，不着痕迹地完成三句两折的意脉变换，一气流贯，极尽委曲宛转之致。首句写相思而曰“夜夜”，是相思没有已时，即鱼玄机“忆君心似西江水，日夜东流无歇时”（《江陵愁望有寄》）的诗意。漏尽而未成眠，是相思无法自解，亦即李端“月落星稀天欲明，孤灯未灭梦难成”（《闺情》）的诗意。一句话，把郁积在心头的离愁别恨，充分而蕴藉地表现出来，是很不容易的。肖像和景物，是形，是外在的，易于描绘；而心灵的变化，是神，是内在的，难以刻画。而词人举重若轻，视难如易，一下擒住题旨，把起句之前的许多情语和景语，既删削净尽，又包孕无余，故能笼罩全篇，带出下文。“伤心”句，丰富和扩大了“相思”的内涵，深化和完善了“相思”的感情。他想起了过去曾经在花前月下，与她并肩携手，共诉衷情，共订鸳盟；如今呢，风景依旧，人事全非，怎能不发出“同来玩月人何在，风景依稀似去年”（赵嘏《江楼感旧》）的浩叹呢？他想起这轮明月，曾经照见他们在无可奈何之时，作忍泪割爱之别，他们的绸缪之情、缱绻之意，是“除却天边月，没人知”（《女冠子》）的。如今呢，夜是一样的深沉，月是一样的凄清，而人却音尘久绝，踪迹全杳，又怎能不产生“明月自来还自去，更无人倚玉栏干”（崔橹《华清宫》）的惆怅呢？但抒情的主人公并没有完全沉浸其中，而是设身处地，推己及人，想到对方正在惦念自己的形单影只，枕冷衾寒。“想君思我锦衾寒”，是更进一层的爱的表现。《诗·豳风·东山》中的“洒扫穹窒，我征聿至”，便是征夫设想妻子如何打扫庭院，等待他归来团聚的情景。杜甫《月夜》中的“香雾云鬟湿，清辉玉臂寒”，也是他设想妻子为其安全和生存而忧心如焚、中夜不寐的心境。韦庄这句词，正与之手法相似。

上片的结句从对方落墨，把相思的感情推向一个新的高潮。下片的起句，采取暗转、暗接的手法，继续把自己的“伤心”情怀加以深化。“咫尺画堂深似海”，正是“夜夜相思”的内容，对月凭栏的原因。张炎说“过片不要断了曲意，须要承上接下”（《词源》），这首词的过片，正是意脉贯串，承上文又带起下意的。它以极短的距离（咫尺）和不可逾越的鸿沟（深似海）形成鲜明的对比，给读者以生动形象的艺术感受。这里暗用唐代诗人崔郊的典故。据范摅《云溪友议》的记载：崔郊的姑妈有一个美丽的婢女，与郊有眷恋之意。不意其姑将此婢卖与观察使于頔，郊思慕不已，在一个寒食节中，偶然相遇。郊情不自禁，赠以诗云：“侯门一入深如海，从此萧郎是路人。”韦庄在这里正是暗寓他的爱姬被锁禁在蜀主王建的后宫里，“从此隔音尘”的悲愤，真是水中着盐，毫无痕迹。他处在这种“可望而不可即”的境地，便“忆来惟把旧书看”了。韦庄的爱姬“兼善词翰”，词人想从她的手书中唤起一些美好的回忆，这是大家所共有的生活经验，词人的高明之处，就因为他善于从寻常的生活中，从司空见惯的事物中，发现和捕捉那些人们所共有的感情，而又没有被人说出过的生活体验。这句词语淡而意深，事常而情新，所感者深，所言者真，故能沁人心脾，豁人耳目。尤妙在他爱而不见、思而不得之后，不是执着地继续沿着上述的感情线索发展下去，而是在结句中有意宕开，别出新意，把一线希望寄托在茫然不可知的“几时”。“几时”者，何时也；“长安”者，唐之故都也。可见词人始终没有忘记“如今俱是异乡人，相见更无因”（《荷叶杯》）的苦恼，始终没有解开“洛阳城里风光好，洛阳才子他乡老”（《菩萨蛮》）的思想疙瘩。这样以情结尾，更有余音不尽、余味无穷的审美情趣。（羊春秋）

菩萨蛮（五首）　　韦　庄

韦庄之《菩萨蛮》词，共有五首，前后呼应，一气流转，是在章法结构方面极有次第的一组作品。与其他词人随意为某一曲调填写许多首歌词的情形，颇有不同，所以一并选录。韦庄曾多年流寓江南，其《浣花集》中叙及“江南”者，大多指江浙一带。此《菩萨蛮》五首，盖为韦庄晚年寓蜀回忆旧游之作。以下就这五首词分别略加评述。（叶嘉莹）

其　一

红楼别夜堪惆怅，香灯半卷流苏帐。残月出门时，美人和泪辞。　琵琶金翠羽，弦上黄莺语。劝我早归家，绿窗人似花。

这首词一起便写出满纸离情。如果只就这一首词来看，则此词所写似乎就正是当前的别夜离情；但如果就五首词全体来看的话，则此章所写便当是回忆中当年别夜的离情了。然而却写得如在目前，则自然是因为诗人对当日离情之难以忘怀之故。“红楼”本该是何等旖旎多情之地，而却承之以“别夜”，此所以“堪惆怅”者也。这一句只是总写，次句遂对此“别夜”之“堪惆怅”者，更加以细致的描摹曰“香灯半卷流苏帐”。“流苏”是帐上之装饰，大多缉丝线为之，下垂如禾稻之穗。北方俗称之为穗子。“帐”而饰以“流苏”，其精美可知，“灯”上更著以“香”字，则香闺兰麝，掩映宵灯，情事亦复可想，而“帐”既“半卷”，且更与上一句之“别夜”相承，于是所有的春宵缱绻之情，遂都化而为离别的惆怅之感了。这两句叙述的口气都很率直，然而处处反衬，千回百转。昔陈廷焯之《白雨斋词话》曾谓“韦端己词，似直而纡，似达而郁，最为词中胜境”，仅此二句，便已可见其此种特色之一斑了。继之以“残月出门时，美人和泪辞”，则别宵苦短，行者难留，月既将残，离人欲去，遂将不得不与美人和泪而辞矣。景真，情真，写出一片依依惜别之意。

下半阕“琵琶金翠羽，弦上黄莺语”二句，“金翠羽”者，据台湾郑骞编《词选》注云：“金翠羽，琵琶之饰也，在杆拨上，今日本藏古乐器可证。”如果但观此一句，则不过写琵琶之精美而已，而却继之以“弦上黄莺语”，于是遂产生了两种可能的含义。一则可以意指“和泪辞”之“美人”，于离别之际，果然曾亲手弹奏过一曲琵琶，而且琵琶之美既上有金翠羽之装饰，弦上之音更有似宛转之莺啼。然后接以下面之“劝我早归家”五字，则是弦上所奏之曲与美人话别之辞，在行人之心耳中互相结合，其声声倾诉者，惟有“劝我早归家”之一语而已；再则此琵琶一句亦可不实指当时曾弹奏琵琶而言，不过美人在平日既常奏翠羽之琵琶，美人之音声亦常似弦间之莺语，今日闻美人叮咛之语，亦犹似平日弦上之宛转莺啼，遂直用弦上莺啼为美人音声之象喻，所以乃径接以下一句“劝我早归家”的叮咛之语。这两种含义皆有可能，在欣赏时也大可使之兼容并存，以唤发多方面之感动，而不必定为一解也。至于末一句以“绿窗人似花”五字承接在“劝我早归家”之后，遂使前一句的情意更加深重了一层。何以言之？一则，绿窗下相待之人既有如花之美，则远行之游子如何能不因怀思恋念而早作归家之计？此所以用“人似花”为叮咛之语者一也；再则，花之美丽又是人世间最短暂、最不久长的事物，偶一蹉跎，则纵使他日归来，也早已春归花落，无复当年之盛美矣。近人王国维曾写有一首《蝶恋花》词，其中有句云“阅尽天涯离别苦，不道归来，零落花如许”，在天涯历尽了离别的悲苦，所盼望的原不过仅是再相见时的一点慰安而已。如果历尽悲苦之后，所得的竟是花落春归的全然落空的悲哀，这岂不是人间最大的憾恨？然则彼绿窗下之美人既有如花之美丽，足以系游子之相思，更有如花之易于凋落，足以增游子之警惕，那么，只为珍惜这一朵易落的花容，游子自必当早作归家之计矣。这是何等深切的叮咛嘱咐之辞。这一章所写的别情之深挚，一直贯注到末一章游子终然未得还乡的终生的憾恨，这是要读到最后一章结尾，才能够更深切地体会出来的。

其　二

人人尽说江南好，游人只合江南老。春水碧于天，画船听雨眠。　垆边人似月，皓腕凝霜雪。未老莫还乡，还乡须断肠。

这首词承上首而来，所写者已经是离别以后游子远适江南的生活情况了。首二句“人人尽说江南好，游人只合江南老”，仍不过是从别人口中道出江南之好而已。观其口吻有向游子劝留之意，而游子之本意仍在还乡。是以次句乃用一“合”字，“合”者乃“合该”“合应”之意。盖劝游子合应在江南终老也。夫人情同于怀土，游子莫不思乡。“江南”既是异乡，“游人”原为客旅，而劝者乃谓游子合应终老江南，观其所用“尽说”“只合”等字样，若非游子之故乡已经有不能归返的苦衷，则异乡之人又何敢尽皆以如此断然之口吻来相劝留。彼劝留口吻之劲直激切，盖正足以反映其不得还乡之情意的百转千回。端已词之“似直而纡，似达而郁”，于此二句又得一证。以下二句接言“春水碧于天”是江南景色之美，“画船听雨眠”是江南生活之美。承以下半阕之“垆边人似月，皓腕凝霜雪”，则是写江南人物之美。按“垆”一作“罏”，又作“鈩”，卖酒者置酒瓮之处也。《后汉书·孔融传》注云“鈩，累土为之，以居酒瓮，四边隆起，一边高如锻鈩，故名鈩”，可以为证。《史记·司马相如传》云“买一酒舍酤酒，而令文君当鈩”，盖指卓文君当垆卖酒之事。然则垆边之人，盖卖酒之女郎也。“似月”者，女郎面貌之光彩皎皎照人也；“皓腕凝霜雪”者，言其双腕之皓白如雪也。（按“霜”字一本作“双”，则不仅言其手腕之白，且有双腕之意在其中，亦佳。）昔曹植曾有句云“攘袖见素手，皓腕约金环”（《美女篇》），则当此女郎卖酒之际，攘袖举手之间，其皓如霜雪之双腕的姿致撩人可以想见。江南既有如此之美女，则岂不令游子生爱赏留恋之意。自“人人尽说江南好”以下，全写江南之好，有“碧于天”的春水，有画船听雨之生活，有垆边如月之佳人。一气贯注，全力促成“游人”之“只合江南老”的多种理由。然而下一句却忽然跌出来“未老莫还乡”五个字，表面上是顺承，而实际上却是反扑。盖以此一句虽然著一“莫”字，却已明明道出“还乡”之字样，然则前面虽极写江南之好，都不过为他人劝留之语，而游子的故乡之思，则未尝或忘也。至于“还乡”二字上之“莫”字，则正是极端无可奈何之语，即如陆放翁《钗头凤》词结尾所写的“山盟虽在，锦书难托，莫，莫，莫”，也正表现了一种无可奈何之情。夫端己岂不欲还乡，放翁又岂不欲与唐氏证彼山盟，托以锦书？然而盟有不可证，书有不可托，而乡亦有不可还者，所以曰“莫”也。仅此一“莫”字，已有多少辗转思量之意，而况上面还更用了“未老”两个字，其意盖谓年华幸尚未老，则今日虽暂莫还乡，然而狐死首丘，则终老之日仍誓必还故乡也。所以此句表面虽然说的是“莫还乡”，而实际所蕴含的却是一片思乡的感情。至于下一句“还乡须断肠”，则是极痛心地补叙出今日之所以“莫还乡”的缘故。这一句看来说得极简单，而用意却极深婉，“须断肠”之“须”字，说得斩钉截铁，是还乡之必定要断肠也；然而“还乡”二字，却又说得如此概括，而并未指明“还乡”后究竟是哪些事物使人竟至于必须断肠呢？于是隐约中遂使人感到必是故乡今日之事事物物皆有足以使人断肠者矣。我们虽不愿如张惠言之比附史实来强作解说，然而韦庄一生饱经乱离之痛，值中原鼎革之变，为异乡飘泊之人，则此句之“还乡须断肠”五字，也可以说是写得情真意苦之极了。

其　三

如今却忆江南乐，当时年少春衫薄。骑马倚斜桥，满楼红袖招。　翠屏金屈曲，醉入花丛宿。此度见花枝，白头誓不归。

此章开端即云“如今却忆江南乐，当时年少春衫薄”，既曰“却忆”，又曰“当时”，则自然该是回忆之言，而并非身在江南之语了。我们若于此向前二章作一回顾，如果说首章所写乃是回忆离别之当日，次章所写乃是回忆江南之羁旅，则此章所写便该是回忆离开江南以后的又一段飘泊的时期了。所以我以为这五首词中的所谓“江南”，都该是确指江南之地，而并非指蜀。至于写作的时间，则当是晚年追想平生之作，而写作之地点则很可能是其晚年羁身之蜀地了。先看首句“如今却忆江南乐”，此盖紧承前一章之“人人尽说江南好”而来，于此可知凡前一章所写之江南种种好处，原来都出自他人之口，而诗人自己当时并未真正感到江南之好。盖其一心所系者原在故乡，所以乃于结尾道出“还乡”之语。是则虽暂莫还乡，而终始之愿则仍在还乡也。至于此章所写，则是连当日的江南之游，也已成了一段回忆，诗人的还乡之想也早已望断念绝。在此种心情下再回忆当日江南之羁旅，于是便反而觉其较之今日仍有可乐之处了。而今日之所以感到当年之可乐，乃正因今日之更为可悲。韦庄此词开端即以坚决之反语道出江南之可乐，其间的“却忆”二字，就正可反衬出今日之更为可悲，与还乡之更不可望。此等处也正可见出韦词之“似直而纡，似达而郁”的特色。夫诗人既谓江南为可乐，于是下句乃承以“当时年少春衫薄”七字，正写江南之乐。本来，即使仅此“当时年少”四字，便已自有可乐者在矣。下面更缀以“春衫薄”三字，则春衫飘举，风度翩翩，少年之乐事乃真可想见矣。而此句中之“当时”正与上句中之“却忆”相映衬，极写回忆中当时之乐事，正以反衬今日之堪悲。然后承以“骑马倚斜桥，满楼红袖招”，更一直贯串至下半阕之“翠屏金屈曲，醉入花丛宿”，一共四句，全写当年之乐事。有满楼红袖之相招，此自为少年时之一大乐事；而必曰“骑马倚斜桥”者，盖“骑马”始更见年少之英姿，而“倚斜桥”乃益增其风流浪漫之致。昔白居易《井底引银瓶》诗曾有“君骑白马傍垂杨，妾折青梅倚短墙。墙头马上遥相顾，一见知君即断肠”之句，则“骑马倚斜桥”而得满楼红袖之相招，其目成心许之情事固可想见矣。故继之乃云“翠屏金屈曲，醉入花丛宿”，“翠屏”者，翡翠之屏风也。“屈曲”一作“屈戌”，《辍耕录》“屈戌”条云：“今人家窗户设铰具，或铁或铜，名曰环纽……北方谓之屈戌，其称甚古。”此词之“屈曲”自当指屏风折叠处之环纽。曰“翠”、曰“金”，足以见其华丽。此一句五字可以想见闺房屏障之曲折回护，掩映深幽，在此一句描写闺房景物的句子下，接以下句之“醉入花丛宿”，则此所谓“花丛”，自然并不仅指园庭之花丛，乃暗指如花众女之居所也。酒醉而入宿花丛，此自是少年时之乐事，然而从首句“而今却忆江南乐”一句来看，则是诗人当日在江南时并未以之为可乐之事也，而其不以为乐之故，则岂不以其当时仍念念在于故乡乎。然后接以下句之“此度见花枝”五字，曰“此度”，则自非前度之在江南矣，至于“见花枝”，则自然乃是承接前句之“花丛”而来，姑不论其为好花或美人，总之，“花丛”与“花枝”都当指一段美好的遇合而言，“此度见花枝”，自当指此时的又一段遇合，然后接以“白头誓不归”，“归”字承上章而来，仍当指“还乡”之意，“白头”则承上章“未老”而来，盖当时念念唯在故乡，故不知江南之可乐，且思终老之必还故乡；“此度”则忧患老大之后，既已知还乡之终不可期，故更有“见花枝”之遇合，则真将白头终老于此，不复作还乡之想矣。人在悲苦至极之时，乃往往故作决绝无情之语，如杜甫之关爱朝廷而终不得用也，乃曰“唐尧真自圣，野老复何知”矣；服膺儒术而终不得志也，乃曰“儒术于我何有哉，孔丘盗跖俱尘埃”矣。韦庄此句亦正因其有不能得归之痛，故乃曰“白头誓不归”矣。着一“誓”字，何等坚决，以斩尽杀绝之语，写无穷无尽之悲，韦庄词之劲直而非浅率亦可见矣。

其　四

劝君今夜须沉醉，尊前莫话明朝事。珍重主人心，酒深情亦深。　须愁春漏短，莫诉金杯满。遇酒且呵呵，人生能几何。

此章紧承第三章而来。前面既已说出“白头誓不归”的失望决绝之语，是已自知故乡之终老难返，少年之一去无回，则诗人今日所可为者，亦惟有以沉醉忘忧而已，故此章乃于开端即曰“劝君今夜须沉醉，尊前莫话明朝事”。在这首词中可注意的是，韦庄在如此短的一首小令中，竟然用了两个“须”字，两个“莫”字。第一次用在前半阕开端，即前所举之二句词内；第二次用在后半阕开端，即“须愁春漏短，莫诉金杯满”二句词内。“须”字者，是定要如何之意；“莫”字者，是千万不要如何之意。说了一次“定要如此，千万不要如彼”，再说一次“定要如此，千万不要如彼”，这种重叠反复的口吻，表现了多少无可奈何的心情，表现了多少强自挣扎的痛苦。有些人以为此篇大都为旷达之辞，且不免有率易之语，因此，从清代的张惠言开始，一般选本就往往把此章删去不选，这都是未能体会出这一首词真正好处的缘故。先看首句“今夜须沉醉”五字，“须”字乃“直须”“定要”之意，谓今夜之饮定非至沉醉不止也。以必醉之心情来饮酒，原可能有二种情形：其一是因为快乐到极点了，所以要饮到不醉无休；其次则是因为悲哀到极点了，所以也定要饮到不醉无休。韦庄之心情，自然是属于后者，这从第二句“尊前莫话明朝事”七字就可以体会得出来。关于“莫”字所表现的无可奈何之情，则在说第二章“未老莫还乡”一句时已曾谈到。曰“莫话”，则明日之事之不忍言、不可言之种种苦处，可以想见矣。“尊前”则正指饮酒之地，对此尊前惟思痛饮沉醉，而不欲话及明朝之事，则其对未来一切之心断望绝，可想而知矣。然后接以“珍重主人心”，曰“主人”者，异地之主人也，则韦庄之为游子而身不在故乡可知。昔李白曾有诗云：“兰陵美酒郁金香，玉碗盛来琥珀光。但使主人能醉客，不知何处是他乡。”有兰陵之美酒，飘散着郁金的香气，盛在玉质的碗中，泛着琥珀的光彩，倘果有能以如此盛意招待客子尽醉之主人，则此深深之美酒，岂不就正如同主人深深之情意。而且愈是思乡而不能返的游子，对此一番盛意也就愈加容易感动，于是客子思乡之苦，在如此殷勤之情意中，乃真若可忘矣。此李白之所以说“但使主人能醉客，不知何处是他乡”，而韦庄之所以说“珍重主人心，酒深情亦深”也。

下半阕之“须愁春漏短，莫诉金杯满”二句，再用一“须”字与一“莫”字相呼应，与开端二句之“须”字、“莫”字同属于殷勤相劝之口吻，可是我却对开端的“劝君”二字，一直未加解说。也许有人以为这二字极浅显明白，原不需解说；也许有人以为乃是行文之时偶尔忽略，所以未加解说。其实我原来就正是要留到这里，与这两句一同加以解说的。因为此词前后既有二处都用相劝之口吻，那么究竟是出于何人之口呢？自本词通首观之，则“劝君”二字，实可以有数种不同之看法：第一，可视为主人劝客之语；第二，可视为客劝主人之语；第三，可视为诗人自劝之意；第四，可视为二人互劝之意；第五，前后二处相劝之口吻可出于不同之人物，即如一为客劝主，一为主劝客；或者一为劝人，一为自劝，可有多种不同之配合变化。在此多种可能之异说中，私意以为前二句之“劝君今夜须沉醉，尊前莫话明朝事”，似当为主人劝客之辞，故其后即承以“珍重主人心，酒深情亦深”二句，便正是客子对主人感激之表现；而后半阕之“须愁春漏短，莫诉金杯满”二句，则似乎当是客子既深感主人之相劝，于是乃自我亦作慰解之语的自劝之辞。“春漏”者，春夜之更漏也。“春漏短”也就是“春夜短”之意。良宵既值得珍惜，主人更复殷勤相劝，自然不应更以“金杯”过“满”为推辞。于是此词乃自首二句之主人劝客，到次二句之客感主人，更到此二句之容之自劝，宛转曲折，写出诗人多少由思乡之苦中强欲求欢自解的低回往复的情意。于是最后乃以“遇酒且呵呵，人生能几何”的强为欢笑的口吻，为苦短的人生作了最后的结论。这种结论是下得极为绝望也极为痛苦的。多年以前笔者读此词时，对其“呵呵”二字颇为不喜，以为此二字无论就声音或意义而言，都会予人一种直觉的空虚浮泛之感，因此以之为韦词的一处败笔。而细读之后，乃愈来愈体会到此二字的好处。因为韦庄所要表现的，原来就正是一种中心寂寞空虚而外表强颜欢笑的心情，然则此充满空虚之感的“呵呵”二字所表现的空洞的笑声，岂不竟然真切到有使人战栗的力量。韦庄词之于浅直之中见深切的特色，真是无人能及的。

其　五

洛阳城里春光好，洛阳才子他乡老。柳暗魏王堤，此时心转迷。　桃花春水渌，水上鸳鸯浴。凝恨对残晖，忆君君不知。

此章开端"洛阳城里春光好,洛阳才子他乡老"二句,一开口就重复地道出了"洛阳"二字,而且接连二句都把"洛阳"二字放在开端,不但充满了一片眷念的情意,而且在口吻中也流露出了一片呼唤的心声,则"洛阳"之足以使人怀想可知。其所以然者,一则,在黄巢之役后韦庄曾一度寓居洛阳,在此期间,他曾写过不少感怀时事的诗篇,其平生之杰作《秦妇吟》也就是此一时期的作品。而且据夏承焘《韦端己年谱》,韦庄之离长安赴洛阳是在中和二年(882)之春日,其写《秦妇吟》则在中和三年之春日,是韦庄盖曾两见洛阳之春光。从其在《秦妇吟》中所写的"中和癸卯春三月,洛阳城外花如雪"的描述,可见韦庄对洛阳之春光必留有极深之印象。何况韦庄之居洛阳正是他从长安逃出以后,则洛阳当日之美景,一定曾经使他产生过许多可赏爱也可悲慨的感情。此洛阳之所以值得眷念怀想之一因也。再则,如果以时代之背景或词中之本事言之,洛阳既然一方面是朱温胁迁唐昭宗而加以篡杀的所在;另一方面也可能果然就是韦庄当日与红楼美人离别之所在,这自然更是使得韦庄对于洛阳之所以难于忘怀之又一原因。至于下面的"洛阳才子"一句,则私意以为"洛阳才子"盖为韦庄之自谓。因为韦庄之词,一般大多为主观有我之作,其词中所写之情事也大多为切身之情事。何况韦庄既果然曾居洛阳,更曾因为在洛阳所写的《秦妇吟》而赢得过"《秦妇吟》秀才"之美称,则"洛阳才子"非韦庄之自谓而何。而且与上句合看,是当年既曾亲见"洛阳城外花如雪"的春光之好,而今日则赋此"洛阳城外花如雪"的才子,却已经流落而终老他乡了,这岂不是一种极自然的承接?至于下面"柳暗魏王堤,此时心转迷"二句,则上句之"柳暗魏王堤"正为对"洛阳城里"的"春光好"之具体的描写。《大明一统志·河南府志》云:"魏王池在洛阳县南,洛水溢为池,为唐都城之胜,贞观中以赐魏王泰,故名。"魏王堤即在池上,白居易有《魏王堤》诗云:"花寒懒发鸟慵啼,信马闲行到日西。何处未春先有思?柳条无力魏王堤。"魏王堤既为洛阳之名胜,又以多柳著称,而"柳暗"二字则可以使人想见堤上杨柳之浓阴茂密,此正所谓洛阳之"春光好"者也。至于下一句之"此时心转迷"五字,则写此日在他乡老去的"洛阳才子",在回忆当年之洛城春色时,所怀抱的满心的凄迷怅惘,正与次句相承应。是今日他乡游子对当日洛阳回忆之心情。然后接以下半阕之"桃花春水渌,水上鸳鸯浴"二句,初看起来,虽然好像与前半阕之"柳暗"一句同为写"春光好"之辞,然而仔细吟味,却当分别观之。盖以此五章《菩萨蛮》词,其叙写口吻,自开始便系以回忆出之。自首章之"红楼别夜",继之以飘泊"江南",再继之以对江南之"却忆",直至第四章之"劝君今夜须沉醉",似乎才回到现在来。而第五章的"洛阳城里春光好"则是另一回忆高潮之再起,只是第四章既然已经写到现在,所以第五章在"洛阳"一句突起的回忆后,当下便以"他乡老"再转接到现在,然后再以"柳暗"一句足成回忆中之洛阳,又当下以"此时"一句再转回到现在的怅惘凄迷。而下半阕的"桃花春水渌"所写,便已是现在眼前的春光,而不曾是回忆中江南或洛阳之春光了,至于眼前春光之所在,则似乎该是韦庄所羁身的西蜀,而不再是江南了。据夏承焘《韦端己年谱》,韦庄在蜀曾于浣花溪上寻得杜甫草堂旧址,芟夷结茅而居之。而杜甫在草堂所写的诗中,就有不少写到桃花和春水的。如其《春水》一首的"三月桃花浪",《江畔独步寻花》的"桃花一簇开无主,可爱深红爱浅红",《绝句漫兴》的"轻薄桃花逐水流",以及《漫成二首》之"春流泯泯清",《田舍》一首之"田舍清江曲",《江村》一首之"清江一曲抱村流",《卜居》一首之"更有澄江销客愁",从这些诗句都可见到蜀地桃花之盛与江水之清,而韦庄的"桃花春水渌"一句,"渌"字便正是清澄之意;然则此五字所写,岂不正是眼前所见的蜀地风光?至于下一句"水上鸳鸯浴",则证之于杜甫在蜀所作的《绝句二首》之

“沙暖睡鸳鸯”之句，其所写也应该正是蜀地的风光。只不过此句所写，似乎还不仅是从对过去之回忆跌入现在的眼前之春光而已，另外可能还更有以鸳鸯之偶居以反衬人事之自红楼一别竟至他乡终老的悲慨。鸳鸯之相守相依，正是以反衬离人之常睽永隔，运转呼应之妙，乃直唤起首章别夜时“早归家”之叮咛深嘱。这种呼应，正足以见到诗人对当日红楼美人的不能或忘，对不能或忘的人竟至落到不能重聚而必须要终老他乡的下场，则人间恨事孰过于此，所以结尾乃以万分悲苦的心情写下了“凝恨对残晖，忆君君不知”二句深情苦忆的呢喃。“凝恨”二字，据张相《诗词曲语辞汇释》云：“凝，为一往情深专注不已之义。”又云：“凝恨，恨之不已，犹云积恨也。”从韦庄所写的这五首词中的情事看来，自红楼别夜的叮咛，到江南的飘泊，再转为离开江南以后的终老他乡，华年已逝，重见无期，而竟然不得不落到白头誓不归的决绝哀伤，再转为莫话明朝，唯求沉醉的颓放，以迄最后之重忆洛阳的高潮之再起，百转千回，层层深入，则其中心所凝积之幽恨可知，故曰“凝恨”也。至于下面的“对残晖”三字，则可以有几种解说：一则，可使人想见暮色之苍茫，倍增幽怨凄迷之感；再则，可使人想见凝望之久，直至落日西沉斜晖黯淡之晚；三则，如果以中国旧诗传统一贯所习用的托喻之想来看，则“日”之为物，一向乃是朝廷君主之象喻，而今韦庄乃用了“残晖”二字，则清代张惠言《词选》之以此五首《菩萨蛮》词为“留蜀后寄意之作”便也并非绝不可能了。而且如果以史实牵附立说，则昭宗之被胁迁洛阳，唐朝国祚之已濒于落日残晖可知。我们虽不欲为过分拘狭的比附，仅只从字面来看，则“凝恨对残晖”五字，也可以说是写得幽怨至极了。至于最后一句“忆君君不知”，则是历尽飘泊相思终至心灰望绝以后所余留的一点最后申诉的心声。以如彼之深情相忆，而竟至落到了如此负心不返的下场，其间该有多少不得已的难言的情事，然则，纵有相忆之深情，谁更知之，谁更信之，所以结尾乃说出了“君不知”三个字，这岂不是衷心极深沉之怨苦的一个总结？韦庄用情极深挚曲折，用语则明白劲切，评者所谓“似直而纡，似达而郁”者，在这五章《菩萨蛮》中，可以说是得到了充分的证明。至于“忆君”之“君”字也可以使人想到“君主”之托意，则其隐喻故国之思，因亦极有可能。过去说词之人，往往以为如果所写为托喻之意，便当全篇皆属托喻；如果所写乃男女之情，便当全篇皆为男女之情。私意以为，二者固不必如水火之不相容若此。韦庄即使忆念洛阳之“美人”而同时兼有故国之思，亦复有何不可乎。（叶嘉莹）

归国遥　　韦　庄

金翡翠，为我南飞传我意：“罨画桥边春水，几年花下醉。”　　别后只知相愧，泪珠难远寄。罗幕绣帏鸳被，旧欢如梦里。

这首词是借男女的欢情，抒发词人对故国的眷恋。因为词人曾经奉唐昭宗之命，宣谕西川节度使王建。建爱其才，遂被羁留于蜀，由掌书记递升起居舍人，进擢左散骑常侍，判中书省门下事，成为前蜀政权的重臣。然庾信入周，非为择木而栖；虽居高位，不无故国之思。所以吴梅在《词学通论》中说：“端己（韦庄）《菩萨蛮》四章，惓惓故国之思，最耐寻味。而此词‘南飞传意’‘别后知愧’，其意更为明显。”就是说这首词是明显地抒发词人眷恋故国的感情的。

以男女帷幄之私，写故国乔木之感，原是我国诗词创作的传统手法。但词人把它写得这么意婉词直，蕴藉风流，透过往日的欢笑，看到今朝的泪痕，曲折地表达自己的悔恨之情，好像非如此就无法使他心理上失去的平衡暂时趋向稳定。这种郁积已久、抑制不住的感情，正是以词人心理结构最深层次的无意识为基础的，因而使人获得情真语挚、意深味永的美感享受。

词的上片，是词人委托南飞的青鸟诉说旧日的欢娱，代致相思的深意。“金翡翠”，就是神话中的“青鸟”。《山海经·大荒西经》言西王母有三青鸟。郭璞注云：“皆王母所使也。”后世因称传信的使者为“青鸟”。孟浩然《清明宴梅道士房》诗“忽逢青鸟使，邀我赤松家”，李商隐《无题》诗“蓬山此去无多路，青鸟殷勤为探看”，都运用了“青鸟传信”这个富有浪漫主义色彩的故事，引起读者悠然神往的审美情趣。这首词一开始，也在画面上涂上了一层神秘的色彩，把读者带到那遥远的、渺茫的神话世界中去。以此来暗示读者，这个“青鸟”使者在现实世界中是没有的，“南飞传意”当然也就是一种空想了。正好说明故国已亡，宗社已墟，词人只好把那埋藏在心底深处的眷恋祖国之情，叮嘱心灵上的使者替他表白一番。“罨画”二句，就是词人要求“青鸟”传达信息的全部内容。他没有向对方诉说，自从离别以来，“肠一日而九回”，“魂一夕而九逝”的眷恋之情，而只是拿过去的生活情趣，来唤起对方美好的回忆。“罨画”，本为杂色的彩画。杨慎《丹铅总录》说：“画家有罨画，杂彩色画也。”这里是说在那风景如画的桥边，春水是那样的碧绿，春花是那样的烂漫，我曾经陶醉在那大自然的美好景色中，过了多年的幸福生活，今天回想起来，只剩下一串美好的记忆，而那欢乐幸福的日子却是一去不复返了。词人在这里是用昔日的欢乐，衬托出今日的苦闷；用过去的大好春光，衬托出现实的凄凉岁月。不言眷恋，而眷恋之情溢于言表。陈廷焯说“韦端己词，似直而纡，似达而郁”（《白雨斋词话》卷一），正是因为词人善于把心中的意象，通过男女之间的艳情，变为欣赏者感知的具体形象，所以取得了意在言外的艺术效果。

下片是词人进一步向对方倾吐自己相忆之苦，相思之深。语言是那样的直率坦白，感情是那样的真挚热烈，一下子就触引起读者感情上的共鸣。“相愧”，表面上是愧自己“枕前发尽千般愿”，骨子里是愧自己去而不归，也就是词人离唐入蜀后情不自禁地所产生的那种微妙感情。在这里词人一则要表白自己的心迹，不是薄情，不是负心，而是一想到旧日的恩情就感到内疚；不是没有离恨，不是没有别泪，而是两行珠泪，一腔离愁，无法寄到远方的伊人。再则要倾诉别后的生活和情怀，在这里词人列举了三种系人愁思的事物：罗幕、绣帏和鸳被。这些都曾经是他们双栖双宿的地方；而今却是室迩人远，物是人非。睹物思人，欢情如昨；而别易会难，前尘如梦。想当年鸳衾同卧，誓不分离；愧今日劳燕分飞，各自东西；想别后青鸟无凭，珠泪难寄；愧当年画桥春色，花下陶醉。所谓情不知所起，一往而深，故能动人心脾，感人肺腑。我们可以从他的语淡而悲、意深而婉中，意识到词人是强作欢愉之后，流露出悲苦之情的。真是“意不浅露，词不穷尽，句有余味，篇有余意”。虽无刻骨入肌之言，而有惆怅自怜之致；虽有绮罗香泽之态，而无纤丽浮华之习。所以词人的词有“骨秀”之誉，有“淡妆美人”之称。（羊春秋）

归国遥　韦　庄

春欲暮，满地落花红带雨。惆怅玉笼鹦鹉，单栖无伴侣。　　南望去程何许？问花花不语。早晚得同归去，恨无双翠羽。

这是一首怀人词，所怀之人似与主人公别离已久，正天各一方。怀念在一幅暮春图中拉开序幕。春天乃是万物复苏的季节，姹紫嫣红的春色常常被作为人生美好阶段的象征。然而本词的开篇就用了“春欲暮”三字简洁明了地指出，此刻美好即将成为历史，明媚鲜妍立刻便要烟消云散。紧接着，一幅雨后落花图便作为典型场景登场。它采用速写的笔法，给读者一种关于暮春的直观印象：在湿漉漉的地面上，满地都是被风雨吹刮下的落花。曾经光艳枝头的红蕊如今却裹缠着雨水，无力地陷在泥土中。“带”字的使用令这一幅景致速写染上了几分拟人色彩，似乎那落花便是一位憔悴的美人，而雨水恰好似她满脸的泪水。作为开篇，这样一幅图画显然将本词带入了一种哀伤的情感氛围中。而起句中的“欲”字，显然又传达着主人公焦灼和不甘的情愫，他（她）是那么留恋正在消逝的春光，是那么害怕青春与美的流失。

大概是希望摆脱这苦涩的情绪吧，主人公将视线从一地落花移开。然而当他（她）仰头望去时，映入眼帘的却是一只关在华丽笼子中的鹦鹉。鹦鹉的形单影只刹那间又引发了他（她）对自己孤寂处境的联想。他（她）不自觉地将自己的情感位移到鹦鹉身上：那笼子固然精美华丽，但却禁锢了鹦鹉的自由。它那么上下跳跃着，是否也正和我一般孤寂？是否也是在焦急渴盼着它的伴侣？

上片在一派孤寂凄伤的情绪中结束。下片开篇以“南望”起头，将视线从具体的物象上挪开，渗入遥无边际的远方。这深沉的一问已经是对孤寂根由的直接吐露，而不再是借助物象的含蓄传达。词作至此，似乎要着力冲破那压抑低迷的氛围，开一番新的气象。但是这样的疑问显然是难以获得答案的。汤显祖曾评“问花”一句曰：“还不是解语花，不问也得。”便是点出主人公那恼花不解心事却又无可奈何的孤寂心境。再次被孤寂所萦绕，但主人公似乎不愿再回到低回悱恻的状态中。那股压抑在心间的强烈情感已经让他（她）不堪重负，因此他（她）发出响亮的誓愿——迟早自己一定要去追寻心中思念的那个对象。然而这样的响亮并没有完整持续到词作的收尾，“恨无双翠羽”一句，让视线又收束回上片的玉笼鹦鹉意象。那个“恨”字暗示出了心中誓愿与客观现实环境的强烈冲突，也充分流露出主人公深深的怨怼之情。陈廷焯所云“韦端己词，似直而纡，似达而郁”（《白雨斋词话》卷一）指的便是这种情形。

总的看来，全词在以景起情后，便将人物情愫与客观景致时时融会，使人物的心境始终附着在一定的景致之上。这些景致诸如“落花”“玉笼”“鹦鹉”“翠羽”等，既清新又不失明丽，它们和惆怅柔寂的情感相结合，充分体现出韦庄词的特色。（韦　乐）

应天长　韦　庄

绿槐阴里黄莺语，深院无人春昼午。画帘垂，金凤舞，寂寞绣屏香一炷。　　碧天云，无定处，空有梦魂来去。夜夜绿窗风雨，断肠君信否？

韦庄是花间派代表作家。他的这首词表现一个女子对行人的思念，属于花间词常见的内容。从艺术上看，词的上片着力表现女子所处环境的宁谧冷寂，成功地渲染出一种静逸的气氛；下片则集中揭示女主人公内心世界的苦闷焦躁，由于前片的烘托反衬，后片的艺术效果显得格外强烈突出。

上片写室外景。“绿槐阴里黄莺语”，槐树已经成荫，说明时令已届春深。黄莺啼啭于槐荫之中，显见天气晴朗暖和。下一句“深院无人春昼午”，这是一个极其清幽静寂的庭院，因为它“深”，更因为它“无人”。人到哪里去了？从词中可以看出，庭院的主人并没有趁着大好春光外出郊游踏青，也没有在庭院里赏玩春花。

作者的笔触继续深入，镜头渐渐移向女主人公的居室。首先映入人们眼帘的，是居室门口低垂着的画帘——就是这一道薄薄的帘幕，把女主人公和明媚的春天、和生机勃勃的大自然隔开了。可是那绣着金色凤凰图案的帘子，却在春风中轻轻摆动，使人觉得那一对凤凰似乎在随风飞舞一般。然后镜头透入室内。作者并不急于把女主人公介绍给读者。他要让人们先仔细看看她居室的布置，以便把气氛营造得更浓。因此，这里镜头中出现的是寂寞无声地伫立一旁的绣花屏风和一炷散发着袅袅烟气的炉香。

整个上片，全都是具体描写，只有“寂寞”二字流露了作者的倾向，但这却正是前片全部描写的灵魂。有了这样的铺垫，下片对于人物内心活动的揭示，就有了充分的根据。

前片从室外茂密的绿槐树荫渐次写到闺房中的绣屏和香炷，只差一步，笔触就要点到女主人公了。因此下片集中力量刻画她的形象，已成必然之势。写人物有种种方法，在这里词人的笔墨并未用来描述女子的外形，而是直探其心灵深处，写她的忧愁苦闷。

“碧天云，无定处，空有梦魂来去”三句，是女主人公在倾吐衷肠。“碧天云，无定处”，是以浮动飘荡、没有定止的云彩比喻使女子牵肠挂肚的行人，既准确生动，又含情脉脉，同时还暗示了在百无聊赖的生活中，她终日仰望苍天、苦思默祷的情景。在寂寞孤居的生活中，彷徨无主的心情下，那天上的浮云，竟也成了她的一种精神寄托。云朵飘来，她欣慰；云朵飘去，她惆怅。跟云朵一样飘忽不定的，是她的梦。由于极其殷切的想念，她和她所思念的人，也许在梦中倒常常相会。可是梦总是要醒的，梦醒之后是更加难以排解的愁闷怅惘。所以在“梦魂来去”前面加上“空有”二字，借以抒泄哀怨和不满足之感。下边“夜夜绿窗风雨，断肠君信否”两句，标志着她的感情发展到了高潮，以风雨敲打窗户比喻心中苦闷的层层波澜。冠以“夜夜”二字，则说明一贯如此。“君信否”，也就是君知否。独居孤处的女主人公在极端的苦闷中无法可想，只能对着远方如此倾诉。这样，她对行人的深厚情意以及思而不见的抑郁心情，就充分地表现出来。（董乃斌）

应天长　　韦　庄

别来半岁音书绝，一寸离肠千万结。难相见，易相别，又是玉楼花似雪。　暗相思，无处说，惆怅夜来烟月。想得此时情切，泪沾红袖黦①。

注 ① 黦(yuè)：黄黑色。

这首词，也有人认为是韦庄“留蜀后思君之辞”，跟他另一首《应天长》“绿槐阴里黄莺语”的命意相同，不是没有道理的。但我以为这首词乃情人别后相忆之词，不必过于求深。把爱情词都连到君国上面来，是难免穿凿附会之讥的。上阕是写行者半岁离别、离肠百结的相思之情。诗重在发端，词也是起结最难。发端处要开门见山，一下擒住题旨，才不致流于浮泛。所以况周颐说：“起处不宜泛写景，宜实不宜虚，便当笼罩全阕，它题便挪动不得。”（《蕙风词话》卷一）“别来半岁音书绝”，正是实写，是全词抒情线索的起点，也是笼罩全篇的冠冕。它既点明了别后的时间是“半岁”，又倾诉了别后的情况是“音书绝”。以下的词意全从此语生发出来。不是别后半岁，音书隔绝，就没有这首词的创作冲动，就没有这首词的审美情趣。江淹在《别赋》中说：“黯然消魂者，唯别而已矣。”词人迫于无法遏制的情感的需要，真实地反映了别后的心境是“一寸离肠千万结”。离肠，就有离情的意思。而离情是无形的、抽象的，离肠是有形的、具体的，便于用数字来表现离愁的程度。在极短的“一寸离肠”上系上“千万愁结”，通过两个大小悬殊的对比，更能刺激欣赏者的视觉神经而收到强烈的艺术效果。所以韦庄不但喜用“离肠”，而且喜用数字。“满楼弦管，一曲离声肠寸断”（《上行杯》），就是同一艺术构思。“别易会难”，古人所叹。而李商隐翻之为“相见时难别亦难”（《无题》），用两个“难”字，说明“别”也是很难为怀的。柳永不是有“执手相看泪眼，竟无语凝咽”（《雨霖铃》）的描绘么？王实甫不是为崔莺莺设计过“柳丝长玉骢难系，恨不倩疏林挂住斜晖”（《西厢记·长亭送别》）的痴话么？而词人却把这个成语，化为极其平淡的两句话，并没有在这个成语的基础上，创造出什么新的意境，而且似乎有些执着地坚持这个传统的看法。但若把“难相见，易相别”放在这个具体的语言环境中加以仔细体会，就会发现它既是“一寸离肠千万结”的原因，也是“又是玉楼花似雪”的过脉。大概半年前在长亭送别的时候，正是“飞雪似杨花”；而在两地睽违的今天，又是“杨花似雪”了。飞花如雪，“玉楼”中人此时所见光景当亦同之。由此转入所忆之人，及彼此相对忆念之情。张砥中说：“凡词前后两结，最为紧要。前结如奔马收缰，须勒得住，尚存后面地步，有住而不住之势。”（清王又华《古今词论》引）这一结既是有效地照应了起句的“别来半岁”，又为下阕的词意开拓了广阔的境界，大有“水穷云起”、有余不尽的审美趣味。

下阕即从居者着想，写她面对明媚的春光，无日无夜不在怀念远方的行人。“暗相思”三句，语淡而悲，情深而婉，恰到好处地道出了天下少妇的娇羞心情，她暗自咽下“别是一般滋味”的苦酒，而不敢在别人面前倾诉那满腔哀怨，万种闲愁。她在朦胧的夜色中，看到天上团圞的月，想起人间离别的人；想到自己在见月思人，不知对方是否也在望月思乡？这月曾经是照过他们离别的，那“忍泪佯低面，含羞半敛眉”的容态，“除却天边月”，是“没人知”（《女冠子》）的。这月也是他们夜半私语时的见证，那“说尽人间天上，两心知”（《思帝乡》）的绮语，也只有“月”才知道。可如今是“美人迈兮音尘绝，隔千里兮共明月”（谢庄《月赋》），叫人如何不惆怅呢？于是她越想越觉得“人寂寞”“恨重重”，“玉郎薄幸去无踪”（《天仙子》），越想越埋怨自己“空相忆，无计得传消息”（《谒金门》），真是“含恨暗伤情”（《望远行》），“万般惆怅向谁论”（《小重山》），于是情不自禁地“泪沾红袖黦”了。词人写过很多的泪，如“泪界莲腮两线红”（《天仙子》），李调元在《雨村词话》中就充分肯定它说：“词用‘界’字，始于端己。宋子京效之云：‘泪落胭脂，界破蜂黄浅’，遂成名句。”说明词人是善于遣词造句的。“黦”，是斑斑点点的黄黑色污点，只有在“新啼痕间旧啼痕”（秦观《鹧鸪天》）时，才会在红袖上浸渍着这样的污迹。

所以它不但与“红袖”“清泪”相映成趣，而且表达了她一次又一次地流下了相思的清泪。王士禛在《花草蒙拾》中特别拈出这一句话说：“着意设色，异纹细艳，非后人纂组所及”，“山谷所谓古蕃锦者，其殆是耶？”就是对韦庄遣词造句功夫的最高评价。“富于万篇，贫于一字”，是从创作实践中总结出来的经验之谈，可见遣词造句，是艺术传达的重要手段。如果没有熟练地掌握这种技巧，就不能使艺术构思得到符合美的规律的表现。刘勰说“意翻空而易奇，言征实而难好”（《文心雕龙·神思》），正是指出作者在构思时，展出想象的翅膀，容易在脑子里浮现一幅奇特的景象，等到把它变成语言写在纸上，就觉得平淡无奇了。此语很好地说明了艺术构思与艺术传达的辩证关系。还须特别指出的是：这个结句，不但表现了作者善于遣词造句的艺术才能，而且是采用“情结”的方式，环顾起句，有尽而不尽之意。下阕以“想得”二字领后两句，“此时”二字包前三句，悬想对方相思情景，得杜甫“今夜鄜州月”诗的思致。“此时”之“暗相思，无处说，惆怅夜来烟月”，又体现出两地同时，两人同心，亦彼事，亦己情，一齐摄入，映照玲珑，构想深微，笔致错落。这些，都是在鉴赏中值得认真体会的。（羊春秋）

荷叶杯　　韦　庄

记得那年花下，深夜。初识谢娘时。水堂西面画帘垂，携手暗相期。　　惆怅晓莺残月，相别。从此隔音尘。如今俱是异乡人，相见更无因。

这首词是何时何地所作，无从确考。就词的内容看，大概是韦庄曾经相爱过的一个女子，离别之后，海角天涯，久无音信，在晚唐战乱时期，韦庄又游走各地，这种情况自然是会有的。韦庄追念前情，故作此词。

词中所谓“谢娘”，即指所怀念的女子，但是这并不一定说此人即姓谢。韦庄《浣溪沙》词又有“小楼高阁谢娘家”之语。这里所谓“谢娘”，也是借用，而且与《荷叶杯》词中的谢娘未必是同一个人。

此词上半阕追忆前欢，在一个深夜的花下与“谢娘”初识，水堂西面，画帘低垂，彼此倾诉衷怀，相期永好（“相期”是互相期许爱慕之意，不是约定后期），写得环境幽美，情致缠绵。词中虽然并未对“谢娘”本人作任何描绘，但是在叙写相聚的环境与相处的情谊中，已经衬托出“谢娘”是一位明丽多情的女子。这是韦庄词艺高妙之处。下半阕写别后相念。在一个“晓莺残月”的清晨彼此相别了（古人出门起程多在早晨）。离别亦人生之常，本来可以希望重会的，哪知道从此天各一方，许多年中，声问渺然，打听不出对方的下落，而当初相聚的欢情在心中更留有深刻的印象，使人追念，益增凄感。这种情事，在人生中也是常有的，但是韦庄能感之而又能写之，感受既深，写得又好，故特别凄怆动人。

韦庄与温庭筠都是晚唐诗人中善于填词者，后人并称温、韦，但二人词的风格不同。温词多是写精美的物象，而韦词则是多写真淳的情思，温词华艳，韦词清淡。叶嘉莹《灵谿词说·论温、韦词》文中谓：“温词秾丽，韦词清简；温词对情事常不作直接之叙写，韦词则多作直接而且分明之叙述……于是所谓'词'者，始自歌筵酒席间不具个性之艳歌变而为抒写一己真情实感之诗篇。此不仅为韦词一大特色，亦为词之内容之一大转变。"(《四川大学学报》丛刊《古典文学论丛》，1982年10月)可谓知言。

有的论者推测，这首《荷叶杯》词可能是韦庄"及第后悼亡之作"。这种看法不妥。从词中所谓"异乡人""相见更无因"等辞句看来，这个女子尚在人世，并未死去；而且从唐宋诗人、词人用辞的惯例看来，也不会用"谢娘"一辞称自己的夫人。(缪　钺)

清平乐　韦　庄

野花芳草，寂寞关山道。柳吐金丝莺语早，惆怅香闺暗老。　罗带悔结同心，独凭朱栏思深。梦觉半床斜月，小窗风触鸣琴。

这是首伤春怀人之作。写闺中人触景伤怀，自怨自艾。它代思妇立言，而不同于我们常见的韦庄自我抒发情性之作。

发端二句，写闺中人想象中行人在广漠的原野上踽踽独行的情景。后面"柳吐"二句则是思妇抒发年华虚掷的郁闷。"野花芳草""柳吐金丝莺语早"，都是写春天的景色。但笔调不同，给人的感受也就大不一样。"野花"纵然有"芳草"做陪衬，仍无法冲淡其荒凉冷落的色彩。而况"芳草"很容易使人联想到《楚辞·招隐士》中的名句："王孙游兮不归，春草生兮萋萋。"怀人之意油然而生。下面"寂寞"二字，既是"关山道"客观环境的真实写照，又隐寓着行人难堪的情怀。虚实相生，情景交炼，伊人羁旅行役的苦况自已包孕于字里行间。"柳吐金丝"，那是初春的物候。一个"吐"字，活画出青春的活力，潜藏着无限生机。黄莺，又是初春才鸣叫的可爱小鸟，一名"告春鸟"。"柳吐金丝莺语早"，分别从视觉、听觉两个方面有声有色地展现出早春迷人的景象，反映了春意盎然的一个侧面。春色宜人，但也会恼人。蒲柳早衰，青春易逝，往往会引起多愁善感的思妇、少女无尽的烦恼，因而伤春成了古典诗词常见的题材。这首词里把香闺周围的环境写得如此清幽雅致，也正是为"惆怅香闺暗老"作有力的反衬。通过"关山道"与"香闺"镜头的转接、对比，成功地凸显了思妇黯然销魂的心绪以及产生这种心绪的因由。

过片直承上句结语而来，再从"惆怅"说起，揭示闺中人的心曲。"罗带悔结同心，独凭朱栏思深。""独凭朱栏"这一举动表明思妇盼夫之心切，又是她心神不定、烦躁已极的一种表现。焦急失望之余，悔恨随之而生。"罗带悔结同心"，乃是"思深"的内涵。从思想内容上考察，前后两句是倒装的句式。"同心"，就是同心结，又名同心方胜。用锦带打成菱形连环回文样式的结子，用作男女相爱的象征。梁武帝《有所思》云："腰中双绮带，梦为同心结。""悔结同心"，意谓追悔自己错爱伊人。早知今日，何必当初。爱之深，恨之切。当然，它仅仅是一时的愤激之词而非真心决绝之语。煞尾"梦觉半床斜月，小窗风触鸣琴"，写空闺长夜的孤寂无聊。中宵梦醒，明月半床，可见睡眠不稳。风吹弦鸣，声极低微，而思妇居然闻声"梦觉"，其环境之阒寂可知。此情此景，每每都烘托出闺中人的情真意苦，激起读者的共鸣。近人李冰若《花间集评注》说："昔爱玉溪生（李商隐）'三更三点万家眠，露欲为霜月堕烟，斗鼠上堂蝙蝠出，玉琴时动绮窗弦'一诗，以为清婉超绝。韦相此词以'惆怅香闺暗老'为骨，亦盛年自惜之意，而以'梦觉半床斜月，小窗风触鸣琴'为点醒，其声情绵邈，设色隽美，抑又过之。"这一评语是切合实际的。

通篇不假雕饰，全用白描，于浅直中见深切，于此很可以看到韦词的基本特色。（黄进德）

清平乐　　韦　庄

莺啼残月，绣阁香灯灭。门外马嘶郎欲别，正是落花时节。　　妆成不画蛾眉，含愁独倚金扉。去路香尘莫扫，扫即郎去归迟。

张炎云："词之难于令曲，如诗之难于绝句。不过十数句，一句一字闲不得。末句最当留意，有有余不尽之意始佳。当以唐《花间集》中韦庄、温飞卿为则。"（《词源》卷下）韦庄这首写别情的小词，就颇擅令曲之妙。

离别在一个暮春落花时节。汤显祖评"门外马嘶"二句道："情与时会，倍觉其惨。"说明词人对离别时间的安排是深具匠心的。其实这种匠心，可以说从开篇就已运用，不待这两句开始。"残月"即下弦月，在黎明前出现，为时极短，月出惊鸟，遂有"莺啼"。不过，写作"莺啼残月"，便不止月出惊鸟之意，更有一重意味：那月儿一现即逝，"莺啼"似有留恋的哀苦。"残月"的意象似意味着好景不长，与灯灭、花落、郎去等，能构成一种象喻关系。"莺啼"与女子对情郎的留恋，也含这样的关系，恰与催人离别的"马嘶"，形成一种对照，故读来倍觉有味。整个上片，写出残月落花、良宵已尽，这样一种典型的伤春伤别情景，又点出"欲别"之事，笔墨极为凝练。比之他在《荷叶杯》中写的"惆怅晓莺残月，相别"又更曲折丰富些。

下片写女子在情人别后的情态。为郎送别，她曾浓饰晓妆，然而"妆成不画蛾眉"，是耐人寻思的。这含有双重意味，一重与杜甫诗"罗襦不复施，对君洗红妆"意近，表明"岂无膏沐，谁适为容？"这不完全的化妆，正是一种无言的表白。另一重则暗寓张敞画眉的故事，"不画蛾眉"乃因画眉人去，留此残妆，等于示以盼归之意。这一细节描写岂但字句不闲，而且事半功倍。下句说"独倚金扉"，则郎既去矣，空余行处。女子凝望路尘之神，已在句外传之。末二句更是"留意"而精彩的一笔："去路香尘莫扫，扫即郎去归迟。"乍看这话是极无理的，路尘之扫与不扫与情郎的早归迟归有什么必然联系？然而，处在失望而终不能断念的境遇中的情痴者，总能从一般人不在意的现象中发现预兆，或设置希望。在他们看来，鹊的鸣叫，灯的结花，衣带的松弛，蜘蛛的结网，诸如此类小小事体，往往具有重大意义。无理语正是情至语，故汤评此二句说："如此想头，几转《法华》。"这两句概括了唐时民间一种流行说法。《词学》第一辑施蛰存《读韦庄词札记》云："'去路香尘莫扫，扫即郎去归迟。'此民间习俗也。凡家中有人出门，是日忌扫除门户，否则行人将无归期，今吴、越间犹有此习俗。"词人运用这种生活气息很浓的说法，出以口语，明快而隽永，就"有有余不尽之意"。（周啸天）

清平乐　韦　庄

春愁南陌，故国音书隔。细雨霏霏梨花白，燕拂画帘金额。　尽日相望王孙，尘满衣上泪痕。谁向桥边吹笛，驻马西望销魂。

词以“春愁”开篇，乃是开门见山地吐露胸中的情愫，告诉读者自己值当明媚鲜妍的春季，心中却充满了哀愁和忧伤。春愁的情绪在文学中并不罕见。当春即将逝去时，总是不乏将春光与青春联系在一起并因此产生伤感情绪的人。但是下面“梨花”二句对春景的勾绘，显然表明此时并非暮春，而是春意正浓的时分。因此，词人之愁绝非一般春愁，而是源于心中正强烈牵挂的事。

“南陌”与“故国”两个地理意象正揭示了这个事件。“南陌”本意为南边的道路，此处所指乃是故国之南。作为一统天下的唐王朝子民，韦庄本不该有“故国”之语。然而唐僖宗广明元年，黄巢军队攻入唐都长安，僖宗西奔入蜀，长安陷入兵火之中。此事对于韦庄这位家本杜陵，幼居长安的唐之子民而言，无疑会带来故国沦陷之感。僖宗中和三年，韦庄下江南。本词便应作于此后。相对于长安而言，此时韦庄所处之地当然是南陌。由于出奔南陌，乃是被迫之举，故而心中郁结难解，即便江南春意正胜，也无法让词人释怀。“音书隔”反映出词人对故乡亲朋的深切挂念。至此，沉重的忧思已经弥漫在词作之中，所以即便蒙蒙春雨正滋润着洁白的梨花，即便燕子轻捷的翅膀掠过精美的帘额，嬉戏在春风之中，也不能引发词人欢快的情愫，反而更加衬托出他心中的悲凉。恰恰燕子又是传书信使的象征。据《开元天宝遗事》载，燕子曾替人传书给漂泊在外的亲人。此刻，春燕轻翔身畔，这让正苦苦思恋故国与亲人却音信难通的词人情何以堪！

词人的视线似乎凝望着轻燕的身影，痴痴渴盼着故国的音讯。所以这才有“尽日”二句的悲怆。“王孙”在古典文学中常被作为游子的代称，如“王孙游兮不归，春草生兮萋萋”（《楚辞·招隐士》）；“又送王孙去，萋萋满别情”（白居易《赋得古原草送别》）。此处显然是将“王孙尽日相望”进行了语序倒置，表示自己这位客居江南的游子对故国的无比挂念。而“尘满衣上泪痕”与岑参那句著名的“双袖龙钟泪不干”（《逢入京使》）相比，不仅同样表达出尽日痴望却不得见故国的悲痛，更以“尘满”渲染出漂泊中的落寞。词作至此已相当凝重。而收尾的“桥边吹笛”二句更有画龙点睛之妙。它既有可能是实写词人正自悲痛时听见清冷笛声的不胜其情，更应是对前面情感的提炼和升华。因为故都长安东郊之灞陵有桥，据《开元天宝遗事》，“来迎去送，皆至此桥，为离别之地，故人呼之为‘销魂桥’”。名桥为“销魂”，显然正与离别有关，正如江淹《别赋》所谓之“黯然销魂者，唯别而已矣”。于韦庄而言，此别固然是指与故国故亲的离别，但却更是与君王的离别，因为“西望”一词正是指向那位入蜀的僖宗。由此，经过此二句的巧妙点化，词作的情感便由普通的怀思故土升华为对君王忠贞的“黍离之悲”。这便是李冰若在《栩庄漫记》中指出的“笔极灵婉”之所在，亦是此词终被评为“士大夫之词”的主要缘故。（韦　乐）

谒金门　　韦　庄

春雨足，染就一溪新绿。柳外飞来双羽玉，弄晴相对浴。　　楼外翠帘高轴，倚遍阑干几曲。云淡水平烟树簇，寸心千里目。

词的上阕写春日雨霁之后的景象。一场春雨之后，到处显得生机勃勃，春意盎然。词人不写其他景物，独独抓住最典型的几点：一是一溪春水，二是溪边新柳，三是双双白鸥，四是晴和的天气。好比画家在素绢上作画，先是大笔濡染，涂上几笔，然后再加勾勒，便成一幅绝妙的春日雨霁图。整个上阕也有三个特点：一是善于着色，如给溪水画上绿色，给鸥鸟画上白色（"双羽玉"语本杜甫《鸥》诗"却思翻玉羽，随意点春苗"。羽如玉，正所以喻白色也），这是明写。至于柳树、晴天，毫无疑问那是嫩黄和蓝色的了，这是暗示。二是环环紧扣，宛转相生。由于刚刚下的春雨，所以溪水的颜色是"新绿"；由于雨水下得很足，所以用"一溪"二字以示水满；由于春水满溪，因而引来双双白鸥。天气晴和，白鸥来了，自然就在日光下对浴。三是巧妙地运用动词，如"染就"一词，不仅突出了春雨的功能，也强化了"新绿"给予人们的印象。以"飞来""弄晴""对浴"等词形容鸥鸟，使画面显得鲜灵活泼，富于动态美，这又是绢上的画所不及的了。杨慎说"景真如画"（《忏花盦本草堂诗余》卷一），沈际飞说"双羽有情"（《草堂诗余正集》卷一），可以说抓住了此词上阕的主要特色。

如果说上阕着重写景，下阕则转入抒情。这不是以词人自己作为抒情的主人公，而是写一位闺阁佳人在对景抒怀。在韦庄那个时代，词是供花间酒边演唱的歌曲，而演唱者都是女性。因此词的内容必须切合歌伶的身份，以写春愁闺怨为主。此词下阕即写一闺中女子盼望远出的丈夫。她所住的地方是一座高楼，春雨潺潺，不知下了多久；翠帘低垂，也不知闷了多久。此刻雨霁天晴，她赶快卷起珠帘，倚阑远望。"翠帘高轴"四字，紧承上阕欢快的意脉，给人以轩敞开豁之感。"轴"字本为名词，此处作动词，应理解为"卷"的完成。就是说翠帘已经高高地卷在轴上了。着此一字，境界全然不同，可见词人用字之精审与准确。此句与下"倚遍阑干几曲"句，暗用南朝乐府《西洲曲》诗意，原词云："忆郎郎不至，仰首望飞鸿。鸿飞满西洲，望郎上青楼。楼高望不见，尽日阑干头。阑干十二曲，垂手明如玉。卷帘天自高，海水摇空绿。"十二曲，系虚指，亦"几曲"之意。此处形容女子从阑干这一曲，倚到那一曲，一曲一曲都倚遍了，仍不见征人的踪影。可见盼望之殷切，心情之不定。其中"倚遍"二字，实为传神之笔。结尾二句，工致精警，景中寓情，余味无穷。"云淡水平烟树簇"，苍茫渺远，皆倚楼人眼中景象。李白《菩萨蛮》"平林漠漠烟如织，寒山一带伤心碧"句，写作者驿楼所见，与此颇相似。此时佳人妆楼颙望，唯见天空有轻云一抹，地面上湖水平堤，而丛丛树木，笼罩着层层烟霭。这都是春日雨霁后的景象，正与起首二句相映射，亦用以衬托愁情，它的言外之意是说：女子所盼望的行人依然未见。于是迸出最后一句："寸心千里目。"沈际飞评此末句云："《鱼游春水》词：'云山万重，寸心千里'亦自妙。此以上文布景，找一'目'字，意思完全，韵脚警策。"（《草堂诗余正集》）所谓"上文布景"，是指"云淡"一句，也就是说这一句为"寸心千里目"作了铺垫。然比之无名氏的《鱼游春水》词（见《能改斋漫录》卷十六），在"寸心千里"下加一"目"

字，更显得精彩动人。也就是说女子的望眼不仅穿透了云淡水平烟树等景物，而且与她的心一起，飞驰到千里之外。这是非常富有想象力的写法。（徐培均）

谒金门　韦　庄

空相忆，无计得传消息。天上嫦娥人不识，寄书何处觅？　新睡觉来无力，不忍把伊书迹。满院落花春寂寂，断肠芳草碧。

韦庄《浣花集》诗十卷，大抵取法白居易，诗风平易晓畅。敦煌发现的韦庄名篇《秦妇吟》，格调也不脱长庆歌行体。他的词风也基本如此，疏朗秀美，清空善转。以温庭筠为代表的"花间派"词作大都剪红刻翠，浓妆艳抹，韦庄词却能别树一帜。他的词以白描见长，清淡素雅如月下美人，有绰约风姿。其词易懂易诵，看似浅近，但细加品赏，就觉得蕴藉隽永，有回肠荡气的艺术魅力。其主要原因在于韦庄词有较强烈和较真实的抒情成分，词中织入了他自己的年华、眼泪、笑容，有相当的个性。况周颐评他"尤能运密入疏，寓浓于淡，花间群贤，殆鲜其匹"（《唐五代词人考略》），实为精核之论。这首《谒金门》熔纪实、写景、抒情于一炉，疏中见密，而又富有生活气息，正可窥见韦庄词风之一斑。

生活中不时碰到这种情况：一些有某种纪念意义的小物品，比如夹在书中一片枯萎的红叶，一盆清香四溢的茉莉花，一件缝补过的旧衣裳，一旦扑入眼帘，就会像一颗小石子投入池塘那样，激起层层感情的涟漪。这首词里的小石子便是一封情人的旧书信。上片写读信后勾起的无数回忆，由此产生渴望与意中人再传消息、寄书信的痴情。下片写思极而睡，醒来不忍再读伊人旧情书的愁绪，并用景色作陪衬。全词虽未脱唐五代词"男女相思"的总基调，但写得脉络分明，情意真挚，颇堪讽咏。

上片着重勾画主人公的心理活动，首句"空相忆"便是这种活动的基础。韦庄《悔恨》诗云："六七年来春又秋，也同欢笑也同愁。"悠悠岁月，心心相印，他与那位女子的往事实是不胜回忆，不堪回忆。一个"空"字不仅表现了"相忆"数量上的以简驭繁，而且写出了这种"相忆"之深和苦，空落无依的心情，人去楼空的悲感，都在"空"字中曲曲透出。从结构上来说，在本词主干"读情书——忆往事——欲寄信"的三部曲中，"相忆"作为维系前后两"书"的中间媒介，没有必要展开，因而首句点到即止，手法相当精练高明。

由回忆而动情，由动情而遐想，接着三句写欲向那位"天上嫦娥"传达殷切思念的痴情。"天上嫦娥"，形容姬人体貌之美，这是一层；暗示彼美仙去，这是另一层。这有韦庄《悼亡诗》"若无少女花应老，为有姮娥月易沉"两句可作佐证。"无计传消息""寄书何处觅"，意思略同，重言以显出要通款曲的执着和真切。向亡人通消息、寄书信，看似无理，实是深情的折光，这在古典诗词中并不罕见。白居易《长恨歌》里那位孤苦的唐明皇，不也是痴痴地要与魂归离恨天的杨贵妃通音讯吗？亏得有"临邛道士鸿都客"替他上天入地，终于在虚无缥缈的海上仙山寻觅到了贵妃的踪迹。其情节貌似荒唐，但蕴含着艺术真实。韦庄千方百计要与"天上嫦娥"寄书，但苦于无门，而有"人不识""何处觅"的苦衷，怕也想到了那位神通广大而无从招致的

“鸿都客”了吧！这首词与《长恨歌》在某些构思上当是有相通之处的。

下片侧重于人物形态和景物描写。换头两句“新睡觉来无力，不忍把（《花庵词选》作“看”）伊书迹”，以形传神，把上下片衔接得非常紧密。沈际飞《草堂诗余正集》说：“‘把伊书迹’，四字颇秀。”确实如此，一个“伊”字，口吻异常亲切，不禁使人想到《诗经·蒹葭》“所谓伊人，在水一方”那种对意中人迷恋和神往的情景。那位女郎情意缠绵，要读她的情书而不动感情是不可能的，不然又何必“不忍”？“不忍”正写出“伊书”的感人至深。“不忍”看是实情，但不可能不看，也在意料之中。从下面两句景色来看，时间是白天。白天而“新睡”，可见是一次困倦已极而不由自主的小睡，其中必有原因；一觉醒来本当精神恢复，而此却云“无力”；觉来首先想到这封萦心绕怀的伊人“书迹”，也绝非偶然。这些情态描写所布下的种种疑阵，只有把它理解为是读过情书后的系列反应，才能疑团冰释，迎刃而解，便是上片的“寄书”情由也可悟出并非凭空陡然而起。所以“把伊书迹”不仅“颇秀”而已，它称得上是使这首词通体皆活的词眼。

“满院落花春寂寂，断肠芳草碧。”二句宕开一笔，以景作结。“红杏枝头春意闹”（宋祁《玉楼春》句），是繁华欢愉的热闹景象；“满院落花春寂寂”，是花落人亡的孤寂境界：两者都是作者感情的投影。一碧如茵的芳草地，本是丽景，但伤心人别有怀抱，常有用作写哀情者。如《楚辞·招隐士》：“王孙游兮不归，春草生兮萋萋。”江淹《别赋》：“春草碧色，春水渌波。送君南浦，伤如之何！”均是其例。此词反映的是比生离更为痛苦的死别，因而用程度更甚的“断肠”形容之。这两句把“剪不断，理还乱”的愁思和对伊人的深情怀念表达得余韵悠然，读后使人低回不已。

关于这首《谒金门》的本事背景，宋杨湜《古今词话》首倡此词系为前蜀主王建夺韦庄宠姬而作（详见后《女冠子》第二首赏析），宋胡仔则云：“《古今词话》以古人好词，世所共知者，易甲为乙，称其所作，仍随其词牵合为说：殊无根蒂，皆不足信也。”（《苕溪渔隐丛话后集》卷三十九《长短句》）“皆不足信”，把其书一概抹倒，固然有失偏颇，以宋人时世较切近，记载传闻或得其实，披沙拣金，未必皆不足以资参考。但轻信盲从，执此以胶柱鼓瑟，也绝非上策。就此词而言，《古今词话》明显有因词造文的痕迹，“端己词云‘不忍把伊书迹’，遂云姬‘善词翰’；词云‘一闭昭阳春又春’（《小重山》），遂云‘为王建强夺去’；词云‘绝代佳人难得’（《荷叶杯》），遂云‘姿质艳丽’：此其牵合为说之迹也。”（施蛰存《读韦庄词札记》）韦庄诗集补遗中除《悼亡姬》一首外，另有《独吟》《悔恨》《虚席》《旧居》四首，注云“俱悼亡姬作”。这些悼亡诗均写于入蜀前，王建夺姬说自很难成立。夏承焘先生推断此词“疑亦悼亡姬作”（《唐宋词人年谱》），应当说是较为可信的。（曹光甫）

天仙子　　韦　庄

梦觉云屏依旧空，杜鹃声咽隔帘栊，玉郎薄幸去无踪。一日日，恨重重，泪界莲腮两线红。

这是写一个青年妇女的离愁别恨。它在炼意炼字上，都显示出词人卓越的艺术才能。

炼意，是词章家较高层次的修养，也是我国文艺理论中一个古老的命题。杜牧说：“凡为文以意为主，气为辅，以辞彩章句为之兵卫。未有主强盛而辅不飘逸者，兵卫不华赫而庄整者。”（《答庄充书》）王若虚说：“文章以意为之主，字语为之役。主强而役弱，则无使不从。”（《滹南诗话》上）王夫之说：“无论诗歌与长行文字，俱以意为主。意，犹帅也。无帅之兵，谓之乌合。”（《姜斋诗话》）袁枚也说：“意似主人，辞如奴婢。主弱奴强，呼之不至。”（《续诗品·崇意》）这些古代的文论家把“意”与“辞”在创作上的地位，比作君主与辅弼、主人与仆役、元帅与士兵的关系，说明炼意在文学创作上的重要意义。作词也是难于立意的，词之工拙，境之高下，都以此为关键。所以张炎强调地指出：“词以意为主，不要蹈袭前人语意。”（《词源》）韦庄的这首词，把一个青年妇女对人生的渴望和追求，安排在她的团圆之梦破灭以后。并以具有那个时代的普遍意义的男方薄幸，衬托出燃烧着爱情之火的女方的痴情，从而在哀婉柔媚中展现出一个美的心灵，使之成为牵动情感、触及社会的深刻的审美过程。这样的炼意，使这首词具有非凡的艺术魅力。

“梦觉云屏依旧空”，有着极其丰富的美学意蕴。它概括了梦中的多少欢娱，多少温存，多少美妙的人生理想；然而梦境中的团圆，毕竟是虚幻的，是不可捉摸的，一旦清醒过来，什么欢娱、温存、理想，都化为乌有了。剩下来的依旧是那晶莹的矿石——云母装饰而成的屏风，屏障着空荡荡的香闺，一种寂寞得令人窒息的空气，使人感到更加难以为怀。而那杜鹃嘶哑着喉咙，隔着稀疏的窗帘，叫着：“不如归去！不如归去！”于是她想起那远去不归、音信久绝的“玉郎”，产生了又恨又爱的感情。“玉郎”是青年妇女对心上人的爱称。她恨他当年是“枕前发尽千般愿”，来欺骗她的感情；如今是“玉勒雕鞍何处”，连游踪也对她保起密来了。但她仍然对他抱有幻想，怀有痴情，睡了梦着他，醒来想着他，嘴里亲昵地称他为“玉郎”。这种爱和恨交织在一起的感情，最能牵动人的情丝，引起人的共鸣，也更具有令人同情的审美价值。“一日日”以下三句，继续揭示这个青年妇女的哀怨的内心世界，并让她的这种哀怨感情发展到新的高潮。随着时间的推移，她那美好的人生追求越来越暗淡了，她那被欺骗、被遗弃的创伤也越来越深了，然而在那样一个妇女被封建伦理的绳索束缚得喘不过气来的社会里，她没有办法保卫自己的幸福，实现她人生的追求，于是那美丽得像莲花一样的脸庞，流下了两行带着红粉的伤心泪，向社会倾诉自己心中的苦闷和哀怨。这是一个具有普遍意义的妇女问题。

谈到炼字的问题，词人的《应天长》跟这首《天仙子》，素来以善于炼字见称。《应天长》“泪沾红袖黦”的“黦”字，跟李清照《声声慢》“守着窗儿独自怎生得黑”的“黑”字一样，炼俗使雅，巧夺天工，不许第二人再押这个韵。张炎说：“词中一个生硬字用不得，须是深加锻炼，字字敲打得响。”（《词源》）蒋兆兰说：“炼字，字生而使之熟，字俗而使之雅。”（《词说》）沈祥龙也说：“炼字贵坚凝，又贵妥溜。”“腐者、哑者、笨者、弱者、粗俗者、生硬者、词中所未经见者，皆不可用。”（《论词随笔》）韦庄这首词是变生为熟，化俗为雅，字字敲打得响的楷模。特别是“杜鹃声咽”的“咽”字，“泪界莲腮”的“界”字，都是经过千锤百炼的。这“咽”字注入了抒情主人公的主观感情。它把无情的杜鹃变为有情的知音，它那断断续续、呜呜咽咽的叫唤，不正是抒情主人公此时此地的心境么？它那“不如归去，不如归去”的鸣声，不正是抒情主人公此时此地要说的话么？如果把“咽”字换成“断”字、“滑”字、“涩”字、“远”字，或者别的什么字，都会损害它的美学价值，都无法充分地表达抒情主人公的感情色彩。只有“咽”字才能收到“情生文、文生情”的艺术效果。“界”，是划分的意思。较早在诗中用“界”字是徐凝《咏庐山瀑布》的“今古长如白练飞，一条界破青山色”，曾经压倒张祜，一直脍炙人口（见宋尤袤《全唐诗话》卷三），在词中最早用“界”字的就是韦庄这首词的“泪界莲腮两线红”，写得非常形象，非常恰切。后来北宋的宋祁在《蝶恋花·情景》

中模仿他的语意写了“远梦无端欢又散，泪落胭脂，界破蜂黄浅。整了翠鬟匀了面，芳心一寸情何限”，遂成为流传千古的名句、名篇（见李调元《雨村词话》）。其所以能够取得这样的艺术效果，就是达到了炼生使熟、炼俗为雅的炼字要求，从而使全篇发出异样的光辉。（羊春秋）

天仙子　　韦　庄

蟾彩霜华夜不分。天外鸿声枕上闻。绣衾香冷懒重薰。人寂寂，叶纷纷。才睡依前梦见君。

花间词人的词作，多以女性为主人公，而描写似睡似醒、半梦半醒之间的贵族女性，更是他们中许多人的通好。韦庄的这首《天仙子》，便是这类作品的一个代表。

“蟾彩霜华夜不分。”蟾，指月亮，因传说月中有蟾蜍，故以名之。蟾彩，即月光。霜华，可单指霜，这里也可以理解成是霜反射出的光。在中国的传统诗歌里，月光和霜华常常成对出现，形成互喻或互代。像唐太宗的《秋暮言志》诗：“朝光浮烧夜，霜华净碧空。”这里的霜华指的就是月光。再比如白居易的诗句“九月西风兴，月冷霜华凝”（《长相思》）、陆龟蒙的诗句“寥寥缺月看将落，檐外霜华染罗幕”（《齐梁怨别》），月光和霜华都是相互承接着出现的。至于李白著名的诗句“床前明月光，疑是地上霜”（《静夜思》）所表达的，更是几乎和本句相同的意思了。月光是皎洁的，霜华同样是皎洁的，故二者常常难以分辨。只可惜，二者虽然是同样的皎洁，但却是冷的。

在一片皎洁的清冷当中，主人公醒了。“天外鸿声枕上闻。”征鸿的啼叫远远地传来，倒越发衬托出室内的孤寂。征鸿，在中国古典文学中，既可以是传递远方消息的信使，也可以是远行游子的比喻和象征。但无论意义为哪一种，女主人公此刻听到的却只有鸿声。此刻的她，承受的该是双重的失望了吧！人在睡梦中醒来，感受到的不是温暖，而是双重的寒冷。“绣衾香冷懒重薰。”变冷的不仅是心境，同样还有现实。薰香的绣衾慢慢变冷，女主人公却懒得再去重薰。在这里，我们可以隐约看出女主人公的身份。

“人寂寂，叶纷纷。”两个三字句，使得全词的韵律节奏到此一转。鸿声方渺，却又传来落叶的声音。落下的叶子，青春已经消逝，然而见证其生命终结的，除了在这冷夜中独醒的女主人公，竟然并无他人。现实寒冷，倒催人入梦了。这失意的女子，终于重又沉沉睡去。“才睡依前梦见君。”正由于此人乃魂牵梦绕，故刚刚入梦便已梦到。而一个“依前”，更见出了原来是夜夜如此，非止一次。女主人公做的是一个温暖的团圆的梦，还是一个伤心的别离的梦，我们已经无从得知。我们所清楚知道的，是每个梦都会有醒来之时。于是，无论梦中如何，我们的主人公注定每日都要遭受这梦醒之时的折磨了。而更让人难过的是，这心灵上的周而复始的折磨，我们竟然似乎无法看到它的终止之时。

韦庄的这首词，以清丽之语，写凄绝之情，真正做到了“似直而纡，似达而郁”（语出《白雨斋词话》），语意自然，而无刻画之痕。况周颐在《餐樱庑词话》中说：“韦词运密入疏，寓浓于淡。如《天仙子》‘蟾彩霜华’‘梦觉云屏’二首，及《浣溪沙》《谒金门》《清平乐》诸词，非徒以丽句见长也。”韦词之所以能做到如此，乃在于其能在全篇贯以一个“情”字。霜华蟾彩，鸿声香枕，皆人所常见，若非“以我观物”（语出《人间词话》），又安可动人？人言韦词多有“思君”之意。如此解释，倒是符合了传统的儒学传统。但通过对韦庄一系列的写梦里梦外的词进行分析，我们看出，他所书写的其实多半还是自己的私人感受。比如他写人从梦中醒来时感受到的那种寒冷，和我们普通的日常感受是非常接近的。如果他作词的目的乃在于抒发自己对君王的道义上的爱戴和思念，他又何必将这些细节刻画得如此入微呢？所谓“词为艳科”，“艳科”的含义，岂不是意味着它可以暂时地躲避开传统道德的约束么？（刘竞飞）

思帝乡　韦　庄

春日游，杏花吹满头。陌上谁家年少足风流？妾拟将身嫁与一生休。纵被无情弃，不能羞。

《思帝乡》词是正面抒写女子在婚姻生活上要求自由选择对象的强烈愿望的情歌。它充分体现了女子追求爱情的狂热而大胆的精神。在旧礼教的钳制下，封建社会的女子要是表示要自己选择婚姻对象，人们是会投以轻蔑的目光的。词中的主人公，却是干脆地说要嫁与风流的年少，这在古代文人词作里，是很少出现的。就冲决封建礼教樊篱这方面说，有它一定的时代意义。

作者用极短的篇幅，作了生动的形象描绘和心理刻画。前三句写在主人公心眼里活动着的“风流年少”，人物从陌上春游的镜头中出现。“杏花吹满头”一句在中间，“杏花”勾住了上句的春，“吹满头”逗起了下句的人，同时衬出了游春者的风流。用笔既紧凑，又经济；但它不是叙述，而是一幅骀荡美丽的画面渲染。后三句一往倾吐了主人公的心里话，话是说得那么咬钉嚼铁式的坚决。“妾拟将身嫁与一生休”，一句话就已把情澜直涌向高峰。但还不够，作者用拗折生铁的笔锋，突然一转，“纵被无情弃，不能羞”。为了婚姻生活的自由，一切可能产生的不幸遭遇，也决心由自己承担而无后悔，绝不羞羞答答、瞻前顾后地向吃人的礼教屈服。这转笔很重要，否则就像温庭筠在《南歌子》里也曾写过的“不如从嫁与，作鸳鸯”那类话了。词中思想性的深度，正是通过了作者高度的艺术显示出来。

词的意境，较白居易《井底引银瓶》所写“妾弄青梅倚短墙，君骑白马傍垂杨，墙头马上遥相顾，一见知君即断肠”相近似。但白诗写主人公被抛弃后的心情是“今日悲羞归不得”。白诗在同情的基础上，还作了这样的说教：“寄言痴少人家女，慎勿将身轻许人！”显然，韦词所表现的坚强意志，与白诗大不相同。

韦庄是《花间》词派的重要作者，与温庭筠齐名。但温词秾丽，而韦词比较俊爽。这词正如贺裳《皱水轩词筌》所指出的，是“作决绝语而妙者”。（钱仲联）

女冠子　韦　庄

四月十七，正是去年今日。别君时。忍泪佯低面，含羞半敛眉。　不知魂已断，空有梦相随。除却天边月，没人知。

这首词《草堂诗余别集》题作“闺情”，吟咏闺中少女的痴情。上片回忆与郎君相别，下片抒发别后的眷念。全词真挚动人，是向来传颂的名篇。

“四月十七，正是去年今日”，连用记载日期的二句开头，是这首词的创格，在整个词史上也属罕见。诗歌中倒偶有这样的先例，特别是长篇叙事诗，如杜甫名作《北征》的发端二句“皇帝二载秋，闰八月初吉”，就颇被人赞为深得史家笔法。但在一首抒情小令中能大胆地运用这种写法，而且在艺术上博得了词论家的青睐，这是不能不推韦庄为首屈一指的。陈廷焯称它“起得洒落”（《白雨斋词评》），徐士俊评为“冲口而出，不假妆砌”（明卓人月《古今词统》引），都寓有赞许之意。

二句乍看似漫不经意，太显太直，其实不然。这个日子，对于这位闺中少女来说是神圣难忘的，她朝思暮想，魂牵梦萦，引为精神寄托。因而在一周年的时候，她会情不自禁脱口而出地惊呼，所以这二句不啻是这位少女心声的结晶。尤其是“正是”二字非常传神，令人如闻其声。这个发端不是纯客观的记录，而是带有强烈感情色彩的主观抒情，因而赋予了日期以生命，爆发出闪亮的艺术光彩。不仅如此，这个日期的出现，除了特指当日事件外，还凝聚着少女一整年的绵绵情思，内涵相当丰富，很耐品味咀嚼。因此，辩证地看，这二句既直又曲，既显又深，是极具匠心的精彩之笔，也正体现了韦庄词“似直而纡，似达而郁”（《白雨斋词话》）的本色。

“别君时”，是过渡句。从时间过渡到事件，点明所写是离情别绪；词的主人公也由隐而显，身份是与郎君叙别的少女。在此际点出这两层意思，真是恰到好处。它既不妨碍首二句蓦然推出时间所取得的引人注目的艺术效果，又顺理成章地为后二句的精心描述作了铺垫，安排巧妙。

“忍泪佯低面，含羞半敛眉”，二句纯用白描，摹写细节，是刻画少女别情的妙品。唐圭璋先生评此十字“写别时状态极真切”（《唐宋词简释》），可谓的论。“佯”是掩饰，但并非出于感情上的做作，而是基于感情上的真挚，她虽强忍泪却仍担心被郎君察觉出伤感，因而低下脸来。此时此刻要一个纯真的少女强颜欢笑也难，半隐半现的“半敛眉”情态造型无疑最惟妙惟肖。“含羞”则是有万千知心话要叮嘱，但“欲说还羞”，难以启齿。举凡少女细腻真切的心理活动，剔透玲珑的面部表情，在这两句中无不写得委曲有致，层次分明。作者能敏感地捕捉到如此幽隐细微的镜头，并予以艺术地再现，除了很高的文学修养外，更重要的是他不是旁观者，而是织入了自己的一片深情，因而使这一联成为词苑奇葩。

过片“不知魂已断”，写得惝恍凄惋，是当时魂已断，还是今宵魂已断，抑或整年魂已断？事实上三者已打成一片，今昔界限俱泯，文情便自然由去年的离别写到目下的相思。“魂断”意即“魂销”，江淹《别赋》云：“黯然销魂者，唯别而已矣！”此句正从江淹赋中化出，紧扣住上片的“别君时”，接榫无缝，相当高明。“不知”二字准确地写出了一个涉世未深的痴情少女的口吻，虚中寓实，蕴藉含蓄，比用“知”更深更悲。“空有梦相随”，是说人难随，只能梦相随，写得凄楚低回。何处寻郎君？正如韦庄《木兰花》词所写：“千山万水不曾行，魂梦欲教何处觅。”或如冯延巳《鹊踏枝》所写：“撩乱春愁如柳絮，悠悠梦里无寻处。”梦相随亦何济于事，所以前面冠以“空有”二字，语意甚悲。

既然魂断梦随都无法排遣相思之苦，那就只能“我寄愁心与明月”了，词的结穴用“除却天边月，没人知”作收束。月是知道我一年相思之苦的，月是知道郎君在何方的，月是知道我俩当时依依惜别的情景的，在少女心目中，月竟成了她在人间的唯一知音，因而痴痴地向月倾吐情愫。把明月引为知己，这倒更显出在人间的孤独，李白的《月下独酌》诗如此，苏轼的《水调歌头·中秋》词如此，这位少女何尝不是如此。何况“明月不知离恨苦，斜光到晓穿朱户”（晏殊《蝶恋花》），它的“知”本属子虚乌有，而“没人知”的苦恼便得到了凸显。这二句从结构上来说，“结句以‘天边月’和上‘四月十七’时光相应，以‘没人知’的重叠来加强上文的‘不知’，思路亦细”（俞平伯《唐宋词选释》）。从内容上来看，它有许多“如怨如慕如泣如诉”的潜台词，有袅袅余音。张炎说：“末句最当留意，有有余不尽之意始佳，当以唐《花间集》中韦庄、温飞卿为则”（《词源》卷下）。这首《女冠子》的结尾即是一例。（曹光甫）

女冠子　　韦　庄

昨夜夜半，枕上分明梦见。语多时。依旧桃花面，频低柳叶眉。　　半羞还半喜，欲去又依依。觉来知是梦，不胜悲。

韦庄在五十九岁中进士以前，生活贫困，饱尝流离漂泊之苦。这样的生活经历使他较多接触民间，能向民间词学习。他的词明白如话，词直意婉，较少雕琢刻削之痕，与“花间派”的温庭筠等文人词有较大差异。敦煌曲子词里有几首同咏一事的联章体，韦庄的这两首《女冠子》（另一首起句为“四月十七”）就是学习民间词风格和体裁的联章体，前后相关，一题两作。值得注意的是，这两首词的主人公身份不同，“前一首说‘别君时’，是从女的方面写；后一首说‘依旧桃花面’，是从男的方面写”（夏承焘、盛弢青《唐宋词选》），这在联章体诗词中是很少见的。

词的上下片一般都自成段落，如另一首上片写相别，下片写相思。这一首在结构上却较别致，一气呵成，没有过片痕迹。它的前七句写梦中之欢，后两句写梦后之悲。

不像另一首“空有梦相随”那样的迷茫惆怅，这首的梦境是清晰实在、温馨甜蜜的。虚实相间，相反相成，艺术的诀窍在此；倘若两首雷同，让那位少女也梦入佳境，那就会味同嚼蜡。头一句点明入梦的时间是“昨夜夜半”，至于“昨夜”是否为“四月十七”，无从揣测，不过就两情相通两意浓而言，说它碰巧是那个前别的周年纪念日，也在情理之中。梦境一般虚无缥缈，此梦却很“分明”。“分明”虽贯穿于梦中，却使人想到其源来自实境。正由于主人公日思夜想，意中人才会音容常新，活在脑海里，出现在梦中。可见他也是一位与少女同样痴情的有情郎。这二句交代入梦，仅仅拉开帷幕，已露出明朗的色调。

这是一个旖旎的梦。从绵绵情话开始，到依依欲别为止，恩爱缠绵，充满柔情蜜意。梦中那位少女形象，尤其显得楚楚动人。“语多时”，明写千言万语相思话，暗扣山高水长阔别久。“桃花面”“柳叶眉”是旧时对美女容貌的形容，白居易《长恨歌》就有“芙蓉如面柳如眉”的描写。那位少女习惯于低面敛眉，在前首的现实中和这首的梦中是一致的。前面“忍泪”十字重在刻画情态，这里“依旧”十字重在反映容貌，两者互为补充，使少女形象形神俱备。从“依旧桃花面”和前首的“去年今日”，很容易使人联想起唐人孟棨在《本事诗·情感》里所记载的一则艳情故事:诗人崔护于清明日独游都城南,渴而过一村居求饮,有少女倚盛开桃树伫立,属意良厚。来岁清明崔又思之而往寻之,但见门扃无人,因题诗于扉曰:“去年今日此门中,人面桃花相映红。人面不知何处去,桃花依旧笑春风。”后来“人面桃花”就成了对所爱慕女子再难见到的著名典故。这二首《女冠子》的艺术构思可说部分脱胎于此。事实上这两位男女主角除了在梦里欢会外,恐怕也很难再在现实中重续旧梦了,不然是不会在梦醒之后觉得“不胜悲”的。“半羞半喜”,少女的娇羞情态如绘。“欲去依依”,看来单写少女,其实也包括男主人公。两人难分难解,多么希望留住这美好的时光!整个梦境写得一往情深。

“觉来知是梦,不胜悲。”正当两情缱绻之际,梦醒了,跌回到严酷的现实中,依旧是形单影只,孤栖独宿。一个“知”字品出万般凄凉况味,原来当时并不知是在梦中!梦境作如是观,而从前他俩花前月下的美境也未尝不可作如是观。《庄子·齐物论》:“方其梦也,不知其梦也。梦之中又占其梦焉,觉而后知其梦也。”这个“知”字大有顿悟之感,所以不免悲从中来,感慨万千。煞尾两句浓重的悲与前七句甜美的乐形成极其鲜明的对照,有强烈的艺术感染力。

韦庄与温庭筠齐名,世称“温韦”,但二人的词风有区别,温词秾艳,韦词清丽。周济用美女作喻,说“飞卿,严妆也;端己,淡妆也”(《介存斋论词杂著》),这是不错的。然而两人词风的主要区别还不在此。就这二首《女冠子》来看,韦词所描写的男女之情显然更多地融入了自己的身世之感,因此情真意切,有很浓厚的主观抒情成分。温词在描摹妇女的娇情慵态上,有时虽也逼真精致,但给人的感觉只是客观的录像式的描述,缺少真情实感,其原因在于温词的创作主要为应歌以娱宾遣兴。韦词重在抒情,温词重在应歌,这才是二人词风的根本分野。从这一点上说,韦庄词开了李煜、苏轼等抒情词的先河,在词史上的影响是不容忽视的。

关于这两首词的本事背景,学术界意见很分歧。杨湜《古今词话》说:“(韦)庄有宠人,姿质艳丽,兼善词翰,(王)建闻之,托以教内人为辞,强夺之。庄追念悒怏,作《荷叶杯》《小重山》词。”(见《花草粹编》卷三引)因而有人认为《女冠子》二首也是“思姬”之作。撇开其他情事不谈,单从这二首词的实际内容看,其中很难找到“侯门一入深如海,从此萧郎是路人”的那种怨愤之情,因此“思姬”说恐怕是难以成立的。(曹光甫)

更漏子　韦　庄

钟鼓寒,楼阁暝,月照古桐金井。深院闭,小庭空,落花香露红。　烟柳重,春雾薄,灯背水窗高阁。闲倚户,暗沾衣,待郎郎不归。

这是一首写思妇怀人的词。小词要篇幅小而变化多,语言平淡而意味深长;要在艳语中有雅致,浅语中有含蓄,才能在较深的情感层次中引起读者的共鸣。韦庄这首词正是淡而艳、浅而深,有如庭院一角,略加点缀,便生佳致,使人流连忘返,叹赏不止。词的上片写景,在景中烘托出思妇的孤独、寂寞和哀怨,此王国维所谓“一切景语皆情语也”。下片主要写情,在情的后面,又衬托着与思妇感情色彩相一致的景物,使思妇的万种离愁、一腔哀怨,跃然纸上,呼之欲出,此王船山所谓“情景名为二,而实不可离也”。上、下两片,殊途同归,两相拍合,于是隐然有一含情脉脉之思妇，浮现在人们的心头眼底。

词的开始，词人就借助于丰富的想象，给这位思妇造成一种孤独的氛围，一个寂寞的环境，在“钟鼓”之后着一“寒”字，而冷清之意全见；在“楼阁”之后缀一“暝”字，而昏暗之色如绘。加上那轮淡淡的冷月，照在井边的老桐树上。多情的思妇独立小庭，无语凝思。这是从女主人公的视觉来写客观的景物。深深的院落关得紧紧的，小小的庭院显得空荡荡的，她伫立闲阶，逐渐看到露儿滴了，红色的花瓣带着浓郁的香气悄悄地落了下来，从而把自己的寂寞生活跟落花的飘零命运联系起来，怎么能不“一寸愁肠千万结”呢？这是从女主人公的感觉来写客观景物的。客观景物都带有思妇主观的感情色彩，即景即情，亦人亦物，不知何者为人，何者为物，何者为景，何者为情，浑然一体，妙合无垠，使读者从中得到很好的审美享受。这个意境，跟李白《菩萨蛮》的“暝色入高楼，有人楼上愁”极其相似，不过李词在画面上出现了那个“玉阶空伫立”的、被失望和痛苦折磨了一整天的思妇，而韦词则让那个脉脉含情的思妇隐藏在画面之外；李词用速写的方法，突出了思妇的玉容寂寞，韦词用烘托的手法，揭示了思妇的内心世界，读来均觉韵味无穷。真可谓异曲同工，各极其妙。

下片是从时间的推移上，继续用景语来烘托思妇的愁绪。露重雾稀，杨柳低垂，已是黎明的景象，而那个思妇仍然背着灯儿，守着窗儿，渴望着她的心上人。这“灯背水窗高阁”，恰到好处地表现思妇幽居独处而产生的孤独黯伤的心理。不少词人都用“背”字来有效地表现这种感情。温庭筠《更漏子》的“红烛背，绣帘垂，梦长君不知”；韦庄《浣溪沙》的“孤灯照壁背红纱”，都是用“背”来表现这种无可奈何的心理的。“闲倚户”三句，“倚户”为了“待郎”，泪下“沾衣”，是因“郎不归”。“闲”是无事可做，但这里的“闲”又不是无事可做，“倚户待郎”便是极要紧的事，不过表面看上去似乎确是无事可做。黄山谷有句云：“身闲心苦一舂锄。”(《池口风雨留三日》)写所见水鹭伫立待鱼，貌似闲暇，其实心中有所欲焉，可以作为这“闲”字的最好注脚。“暗沾衣”的“暗”，乃是所望不遂，悲从中来，泪下沾衣而不自知。可谓无一字不加意着力。如果说“钟鼓寒”三句，是“月上柳梢头”的薄暮，那么“深院闭”三句，就是“灯火已三更”的深夜，而“烟柳重”三句，则是“曙色东方才动”的黎明了。从时间的推移上，表明思妇凝望之久，痴情之重，在满怀希望的期待中，逐步走向失望的过程。“待郎郎不归”是作者点睛之笔，又是思妇伤心之语。执此句以回读上文，更感觉其中步步置景设色之妙。用疏钟、淡月、坠露、昏灯等景物，造成一种凄凉寂寞的氛围，又用舒缓、低沉、呜咽、断续的旋律，加深思妇的无可奈何的愁思。形式上虽然没有出现愁苦的字眼，骨子里却充满着哀怨的感情。（羊春秋）

木兰花　韦　庄

独上小楼春欲暮。愁望玉关芳草路。消息断，不逢人，却敛细眉归绣户。　　坐看落花空叹息。罗袂湿斑红泪滴。千山万水不曾行，魂梦欲教何处觅。

这是一首望远怀人的闺怨词。词中的女主角是一位远征之人的妻子，抒写的是她独处闺中、日思夜想的怨情。

起句"独上小楼春欲暮",在词的一开头就既推出了人物,也点明了季节。上半句写人在楼头,用一个"独"字显示其人之孤寂;下半句写时当春季,用一个"暮"字表明春事已阑珊。这一个"独"字、一个"暮"字,就已为这首词定了基调,使整首词染上了一层凄凉暗淡的色彩,从而引出词的第二句:"愁望玉关芳草路。"这第二句把词思推到楼外,把词境推向远方。通过无远弗届的相思,女主角所在的"小楼"与远在万里外的"玉关"一线相连。句中"愁望"二字与首句的"独上小楼"相承接,"独"正是"愁"的伏笔,而上楼的目的正在远望;"芳草路"三字,则既与首句的"春欲暮"相绾合,展示芳草遍地的暮春之景,又暗用淮南小山《招隐士》"王孙游兮不归,春草生兮萋萋"句意,怅恨其人之一去不返;"玉关"二字,作为边塞的泛指,暗中点出所望的是远在边塞征戍之人。这一、二两句合起来,使人看到的是一幅"有人楼上愁"(李白《菩萨蛮》)的画面;下面三、四两句"消息断,不逢人",再进一步、深一层写词中人的愁思。所望之人在千山万水之外,已经够使她愁了,何况又消息断绝,问讯无人,就更愁上加愁。以上四句写登楼望远而实无可望,在失望、绝望之余,当然只有"却敛细眉归绣户"了。

下片"坐着落花空叹息,罗袂湿斑红泪滴"两句,写词中人归绣户后,其愁思的继续和发展。句中"落花"二字遥应上片首句的"春欲暮","红泪"一词则用《拾遗记》所述薛灵芸"以玉唾壶承泪,壶则红色……及至京师,壶中泪凝如血"的故事,以见其悲痛之深。联系上片,词中人由"独上"到"愁望",到"敛细眉",到"空叹息",到"红泪滴",她的痛苦是步步加重、层层加深的。写到这里,她的愁思和怨情已经从正面写足,似乎无以复加了。不料词的收尾处以"千山万水不曾行,魂梦欲教何处觅"两句,别出新意,另开新境,使词意由实到虚,使词境由真到幻,把词中人的愁怨延伸到虚幻的梦乡,悬想到夜间入睡以后。这样,看似写到了头的愁怨就又似还没有到头;而事实上,愁人之感、怨妇之思本是无边无际、没有尽头的。这结拍两句,如俞陛云在《五代词选释》中所解说,"言水复山重,梦魂难觅,与沈休文诗'梦中不识路,何以慰相思'(沈约《别范安成诗》),皆情至之语"。其所以为"情至之语",因为对词中女主角来说,既在现实生活中已经不可能与远在边塞、消息断绝的人相见,那就只有化日间的相思为夜来的幽梦,寄希望于梦里重逢,而想到平生从未出过远门,从未跋山涉水,又怕纵然入梦,也将如唐张仲素《秋闺思》所说的"不知何路向金微",其相思怀远之情是悱恻缠绵,百转千回的。

就通篇写法而言,韦庄的这首词从时间看是顺叙,在结构上,层次分明,脉络井然。它的上片从"上小楼"写到"归绣户",所写是日间的事;下片从"坐对落花"写到魂梦难觅,则是写日暮后、入睡前的情思。上、下两片合起来,正是词中人整整一天的生活写照;而以一概万,她是天天如此,度日如年的。(陈邦炎)

江城子　韦　庄

髻鬟狼藉黛眉长,出兰房,别檀郎。角声呜咽,星斗渐微茫。露冷月残人未起,留不住,泪千行。

此《江城子》本有两首,为联章体。本词是其中的第二首。其前一首有云:"恩重娇多情易伤，漏更长，解鸳鸯。朱唇未动，先觉口脂香。缓揭绣衾抽皓腕，移凤枕，枕潘郎。”乃是在着力描绘男女的欢会情形。而本词则显然是要描绘欢会结束后的别离。起句“髻鬟狼藉黛眉长”是对女主人公外貌的速写。词人并未顾及衣饰身形，而聚焦于女子的头部进行细节刻绘。用一头散乱的头发暗示她与情人的欢会刚刚结束，而“黛眉长”则暗示女子面容的愁苦状态。《后汉书》载汉桓帝元嘉中京都妇女将眉毛画得细长曲折，是为愁眉妆。晚唐李义山即有《无题》诗曰“眉长唯是愁”。由此，懊恼愁苦的情绪在词一开篇便被直接点明。接下来两个句子则进一步明确了情绪的由来——原来女子正从闺房中偷偷送出情人，她将要与情人分别。“檀郎”化自受妇人追捧的美男子潘岳之小名“檀奴”，正可表明女主人公对情人的深深爱慕。正因为爱得深沉，故而离别尤其难堪，更何况离别时分是在“角声呜咽，星斗渐微茫。露冷月残人未起”之际。既然女主人公那么爱恋她的情人，何以要赶在这尚未破晓的凌晨时分就要送走情人呢？词作并未给出答案。然而清寒的角声吹响在夜空中，这显然暗示眼下并非治世，而是有战乱发生。情人趁黑而去，或者其身份正是军士，或者其有要务在身，或者正在躲避着什么。诸种猜测，难以定论，但可知者，则是女主人公对这位情人相当难舍。“留不住”表明她曾试图阻止情人离去，但显然情人的离去是必然之事，故而有“泪千行”这般深切难忍的悲痛。

本词的内容是描写香艳的男情女爱，属于典型的花间题材。对此，李冰若曾猜测曰：“韦相《江城子》二首描写顽艳，情事如绘，其殆作于江南客游时乎？”（《栩庄漫记》）然而词作并未倚红偎翠，而是全用白描手法，细腻地从女子的角度刻绘了她对情人的送别以及在此过程中的心境。同时，词作还十分善于运用外界景物意象来烘托人物的情绪，诸如凄凉的角声、清冷的夜露和残月等等，都营造了悲凉的氛围，为刻绘女主人公的无助和痛苦起到了良好的辅助作用。（韦　乐）

河　传　　韦　庄

何处，烟雨，隋堤春暮，柳色葱茏。画桡金缕，翠旗高飐香风，水光融。　　青娥殿脚春妆媚，轻云里，绰约司花妓。江都宫阙，清淮月映迷楼，古今愁。

本词为花间词中少有的怀古词。词牌《河传》据《碧鸡漫志》卷四引《脞说》所云，乃是隋炀帝幸江都时所制。韦庄此词正与调名本意相关。它以炀帝幸江都史事为题材，在时空穿梭中寄寓兴亡之感。

词之开篇以“何处”领起，深沉凝重，掷地有声。似乎此问答案中那即将登场的地点将承载词人心中无限感慨。这是怎样的一个处所呢？烟雨、春柳等景物意象陆续登场，一幅隋堤春暮图便浮现出来。后蜀何光远《鉴戒录》载：“炀帝将幸江都，开汴河，种柳，至今号曰‘隋堤’。”由此，这个处所原是隋代的历史遗迹。隋朝是一个灿烂却短命的王朝，它留下的众多风光盛事与其制造的苦难罪恶难分伯仲，引得后人遐思万千。这条植柳的隋堤，也成为众多文人骚客寓情的载体，如白居易有《隋堤柳》诗云：“隋堤柳，岁久年深尽衰朽。风飘飘兮雨萧萧，三株两株汴河口。”刘禹锡《柳絮》亦云：“何处好风偏似雪，隋河堤上古江津。”韦庄笔下的隋堤，那葱茏青翠的柳色已被迷蒙的烟雨笼罩，带有一种如梦似幻的飘忽美。这种飘忽很能给人一种怅惘迷幻的感觉，人的思绪好似就要随着这份迷幻渐渐荡离现实，穿越时空的隧道回到那已经消逝的古代。词作由此顺畅地过渡到对炀帝幸江都历史盛事的勾绘。“画桡”“金缕”“翠旗”是从颜色上着力渲染炀帝游船的金碧辉煌。华艳的旗帜在香暖的熏风中翻飞飘扬，明灿耀眼的船身和亮晃晃的水波相互映衬，神光离合，形成一片如梦境般瑰丽的境界。梦境之中，历史人物穿梭往来。据《隋遗录》及《开河记》所载，炀帝曾强征民间少女作殿脚女，为其牵挽龙舟彩缆；又令宫女袁宝儿等持花，称司花女。两件艳事在炀帝身后脍炙人口。韦庄将其化入词作，词的下片勾勒出一幅奇异妖冶的图画：龙舟之下的江岸上，众多娇媚的挽舟少女正匍匐前行；龙舟之上，志得意满的君王正醉眼蒙眬地欣赏着身侧司花宫妓的翩然风姿。图画表面有多少香艳与风流，图画底下就有多少黑暗与罪恶。历史中的人物也许就是沉醉在那喧天的鼎沸中，不知不觉地滑向覆灭。炀帝的龙舟最终抵达江都，这里的迷楼是炀帝投入数万人力，耗费巨资，经数年方才建成的宫殿。它“千门万户，上下金碧”，炀帝曾自诩曰：“使真仙游其中，亦当自迷也。”(《迷楼记》)它俨然是隋王朝强盛国力的一种象征，当然也是炀帝恶迹的罪证。在这里，他和他的嫔妃大臣们不知留下多少醉生梦死的故事。正是这些醉生梦死，将隋王朝拖入了灭亡的命运。如今，一切繁华、一切风云变幻都已烟消云散，陪伴迷楼故迹的，只有那静静流淌的淮水和夜空的圆月。淮水与夜月，皆是清冷之意象，它们和词作中盛景喧天的历史画卷显然形成了强烈的对比，词作由此发出“古今愁”的深沉慨叹，三个字中蕴含着欲说还休的浓浓怅恨。汤显祖曾评之曰：“感慨一时，涕泪千古。”

全词跌宕起伏，始而凝重，继而迷离，中间富丽，收尾空幻，历史兴亡之慨在盛衰对比和虚实映衬中油然而生。身处唐王朝覆灭时代的韦庄作下此词，显然和其诗《台城》一般，皆有借咏史伤悼时事之意。词中追怀隋事一段，虽仍有花间刻金镂翠之特征，但由于完全被统摄在今昔盛衰对照之中，不仅无浮泛之嫌，反而更见笔力之深沉，故《白雨斋词话》称此词为《浣花集》中“最有骨”者。(韦　乐)

酒泉子　司空图

买得杏花，十载归来方始坼。假山西畔药阑东，满枝红。　旋开旋落旋成空，白发多情人更惜。黄昏把酒祝东风，且从容。

这首词约作于唐僖宗广明二年(881)春。上年冬，黄巢攻占长安，僖宗奔蜀。司空图扈驾不及，只好避居故乡河中(今山西永济)。其时司空图入世之心未泯，遽遭“风波一摇荡，天地几翻覆”(《秋思》)的大变故，十分错愕。词中虽是抒写欣赏杏花而产生的审美直觉，而深长的忧国之思即寄寓其中，亦其《杏花》诗中所谓“诗家偏为此伤情”者也。

上片叙事写景。首两句叙栽种杏花的经过：自买杏栽种到自己亲眼看到杏花开放，竟已隔了十年的时间。司空图自咸通十年(869)登进士第以后，便宦游在外，到广明元年(880)返乡，其间共隔十一年时间。“十年”当是举其成数而言。“方始坼”是说方始看到它开放。言外之意是说：花亦多情，竟知待我归而始放。司空图写作诗词每每超越经验世界而注重眼前直觉，因此此杏去年开花与否，完全可以丢开不管。反正是眼前开了，便可以尽情吟赏。“假山”两句，一是说杏花在园中的位置适中，东边是假山，西边是芍药阑，景物配置合宜，使人感到它在主人的心目中占有特殊的地位。二是说盛开的杏花喷红溢艳，令人感到赏心悦目。上片四句虽然没有直接描写作者对杏花的态度，但爱杏之心已经不言而喻了。

下片主要抒发感慨。“旋开旋落旋成空”一句叠用三个“旋”字，把昨天的花开、眼前的花落和若干天以后的枝上花空三个阶段飞快扫过，极言好景不长，韶华易逝。司空图有诗云：“从来留振滞，只待济临危。”（《即事》）“春风漫折一枝桂，烟阁英雄笑杀人！”（《榜下》）可见在政治上相当自负。僖宗奔蜀，唐王朝走向没落，他的这些抱负落空了。从创作上看，他是一个很善于把自己的心曲外物化的词人。十载功名，刹那间成为过眼云烟。这与杏花“旋开旋落旋成空”的现象可谓“妙契同尘”（《诗品·形容》）。悲物，正所以悲己，因而读者不难从中听到作者怅惘、失意、痛楚的心声。“白发多情人更惜”是上五下二句式。多情人易生华发，缘于善感。值此花开花落的时节，当然更是如此。而对落花的“更惜”，又寓有惜时之意。由于司空图入世之心未泯，惜时，表明他尚有所待。在《寓居有感》诗中，他说：“亦知世路薄忠贞，不忍残年负圣明。只待东封沾庆赐，碑阴别刻老臣名。”认清了他的这种心愿，词的最后两句也就不难理解了。俞陛云说：“明知花落成空，而酹酒东风，乞驻春光于俄顷，其志可哀。表圣有绝句云：‘故国春归未有涯，小栏高槛别人家。五更惆怅回孤枕，犹自残灯照落花。’与此词同慨，隐然有黍离之怀也。”（《唐词选释》）司空图的政治前途与唐王朝是紧紧联系在一起的。唐王朝的命运“旋成空”的话，他还能指望什么碑阴刻名呢？“且从容”三字看似漫不经心，实则字字为焦虑、忧思所浸渍，因而可以说是“味无穷而炙愈出”的。

全词由种花、赏花、惜花，写到祝告东风，乞驻春光护花，始终未离杏花一步，而忧国之思俨若可扪。这就巧妙地体现了他在《诗品·含蓄》中提出来的“不著一字，尽得风流；语不涉己，若不堪忧”的艺术要求，因而是耐人寻味的。（吴汝煜）

生查子　　韩　偓

侍女动妆奁，故故惊人睡。那知本未眠，背面偷垂泪。　　懒卸凤凰钗，羞入鸳鸯被。时复见残灯，和烟坠金穗。

本篇一般作为《生查子》词，也作为五言诗收入韩偓《香奁集》，题为《懒卸头》。这首词塑造了一位思念情人的闺中少妇的形象，以生动的细节描写和细腻的心理刻画见长。

一般小词多借景抒情，几乎无情节可言。然而韩偓的这首《生查子》却很注意动作和细节的描写，很有点戏剧性。映入读者脑海的，不是静止的画面，而是有动作的连续性。清晨，侍女早起准备为主人梳妆，翻动梳妆匣，故意不断地发出响声，似乎是想惊醒女主人。其实，女主人已经一夜未合眼，还在背着脸暗自流泪。她头上的首饰没卸掉，也不曾盖上鸳鸯被，就这样熬了一夜。那一盏灯，油也快干了，回头只见灯花的穗儿掉了下来，还冒着一缕轻烟。两个人物在绣房中的这一系列活动，描写得十分生动；女主人背面垂泪的动作和灯花掉落的动态，描写得十分细致。

动作和细节的描写，都是为了表现女主人的心思。她有什么心思呢？她的心情经历了由喜而悲、由爱而恨的复杂过程。

她的心情原先充满着喜和爱。从词的下片的描写可以分析出来：第一，她昨天曾着意梳妆打扮过，头上戴着凤凰钗。“女为悦己者容”，温庭筠《梦江南》“梳洗罢，独倚望江楼”，就是因为听说情人将归而梳妆等待的。这首词写她昨日盛装，也是表现她知道情人将归的喜悦心情。第二，她戴的是凤凰钗，并备好了鸳鸯被，也表现了将与情人相会的喜悦心情。第三，残灯坠金穗的描写。韩愈《灯花》诗云：“更烦将喜事，来报主人公。”范成大《道中》诗云：“客愁无锦字，乡信有灯花。”灯花成了行人归乡的预兆。这里写昨夜的灯花，女主人公自然相信情人会回来的，所以抱着喜和爱的心情期待着。

然而，一天过去了，一夜又过去了。好不容易熬到了次日的清晨。凤凰钗还没卸下来，鸳鸯被依然搁在一边，灯花和烟掉落。原先因喜而饰、因喜而设、因喜而现的一切，都转化了。她懒于卸掉凤凰钗，不是因为她还抱有希望，而是出于失望，乃至绝望；她羞入鸳鸯被，不，应当说她移恨于鸳鸯被，因为成双的鸳鸯和她孤独的心情的对比，会使她更加难堪，更感到孤独寂寞；她看了灯花和烟坠落，就意识到她的希望和灯花一样坠落破灭，和轻烟一样飘扬消失。她的心情就是这样由喜而变为悲，由爱而变为恨。对于侍女之不能理解她，她心中一定暗暗埋怨，甚至带点嗔怒。这时节，她那悲酸怨恨的心情是无法形容的，也是无法表达的，一切都融化在她背面暗自掉落的泪水之中。背面，读者看到的，只是一个身影，只是这一抽搐的身影。只有如此写，才能含蓄地表现出她心中的悲酸怨恨，才能给读者留下难忘的印象和无穷的回味。

这首词是一出没有对话，只有动作，而且带有喜剧色彩的小小悲剧，却只有四十个字，真是化工之笔！（林东海）

杨柳枝　薛　能

华清高树出深宫，南陌柔条带晚风。谁见轻阴是良夜，瀑泉声伴月明中。

在晚唐诗人中，薛能无疑是属于比较特别的一位。他的特别，倒不是由于其诗名特著，而是由于他狂傲的个性。他不仅瞧不起那些二三流的诗人，如讥讽长庆年间便已得诗名的诗人刘得仁的诗是“百首如一首，卷初如卷终”，而且就连李、杜等大家也不大放在眼里。他宣称“李白终无取，陶潜固不刊”，“我生若在开元日，争遣名为李翰林”，又描述诗坛是“诗源何代失澄清，四方联络尽蛙声”（事参见《北梦琐言》《唐语林》《天中记》等）。他在《荔枝诗》序中写道：“杜工部老居两蜀，不赋是诗，岂有意而不及欤？白尚书曾有是作，兴旨卑泥，与无诗同。予遂为之题，不愧不负，将来作者，以其荔枝首唱，愚其庶几。”言下之意，颇有“振兴诗坛，舍我其谁”的味道。

薛能不仅在诗坛如此，在词坛同样是自视甚高。上选《杨柳枝》，《全唐诗》题作《折杨柳》，共十首，前有薛能自序。其言道："此曲盛传，为词者甚众。文人才子，各炫其能。莫不条似舞腰，叶如眉翠，出口皆然，颇为陈熟。能专于诗律，不爱随人，搜难抉新，誓脱常态。虽欲弗伐，知音其舍诸？"其自矜自赏之态，亦俨然可见。

那么，薛能的这首《杨柳枝》到底写得怎么样呢？是否做到了"搜难抉新，誓脱常态"了呢？下面就来分析一下。

"华清高树出深宫。"华清，即华清宫。《元和郡县志》卷一："华清宫在骊山上。开元十一年初置温泉宫，天宝六年改为华清宫。又造长生殿及集灵台以祀神。""深"，他本或作"离"。"离宫"，即帝王出巡时所居之别宫。倘作"深"，则恰与"高树"之"高"相对。宫既"深"，则愈见出宫之树之高。描写皇家贵族生活，乃是唐代诸多诗文的同好，这本身体现了普通士民阶层对于皇家生活的那种窥探欲。但皇家宫室，又岂是寻常人可以见得？故深宫之外，人们能见到的也只有那高出宫墙的树了。

"南陌柔条带晚风。"接下来的一句则接下来写树。"南陌"，意即南面的道路。所谓"所思竟何在，洛阳南陌头。"（沈约《鼓吹曲同诸公赋·临高台》）"南陌"在古诗中也常常代表了思念之所在。树的柔条随着晚风微微轻舞，静静地伫立在路旁，似迎似送，无限深情，而其动态，恰又与上文之静态形成对比。

"谁见轻阴是良夜，瀑泉声伴月明中。"轻阴，既可理解成轻云，也可以理解成淡影，而这里理解成后者似乎更贴切。梁简文帝《如影》诗有云："昼花斜色去，夜树有轻阴。"柳恽《长门怨》诗有云："秋风动桂树，流月摇轻阴。"二者所说的"轻阴"，均是指树在月下形成的影子。而柳恽的《长门怨》诗，更是因汉武帝陈皇后失宠后退居长门宫的故事而写，联系本首词前文提到的"深宫"，其意思可能和本词更为贴近。除去视觉上的描写，作者又引进了声音。瀑泉，即喷涌的泉水，又可指瀑布。泉水激溅，如乱珠碎玉，月光之下，一片晶莹。而其声清澈，愈显出夜之静谧。只可惜，如此良辰美景，又有谁人见得？能欣享这美景的，恐怕亦只有这树了。而和他相伴的，亦唯有这叮叮淙淙的泉声了。

薛词之大意，大概便是上述了。综观其全篇，比起那些"莫不条似舞腰，叶如眉翠"的词作当然要高出一筹了，但倘若比起其他大家来，其作又如何呢？写《杨柳枝》词，最著名者为白居易、刘禹锡等人，今举白居易所作二首。其一曰："陶令门前四五树，亚夫营里百千条。何似东都正二月，黄金枝映洛阳桥。"其二曰："红板江桥青酒旗，馆娃宫暖日斜时。可怜雨歇东风定，万树千条各自垂。"相比之下，白词之用语造色，并不在薛作之下。所不同者，唯白氏咏杨柳的痕迹明显一点罢了。

《碧鸡漫志》有云："唐时古意亦未全丧，《竹枝》《浪淘沙》《抛球乐》《杨柳枝》乃诗中绝句而定为歌曲。"正因唐时"古意"未全丧，故当时词多有咏本题之作，上文所引的白居易的《杨柳枝》词便是一例。这一点，薛能的词作也没有什么突破。经过分析，我们很容易可以确定，他所说的"树"同样也是杨柳。而从体制上看，薛能的词同样是从绝句演化而来。倘说他已改旧制，显然也缺乏证据。

总之，薛能的词作，并没有表现出完全压倒前人的水平。但反过来说，他的词作也并非全不可读。他的词作本有其精彩和吸引人的地方，只是由于他的过分骄傲，所以不免要被后来的洪迈等人奚落一番了。（刘竞飞）

菩萨蛮　　李　晔

登楼遥望秦宫殿，茫茫只见双飞燕。渭水一条流，千山与万丘。　远烟笼碧树，陌上行人去。安得有英雄[①]，迎归大内[②]中？

注 ① 一作"何处是英雄"。　② 大内：皇宫。此句一作"迎侬归故宫"。

这首词是晚唐皇帝李晔(庙号昭宗)所作。据《旧唐书·昭宗纪》说，乾宁三年(896)，凤翔节度使李茂贞攻长安，李晔逃奔华州(治所在今陕西华县)，受制于华州节度使韩建，心绪烦乱郁闷。"七月甲戌，帝与学士、亲王登齐云楼，西望长安。令乐工唱御制《菩萨蛮》词，奏毕，皆泣下沾襟。"

首句"登楼遥望秦宫殿"，直笔陡起，如开门见山。古人登楼，一自王粲写作《登楼赋》之后，往往与无穷的忧愁联系在一起。李晔贵为天子，却被叛臣凌逼，仓皇避难华州，其内心的忧愤，不难想见，何况华州节度使韩建早有不臣之心，更使李晔于忧愤之外，还有危惧之感，亟盼返回京师。但其时京师尚在叛臣控制之下，欲归不得，只能以"遥望"暂慰渴想之劳。"秦宫殿"实指唐宫殿。华州与长安相距百余里，齐云楼虽高，长安也为目力所不可及，故次句但云"茫茫只见双飞燕"而已。"茫茫"，为辽阔旷远的样子。在这辽阔旷远的秦川上，只见燕子双飞。燕子微物，本非日理万机的天子所当措意，但今日的情形与往昔不同。长安宫殿既不可望见，则能见到似曾在宫殿的画梁上构巢停息的燕子，也是慰情聊胜于无了。写景至此，其对长安宫室日夜思念而形成的一种纠结不解之情，已尽此一言之中。以下两句"渭水一条流，千山与万丘"，继写入目的大景远景。渭水连结着长安与华州两地。居高临下，只见一条浊流从西向东奔泻。这种景象，在一般人看来，原属平常，而今日的李晔正当愁肠百结之时，便觉得自己的满腔愁思，恰如流泻的渭水，激荡不平，无有穷已。更有甚者，从华州西望，在广袤的原野上，还有着高低起伏、垒垒块块的"千山万丘"。且不说长安宫殿无由得见，正缘这些山丘的蔽掩阻挡；就说此等凌乱错杂的物象，在作者本已纷乱如麻的心理上平白增添无数烦躁与抑塞，亦已经够难忍受的了。

过片两句"远烟笼碧树，陌上行人去"，虽然也是写遥望所见，但感情内容已经深化一步。作者力图从无可奈何的忧愤中挣脱出来，以求改变这种类似拘囚的境遇。他的目光已由遥望宫殿，转向探寻出路。这种探寻是徒劳的。远望天际，唯见"烟笼碧树"而已。这凄迷的景象，犹如团裹于心头的愁云惨雾，驱之不散。其时唐祚日衰，无土不藩，无藩不叛，有谁乃心王室，兴师勤王？四海之内，俱无唐帝托足之地。近看楼下，虽有行人往来，怎奈各自匆匆而去，更无一个半个可亲可用之人，徒增空漠无依之感。李晔处此困境，虽有切盼救助之心，而终无可盼可助之人。于是一种透肌彻骨的凄楚、空虚、冰冷之意，与夫深苦极痛的绕天之愁，一齐袭向心头，层楼虽高，天地虽宽，而无一寸可供安身之地，亦无片刻可使定神之时，因而结尾处终于从内心深处发出痛心疾首、悲怆欲绝的呼声："安得有英雄，迎归大内中？"前人曾将这两句与唐太宗"昔乘匹马去，今驱万乘来"(《题河中府逍遥楼》)相比较，以见其"志意不侔"(《全唐诗话》)。其实，以天子之尊，而不得不作此孱弱的哀鸣，亦足见唐室已经到了日薄西山、气息奄奄之时了，岂止“志意不伻”而已！

本词以“望”字统摄全篇。上片写登临极目的所见所感，由景生情，又融情于景；下片从“望”字生出切盼之心，景为情设，情由景生。通篇结撰出一种极为真切自然的有我之境，而无矫揉造作之态，故词的思想内容虽无足论，而艺术上却有可取：言情处动人心志，写景处豁人耳目。古人云：“为情者要约而写真。”（《文心雕龙·情采》）本词情真语真，浑朴苍凉。持平而论，其艺术价值不减唐词名家之作。（吴汝煜）

巫山一段云　李　晔

蝶舞梨园雪，莺啼柳带烟。小池残日艳阳天，苎萝山又山[①]。　青鸟[②]不来愁绝，忍看鸳鸯双结。春风一等少年心，闲情恨不禁。

注　① 苎萝山：在今浙江诸暨市南。《吴越春秋·勾践阴谋外传》：“勾践得苎萝山鬻薪之女曰西施。”　② 青鸟：西王母的信使。见汉班固《汉武故事》。

李晔即位时，年仅二十二岁。史称他“意在恢张旧业，号令天下”（《旧唐书·昭宗纪》），但从这首词看，却不免有“儿女情长，英雄气短”之嫌。

上片写景。开头两句描绘了宫苑中浓郁的春意。“梨园”是唐玄宗时教练宫廷歌舞艺人的地方，一在光化门北禁苑中，一在蓬莱宫侧宜春院。这里泛指栽有梨树的宫苑。梨花色白。“梨园雪”反用岑参《白雪歌送武判官归京》诗“忽如一夜春风来，千树万树梨花开”句意，借以形容梨花盛开、犹如雪涌的奇异景象。但这毕竟中诉诸视觉形象，而且色彩不免单调。句首冠以“蝶舞”二字，就不同了。盖蝶恋花香，梨花能把飞蝶引来，说明香气馥郁，因此“蝶舞”二字又赋予首句以香气袭人的嗅觉形象。再说飞蝶色彩斑斓，舞姿轻盈，翻飞于梨花之间，使视觉形象也更为多姿多彩了。“莺啼”二字诉诸听觉形象。莺啼之声原是极为宛转动听的，而从如烟的柳条丛中发出的莺啼声则更为赏心悦耳。“小池残日艳阳天”虽然也是景语，但主要是表现心绪。“小池”“残日”皆为作者移目注视之处。池水荡漾，恰与作者感情的波动相谐合。注目于西斜的“残日”，则又暗暗透出作者内心有所等待。“艳阳天”暖风如薰，春光明媚，极易引起一种莫可名状的春天的感奋。那么他究竟在等待什么呢？“苎萝山又山”一句透露了消息。“苎萝山”是中国历史上大名鼎鼎的美女西施的生长之地。唐崔道融《西施》诗云：“苎萝山下如花女，占得姑苏台上春。”唐人笔下的苎萝山实在太艳了，以至连方外之人都强烈地感受到它的诱惑力：“此去若逢花柳月，栖禅莫向苎萝山。”（施肩吾《送僧游越》）对于李晔来说，苎萝山显然寄托着他理想的爱情。全句是说，他钟情的美女不在身边。帝王的爱情生活向来是个谜，而这些谜又是很难解开的。李晔曾从僖宗逃往蜀中，是否在蜀地遇到过钟情的少女，而登基以后又未能召之入宫？这不便悬猜，但有一点是可以肯定的，即宫中的佳丽都未可其意。

换头“青鸟不来愁绝，忍看鸳鸯双结”，把上片蕴含的春日怀人的心绪点明了。青鸟是神话传说中传递爱情信息的使者。青鸟不来，说明意中人或已另有所属，或身不由己。无奈李晔颇有点乃祖唐明皇重色轻国的痴情。后宫佳丽虽多，他却一心一意地爱着宫外的另一女子。此女未至，愁闷欲绝，连“鸳鸯双结”都不忍相看。结末两句“春风一等少年心，闲情恨不禁”，其主观意图是在倾诉自己爱情生活中的深深不幸和绵绵长恨，但由于艺术概括力之强不同凡响，故其客观意义已不止此。“春风”在古乐府中是多情的意象。“春风复多情，吹我罗裳开。”(《子夜春歌》)“黄瓜被山侧，春风感郎情。”(《前溪歌》)都是著名的诗句。文人乐府也爱用这一意象。李白的“春风不相识，何事入罗帷”(《春思》)即是显例。词与乐府在意象上的继承关系值得注意。“一等”即一样之意。“少年心”是一颗对爱情的感受力最为敏锐，既勇于追求又不善自制的心。唯其如此，故欢乐与痛苦的转换有时只在须臾之间。古乐府《翳乐》云：“人生欢爱时，少年新得意。一旦不相见，辄作烦冤思。”可为“少年心”作一注解。这两句作者避免在一般意义上使用比喻，而是把自己内心既深且广的“闲情”融合到吹不尽的“春风”中去，使多情的春风也如同“少年心”一样，有着不可遏抑的“闲情”。于是，凡有春风之处，凡有春风之时，此闲情即爱情，皆随之而至而终不可息了。这样写，不仅比喻更为新颖，思致更为浑厚，而且使诗歌意象与作者具体的爱情遭遇拉开了距离，从而使之超越了时空，超越了个别，而获得了永久的普遍性的美学价值。近人俞陛云说：“人生最乐光阴，莫若少年时，而淹忽易过，少焉瞩之，已化为古。宋人谢懋词‘老年常忆少年狂’，章良能词‘旧游无处不堪寻。无寻处，惟有少年心’，与昭宗‘少年心’句，有同感也。”(《唐词选释》)可见结末两句在后世引起的共鸣是不小的。

李晔后来是否找到了他的可意人，已无从知道，但据《旧唐书·昭宗纪》记载，在他遇害的晚上，昭仪李渐荣对凶徒说：“莫伤官家，宁杀我辈。”凶徒不听，她便“以身护帝”，与李晔同时被杀。看来，这位在政治上一筹莫展的晦气天子，在爱情上还是最终得到了一个知己的。(吴汝煜)

浣溪沙　　张　曙

枕障薰炉隔绣帷，二年终日苦相思。杏花明月尔应知。　　天上人间何处去，旧欢新梦觉来时。黄昏微雨画帘垂。

在晚唐，张曙的名气并不大，但他“文章秀丽，精神敏俊”，孙光宪认为他的成就远在杜荀鹤之上，“区区之荀鹤，不足拟伦。”(见《北梦琐言》)

张曙存词仅此一首。关于这首词，《北梦琐言》有一段说明：“唐张祎侍郎，朝望甚高，有爱姬早逝，悼念不已。因入朝未回，其犹子(即侄子)右补阙曙，才俊风流，因增大阮(叔父的代称)之悲，乃制《浣溪沙》，其词云云，置于几上。大阮朝退，凭几无聊，忽睹此诗，不觉哀恸，乃曰：‘必是阿灰所作。’阿灰，即中谏小字也。然于风教，似亦不可，以其叔侄年颜相似，恕之可耳。谚曰‘小舅小叔，相追相逐’，谑戏固不免也。”由此可见，这首词原是“谑戏”之作，本无足道，但它在艺术表现上，却也不无动人之处。

词的上阕看似平淡，然而有些地方也颇见精巧。如首句着“隔”字，既交代了室内枕屏、薰炉与绣帷间的位置，更使人生出一种人去楼空、远隔天涯的联想。第三句，杏花明月用来作为春秋季节的特征，并且用拟人的手法赋予它们人的感知，意谓只有杏花明月深知我的相思之苦。这样写，的确为词的意境增添了一分落寞与惆怅。

词的下阕写得极佳。代为设想爱姬已逝，却不愿信其逝，故着一问句，愈见其恍惚哀恸之态。下面两句更妙，旧日的欢情只有在新梦中重现，正当缠绵悱恻之际，忽然醒来，惟有“枕障薰炉隔绣帷”，此时的悲哀之情可想而知。但作者到此意犹未足，再着力添上一笔，醒来之时，正值黄昏，画帘低垂，雨声沥沥，真是到了“此恨绵绵无绝期”的境界。古人曾说，词起结最难，而结尤难于起，如这首词的结句，不仅为全词增添了画意诗情，并且给人留下了极为丰富的想象余地，真是所谓词家本色，故能打动悼亡者之心。张祎侍郎“忽睹此诗，不觉哀恸”，信其然也。（陈允吉　胡中行）

一叶落　李存勖

一叶落，褰[1]珠箔。此时景物正萧索。画楼月影寒，西风吹罗幕。吹罗幕，往事思量着。

注 ① 褰(qiān)：撩起，掀起。

这首词的作年、本事均无考。从词中所写的景物来看，当属悲秋怀旧之作。

首句“一叶落”被用作调名，可见在全词中地位之重要。《淮南子·说山训》“见一叶落而知岁之将暮”，原是见微知著、以近论远之意。由此而来的“一叶知秋”的成语，则包含着人们对于时序变换的特殊敏感。李存勖是武人，对哲理未必有兴趣，但对时序的变换是有感触的。透过珠帘，他看到一叶飘零，立即引起了严重的关注，以至要掀起珠帘，看看帘外的萧索景象。戎昱《宿桂州江亭》诗“露滴千家静，年流一叶催”，也许可以借来概括此句的第一层意思。一年的好光景即将逝去，怎能不感惜时光易逝呢？

不过，“一叶落”的意象在唐代的诗词中也时常与离情别绪联系在一起。韦应物《送榆次林明府》：“别思方萧索，新秋一叶飞。”韩翃妻柳氏《杨柳枝》：“一叶随风忽报秋，纵使君来岂堪折！”都是显例。尤其是韦诗，本词的前三句可能是从它化出来的，“萧索”“一叶”等词不像是偶然的巧合。因而有理由认为，李存勖由“一叶落”所引起的感怀，与离情别绪的关系更密切。尽管他意中的离人是谁，已无从考索，但从“此时景物正萧索”的感慨中，可以窥见他的心境是相当苍凉落寞的；又从“画楼月影寒，西风吹罗幕”两句，可以看出他确有所思。对月怀人，临风思远，原是人之常情。虽然史称李存勖“其心豁如也”，但置身于此境，也不能无动于衷。古乐府云：“秋风入窗里，罗帐起飘飏。仰头看明月，寄情千里光。”（《子夜秋歌》）相比较而言，“画楼”两句思致稍显深沉，而托物兴怀则同，因此两者有异曲同工之妙。

结末两句：“吹罗幕，往事思量着。”隐约点到了全词的主旨，而“往事”究竟指什么，则始终不肯说破。作者故意留下的这点模糊性，不仅有助于词境的浑成，而且还使全词增添了几分朦胧的美，读来愈觉悠然神远。难怪俞陛云激赏地说：“‘往事思量’句，直抒己意，用赋体也。因悲愁而怀旧，情耶？怨耶？在‘思量’两字中索之。”（《唐词选释》）李存勖的词作大都写于做公子时期。其后用兵，“前后队伍皆以所撰词授之，使揭声而唱，谓之御制。至于入阵，不论胜负，马头才转，则众歌齐作。故凡所斗战，人忘其死，斯亦用军之一奇也。”（《五代史补》）应该

说,像李存勖这样的词家,在词史上恐怕也数得上是“一奇”罢?(吴汝煜)

忆仙姿　李存勖

曾宴桃源深洞,一曲清歌舞凤。长记欲别时,和泪出门相送。如梦!如梦!残月落花烟重。

这是一阕忆旧抒感的小令词。曾宴,点明往事。桃源深洞,用刘晨、阮肇入天台山遇二女仙事,喻作者与伊人相遇,此指代伊人居处。舞凤,即凤舞,见《山海经·大荒西经》:“有西王母之山……鸾鸟自歌,凤鸟自舞。”为叶韵,乃倒用,言伊人如凤之舞。清歌凤舞,风光何等旖旎!这些,作者已陷入沉思而为之陶醉了。更使他念念不忘的,是伊人含着眼泪出门送别的眷恋情景。可是这一切,已如梦幻,永无再现之期,而当前目接的,只是一弯残月,满地落花,浓浓烟霭,一派凄凉光景。

这阕仅三十三字的小词,前后章法,较然可按。昔年的歌舞盛况在前,今日的萧索离情在后,承前启后,中间转折的则是两个“如梦”。诗有诗眼,词亦有词眼,这四个字实为本词之眼。如梦者,昔年之事如一场无凭的春梦;昔年之景,只能在梦里再现;昔年之侣,除非在梦里相逢。叠用两个“如梦”,显得更为惆怅,更为感伤。用对比的手法,突出今昔情景的悬殊,“如梦”两字才有着落;如果今昔环境无甚差异,变化不大,怎会有“如梦!如梦!”之感呢?残月乃夜阑之景,落花烟重乃暮春之景。伤心人别有怀抱,才会有凄凉的感觉;这样写,才能烘托萧瑟的气氛,且言尽而意不尽。

按宋苏轼《如梦令》词序:“元丰七年十二月八日,浴泗州雍熙塔下,戏作《如梦令》阕。此曲本唐庄宗制,名《忆仙姿》。嫌其名不雅,故改为《如梦令》。庄宗作此词,卒章云:‘如梦,如梦,和泪出门相送。’因取以为名云。”初期的词,调名往往与内容相应,如《女冠子》咏女道士,《渔歌子》咏渔父、隐士,《忆江南》怀江南景物等。《全唐诗》亦收此词,但“欲别时”作“别伊时”;诚如是,则《忆仙姿》确有所指所忆。唐人每以遇仙指游冶之事,此中有人,呼之欲出矣。昔年鸾歌凤舞,惜别依依;而今凤去鸾飘,玉人杳然;夜阑不寐,足见情深愁重。

作者李存勖,即后唐庄宗。新旧两《五代史》都说庄宗习《春秋》,通大义,洞晓音律,《五代史补》还说:作战时,士卒齐唱他自撰的曲子词,“人忘其死”(《五代史补》)。可惜那些鼓舞士气的壮词,都没有留传下来,今天所存的四阕词,显然都不能用于战场上。一个“善骑射,胆勇过人”的桓桓武夫,能写出这样缠绵悱恻的小词,确是不可多得的。(黄清士)

浣溪沙　孙光宪

蓼岸风多橘柚香。江边一望楚天长。片帆烟际闪孤光。　　目送征鸿飞杳杳,思随流水去茫茫。兰红波碧忆潇湘。

孙光宪的词作,《花间集》和《尊前集》存录凡八十四首,是唐五代词人中存词最多者。他写了十九首《浣溪沙》,这首是其中较好的抒情词。

此作的抒情特点,不是直抒胸臆,而是借写景之笔,来抒发炽热的惜别留恋之情。

从词中描写的景象看,此是作者在荆南做官时所写,描绘的是我国长江两岸深秋时节的景色,一种特定的典型环境。

首句是写主人公送别亲人时,在江岸上看到的喜人景象。蓼花盛开,清风徐徐,传来阵阵橘柚扑鼻的芳馨。在这蓼花争妍、橘柚成熟的季节,与亲人团聚,品尝蜜橘甜柚,该是多么美好!然而,此时此刻,亲人却突然离别而去,这实在令人感到惋惜。令人喜悦的景象,只写一句,在刹那之间,便转入抒发惜别之情,这种构思,恰到好处。否则,过多地描写喜悦景色,便会冲淡惜别之情,改变词作的基调。

第二句"一望"二字,颇能传神,表现了主人公顷刻之间由喜悦变为忧愁的神态。第三句在构思上,紧承第二句。在写景上,与第二句构成不可或缺的完整画图。第二句描写的是高远清廓的"楚天"。第三句描写客人乘坐小船,孤身只影,在烟水迷漫的江流中飘荡。天上地面,景色凄清一片。江边船上,感情密切相连。柳永说"多情自古伤离别"(《雨霖铃》),的确道出了天下有情人共同的心理。仅看"片帆烟际"四字,可以说是一幅优美的风景画。配上"闪孤光"三字,就突然改变了词句的感情色彩,给人一种孤寂凄凉之感,写景与抒情结合得相当完美,有浑然一体之妙。李白"孤帆远影碧空尽,惟见长江天际流"的诗句,洋溢着对友人深厚的惜别情谊,千百年来脍炙人口。孙词与之有异曲同工之妙。

此词在抒情上,采用的是递增法,层层深化,愈转愈深。过片两句惜别留恋之情达到高潮。上句是写目送,下句是写心随,构思新颖巧妙,对仗工整,意境深远,确是风流千古的名词。这两句采用象征手法,以"目送征鸿"远去,象征依依不舍地送别亲人;以"思随流水",象征心跟着亲人远去。艺术表现上相当成功。结句似深情目送远帆时的默默祝愿:远去的人啊,翌年红兰盛开、江水碧波如染时,您当思念这美丽的地方而重来会晤。遥与"蓼岸风多橘柚香"首尾呼应,写出了潇湘美景,笔触又饱含深情。整首词句句写景,又句句含情,充满诗情画意,堪称佳作。(陆永品)

浣溪沙　孙光宪

半踏长裾宛约行,晚帘疏处见分明。此时堪恨昧平生。　早是销魂残烛影,更愁闻着品弦声。杳无消息若为情!

好一幅疏帘仕女图!风度婀娜,仪态优雅,犹如出自周昉手笔。晚妆初过,姗姗而行,长裙曳地,步履盈盈,从竹帘稀处现出窈窕身姿。这模样,当是词人亲眼所见,故印象极深。

"晚帘疏处见分明"者,是说起先在竹帘掩映下隐约可见,不无遗憾;直到行至竹帘疏处,才见个分明,活脱脱地表现出帘外人神情的专注,内心的向往和勃发的喜悦。虽说是"见分明",终因这一帘之隔而产生一种距离感。这美好的形象,却是可望而不可即,终隔一层,所谓

“盈盈一水间，脉脉不得语”！又正因为终隔一层，愈觉其美好，隔帘花影，愈见出朦胧迷离之致。这便是“隔”在美感上的作用。曾记近人有诗云：“郎在东屋居，妾在西屋住；门外正潇潇，只隔一帘雨！”颇得此中之妙。

词人处于此情此境，难免有咫尺天涯之恨，不禁从心中呼出：“此时堪恨昧平生！”在那时候啊，真控制不住自己的感情，真想去亲近她啊，只恨素昧平生，欲识无缘！在一、二句历历如绘的形象描写之后，“此时”二字，浓缩了多少一见钟情的复杂感受，真是不如休见，不见也罢，见了又怎奈何这一腔柔情。从“此时”二字也可看出，一、二句所写是事后的追忆。这短暂的一幕，已经深深地印在心中，无法忘怀了。

过片仍在玩味着对昔日的回忆。身影摇曳，那是她在闪烁的烛光下深夜独坐，见了已经叫人黯然神伤；乐声铮铮，那是她在拨轴调弦，漫不经心地品琴，听了更令人无端惆怅。这里写偷窥身影，暗听琴声，可以想见迷恋之情。用“残烛”“品弦”四字，写坐至夜深，琴心凄楚，细腻地刻画了对方心事重重的苦闷和自己体贴入微的怜惜。“早是……更……”的递进句式，又加重了语气，增添了当时无限倾慕和回忆时百般叹惋的感情浓度。李义山诗云“对影闻声已可怜”（《碧城》），又云“已闻珮响知腰细，更辨弦声觉指纤”（《水天闲话旧事》），可与孙词参读。

最后一句折回，写眼前的叹恨：“杳无消息若为情！”昔日情事，早已风流云散，别后更踪迹难寻。怎奈往事历历可思，又如何忍受这萦怀绕梦、欲罢不能的绵绵情思呢！

《浣溪沙》是小令中比较简单朴素的形式，最宜于以清淡之笔作素描式的抒写。“扫除腻粉呈风骨，褪却红衣学淡妆”，这首抒情小词，正有此淡妆之美。在工笔重彩、姹紫嫣红的花间词中，像一枝香远益清的亭亭玉莲，别具风姿。

“三只脚”的《浣溪沙》，不易写好。俞平伯在《清真词释》中说：“两脚一组，一脚一组，两脚易稳故易工，一脚难稳故难工，不用气力似收煞不住，用大气力便轶出题外。或通体停匀，或轻重相参，要之欹侧之调以停匀为归耳。”这自是甘苦之言，指迷之论。孙光宪的这一首，上、下片都是用前两句描绘当时情景，后一句以唱叹法抒情。正可谓轻重相参，通体匀称，堪为模楷。其写情细腻，造语自然，更值得玩索。汤显祖评为“不厌百回读”（《汤评花间集》），并非偶然。（孙映逵）

风流子　孙光宪

茅舍槿篱溪曲，鸡犬自南自北。菰叶长，水葓开，门外春波涨绿。听织，声促，轧轧鸣梭穿屋。

孙光宪这首小令，是描写田园、村舍风光的佳作，生活气息颇浓，能给人耳目一新之感。它不是以警句取胜，而是以新颖的题材和巧妙的构思显示出它整体的美。

这首词的艺术结构，可以分成三个层次。开头两句是第一个层次。村民居住的茅舍坐落在一条潺潺溪流的弯曲处，周围栽着槿树，形成了严密的屏障。鸡犬之声，时断时续，从茅舍的南边和北边传来。作者用槿篱与溪曲，装点了茅舍的优美环境，并捕捉了当时农村的特征——鸡犬之声，使人感到一种和平生活的气氛。

“菰叶长，水葓开，门外春波涨绿”三句，是第二个层次，描绘了茅舍周围使人留恋的景色。菰，俗称茭白，嫩茎可作美味的菜。菰米可以煮食。水葓即荭草，花呈白色或粉红色，可供观赏。这三句构成了绚丽多彩的景象：水边的茭白叶子，长得又嫩又大；水葓花儿争媚斗艳，满塘盛开；池塘里碧波荡漾，春意盎然。其中“涨”字用得极妙，它表明刚下过一场大雨，积蓄了满满荡荡的一池春水。

“听织，声促，轧轧鸣梭穿屋。”这三句是最后的一个层次，也是作者比较用心的构思。茅舍之外，尽管看不见那忙于织布的农家妇女的形象，可是“轧轧鸣梭”的急促的织布声，却从房屋里传到了外边。“声促”的“促”字，用得恰到好处，它说明了那织布的妇女，在辛勤地紧张地劳动着。

这首词的艺术构思是比较成功的，它紧紧地围绕着茅舍，展开了构思和布局。整首词严谨完整，质朴自然，色彩鲜明。读完此作，好像使人真切地看到了一幅有声有色的美丽的农村图画。那茅舍所在秀丽的环境，农家妇女急促的织布声，都能给人留下深刻的印象。这是作者对田园、村舍风光的真实反映。可以设想，假若作者只写一所孤零零的茅舍和村妇急促的织布声，不写那美丽的环境和鸡鸣狗吠之声，或只写其中的一两样景致，不言而喻，这也就不成其为一幅完整的农村画图了。自然，也不会给人留下什么值得记忆的印象。

作者作为花间派词人，能够突破艳丽柔靡的词风的束缚，纯粹采用白描的手法，写出这样朴素明畅、轻快活泼、通俗易懂、别具一格的词作，应当说这是非常可贵的。诚如李冰若《花间集评注》所言：“《花间集》中忽有此淡朴咏田家耕织之词，诚为异采。盖词境至此，已扩放多矣。”（陆永品）

竹 枝 孙光宪

门前春水竹枝白蘋花女儿，岸上无人竹枝小艇斜女儿。
商女经过竹枝江欲暮女儿，散抛残食竹枝饲神鸦女儿。

唐时《竹枝》乃民歌，流行于今川东及两湖的长江流域，声情优美。文人受其感染，相继仿作的，中唐有顾况、刘禹锡、白居易，五代有孙光宪等。唐时民间《竹枝》不传，从文人仿作，可推测其内容主要有二，一是爱情（尤其女性），二是风土。又可推测其体制有二，一为七言二句，一为七言四句。还可推测其声调特征，一是拗格，二是和声。拗格声情激越，乃民歌天籁。和声本是助谐和之声，后演为唱和之声，或在句中，或在句尾，有声有义。此皆读《竹枝词》不可不知。孙光宪仕荆南（五代时十国之一，建都荆州），地处《竹枝》流风布韵之中心，其所作此词，虽无取拗格，但保存和声，已不失民歌之体。而意境幽美，既深得民歌之神理，又独具自己之特色，确为佳作。

“门前春水竹枝白蘋花女儿。”门前春水，一顿。和声“竹枝”继之。春水指长江，并点春季。歌唱者之家门既在江上，则歌者为江上之人。这样，此词便有道地民歌之妙，而且可付民间传唱（如刘禹锡那样）。这又是此词得体处之一。尽管此词乐谱已佚，但和声辞在，吟诵之际，犹可体会悠扬其声之美，悠长其辞之妙。白蘋花，不但春色如画，而且暗逗一股幽美凄约之骚韵，使人联想到《楚辞·湘夫人》："登白薠兮骋望。"句尾和声"女儿"，与句中和声"竹枝"押韵，同正文之韵相辅相成，吟诵和声，便愈发增添此词风情摇曳之美。

"岸上无人竹枝小艇斜女儿。"岸上无人，可见荒江寂寂。春水白蘋而荒寂无人，美好的境象再次透出凄迷的意味。下半歌句，小艇斜系江畔，加倍点染荒江之寂寞。

"商女经过竹枝江欲暮女儿。"此时，一位商女乘着江舟过来了。商女就是商人女眷，其先或是歌妓出身，嫁作商人妇，随商船经过。此时江天遍布苍茫暮色。

"散抛残食竹枝饲神鸦女儿。"寂寂江上，商女把吃剩的食物，抛向空中。这是为啥？有下半歌句作答，原来是饲神鸦。神鸦是什么？杜甫《过洞庭湖》诗，有"迎棹舞神鸦"之句，仇兆鳌注引《岳阳风土记》："巴陵鸦甚多，土人谓之神鸦，无敢弋者。"并谓神鸦随船飞舞，船上人投之以食，神鸦接之空中，无不巧中。荒江，暮色，商女，神鸦，词境以此收束，极幽眇凄迷之致。仔细玩味，还是可以体会其意。神鸦的求食于人，商女的生计依人，实在并无二致。因此，商女饲食神鸦，似乎是入乡随俗，若不经意，可是试设身处地体会之，商女此时未必不生起一份怜神鸦亦即自怜的含情。因之，结尾和声"女儿"，其声情幽怨不尽亦可知。

此词独到之处，在于把词体之特美与民歌之神理融为一体。词中以春江迟暮的荒寂背景，描写商女神鸦的偶然小事，从而隐隐透露商女身世不谐的难言苦衷，意境确乎极词体要眇宜修之致，甚而不无幽渺荒诞的色彩。《古今词统》卷二引徐士俊语评此词："偶然小事，写得幽诞。"是个准确的评论。同时，此词背景为长江，主角为女性，体裁为《竹枝》，又深得民歌之神理。民歌之神理与词体之特美融为一体，这就是孙光宪此词的戛戛独造之妙。（邓小军）

思帝乡　孙光宪

如何？遣情情更多！永日水精帘下敛羞蛾。六幅罗裙窣地①，微行曳碧波。看尽满池疏雨打团荷。

注 ① 窣(sū)地：拂地。

人们在生活中，总不免会遇到悲痛伤心的事。有时愈是企图甩掉它，忘记它，却愈是不可能，情思萦绕，不能自已。此时此刻，耳闻目睹，触处生愁，令人更增悲伤。这首《思帝乡》词就是写的一位女子在这种情形之下的百结愁肠。

词的开头突兀而起：为什么啊，想排遣心中的怨情，但它反而更多更浓了！"永日水精帘下敛羞蛾"，深沉悲伤的情绪，长时间地折磨着她。她在寂寞的闺房里，徘徊于水精帘旁，整日眉峰颦蹙，满面愁容。怎样排遣愁苦之情呢？于是她走出闺房，到外面去散散心。她的绿色罗裙，一直拖到地面上，随着她的款款而行，裙褶飘动，好像碧波荡漾。然而，呈现在她面前的却是满池清圆的荷叶，被稀疏的雨点拍打着，其状颤摇，其声历乱，似乎象征着她此时的心境，越想排遣就越招烦恼。"看尽"二字写历时之久，"满池"二字写无处不然，愁闷之缠人，可谓"无计相回避"。

此词紧紧围绕“遣情”二字展开。遣情，遣不了，反而“情更多”了。“永日”沉浸在痛苦中，不能摆脱。但她想竭力摆脱它，于是出外散步。结果触景伤情，在心中引起更大的伤感。一首小词一波三折，跌宕生姿，将女子感情的起伏变化，曲曲传出。清陈廷焯评孙光宪词“气骨甚遒”，然“少闲婉之致”（《白雨斋词话》），而此词运其清健之笔，表现深婉之情，显豁而又含蓄，直快而又婉曲，在孙词中别开生面。（王锡九）

上行杯　孙光宪

离棹逡巡欲动。临极浦，故人相送。去住心情知不共。　金船满捧。绮罗愁，丝管咽。回别。帆影灭。江浪如雪。

这首词是写与故人相别的情景，纯用白描的手法，从“极浦送别”写到帆影消失在“浪如雪”的碧江中，把去者和住者依依惜别的真挚感情，十分细腻地表现了出来。王湘绮说孙词写“常语常景，自然风采”，这首词正也体现了这一艺术特色。

词的上片，概括地写“故人相送”的地点和心情。“离棹”，指载着人离别的那只船；“逡巡”，形容欲行又止的情状；“极浦”，指遥远的水边。原来“离棹逡巡欲动”的原因，是故人赶来相送，那无穷的离愁，不尽的祝愿，依依难舍的心情，都在这里得到了生动的表现。“去住心情知不共”一语，在结构上说，既是上片的结句，又是下片的过渡。从传达手法来说，它是语常而意新，语浅而意深，一下鼓起了欣赏者想象的翅膀，飞入更为广阔、更为深邃的美的境界。在去者此时此刻不免有“此地一为别，孤蓬万里征”（李白《送友人》）之感；而在住者则自然而然地要在内心里发出“春草明年绿，王孙归不归”（王维《山中送别》）的疑问。这句话写的是常景常情，但它所包含的意义和韵味，大大地超出了它的语言框架，值得我们去思索和玩味。

下片的前三句是铺叙宴别时的情景，是“故人相送”的具体描绘。后三句是写住者伫立凝望的神情，是依依惜别的形象刻画。这些都是司空见惯的情和景，而词人却把它写得别有风采。“金船”，是盛酒的器皿。宋叶廷珪《海录碎事》云：“金船，酒器中之大者。”“绮罗”，是指穿着绮罗的美人，词人《酒泉子》的“绮罗心，魂梦隔”，就是指的美人的心。“丝管”，是弦乐器和管乐器的合称，这里是指音乐或演奏音乐的歌妓。这三句话概括起来的意思是：故人举行丰盛的惜别宴会，捧着满斟着的大杯的酒，向去者表示美好的祝愿。然而别易会难，聚少离多，在这“连理分枝鸾失伴，又是一场离散”（《清平乐》）的时候，那穿着绮罗的美人，怎么不“歌袖半遮眉黛惨，泪珠旋滴衣襟”（《何满子》）呢？那奏着丝管的美人，又怎么不发出“轻别离，甘抛掷，江上满帆风疾”（《谒金门》。以上所引，皆为孙词）的感叹呢？这一个“愁”字，一个“咽”字，把“住者”黯然魂销的心情形象地表现了出来。“回别。帆影灭。江浪如雪”，是以景语总结全词。一句一韵，一韵一顿，如此读来，就将她那伫立极浦，目送征帆，一直看到帆影消失在浩渺的烟波之中，但见江上的浪涛卷起千堆雪，而她还在伫立凝思时的种种神情心事，婉曲传出。这情景使人很容易联想起李白《金乡送韦八之西京》的“望望不见君，连山起烟雾”和《送孟浩然之广陵》的“孤帆远影碧空尽，惟见长江天际流”的诗句来。他们都是用同一机杼，构造出一个余味无穷的审美意境,都是不言情而情自见,不言愁而愁自深。不过李白写的是当时当地的真实生活,是实写;而孙光宪在这里所写的是想象,是想到“挥手自兹去”以后,故人的一往情深,不忍遽别,伫立极浦,如痴如醉的情状,是虚写。以实写虚,或者以虚写实,都是含蓄美最常见、最一般的表现手法。它写的现象是具体的,是有限的;但它辐射出来的内涵却是抽象的、无限的,耐人深思、耐人咀嚼的,因而具有更好的感人的艺术魅力。吴梅认为“孟文(孙光宪)之沉郁处,可与后主并美。”又说:“俊逸语,亦孟文独有。”这首词下片的沉郁,上片的俊逸,确实是不容易达到的艺术境界。(羊春秋)

谒金门　孙光宪

留不得!留得也应无益。白纻春衫如雪色,扬州初去日。　　轻别离,甘抛掷。江上满帆风疾。却羡彩鸳三十六,孤鸾还一只。

这首词通首作独白语气,有说是写游子漂泊之感的,有说是代闺人抒写怨情的。细玩词意,当以后说为是。这类表现相思别恨的闺怨题材,在词里已属习见,而这首词在艺术手法上却颇有特色。

词一开头就是突如其来的两句话:“留不得!留得也应无益。”令人摸不着头脑。然而这话中却分明暗示着一个富于情节性的离别场景:一方挽留无效,恋恋不舍;一方去意已定,没有多少回旋余地。恰如南朝乐府《那呵滩》所写的,这一个虽“愿得篙橹折,交郎到头还”,那一个却“篙折当更觅,橹折当更安”,怎样也留不得的。这两句语意似重复而实有微妙区别,“留不得”是说对方不可留,“留得也应无益”是说自己也不愿强留,这样退一步、分两层说来,就把当时离别的情事烘托得更加细致入微。同时活画出回味那一段不是滋味的往事时,女主人公无奈而恼乱的情态。刘熙载论词说:“大抵起句非渐引即顿入,其妙在笔未到而气已吞。”(《艺概》卷四)这里即属顿入手法,一开始就以丰富的情节性吸引住读者。

这两句怨意极深,语气坚决,像要与对方一刀两断似的。然而在反复其言中,已暗自流露出“休即未能休”的意态。所以,以下两句从情事说是承上两句叙写那人去日的情况,感情色彩却大不同,来了个一百八十度的大转弯,语气变得十分温柔了。她不但把那人初去扬州的日子记得清楚,连他的穿着打扮也记得如此分明。“春衫”是轻巧称身的,既言“白纻”又譬之“雪色”,乃极形其光泽夺目。三、四句是倒装。“白纻”句来得很突兀,要读到“扬州初去日”,联系前文“留不得”,方知写的是何人。这样倒置却使那“春衫”给人的印象更为鲜明深刻,增强了表达效果。不直接写人而写衣,是选取富有特征的局部代指全体。这样做,不但能启发读者积极的联想,在简短的篇幅内显示高度浓缩的内容;而且也符合人物心理的真实。因为经过时间的筛选,人们记忆中往往只残存着一些最为鲜明生动的细节印象,而他们也往往通过那不可磨灭的细节印象回忆过去的一切。“白纻春衫如雪色”这个特写镜头包含的形象语言极其丰富,不仅一个翩翩少年俨在,而且还显示出这样的内容:那是个柳暗花明的春天,这少年的去处又是繁华的扬州。则被他抛撇的人儿的心情便可想而知。

过片三句紧承上意，写那人挂帆东下，忍心抛下自己而去了。“江上满帆风疾”虽是个客观描写的句子，却含“怨归去得疾”的主观色彩。展现的正是“去年下扬州，相送黄鹤楼。眼看帆去远，心逐江水流”（李白《江夏行》）同样的情景，而更为含蓄。所以汤显祖评道：“‘满帆风，吹不上离人小船’，今南词中最脍炙人口。只此一曲数语，已足该括之矣。”“轻别离，甘抛掷”，则照应“留不得”二句，指责那人薄情狠心，语气又峻急起来。而结尾两句又有所缓解：“却羡彩鸳三十六，孤鸾还一只。”羡鸳鸯成双成对，叹自己如孤鸾一只，则爱他之情还是很深的。说彩鸳成双不够，还要说“三十六”，脱胎于古乐府《相和曲·鸡鸣》“鸳鸯七十二，罗列自成行”，乃极言美满姻缘之多。说孤鸾不够，还要强调“一只”，乃极言自己之不幸。不明写“悲凄”而写“羡”，怨意却通过“还”字含蓄表出，言有尽而意无穷。

王国维说：“诗之境阔，词之言长。”（《人间词话》）这首词与李白《江夏行》情事相近，又同属代言体，但诗的篇幅较长，叙事具体，许多生活情景都直接展现；而词体短小，运用了顿入、突接、比兴等手段，由简短的独白显示出丰富的情事，是它的一个特点。这首词有许多过情语，如“留不得”二句，“轻别离”二句，把话说到了尽头。但“辞愈说尽而情愈无穷”，“正因为爱他的情太深，所以怨他的情就更切，于是说出的话即使是冤枉他，也顾不得了，就把怨他的情尽量地倾吐出来。这种写法可谓体贴入微，又极其自然”（刘永济《略谈词家抒情的几种方法》），是这首词的又一个特点。（周啸天）

渔歌子　孙光宪

泛流萤，明又灭。夜凉水冷东湾阔。风浩浩，笛寥寥，万顷金波澄澈。　　杜若洲，香郁烈。一声宿雁霜时节。经霅①水，过松江，尽属侬家风月。

注 ① 霅（zhà）：霅溪，水名，在浙江吴兴。

这首词写湖州（浙江吴兴）秋夜里的太湖景色，是作者归宋以后的作品。

湖州濒临太湖南端，有东、西二苕水汇成的霅水经过，注入太湖，以风光秀丽、盛产鱼米而驰名。唐肃宗时高士张志和，在这里写出了著名的《渔歌子》五首（见《尊前集》），对这里的自然风物作过描写，为后人广泛传诵。孙光宪这首词对太湖的风光作了更广阔的描绘。开头两句先从所看到的湖边夜景写起：“泛流萤，明又灭。”“泛”字表明了流萤之多，萤火点点，忽明忽灭，显出了湖边的幽静。“夜凉水冷”承首句而来，暗示出已经到了深秋。“东湾阔”，是指霅水入湖处的辽阔水面。接下去从听到的、看到的两方面，对湖上夜景加以摹写：“风浩浩，笛寥寥，万顷金波澄澈。”在萧萧的秋风里，从远处传来了凄清的笛声，浩瀚清澄的湖水，在月下翻动着金色的波浪。萧萧的风声，凄清的笛声，声声入耳，越显出湖边的寂静，眼前展现的是一望无垠的湖光，构成了气象万千的画面。这时候的词人在想些什么呢？他也许什么也不想，他忘却了人间的一切荣辱是非，神情萧散，沉醉在这种如画的境地里。

在下阕里，再从闻到的、听到的两方面对湖上的景物加以描写：“杜若洲，香郁烈。”这两句是从屈原《九歌·湘君》“采芳洲兮杜若,将以遗兮下女”化来。洲上的杜若草散发出浓烈的香气,通过夜风的阵阵传送,格外沁人心脾。他写的是实景,也许还有怀念故人的情意。他正在凝想之际,长空里传来了宿雁的叫声。“霜时节”点明了时令已到深秋。他从多方面领略了湖上风光之后,不由得产生了一种豪兴,在歇拍里把它抒发出来:“经霅水,过松江,尽属侬家风月。”经过霅水,穿过松江,围绕太湖的大片美好风光,都是属于自家的了。苏轼《临皋闲题》云:“江山风月,本无常主,闲者便是主人。”歇拍是对湖上风光的高度赞赏,同时也表现出他的开阔而闲适的情怀。

孙光宪在花间词中脂粉气是比较淡薄的,这首《渔歌子》是以写景为主,景中透情,而且写的是夜景。他从目所能见、耳所能听、鼻所能嗅的几个方面,写出了湖上秋夜的优美风光,有动景、静景,有色、有声、有味,构成了气象宏伟、包含万有的画面,造语雄劲,气韵深厚,词人的思想感情通过景物的描写,随处闪现。在歇拍里,直抒胸怀,颇有豪气。读了这首词,很容易使人联想起苏东坡的《念奴娇·赤壁怀古》、张孝祥的《念奴娇·过洞庭》。当然,由于时代和个人遭遇的不同,孙词没有能够达到苏、张的高度,但从词风上看,是一脉相承的。汤显祖在《花间集评》里,对孙词的评语是:“竟夺了张志和、张季鹰坐位,太觉狠些。”他参透了其中的意境。(李廷先)

清平乐　孙光宪

愁肠欲断。正是青春半。连理分枝鸾失伴。又是一场离散。　掩镜无语眉低。思随芳草萋萋。凭仗东风吹梦,与郎终日东西。

词相对于诗的一大优势,乃在于其可以更加灵活地运用各种不同的句式,这不仅使得词具有更多变的韵律形式,同时也更便于作者对读者的阅读节奏进行掌控。

“愁肠欲断。正是青春半。连理分枝鸾失伴。又是一场离散。”忧愁之深,乃使人柔肠欲断。而其又当早春已逝,仲春之时。愁缘何而起?皆因连理分枝,鸾鸟失伴,在有限的生命当中,又遭遇了一次无奈的离散。上片的几句,极写一个“愁”字,既写明了忧愁之深,又交代了忧愁的缘起,在句意上一句承一句,一句接一句,上句每设一事,下句即紧跟着对其进行回应或修状,所用虽都是平常之语,既无四六对仗之精,又无律诗顿挫之力,但读来却使人感受到一种流动之美。这种流动之美产生的根源,从心理上来说,乃是由于文学作品的构制和读者的心理预期高度一致而造成的。正由于读者的阅读可以不受阻碍地沿着自己预期的方向顺利进行,故而他可以获得一种类似于直抒胸臆的快感。这里所说的“美”和“快感”,均是就美学的意义而言之,并非是看到别人忧愁伤感时的幸灾乐祸。

正因忧愁深重,故在词的上片里,孙光宪采用了一种流水式的抒情方式,他让这种分离之苦一览无余地展现在了读者眼前。而到了下片,这种抒情方式却受到了节制。

“掩镜无语眉低。”具有实体性的主人公的出现,使得上文的浩叹式的伤感稍稍受到了阻滞。上文的对于分别的感慨和无奈到这里演变成了具体的动作。所谓“女为悦己者容”,相悦者既已分别，我还有什么心情“花儿、靥儿，打扮得娇娇滴滴的媚”（《西厢记·长亭送别》）呢？“掩镜无语”，活脱写出女子的愁容倦态，而“眉低”二字，却又使人不由自主地猜想起女子那“却上心头”的心中事了。

“思随芳草萋萋”，所谓“王孙游兮不归，春草生兮萋萋”（《楚辞·招隐士》），主人公现在的思绪，早已经随着那离去的人儿，远至于万里之外了。“无论君不归，君归芳已歇。”（谢朓《王孙游》）如今春天已经过完了一半。季节的轮转如此迅速，人的生命岂不更是如此？不要说你现在还未归来，就算是归来，你看到的，还会是青春年华的我么？

可是现实的残酷之处，便在于它不会因人的意志而改变。纵使是千种相思，纵使是万般不舍，纵使是肝肠寸裂，纵使是骨销身残，分别也还是分别，离去的人儿也不会回到你的身边。万般无奈之中，主人公只好寄托于梦境了。“凭仗东风吹梦，与郎终日东西。”希望东风相助，将我这一缕梦魂，吹到我那思念的郎君身旁，伴随着他东西奔走，到那时，我们便真的是“只有相随无别离”（吕本中《采桑子》）了！“南风知我意，吹梦到西洲”（《西洲曲》），“愿为西南风，长逝入君怀”（曹植《七哀》），只因为这同样无法实现的深深一愿，作者让我们看到了人生的无尽悲哀。（刘竞飞）

思越人　孙光宪

古台平，芳草远，馆娃宫外春深。翠黛空留千载恨，教人何处相寻。

绮罗无复当时事，露花点滴香泪。惆怅遥天横渌水，鸳鸯对对飞起。

这是一首咏史怀古词。作者孙光宪（?—968），字孟文，五代词人。词作见《花间集》六十一首，稍次于温庭筠的六十六首，另见《尊前集》二十三首，在唐五代词人中数量仅亚于冯延巳的百二十六首，是唐五代重要的一位词人。詹安泰《读词偶记》言：“花间词派，孙孟文是一大家，与温、韦可鼎足而立，《花间集》录孙作特多，不为无故。”

《思越人》是词牌名，《钦定词谱》卷九介绍说：“调见《花间集》。孙光宪词‘馆娃宫外春深’，又‘魂消目断西子’，张泌词‘越波堤下长桥’，俱咏西子事，故名《思越人》”，可见是咏叹西施往事，抒发怀古幽情之作。

词的上片即景生情，通过今日姑苏台、馆娃宫的萧冷荒落，生起围绕今昔兴废的空茫渺远和怅怨无奈的悲慨之情。

古台即姑苏台，因在苏州姑苏山上得名，言为吴王夫差筑成，范成大《吴郡志》卷十五：“姑苏山，一名姑胥，一名姑余，连横山之北，古台在其上。”馆娃宫是吴王夫差为西施所造宫名，在苏州灵岩山，吴人呼美女为娃，馆有寓居、止息义，馆娃宫即充陈美女之宫。揆以《越绝书》与《吴越春秋》记载的吴越争霸古事，两处并为豪奢华丽之地、穷欢极乐之所，兴衰鼎替，时过境迁，遂为牵惹骚人墨客感今悼昔、嗟叹凭吊之场。从来多有吟诵。例如李白《苏台览古》云：“旧苑荒台杨柳新，菱歌清唱不胜春。只今惟有西江月，曾照吴王宫里人”即是名篇。

开头三句是说，古台倾颓圮废，芳草披离蔓远，古旧的遗址湮没在无情的荒落里，曾经无限风光、无限遐想的姑苏台、馆娃宫尽是萧疏冷寂——这是一个抛却的世界，在这个世界之外，偏趁着繁复盎然的浓郁春光。“芳草”意象经常在古典诗词里兴托愁思，青青香草，固然生意盎然，但是荣枯萎谢，循环往复，连同那个灿烂郁勃的春光，逗引起的却是人生的无常、人世的沧桑和人心的落寞。“芳草”和“春深”在此处是一种欣慰又无情的感触，何止无情，分明有恨，君不见“断肠芳草远”（朱淑真《谒金门》），君不见“城春草木深”（杜甫《春望》），当“芳草”和“春深”自顾自的永恒自足逼出人事的凋敝衰败，悲慨也藉触目而升腾弥漫起来。值得注意的是“平”“远”“深”都是开张平阔的状态，很有力地推助着把悲慨愁思延展开来。

翠黛本是女子用青黑色的颜料画眉，常用来借代美女，这里指西施。这两句由西施旧事感发茫渺恨怨之情。之前三句渲染氛围，此两句意由象起，情感事发，生出深切的感慨。西施更多的时候在唐人的笔下被这样咏叹：既不是指为红颜祸水谴责挞伐，也不是当作至美姣娃观赏亵玩，而是混合了她身上引发的家国兴亡之思和个体托寄之慨。前者着眼西施身上“复国”又“亡国”的矛盾张力，探求个人在无法把控的历史运动中透露出的无常、无奈、无情、迷惘、脆弱、感伤以及古今兴替的沧桑感慨，同时西施作为一个美丽又悲剧的生命，寄托了人们对美的痴迷和悲悼，这样一个混合了“暴力”和“柔美”的符号每每在咏史怀古中登场，饶人思量，引人共鸣。正如词中说到，绵延千载的恨怨，徒然让人深思，却又无从追索，但是这里边的无常、无奈、无情、迷惘、脆弱、感伤以及种种沧桑感慨的况味却是清晰而浓重的。

词的下片感慨往事成空，结尾归于以双衬单，以适意圆满反衬恨怨缺憾，更把惆怅哀伤推向深永。

绮罗是华贵的丝织品，也常指穿着绮罗的名姝美女，还借指繁华的生活，总之带着华靡浮艳的调子，“绮罗无复当时事”是说往事成空，繁华消歇，曾经的风流和热闹，都如梦似幻地流去了，再不能回复。这一句深渺的感慨之后，词人的视点落在一个细部：沾淋露水的鲜花和香艳的清泪。“露花”和“香泪”其实是并置的两个意象，由“点滴”绾连，在读者的意绪里生成一种唯美而凄婉的暧昧联想：花瓣上的清露一滴一滴的好似哀艳的眼泪，或者那个如花的美人滴下香泪，毕竟花和人交融起来，只是让我们感到美而哀伤的意味。“露花”在古典诗词里边还有露水义，喻短暂，这里不见得有这个意思，但也不妨带给我们更丰富的心理暗示。

最后两句是一个阔大的视域，“遥天”犹长空，“渌水”是清澈的水。两者皆空阔清朗，明净疏冷，面对这样的境物，虽云惆怅，却带着一点爽利明快，而“鸳鸯对对飞起”更是健举清丽的画面，“鸳鸯”古称“匹鸟”，寓意成双合配而适意圆满，经常反衬一种孤寂、残缺、憾恨，但是透出此景此境的“惆怅”不再是百转千回的纠结，也不是沉郁顿挫的矛盾，反倒是一个干净利落的告慰。前人论孙光宪词，陈廷焯《白雨斋词话》说“孙孟文词，气骨甚遒，措辞亦多警炼”，陈弘治更是形象地说“温词烟水迷离，韦词风光荡漾，而孙词乃凉秋晴月”（《唐五代词研究》），我想在这结尾句可以略窥出消息。

全词由景起，终于情，兼及议论，景致如前所云，多取开朗平阔之景，议论抒情也就相应的清晰明快。开端用“平”“远”“深”这种带给我们开张广阔的情态语，把蕴藉和反衬在这里边的冷寂落寞的情绪延展、弥漫开来，“千载恨”“何处相寻”，涌起了浓厚的悲慨；“绮罗”“露花”“香泪”一般印象的“当时事”一去不返，又在悲慨的同时带给人一丝迷醉，在兴亡的冷硬中散发出些许柔媚旖旎，最后在“遥天”“渌水”的参照中，深化了惆怅的容量和幅度，深沉而长久。我们能够想见，词人置身蔓草荒台，身后是有恨的繁华，眼前是无情的风物，心头是对古今人事的喟叹伤慨，情景合融，怨杳思深。

另外从这首小词也可以略微缩影出孙光宪词作的一般特色，例如题材不局囿于“花间派”裁红剪翠、歌儿舞女的藩篱；词作的结构多是由景开始由情感发抒作结；景境的取撷多选广阔的视野；情感的表达多是明快流利等等。这确实是一首给人留下深刻印象的优秀词作。（张　旭）

三字令　欧阳炯

春欲尽，日迟迟，牡丹时。罗幌卷，翠帘垂。彩笺书，红粉泪，两心知。　　人不在，燕空归，负佳期。香烬落，枕函欹。月分明，花淡薄，惹相思。

旧体诗、词大体上有齐言与长短句之别，但词中也有少数齐言者，《三字令》即一体。此调十六句皆三言句。或三句一组（韵），或二句一组（韵）。这首词基本上一句一意，句子间不免省略叙写与过渡的词语，出现若干空白。这就需要读者比勘揣摩，发挥联想，方能对词意有充分的体味。

词的内容题材乃最习见的暮春思妇之闺怨。但运用《三字令》这一特殊词调，在表现上显得格外别致。

“春欲尽，日迟迟，牡丹时”三句，是说暮春的白昼一日长似一日，正是牡丹花开的时候。遣词上易使读者联想到《诗经·豳风·七月》“春日迟迟”，和白居易“共道牡丹时，相随买花去”（《买花》）等诗句。然而此词的女主人公在这样绵长的春日，却无心参加赏花士女之行列，独自闷闷在家。“罗幌卷，绣帘垂”就表现出这样的意态，同时词意自然由外景描写转入闺房之内。一“卷”一“垂”，又正好暗示女主人公内心的矛盾。她何以深锁春光而犯愁？原来她正看着一封信（“彩笺书”），流着泪呢。从“两心知”一句看，这信与其认为是她自己写就的情书，无宁看作是远方寄来的尺素。否则，便应是“忆君君不知”了。然而，书来正意味着人不来。那人一去或许经年，须知“红粉”楼中正计日呢！

过片紧承此意，“人不在”三字，形出女子的孤单；“燕空归”，似乎暗示来信徒增幽怨，又有以双飞燕反衬孤独处境之意。想必来信中有许多托词，但不能改变一个铁的事实：“负佳期。”想当初离别，必有盟誓“两心知”。为什么到今日，又苦留后约将人误呢？这里词语虽简淡，怨思却甚深。“香烬落”，极见境之清寥；“枕函欹”，又极见人之无聊。此时心情，知之者其唯“枕函”乎！以下写景，又由室内推移室外，时间已由上片的白昼推移到夜晚。“月分明，花淡薄”，这是花好月圆之夜呢。花的“淡薄”是沐浴月光之故。但这花好月圆，却不能慰藉孤栖者的愁怀，反而徒增感伤。以乐景写哀，倍增其哀。同一美好之花、月，分形以“淡薄”“分明”的对比词语，拨换字面，颇增情致。

读者还应想象，这词在歌筵演唱该是何等情味。它出句短促而整齐，断而不乱，真有明珠走盘之清脆感、节奏感。俞陛云谓其词“如以线贯珠，粒粒分明，仍一丝萦曳”（《五代词选

释》)，乃深具会心之谈。(周啸天)

南乡子　　欧阳炯

岸远沙平，日斜归路晚霞明。孔雀自怜金翠尾，临水，认得行人惊不起。

欧阳炯咏南国风光的《南乡子》共八首，全载于《花间集》。这是第三首咏南中原野的暮色。朝与暮作为特定内容，可以有昂扬向上和颓废没落的寓意，但作为自然景色却都很美，旭日和夕阳、朝霞和晚霞，绚丽而富于变化，都能激起人们的美感。在古典诗文中写暮色的名句、名作是不少的，欧阳炯能寓寄于变，写景抒情，与前人不相因袭，具有艺术魅力，正如俞陛云所指出的，他写南国新异景物，是出以妍雅之笔(《五代词选释》)。

《南乡子》第一首已写到暮景，不过那是旅人在江亭的流连忘返，所谓“嫩草如烟，石榴花发海南天。日暮江亭春影渌，鸳鸯浴，水远山长看不足”。这一首与之不同，像一幅旅人暮归图。

“岸远沙平，日斜归路晚霞明。”词一开始虽无一字直接写河，而河已凸显在画面。从远岸、沙滩，人们不难意识到附近有一条与归路曲折并行的河流。岸之“远”，沙之“平”，都是人的感觉，所以词虽未直接写人，而旅人也自然凸显在画面上了。然后词人着一“归”字，使他的活动内容更为具体，而且能引起人的丰富联想。至于“日斜”“晚霞明”，既点明了归途的时间，又渲染了景物的色彩。应当说这两句十一个字已把旅人暮归的背景表现得颇有画意了。下面三句则是画面的中心，是近景，是特写，它使暮景带上了鲜明的个性特征：“孔雀自怜金翠尾，临水，认得行人惊不起。”这景象只有南国才有，而且孔雀在我国只产于云南。《南乡子》八首中提到“南中”“海南”，所咏或不专指一地。

孔雀的珍奇美丽，自古为人称道。《楚辞》屈原《九歌》描写少司命华丽的车盖，已提到以孔雀羽为饰。我国产的绿孔雀，雄鸟体态修长，绚烂的毛羽主要以翠绿、亮绿、青蓝、紫褐等色组成，带有金属光泽。它的尾羽可长达四尺余，上有五色金翠钱纹，开展时尤为艳丽。古代作家咏它总要夸其羽色。如李郢《孔雀》诗说：“越鸟青春好颜色，晴轩入户看呫衣。一身金翠画不得，万里山川来者稀。丝竹惯听时独舞，楼台初上欲孤飞。刺桐花谢芳草歇，南国同巢应望归。”欧阳炯写的不是这种人工饲养之禽，而是野生孔雀。他写旅人忽见水边孔雀开屏，它那徘徊四顾的神气，俨然自怜其尾。孔雀长期未受人们的侵扰，与人相狎，所以尽管起初被行人的足步声吓了一跳，但看看行人又马上镇静下来了，并没有拖着长尾飞去。俞平伯说：“读‘惊’字略断，句法曲折，写孔雀姿态如生。谭献评《词辨》：‘顿挫语似直下。惊字倒装。’”(《唐宋词选释》)

《南乡子》歌曲产生于唐代，崔令钦《教坊记》已录其曲名。敦煌卷子内存有舞谱。宋、元、明南曲还能用越调唱《南乡子》。《词律》记载了二十七字、二十八字、三十字和五十六字四体，欧阳炯这首词用的是字数最少的一种。从押韵看，它先用平韵，后用仄韵，给人以音律变化之美。它的起句与其他七首毫不重复，结语又悠远有余味，十分难得。整首词由于重视创造意

境，景中有人，所以有以少胜多之妙。（吴庚舜）

南乡子　欧阳炯

路入南中，桄榔叶暗蓼花红。两岸人家微雨后，收红豆，树底纤纤抬素手。

花间词人中，欧阳炯和李珣都有若干首吟咏南方风物的《南乡子》词，在题材、风格方面都给以描写艳情为主的花间词带来一股清新的气息。

“路入南中，桄榔叶暗蓼花红。”头两句写初入南中所见。桄榔是南方特有的一种常绿乔木，形状像棕榈，叶子长在枝头，为羽状复叶。树身很高大，所以一眼就能看到。蓼花虽非南国特有，但也以南方水乡泽国为多，所谓“红蓼花寒水国秋”可证。桄榔树叶深绿，故说“暗”。“桄榔叶暗蓼花红”，一高一低，一绿一红，一是叶一是花，一岸上一水边，互相映衬，勾画出了南中特有的风光，和它给予旅人的第一个鲜明印象。

“两岸人家微雨后，收红豆。”上两句所写的，还是静物，这里进一步写到人物的活动。红豆是相思树的果实，这种树也为南中所特有，是一种高大的常绿乔木。岭南天热，微雨过后，业已成熟的红豆荚正待采摘，故有“两岸人家微雨后，收红豆”的描写。这两句将南中特有的物产和风习、人物活动糅合在一起，组成一幅典型的南中风情画，透出浓郁的地域色彩和生活气息。

“树底纤纤抬素手。”采摘红豆的，多是妇女，所以远远望去，但见两岸人家近旁的相思树下，时时隐现着红妆女子的倩丽身影和她们的纤纤皓腕。这是南中风物的写实。但这幅画图却因为有了这一笔，整个儿地灵动起来了，显现出了一种动人的风韵。红豆又称相思子。王维《相思》诗说：“红豆生南国，春来发几枝。劝君多采撷，此物最相思。”这流传众口的诗篇无形中赋予这素手收红豆的日常劳动以一种使人遐想的诗意美。面对这幅鲜丽而富于温馨气息的画图，呼吸着南国雨后的清新空气，词人的身心都有些陶醉了。《南乡子》单调字数不到三十，格调比较轻快，结句的含蕴耐味显得格外重要。欧阳炯的这首就是既形象鲜明如画，又富于余思的。（刘学锴）

南乡子　欧阳炯

画舸停桡。槿花篱外竹横桥。水上游人沙上女。回顾。笑指芭蕉林里住。

欧阳炯为《花间集》作序，首句云：“镂玉雕琼，拟化工而迥巧；裁花剪叶，夺春艳以争鲜。”如果说温庭筠的词体现的常常是“镂玉雕琼”之富美，那么，欧阳炯的这首《南乡子》，体现的便是“裁花剪叶”之巧艳。

“画舸停桡”，画舸，即画船，在多水的南方，这本是常见的交通工具。“舸”前添一“画”字，起首便在作者眼前涂出一片靓丽的色彩。桡，船桨，停桡，意即停船。

船停在什么地方呢？“槿花篱外竹横桥。”原来船是停在一座小桥附近。“槿花篱”，即木槿花围成的篱障。《毛诗类释》引李时珍曰：“槿花小而艳，或白或粉红，有单叶、千叶者。皮及花并滑如葵花。……又有朱槿，号佛桑，光艳照日，疑若焰生，一丛之上，日开数百朵，朝开暮落，自五月初至仲冬乃歇。”作者虽然未说出此地的是何种槿花，但其花色之明艳，通过上文的引述，我们已经可以想见。槿花、流水、画船、小桥，数句之间，描绘出一幅动人的图景。

下面的几句则涉及到了人的活动。“水上游人”，当即指船上的游客，也或即指作者自己。“沙上女”，应该便是住在附近的女子。作者没有详细记述游客与岸上女子的谈话，只是记述了岸上女子对游客的回答：“回顾。笑指芭蕉林里住。”岸上的女子回眸一笑，笑着指向芭蕉林的深处，说道：“那就是我的家。”这里既有动作，又有言语。“回顾”，这使我们想到女子很可能已经走了过去，只是由于游客的一句问话才猛然回头。而就在这一顿、一回眸之间，女子已经决定告诉游客自己家的位置。女子的话到底是在回答游客家在哪里的询问，还是因和游客谈熟了，在热情地邀请其前去做客，我们不得而知，但女子的娇情痴态以及她的真率大胆，却已经跃然于纸上。

和《花间集》中其他许多描写贵族生活的词作不同，欧阳炯的这首词，撷取的只是南方日常生活中的一个简小片段，描写的只是他旅途中的普通见闻，但他通过精巧的设色、巧妙的剪裁，使得一首记述普通生活的小词具有了“夺春艳以争鲜”之功。同样的“画舸停桡”，白居易有诗云：“银泥裙映锦障泥，画舸停桡马簇蹄。清管曲终鹦鹉语，红旗影动駮輓嘶。”（《武丘寺路宴留别诸妓》，此诗或曰张籍作，题《苏州江岸留白乐天》）画舸配上银泥裙、锦障泥、鹦鹉、红旗，其色彩固然分明，然而却不免多了些世俗气。欧阳炯的这首词，写的是真正的民间的“俗”生活，色彩也同样艳丽，但其中却并无俗情。两相对照，又是孰工孰巧呢？（刘竞飞）

献衷心　欧阳炯

见好花颜色，争笑东风。双脸上，晚妆同。闭小楼深阁，春景重重。三五夜，偏有恨，月明中！　　情未已，信曾通。满衣犹自染檀红。恨不如双燕，飞舞帘栊。春欲暮，残絮尽，柳条空。

欧阳炯词自以《南乡子》为第一，其次便要数写恋情的了。前人曾说在这方面他上承温庭筠，下启柳永（见李冰若《花间集评注》）。

欧阳炯是花间派词人，他又为《花间集》写过序，因而很自然地被目为花间派的代表作家之一。古人对花间词褒贬不一，贬之者多，一言蔽之曰：写了艳情。“艳情”二字本极笼统，它抹杀了健康和淫靡之分，这是一种误解。对欧阳炯的《花间集序》也有误解，把他描述前代歌筵之状看作他在提倡靡靡之音，而忽略了他的批评之语，即“自南朝之宫体，扇北里之娼风。何止言之不文，所谓秀而不实”。欧词四十余首写男女之情的占了大半部分，其中也有“言之不文，秀而不实”的词，如“兰麝细香”一首，但也有写得真挚可人的，如这一首《献衷心》。

词写深深之恋，颇有李商隐《无题》(相见时难别亦难)的韵味。李诗写别后相思，希望有人传书递简：“蓬山此去无多路，青鸟殷勤为探看。”欧词则写虽有青鸟传信，却仍不能相晤之苦。

作者表现这种缠绵悱恻之情，出以含蓄之笔，构思跳跃性较大，是其特征。清郑文焯说：“起首超忽而来，毫端神妙，不可思议。”(《花间集评注》引)“见好花颜色，争笑东风。双脸上，晚妆同。”这四句句无难字，字无僻义，写的是女子貌美如花，其超忽处在忽见春花，忽生联想，轻灵自然，比喻而兼有起兴作用。需要思考的是谁在见？谁在想？如系女子，迹近自夸，读来不免减色，所以突兀而起一句的主语是身为男子的抒情诗主人公。他在无边的春色中看见在东风里摇曳而色泽艳丽的花，就好像又一次目睹了自己所爱那位女子晚妆后的容颜。可惜一见之后，她孤处深闺，连春光(春景)也难以照射进去。他想象她和自己一样别后不能重逢，一定十分痛苦。“三五夜，偏有恨，月明中。”农历十五日夜，月亮圆了，清辉在地，按常情正是令人赏心悦目之际，可她却偏有幽恨呵。这样连用三个三字句便把女子月圆人不团圆的悲感和夜不成眠的苦况含蓄地写出来了，堪称神妙之笔。《花间集评注》说：“‘三五夜’，‘月明中’，忽加入‘偏有恨’三字，奇绝。”

如果说上片是写词人眼中、心中的女子，那么下片则是写词人自己的“偏有恨”和热望获得幸福生活之情了。从上片的描写看，词人确实是绵绵相思，不能自已。他虽然“信曾通”，但仍无缘相见，一个“曾”字写出了时间之久，失望之大。“满衣犹自染檀红”是睹物伤怀，回忆往事。唐五代妇女涂口唇或晕眉喜用檀。韩偓《余作探使因而有诗》说“檀口消来薄薄红”。汤显祖评此词专论檀红说：“画家七十二色中有檀色，浅赭所合，妇女晕眉色似之。唐人诗词惯喜用此。”(汤评《花间集》)欧阳炯这句是说当日相晤，女子啼哭时檀红染上了自己的衣服，而今却只能空对啼痕了。想到这里，他羡慕起自由自在任意飞翔的双飞燕子：“恨不如双燕，飞舞帘栊。”欧词《贺明朝》下片也说：“碧梧桐锁深深院。谁料得两情，何日教缱绻？羡春来双燕，飞到玉楼，朝暮相见。”它可以移作“恨不如”二句的注释。

最后三句“春欲暮，残絮尽，柳条空”，以景语作结，把时光的流逝写得愈具体、愈生动，愈能强化相思之情，也能给人以更多的回味。(吴庚舜)

江城子　欧阳炯

晚日金陵岸草平，落霞明，水无情。六代繁华，暗逐逝波声。空有姑苏台上月，如西子镜照江城。

在诗歌中，怀古题材屡形篇咏，名篇佳作，层见叠出。但在词里，尤其是前期的小令里，却是屈指可数。这大概是因为，感慨兴亡、俯仰今古的曲子词不大适宜在“绣幌佳人……举纤纤之玉指，拍按香檀”的场合下演唱的缘故。正因为这样，花间词中欧阳炯等人的少量怀古词，便显得特别引人注目。

这是一首金陵怀古词。凭吊的是六代繁华的消逝，寄寓的则是现实感慨。开头三句点出凭吊之地六朝故都金陵和当地的物色。“晚日金陵岸草平，落霞明，水无情”，大处落墨，展现出日暮时分在浩荡东去的大江、鲜艳明丽的落霞映衬下，金陵古城的全景。“岸草平”，显出江面的空阔，也暗示时节正值江南草长的暮春；“落霞明”，衬出天宇的寥廓，也渲染出暮景的绚丽。整个境界，空阔而略带寂寥，绚丽而略显苍茫，很容易引动人们今昔兴衰之感。所以第三句就由眼前滔滔东去的江水兴感，直接导入怀古。“水无情”三字，是全篇的枢纽，也是全篇的主句。它不但直启“繁华暗逐逝波”，而且对上文的“岸草平”“落霞明”和下文的“姑苏台上月”等景物描写中所暗寓的历史沧桑之感起着点醒的作用。这里的“水”，已经在词人的意念中成为滚滚而去的历史长河的一种象征。“岸草平”“落霞明”“水无情”，三字一顿，句句用韵，显得感慨深沉，声情顿挫。

接下来“六代繁华，暗逐逝波声”两句，是对“水无情”的具体发挥。六代繁华，指的是建都在金陵（六朝时叫建业、建邺或建康）的六个王朝的全部物质文明和君臣们荒淫豪奢的生活。这一切，都已随着历史长河的滔滔逝波，一去不复返了。“暗逐”二字，自然超妙。它把眼前逐渐溶入暮色、伸向烟霭的长江逝波和意念中悄然流逝的历史长河融为一体，用一个“暗”字绾结起来，并具有流逝于不知不觉间这样一层意思。词人在面对逝波，慨叹六朝繁华的消逝时，似乎多少领悟到有某种不以人的主观意志为转移的力量在暗暗起作用这样一个事实。这就把“水无情”的“无情”二字进一步具体化了。

“空有姑苏台上月，如西子镜照江城。”在词人面对长江逝波沉思默想的过程中，绚丽的晚霞已经收敛隐没，由东方升起的一轮圆月，正照临着这座经历了多次兴衰的江城。姑苏台在苏州西南，是吴王夫差和宠妃西施长夜作乐之地，是春秋时期豪华的建筑之一。苏州与金陵，两地相隔；春秋与六朝，时代相悬。作者特意将月亮和姑苏、西子联系起来，看来是要表达更深一层的意蕴。六化繁华消逝之前，历史早已演出过吴宫荒淫、麋鹿游于姑苏台的一幕。前车之覆，后车可鉴。但六代君臣却依然重蹈亡吴的历史悲剧。如今，那轮曾照姑苏台上歌舞的圆月，依然像西子当年的妆镜一样，照临着这座历尽沧桑的江城，但吴宫歌舞、江左繁华均逐逝波去尽，眼前的金陵古城，是否再要演出相似的一幕呢？“空有”二字，寓慨很深。这个结尾，跳出六代的范围，放眼更悠远的历史，将全词的意境拓广加深了。

怀古诗词一般只就眼前物色发抒今昔盛衰之慨。这首词的内容意境尤为空灵，纯从虚处唱叹传神。但由于关键处用“无情”“暗逐”“空有”等感情色彩很浓的词语重笔勾勒，意蕴却相当明朗。（刘学锴）

春光好　欧阳炯

天初暖，日初长。好春光。万汇此时皆得意，竞芬芳。　笋迸苔钱嫩绿，花偎雪坞浓香。谁把金丝裁剪却，挂斜阳？

欧阳炯的《春光好》，《唐五代词》共辑九首，与《全唐诗》所录相同。其中第九首（“蘋叶嫩，杏花明”）为和凝的作品，已见《花间集》，《全唐诗》误收，《唐五代词》又承其误。不过除此之外，倒全是欧词。这组歌词写于后蜀孟昶广政三年（940）《花间》结集、欧阳炯作序以后，所以不见于《花间集》。从第五首写到“开宴锦江游烂漫”来看，作品反映的是成都的风光和生活。

锦江之春很美，许多到过成都的唐代诗人都留下了颂扬它的篇章，如李白春游这座名城说：“今来一登望，如上九天游。”（《登锦城散花楼》）杜甫写得更多，如“黄四娘家花满蹊，千朵万朵压枝低。留连戏蝶时时舞，自在娇莺恰恰啼”（《江畔独步寻花七绝句》其六），“晓看红湿处，花重锦官城”（《春夜喜雨》）。“锦江春色来天地”（《登楼》）等，写景如画，脍炙人口。蜀中作者欧阳炯，生于斯，长于斯，对锦江之春，怎能不歌唱呢。此词上下片皆写锦城春光，咏调名本意，所不同的是上片写总的印象，下片写特定环境的春景。

发端以淡淡的笔墨点明时令：“天初暖，日初长。”成都四季分明，冬尽春始，景象不同。两句写春天来了，用两“初”字，而且都是就感受着笔的。天初暖，写气候特征；日初长，写昼夜特征。两句看似平易，却是咏早春的不可移易之语。大地经过沉睡的冬季之后苏醒了。无边的春色使词人情不自禁地叫出一声“好春光”。紧接着以“万汇此时皆得意，竞芬芳”来补充“好”字的内容。“万汇”就是万物，包括各种竹木花树。它们新叶不同，颜色不同，花儿不同，在春风的吹拂下争奇斗艳，处处给人以竞相比美之感。词人先用一个“得意”，再用一个“竞”字，像以浓墨重彩在表现热闹的春意。

下片写园林春色，是特写，是近景。一场春雨，竹林中新笋从点点如钱的绿苔地中迸发出来。第二句“花偎雪坞浓香”和首句“笋进苔钱嫩绿”对仗，景致互相映衬，香色纷呈，更为突出。繁花，如绰约少女依偎着雪坞，浓香四溢。词人在迷人春色中流连忘返，不觉到了黄昏。天空泛出彩霞，他举目望去，柳丝夕阳，构成了天然画图，于是忽发奇想问道：“谁把金丝裁剪却，挂斜阳？”“金丝”指柳条。春柳嫩叶初萌，色如金线，故白居易《杨柳枝》说：“一树春风千万枝，嫩于金色软于丝。”均匀的柳丝，两两相对的柳叶，像天工剪裁而成。贺知章《咏柳》说：“碧玉妆成一树高，万条垂下绿丝绦。不知细叶谁裁出？二月春风似剪刀。”末二句人称神来之笔，欧阳炯化用其意以写早春园林夕照，创造了新的意境，余味无穷。读罢全词，锦城春色已呈现在读者眼前了。（吴庚舜）

清平乐　欧阳炯

春来阶砌，春雨如丝细。春地满飘红杏蒂，春燕舞随风势。　春幡细缕春缯，春闺一点春灯。自是春心缭乱，非干春梦无凭。

这首《清平乐》八句竟用了十个“春”字，却不使人感到别扭，真可谓之奇文。

诗歌句句用同一个字，五代之前已有此体，如南朝名篇《西洲曲》中间十句连用七个“莲”字，增添了全诗的韵味：“开门郎不至，出门采红莲。采莲南塘秋，莲花过人头。低头弄莲子，莲子青如水。置莲怀袖中，莲心彻底红。忆郎郎不至，仰首望飞鸿。”作家对此手法自然乐于借鉴,从陶渊明的《止酒》到张若虚的《春江花月夜》,它们的重复给了人多少美的享受。欧阳炯正是接受了这一传统来写《清平乐》的。

字的重复使用有多种技巧,有的可增加语言回环往复之美,有的可巧用双关语,有的则是用它们组成了新的词义的双音节词。这后者就像画家调色一样,运用不同的色彩来绘美丽的图画,文学家运用语言的"调色",也可以描绘人间的景色。欧阳炯《清平乐》的"春"字看似重复,实则颇富变化。词中的"春""春雨""春地""春燕""春幡""春缯""春闺""春灯""春心""春梦",可以说是小同而大异的事物了。文学是语言的艺术,作家用它们为表现闺思渲染了春的气息。

上片写深闺外的春色。"春来阶砌,春雨如丝细。"第一个"春"字,指春天。阶砌,为屋基的阶沿,蜀中一般用青砖或青石、红沙石砌成,下为阳沟以承屋檐上的雨水。阶砌本身是反映不出季节变化的,但砖石缝隙间生的草春绿秋黄,能使人产生换季之感,所以杜甫《蜀相》诗说:"映阶碧草自春色。"这第一句写的春天来了就是由物候变化给人的印象。春天多小雨,杜甫在成都写的《春夜喜雨》不是也说"好雨知时节,当春乃发生。随风潜入夜,润物细无声"么?欧阳炯写的不是夜雨,所以能够看到雨细如丝。这座庭院还种有花木,从闺中往外望,透过雨帘只见满地是飘落的杏花。"春地满飘红杏蒂"虽未写树而庭树自见,虽未写风而春风摇动青枝绿叶的情景已摄入画面,而且从杏花开落又点出了春深。紧接下去写春燕在雨中忙碌:"春燕舞随风势。"这一笔把闺外春光烘托得更热闹了,从而也反衬出闺中的寂寞。燕归人未归,能不引起思妇内心深处感情的波涛?

下片转入表现闺妇的生活和春愁。"春幡细缕春缯,春闺一点春灯"写的是闺中夜景。春幡,春旗,古代风俗于立春日悬挂春幡作为春天来了的象征,也有用丝织品做成小旗插在头上或树上以示迎春。缯,丝织品的总称。春缯等于说春纱,指做春旗的薄而细的丝织品。这两句是说在闺中的灯下放着为迎接立春日而精心制作的小春旗,它原是等待丈夫归家后插在鬓边出外游春的,谁知丈夫没有归来,至今已是杏花飘的时节还闲置在那里,无心收拾。两句仍似写景,可它是闺妇眼中之景,是她独坐所伴之物。最后两句描写了她在等待中的矛盾心情:"自是春心缭乱,非干春梦无凭。"原来她做了个好梦,梦见她心爱的人回来了,却是毫无凭准。类此者已不止一次了,于是她悟到,不是"春梦无凭",而是自己"春心缭乱",想得太多太好了。欧阳炯就是这样以不结为结,给人们留下了想象的余地。他虽用了一连串的"春"字,却不是游戏文字。诗里有此体,词里也欠此体不得。(吴庚舜)

定风波　欧阳炯

暖日闲窗映碧纱,小池春水浸晴霞。数树海棠红欲尽,争忍,玉闺深掩过年华。　　独凭绣床方寸乱,肠断,泪珠穿破脸边花。邻舍女郎相借问,音信,教人羞道未还家。

这首词,写的是一位被遗弃的女子的悲哀,由于状物抒情颇具特点,使一个传统的主题变得那样扣人心弦，充分体现了艺术的力量。

词的前二句，我们即可体会到词人雕字琢词的功力。“暖日闲窗映碧纱”，“闲”字用得十分传神。窗外没有鸟鸣虫吟，窗内没有笑语欢声，所以说“闲”；如用“晴窗”“明窗”等语，便是俗笔。这两句写的是美景，也是静景，而词人于此想要突出的乃是一种静极无聊的氛围，因为对一个愁肠百结的人来说，静就是最大的折磨。第三句仍是写景，但已经带上了象征意义。晚春时节，海棠花即将凋谢，预示着女主人的青春将逝。由于有这一句的过渡，就使下面的抒情变得十分自然。面对着艳丽动人而又即将凋谢的海棠花，怎么还能忍受空守闺房、虚掷年华的痛苦呢？情感表露得十分真切率直，这就是所谓的质朴。有人评价欧阳炯词为“艳而质”，于此可见。这种“质”，实是吸取了民歌的养料。

词的下阕可分为两个层次，前三句描摹了女主人公极度哀痛的形象。孤单单地靠在绣床边，心乱如麻，愁肠欲断。“泪珠穿破脸边花”，脸边花确指何物，无从细考。但指古代妇女的脸部化妆，则是大体不差的。自南朝以降，妇女脸部化妆花样繁多，有的脸上敷燕支，如梁简文帝所云“分妆开浅靥，绕脸傅斜红”（《艳歌篇》）；有的脸上涂抹点点黄色，称“黄星靥”，如庾信所云“靥上星稀，黄中月落”者。脸边花盖亦不外此类。后三句刻画了女主人公渴望丈夫归来的心理。邻家女伴问起丈夫的音信，要说他还未回家，实在是有些难堪的。这种心情非常真实，也是最让人同情的。词人能够抓住女主人公这样的一种心理特征，可说是写出了人物的神韵。

与欧阳炯的其他词的浓艳风格不同，这首词显得淡雅凄婉，况周颐评价此词，用了“淡汝西子，肌骨倾城”等语（见《历代词人考略》），自是中肯之论。（胡中行）

女冠子　欧阳炯

薄妆桃脸。满面纵横花靥。艳情多。绶带盘金缕，轻裙透碧罗。
含羞眉乍敛，微语笑相和。不会频偷眼，意如何。

欧阳炯是一位比较典型的花间词人，而他的这首《女冠子》，虽未收入《花间集》中，却是一首典型的花间词。

“薄妆桃脸”，全词不作任何铺垫，主人公直接跃入场中。桃脸，意指女子如花般的容颜。所谓“桃花脸薄难藏泪，柳叶眉长易觉愁”（韩偓《复偶见三绝》），用桃花形容人面，乃是古人惯常的做法。桃面而施淡妆，愈见人之美，而同时亦见出主人公对自己容颜之自信。“满面纵横花靥”，这里的花靥指的乃是脸上的一种装饰。段成式《酉阳杂俎》卷八：“近代妆尚靥，如射月，曰黄星靥。靥钿之名，盖自吴孙和邓夫人也。和宠夫人，尝醉舞如意，误伤邓颊，血流，娇婉弥苦。命太医合药，医言得白獭髓，杂玉与琥珀屑，当灭痕。和以百金购得白獭，乃合膏。琥珀太多，及愈，痕不灭，左颊有赤点如痣。视之，更益其妍也。诸嬖欲邀宠者，皆以丹青点颊，而进幸焉。”又云：“今妇人面饰用花子，起自昭容上官氏所制，以掩点迹。大历以前，士大夫妻多妒悍者，婢妾小不如意，辄印面，故有月黥钱黥。”可知贴靥饰不仅是当时一种流行的做法，而且在某种意义上还具有一种邀宠的味道。满面纵横花靥，只怕不是什么温婉一类的女子了。所以下文作者索性直言："艳情多。"这女子不但貌美如花，而且本来就是多情之人啊！一句"艳情多"，不仅不觉讽刺，反而为女主人公添上了几分真诚和率直。热烈多情的人哪有不好美的呢？知道了这一点，前面的"满面纵横花靥"也就不觉其过分了。

下面的一句从容颜写到衣装。"绶带盘金缕"，绶带，即衣带。金缕，这里当指金色的丝线。衣带上盘以金线，明艳之余，愈显华美。不大好理解的是下一句。"轻裙透碧罗"，"碧罗"到底是指何物呢？它和"轻裙"到底是两物还是一物呢？如按上文，"金缕"盘于"绶带"之上，二物则似两物而实一物。按此推理，下面的"轻裙"和"碧罗"很可能也是一回事，即"轻裙"本身便是由"碧罗"构成，"轻裙"即是"碧罗裙"。如按此理解，这句话的意思就变成了："碧罗轻裙的颜色，从里面透出来了。"笔者的意见，比较倾向于将"碧罗"和"轻裙"理解成两物。"轻裙"乃是浅色的外裙，而"碧罗"制成的，当是里面的衬裙一类衣物。马缟《中华古今注》"衬裙"条下："古之前制，衣裳相连。至周文王，令女人服裙。裙上加翟衣，皆以绢为之。始皇元年，宫人令服五色花罗裙，至今礼席有短裙焉。衬裙，隋大业中，炀帝制五色夹缬花罗裙，以赐宫人及百僚母妻。又制单丝罗，以为花笼裙，常侍宴供奉宫人所服。后又于裙上剪丝凤缀于缝上，取象古之褕翟。至开元中犹有制焉。"唐人本有穿多重裙子的习惯，故透出来的，应该是里面的碧罗衬裙。所谓的"轻裙"，是指很轻的裙子。王建《秋千词》有云："身轻裙薄易生力，双手向空如鸟翼。"可见，轻裙的特点是利于行动。身着轻裙，这很符合女主人公活泼好动的本性。而金、碧之设色，又写出了女郎的青春艳冶。

"含羞眉乍敛，微语笑相和。"下面又写到了女郎的动作。无论怎样"艳情多"，害羞毕竟是女儿家的天性。由于受到了别人的注视，女郎不禁有些害羞起来。"眉乍敛"，她似乎由羞而气了，一下子皱起了眉头。但这种不快一闪即逝，女郎随即就笑了起来，开始和看她的人对起话来了。唐人作词，最会通过对眉目进行描写，来传达人物的情绪。如韦庄几首《女冠子》中的句子，"忍泪佯低面，含羞半敛眉""依旧桃花面，频低柳叶眉"，等等，都是通过描写人物的眉目来表达人物的内心，可谓传神写照，正在阿堵之中（语出《晋书·顾恺之传》）。而欧阳炯对这种技巧运用的高明之处，乃在于他不仅通过一次眉收眉放写出了主人公内心的活动，更借此体现出了主人公的性格。一个"乍"字，写出了女主人公情绪的来去之快，更见出了她的胸无城府和真率。

细微的动作固然能反应人物的性格，但最能体现女郎性格的，却还是她的语言："不会频偷眼，意如何。"这句话承上面的"微语笑相和"而来，是姑娘向她的注视者所说的话："我可不会暗地里眉目传情。你有何想法？何不直说？"一切简单直接，姑娘的热情大胆，一下子跃然纸上。

按《女冠子》的本题，它本该是吟咏女道士。但通过阅读分析，我们却无论如何不能将这样一位主人公和女道士画上等号。欧阳炯所写的，乃是比较纯粹的艳情，但他却通过赋予主人公一种坦白真率的性格，让我们觉得这首词虽艳而不俗。词中所描写的姑娘对于美丽和爱情的直接而热烈的追求，使得我们即使在千载之下，依然可以想见到唐人的精神风貌。而在艺术形式上，欧阳炯的这种在词中引用主人公话语作结的创作方式，在当时亦不多见。这样的一首词，即使是今天的读者读起来，大概也会称奇不止吧！（刘竞飞）

天仙子　和凝

洞口春红飞簌簌。仙子含愁眉黛绿。阮郎何事不归来？懒烧金，慵篆玉。流水桃花空断续。

黄昇在《唐宋诸贤绝妙词选》中指出："唐词多缘题所赋，《临江仙》则言仙事，《女冠子》则述道情，《河渎神》则咏祠庙，大概不失本题之意。"这首词也是依调名本意而写，词中的女主角正是一位"天仙"，也就是传说刘晨、阮肇在浙江天台山所遇之仙女。据刘义庆《幽明录》所述：东汉明帝时，浙江剡县人刘晨、阮肇共入天台山取谷皮，迷路，经十余日，饥馁殆死，遥望山上有一桃树，登山噉桃，饥止体充。下山，在一大溪边遇二女子，姿质妙绝。随至其家，留半年。还乡后，邑屋改异，无复相识，子孙已历七世。这是一个极富幻想色彩的美好的故事，而这首词又可视作这一故事的余韵，是想象刘、阮别去后山中仙子的缠绵缱绻的相思之情。

和凝的《天仙子》词本有两首，这是第二首。第一首是："柳色披衫金缕凤。纤手轻拈红豆弄。翠蛾双敛正含情，桃花洞。瑶台梦。一片春愁谁与共？"这第二首词即紧承第一首的末句，进一步写这位仙子的无人与共的"春愁"，而她的春愁是与离恨交织在一起的。

这首词共六句，点睛之笔是第三句："阮郎何事不归来？"这是一句怀人情切而又明知仙凡路隔、郎君归来无望的独白，也是一句无可奈何的诘问之辞。上一句"仙子含愁眉黛绿"和下两句"懒烧金，慵篆玉"，都归因于这一句，围绕这一句而写。眉黛含愁句推出词中主角，并与第一首的翠蛾含情句遥相呼应；"烧金""篆玉"指道家的炼丹、书符，司空图《送道者二首》之一有"殷勤不为学烧金，道侣惟应识此心"句。只因阮郎不归来，这位身披金缕衣、手拈相思豆的仙子，始而"含情"，继而"含愁"，终而连修炼也无心了。其春愁和离恨是步步深化的。刘、阮上天台的传说与牛郎遇织女之类的神话一样，无非寄美好的幻想于另一世界，希冀通过仙、凡的结合，实现在尘世永远实现不了的愿望。这首词则从对面着笔，揭示在非复人间的洞天福地中却原来也得不到这种爱情和幸福。词中仙子所为之魂牵梦萦的正是人间的恋情。这一恋情的得而复失，竟使她身在仙境而如坐愁城，深深为相思所苦。刘、阮故事本身是从凡人对仙遇的向往运思，这一首词是从天仙对尘缘的眷恋落想，两者的会合点则是人间天上对爱情与幸福的永恒追求。

在写法上，这首词是以景语起调，以景语结拍。起句"洞口春红飞簌簌"与结句"流水桃花空断续"，首尾相应，都是借落花之景来烘染氛围、衬映词情，并以之象喻这一仙、凡相恋的不幸结局。这首尾两句托出了一个特定的境界，对全词来说兼有因景见情、融情入景及以景烘情之妙，是与中间四句合为一体的。起句以"洞口"二字点明这是洞天仙境，以"春红"二字显示这是阳春季节。这上半句四个字描绘的正是第一首词中的"桃花洞"，而句末的"飞簌簌"三字则把这一桃花洞染上一层凄迷色彩，既与第一首末句的"一片春愁"暗相拍合，也为本首次句所写的"仙子含愁"安排了一个合适的背景。结句以"流水桃花"四字写刘、阮所见的桃树和溪流，这正是仙子最难忘的与刘、阮相遇之地，而全句的意境则与李煜《浪淘沙》词"流水落花春去也,天上人间”两句相似。作为一个以景结情的句子,它不脱不粘,宕出远神。句中的一个“空”字,与杜甫《蜀相》诗“隔叶黄鹂空好音”句中的“空”字异曲同工;这一个字,说明落红飘流,春事已空,也说明这场仙、凡间的恋爱如第一首词所说,只是瑶台一梦,而今回首成空了。

刘、阮上天台的故事是诗词中常见的题材。韦庄的《天仙子》“金似衣裳玉似身,眼如秋水鬓如云,霞裙月帔一群群。来洞口,望烟分,刘阮不归春日曛”,与和凝的这首词所写情事相似;皇甫松的《天仙子》“晴野鹭鸶飞一只,水荭花发秋江碧。刘郎此日别天仙,登绮席,泪珠滴。十二晚峰青历历”写的是这首词的上一幕场景。曹唐更曾以《刘晨阮肇游天台》《刘阮洞中遇仙子》《仙子送刘阮出洞》《仙子洞中有怀刘阮》《刘阮再到天台不复见仙子》为题,写了五首游仙诗;其最后一首则是这首词的下一幕场景。从这些诗词,可看到作家们各凭想象对这一传说故事的补充发展。(陈邦炎)

春光好　和　凝

蘋叶软,杏花明,画船轻。双浴鸳鸯出绿汀,棹歌声。　春水无风无浪,春天半雨半晴。红粉相随南浦晚,几含情。

这首《春光好》是写景的小令,咏调名本意。

词中以轻快的笔触,鲜明的色泽,描绘了一幅充满江南情调的春水泛舟图。上片勾画具体景物,从不同的角度来点染画面。开头三句,写蘋叶,写杏花,写画船,是从景物给人的感受这个角度下笔的。水面上的蘋草,长出了翠嫩的新叶,给人以柔软的感觉;岸边的杏花,一簇簇,一树树,在阳光下格外炫眼夺目,给人以明亮的感觉;春潮水涨,画船在碧波上微微荡漾,给人以轻盈的感觉。一个“软”字,一个“明”字,一个“轻”字,看似信笔拈来,毫不着力,但十分准确地写出了当时的实景实感。接下来两句,写从绿水中出浴的鸳鸯,成双结对地戏游,是目之所见——从视觉感受的角度下笔;写画船上划桨的人儿,唱起了悠扬的歌声,是耳之所闻——从听觉感受的角度下笔。它们给明媚的春光平添了盎然的生意和活跃的气氛。上片犹如一组近镜头,作景物特写,用的是实笔;下片犹如一组远镜头,对画面进行扩展,用的是虚写。“春水无风无浪”,一眼望去,水面上风平浪静,微波不兴,这就为上面描绘的景物延伸出更为宽广的背景,开阔了读者的视野。“春天半雨半晴”,进一步从平静的水面写到多变的天空,一会儿“水光潋滟”,一会儿“雨丝风片”,这又给上面展现出的画面抹上了变幻不定的色彩,从而引起读者的联想。这两句,总写江南春季的特点,具有浓厚的水乡风味。最后,作者又给这幅美不胜收的风景画特地添上了人物:傍晚时分,一对男女恋人正在水边送别,虽然听不见他们缠绵的话语,但却能感觉到那个女子脉脉含情的神态。这里的“红粉”借指女子,“南浦”借指送别的水边。江淹《别赋》的名句“送君南浦,伤如之何”,写的是送别时的感伤。这里的送别场面,则是作为整个画面的一部分出现的,它赋予自然景物以愉悦的生活气息,使人读来油然产生一种“人在画图中”的艺术感受。

王国维说过："一切景语，皆情语也。"（《人间词话》）这首词通过充满活力的自然景物描绘，赞美了江南的大好春光，表现了作者对生活的热爱，感情的基调是明快的，健康的。作者善于把握自然景物的特征，从不同角度准确地表达自己的感受，寥寥数笔便勾勒出一幅赏心悦目的风景画面，在艺术上是相当成功的。俞陛云《五代词选释》评价它说："前半写烟波画船，见春光之好；后言浪静风微，乍晴乍雨，确是江南风景，绝好惠崇之图画也。"对这首词的艺术特色作了很好的概括。（刘德重）

江城子　　和　凝

初夜含娇入洞房，理残妆，柳眉长。翡翠屏中，亲爇玉炉香。整顿金钿呼小玉，排红烛，待潘郎。

和凝《江城子》组词共五首，此处所选乃第一首。就叙事而言，组词常被视为一个连续叙事的故事，清人陈廷焯便标举组词的"章法清晰"，称之为"后人联章之祖"（《词则・闲情集》卷一）。就情感的表达而言，组词因其写情之细腻缱绻而被吴梅誉为"言情之祖"（《词学通论》）。这两首词分别描绘了新婚初夜和夫妻分别的两个场面。

这首词中描绘的是一位新婚之夜娇羞等待的女子形象。作者并没有通过对女子容貌、装束、服饰等细节刻画呈现女子凤冠霞帔、姿容婉丽的鲜妍形象，而是避开了静态描摹，换为以动态来展现新娘的心理。词的起始三句"初夜含娇入洞房，理残妆，柳眉长"，刻画女子神情意态。女子娇态动人进入洞房，忽看到妆容不整，故急忙重理残妆，细细描眉。所谓女为悦己者容，这一描写将女子在情郎到来前的紧张心理生动刻画了出来，她希望郎君看到自己最美丽的姿态，于是精心妆扮，不容有失。"翡翠屏中，亲爇玉炉香"二句，描写补妆后，女子又来到翡翠围屏后，亲自点燃玉炉中的香料，为洞房增添了一层温馨的气息。翡翠屏、玉炉香等名物亦象征着她华贵闲雅的生活。闺房物事的点缀烘托出温馨甜蜜的氛围，暗示男女间的浓情蜜意，渲染出新婚夜柔情缱绻的绵绵情思。结尾三句"整顿金钿呼小玉，排红烛，待潘郎"，写女子整理金钿头饰，并唤来侍女，点燃一排红烛，静待俊美情郎到来的情景。

相较前代，唐人诗词中女性描写手法渐趋多样化，作家尤其在描写女性日常生活中鲜活的动态、隐微的情思等方面各逞其技，驱遣语词，使女性描写大放光彩。我们可以看到女性在莲塘中拍水嬉戏、在春野中戴花踏青，或是在春日下刺绣鸳鸯，其动态的美被定格于唐代诗词中。还可看到女子们向月私语、对花叹息、含笑不语、对镜自赏等描写，体现了作家展露女性内心世界的艺术表现力。以上述人物描写特点来衡量，这首词就是一个极好的例子。动态的细致描摹使这首词生色不少。作者在短短的八句中采撷了"入""理""爇""整顿""呼""排""待"等动词嵌入其中，用词熨帖、纤细无遗、流畅明快，把一位举止娴雅、仪态万方、性情婉顺的女性形象写得神情毕肖、栩栩欲活。不仅如此，动词的运用更形象暗示了女子在新婚初夜的心理状态。其娇羞理妆、精心描眉、整顿金钿、焚香爇烛的行为，无不是她在郎君到来前窃自期盼、喜悦难掩之心理的真实流露。

这首词在描写手法上，以细针密缕的动态描写来表现人物的情感世界，含蓄表露了女性在两性情爱中不自觉的主动意识，这对古典诗词女性描写的技巧无疑是一种丰富。这是词作最大的艺术亮点。（刘燕歌）

江城子（二首）　和凝

竹里风生月上门。理秦筝，对云屏。轻拨朱弦，恐乱马嘶声。含恨含娇独自语：今夜约，太迟生！

斗转星移玉漏频。已三更，对栖莺。历历花间，似有马蹄声。含笑整衣开绣户，斜敛手，下阶迎。

以长于写短歌艳词而被称为“曲子相公”的和凝，共写有《江城子》五首。五首词，内容相连续，以一位女性为主角，叙述她与情人约会在夜间相见的整个过程，从第一首的“排红烛，待潘郎”，直写到第五首的“天已明”“期后会”。上面是这一组词的第二、第三首，摄取的是这次约会的中间一段，也是情节有转折、感情有起伏的一段。所写时间是从月上中天到夜已三更，所写情事是所约之人起初迟迟未来，最后终于到来。

两首词的前一首由写景入手。起句的上半“竹里风生”，写从竹丛中传来的风声，是所闻；下半“月上门”，写门户上映射的月光，是所见。而风声之由户外进入耳中，暗示人已静；写月亮升高照到门上，点明夜已深。这样，词的一开头就给人以夜深人静之感。接下来的四句则从户外写到户内，从景色写到人物，从人物的动作展现其期待之状、烦闷之情。“理秦筝，对云屏”两句，写词中的女主角在倾听风声、凝望月色之际，一心等待情人到来而迟迟不见其来，既焦急，又无聊，只有面对云屏、试调秦筝来打发时间，排遣愁闷。赵师秀在《约客》诗中所写的“有约不来过夜半，闲敲棋子落灯花”，与此情事相似。但赵诗写的只是一般朋友的约会；这两句词写男女间的约会，等待的一方又是多情善感的女性，其心理当然更加复杂，更加微妙。下面“轻拨朱弦，恐乱马嘶声”两句，就进而揭示词中人的内心活动。况周颐《餐樱庑词话》称赞这两句“熨帖入微，似乎人人意中所有，却未经前人道过，写出柔情蜜意，真质而不涉尖纤”。在整首词中，这两句确是值得着重拈出的传神入妙之笔，确是细腻而真切地写出了一位少女的“柔情蜜意”。结拍“含恨含娇独自语：今夜约，太迟生”三句，则以独白方式表达了其人的怨情，使人如闻其喃喃自语之声，如见其怨恨娇憨之态。

后一首紧承前一首。起两句从时间的推移下笔，写斗转星移，玉漏频催，已由“月上门”到三更天了。第三句“对栖莺”，则把词笔再转向这位词中的女主角。这一句与前首“对云屏”一句遥相呼应，说明词中人的视线已由一面云母屏风移到业已栖息的黄莺。当她独对云屏时，其孤寂无聊之状是可以想见的；这时，她已独坐到三更，其对栖莺而触发的情思也是可以推知的。她会由夜莺都已栖息联想到自己还不能与所期待的“潘郎”相会，而有感于人不如鸟。她的遐思可以是无边无际的，她的怨情也看似无穷无尽。但下面“历历花间，似有马蹄声”两句，却一下子打破了静夜的沉闷空气，扫去了她心头的重重愁云，成为全词的起伏、转折之点。这两句与前首“轻拨朱弦，恐乱马嘶声”两句遥相扣合，说明她在“理秦筝，对云屏”之际固然在倾听着马声，到夜已三更、愁对栖莺时还是在倾听着马声。此刻，从花间小路上似乎分明传来了她一直盼望的声音。最后“含笑整衣开绣户，斜敛手，下阶迎”三句就急转直下，以欣喜开户，下阶相迎结束了大半夜的盼望和等待。这结拍三句与前首结拍三句形成对比，把词中人感情的变化，把词中人忽恨忽笑、先愁后喜的神态写活了。

上面这两首词，不仅所写内容紧相衔接，在谋篇上也有意识地在同一位置用同样字眼，以使其前后照应，两相绾合。前首的“对云屏”与后首的“对栖莺”同是第三句，同用一个“对”字起句。前首的“恐乱马嘶声”与后首的“似有马蹄声”同是第五句，同用“声”字作韵脚。前首的“含恨”与后首的“含笑”同用在歇拍三句之首，一恨一笑成对照，却同用一个“含”字。这些安排，具见作者匠心，使前、后首所述情事衔接更紧密，对照更鲜明。（陈邦炎）

江城子　和　凝

帐里鸳鸯交颈情，恨鸡声，天已明。愁见街前，还是说归程。临上马时期后会，待梅绽，月初生。

这首词是一幅栩栩如生的清晨别夫图。首句“帐里鸳鸯交颈情”概括夫妻如胶似漆、琴瑟甚笃的缠绵深情，略去了喁喁私语、互倾衷曲等细节描写，而以“恨鸡声，天已明”衬托一对鸳侣热恋不舍的心情。闻鸡声而生恨，怎奈天已微明，无力阻拦，字句中隐含无限依恋。接着镜头转向街前，“愁见街前，还是说归程”，着一“愁”字，概括离思萦怀，简练而有力度。执手相对、絮絮私语、万般叮咛的俪影，未别先说归程，人未分开，相思已起，显得离愁愈重。真是新鲜的写法。末尾三句，设想下次相约的情景：“临上马时期后会，待梅绽，月初生。”男子临上马时，女子与其相约下次见面的时间，是那梅花开放，桂魄初升之时。这三句清新婉丽、境界幽敻，细品起来，余味无穷。“梅绽”“月生”的意象，象征着女子内心对厮守的美好向往纯洁如月下梅花般粉洁无纤、晶莹剔透，坚贞如梅花般傲寒而开。对聚首的浪漫畅想，使绵绵的情思延宕开来，令人心驰神往。

这首词最能体现作者创造性想象力的地方便是构思颖异。叙事手法可谓戛戛独造。作者巧妙地以镜头的组合推进叙事，时而帐中，时而街前，时而月下梅开，造成如同影像中蒙太奇般的效果。抒情亦新奇，描写分别，但词中未曾言别，而只“说归程”“期后会”，更想象相会情景，使浓郁的离愁化为美好相会的期待，以此种特别的方式渲染男女深情。在同类题材的作品中，这首词不落窠臼，自出机杼，堪称上乘之作。

和凝擅长短歌艳曲，在当世享有“曲子相公”之美誉。以上两首词作描写男女缠绵情感，细腻入微，情境鲜活。作者并未使作品堕入俗艳狎亵一格，而是以别致的构思、精细的描摹，恰切尖新、熨帖入微地传达男女情感，给人以清新之感，体现出其对此类题材的娴熟把握。由此观之，“曲子相公”之号他当之无愧。李冰若《栩庄漫记》称和凝词“有清秀处，有富艳处”，《初夜含娇入洞房》富艳，这首清秀，实乃代表和凝词风的佳作。（刘燕歌）

薄命女　和　凝

天欲晓。宫漏穿花声缭绕。窗里星光少。　　冷雾寒侵帐额，残月光沉树杪。梦断锦帏空悄悄。强起愁眉小。

《薄命女》，按《花间集》及《御选历代诗余》等书标注，又名《长命女》，或又称《西河长命女》《长命西河女》《长命女令》等。《碧鸡漫志》引《脞说》云：“张红红者，大历初随父丐食，过将军韦青所居，青纳为姬，自传其艺，颖悟绝伦。有乐工取《西河长命女》加减节奏，颇有新声。未进间，先歌于青。青令红红潜听，以小豆合数记其拍。给云：‘女弟子久歌此，非新曲也。’隔屏奏之，一声不失。乐工大惊，青与相见，叹伏不已。兼云：‘有一声不稳，今已正矣。’寻达上听，召入宜春院，宠泽隆异，宫中号记曲小娘子。”又云：“按此曲起开元以前，大历间乐工加减节奏，红红又正一声而已。《花间集》和凝有《长命女》曲，伪蜀李珣《琼瑶集》亦有之，句读各异，然皆今曲子，不知孰为古制林钟羽并大历加减者。近世有《长命女令》，前七拍，后九拍，属仙吕调。宫调、句读并非旧曲。又别出大石调《西河》，慢声犯正平，极奇古。盖《西河长命女》本林钟羽，而近世所分二曲，在仙吕、正平两调，亦羽调也。”可知此曲至少在所谓的“盛唐”之前便已产生。而在此后的流传过程中，此曲又不断地被加工改编，产生了诸多的变体，以至于到了王灼的时代，人们已经无法说清该曲的原有面目了。

和凝所作的这首词，王灼称之为“今曲子”，相对于最初的原曲，它也该算是一种“变体”了。《乐府解题》称：“《长命西河女》，羽调曲，亦名《薄命女》。唐五言体云：‘云送关西雨，风传渭北秋。孤灯燃客梦，寒杵捣乡愁。’和凝有长短句云：‘天欲晓（所引本词略）。’力崇词格者当不取诗体也。”《御选历代诗余》称：“（《薄命女》）一名《长命女》，或加‘令’字，在唐乐府直是五言诗。”可见和凝的词作，不仅是“古曲子”变为“今曲子”，其实在某种意义上，也体现着“诗”向“词”的转变。

那么，和凝这首词的“词格”或是“词味”首先体现在哪里呢？这种“词味”，首先体现在开首几句的节奏上。

“天欲晓。宫漏穿花声缭绕。窗里星光少。”三句当中，包含了三种句式。三字句、七字句、五字句，在交待了时间、渲染了氛围，描画了景物的同时，更造成了一种音律节奏上的回环跳宕。这种音律上的效果，显然是刻板的五言诗难以达到的。“天欲晓”，一个“欲”字，不仅交代了具体的时间是天将亮未亮之时，更制造出一种心理上的效果，使得读者的审美期待同时向着黑夜与黎明两个时间点产生张力。在这天光刚刚放亮之时，我们似乎既能感受到对黎明的期待，又能感受到对夜的留恋，情感也不由得因此变得模糊起来。然而，作者接下来的安排，却远在读者对于时间的期待之外。那条时间的线索并没有继续走向黎明，作者选取的，仅是一个时光的片段而已。“宫漏穿花声缭绕。”宫漏，交待了主人公所处的地点，同时也说明了主人公的身份——她很可能是宫中的一位嫔妃或侍女。正因为周遭之静，那宫漏的滴水之声，倒似乎成了巨响。那声音绕过花枝，穿过花丛，缭绕在宫宇榱桷之间，在制造出一种广大的寂寞之余，也为这不尽的时间之流画上了刻度，让人察觉出它的流逝。天光既要放亮，星光自然便要隐去，残存的几点星光，透过窗户，映带出一片清冷。上片的这几句，依次展开，描述的却基本是同一时间片段内的同一场景，和五言体"云送关西雨，风传渭北秋"的对句比起来，这种写作方式显得更有流动感和立体感。

"冷雾寒侵帐额，残月光沉树杪。""帐额"即床帐上端所悬之条状横幅。冷雾带着寒气侵入室内，爬上了帐额，这由前文的所见、所听写到了所感。冷雾的入侵，既写出了寂寞的无处可逃，也写出了这位宫人的孤独。这两句使用了和前文引用的"五言体"相似的对仗的句式，但将其变成了六言，在节奏上多了一种变化。"梦断锦帏空悄悄。"主人公从梦中醒来，既无关爱，又无温暖，只有锦帐空摇，漏声为伴。"强起愁眉小。""强起"，既可以理解成是不得不起，也可以理解成是强撑着起身，总之，描摹的乃是主人公的一种无助、无奈的姿态。"愁眉小"，乃是指主人公因忧愁深重，蹙敛眉头，故使眉毛都变小了。主人公的形容样貌在此稍现即逝，说其愁而不说其何以愁，这也符合宫怨词的一般写法。

和凝的这首《薄命女》，上片主要是构境，下片则以情景交融的方式写情，层层铺垫，层层渲染，而到结尾以一"愁"字点明主题，深得颊上添毫、目中点睛之趣。其题材上继承了南朝以来的宫体诗，体制上则保留着一些诗的特点，写法上却又引入了一些词的创作手段，在词体已经产生，但还未完全达到成熟的五代时期，这样的词作无疑具有着典型意义。（刘竞飞）

醉妆词　王　衍

者边走，那边走，只是寻花柳。那边走，者边走，莫厌金杯酒。

王衍是五代十国时前蜀的亡国君主。他不问朝政，生活荒淫无度。这首《醉妆词》就是他的生活写照。词调是王衍所自创。《花草粹编》卷一引《北梦琐言》说："蜀主衍，尝裹小巾，其尖如锥。宫妓多衣道服，簪莲花冠，施胭脂夹脸，号'醉妆'，衍作《醉妆词》。"

词极写恣意游宴的乐趣。为了能够透彻地写出这一极致，作者采取的是《诗经》、乐府民歌中常常运用的重沓交错的手法，从而构成回环往复的形式，创造出一个处处花柳、触目芳菲的环境，表现了流连赏玩、耽于淫乐的情景。"者（即"这"）边走，那边走"，这是略呈变化的重叠复沓。而"那边走，者边走"，则不仅本身重叠复沓，而且和前者又形成参差交错的特点。再加之它们稍被间开，而全词又是不分片的小令，一气直下，所以，词既顿挫有致，又特别显得珠圆流走，音节上十分谐婉。"只是寻花柳"和"莫厌金杯酒"，因为被复沓句式隔开，造成了一种偏宕之致。它们的前后出现，表达了赏景和酣饮之间互为因果的关系；而"只是""莫厌"二词，则又将人流连于良辰美景，沉溺于赏心乐事时的一种极端的追求欲望表现了出来，艺术效果是很强烈的。（王锡九）

鹊踏枝　冯延巳

谁道闲情抛弃久？每到春来，惆怅还依旧。日日花前常病酒，不辞镜里朱颜瘦。　河畔青芜堤上柳，为问新愁，何事年年有？独立小桥风满袖，平林新月人归后。

冯延巳实在应该是五代词人中一位极为重要的作者，他的作品在五代北宋之间，对于词之发展曾经产生过非常值得重视的影响。然而历代评词和选词的人，对于他的成就都似乎未曾予以应有的重视。那就因为他的词从表面看来，似乎也并未曾脱除五代一般小令的风格，其所叙写者，也不过仅是一些闺阁园亭之景，伤春怨别之情而已。然而若就其意境言之，则冯词却实在已形成了一种重要的开拓。盖词之初起原为歌筵酒席间之艳词，本无鲜明之个性及深刻之意境可言。温庭筠词意象之精美虽足以引起读者美感之联想，然而缺乏主观抒情的直接感发之力；韦庄词虽具有主观抒情的直接感发之力，然而却又过于被个别之情事时地所拘限；至冯词之出现，则一方面既富有主观抒情的直接感发之力，而另一方面却又能不被个别之人物事情所拘限，而传达出了一种个性鲜明的感情之意境，遂使读者能因之引发一种丰美的感发和联想。这种特色曾经影响了北宋初年的晏殊、欧阳修诸人，使令词之发展进入了一个意蕴深美、感发幽微的境界，是中国词之发展史中一项极为可贵的成就。现在我们就将以这首小词为例证，对冯词此种特色与成就略加介绍。

此词开端之“谁道闲情抛弃久”一句，虽然仅七个字，却写得千回百转，表现了在感情方面欲抛不能的一种盘旋郁结的挣扎的痛苦。而对此种感情之所由来，却又并没有明白指说，而只用了“闲情”两个字。昔曹丕之《善哉行》曾有句云：“高山有崖，林木有枝，忧来无方，人莫之知。”这种莫知其所自来的“闲情”才是最苦的，而这种无端的“闲情”对于某些多情善感的诗人而言，却正如同山之有崖、木之有枝一样与生俱来而无法摆脱。所以诗人才说“谁道闲情抛弃久”，“抛弃”正是为摆脱“闲情”所作的挣扎。而且冯氏还在后面用了一个“久”字，更加强了这种挣扎努力的感觉。可是冯氏却在此一句词的开端先用了“谁道”两个字。“谁道”者，原以为可以做到，而谁知竟未能做到，故以反问之语气出之，有此二字，于是下面的“闲情抛弃久”五字所表现的挣扎努力就全属于徒然落空了。于是下面乃继之以“每到春来，惆怅还依旧”，上面著一“每”字，下面著一“还”字，再加上后面的“依旧”两个字，已足可见此“惆怅”之永在常存。而必曰“每到春来”者，春季乃万物萌生之候，正是生命与感情醒觉的季节，而冯氏于春心觉醒之时，所写的却并非如一般人之属于现实的相思离别之情，而只是含蓄地用了“惆怅”二字。“惆怅”乃内心恍如有所失落又恍如有所追寻的一种迷惘的情意，不像相思离别之拘于某人某事，而是较之相思离别更为寂寞、更为无奈的一种情绪。既然有此无奈的惆怅，而且经过试图抛弃的挣扎努力之后而依然永在常存，于是下面二句冯氏遂径以殉身无悔的口气，说出了“日日花前常病酒，不辞镜里朱颜瘦”两句决心一意承担负荷的话来。“花前”之所以“常病酒”者，杜甫在《曲江》二首之一中，曾经说过“且看欲尽花经眼，莫厌伤多酒入唇”的话，对于如此易落的花，何能忍而不更饮伤多之酒，此“花前”之所以“常病酒”也。上面更著以“日日”两字，更可见出此惆怅之对花难遣，故唯有“日日”饮酒而已。曰“日日”，盖弥见其除饮酒外之无以度日也。至于下句之“镜里朱颜瘦”，则正是“日日病酒”之生活的必然的结果。曰“镜里”，自有一份反省惊心之意，而上面却依然用了“不辞”二字，昔《离骚》有句云“虽九死其犹未悔”，“不辞”二字所表现的，就正是一种虽殉身而无悔的情意。我在前面曾经说过，冯词所表现的往往不是现实的个别的情事，而是一种个性鲜明的感情之意境，这首词上半阕所写的这种曾经过“抛弃”的挣扎，曾经过“镜里”的反省，而依然殉身无悔的情意，便正是冯氏词中所经常表现的意境之一。而此种顿挫沉郁的笔法，此种惝恍幽咽的情致，也正是冯词中所常见的笔法和情致。

下半阕承以“河畔青芜堤上柳”一句为开端，在这首词中实在只有这七个字是完全写景的句子，但此七字却又并不是真正只写景物的句子，不过只是以景物为感情之衬托而已。所以虽写春来之景色，却并不写繁枝嫩蕊的万紫千红，而只说“青芜”，只说“柳”。“芜”者，丛茂之草也。“芜”的青青草色既然遍接天涯，“柳”的缕缕柔条，更是万丝飘拂，这种绿遍天涯的无穷的草色，这种随风飘拂的无尽的柔条，它们所唤起的，或者所象喻的，该是一种何等绵远纤柔的情意？而这种草色又不自今日方始，年年河畔草青，年年堤边柳绿，则此一份绵远纤柔的情意，岂不也就年年与之无尽无穷！所以接下去就说了“为问新愁，何事年年有”二句，正式从年年的芜青柳绿，写到“年年有”的“新愁”。但既然是“年年有”的“愁”，何以又说是“新”？一则此词开端已说过“闲情抛弃久”的话，经过一段“抛弃”的挣扎，而重新复苏起来的“愁”，所以说“新”，此其一；再则此愁虽旧，而其令人惆怅的感受，则敏锐深切，岁岁常新，故曰“新”，此其二。至于上面用了“为问”二字，下面又用了“何事”二字，造成了一种强烈的疑问语气，若将之与此词首句开端之“谁道闲情抛弃久”七字合看，从其尝试抛弃之徒劳的挣扎，到现在再问其新愁之何以年年常有，有如此之挣扎与反省而依然不能自解，这正是冯延巳一贯用情的态度与写情的笔法。而在此强烈的追问之后，冯氏却忽然荡开笔墨，更不作任何回答，而只写下了“独立小桥风满袖，平林新月人归后”两句身外的景物情事。而仔细玩味，则这十四个字却实在是把惆怅之情写得极深的两句词。试观其“独立”二字，已是寂寞可想；再观其“风满袖”三字，更是凄寒可知；又用了“小桥”二字，则其立身之地的孤零无所荫蔽亦复如在目前；而且“风满袖”一句之“满”字，写风寒袭人，也写得极饱满有力。在如此寂寞孤零无所荫蔽的凄寒侵袭下，其心情之寂寞凄苦已可想见，何况又加上了下面的“平林新月人归后”七个字。曰“平林新月”，则林梢月上，夜色渐起；又曰“人归后”，则路断行人，已是寂寥人定之后了。从前面所写的“河畔青芜”之颜色鲜明来看，应该乃是白日之景象，而此一句则直写到月升人定，则诗人承受着满袖风寒在小桥上独立的时间之长久也可以想见了。清朝的诗人黄仲则曾有诗句云“如此星辰非昨夜，为谁风露立中宵”，又曰“独立市桥人不识，一星如月看多时”，如果不是内心中有一份难以安排、解脱的情绪，有谁会在寒风冷露的小桥上直立到中宵呢？从这首词我们已可见出：冯延巳所表现的一种孤寂惆怅之感，既绝不同于温庭筠词之冷静客观，也绝不同于韦庄词之拘限于现实之情事，冯词所写的乃是心中一种常存永在的惆怅哀愁，而且充满了独自担荷着的孤寂之感，不仅传达了一种感情的意境，而且表现出强烈而鲜明的个性，这正是冯词最可注意的特色和成就。（叶嘉莹）

鹊踏枝　冯延巳

梅落繁枝千万片，犹自多情，学雪随风转。昨夜笙歌容易散，酒醒添得愁无限。　　楼上春山寒四面，过尽征鸿，暮景烟深浅。一晌凭栏人不见，鲛绡掩泪思量遍。

此词开端“梅落繁枝千万片，犹自多情，学雪随风转”，仅只三句，便写出了所有有情之生命面临无常之际的缱绻哀伤，这正是人世千古共同的悲哀。首句“梅落繁枝千万片”，颇似杜甫《曲江》诗之“风飘万点正愁人”。然而杜甫在此七字之后所写的乃是“且看欲尽花经眼”，是则在杜甫诗中的万点落花不过仍为看花之诗人所见的景物而已；可是正中在“梅落繁枝”七字之后，所写的则是“犹自多情，学雪随风转”，是正中笔下的千万片落花已不仅是诗人所见的景物，而俨然成为一种殒落的多情生命之象喻了。而且以“千万片”来写此一生命之殒落，其意象是何等缤纷又何等凄哀，既足可见殒落之无情，又足可见临终之缱绻，所以下面乃径承以“犹自多情”四字，直把千万片落花视为有情矣。至于下面的“学雪随风转”，则又颇似李后主词之“落梅如雪乱”。然而后主的“落梅如雪”，也不过只是诗人眼前所见的景物而已，是诗人所见落花之如雪也；可是正中之“学雪随风转”二句，则是落花本身有意去学白雪随风之飘转，是其本身就表现着一种多情缱绻的意象，而不仅是写实的景物了。这正是我在前面之所以说正中所写的不是感情之事迹而是感情之境界的缘故。所以上三句虽是写景，却构成了一个完整而动人的多情之生命殒落的意象。

下面的“昨夜笙歌容易散，酒醒添得愁无限”二句，才开始正面叙写人事，而又与前三句景物所表现之意象遥遥相应，笙歌之易散正如繁花之易落。花之零落与人之分散，正是无常之人世必然的下场，所以加上“容易”两个字，正如晏小山词所说的“春梦秋云，聚散真容易”也。面对此易落易散的短暂无常之人世，则有情生命之哀伤愁苦当然乃是必然的了，所以落花既随风飘转表现得如此缱绻多情，而诗人也在歌散酒醒之际添得无限哀愁矣。“昨夜笙歌”二句，虽是写的现实之人事，可是在前面“梅落繁枝”三句景物所表现之意象的衬托下，这二句便俨然也于现实人事外有着更深、更广的意蕴了。

下半阕开端之“楼上春山寒四面”，正如前一首《鹊踏枝》之“河畔青芜”，也是于下半阕开端时突然荡开作景语。正中词往往忽然以闲笔点缀一二写景之句，极富俊逸高远之致，这正是《人间词话》之所以从他的一贯之“和泪试严妆”的风格中，居然看出了有韦苏州、孟襄阳之高致的缘故。可是正中又毕竟不同于韦、孟，正中的景语，于风致高俊以外，其背后往往依然还是含蕴着许多难以言说的情意。即如前一首之“河畔青芜堤上柳”，表面原是写景，然而读到下面的“为问新愁，何事年年有”二句，才知道年年的芜青、柳绿原来就正暗示着年年在滋长着的新愁。这一句的“楼上春山寒四面”，也是要等到读了下面的“过尽征鸿，暮景烟深浅”二句，才体会出诗人在楼上凝望之久与怅惘之深。而且“楼上”已是高寒之所，何况更加以四面春山之寒峭，则诗人之孤寂凄寒可想，而“寒”字下更加上了“四面”二字，则诗人的全部身心便都在寒意的包围侵袭之下了。以外表的风露体肤之寒，写内心的凄寒孤寂之感，这也正是正中一贯所常用的一种表现方式，即如前一首之“独立小桥风满袖”、此一首之“楼上春山寒四面”及另一首之“风入罗衣贴体寒”，便都能予读者此种感受和联想。

接着说“过尽征鸿”，不仅写出了凝望之久与瞻望之远，而且征鸿之春来秋去，也最容易引人想起踪迹的无定与节序的无常。而诗人竟在“寒四面”的“楼上”，凝望这些飘泊的“征鸿”直到“过尽”的时候，则其中心之怅惘哀伤，不言可知矣。然后承之以“暮景烟深浅”五个字，暮景者，日暮之景色也，然日暮之景色究竟何有？则远近之暮烟耳。“深浅”二字，正写出暮烟因远近而有浓淡之不同，既曰“深浅”，于是而远近乃同在此一片暮烟中矣。这五个字不仅写出了一片苍然的暮色，更写出了高楼上对此苍然暮色之人的一片怅惘的哀愁。于此，再反顾前半阕的“梅落繁枝”三句，因知“梅落”三句，固当是歌散酒醒以后之所见，而此“楼上春山”三句，实在也当是歌散酒醒以后之所见；不过，“梅落”三句所写花落之情景极为明白清晰，故当是白日之所见，至后半阕则自“过尽征鸿”这表现着时间消逝之感的四个字以后，便已完全是日暮的景色了。从白昼到日暮，诗人何以竟在楼上凝望至如此之久呢？于是结尾二句之“一晌凭栏人不见，鲛绡掩泪思量遍”，便完全归结到感情的答案上来了。“一晌”二字，据张相《诗词曲语辞汇释》解释为“指示时间之辞，有指多时者，有指暂时者”，引秦少游《满路花》词之“未知安否，一晌无消息”，以为乃“许久”之义，又引正中此句之“一晌凭栏”，以为乃“霎时”之义。私意以为“一晌”有久、暂二解是不错的，但正中此句当为“久”意，并非“暂”意，张相盖未仔细寻味此词，故有此误解也。综观此词，如上所述，既自白昼景物直写到暮色苍然，则诗人凭栏的时间之久当可想见，故曰“一晌凭栏”也。至于何以凭倚在栏干畔如此之久，那当然乃是因为内心中有一种期待怀思的感情的缘故，故缘之曰“人不见”，是所思终然未见也。如果是端己写人之不见，如其《荷叶杯》之“花下见无期”“相见更无因”等句，其所写的便该是确实有他所怀念的某一具体的人，而正中所写的“人不见”，则大可不必确指，其所写的乃是内心寂寞之中常如有所期待怀思的某种感情之境界，这种感情可以是为某人而发的，但又并不使读者受任何现实人物的拘限。我之所以敢作如是说者，只因为端己在写人不见时，同时所写的乃是“记得那年花下”及“绝代佳人难得”等极现实的情事；而正中在写“人不见”时，同时所写的则是春山四面之凄寒与暮烟远近之冥漠。端己所写的，乃是现实之情事；而正中所表现的，则是一片全属于心灵上的怅惘孤寂之感。所以我说正中词中“人不见”之“人”是并不必确指的。可是，人虽不必确指，而其期待怀思之情则是确有的，故结尾一句乃曰“鲛绡掩泪思量遍”也。“思量”而曰“遍”，可见其怀思之情的始终不解，又曰“掩泪”，可见其怀思之情的悲苦哀伤。至于“鲛绡”，则用以掩泪之巾也。据《述异记》云，鲛绡乃南海鲛人所织之绡，而鲛人则眼中可以泣泪成珠者也。曰“鲛绡”，一则可见其用以拭泪之巾帕之珍美，再则用泣泪之人所织之绡巾来拭泪，乃愈可见其泣泪之堪悲，故曰“鲛绡掩泪思量遍”也。全词至此，原已解说完毕，只是我在前面一直都以主观自我叙写之口吻来解说此词，假如此词果为正中之自叙，则正中乃是一位男士，而末句“鲛绡掩泪”之动作，乃大似女郎矣。其实正中此词，如我在前面所说，它所写的乃是一种感情之境界，而并未实写感情之事迹，全词都充满了象喻之意味，因此末句之为男子口吻抑为女子口吻，实在无关紧要，何况美人、香草之托意，自古而然，“鲛绡掩泪”一句，主要的乃在于这几个字所表现的一种幽微珍美的悲苦情意，这才是读者所当用心去体味的。这种一方面写自己主观之情意，而一方面又表现为托喻之笔法，与端己之直以男子口吻来写所欢的完全写实之笔法，当然是不同的。（叶嘉莹）

鹊踏枝　冯延巳

烦恼韶光能几许？肠断魂销，看却春还去。只喜墙头灵鹊语，不知青鸟全相误。　　心若垂杨千万缕，水阔花飞，梦断巫山路。开眼新愁无问处，珠帘锦帐相思否？

冯延巳作词一般都是为了“俾歌者倚丝竹而歌之，所以娱宾而遣兴也”（《阳春集序》），以写女人、相思的居多。不过，冯词不像温庭筠那样偏重于对妇女容貌、服饰的描绘，而是致力于探索、抒写人物的内心世界，显得清新流丽、委婉情深。

这首词以反问发端：“烦恼韶光能几许？”起调不凡，先声夺人。韶光，犹韶景、韶华，指春光，并指一切美好的时光。唐太宗《春日玄武门宴群臣》：“韶光开令序，淑气动芳年。”但在这里，韶光给词里思妇带来的不是欢愉而是因它“能几许”所产生的“烦恼”。明退暗进，造成悬念。然后再把正意逐步推开。但又不急于作出正面回答，而用“肠断魂销”，隐隐道出怅恨之深。“看却春还去”，表明她的“烦恼”、怅恨来自眼巴巴地看着春光又悄然而逝。“只喜墙头灵鹊语，不知青鸟全相误”。曲笔渲染，跌宕起伏，在饶有变化的抒写之中，令人渐渐领悟到思妇“肠断魂销”的苦衷所在。古代，鹊噪被认为是吉兆。《西京杂记》已有记载，至唐犹然。五代王仁裕《开元天宝遗事》载：“时人之家，闻鹊声皆以为喜兆，故谓灵鹊报喜。”所谓灵鹊报喜，当然是没有科学根据的，往往不能应验。而思妇竟把全部希望寄托在灵鹊报喜的可靠性上，可见其盼夫之心切。一旦发觉灵鹊失灵，转而又归咎于“青鸟全相误”，仿佛是上了青鸟的当。青鸟，是神话中的仙鸟，西王母的信使。殊不知仙鸟非“仙”，思妇寄予希望，等待她的只能是虚妄。这两句通过思妇对灵鹊、青鸟的期待和怨艾，逼真入微地勾画了主人公怅惘、凄绝，近乎绝望的痛苦。

过片“心若垂杨千万缕”，上应发端，下启梦境，是上下片衔接的枢纽。“垂杨千万缕”是写柳条，又不限于写柳条，情景相生，极写思妇之心烦意乱，比喻贴切、生动。紧接着，“水阔花飞”，是写梦境。垂杨临水，故云“水阔”，柳絮飞堕，逐水而流，情思绵邈，而“花飞”指杨花飞舞，又与上文“看却春还去”上下呼应。它昭示暮春三月，正是春柳盛极之时。繁盛已极，离衰谢之日亦渐近了。韶华易逝，求会心切，形于梦寐。花飞水阔，杳不可及，连做梦也见不到伊人，只落得个“梦断巫山路”。巫山路，暗用宋玉《高唐赋》楚怀王梦中与巫山神女相会的故事，指男女幽会。梦里相寻，亦不可得，睁开眼来，更何处问津？“开眼新愁无问处”，独处深闺，新愁谁诉。“珠帘锦帐相思否？”不知伊人一方此时此刻是否像自己一样相思？词以疑问而带慨叹的语气作结，既照应了篇首，又使思妇难以名状的忧思、怊怅得以深入一层地展示，情致缠绵，余味不尽。

冯延巳长于以景托情，即物起兴；写情曲折、含蓄而富于层次。这首词以韶光、花飞、垂杨千缕引发思妇独处深闺，惋惜青春流逝的哀怨心情和纷乱、绵邈的情思。又以灵鹊、青鸟起兴，写出思妇盼夫归来由期望到绝望的心理变化。这种侧面用笔的写法，显得委婉含蓄。其间又巧妙地插入巫山云雨一典，将思妇思极入梦的怅然心情，昭然而揭。最后又想象对方的相思，由己及人，更显得深情委婉。整首词，思妇的心理，随景和物的展开、变化而层层深入。这种含而不露、重于刻画心理的写法，该是冯词的一个特色吧。（黄进德）

鹊踏枝　冯延巳

几度凤楼同饮宴。此夕相逢，却胜当时见。低语前欢频转面，双眉敛恨春山远。　　蜡烛泪流羌笛怨。偷整罗衣，欲唱情犹懒。醉里不辞金盏满，阳关一曲肠千断！

李商隐《无题》云："相见时难别亦难。"谓相见固难，而离别之痛更难以堪，写出了人人可感而难言之心声。冯延巳此词正由此开拓，将玉谿在诗中不宜明白抒写的意态情思，在词中作了细致的刻画。词中的女主人公当为一歌妓。上阕着重写"相见"，下阕着重写"别"，而"恨"之一字贯穿其中。

词从回顾昔时欢聚起笔。"几度"者，聚而又别，别而又逢，词中女主人公早已多次品尝了离别的苦酒。唯其如此，故"此夕相逢"，其欢爱遂"却胜当时见"。人们常说新欢不如久别，这里用"几度""此夕""却胜"三词组前后勾连，委婉曲折地表现出离人所共有的感情心理。重逢则必忆诉前时的欢爱，"前欢"照应前文"凤楼同饮宴"，这本应充满着柔情蜜意，为何女主人公在切切低语中，却又频频转面，春山般淡远的眉峰间流露出怨恨之情呢？这是因为她正处在乍逢而又将别的情境之中，既有旧梦重温的喜悦，又有长期睽隔的怨嗔，而更多的，则是对即将再度到来的别离的怅恨，延巳细致入微地把握住人物感情流动的脉络，把无形的感觉化为具体可感的形象，刻画出主人公复杂难言的心理。

过片换头，"蜡烛泪流"，化用杜牧"蜡烛有心还惜别，替人垂泪到天明"（《赠别》）诗意，以烛形人，应上阕末句"敛恨"字，过渡处天衣无缝，而这句又暗示出长夜将尽，重别的时分又迫在眼前。此时此地，更哪堪一曲"羌笛"怨《杨柳》？或许，往日多次折柳赠别的情景一时都来眼前，而今日竟又将重演！一夕欢爱，又当分离，千言万语，从何说起！女主人公只索将一曲离歌，再次为情人歌唱。近人丁寿田、丁亦飞评末四句云："'醉里不辞金盏满'，及其前之'偷整'二句，试想象其神态如何，不可等闲读过也。"（《唐五代四大名家词》），确实，这四句又一次显出了冯氏以动作表现人物曲折心理的高超技巧，"偷整罗衣"有二层含意：也许她出于爱美的天性，不愿在临别之际给情人留下衣衫不整的印象；也许她更怕自己的失态增加情人心头的哀伤。因此强作精神，整顿衣衫；又怕情人觉察她强颜欢笑，故而只能"偷整"。然而心中如涛的哀愁又何能抑遏？她整衣欲歌，犹未启唇，又觉肠断，欲唱还休。没奈何，只得以酒浇愁，将金盏频频引满。"醉里不辞金盏满"，看似豪语，实为悲语，将酒和泪，一起强咽下去，至此一曲《阳关》终于从肺腑间迸出，"劝君更尽一杯酒，西出阳关无故人"，哀哀离歌，句句都是女主人公断肠的心声。

陈秋帆《阳春集笺》评此词云："宛转绸缪，与温庭筠《菩萨蛮》《更漏子》同一情致。"其实此词"宛转绸缪"虽近温，却又不同于温词之秾丽凄迷，其善用白描处，倒颇近韦庄词，较之韦词又显得风调更深隽，格局较博大。全词在炼意、遣句、布局上凝而能远，以外在的动作揭示内心的情思，从而表现出丰满的艺术形象。（赵昌平）

鹊踏枝　冯延巳

几日行云何处去？忘却归来，不道春将暮。百草千花寒食路，香车系在谁家树？　泪眼倚楼频独语。双燕来时，陌上相逢否？撩乱春愁如柳絮，悠悠梦里无寻处。

这是一首闺情词，写一位痴情的女子对冶游不归的男子既怀怨望又难割舍的缠绵感情。一说此词为欧阳修作。

一开头用问语提起。“行云”原出宋玉《高唐赋》：“旦为朝云，暮为行雨。”通常用于喻指女性，这里却借指男子——那位像行云一样在外寻欢觅爱的薄情人。几日不见他的踪迹，不知道又飘浮到什么地方去了。问语中有疑惑，更有叹息和怨嗟。“忘却归来，不道春将暮。”“不道”，这里含有不想一想的意思。春将暮，既指春天的消逝，又暗寓青春年华的消逝。对方是乐而忘返，浪游不归，自己却是忧愁春暮、年华暗销，“不道”二字，正将女主人公的无限感伤怨怅之情曲曲传出。

“百草千花寒食路，香车系在谁家树？”两句分承“春将暮”“何处去”，进一步想象对方的行踪。古代在寒食、清明节期间外出扫墓和游春。香车，这里指冶游的男子所乘的华美的车。两句好像是女主人公的心理独白：在这百草千花竞美斗妍的游春路上，冶游郎的香车究竟系在哪一家的树上？“百草千花”，既关合春暮，又比喻花街柳巷的妓女。（白居易《赠长安妓人阿软》：“绿水红莲一朵开，千花百草无颜色。”）《东京梦华录》卷七《清明节》：“四野如市，往往就芳树之下，或园囿之间，罗列杯盘，互相劝酬。都城之歌儿舞女，遍满园亭，抵暮而归。”五代、北宋风习相承，《梦华录》此文，可作为这两句所写事实的最好注脚。词中女子的这两句心理独白中含有怨嗟不满，但同时又含有对所思男子的挂念关切和期盼归来等多种感情，内涵颇广。究竟“系在谁家树”？答案是没有的，这就隐逗出下片的结尾句。

过片“泪眼倚楼频独语”是一个独立的单句。空闺独守的孤孑苦闷，青春将逝的忧伤惆怅，以及对冶游不归的荡子爱恨交并的感情，都凝聚为一双盈盈的泪眼。这盈盈泪眼的女子正倚楼而望，等待对方的归来。“频独语”三字，更将她在倚楼而望的过程中那种神思恍惚、若有所思、自言自语的情景写得逼真生动。

“双燕来时，陌上相逢否？”这是女主人公“独语”的内容，紧承上句。双燕相亲相伴，软语呢喃，即目生情，更加深了独居孑处的凄清况味。但这后一层意蕴，却并不直接说出。俞平伯说：“想得极痴，却未必真有这话。”（《唐宋词选释》）这是很精到的见解。到这里，女主人公对于冶游男子的怨意已经逐渐被系念想望之情所代替了。

“撩乱春愁如柳絮，悠悠梦里无寻处。”结拍触景伤情，即景取譬：暮春时节漫天飞舞的柳絮，更加触动身世飘零和青春易逝之慨，本就郁积于心的春愁变得更加撩乱，恍惚中感到这撩乱的柳絮就像是自己撩乱的春愁。怀着无边的春愁，想去寻觅对方的踪迹，但只恐在悠悠长梦中也难寻到对方的踪影。蒙蒙柳絮，本身就易引起如梦似幻的联想，由撩乱的柳絮想到春愁，又进而想到梦寻，就显得非常自然。

从一开头的"行云何处去"到最后的"梦里无寻处"，女主人公的感情始终在怨嗟与期待、苦闷与寻觅的交织中徘徊。随着倚楼而望的时间进程，怨恨的感情渐次消减，想望的感情渐次增长。外物不断作用于心灵的历程，充分显示了女主人公的一片痴情。作为一首闺情词，这种怨而不怒的缠绵感情不免带有旧时代妇女的某些思想烙印。但正如冯延巳的其他一些优秀词作由于抒情的深刻与典型常易唤起人们更广泛的联想一样，这首词中所抒写的"忠厚缠绵"之情似乎也概括了更广泛的人生体验，尽管词人未必有明确的寄托意图。（刘学锴）

鹊踏枝　冯延巳

六曲阑干偎碧树。杨柳风轻，展尽黄金缕。谁把钿筝移玉柱？穿帘海燕双飞去。　满眼游丝兼落絮。红杏开时，一霎清明雨。浓睡觉来莺乱语，惊残好梦无寻处。

春日，某家闺阁中传出了哀怨的弹筝声，引起了词人的想象。冯延巳的这首词，大概就是这样写出来的，是拟写闺情之作。

上片从春光写起。"六曲阑干偎碧树。杨柳风轻，展尽黄金缕。"春天来到了这幽静的小庭深院。曲曲红阑，绿荫环绕；院中的杨柳，鹅黄嫩绿，如丝如缕，一齐在春风中轻盈地飞舞。写风轻，其实是写柳条的轻柔，借以表现其摇曳多姿。再进一层，写这杨柳在春风的抚弄下，怡然地摆动腰肢，又何尝不是反衬闺中人无所慰藉的孤单呢？可见其中自有一种隐情。"展尽黄金缕"，下一"尽"字，可见枝条都长足了，茂盛得很。反观首句，觉"六曲阑干"使人联想到曲曲柔肠；又用一个状亲昵之态的"偎"字，传出"当此春日，物皆互怜，我独何依"的恼恨，用笔皆极巧。词的情致，就这样从写景中若隐若现地显示出来。

"闺中风暖，陌上草薰"（江淹《别赋》），词中的女性在这样的环境中，幽思难托，于是轻舒素指，弹筝寄怨："谁把钿筝移玉柱，穿帘海燕双飞去。"钿筝，嵌金为饰之筝；玉柱，美玉做成的承弦物。这一句写弹筝着一"谁"字，见出听筝者揣测的口气。这是谁在弹筝呢？琮琮的筝声骤响，打破了寂静，惊起双燕，穿帘飞去。海燕安栖，可想见闺中的冷清；筝声而致惊飞燕子，可想知其声音激越，亦可知弹筝者心情郁闷，借此一泄；海燕双飞，更反衬出闺中人独处的难堪。至此，从春景写到弹筝，暂时顿住。

过片仍从景中写情。"满眼游丝兼落絮。红杏开时，一霎清明雨。"游丝，指树虫所吐的丝缕，常在晴空中飘动。满眼晴光明媚，游丝袅袅；更兼柳絮飘飞，纷纷扬扬。大好春色，就这样轻易地抛掷了！"游丝""落絮"，也象征着幽思绵绵，抽之不尽，春愁撩乱，难以收拾。连用"满"字与"兼"字，加重语气，与上片"尽"字同，皆从虚处摹写，增强了春深的感触，读来如闻喟叹。正当艳阳朗照、红杏烧林之时，洒下一阵清明时节的冷雨。雨打花落，试想闺中独对，是何情绪？这杏花，究竟“为谁零落为谁开”呢？这三句进一步渲染了青春难驻的愁闷。

最后，从春光缭乱归结到春困幽情：“浓睡觉来莺乱语，惊残好梦无寻处。”春色如许，深闺独守，自怜自惜，情怀难遣。“生生燕语明如剪，呖呖莺歌溜的圆”，本来是很悦耳的，这里却用一个“乱”字形容，是说那莺声细碎，叫个没完，叫得人心烦意乱。“惊残好梦”，叫人不能不埋怨黄莺！唐人有诗云：“打起黄莺儿，莫教枝上啼；啼时惊妾梦，不得到辽西。”（金昌绪《春怨》）正可与此并读。

此词大量写景，谭献赞为“金碧山水，一片空蒙”（《谭评词辨》卷一）。而在这垂柳阑干、杏花春雨的图画中，处处饱浸着感情。故况周颐云：“善言情者，但写景，而情在其中。”（《蕙风词话》卷二）仅在篇末，点明人物的情感。经这一点，前面的景又皆成为情中之景，带上了感情色彩，景语皆成情语。沈义父《乐府指迷》云：“以景结情最好”；“或以情结尾亦好，往往轻而露。”本篇正是以情结景，却无轻露之弊，厚重而蕴藉，且有还顾全篇之妙。可见词家并无定法。

谭献说此词“正周氏（周济）所谓有寄托入，无寄托出也”（《谭评词辨》卷一），意思是说冯延巳写此词是有所感慨、有所寄托的，落笔却不着痕迹，只写闺情，似乎并无寄托。此说有一定道理。冯延巳作为偏处一隅、国运危殆的南唐小朝廷的宰相，“不能有所匡救，危苦烦乱之中，有不自达者，一于词发之”（冯煦《四印斋刻阳春集序》）。这种情绪，从青春难驻、好梦难寻的叹息中微露端倪，人们是不难觉察的。（孙映逵）

鹊踏枝　冯延巳

花外寒鸡天欲曙。香印成灰，起坐浑无绪。檐际高桐凝宿雾。卷帘双鹊惊飞去。　　屏上罗衣闲绣缕。一晌关情，忆遍江南路。夜夜梦魂休谩语。已知前事无寻处。

冯延巳是唐五代著名词人，他“学问渊博，文章颖发，辩说纵横”（宋无名氏《钓矶立谈》），有词集《阳春集》。其词多写闲情逸致，文人气息浓郁，对北宋初期的词人有较大影响。王国维在《人间词话》中认为冯词之意境最能当得起“深美闳约”四字，同时高度评价《鹊踏枝》和《菩萨蛮》十数阙的艺术成就，认为它们是《阳春集》中“最煊赫”之词作。《鹊踏枝》“花外寒鸡天欲曙”即是王国维所认为的“最煊赫”的词作之一。

该词描述的是一位思妇晨起梳妆、百无聊赖的生活片段，通过其所见、所闻、所感、所想的精细刻画，展示了女主人公浸润着悲欢离合的孤寂情感历程。

上片通过典型情境的渲染来展示女主人公的孤寂无绪。一个深秋的清晨，窗外零星的几声鸡鸣划破了黎明的宁静，天空泛起了鱼肚白。女主人擦了擦惺忪的睡眼，展眼四望，闺房内昨夜熏起的篆字香业已燃烧殆尽。在这清寂无聊的早晨，起来抑或坐卧都显得那么的无绪。窗外，屋檐侧畔挺拔的梧桐树还凝结着昨夜残留的雾气，女主人随手将窗帘卷将起来，而卷帘发出的声音却将昨夜双宿在梧桐枝头的喜鹊惊飞。上阕中，词人既以白描的方式展现了女主人"起坐浑无绪"的百无聊赖和空虚寂寞，同时用"香印成灰""高桐凝宿雾"等典型景象来凸显其寂寥无赖的心境；又通过主人卷帘、惊飞双鹊的动态描述来映衬女主人公内心的孤寂。以双鹊双栖来形容女主人独宿闺房，触到了心灵痛处，也更显出女主人当时心境的寂寥。

过片"屏上罗衣闲绣缕"，以"闲绣缕"这一特定的动作转入到对女主人公心理活动的展示。相对于日日女红的其他妇女来说，词中女主人公则因没有心绪刺绣而"闲"置了绣缕，也更勾起了女主人公对往事的回忆。下片侧重于通过对往事的回忆来凸显女主人公的心理和情绪。哪怕是"一晌"之间的回念，也足够让女主人公忆遍曾经在江南地区和心爱的人经历过的美好片段，那如梦幻般的浪漫生活时时浮现于女主人公的眼际，来到女主人公的梦乡，这如影相随的思念是任何欺骗与谎话也难以掩抑的内心诉求。而回到眼前，又不能不面对如此残酷的现实：前尘往事就如时光流逝，一去不返。一切均已渺茫，不可追寻。在这里，女主人公的思绪出入于现实与回忆之间，往事的美好和现实的冷寂交融，在梦想与现实之间品味着自己曾经的浪漫和目前的孤寂。

该词虽以思妇为主要表现题材，但一直以来，都认为此词颇有寄托在其中。作为南唐大臣，对国内君臣逸乐，边疆强邻如虎，自然忧虑重重。故冯煦在《四印斋刻阳春集序》中说："若《三台令》、《归国谣》、《蝶恋花》(《鹊踏枝》的另称)诸作，其旨隐，其词微。"甚至认为冯延巳"负其才略，不能有所匡救，危苦烦乱之中，郁不自达者，一于词发之。"俞陛云更是从词以言情的角度来剖析："凡词家言情之作，如韦端己之忆宠姬，吴梦窗之怀遣妾，周清真之赋柳枝娘，皆有其人。冯词未能证实，殆寄托之辞。南唐末造，冯蒿目时艰，姑以愁罗恨绮之词寓忧盛危明之意耳。"(《唐五代两宋词选释》)(曾绍皇)

采桑子　冯延巳

小堂深静无人到，满院春风。惆怅墙东。一树樱桃带雨红。　　愁心似醉兼如病，欲语还慵。日暮疏钟。双燕归栖画阁中。

这是一首描写闺中少妇孤寂苦闷的闺怨词，在思想内容和艺术风格上秉承了冯词的一贯特点。

全词以景物描写开篇。"小堂深静无人到"，将我们的视野聚焦到了"深闺"——一个带有典型象征意义的空间范围。"小"是窄小、逼仄，"深"是幽深、沉重，通过空间的深邃感传递出情感上的寂寞。"静"有安静、静谧之义，但静到"无人到"却变成了百无聊赖的落寞。所以开篇一句看似平常，却笔力雄浑，仿佛把人带入了一个情感的漩涡，那浓浓的孤独与寂寞扑面而来，无法排遣。同时也奠定了整首词的情感基调。然而下一句"满院春风"，却将笔锋一宕，从狭小幽深的空间转入一片开阔跃动的情境。再幽深的地方也不能阻止春风的脚步，它不但将外面的世界吹得桃红柳绿、鸟语花香，还自顾自地吹进了这无人到的小天地，吹进了闺中人寂寞的心里。于是静景变成了动景，堂内和堂外有了连接，内心和自然界产生了互动。下一句

“惆怅墙东”和“一树樱桃带雨红”就显得水到渠成般的自然而然。冯延巳曾有名句“风乍起，吹皱一池春水”因为构思精妙含蓄隽永为后人赞赏。这句“满院春风”虽在韵味上稍逊，但在情境渲染上却有异曲同工的艺术效果。

“惆怅墙东”由写景转为写人。昔日才子宋玉在《登徒子好色赋》中描写了一位美丽的东家之子，后来“东邻”“东墙”等便成了一个典型的意象符号，代表美丽、纯真、渴望爱情的女子形象，经常出现在文人诗词中。整首词中并没有对女子容貌进行正面的描写，只是通过“墙东”这样一个典型意象，传递给人们一种朦胧而又美好的印象。较之《花间》词雕琢堆砌的容貌描写，确实显得清丽端庄卓荦不群。上片最后，又转为写景，主人公踌躇徘徊之际，映入眼帘的是一树娇美异常的樱桃。一方面，灿烂春光中红透的樱桃，是满院春色的最好证明，也象征着女子明丽的青春和美好的生命。另一方面，这艳丽的色彩却和幽深寂寥的闺阁形成了强烈的对比，更加突出了内心深深的寂寞和无奈。正所谓：以乐景写哀、以哀景写乐，一倍增其哀乐。上阕至此，没有直接写人，也鲜少正面写情，而是通过对景物的构思、调度烘托氛围，因情设景，以景传情，将情感渲染得幽怨动人又低回婉转。

过片直接刻画人物心理，在此处冯延巳用了一个极为精妙的比喻，令人叫绝。诗句中描写愁绪比喻甚多，但多是用自然之物比喻烘托人物内心的愁绪，如李白曾说：“白发三千丈，缘愁似个长。”李后主之词：“问君能有几多愁，恰似一江春水向东流。”秦少游词“飞红万点愁如海”。但冯延巳这首词却独辟蹊径，用人的身体状态来比喻心头的愁绪。“愁心似醉兼如病”，心中的忧愁苦闷像喝醉酒又像生病。醉酒何如？千头万绪，剪不断理还乱，急欲倾吐发泄。生病怎样？慵懒疲惫，百无聊赖，话到口边却又兴致全无。如此的心态，如此的思绪，真真是欲语还慵。将独坐深闺的百转愁肠万千思绪刻画得淋漓尽致。

在点到为止的心理描写之后，又转为对景物的刻画。那欲说还休的愁绪，从白日里的春风荡漾，樱桃带雨一直延续到日暮疏钟，燕子归巢，幽深寂寥的情感从空间延伸到了时间。末句以物比兴，感物伤怀，以燕子的双宿双飞反衬人物的形单影只，通过“燕子”这个典型的意象符号也使弥漫于整首词的无端的愁绪有了依托。

这首描写闺中少妇伤春悲秋，思远怀人的闺怨词，形似于《花间》。小堂、春风、双燕、画阁，也都是这类词中最常见的意象。然而全词构思精妙，融情于景，以寻常之景，将寻常之情写得幽深曲折，含蓄深远，而且词句清丽，意态高华，是冯词典型的艺术特征。用王国维的评价即是：“虽不失五代风格，而堂庑特大，在《花间》范围之外。”也正是这种艺术风格，奠定了冯延巳在词坛上承《花间》、下启北宋的独特地位。（于　飞）

采桑子　冯延巳

花前失却游春侣，独自寻芳。满目悲凉，纵有笙歌亦断肠。　林间戏蝶帘间燕，各自双双。忍更思量，绿树青苔半夕阳。

上片写失去情侣以后的心情。“花前月下”，原为游春男女的聚会之地；而偏偏在这游乐之处，失却了游春之侣；花前诚然可乐，但独自一人，徘徊觅侣，则触景生情，适足添愁，甚而至于举目四顾，一片凄凉，大好春光，亦黯然失色。“纵有”句，是说笙歌在游乐时最受欢迎，但无人相伴，则笙歌之声，适足令人生悲。“纵有”两字，从反面衬托失侣之痛：笙歌散尽，固然使人因孤寂而断肠，但他却感到即使笙歌满耳，也仍然是愁肠欲断。

下片写自己失却游春之侣而形单影只，但闲步四望，只见彩蝶双双，飞舞林间；燕儿对对，出入帘幕。“忍更”句是说彩蝶、燕儿都成双做对，使他怎能再耐得住自己的孤独之感！“绿树”句以景结情，夕阳斜照在绿树青苔之上的静景，正与上片的“满目悲凉”之句相拍合。

冯延巳词具有民歌格调者亦不少，且善于运用比喻、起兴，如《蝶恋花》词：“几日行云何处去？”是以“行云”暗喻浪子，浪子行踪如浮云飘荡，竟然“忘却归来”。由此兴起思妇春怨：“泪眼倚楼频独语。双燕来时，陌上相逢否？”在本词，则是以蝶燕双飞之乐兴起自身孑然无侣的孤独之感，这种写法是民歌中经常使用的。（潘君昭）

酒泉子　冯延巳

芳草长川，柳映危桥桥下路。归鸿飞，行人去，碧山边。　风微烟淡雨萧然。隔岸马嘶何处。九回肠，双脸泪，夕阳天。

这是一首伤离惜别之词，描写了送别之人在“行人去”后的伤感和情态。此词起笔二句极其凝练含蓄，它一是交代了离别季节——在芳草萋萋、绿柳成荫的春季。二是交代了离别的地点——在绿草如茵的郊野，一座桥下极为幽静的柳荫之中。写别境之幽，正是为了突出别情之苦。这两句词共十一个字，却罗列了“芳草”“长川”“柳”“危桥”“桥下路”五种风物，其间“芳草长川”是大画面，“柳映危桥”和“桥下路”是其中的局部特写，从而创造了一种广与深交融的艺术境界。这两句词所描写之景，是芳辰美景；所抒写之情，却是伤离惜别的愁情。作者就是通过这种“情景不融”的映衬手法，给人以“良辰美景奈何天”的深刻感受，真可谓起笔不凡。下面三句，是写送别之人在“行人去”后的惆怅情怀。“鸿”，是候鸟，它的生活习性是适时而来，适时而去。作者在这里用“归鸿”这一形象，以比喻届时而去的“行人”，含义深婉。“行人”之“去”，正如“归鸿”之“飞”，忽来忽往，择地而居，暗示了他们之间的情侣关系。一个“去”字，一个“飞”字，既表现送别之人无可奈何的惆怅，又表现了在“行人去”后的空虚、寂寞的哀愁。“碧山边”一句，通过送别之人的遥望，不见如见，把已飞远的“归鸿”与已去远的“行人”融为一体，收到了人、物相化的艺术效果。过片，作者用“风微烟淡雨萧然”这一抒情性的语句，来描写送别之人的心境。那轻柔无力的微风，那疏淡的薄雾，那潇潇而下的阵雨，渲染出一种柔弱、朦胧、凄冷的气氛，衬托出送别之人惆怅不堪的内心世界。这是人化的自然，也是自然的人化。亦情亦景，情景交融。这一句把上片末句人物相化的意脉，极其自然巧妙地承转到下片的词意之中，若断若续，以空灵之笔，写拙重之情。“隔岸马嘶何处”一句，有疑问，有猜测。从虽去甚远尚能遥望的“碧山边”，至想象“马嘶”而不见其人的“何处”，写出了“行人”越去越远的进程。“隔岸”从上片的“桥”字引出，“马嘶”则隐含了行人——如果真还能听到马嘶，就没有“何处”这一问了。此句与温庭筠《河传》的“若耶溪，溪水西，柳堤，不闻郎马嘶”用意略同。结尾三句，集中地描写了送别之人的伤感和情态。“九回肠”是内心极度伤感的形象化。司马迁在《报任安书》中说过，“是以肠一日而九回，居则忽忽若有所亡，出则不知所如往”。作者正是用这个成语的固有含义，以表现送别之人由于内心极度伤感而在精神上所呈现出的迷离恍惚状态。而“双脸泪”则是这种内心感受在外部的表现。它体现了送别之人对“行人”一往情深、留恋不舍的情意。末尾以“夕阳天”一语作结，那逐渐阴暗的天空，何尝不似送别之人越来越暗淡的心境？这心境和天境一样，将慢慢地无声无息地融入更为厚重的黑暗境地，给读者留下了不尽之思。这就是此词在美学上给我们以享受的艺术价值。

这首词在艺术构思上颇具匠心。从“柳映”的晴天到“萧然”的阵雨，再到雨后的“夕阳”，写出了天气即时间的变化。从离别之地的“桥下路”到“行人去”的“碧山边”，再到“芳草长川”的“隔岸马嘶何处”，写出了行人由近而远的位移。从首二句所写离别时刻的感受，到次三句写分别后的寂寞情怀，再到过片所写的惆怅不堪的内心世界，以及最后所写的极度感伤的情态，写出了送别之人感情逐步深化的过程。这首词用细密的意脉以表现深婉的感情，在艺术手法上是极为成功的。（秦惠民）

临江仙　冯延巳

秣陵江上多离别，雨晴芳草烟深。路遥人去马嘶沉。青帘斜挂，新柳万枝金。　隔江何处吹横笛，沙头惊起双禽。徘徊一晌几般心。天长烟远，凝恨独沾襟。

这首词所描写的离索之情、惜别之意，乃诗词中的常见题材。但把送别之人的思想感情，写得如此曲折多变，极尽低回宛转之妙，却不多见。

开头两句，写送别的时间和地点。“秣陵江上”点明离别之地，秣陵，今南京；“雨晴”点明离别时的天气；“芳草烟深”，为春天景象，点明离别的季节。这两句含蓄地告诉我们：一对青年男女（或为夫妇，或为情侣）于春雨过后的清晨，依依不舍地离别在烟雾迷蒙的秣陵江上，惆怅难禁。这是词意的曲折层深之一。“路遥人去马嘶沉”，是写分手之后眷恋徘徊的情意。离人去远，不仅望不见人影，而且还听不到马嘶声。这是从视觉和听觉两个方面来表现空间距离之远的。然而这句词的重要含义，还在于从时间上描写送别之人的缱绻情怀。人影不见，马声不闻，还呆呆地站在江边凝望，正是以离人空间距离之远来表现送别之人凝望时间之长。这是词意曲折层深之二。“青帘斜挂，新柳万枝金”二句，一是指出别离之地是在江边柳树之下的客舍，这使我们想起了古人以酒饯别和折柳送行的礼俗。二是指出送别之人已从别境的迷惘之中清醒过来，蓦地看到沐浴在春阳中的“新柳”和飘荡在春风中的“青帘”，才意识到他们是离别在芳辰丽景之中。感情上这一难以名状的深婉、隐微的变化，可以用王昌龄的《闺怨》“忽见陌头杨柳色，悔教夫婿觅封侯”两句诗来作注脚。这位送别之人在“新柳万枝金”面前恐怕也有“悔教夫婿觅封侯”的懊恼吧。这是词意的曲折层深之三。王国维在《人间词话》

中说："若正中词品欲于其词中求之，则'和泪试严妆'，殆近之欤？"这里的"青帘斜挂，新柳万枝金"二句，在芳辰丽景的背后，隐藏着离索惜别的哀愁，正是冯延巳"和泪试严妆"词风的体现。这首词的上片，写到"朝雨"，写到"客舍"，写到"柳色"，使人想起古代有名的离歌"渭城朝雨浥轻尘，客舍青青柳色新"（王维《送元二使安西》）的名句。这首词上片的意境有此诗的影响痕迹。

过片两句，"何处吹横笛"是所闻之声；"惊起双禽"是所见之景。一个"惊"字，一个"双"字，寄托了无限情怀。"禽"惊飞尚能聚在一起；人离散则天各一方，是人不如鸟啊！这种表现手法与温庭筠《菩萨蛮》的"新帖绣罗襦，双双金鹧鸪"有异曲同工之妙。这两句词的内容也是借景物以寄离情，是承接"青帘"二句意脉的。这是词意的曲折层深之四。"徘徊一晌几般心"，是对上文所抒之情的复杂变化而言的。"一晌"在这里犹如一霎，指时间之短暂；"几般心"，指感情变化之剧烈。在"一晌"的短暂时间之内而"几般心"，充分表现了送别之人极不平静的内心世界。这种不平静的内心还表现在"徘徊"的行动上，使我们仿佛见到了一个在"青帘""新柳"之下徘徊往复内心极度不安的身影。她妒忌"双禽"在惊散之后又能聚在一起，而叹惜自己在芳辰丽景之际与亲人离散，天各一方。这或许就是"几般心"的内涵了。这是词意曲折层深之五。结末两句，以"天长烟远"一语结景，以"凝恨独沾襟"一语结情。"天长烟远"写眼前景物的空阔，但描写自然境界之阔，正是为了展示离人的相距之遥，末句所"凝"之"恨"当然是在内心痛苦挣扎而不得解脱的"几般心"了。"独沾襟"三字点明了离索之情，惜别之意。这是词意的曲折层深之六。这首词语疏意密，惟出自能手，故有高浑之度。（秦惠民）

清平乐　冯延巳

雨晴烟晚。绿水新池满。双燕飞来垂柳院。小阁画帘高卷。　黄昏独倚朱阑。西南新月眉弯。砌下落花风起，罗衣特地春寒。

这首词中写有"双燕""垂柳""落花"，这些都是暮春时节的特有风物。还写有"雨晴烟晚""新月眉弯"，这些都是傍晚景象。旧以农历三月为暮春，并称每月初三左右的新月为"蛾眉月"。据此则词中所写之景应是三月初三左右的暮春晚景。但此词绝对不是单纯写景之作，它通过暮春晚景的描写，以表现闺中人的淡恨轻愁。这类内容为词中的传统题材，在唐五代词人的作品中比比皆是。但我们在诵读此词时颇觉清丽可喜，韵味无穷，不得不叹服作者在构思上的独具匠心和遣词造句上的功力了。

春天傍晚，雨后转晴，夕阳返照，烟霭升腾，园林中绿水涨池，波光潋滟。这些都是闺中人在"小阁"中所见到的远景，写来层次清楚，色彩鲜明。这两句词所表现的思想感情，是人人都有的对生意盎然的春天景象的热爱，还看不出具有闺中少妇个性特征的主观感受。但下面两句就不同了，"双燕飞来垂柳院。小阁画帘高卷"，把少妇的感情色彩表现得十分强烈。双燕归巢是傍晚时刻的常见景象，而"小阁画帘高卷"一语，却含蓄地表现出主人公对双燕归来的过分殷勤。这一动作的心理暗示在于：让燕子快快归巢，双栖画栋吧。闺中少妇把自己在暮春傍晚所特有的感受和情怀,都融化到这无声的高卷画帘的行动里。这两句所写的景物是由远而近,通过“双燕飞来”的进程,与“画帘高卷”的行动以表现她的看不见、摸不着的心理活动,是虚则实之的艺术手法。

过片“黄昏独倚朱阑”一句,是承接“小阁画帘高卷”意脉的。从情怀寄托上明白地写出了闺中少妇的“独倚”,表现了黄昏后的寂寞空虚的心境。这与上阕“双燕飞来垂柳院”形成鲜明对照,揭示了此词的“燕归人不归”的怀人主旨。这比温庭筠《菩萨蛮》中用“时节欲黄昏,无聊独倚门”两句描写闺中少妇空虚寂寞的心理状态更为含蓄。“西南新月眉弯”,是少妇凄凉冷落地“独倚朱阑”时所见到的夜空景象,它和傍晚时所见到的“雨晴烟晚。绿水新池满”那种生机勃勃的热烈场面前后异趣。在碧海青天之下“独倚朱阑”的少妇,那高挂在西南夜空的一弯新月,给予她的是一种什么样的感受呢?她或许会想到,月到十五是可以团圆的,人到什么时候才能相聚在一起呢?这种望月怀人的心理,是闺中少妇面对此景极可能有的思想感情。结尾两句更透露了闺中人敏感复杂的心绪。“落花风”,是暮春季节所特有的,闺中人对此十分敏感。当“落花风”吹动她的“罗衣”时,立刻引起了她“特地春寒”的感觉,这不能简单地看作是客观风寒刺激的反应,而是她主观意念的真实流露。时至暮春,春事将尽,绿肥红瘦。她意识到“落花风”吹落了大地的春华,也将“吹落”她的年华,不免产生红颜易老的感慨。但这种感慨写得极为含蓄,用风振罗衣而芳心自警的细节表现出来,言有尽而意无穷,艺术手法是极为高超的。(秦惠民)

醉花间　冯延巳

晴雪小园春未到,池边梅自早。高树鹊衔巢,斜月明寒草。　山川风景好,自古金陵道。少年看却老。相逢莫厌醉金杯,别离多,欢会少。

这首词所表现的虽是“欢会”之情,但被誉为冯词中具有俊朗高远风格的代表作。开头两句,用“春未到”“梅自早”的映衬手法,写出了早春时候“小园”中的勃勃生机。在阳光的照耀下,雪在融化,冰在消解。池水也泛起了碧波,而作为春归讯息的梅花,已冒寒先发了。大地开始苏醒,万物都充满活力,而“梅自早”一语,更将梅花描绘成为富于进取精神的有情之物,俏立“池边”,颇有一种清奇脱俗的风致,为全词的抒情定下了基调。一、二两句是写小园中的白天,三、四两句则是写傍晚前后的景象了。“高树鹊衔巢”,是傍晚之前所见。通过动词“衔”,把“高树”“鹊”“巢”三种事物组合起来,创造出一种动的境界,给生机勃勃的小园增添了动态美。“斜月明寒草”,是黄昏之后所见,通过动词“明”,把“斜月”“寒草”组合起来,创造出一种静的境界,给月夜中的小园增添了静态美。“高树”句所描绘的是春事渐繁的高远境界,“斜月”句所描绘的则是新月生辉的俊朗境界。通过这些描写,我们窥见了作者对生活的执着热情。这两句词意既是“梅自早”物情的承接,又是下文“醉金杯”欢情的铺垫,体现了冯词以轻灵笔致表现深婉感情的艺术特点。过片两句,含义有三:一是正面赞美“晴雪小园”的“风景好”;二是点明小园坐落在“金陵道”上;三是指出“金陵道”“自古”以来就是风景胜地,不应辜负此游，为此下三句张本。“少年看却老”一语，虽然可以作“人生几何”的消极理解，但也不能忽视有珍惜时光的积极意义，它与“池边梅自早”一语所体现的进取精神是一脉相通的，是对生活执着之情的表现。最后三句是“少年看却老”一句意脉的发挥，抒发了别易会难的感情，揭示了“就中言不醉，红袖捧金杯”（庾信《春日极饮诗》）的主旨。至此，我们才清晰地看出这些“相逢”在一起的年轻人，从“晴雪”的白天开始饮酒，到“斜月”的夜晚还“莫厌醉金杯”，他们的“欢会”之情是极为浓烈的。

王国维在《人间词话》中说：“冯正中词除《鹊踏枝》《菩萨蛮》十数阕最煊赫外，如《醉花间》之‘高树鹊衔巢，斜月明寒草’，余谓韦苏州之‘流萤度高阁’，孟襄阳之‘疏雨滴梧桐’不能过也。”王国维所举韦应物《寺居独夜寄崔主簿》句与孟浩然联句诗的“微云淡河汉，疏雨滴梧桐”，均是这两位诗人作品中具有俊朗高远风格的显例。冯词的主要风格是在浓丽之中见悲凉之慨；但有时也在浓丽哀伤的词作中出现一两句格调俊朗高远的词句，这正是冯词深美闳约的具体表现。（秦惠民）

醉桃源　冯延巳

南园春半踏青时。和风闻马嘶。青梅如豆柳如眉。日长蝴蝶飞。
花露重，草烟低。人家帘幕垂。秋千慵困解罗衣。画梁双燕归。

冯延巳的这首词，也有人说是欧阳修的作品。冯延巳的词和北宋名家晏殊、欧阳修的作品常有互见。大抵如刘熙载《艺概》中所言“冯延巳词，晏同叔得其俊，欧阳永叔得其深。”所谓“深”是指冯词和欧词在风格意境上相似，都有情感曲折幽深，“词微旨隐”的特点。这首《醉桃源》自是典型的例子。

词的整个上阕都是描写春半踏青寻芳之景。踏青自然少不了香车宝马，风物和美，宝马长嘶，不禁让人想到了如花似玉的女子和意气风发的少年。首先于听觉上将人带入了这美好欢愉的情境之中。听觉之后是视觉。只见青梅结子，柳叶如眉，春色正浓。下一句“日长蝴蝶飞”紧接着前两句，日暖风醺，不但人长了几分精神，连蝴蝶也来凑热闹，翩翩起舞。一方面是为这踏青游春之会平添几分春光几许热闹，另一方面，蜂蝶者，花之媒，为这融融春日之中更添几多脉脉春情。

上阕通过多重感官来写春游踏青之景色，兴致正浓，热闹至极。这极致的兴奋与热闹为下阕的极致的宁静与低沉埋下了伏笔。常有人这样说，越是热闹的时候，越是高兴的时候，便越容易引发莫名的孤独与忧伤。如果你也有这种情感体验，就很容易和这首词产生共鸣。

下阕游罢归家，花露重而欲滴，草烟浮而不乱，必是极静之时方能看到的景色。绣帘低垂，秋千不动，解衣小憩，人也是静的，甚至连梁上的双燕也已归来休息，真是静到了极致。极动突然转为极静，本就会让人产生一种违和感，而那双栖于画梁之上的燕子，更带有明显的暗示意味。“忽见陌头杨柳色，悔教夫婿觅封侯。”这踏青归来独自休息的女子心中是否也有过相同的感受呢？于是便有那欲说还休、似有若无的惆怅于这融融春色之中流转浮动。“状难

写之景，如在目前，含不尽之意，见于言外。”正是此词最为绝妙之处。（于　飞）

谒金门　冯延巳

杨柳陌，宝马嘶空无迹。新着荷衣人未识，年年江海客。　　梦觉巫山春色，醉眼飞花狼籍。起舞不辞无气力，爱君吹玉笛。

这里，我们看到了一位浪迹江湖、风流倜傥的美少年。这样的形象，在词里倒是很少遇到。

先见他在杨柳道上跃马如飞，十分矫健（嘶空无迹，意为一声马嘶，早已跑得不见踪影）；又见他身着荷衣，非常潇洒。这是谁呢？这个人以前没有见过啊，大概是位年年客游、四海为家的侠士吧？“宝马”句借用李贺《金铜仙人辞汉歌》“茂陵刘郎秋风客，夜闻马嘶晓无迹”的字面与人物形象。荷衣，指芳洁的服饰。《楚辞·九歌·少司命》有“荷衣兮蕙带，倏而来兮忽而逝”之句。本篇化用《楚辞》意境，有信手拈来、出人意表之妙。

看到下片，才知道上片所写的少年英姿，分明是从一个女子的目光中打量出来的，已经带上了几许爱慕之情了。那神情，那心中的潜台词，正如温庭筠所写：“手里金鹦鹉，胸前绣凤凰。偷眼暗形相。不如从嫁与，作鸳鸯！”（《南歌子》）只是冯词含蓄，温词更坦露一些。

果然，她倾慕的少年进入了她的梦中。由相见到入梦，从上片到下片，一跳而过，但并没有断线。梦见什么，先不写，只用“巫山春色”四字略略暗示那是一个爱情之梦，却着力摹写梦醒时的情态；这情态又不直接写，却用景物代情思，烘托出一个“飞花狼籍”的迷人境界。试想，醒来后犹自醉眼矇胧，犹在矇胧醉眼中看那万点飞花，那是怎样一个美妙的梦就可想而知了。直到最后，才点出梦境中的事：“起舞不辞无气力，爱君吹玉笛。”却是作为醒后的回味来写的。“无气力”与“醉眼”呼应，是一种沉醉、迷醉的情态：只因为喜欢听你的清脆的玉笛声，即使娇慵无力，我也要为君起舞啊。这真是一个美丽的、无邪的少女之梦。

这首词上片写人，像神马一样来去无迹；下片写情，像春梦一样缥缈浓酣。写人，笔调俊爽，清新飘逸；写情，则回旋吞吐，欲露还藏。分明是两副笔墨，互相映衬。“宝马嘶空无迹”，是雄姿英发的男子气概；“起舞不辞无气力”，是缠绵柔媚的女性情态。词人用感情的催化剂，将二者交融在一起，使词在浓挚缠绵的抒情中，别有一种雅健挺拔的趣味。以马嘶无迹起，以笛声穿云结，一起一结，尤能以健语振起全篇，使此词兼具阳刚与阴柔之美。（孙映逵）

谒金门　冯延巳

风乍起，吹皱一池春水。闲引鸳鸯香径里，手挼红杏蕊。　　斗鸭阑干独倚，碧玉搔头斜坠。终日望君君不至，举头闻鹊喜。

在浩如烟海的古典诗词中，以闺怨为题材的作品，其数量之多难以胜数，然而能经受时间的考验又为人们所普遍喜爱、传诵而历久不衰的篇章，恐怕并不很多。而冯延巳的这首词，却是属于为数不多的优秀作品之一。它一问世，就博得了人们的高度赞赏。马令《南唐书·党与传下》有一段涉及此词的记载："延巳有'风乍起，吹皱一池春水'之句，皆为警策。元宗尝戏延巳曰：'吹皱一池春水，干卿何事？'延巳曰：'未如陛下"小楼吹彻玉笙寒"。'元宗悦。"元宗即南唐中主李璟，他自己就是一位有相当艺术修养、才情横溢的著名词人。在这一段诙谐的对话中，虽然李璟对此词未作正面的评价，但赞叹之情却溢于言表。

那么，这首词为什么能获得成功？它在艺术表现方法上又有哪些可取之处？我们不妨试加以分析。

"风乍起，吹皱一池春水。"词一开头，作者就以生花妙笔把特定环境中的春天景色用特写的镜头推到读者的面前，一下子就紧紧抓住人们的视线，给人以别开生面的感觉。但它的妙处不仅仅在于写景，而在于它以象征的手法，把女主人公不平静的内心世界巧妙地揭示出来。春风搅动了池水，春风更搅乱了思妇的心。她，一位富贵人家的少妇（从环境的描写中可以作出这样的判断），因为丈夫远出，迟迟未归，心中的挂念自不必说。随着光阴的流逝，季节的更迭交替，春天又悄悄地来到她的身旁。春风乍起，春色迷人，这一切怎能叫她无动于衷而不勾起思春的愁绪呢！这种由景入情、以景寓情的手法，把情和景如胶似漆地糅合在一起，交织成一幅完整而鲜明的画面，艺术上确有独到之处。

大凡一篇优秀的诗词，在文字上无不是经过作者千锤百炼然后熔铸而成的。从写景的角度来看，小小的"一池春水"，春风吹拂而过，水面上荡漾着细纹微波，如此景色我们在生活中是很常见的，但作者用一个"皱"字来形容水的波纹，无疑十分贴切，而且把景写活了，静景化成了动景，给我们的感觉是那样的新奇，一点不落俗套，这大概就是"词眼"吧。如果我们细加咀嚼，便会觉得其中韵味无穷！而从抒情的角度看，一位身居深闺中的上层妇女长期受"温柔敦厚"之类封建礼教的熏陶和束缚，一般说来，在涉及男女爱情这类的内心活动时，其感情的起伏，不大可能是汹涌澎湃式的，应该说词中所描绘的那种微波细浪，更符合她贵妇人的身份。文艺作品要描写典型环境中的典型性格，在这里不是可以得到一点启迪吗？

如果说，像苏轼的"大江东去，浪淘尽千古风流人物"那样的词，以雄浑奔放的风格成为千古绝唱的话，那么，"风乍起，吹皱一池春水"，却以纤细委婉的笔触使它永世流传。虽然它们风格各异，表现手法不同，格调亦有高低之分，但我们必须承认：它们都是艺术之树上开放着的鲜艳的奇葩。

这一短短的抒情小词，总共只有四十五字，却为我们塑造了一位上层社会的思妇形象，应该说是相当成功的。在描写人物方面，作者运用饱蘸感情的笔墨着重刻画了主人公复杂的心理状态和变化过程，写得十分酣畅淋漓。无论是写景，还是对人物外表的描绘，无不是为了衬托女主人公心灵深处的细微变化。而且随着细节描写的展开，意境的开拓，人物形象也更加突出、更加丰满了。整首词写得丝丝入扣，层次分明。开头的由景入情，给人们引出个思春的少妇来，接着一个"闲"字，把她眼下过着那种无所事事、闲得发愁的生活揭示无遗。她无精打采地逗着鸳鸯玩，漫不经心地将杏花放在手心上揉着，这种似是无意却有情的动作，一举一动都反映出她内心的惆怅和空虚。那成双成对的鸳鸯，那迎着春天开放的红杏，此时此景，怎不引起这位思妇对自己孤独生活的深刻感触呢？

如果说词的上半阕主要是借景抒情，它并没有告诉读者她内心的不平静究竟为了什么的话，那么，在读完全词后，我们就会了解，那是因为“终日望君君不至”的缘故。但是在点明主题之前，为了使形象塑造得更臻完美，作者便进一步通过外表的刻画以衬托出她的精神状态。“斗鸭阑干独倚，碧玉搔头斜坠。”她孤身只影靠在斗鸭阑干旁，无情无绪低着头观看鸭子相斗，也许她只是站在那儿呆呆地出神，以致插在松散的发髻上的碧玉簪仿佛要坠落下来似的。这种由表入里的刻画，突出揭示了她内心懒散愁闷的情绪。刘熙载说：“词之妙，莫妙于以不言言之，非不言也，寄言也。”这种含蓄的写法，收到了“意在言外”的效果，也许是这首词之所以取得成功的一个秘诀吧！

有一种说法，以为“斗鸭阑干独倚”与“碧玉搔头斜坠”是对偶句。“碧玉”修饰“搔头”，“斗鸭”则是修饰“阑干”，因此，“斗鸭阑干”是指绘有斗鸭图案的阑干。其实，这种理解未必妥当。关于斗鸭阑干，《三国志·吴书·陆逊传》有这样一段记载：“时建昌侯虑于堂前作斗鸭栏，颇施小巧。逊正色曰：‘君侯宜勤览经典以自新益，用此何为？’虑即时毁彻之。”可见古代富贵人家修建斗鸭阑，是为了便于观看鸭子相斗以作乐消遣。如果“斗鸭”仅仅是阑干的涂饰而非玩物丧志，则陆逊又何必如此认真。词中女主人公在百无聊赖之际，独自站在斗鸭阑边观看鸭子相斗以消磨时日，排闷遣愁，这不但符合她当时的心情，而且和整首词的意境也完全吻合。其实，关于“斗鸭阑”的描绘，在古典诗词中并不少见。在冯延巳之前，唐代韩愈即有“池畔花深斗鸭栏，桥边雨洗藏鸦柳”的诗句；在冯延巳之后，宋代范成大有“绿水桥畔斗鸭栏”的描写，从唐宋诗词中这些描写来看，斗鸭阑即观看斗鸭之阑干，大概是不会错的。

结句“举头闻鹊喜”，可谓传神之笔。旧时迷信，以为喜鹊叫是报喜讯来的，《西京杂记》卷三即有“乾鹊噪而行人至”的说法。正当她思念心切之时，忽听到一阵喜鹊的叫声，她的神经顿时兴奋起来，猜想一定是丈夫快要回家了，心中充满了希望，喜悦之情跃然纸上。这样，一个“喜”字便把这位少妇顷刻之间情绪的微妙变化非常生动地刻画了出来。词的结尾，感情突然来个转折，颇耐人寻味。（高章采）

虞美人　　冯延巳

玉钩鸾柱调鹦鹉，宛转留春语。云屏冷落画堂空，薄晚春寒、无奈落花风。　　穿帘燕子低飞去，拂镜尘鸾舞。不知今夜月眉弯，谁佩同心双结、倚阑干。

这首词为闺中少妇怀人之作，写得感情深婉而又笔致轻灵，比较典型地体现了冯词的艺术风格。

上阕写闺妇寂寞凄凉的处境。首先通过室内精美的陈设以表现其高贵的身份。“玉钩鸾柱”，总指形制十分精致的鹦鹉架；“云屏”，是用云母石制成的屏风。这些都是精美的器物。但这种精美的物质享受，掩盖不了女主人精神上的空虚。开头两句，对比鲜明地揭示了这一矛盾。大白天里，以“调鹦鹉”来消磨时间，是百无聊赖的表现。外表似乎悠闲自在，内心却隐含不安。且时值暮春，是易于引起闺妇伤感的节候，惜春之意与怀人之情在这里互为因果地表现出来。作者在词中没有正面去描写闺妇的惜春情绪，而是通过鹦鹉的“宛转留春语”曲折地表现她的情怀。鹦鹉是学舌的，它那“宛转”的鸣声，是对主人语言的模仿，这是以鸟语代人言的艺术手法，是独具匠心的。这两句词虽然写出了闺妇的身份和惆怅，但还没有接触本词的怀人主旨。下面两句词就把闺妇的怀人之思含蓄地表现了出来。傍晚时刻，天色逐渐暗淡下来，“云屏”之冷落，“画堂”之空寂，是闺妇此刻的主观感受。室内屏风，古人作为床前的隔离物，作者的《喜迁莺》就有“人语隔屏风”的描写。闺妇睹物思人，自然会产生“云屏冷落”之感了。人已离去，昔日画堂中的热闹景象不复存在，一个“空”字具体描写了今日的寂寞凄凉。“冷落”与“空”是写室内的凄凉气氛，而“薄晚春寒、无奈落花风”，则是写室外花落春残的衰败景象。暮春季节，春事将尽，晚风吹过，落红满地。“无奈”二字，不言惜花而惜花之情自见。这室内的“留春语”与室外的“落花风”，真正达到了物我相化、情景交融的境界。

过片两句词是写行人去后的孤寂心情。傍晚应是双燕归栖画栋的时刻。然而却是“燕子低飞去”，其象征意味十分浓烈。“鸾镜”被灰尘所掩，是弃置不用的标志，曲折地表现了闺妇在行人去后的慵懒心情。这两句更具体地写出了“云屏冷落画堂空”的寂寞景象。结末两句，含义曲折深婉：一是怀念佩戴“同心双结”赏月的旧事；二是叹惜今夜不能共同赏月的凄凉；此外还可能猜疑“百草千花寒食路，香车系在谁家树”。而这猜疑语气，体现了闺妇的微妙心理。有人认为这是一首“妒词”，不无几分道理。（秦惠民）

虞美人　冯延巳

春风拂拂横秋水，掩映遥相对。只知长作碧窗期，谁信东风吹散彩云飞。　　银屏梦与飞鸾远，只有珠帘卷。杨花零落月溶溶，尘掩玉筝弦柱画堂空。

这首《虞美人》以男主人公的口吻抒情，将他失去情侣的悲哀娓娓道出，凄惋动人。词中抒情主人公的悲哀，来自于他那甜美的爱情生活的毁灭。毁灭前的爱情生活越是幸福美满，便越是显示出毁灭的悲哀。因此，词上片的开头便“蓄势于前”，极写男欢女爱的热烈场景：“春风拂拂横秋水，掩映遥相对。”“拂拂”，风吹动貌。“横秋水”，这里指男女之间频送秋波。风和日丽的春天，微风吹拂，绿树丛中掩映着鲜红的花朵，一男一女遥遥相对，频送秋波，传递着相互爱慕的信息。接着，词意顺流而下，将男女之间的爱情化作一条奔流不息的溪水：“只知长作碧窗期。”“碧窗”，碧绿色的纱窗。在唐宋诗词中，“碧窗”二字往往指代男女欢会之处。李白《寄远十二首》其八云：“碧窗纷纷下落花，青楼寂寂空明月。两不见，但相思，空留锦字表心素，至今缄愁不忍窥。”李诗是写对“碧窗期”的怀念，冯词是写对“碧窗期”的憧憬。这憧憬中的“长作碧窗期”，或许是他们的山盟海誓，颇有“在天愿作比翼鸟，在地愿为连理枝”的情味。如果说以上是“蓄势于前”，那么，接着便是“急转于后”，以“谁信”二字标志出峰回路转：“谁信东风吹散彩云飞。”陆游《钗头凤》中有“东风恶，欢情薄”句，冯延巳这首《虞美人》词中的“东风”似亦是此意，以“东风”无情比喻破坏男女爱情的恶势力。“彩云”，指代抒情男主人公所钟情者。这是古典诗词中时常呈现的一个意象，李白《宫中行乐词》中有云："只愁歌舞散，化作彩云归。"冯词中的"东风吹散彩云飞"，是说无情的东风吹来，彩云般的恋情也消散无踪了。由此可见，上片的妙处在于巧用了"蓄势于前，急转于后"的结构方法，这就使词意在峰回路转中激起了悲哀之情的浪花。

过片是虚实转捩处。由上片写实事实景转为写梦境："银屏梦与飞鸾远。"现实生活中是人去楼空，情侣远去。但这位男主人公却在碧窗下、银屏旁相思成梦，在梦境中重温那种鸾凤和鸣式的爱情。这写梦境的虚笔一晃，使过片如异军突起，摇曳生姿。接着，词中又出现了笔锋陡转，以"只有"二字点破美梦，再转回到现实的环境之中："只有珠帘卷。杨花零落月溶溶，尘掩玉筝弦柱画堂空。""溶溶"，形容月光荡漾。在这月光溶溶的美好时刻，很容易使人从月圆联想到人团圆。但此时此刻却是帘卷堂空，其失去情侣的悲哀不言而喻。对此，词人用"杨花零落""尘掩玉筝弦柱""画堂空"等多种意象叠加的手法，极力加以渲染。无论是以"杨花零落"写景而兼及时令，还是以"尘掩玉筝弦柱画堂空"写物而兼指情侣，都凝聚着沉重的失落感，写人去堂空，怅恨不已。"画堂空"，是反用崔颢《王家少妇》的诗意："十五嫁王昌，盈盈入画堂。自矜年最少，复倚婿为郎。舞爱前溪绿，歌怜子夜长。闲来斗百草，度日不成妆。"崔诗写少妇"入画堂"，冯词反写"画堂空"，以"空"字换"入"字，便将崔诗中所描写的那种鸾交凤友的男女情爱化为泡影。由此可见，一个"空"字，更加开拓了词中的情感空间，注入了无限的悲凉之情。

如果说，"蓄势于前，急转于后"的结构方式，有利于创造"深美闳约"的艺术境界，那么，浓丽中见悲凉的风格，则在唐五代词中别具一格。这就是王国维《人间词话》中所指出的，冯延巳的词品殆近于"和泪试严妆"。这首《虞美人》写男主人公失去情侣的"和泪"之悲，但偏偏如同女子那样作"严妆"之丽。无论是上片中的"碧窗""彩云"，还是下片中的"银屏""珠帘""玉筝弦柱"和"画堂"等等，都是色彩浓丽之物，透过它们来表现悲哀，将"严妆"之丽与"和泪"之悲交织成别具一格的悲剧。(陈书录)

归自谣　冯延巳

春艳艳，江上晚山三四点，柳丝如剪花如染。　香闺寂寂门半掩，愁眉敛，泪珠滴破胭脂脸。

这首词写闺中女子的寂寞相思之情，上片却从景物着笔。一起先点明节令："春艳艳。"一个"艳艳"，便将读者带进明媚鲜艳的春天的图画里。"江上晚山三四点，柳丝如剪花如染。"悠悠春江，点点春山，纤细的柳丝，娇艳的花朵，相映成趣。而这一切又都沐浴在金色的晚照之中，格外富有诗情画意。作者运笔简洁，用词精当。一个"剪"字，自会使人联想起唐代诗人贺知章《咏柳》的名句："不知细叶谁裁出，二月春风似剪刀。"一个"染"字，极易唤起读者对万紫千红、烂漫春光的无边遐想。同时，这两个动词的使用，也是以拟人的手法写出造物主创造自然的神奇力量，从而更加传神地描绘出春天的蓬勃生意。

下片陡转笔意，写闺中女子的寂寞和愁怨："香闺寂寂门半掩，愁眉敛，泪珠滴破胭脂脸。""寂寂"适与上片的"艳艳"形成鲜明的对照。由此可知，上片所写景物既非客观之景，也不是词中可有可无的点缀，而是闺中女子之所见。正是眼前这恼人的春色撩动了她的情怀，勾起了她的一腔幽怨。但究竟是女子在倚门或凭窗等待所思念的人时，于不经意中瞥见春色，从而引起满腹愁绪呢，还是在独居的孤寂中本以为赏春可以解忧舒怀，不料却又平添了几分新愁？作者没有明说。而女子的愁怨是因为眼前虽有"春艳艳"之良辰美景，无奈"香闺寂寂"，"便纵有千种风情，更与何人说"的青春的怨旷，还是因为她由春光难驻联想到自己青春易逝、红颜易老而生出的伤春的嗟叹，这些，作者也没有明说。但读者正可以从词人所留下的大段空白和上下片之间既不作一字过渡也没有明显承转的跳跃中，驰骋想象，去探求其中的言外之意。唐代诗人王昌龄的《闺怨》写闺中少妇由"不知愁"转而生"悔"的心理变化，极其含蓄蕴藉，但其中毕竟有"忽见陌头杨柳色"一句透露个中的消息，这里却无一字说破，正可见其顿挫空灵。

"香闺寂寂门半掩"，写女子因春色触动愁肠而回到闺中，"寂寂"二字衬托出她难耐的孤寂和凄凉。但她似乎还没有完全绝望，失望与希望交织在她的心头，这从"门半掩"中是不难窥见一点消息的。但希望毕竟是那么渺茫，而满怀愁绪又如此难遣，环顾四周，空闺寂寂，无人可语，傍晚的孤寂已令人难堪，这漫漫的春夜又如何挨得过去？想到此，不禁潸然泪下。"愁眉敛，泪珠滴破胭脂脸。"写她蛾眉紧蹙，泪珠止不住地打湿了她那为"悦己者"而着意修饰过的娇艳的脸儿。至此，词中的主人公——一个妩媚多情、惹人爱怜而又黯然神伤的女子形象，便栩栩如生、跃然纸上，她内心世界的孤寂、怨悱、痛苦也清晰地展现在读者面前。词到此戛然而止，只觉余韵袅袅，令人回味无尽。

这首词上片写景，下片言情，以艳艳春色反衬女子的凄凉孤独，是以丽景写哀情，其效果正如王夫之所说："以乐喜写哀，以哀景写乐，一倍增其哀乐。"（《姜斋诗话》）此篇语丽思深，韵逸调新，正是冯延巳词的一贯风格。至于它的主旨究竟是代闺中女子立言呢，还是托闺情以抒己意，未便妄言。但这里应该说明的是：冯词中颇多"旨隐词微"之作，在不同题材的作品中又每每流露出凄凉愁苦、忧伤寂寞的感情，一望而知是他所处的时代和自身的经历给作品打上的烙印。（张明非）

归自谣　冯延巳

寒水碧，江上何人吹玉笛，扁舟远送潇湘客。　芦花千里霜月白，伤行色，来朝便是关山隔。

全词写的是秋日江边送别。上阕从送者角度落墨，下阕则悬拟行者的旅途境况，末句以喟叹总收。

"寒水碧，江上何人吹玉笛"，词作开头，就以泬寥萧索的情韵笼罩全词。试看，寒江空阔，秋水凝碧。"碧"，在古诗词中常作为一种伤心色。江淹《别赋》云："春草碧色，春水渌波，送君南浦，伤如之何！"此刻，江水依然是一派"伤心绿"，更兼金气萧瑟，薄寒初透，此时此景，人何以堪？而偏偏寒江碧波上又传来阵阵清怨的笛声，就在这时，一叶扁舟载送着友人，远向潇湘驶去。这里，“何人”下应“潇湘”，使人想起中唐诗人钱起的名句“流水传湘浦，悲风过洞庭。曲终人不见，江上数峰青”(《省试湘灵鼓瑟》)。行人去处，青山无言而壁立，唯有不见其形的湘水女神哀怨的鼓瑟声在山谷间萦回；而词人送行处，则是寒江冽冽，玉笛呜咽声又不知从何处飘来。这样“何人”下透“潇湘”字，将送处与去处，现实的伤感与神话的哀婉融成一体，遂产生凄迷如幻的艺术境界。晚唐诗人郑谷有一首流播人口的绝句《淮上与友人别》：“扬子江头杨柳春，杨花愁杀渡江人。数声风笛离亭晚，君向潇湘我向秦。”冯词上阕，显然是化用此诗的后二句，词人以“何人”轻轻设问为眼，启人幽思，虽不明写“愁”字，而哀愁之意却跃然纸上。

下阕换头，以“千里”字，照应前结“远送”字，空际运思，自然地由上阕对送者怅触的抒写，转入了下阕对行人旅况的悬想。“芦花千里霜月白”写的乃是秋夜远行，这里化用了《诗经·秦风·蒹葭》的诗意。“蒹葭苍苍，白露为霜，所谓伊人，在水一方。溯洄从之，道阻且长；溯游从之，宛在水中央。”这首怀人诗，抒写了寻访伊人而不可得的感伤。“芦花千里霜月白”，既将“蒹葭”首两句的意象浓缩于一句之中，创造性地融入了千里长途，皛皛秋月，从而构成芦花蒙蒙，月色如霜，千里江天，惨白一片的空惘境况；又暗用“溯游从之”之意，以示词人的思念也随着行人的一叶扁舟远去。“伤行色”继写舟中人也对这惨淡景色，黯然神伤，落到结句“来朝便是关山隔”，则将前五句曲曲折折的反复抒写收拢，点出哀怨之因：今夜之后，友人之间便将阻隔着重重关山，未知何日更能相见了。同时又由今夜而及“来朝”，翻出又一层意。至于明朝以及嗣后两地相念之情景，又都在不言之中，真所谓“尽而不尽”。唐女诗人薛涛的名作《送友人》云：“水国蒹葭夜有霜，月寒山色共苍苍。谁言千里自今夕，离梦杳如关塞长。”词的下阕，意境与薛诗又颇相似，然而造语更凝练，意境更寥廓。

这首词在寥寥三十四字中熔铸前作，如盐着水，创造出内涵特深的意境。它一字一句都紧切江头送别，而神思却度越时空，回旋于即目与往古、现实与神话之间，从而构成了近而能远、迷离惝恍的优美境界。王国维以“深美闳约”四字称许冯词，是很有见地的。（赵昌平）

南乡子　冯延巳

细雨湿流光，芳草年年与恨长。烟锁凤楼无限事，茫茫。鸾镜鸳衾两断肠。　　魂梦任悠扬，睡起杨花满绣床。薄幸不来门半掩，斜阳。负你残春泪几行！

此词写少女怀春之情。宋陈世修《阳春集序》评冯延巳词云：“观其思深辞丽，均律调新，真清奇飘逸之才也。”本篇摆脱花间词人对妇女容貌与服饰的描绘，而转向人物内心感情的刻画，思深辞丽，在词史上有一定影响。

首句以咏草起兴。宋人周文璞云：“《花间集》只有五字绝佳：‘细雨湿流光’。景意俱微妙。”(见张端义《贵耳集》。按称《花间集》系误记，词乃见于《阳春集》。)近人王国维则以为此五字“能摄春草之魂”(《人间词话》)。二说确实道出了这五个字的妙处。丝丝细雨，洒在芳草地上，微风吹过，草上闪出阵阵白光，好似在流动一般。说它景色如画，但图画不能显其动；说它声韵如乐，但音乐不能状其形。下面再益以“芳草年年与恨长”一句，则将少女的愁恨化为具体可感的艺术形象，构成悠远的意境。以草喻恨，唐宋词中常用之。如李煜《清平乐》云：“离恨恰如春草，更行更远还生。”秦观《八六子》云：“倚危亭，恨如芳草，萋萋刬尽还生。”所不同的是：李、秦之词首言离恨，后言芳草，是融情入景；此词则先写芳草，后写离愁，是因景生情。因景生情能于不知不觉中将读者带入词的意境，使读者不知不觉地受到感染。

“烟锁”以下几句，渐次引出少女的住处，描写少女的离恨。细雨如烟，笼罩妆楼，系紧承起首二句，描写雨中实境；然亦象征女子心情，她妆楼独处，好似被重重烟雾所封锁，无限心事，难以倾吐。“烟锁”二字，用得极其恰切。“茫茫”一个短语，复与“烟锁”相应，将雨意、心情融为一境，读之令人凄然。“鸾镜鸳衾两断肠”，既写室内陈设，也写女子坐卧不宁的神情。她对镜梳妆，唯见愁眉不展，徒兴“谁适为容”之叹；拥衾独卧，亦复凄凉难耐，更生伶仃寂寞之思。词至此处，女子凤楼独居的愁绪，可算是形容尽致。

过片转写梦境。从写法上说，此乃宕开一笔，是“离”；然而在内容上仍是写愁恨，是“合”。因为有离有合，所以使全词疏落有致，不腻不滞，引人入胜。“魂梦任悠扬”，是对“烟锁凤楼”的激射。在现实生活中，她被困守妆楼，与世隔绝；可是到了梦境里，她却无拘无束，自由驰骋。“睡起杨花满绣床”，未言其梦实如何，情实如何。从所提供的境界寻味，苏轼《水龙吟·次韵章质夫杨花》“梦随风万里，寻郎去处，又还被莺呼起”，可作此句的注解。杨花飘动，有如梦魂悠扬，上下二句互文见义，亦可见修辞之巧。

然而梦醒以后的美好情绪是短暂的，当女子回到现实中时，痛苦又在缠绕着她的心灵。“薄幸不来门半掩，斜阳。负你残春泪几行！”“薄幸”是“薄幸郎”的省称。梦既难逢，人又不至，觉后从半掩的门缝间透进一抹斜阳，亦写景，亦寓情。“斜阳”，点出这睡与梦是午睡、午梦。梦会无凭，一日又过，一春可知也是如此。直到春残，总在无限相思事中辜负了春光，“泪几行”者，不知几行也，回应篇首之年年长恨。至此便知词人笔下的离恨也像细雨中的芳草一样，一点点在增长，几乎是草长一分，恨长一寸。周文璞所说“景意俱佳”，不仅是评起句五字，也可算是在评全篇。细细品味，不正是如此么？（徐培均）

长命女　冯延巳

春日宴，绿酒一杯歌一遍，再拜陈三愿：一愿郎君千岁，二愿妾身长健；三愿如同梁上燕，岁岁长相见。

此词民歌风味很浓，是冯词中别具一格的作品。或谓其似本于白居易诗《赠梦得》。白诗云：“为我尽一杯，与君发三愿：一愿世清平，二愿身强健，三愿临老头，数与君相见。”冯作语言及用韵确与白诗相近。但比较起来，冯作却不啻后来居上了。

首先，对饮双杯指天发誓的场面用于写爱情，比用于写友谊似更为合宜。冯词三愿对于人间恩爱夫妇而言则相当典型。在具体描写上，尤以冯作为工。这里不但通过人物语言来抒情，而且通过相应的具体环境描写来烘托人物的思想感情。明媚和煦的春日，不但是一派良辰美景，也象征着宝贵的青春时光。丰盛的酒宴，悦耳的清歌，不但是赏心乐事，也象征着人生的美满。“绿蚁新醅意”（白居易《问刘十九》），一个“绿”字（古时所谓“绿”，有时微近黄色），写出了新酒可爱的颜色，使人如嗅到那醉人的芳香，更增加了生活美好的感觉。凡写景无不含情。结尾的“梁上燕”虽是比喻，却也是春日画堂的眼前景物，此比中亦有赋义。这样，春日、绿酒、清歌、呢喃燕语，构成极美的境界，对于爱情的抒写，是极有力的烘托。冯词与白诗篇幅差不多，但内容格外丰富充实，与此大有关系。

其次，二作都多用数目字，而冯作运用更有特色。全词有“一”“再”“三”，“一”“二”“三”的重复，前一组表数目，后一组表次序，重复中有变化。“绿酒一杯歌一遍”的两个“一”，孤立地看是两个“一”，结合起来却又会增出新意。盖在此春宴上，岂只饮一杯酒？每进一杯酒，即歌一遍，则文字上是“一”，事理上又会变成“三”或者更多，这与“陈三愿”的“三”之为固定不变的，又自不同。“三愿”表现主人公愿望之强烈。主人公不求富贵，唯愿夫妇相守长久，意愿虽强而所求不奢。较之白诗，去掉了“世清平”一语，而改为“一愿郎君千岁”，与“二愿妾身长健”意思相同，分两句重言之，更见意愿集中而单纯。诗歌形象也更突出。

其三，诗为齐言，词为长短句，形式更活泼，与内容相宜。《长命女》以三五七言句错综为调，安排颇具匠心。此词重在“三愿”，故以最短的句子“春日宴”写环境，颇简妙；而末两句一气贯注作一长句：“三愿如同梁上燕，岁岁长相见”，写的是主人公情意最为深长的一愿，便觉声情合一。诗隔句用韵，词则除了“一愿郎君千岁”句外，句句入韵。形成始轻快，渐徐缓，复入轻快的旋律。不押韵的句子突然出现，即节奏减慢处，恰恰是内容由环境描写转为祝愿之词的地方。这使词的语调具有良好的速度感，明快而不单调，很好地表达了主题。句的长短与韵的多变结合，使此词音情俱美，且给人以新鲜活跳的感觉。

综上三方面，此词可谓做到单纯与丰富、平易与雅致高度统一，深得民歌神髓，化平凡为神奇，“虽置在古乐府，可以无愧”（宋吴曾《能改斋漫录》）。（周啸天）

抛球乐　冯延巳

酒罢歌余兴未阑，小桥秋水共盘桓。波摇梅蕊当心白，风入罗衣贴体寒。且莫思归去，须尽笙歌此夕欢。

冯延巳这首词，就其内容而言，无非是写士大夫酒罢歌余个人感情上的一种追求，而其用笔含蓄婉约，有一种深厚丰美的意蕴，这种艺术特点颇值得注意。

“酒罢歌余”，自是宴散人归之时，而词人意兴犹未尽也。酒未尽兴乎？歌未尽兴乎？抑或那侑酒献歌之人引起了词人感情上的波澜？“兴未阑”三字，给人以悬念，引出下面一段文章来：

“小桥秋水共盘桓”，宴散而人未归，词人离开热闹的歌筵后，来到幽静的“小桥秋水”观风景来了。一个“共”字，很值得注意，隐隐透露出盘桓于小桥秋水之上的，并非作者孤单一人，他身边仿佛还有人在。所谓"共盘桓"，正是共伊人流连于"小桥秋水"间，不忍去也，这也就是"酒罢歌余兴未阑"的真正原因与结果吧。

然则"共盘桓"者，是什么样的人呢？下句便从倒映在桥下秋水中的倩影来写伊人。"波摇梅蕊当心白"，粗粗读来，或误以为是写梅花倒映波心摇荡出的一片白色光影。细细体味，未必实写梅花倒影，而是写水中映出的如花人面。相传南朝宋武帝女寿阳公主人日卧于含章殿檐下，梅花落于额上，拂之不去。自后女子便竞作梅花妆。本篇中的"波摇梅蕊"句，实是写美人额上梅妆在水波中摇曳生姿的美景。词不正面写人，而是写倒映水中之人影；又不直接写人影，而是以局部梅妆代美人芳容，用笔曲折含蓄，而又富有韵味，给人以惝恍迷离之美感，可谓匠心独运。

"风入罗衣贴体寒"，则是用直笔写桥上人。诗词中的"罗衣"，多指女子所服。《古诗十九首》即有"燕赵多佳人，美者颜如玉。被服罗裳衣，当户理清曲"之句；作者《鹊踏枝》词写歌女又云"偷整罗衣，欲唱情犹懒"。结合首句"歌余"，此美人身份可知。清风明月之夜，与美人"小桥秋水共盘桓"，是何等美好的境界。风儿透入薄薄罗衣，而至于"贴体"，更加生动地显示出佳人美好的体形，而一个"寒"字，实写夜已深沉。这一句字里行间含蓄着词人对伊人的爱怜关切之情。

时间已经很迟，应该回去了，而又恋恋不去者，仍然是"兴未阑"也。结末二句又用兼有劝说与感叹的口气，申足"兴未阑"三字之意。"且莫思归去，须尽笙歌此夕欢"，回应首句"酒罢歌余"，透露出"小桥秋水共盘桓"之人，正是樽前献歌的女子，如此良宵，就更值得留恋了。

据史料记载，冯延巳在南唐中主李璟时代，仕宦通显，位至台辅，政治上却碌碌无为，日与朋僚宴集，耽于佚乐，上面这首词大概就是写他自己佚乐生活的一个片断吧。但其艺术手法隐约含蓄，使人感到扑朔迷离，如此词中"共盘桓"之女子，看去如为层层云雾遮掩的月里嫦娥，恍惚使人感觉到她，而又看不到她。她开始引起读者的注意，是"共盘桓"的"共"字，然后词人又用闪烁其辞的"梅蕊""罗衣"暗示其性别，最后才用"须尽笙歌此夕欢"，点出歌女身份。如此一步一步地暗示，可见运思何等细密。虽然，这首词不过写男女之情，而词人着重写自己内心的真实感受，并掺杂着某种对人生意义的体验，加之写法的含蓄婉约，遂使读者感到它意蕴深美，就此词意境而言，大有"遇美人于月下"之概。（高　原）

抛球乐　冯延巳

逐胜归来雨未晴，楼前风重草烟轻。谷莺语软花边过，水调声长醉里听。款举金觥[①]劝，谁是当筵最有情。

注 ① 觥(gōng)：中国古代酒器。

早在钟嵘《诗品·序》中就曾说过"气之动物，物之感人，故摇荡性情，形诸舞咏"的话。大自然中四时景物之变化之足以感动人心，本来是千古以来诗歌创作中之一项重要质素。而一般说来则外界物象之所以能感动人心者，大约主要有二种情形：其一是由于有生之物对于生命之荣谢生死的一种共感，所以见到草木之零落，便可以想到美人迟暮之悲，如同陆机在《文赋》中所说的"悲落叶于劲秋，喜柔条于芳春"，这是最为常见的一种情况；其二则有时也由于大自然之永恒不变的运转，往往与人世之短暂无常，形成一种强烈的对比，即如李煜在其《虞美人》词中之由"春花秋月何时了"与"小楼昨夜又东风"，而感慨"往事知多少"与"故国不堪回首月明中"，这也是一种常见的情况。在这二种情况中，其物与心之互相感发的关系，可以说都是较为明白可见，而且在评赏时，也都是较为容易解说的。然而却也有些作品，其物与心之间相互感发的关系，则并不如此明白易见，而其中却又确实具有一种深微幽隐的感发，这一类诗歌是最难加以评析解说的，而冯延巳的这一首词，就正是属于这一类的作品，其所传达的并不是什么强烈明显的情意，而是以锐敏细微的感受，传达了一种深微幽隐的情绪之萌发。

开端第一句"逐胜归来雨未晴"，先由时节和天气写起，而在时节与天气之间，则表现了一种矛盾的情况。时节是美好的游春逐胜的日子，而天气则是阴雨未晴的天气。所谓"逐胜"者，盖指春日之争逐于游春赏花等胜游胜赏之事，意兴原该是高扬的，而阴雨的天气则使人有一种扫兴之感。可是"雨"而曰"未晴"，则似乎也透露有一种将晴而未晴之意。更何况词人之"逐胜"也已经"归来"，是则虽在阴雨之中，而词人却也并未曾因之而放弃"逐胜"之春游，而在此种种矛盾的结合之间，便已显示了一种繁复幽微的感受，既有兴奋，也有怅惘。既有春光之美好，也有细雨之迷蒙。所以仅此开端一句看似非常平淡的叙写，却实在早已具含了足以引发人心之触动的多种因素。像这种幽微婉曲的情境，是只有最为敏锐善感的心灵才能感受得到的，也是只有最具艺术修养的词人才能表现得出来的。

接下去的"楼前风重草烟轻"一句，所写的就正是此一敏锐善感之词人在"逐胜归来雨未晴"的情绪触引中的眼前所见。"楼前"二字，表面不过只写词人之倚立楼头，为以下所写楼前所见之景物做准备。但词人既已是"逐胜""归来"，则何以竟未曾入室憩息，而依然倚立楼头，此岂不因其内心中正有一种触引感发之故乎。而接下来所写的"风重草烟轻"五个字，则使得其心中原已触引起的一种感发，有了更为滋长和扩大的趋势。"风重"者，是说风力之强劲，"草烟轻"者，是说草上之烟霭正因风之吹散而逐渐消失。表面所写固是眼前雨中将晴未晴之景色，然而"物色之动，心亦摇焉"，这种看似与人无干的景色，却也正是引起人心微妙之触发的重要因素。北宋词人柳永就曾写过两句词，说"草色烟光残照里，无人会得凭阑意"，可见"草色烟光"的景色，是确实可以引起人内心中之一种感发的。而且一个人如能够观察到风力之"重"与草烟之"轻"，则此人必是已在楼头伫立了相当长久的时间了。于是词人对四周的景物情事也就有了更为清楚的认知与更为深刻的感受。

因此下面乃又继之以"谷莺语软花边过，水调声长醉里听"的叙写。"谷莺"鸣声最为娇软，这种鸣声正代表了春天所滋育出来的最新鲜的生命。何况这种娇软的莺啼，又是从繁枝密叶的花树边传递过来的，有声、有色，这种情景和声音所给予词人的感发，当然就较之第二句的"风重草烟轻"更为明显和动人了。如此逐渐写下来，大自然之景象便与词人之情意逐渐加强了密切的关联。于是下一句的"水调声长醉里听"便正式写到了人的情事。所谓"水调"者，据《乐府诗集》卷七十九《近代曲词》所载《水调歌》之记叙，引《乐苑》曰"水调，商调曲也"，又称其"声韵怨切"，可见"水调"必是一种哀怨动人的曲子。而词人又于"水调"之下加了"声长"二字，便更可想见其声调之绵远动人了。何况词人还在后面又加了"醉里听"三个字，如此就不仅写出了饮酒之醉，而且因为酒之醉也更增加了词人对歌曲的沉醉。

这首词从开端的时节与天气一直写下来，感受愈来愈深切，写到这里，真可以说是引起了千回百转的无限情思。既有了如此幽微深切的感发，于是便不由人不想到要寻找一个足以将这些情思加以投注的对象，于是词人遂在最后写出了“款举金觥劝，谁是当筵最有情”两句深情专注的词句。这二句真是表现得珍重缠绵。试看“款举”是何等珍重尊敬的态度，“金觥”是何等珍贵美好的器皿，而金觥之中又该是何等芳醇的酒浆，最后更加一“劝”字，当然是劝饮之意，如此珍重地想要将芳醇的美酒呈献给一个值得呈献的人，则词人心中所引发洋溢着的又该是何等深挚芳醇的情意。可是呈献给什么人呢？所以最后乃结之以“谁是当筵最有情”，在今日的筵席之间，哪一个才是真正能够体会这种深醶的情意，值得呈献这一杯美酒的有情人呢？这首词从开端看来，原也只似一首泛泛的叙写春天景物的流连光景之作，但却于平淡的叙写中逐渐加深了情意的感发，表现出内心中深微幽隐的一种投注和奉献的追寻与向往之情，这种对于深一层之意境的引发，正是冯延巳词的一贯的特色。只不过如他的《鹊踏枝》的“谁道闲情抛掷久”和“梅落繁枝千万片”诸词写得较为盘郁沉重，而这一首词则写得较为疏朗轻柔，刘熙载在《艺概·词曲概》中，曾经说“冯延巳词，晏同叔得其俊，欧阳永叔得其深”。大抵欧词所得之于冯词者，近于其盘郁沉重的一类作品，而大晏词所得之于冯词者，则近于其疏朗轻柔的一类作品，当然在相似之中也仍有各人不同的风格。（叶嘉莹）

菩萨蛮　冯延巳

娇鬟堆枕钗横凤，溶溶春水杨花梦。红烛泪阑干，翠屏烟浪寒。　锦壶催画箭，玉佩天涯远。和泪试严妆，落梅飞晓霜。

这首词乃思妇怀人之作。“娇鬟”，指柔美的发髻。“钗横凤”，即凤钗横。首句是写思妇头发蓬松、凤钗横坠的浓睡中姿态。她之所以睡浓，是因为梦好。通过梦境以表现情思，是诗词中常用的手法，但冯延巳在这首词中却运用得更为高明。“溶溶春水杨花梦”这句词，把意和境、情和韵融合到了浑化的境地，令人叹为观止。“溶溶春水”所描绘的幽美境界，包含着无限的蜜意柔情，这就是思妇之所以睡浓梦好的缘由了。这一幽美境界的中心内容就是“杨花梦”。以杨花的悠扬飘荡，比拟她梦魂的自由飞逐。所梦为何？后来苏轼《水龙吟》咏杨花的“梦随风万里，寻郎去处”，可为注脚。一、二两句写梦境，三、四两句则写实境。梦境弥佳则实境弥苦。她梦境中美好的一切，在实境中都化作纵横的烛泪与过眼的烟云；梦境中的实变成实境中的虚。“红烛泪阑干”，是蜡炬烧残的景象；“翠屏烟浪寒”是炉烟将烬的感受。这是一种孤寂凄凉的情景，它和“溶溶春水杨花梦”构成强烈的对照，表现出思妇的悲凉感情，并且以景语出之，所以能给人以具体亲切的感受。过片“锦壶催画箭”一语，在时间上是承接“红烛”二句意脉的。“玉佩天涯远”一语，是承接“杨花梦”意脉的。一个“催”字，饱含着青春不驻、蒲柳先衰的感慨；而感慨之生则因“玉佩天涯远”了。“玉佩”指佩玉之人，亦即思妇所怀之人，与“杨花梦”所暗示的是同一情事。结末两句，是写思妇晨起梳妆时的情态与室外所见。“和泪”是悲哀的情态；“严妆”是浓丽的打扮。含着泪水来妆扮自己，无可奈何的委屈心情，是显而易见的。“严妆”以后，游目窗外，只见梅花在晨风中纷纷飘落了，既写出了梅花颜色又写出梅花的生动形象。面对此景，怎么不使思妇产生韶华易逝、美人迟暮之感呢？

王国维在《人间词话》中说：“正中词品，若欲于其词句中求之，则‘和泪试严妆’殆近之欤？”在冯词中，透过浓丽的色彩以表现哀伤感情的词例是很多的。王国维的这一评论，恰切地道出了冯词艺术风格的主要方面。（秦惠民）

三台令（三首）　冯延巳

春色，春色，依旧青门紫陌。日斜柳暗花嫣，醉卧谁家少年？年少，年少，行乐直须及早。

明月，明月，照得离人愁绝。更深影入空床，不道帏屏夜长。长夜，长夜，梦到庭花阴下。

南浦，南浦，翠鬟离人何处？当时携手高楼，依旧楼前水流。流水，流水，中有伤心双泪！

冯煦《阳春集序》说：“翁（冯延巳）俯仰身世，所怀万端，缪悠其辞，若显若晦，揆之六义，比兴为多。若《三台令》《归国谣》《蝶恋花》诸作，其旨隐，其词微。”指出冯词颇多“旨隐词微”之作，《三台令》也是其中之一。这三首小令，内容若不连属，但都以清丽的词采和委婉的手法，或触景生情，睹物感兴，或抒写男女离情别意，以表达词人的某种寄托，具有比较浓厚的感伤情调，体现了冯词的基本风格。

第一首借对春天的赞美，表达了强烈的惜春感情，从而寄托了作者的人生感慨。词一起头便连用两个“春色”，既是写景，也是抒情。《三台令》又名《调笑令》，开首用二字叠句，是依唐词定格，重复言之，便有咏叹意味，它一下子便唤起了读者记忆中对春天的美好鲜明的印象。接着，作者用浓墨重彩在千汇万状的春景中只捕捉了“青门紫陌”这样一个富有表现力的场景，便生动描绘出万物争荣、姹紫嫣红的骀荡春光以及其中所蕴含的无限春意。笔墨洗练，形象鲜明，使读者如身临其境。青门，本是长安东门之一，这里借指南唐都城金陵。紫陌，指京城里的道路。这里所写显然是金陵的春日风光。继而作者又摄取了一幅饶有诗意的小景：在斜阳淡淡的金晖中，暗柳娇花相互映衬，更见风致。一位少年陶然醉卧于其中，不仅成为景物的有机组成部分，而且使画面更加活泼而富有生气。这位少年的“醉卧”，究竟是因为与朋友狂欢痛饮呢，还是为这妩媚动人的春色而如醉如痴？词里没有明说。但透过“谁家”二字所流露出来的惊叹不止的语气，不难想见少年潇洒的醉态、俊美的丰姿。这如诗如画的明媚春光和少年豪放不羁的形象，深深地触发了作者的情思，所以在接连叹了两声“年少”之后（“年少”二字取上句尾“少年”二字颠倒而叠言之，也是此调定格），作者便直抒其意：“行乐直须及早。”这一感慨看似突兀，实则从第二句中“依旧”二字已透露出消息。这里的所谓“依旧”正是“年年岁岁花相似，岁岁年年人不同”（刘希夷《代悲白头翁》）之意，是对自然永恒而人生短促、青春难驻的慨叹。正因为如此，对结末的抒情便不能简单地理解为“及时行乐”的消极喟叹，而应该看到其中不只包含了作者对青春的无限留恋，同时寄托了他自身的深沉感慨。语约意丰，含蕴无尽。

这首词几乎通体写景，表面看来似乎浅显易懂，了无余韵，细细体味却是景中含情，寓意深沉。这是由于作者看似毫不经意的信手摄入笔底的景物，实际上都是经过选择和精心安排的，含蓄而巧妙地表达了作者的情思。词中，不仅像“依旧青门紫陌”这样夹叙夹议的句子有情有景，其他貌似客观的写景词句也都景中有情，这就既使得末尾的抒情顺理成章，水到渠成；也使得全词浑然一体，情景交融。

第二首词写闺情，先从明月着笔：“明月，明月，照得离人愁绝。”满月之夜，清辉照人，本是良宵美景，但对离人来说却最容易触景生情，勾起相思的痛苦，离别的愁情，独居的孤凄。因此，在古典诗词中明月似乎与离人尤其是与思妇结下了不解之缘，写明月牵愁惹恨的俯拾皆是。如曹植的《七哀诗》：“明月照高楼，流光正徘徊。上有愁思妇，悲叹有余哀”，张若虚的《春江花月夜》：“可怜楼上月徘徊，应照离人妆镜台。玉户帘中卷不去，捣衣砧上拂还来”，都是用明月烘托思妇的离愁别恨。像那两首诗中所使用的含蓄委婉的手法固然可以启人深思，发人联想，但有时直接强烈的抒情也会打动读者的心弦，引起共鸣。这首词的前两句即是如此，它不假雕琢，也不用藻饰，似脱口而出，却吐露了离人深深的怨情，从中仿佛可以听到主人公因“愁绝”而对明月的抱怨和无可奈何的深沉的叹息声。

在总写离人愁怨之后，作者追随月光把镜头移到闺中，具体刻画思妇的“愁绝”：“更深影入空床，不道帏屏夜长。”上句点明时间和环境。“空床”一词语本《古诗十九首·青青河畔草》：“荡子行不归，空床难独守。”暗示出思妇的身份，与上句的“离人”相照应，同时烘托出愁苦悲凉的气氛。下句描写思妇的孤寂难眠。思妇因对月相思不能入寐而倍感夜长，万籁俱寂的漫漫长夜又更多地牵动了她的愁思，使她辗转反侧，难以为怀。这里写长夜虽不像唐人那样使用夸张的手法：“似将海水添宫漏，共滴长门一夜长。”（李益《宫怨》）但通过反复咏叹也收到了同样的效果。这两句与晏殊《蝶恋花》：“明月不谙离恨苦，斜光到晓穿朱户”寓意相同，都是怨明月相照的无情，虽似无理，却真切地表达了闺中女子的愁思。

结末写因久不能寐而结想成梦，进一步刻画思妇的一片痴情。人隔两地，会合难期，只有将希望托于梦寐，在虚无缥缈的梦境中得到暂时的安慰。然而这里却没有写她“枕上片时春梦中，行尽江南数千里”（岑参《春梦》）去千里迢迢寻夫，而只是“梦到庭花阴下”，颇耐人寻味。词中虽未点明“庭花阴下”与远人的关系，但从这优美的意境中不难想见她和他曾经在这里流连徜徉，共度了许多美好的时光，给她留下了许多甜蜜的回忆，故此久萦于心，形诸梦寐。思妇醒来以后究竟是得到满足还是反而更添惆怅，词到此戛然而止，只觉余韵袅袅，情味无极。这首词起写离人愁怨，次写因愁绝而无寐，末写求之梦寐以自慰，层层深入，将思妇的心理活动刻画得极为真实细腻，委婉动人。

第三首是怀人词。一起便倾吐了作者对所思强烈的怀念之情：“南浦，南浦，翠鬟离人何处？”“南浦”，是当初两人分手的地点；“翠鬟”，形容美人的鬟发，这里用以指代美人，由此可知被怀念的乃是一位女子。南浦一别，音容渺茫，如今空见旧地，而“人面不知何处去”，触景伤情，一时间生出多少感慨。在这怀人伤别的时刻，最容易勾起对往事的回忆，特别是相聚时的种种欢乐情景，更难使人忘怀。所以作者接着用逆挽法写，由眼前凄凉和感伤所引起的对往昔欢乐的追思。“当时携手高楼”一句,便是以极其凝练的语言和生动鲜明的形象,对往昔两人共度的美好时光和彼此之间的绵绵情意作了高度的概括。接下去再从回忆跌入现实,只见景物宛在,流水依旧,而物是人非,人去楼空。相聚的欢乐与分离的痛苦形成强烈的对比,于是昔日的快乐反而增加了今日的痛苦。抚昔思今,情何以堪,只得寄情流水:“流水,流水,中有伤心双泪!”将愁情与流水连在一起,用水流的滔滔不绝象征愁思的深广和绵绵无尽,这是唐、宋词人常用的一种手法,如李煜的“问君能有几多愁,恰似一江春水向东流”(《虞美人》)、欧阳修的“离愁渐远渐无穷,迢迢不断如春水”(《踏莎行》),都是这类以水衬愁的名句。但这首词里写流水的用意却不止于此,也不仅是即景抒情,移情于景,还因为“楼前水流”是“当时携手高楼”的见证。在此基础上,作者抓住泪水与流水的共同特征,进一步展开丰富的联想,想象流水之所以如此绵长,是因为其中容纳了无数伤心人的眼泪,这就把深沉强烈的离愁别恨表达得格外真挚动人。其后晏几道《留春令》中说:“楼下分流水声中,有当日、凭高泪”,显然是从这里受到了启发。此词将相思、离愁和眼前景物水乳般交融在一起,缠绵悱恻,凄凉幽怨,读之使人黯然消魂。

《三台令》体制短小,这三首词却以有限的篇幅分别从不同的角度反映了丰富动人的内容。其中既有文人之作的凝练含蓄、音调谐婉,又有民歌的清新朴素、自然圆转。三首词虽非冯延巳的代表作,冯词的艺术造诣也于此可见一斑。(张明非)

长相思　冯延巳

红满枝,绿满枝。宿雨厌厌睡起迟,闲庭花影移。　忆归期,数归期。梦见虽多相见稀,相逢知几时?

这一首词写闺情。起句点明时令正当芳春:“红满枝,绿满枝”,正是最富有春天气息的两种色彩,显露出一派生机。然而,作者在用重彩勾勒了这样一幅赏心悦目的图画之后,却没有顺理成章地接着描写如何赏春,而是出人意料地一转,把焦点由户外移入室内,由写景转为写人:“宿雨厌厌睡起迟。”这一句笔调很平淡,看去若不经意,只是叙事,说因夜来有雨(宿雨)而致精神不振(厌厌),故而迟起,细心的读者却不难从中揣摩出一点消息。人物的心情因何丝毫没有受到室外大好春光的感染,而是显得无精打采,郁郁寡欢?接下去,本应交代“厌厌”“睡起迟”的原因了,作者却又不急于说破,而是再次将笔锋一转,由室内移向庭院,由写人而及景。“闲庭花影移”一句,描写了庭院幽寂、时光渐移的自然景象,却与开头的写景不同,它不止于写景,而是景中有人。作者正是通过人物在悄无声息的“闲庭”注目“花影移”的外在活动,表现她寂寞孤独、百无聊赖的内心情绪。与同类题材相比,此处用笔十分空灵。它与李清照“薄雾浓云愁永昼,瑞脑消金兽”(《醉花阴》),有异曲同工之妙,却更加含而不露,不着“愁”字痕迹。同时,与开头“红满枝,绿满枝”的热闹红火形成鲜明的对照,传达出人物凄凉的况味,是对上句人物描写的深化,形象地揭示了她愁绪难遣的内心世界。这样,几经转折,上阕虽无一字言愁说恨,但一位在大好春光中愁苦寂寞的女子形象便鲜明地浮现在读者眼前了。

下片明白点出女子愁闷的原因，在于对久别不归的远人的思念。“忆归期，数归期”，两句话包含了女子对远人的多少相思和柔情蜜意。“忆归期”之“忆”，是回想他临行时曾说定的归来的日子；“数归期”的“数”，是屈指计算离他的“归期”还有多少天。时间愈靠近他所说的归期，这“忆”和“数”的冲动就愈频繁。辛弃疾《祝英台近》所云“试把花卜归期”，是他归期未定，所以“卜”之；此词却是归期有定而未至，所以“数”之，同一深情痴态。“梦见虽多相见稀”之句，写作上虽列在“忆归期，数归期”之后，生活中却是同步穿插的。常言道“日有所思，夜有所梦”。归期频数，所梦遂多，一“多”字，可见长年间念兹在兹，日间思之不足，继之以夜梦。梦见的当然是他这个人了。梦见之日多，相比之下，相见之日就为少。“会少离多”，人情所不堪，何况于爱侣，于是盼归之意益切。可是所约的“归期”，到底准不准呢？在梦醒后频频失望的情况下，女子的信心也不足了，于是有“相逢知几时”之叹。词至此结束，留有余不尽之意让读者自去体味。

这首词上片写景，下片抒情。上片手法细腻，含蓄婉曲；下片明白晓畅，直抒胸臆。两片语言风格不尽相同，却和谐地构成一个整体。这不仅是因为两者都以叠字句起，遥相呼应，也不仅是因为两者都层层转折，不一泄无余，更主要的是上下两片以相反相成的手法，分别展示了人物的外在表现和内心世界，生动刻画出一个外表柔弱、内心深处却激荡着极为热烈奔放的感情的女子形象，读之使人久久不忘。（张明非）

应天长　李　璟

一钩初月临妆镜，蝉鬓凤钗慵不整。重帘静，层楼迥，惆怅落花风不定。　柳堤芳草径，梦断辘轳金井。昨夜更阑酒醒，春愁过却病。

这首词描写一个女子伤春伤别的情怀。上片叙眼前情事。首言其早起对镜，无心梳洗；次言其幽闺独处，寂寞凄惶；三言其因风惜花，暗伤零落。下片用回忆手法，写她的昨宵好梦，写她的更阑酒醒，最后以“春愁过却病”的顿悟作结。“过却”即超过之意。

愁是一种心理活动，是一种有时连自己也说不清楚的情绪。要把愁写得具体、饱满，使读之者恍如身受亲历，歌哭随之，并由此生发为一种审美感受，对人生产生深刻的体认，实为艺术家孜孜以求而并不容易达到的境界。李璟这首《应天长》之所以为人称道，就在于达到了这种境界。

当我们作一番理性的探求之后，便会发现：词人成功之处，在于运用了多种手法，从多个侧面对这种情绪展开描写，才把春愁写得如此浓郁，如此动人。

入手两句，先勾画女主人公的肖像。但这幅肖像并非诉之直观，而是见诸镜中折射，起笔有睹影知竿之妙。你看她镜中形象：眉如初月，鬓发蓬松，凤钗斜亸，顾影凝愁，却又懒于梳整。这幅肖像，把她的千重心事，万种情怀，展示得多么鲜明、饱满，不必更多着一字，已够使读者感受到她愁苦难禁的内心活动了。这一层，借折光手法，从镜中形象这一个侧面展示女主人公给我们的第一个印象。接下去“重帘静，层楼迥”是第二层，换用烘托手法，从居处环境这个侧面展示她的情怀，语言简练而造境愈远。她独处于层楼深迴的幽闺之中，帘幕重重，阒无人语，这是一个与外界隔绝、与春天隔绝的死一般静寂的环境。但平静的环境里，跳动着她极不平静的春心，她一个人在这里咀嚼着寂寞。漾漾春愁，味之可掬。况周颐论词境时说："词境以深静为至。境至静矣，而词中有人，如隔蓬山；思之思之，遂由浅而见深。"(《蕙风词话》卷二)这里的"重帘静，层楼迴"正有"由浅而见深"的艺术效果。接下去第三层"惆怅落花风不定"，改用虚笔，从她敏锐、丰富的联想以揭示其心理状态，又换了一种手法，改写她感情生活的另一个侧面。高楼之上，重帘之中，但闻风声不断，但见帷幕飘萧。她由风不定而想到花落，由花落而想到春尽，由春尽花落而想到自己的青春暗逝，红颜易老，心事如一池春水，因风荡漾，沦漪层层。这样就把她满腹春愁推进到一个更深刻、更浓郁的境界。

过片以"落花"透下，下片紧承以"柳堤芳草"，辞意断而仍续，合而仍分。且过片"落花"，是由闻见而推拟之词；换头"柳堤芳草"，乃昨夜梦中曾历之境，两者都是虚笔，更显得针线绵密。同时这换头五字，字面上只写阳春淑景，却蕴藏着许多暗示，能引起许多联想。仿佛柳丝之下，芳草小径之中，有女主人公与所思者的蹀躞倩影，不写人而人影双双如见。北宋韩缜《凤箫吟》词写此境，曾有"恁时携素手，乱花飞絮里，缓步芳茵"的名句。但韩词用了十四字，李璟仅以五字尽之；韩明言"携手"，李则仅用暗笔，却能生发更丰富的联想。手段之高，于此可见。然而，春梦片时，井边辘轳之声，将她惊醒。这"柳堤芳草径，梦断辘轳金井"是全词的第四层。这一层换用反衬手法，以梦中片时聚首衬出现实中的无尽幽独，手法再变。且改从梦境写她的春愁，又换了一个侧面。梦醒之后，忽忽如失，于是进一步回忆昨夜景况，补足"更阑酒醒"一节。昨夜对影倾杯，原为驱愁而买醉；不意夜深酒醒，四顾凄然，更引起她春愁泛滥，滟滟随波，一发而不可收拾，最终逼出"春愁过却病"一声凄切的长吁，挽住全篇。这是全词的第五层。这一层换用节节逆叙手法，从对酒、沉醉、酒醒这个侧面，进一步酝酿她的春愁，越显得愁浓于酒，愁之苦人，且甚于病。这结句看似径言直道，但由于有前面层层感情积累，五字便有回旋倾泻之力，有一种读之使人战栗、起坐彷徨的感发力量。《柳塘词话》所谓"词如深岩曲径，丛篆幽花，源几折而始流"，殆即此境。

多手法、多侧面渲染酝酿春愁，是这首词的基本艺术特色。另外，从结构上看，这首小词也有值得注意的地方。上片顺叙，从早起对镜入手；下片逆挽，以回忆昨夜作结。正由于昨夜的酒醒愁浓，才导致今晨的懒于梳妆。首尾回环，互相映射。且上片所言，限于深闺一隅；下片把词境推开，有梦里双双春游，有灯下一人对酒，把春愁烘托得更加鲜明突出。因此，上下两片，复有层层推进的妙用。

李璟是南唐中主，因受后周胁迫，处境艰难，语多讳忌，词中常以男女情事来曲折地表露其对人生深刻痛苦的体认。即以这首《应天长》而论，如果跳过字面提供的蝉鬓、凤钗、柳堤、芳草的具体内容，读者便会感受到这种伤春伤别之情所唤起的一种空虚、寂寞的意绪，便会触到词人孤苦无依、彷徨不安的痛苦心灵。（赖汉屏）

望远行　李　璟

玉砌花光锦绣明，朱扉长日镇长扃①。夜寒不去寝难成，炉香烟冷自亭亭。　　残月秣陵砧[2]，不传消息但传情。黄金窗下忽然惊：征人归日二毛生！

注 ① 扃(jiōng)：门窗，门户。 ② 砧(zhēn)：捣衣石。

此词托居人念远寄意。观其所居玉砌、朱扉，主人公自然是一位贵妇。她在怀念远行的心上人。从白天到深夜，从深夜到拂晓，从拂晓到朝日临窗，柔肠百结。歇拍翻出一个"惊"字，悠悠思服中，忽感流年偷换，益深蕙兰不采、秋草萎凋之痛，一往情深中，极翻腾跳荡之致。

起首两句写白日之思。在阳光照临下，玉砌花光，何等明丽温馨，朱扉又何等堂皇富艳，乃接以"镇长扃"，则前此之明丽温馨，堂皇富艳，顿成凄凉冷落。刘熙载《艺概·词曲概》说："词之妙全在衬跌。"此章一起，便用衬跌手法，构成一种幽凄悄悄的意境。次句叠二"长"字，更加深了这种意境。这位思妇在朱扉长闭中，索居幽独，以如花似玉之华年，对此玉砌花光之淑景，心情如何，不言可喻。白昼已难消永日，漫漫长夜更添心头凄寒，三、四句便写静夜之思。她转侧床第，遥夜岑岑，室中之寒气至夜深而益厉，心头之凄冷也随夜深而弥冽。可见，"夜寒不去寝难成"者，非徒言气候，乃着意心情。"炉香"句接写她在静夜中的无聊情境。幽悄凄寒，人影茕独，一任香烬烛昏，她哪里还有心思重添重剪！"炉香烟冷"四字，极写其夜深难寝、百无聊赖的情怀。"亭亭"本炉烟袅袅上升景象，"自"即"犹自"之自。但既说"烟冷"，又安得复见炉香之袅袅婷婷？揆之常理，似不可解。其实这是一种幻觉，这幻觉更深一层地显示出她惝恍的情怀。因为，她此时方欹枕未曾合眼，而心有专注，不觉炉香已烬，乃依稀似仍见一缕微烟，亭亭不尽；一如伊一缕情丝，萦回而缕缕不绝。这一句写得迷离惝恍，虚幻中有至情在。

过片"残月秣陵砧"，"残月"映射上片"夜寒"，承上而意脉不断；"秣陵砧"暗逗下片"征人"。"残月"较之"夜寒"，时间更推进一步；"闻砧"以声逗情，笼罩下片，又转出了新境，深得"不脱不粘"、层层推进的妙谛。这是从词的结构章法看。再从情境看，换头五字，形成一种缥缈而又缠绵的意境，起着渲染气氛的作用。"残月"有两层意思：一是落山之月，一是残缺之月。落山之月，表明夜阑欲曙，她已经通宵不眠。残缺之月，自非团圆满月，伊人对此，又怎能不兴人月两亏之叹！在此对景难堪之际，复有疏砧断续，与月俱来；则目既不堪接，耳复不堪闻矣。因为，那捣衣之声，极自然地引起她的玉关之情，则"征人"宛然在意念之中了。现在，这位征人不但没有归期，连消息也杳不可得，这时缓时急的砧声，不传他的远信以慰人，但传离情别恨以恼我，实可怼怨。"不传消息但传情"句，以转折为递进，语气中隐然有无可奈何的怨怅情绪。怨及疏砧，未免毫无道理。但这种毫无道理之处，正是她痴绝苦绝而又无可告语的心理状态的绝妙写照。此即词家所谓"无理而妙"。

全词自朱扉长扃一路迤逦写来，愈转愈深，结处"黄金窗下"，进一步写出她的晨间之思。这首词最出色的地方，也就在这最后一结，翻起了新的波澜。"忽然惊"三字极超妙，记录了她心底陡然发生的强烈震动。前此残月疏砧，逗引她神驰万里。沉思结想之际，她不悟身在何处，夜已如何；现在突见晨曦如黄金照临窗下，始知东方既白，一番思量，便成旦暮。因此她顿感日月不居，流年似水，即使与所思重聚，到那时只怕彼此也都老了。白发偷上鬓边，青春已经消逝，岂不仍然是良辰美景虚设吗？有此一结，将前此朝朝暮暮的相思情意，全部推开，进入了一个更深邃迷惘的哲理境界。思君不见固然是人间痛苦，思而最终得见又何尝一定不是痛苦？全词在这样一种要眇迷惘的心理状态中作结。沈谦《填词杂说》云："填词结句，或以动荡见奇，或以迷离称隽。"王又华《古今词论》也说："后结如众流归海，要收得尽，回环通首源流，有尽而不尽之意。"李璟这首《望远行》的结尾，则又不只是"众流归海"，而是在归海之际激起波澜，结出一层动荡不安的情意。它在缠绵缱绻中振起，在振起中转入更深一层的缠绵缱绻。（赖汉屏）

摊破浣溪沙　　李　璟

手卷真珠上玉钩，依前春恨锁重楼。风里落花谁是主，思悠悠。　青鸟不传云外信，丁香空结雨中愁。回首绿波三峡暮，接天流。

南唐中主李璟《摊破浣溪沙》（一名《山花子》）两首，一首咏春恨，另一首咏秋悲，都写得深婉清丽，富于情致。这首咏春恨，虽不像另一首有名句可摘，但意境气象却更为浑融阔远。

首句写卷帘上钩。"真珠"，即真珠帘的省称。它和玉钩这两种华美的物象一方面透露了主人公的身份，另一方面又从反面衬托了"春恨"。卷帘上钩这个动作，不论是为了遣愁消恨，还是为了望远寄情，都使下句的抒情由于有了铺垫而显得富于包蕴。

"依前春恨锁重楼。"这是卷帘之后因外物与内心的感应而引起的怅触。春恨是抽象的感情活动，无形无迹，似乎不能说"锁重楼"。但在怀有重重春恨的愁人眼里和感觉中，那风里落花、雨中丁香，以至包围着重楼的整个气氛，似乎都透出一层郁闷的愁绪和无名的惆怅。"锁"字不但把无形的春恨形象化了，而且传出重楼中人那种为重重春恨所包围的抑郁窒闷的感受。说"依前"，则这种感受早已体验多次，言外自含一种无可奈何和不堪忍受的强烈苦闷。以上两句一开一合，一衬一跌，构成了感情的一个总回旋，为全词定下了基调，以下就围绕"春恨"展开抒写。

"风里落花谁是主，思悠悠。"看到楼前帘外的落花，在风中飘摇散落，狼藉残红，不禁联想起自己的命运，也和它一样，面临飘零凋残的厄运而无法自主，无人护持。从这方面说，是触景兴感。但反过来也不排斥这种情况：由于词人怀着飘零无主的感情去观察、感受外物，遂使外物也带上词人自己的感情色彩，进而成为词人身世的一种象征。从这方面说，又是移情于物。实际上，在这里情与景、物与我已经融为一体，很难截然分开了。"思悠悠"三字，将眼前景所引发的联想推向更广远的领域。

过片续写"春恨"。青鸟是神话传说中为西王母传递信息的使者，这里即借指信使。这句实际上仍从重楼远望发兴：看到天外飞来的青鸟，不禁联想起青鸟传书的传说，但飞鸟却并未带来远人的书信，故说"青鸟不传云外信"。楼前雨中的丁香，花蕾缄结不解，含苞未吐，像人的愁怀郁结，故说"丁香空结雨中愁"。李商隐《代赠二首》（其一）说："芭蕉不展丁香结，同向春风各自愁。""丁香"句即从李诗化出。所不同的是，李诗用和煦的春风反衬丁香的"愁"，此词则用迷蒙的细雨正衬丁香的"愁"，机杼不同，而各极其妙。两句一写重楼远望，一写楼前近景，一虚中有实，一实中寓虚，构成工整而内容上存在因果关系的对句：正因为远书不至，重楼中人便不免脉脉含愁，忧思郁结。说“空结”，则又隐含徒怀愁思、无人怜惜的意蕴。这就把“春恨”进一步具体化了。

“回首绿波三峡暮，接天流。”结尾又从楼前宕开，纵目回望。但见浩浩江流，从远方的三峡一带迤逦而下，苍然暮色，笼罩着西接天际的绿波。这境界，苍茫阔远，而又蕴含着黯然的愁思。南唐建都金陵，地处长江边，由回望江水而遥接三峡，取景即在目前，抒情亦多借鉴。李商隐《楚吟》：“山上离宫宫上楼，楼前宫畔暮江流。楚天长短黄昏雨，宋玉无愁亦自愁。”中主词这两句，意境与李诗有相似处，只是因前面已说破“愁”，故没有也不须再直接点出“愁”字而已。这个结尾，将前面反复抒写的“春恨”引向更加渺远的境域，使读者在吟味的同时不能不联想到，词人所抒写的“春恨”恐怕已经很难用一般的闺中伤离怀远之恨来拘限了。

南唐冯延巳和中主、后主的词，纯粹抒情色彩显著，而且所抒之情往往比较虚涵概括，不局限于具体情事。他们一些抒写传统的离别相思、春恨秋悲的词作，由于抒情的概括性和浓郁的悲凉伤感色彩，往往容易唤起读者更广泛的联想。像本篇的“风里落花谁是主”的感慨，就有可能融入对南唐风雨飘摇国运的忧虑与感伤，而结拍两句所展示的境界也隐然含有无限江山都笼罩在苍茫暮色中的意蕴。作者很巧妙地利用《摊破浣溪沙》这一词调上下片结尾较《浣溪沙》添加的三字句，将引发联想的重点放在“思悠悠”“接天流”上面，词的境界便显得悠远浩阔，令人玩味不尽。（刘学锴）

山花子　　李　璟

菡萏香销翠叶残，西风愁起绿波间。还与韶光共憔悴，不堪看。　细雨梦回鸡塞远，小楼吹彻玉笙寒。多少泪珠何限恨，倚阑干。

王国维《人间词话》论及五代词时，曾经有一段话说：“正中词虽不失五代风格，而堂庑特大，开北宋一代风气，与中、后二主词皆在《花间》范围之外。”关于南唐词风之特色以及冯延巳词对于意境的开拓，我以前在《从〈人间词话〉看温、韦、冯、李四家词的风格》（《迦陵论词丛稿》）及《论南唐中主李璟词》（《四川大学学报》1983年第3期）二文中，都已讨论过。私意以为南唐词之特色，盖在其特别富于感发之意趣，也就是说在其词中表面所叙写的景物情事以外，更往往能触引起读者心灵中许多丰美的感动和联想。所以我在论冯延巳词时，就曾提出来说，冯词所叙写的似乎已经并不仅是现实之事件，而是一种感情之意境。现在我们所要讨论的李璟的词，也同样可以在其所写的表面情景以外，更引起读者一种心灵中的触发，只不过李璟与冯延巳所引起的触发之意境则又各有不同。冯词的感发是以其沉挚顿挫伊郁惝恍之特质为主的；而李词的感发则是以其自然风发的一种怀思向往之情致为主的。我们现在所要评说的这一首《山花子》，就是最能表现李璟词之此种特色的一首代表作。

谈到诗歌之评赏，我一向以为主要当以诗歌中所具含之二种要素为衡量之依据：其一是能感之的要素，其二是能写之的要素。而李璟此词便是既有深刻精微之感受，复能为完美适当之叙写的一篇佳作。开端“菡萏香销翠叶残”一句，所用的名词及述语，便已经传达出了一种深微的感受。本来“菡萏”就是“荷花”，也称“莲花”，后二者较为浅近通俗，而“菡萏”则别有一种庄严珍贵之感。“翠叶”也即是“荷叶”，而“翠叶”之“翠”字则既有翠色之意，且又可使人联想及于翡翠及翠玉等珍贵之名物，也同样传达了一种珍美之感。然后于“菡萏”之下，缀以“香销”二字，又于“翠叶”之下，缀以一“残”字，则诗人虽未明白叙写自己的任何感情，而其对如此珍贵芬芳之生命的消逝摧伤的哀感，便已经尽在不言中了。试想如果我们将此一句改为“荷瓣香销荷叶残”，则纵然意义相近，音律尽合，却必将感受全非矣。所以仅此开端一句看似平淡的叙写，却实在早已具备了既能感之又能写之的诗歌之二种重要的质素。这正是李璟之词之特别富于感发之力的主要原因。

次句继之以“西风愁起绿波间”，则是写此一珍美之生命其所身处的充满萧瑟摧伤的环境。“西风”二字原已代表了秋季的肃杀凄清之感，其下又接以“愁起绿波间”五字，此五字之叙写足以造成多种不同的联想和效果：一则就人而言，则满眼风波，固足以使人想见其一片动荡凄凉的景象；再则就花而言，“绿波”原为其托身之所在，而今则绿波风起，当然便更有一种惊心的悲感和惶惧，故曰“愁起”。“愁起”者，既是愁随风起，也是风起之堪愁。本来此词从“菡萏香销翠叶残”写下来，开端七字虽然在遣辞用字之间已经足以造成一种感发的力量，使人引起对珍美之生命的零落凋伤的一种悼惜之情，但事实上其所叙写的，却毕竟只是大自然的一种景象而已。“西风”之“起绿波间”，也不过仍是自然界之景象，直到“起”字上加了此一“愁”字，然后花与人始蓦然结合于此一“愁”字之中。所以下面的“还与韶光共憔悴，不堪看”，乃正式写入了人的哀感。而吴梅之《词学通论》述及此词时，则曾云：“‘菡萏香销’‘愁起西风’与‘韶光’无涉也。”此盖由于“韶光”二字一般多解作春光之意，此词所写之“菡萏香销”明明是夏末秋初景象，自然便该与春光无涉。所以吴梅在下文才又加以解释，说“夏景繁盛，亦易摧残，与春光同此憔悴耳”。以为此句之用“韶光”，是将夏景之摧残比之于春光之憔悴。这种解说，虽然也可以讲得通，但却嫌过于迂回曲折；所以有的版本便写作“容光”，“容光”者，人之容光也，是则花之凋伤亦同于人之憔悴，如此当然明白易解，但却又嫌其过于直率浅露，了无余味。夫中主李璟之词虽以风致自然见长，但却绝无浅薄率意之病。故私意以为此句仍当以作“韶光”为是，但却又不必将之拘指为“春光”。本来“韶”字有美好之意，春光是美好的，这正是何以一般都称春光为“韶光”之故。年轻的生命也是美好的，所以一般也称青春之岁月为“韶光”或“韶华”。此句之“韶光”二字，便正是这种多义泛指之妙用。

“韶光”之憔悴，既是美好的景物之憔悴，也是美好的人的年华容色的憔悴。承接着前二句“菡萏香销”“西风愁起”的叙写，此句之“还与韶光共憔悴”，正是对一切美好的景物和生命之同此憔悴的一个哀伤的总结。既有了这种悲感的认知，所以下面所下的“不堪看”三个字的结语，才有无限深重的悲慨。此词前半阕从“菡萏香销”的眼前景物叙写下来，层层引发，直写到所有的景物时光与年华生命之同此凋伤憔悴的下场，这种悲感其实与李煜词《乌夜啼》一首之自“林花谢了春红”直写到“人生长恨水长东”的感发之进行，原来颇有相似之处。不过李煜之笔力奔放，所以乃一直写到人生长恨之无穷；李璟则笔致蕴藉，所以不仅未曾用什么“人生长恨”的字样，而且只以“韶光”之“不堪看”作结，如此便隐然又呼应了开端的“菡萏香销”“西风愁起”的景色之“不堪看”。所以就另有一种含蕴深厚之美，这与李煜之往而不返的笔法是有着明显的不同的。

现在我们再接下来看此词之下半阕。过片二句“细雨梦回鸡塞远，小楼吹彻玉笙寒”，对前半阕之呼应盖正在若断若续不即不离之间。前半阕景中虽也有人，但基本上却是以景物之感发为主的；下半阕则是写已被景物所感发以后的人之情意。我们先看“鸡塞”二字，“鸡塞”者，鸡鹿塞之简称也。《汉书·匈奴传下》云：“又发边郡士马以千数，送单于出朔方鸡鹿塞。”颜师古注云：“在朔方窳浑县西北。”因此后之诗人多用“鸡塞”以代指边塞远戍之地。这一点原是没有疑问的。但是此一句却可以引起几种不同的理解：有人以为此二句词乃是一句写征夫，一句写思妇。前一句所写是征夫雨中梦回而恍然于其自身原处于鸡塞之远，至次句之“小楼”才转回笔来写思妇之情，此一说也；又有人以为此二句虽同是写思妇之情，而前一句乃是思妇代征夫设想之辞，至次句方为思妇自叙之情，此又一说也；更有人以为此二句全是思妇之情，也全是思妇之辞，前句中之鸡塞并非实写，而是思妇梦中所到之地。“细雨梦回”者便正是思妇而并非征夫，此再一说也。

私意以为此诸说中实以第三说为较胜。盖此词就通篇观之，自开端所写之“菡萏香销翠叶残”而言，其并非边塞之景物，所显然可见者也。所以此词所写之应全以思妇之情意为主，原该是并无疑问的。开端二句“菡萏香销翠叶残，西风愁起绿波间”，写思妇眼中所见之景色；下二句“还与韶光共憔悴，不堪看”，写思妇由眼中之景所引起的心中之情，正如《古诗十九首》之所谓“思君令人老，岁月忽已晚”之意，所以乃弥觉此香销叶残之景不堪看也。至于下半阕之此二句，则是更进一步来深写和细写此思妇的念远之情。“细雨梦回鸡塞远”者，是思妇在梦中梦见征人，及至梦回之际，则落到长离久别的现实的悲感之中，而征人则远在鸡塞之外。至于梦中之相见，是梦中之思妇远到鸡塞去晤见征人，抑或是鸡塞之征人返回家中来晤见思妇，则梦境迷茫，原不可确指也不必确指者也。至于“细雨”二字，则雨声既足以惊梦，而梦回独处则雨声之点滴又更足以增人之孤寒凄寂之情，然则思妇又将何以自遣乎？所以其下乃继之以“小楼吹彻玉笙寒”也。夫以“小楼”之高迥，“玉笙”之珍美，“吹彻”之深情，而同在一片孤寒寂寞之中，所以必须将此上下两句合看，然后方能体会到此“细雨梦回”“玉笙吹彻”之苦想与深悲也。然而此二句之情意虽极悲苦，其文字与形象却又极为优美，只是一种意境的渲染。要直等到下一句之“多少泪珠何限恨”，方将前二句所渲染的悲苦之情以极为质直的叙述一泻而出，正如引满而发，一箭中的。而一发之后，却又戛然而止，把文笔一推，不复再作情语，而只以“倚阑干”三字作了结尾。遂使得前一句之“泪”与“恨”也都更有了一种悠远含蕴的余味。何况“倚阑干”三字又正可以与前半阕开端数句写景之辞遥相呼应，“菡萏香销翠叶残，西风愁起绿波间”者，不正是此倚阑人之所见乎？像这种摇荡回环的叙写，景语与情语既足以相生，远笔与近笔又互为映衬，而在其间又没有丝毫安排造作之意，而只是如同风行水流的一任自然，这正是中主李璟词之特别富于风发之远韵的一个主要原因。（叶嘉莹）

虞美人　李　煜

春花秋月何时了，往事知多少？小楼昨夜又东风，故国不堪回首月明中。　　雕栏玉砌应犹在，只是朱颜改。问君能有几多愁，恰似一江春水向东流。

前人吊李后主诗云："作个才人真绝代，可怜薄命作君王。"的确，作为一个"好声色，不恤政事"的亡国之君，没有什么好说的，可是作为一代词人，他给后代留下许多惊天地泣鬼神的血泪文字，千古传诵不衰。这首《虞美人》就是其中最为人所熟知的一篇。相传后主于生日(七月七日)晚，在寓所命故妓作乐，唱《虞美人》词，声闻于外，宋太宗闻之大怒，命秦王赵廷美赐牵机药，将他毒死。所以，这首《虞美人》，可说是后主的绝命词了。

这首词通篇采用问答，以问起，以答结，以高亢快速的调子，刻绘词人悲恨相续的心理活动。"春花秋月"，人多以为美好，可是，过着囚徒般生活的后主李煜，见了反而心烦，他劈头怨问苍天：春花秋月，年年花开，岁岁月圆，要到什么时候才能完了呢？奇语劈空而下，问得好奇！然而，从后主处境设身处地去想，他对人生已经绝望，遂不觉厌春花秋月之无尽无休，其感情之极端悲苦可见。后主面对春花秋月之无尽时，不由感叹人的生命却随着每一度花谢月缺而长逝不返。于是转而向人发问："往事知多少？"一下转到社会现实中来了，"往事"，自然是指他在江南南唐国当皇帝的时候，可是，以往的一切都没有了，都消逝了，都化为虚幻了。他深深叹惋人生之短暂无常。"小楼昨夜又东风"，缩笔吞咽。"又东风"点明他归宋后又过一年。时光在不断消逝，引起他无限感慨。感慨什么呢？"故国不堪回首月明中！"放笔呼号，是一声深沉的浩叹。夜阑人静，幽囚在小楼中的人，倚阑远望，对着那一片沉浸在银光中的大地，多少故国之思，凄楚之情，涌上了心头，不忍回首，也不堪回首。"故国不堪回首月明中！"他完全以一个失国之君的口吻，直抒亡国之恨，表现出后主任情纵性、无所顾忌的个性，和他那种纯真而深挚的感情。"雕栏玉砌应犹在，只是朱颜改。"他遥望南国慨叹，"雕栏""玉砌"也许还在吧；只是当年曾在栏边砌下流连欢乐的有情之人，已不复当年的神韵风采了。"只是"二字的叹惋口气，传出物是人非的无限怅恨之感。

"亡国之音哀以思"，由于亡国，李煜由一国之主，跌落为阶下之囚，他失去了欢乐，失去了尊严，失去了自由，甚至失去了生存的安全感，这就不能不引起他的悔恨、他的追思、他对家国和自己一生变化的痛苦的尝味。以上六句的章法是三度对比，隔句相承，反复对比宇宙之永恒不变与人生短暂无常，富有哲理意味，感慨深沉。如头二句以春花秋月之无休无尽与人世间多少"往事"的短暂无常相对比。第三句"小楼昨夜又东风"，"又东风"三字翻回头与首句"春花""何时了"相呼应，而与第四句"故国不堪回首"的变化无常相对比。第四句"不堪回首"又呼应第二句"往事知多少"。下面五、六两句，又以"雕栏玉砌应犹在"与"朱颜改"两相对比。在这六句中，"何时了""又东风""应犹在"一脉相承，专说宇宙永恒不变；而"往事知多少""不堪回首""朱颜改"也一脉相承，专说人生之短暂无常。如此回环往复，一唱三叹，将词人心灵上的波涛起伏和忧思难平曲曲传出。

最后，悲慨之情如冲出峡谷、奔向大海的滔滔江水，一发而不可收。词人满腔幽愤，对人生发出彻底的究诘："问君能有几多愁？恰似一江春水向东流！"人生啊人生，不就意味着无穷无尽的悲愁么？"一江春水向东流"是以水喻愁的名句，显示出愁思如春水的汪洋恣肆，奔放倾泻；又如春水之不舍昼夜，长流不断，无穷无尽。这九个字，确实把感情在升腾流动中的深度和力度表达出来了。九字句，五字仄声，四字平声，平仄交替，最后以两个平声字作结，读来亦如春江波涛时起时伏，连绵不尽，真是声情并茂。这最后两句也是以问答出之，加倍突出一个“愁”字，从而又使全词在语气上达到前后呼应、流走自如的地步。显然，这首词是经过精心结构的，通篇一气盘旋，波涛起伏，又围绕着一个中心思想，结合成谐和协调的艺术整体。在李煜之前，还没有任何词人能在结构艺术方面达到这样高的成就。所以王国维说：“唐五代之词，有句而无篇。南宋名家之词，有篇而无句。有篇有句，惟李后主降宋后之作及永叔、子瞻、少游、美成、稼轩数人而已。”(《人间词话删稿》)可见李煜的艺术成就有超越时代的意义。当然，更主要的还是因为他感之深，故能发之深，是感情本身起着决定性的作用。也是王国维说得好：“后主之词，真所谓以血书者也。”这首《虞美人》充满悲恨激楚的感情色彩，其感情之深厚、强烈，真如滔滔江水，大有不顾一切，冲决而出之势。一个处于刀俎之上的亡国之君，竟敢如此大胆地抒发亡国之恨，是史所罕见的。李煜词这种纯真深挚感情的全心倾注，大概就是王国维说的出于“赤子之心”的“天真之词”吧，这个特色在这首《虞美人》中表现得最为突出，以致李煜为此付出了生命。法国作家缪塞说：“最美丽的诗歌是最绝望的诗歌，有些不朽的篇章是纯粹的眼泪。”(《五月之夜》)李煜《虞美人》不正是这样的不朽之作吗！(高　原)

虞美人　　李　煜

风回小院庭芜绿，柳眼春相续。凭阑半日独无言，依旧竹声新月似当年。　　笙歌未散尊罍[1]在，池面冰初解。烛明香暗画楼深，满鬓清霜残雪思难任。

注 ① 罍(léi)：中国古代容器，多用以盛酒和水。

南唐后主词，选者甚多，最为传诵的名作如《相见欢》《浪淘沙》等，几乎人人尽能上口。词人的另一首《虞美人》，即“春花秋月何时了”，那脍炙人口，更不待言。至于此篇，则在次一等，或选或遗，正在重视与忽视之间。我觉这一首同调之作，应当比并而观，方为真赏。大家喜诵那一首春花秋月，不过因它引吭高歌，流畅奔放，甚且有痛快淋漓之致，自易为所感染；像本篇这样的，便觉“逊色”。实则畅达而含蓄自浅，痛快而沉着少欠，渊醇严肃，还让斯文。

风回小院者何风？即“小楼昨夜”的东风是也，所以风一还归，庭芜转绿。芜者又何？草类植物也，有时自可包括丛生灌木，要是野生自茂之品，丛丛杂杂，而不可尽辨，故转有荒芜一义。春已归来，原是可喜之辰矣，而心头倍形寂寞，情见乎词，正此之谓。庭草回芳，是一层春光；柳眼继明，是进一层春光，故曰相续。当此之际，深院自锁芳春，西楼无言独上，凭阑而观，而思——久之，久之，乃觉竹之因风，龙吟细细；月之破暝，钩色纤纤：这一切一切，俱与当年无异。而有有异者在焉！

此所以为异者又究为何物耶？难言，难言。不易言，不肯言，不必言，皆言之难也。故曰无言。无言者,非谓无人共语也。

若自表面而察之,有笙歌侍宴,有尊罍美酒,池塘漾碧,春水乍溶,为欢正多,胡不排遣?然而心境不同,凄然不乐,笙歌杯杓,皆无所为用。夜色已深,回望所在之小楼,一片宝炬流辉,名香蕴馥,而揽镜自照,已是鬓点清霜、头生残雪了,境随年换,心与时迁,——倚阑久久而思者,至此倍难自胜矣。

此词沉痛而味厚,殊耐咀含。学文者细玩之,可以识多途,体深意,而不徒为叫嚣浮华之词所动,则有进于文艺之道。

思,必读"四(sì)";任,必读"仁(rén)"。倘昧此理,音乐之美尽坏,责将谁负乎?(周汝昌)

乌夜啼　李　煜

昨夜风兼雨,帘帏飒飒秋声。烛残漏断频欹枕,起坐不能平。　世事漫随流水,算来梦里浮生。醉乡路稳宜频到,此外不堪行。

这首秋夜抒怀之作,具有李后主词的一般风格。它没有用典,没有精美的名物,也没有具体的情事,有的只是一种顾影自怜、空诸一切的观念。一切都是那么素朴,那么明白,却又令人低回与困惑。大约是词人后期之作吧。读这类词,最要玩味其中环境氛围的创造,和抒情主人公浅貌下的深衷。

首二句写秋夜风雨,完全是白描化的。它使人联想到"帘外雨潺潺,春意阑珊"(《浪淘沙》)那个境界。表面看来,风雨大作,怪嘈杂的,其实除了"飒飒秋声"之外,此时更无别的声音,反而见出夜的寂静。令读者觉得其境过清,几乎要倒抽一口冷气。此种词句,最见后主本色。次二句出现了抒情主人公。这人物给读者的第一个印象便是他过于清醒。他熬到"烛残",听得"漏断"(更鼓歇),可见是一夜未曾入眠了。这清醒状态的描写,正好逼出下片"醉乡路稳"的感慨。另一个印象便是他方寸烦乱,"频欹枕"的"频"字,表明他在床上是辗转反侧,五内俱热。后来干脆不睡了,但内心仍不平静,表现在动作上便是"起坐不能平"。他到底为什么,这恰恰是词人不喜道破的了。

过片之后,全属抒情。"世事漫随流水,算来梦里浮生",这也许是最一般最普遍的人生感慨了。比如唐时李白也就有过"世间行乐亦如此,古来万事东流水"(《梦游天姥吟留别》),"浮生若梦,为欢几何"(《春夜宴从弟桃李园序》)的诗文句。虽然是同一种感慨,但对于不同的人,其中包含的人生体验之具体内容,则可以是各各不同的。此即《维摩经》所谓"佛以一音演说法,众生各各随所解"。后主词所以能引起后世众多读者的共鸣,原因也在于此。这两句中的"漫"字(作"空"解)、"算来"字,表现出一种空虚、疑惑、迷惘感,是很传神的。主人公无法摆脱人生的烦恼,确实因为他太清醒,太执着。所以最后二句排遣道:"醉乡路稳宜频到,此外不堪行。"说穿了便是一醉解千愁,可词人换了个比喻性说法——"醉乡路稳",则其反面便是醒者行路之难,故云"此外不堪行"。

词中情调在今天看来,不免过于低沉,但在表现上却有特色。作者将一己之现实悲痛纳入普遍之人生感慨，通过一般来表现特殊，着重渲染了在人生道路上迷航者的那一份失落感，白描手法相当有力。这对北宋前期词人曾有过不小的影响。（周啸天）

相见欢　李　煜

林花谢了春红，太匆匆。无奈朝来寒雨晚来风。　胭脂泪，留人醉，几时重？自是人生长恨水长东！

南唐后主的这种词，都是短幅的小令，况且明白如话，不待讲析，自然易晓。他所"依靠"的，不是粉饰装做，扭捏以为态，雕琢以为工，这些在他都无意为之；所凭的只是一片强烈直爽的情性。其笔亦天然流丽，如不用力，只是随手抒写。这些自属有目共见。但如以为他这"随手"就是任意"胡来"，文学创作都是以此为"擅场"，那自然也是一个笑话。即如首句，先出"林花"，全不晓毕竟何林何花；继而说是"谢了春红"，乃知是春林之红花，——而此春林红花事，已经凋谢！可见这所谓"随手""直写"，正不啻书家之"一波三折"，全任"天然"，"不加修饰"，就能成"文"吗？诚梦呓之言也。

且说以春红二字代花，即是修饰，即是艺术，天巧人工，总须"两赋而来"方可。此春红者，无待更言，乃是极美好可爱之名花无疑，可惜竟已凋谢！凋零倘是时序推迁，自然衰谢，虽是可惜，毕竟理所当然，尚可开解；如今却是朝雨暮风，不断摧残之所致。名花之凋零，如美人之夭逝，其为可怜可痛，何止倍蓰！以此可知，"太匆匆"一句，叹息中着一"太"字；"风雨"一句，愤慨中着一"无奈"字，皆非普通字眼，质具千钧，情同一恸矣！若明此义，则上片三句，亦千回百转之情怀，又匪特一笔三过折也。讲说文学之事，切宜细心寻玩，方不致误认古人皆荒率浅薄之妄人，方能于人于己两有所益。

过片三字句三叠句，前二句换暗韵仄韵，后一句归原韵，别有风致。但"胭脂泪"三字，异样哀艳，尤宜着眼。于是我想到老杜的名句"林花着雨胭脂湿"，后主此处分明从杜少陵的"林花"而来，而且因朝来寒"雨"竟使"胭脂"尽"湿"，其思路十分清楚，但是假若后主在过片竟也写下"胭脂湿"三个大字，便成了老大一个笨伯，鹦鹉学舌，有何意味？他毕竟是艺苑才人，他将杜句加以消化，提炼，只运化了三字而换了一个"泪"字来代"湿"，于是便青出于蓝，而大胜于蓝，便觉全幅因此一字而生色无限。

"泪"字已是神奇，但"醉"也非趁韵谐音的妄下之字。此醉，非一般饮醉、陶醉之俗义，盖指悲伤凄惜之甚，心如迷醉也。

末句略如上片歇拍长句，也是运用叠字衔联法："朝来""晚来"，"长恨""长东"，前后呼应更增其异曲而同工之妙，即加倍具有强烈的感染力量。先师顾随先生论后主，以为"问君能有几多愁，恰似一江春水向东流"，其美中不足在"恰似"，盖明喻不如暗喻，一语道破"如""似"，意味便浅。如先生言，则窃以为"自是人生长恨水长东"，恰好免去此一微疵，使尽泯"比喻"之迹，而笔致转高一层矣。学文者于此，宜自寻味，美意不留，芳华难驻，此恨无穷，而无情东逝之水，不舍昼夜，"淘尽"之悲，东坡亦云，只是表现之风格手法不同，非真有异也。（周汝昌）

相见欢　　李　煜

无言独上西楼，月如钩。寂寞梧桐深院锁清秋。　　剪不断，理还乱，是离愁。别是一般滋味在心头。

亡国前耽于享乐，亡国后溺于悲哀，这就是李后主的一生。宋太祖开宝八年(975)，宋军围攻金陵，李煜肉袒出降，被封为“违命侯”。从此，幽居在汴京的一座深院小楼，过着日夕以眼泪洗面的凄凉寂寞的日子。这首《相见欢》就是写这种幽囚生活的愁苦滋味。

一个被幽禁的人有着一般人难以体会的孤独与寂寞，后主真切地写出了这种感受。“无言独上西楼”，既是“独上”，自然无人共语。这里的“无言”更表现了后主内心的情绪，他的痛苦无人与说，也不愿与人说，说了何用？又有谁能理解自己？“无言”又加“独上”，仿佛使人看到一个“斯人独憔悴”的孤独身影。西楼见月，夜已深沉，顾影徘徊，不能入寐，其人之浓重愁情可见。“六字之中，已摄尽凄惋之神。”(俞平伯《读词偶得》)

他举头望月，月如钩，在伤心人眼里，这缺月不也象征着人事的缺憾吗？再向深院望去，冷月的清光照着梧桐的疏影，寂寞庭院，重门深锁，多么清冷的环境啊！“寂寞梧桐深院锁清秋”，寂寞者，实非梧桐深院，人也。“锁清秋”，被“锁”者，实非“清秋”，亦人也。被锁在深院中的人，悲愁无尽，只有清冷的秋天相对，怎不感到寂寞！上阕所写，全是后主眼中之景，眼前的一切都着上冷落凄清的色彩。“无言”“独上”是寂寞，“梧桐深院”是寂寞，“锁清秋”更是寂寞。为什么沉默“无言”？为什么孑然一身“独上”？一个“锁”字暗点身世。唉，这里的月儿都不是圆的，更不用说人了。这种写法即王国维所说“以我观物，一切皆着我之色彩”。后主写景，也是写他的纯情的感受，情和景是合二而一的。

面对如此寂寞凄清之景，人何以堪？接着，词人直抒胸臆道：“剪不断，理还乱，是离愁。别是一般滋味在心头。”过去的欢乐永远过去了，如今一个人离群索居，尝尽了“离愁”的滋味。千丝万缕的离愁，紧紧缠绕着人，真是苦恼。我要和它一刀两断，永远不再去想；可是不成，再快的剪刀也是剪不断的。那么，索性就去想个透吧，把它整理出头绪来，可是我越想越烦，越理越乱了！这种滋味很不好受，又说不清楚，说它是苦的辣的酸的甜的，似都有那么一点儿，又都不是，只好说“别是一般滋味”了。亡国之君的滋味，实尽包人世无可伦比的悲苦之滋味。这可不便直说，苦水只有往肚里流，“别是一般”云云，极沉痛的伤心语也，所以，宋黄昇《花庵词选》评论此词时说：“此词最凄惋，所谓‘亡国之音哀以思’也。”

这首词特别为后世词家极口称道的，是它对“离愁”的描写。“离愁”，是人们内心一种抽象的感情，后主把它写得很形象，写出其滋味，写出一种非常深切的人生感受，确是千古妙笔。离愁自是人的一种思绪。六朝民歌中常用“丝”谐音思念的“思”。李煜此词也是用丝缕来比譬愁思，他用“剪不断，理还乱”的千丝万缕，形容愁思之纷繁和难以解开，比单纯从谐音取义，更进一层。仿佛使人看到离愁就像一团转动的乱丝，紧紧盘绕纠缠着人，而无法摆脱。这实际是写词人此时愁情万端，有对过去的种种回忆，有对现状的种种伤感，有对未来的种种忧虑，千千万万无形的感情的丝缕，缠绕着他，理也理不清，剪也剪不断，确实是把离愁的特点极其深刻形象地写出来了。结末一句写离愁的滋味，也是绝妙之笔。“别是一般滋味”也就是说不出是什么一种滋味，它可意会，不可言传。实际上这正是真正经历离愁之苦的人最为真切的体验。所以明代沈际飞特别称赏此句说：“七情所至，浅尝者说破，深尝者说不破。破之浅，不破之深。‘别是’句妙。”这种领会是深得词心的。

这首词另一突出的特点，就是写情极其自然，整首词就像脱口说出一般，语言朴素得简直如日常口语，没有一丝刻意修饰的痕迹。正如周济说的，后主词如“粗服乱头，不掩国色”（《介存斋论词杂著》），周之琦更惊呼后主词为“天籁”（《词评》），这自是出于李煜卓越的艺术才能，更主要的是他有真切的感情，已到了不需借助雕饰的地步了。袁枚说得好：“诗者由情生者也，有必不可解之情，而后有必不可朽之诗。”（高　原）

一斛珠　李　煜

晓妆初过，沉檀轻注些儿个。向人微露丁香颗。一曲清歌，暂引樱桃破。　罗袖裛[①]残殷色可，杯深旋被香醪[②]涴[③]。绣床斜凭娇无那。烂嚼红茸，笑向檀郎唾。

注 ① 裛（yì）：通“浥”，沾湿。　② 醪（láo）：浊酒。　③ 涴（wò）：弄脏，沾污。

这首词，写一个歌女从化妆出场到终场赴宴的全过程，中间充满了戏剧情趣的描写。

词一开头，便把描写对象的一系列活动，像一幅一幅的连环画，一个一个的平视镜头展现在我们的面前，突出了对象的特点，强调了主人公的妩媚神态，使作品中所描写的生活情景，都成了主人公有意识的活动，以唤起人们生活经验中一些美好的回忆，给人以新鲜、真切、活泼、自然的审美情趣。“晓妆初过”两句，写那美丽活泼的歌女，刚刚梳洗完毕，在唇上轻轻地点上一层润泽而深红的颜色。这里的“沉檀”，是指深红的颜色；“些儿个”是当时的方言，犹今言“一点点”；然后“向人微露丁香颗”，“颗”是花蕾，“丁香颗”是一种别号“鸡舌香”的花蕾，它由两片形似鸡舌的子叶抱合而成，因以作为美人舌尖的代称。她开始对客启唇欲唱，先微露一下舌尖，也许是一个习惯动作，也许是为了稍润唇吻，以便开唱。把歌女出场前的神态活灵活现地刻画出来后，对真正的演奏场面，词人却惜墨如金，只用了“一曲清歌，暂引樱桃破”两语加以高度的艺术概括。以“樱桃”喻美人的口，是诗词中所习用的。白居易的“樱桃樊素口，杨柳小蛮腰”（见孟棨《本事诗·事感》），韩偓的“着词但见樱桃破，飞盏遥闻豆蔻香”（《嬝娜》），都是很好的例证。词人在《菩萨蛮》中也描写过演奏的情景，但那是管弦音乐的演奏，所以着重在描写美人的指尖。“铜簧韵脆锵寒竹，新声慢奏移纤玉”，意思是那清越的笙声，从慢慢移动的纤细而洁白的指尖上传送出来。写口则用“引”，写指则用“移”，真是“造语用字，间不容发”（《石林诗话》卷上），亦即张炎所谓“善于炼字面”（《词源》）。以上是词的上片，写歌女出场前化妆到演唱时表情的神态。下片从歌女收场后的酒会到斜倚绣床、笑嚼红茸那种邀宠取怜的媚姿娇态，使人恍如置身其中，十分真切地看到那个活跃在画面上的女主人公。它和上片是一气呵成的，是一系列的连续性的镜头，这些镜头剪接在一起，就把描写对象的个性特征，生动而形象地刻画了出来。“罗袖裛残殷色可，杯深旋被香醪涴”两句，写歌女演唱后的酒会场景，酒喝多了，罗袖被红色而芬芳的酒沾脏了。殷色，是深红色；可，隐约之义。起先还沾上点隐约可见的残酒，及至深杯大口时，却把衣裳污染了。这暗示她已经喝醉。下面便写她醉后的情态，而给人印象最深的是结尾的笑唾檀郎这一富于生活情趣和喜剧情趣的细节描写。她娇慵地斜靠在绣床上，把嚼碎的红茸唾向心上的人儿。这种恃宠撒娇的神态，在这以前还没有被人从生活中把它的美挖掘出来。“绣床斜倚娇无那，烂嚼红茸，笑向檀郎唾”，一种洋溢着生活情趣的美，被词人完满地艺术地表达了出来，给人以极大的美感享受。多少人有过千百次同样的生活体验，却没有把它的美发掘和传达出来，而词人却在司空见惯的平凡生活中发现了，并且通过艺术的形式加以表达了，使人都感到它是心之所同感、口之所欲言，这就是词人的艺术敏感，这就是词人的灵心慧眼。“娇无那”是不胜其娇，娇到无以复加的样子。“檀郎”，因为晋代的美男子潘安小字檀奴，所以旧时的女子称自己的心上人为檀郎。五代词人写这类题材的很多，如毛熙震《南歌子》的“深院晚堂人静，理银筝。鬓动行云影，裙遮点屐声”，《后庭花》的“歌声慢发开檀点，绣衫斜掩”，牛峤《西溪子》的“捍拨双盘金凤，蝉鬓玉钗摇动”，他们所描写的场面未尝不真，所刻画的形象未尝不美，所选择的词语未尝不艳，所表现的细微末节未尝不具体，然而我们总觉得他们所写的歌女缺乏个性，缺乏灵魂，可以套在一般的歌女身上。而李煜所塑造的这个歌女，则是有鲜明的个性特征的，有自己的心理活动的，是一个有血有肉的特定的人，她的形容、情态、声音、笑貌和那喜剧性的动作，构成了她特有的典型形象，也活跃了整个画面的气氛，因而增强了作品的感人力度，给人们以强烈的感染。（羊春秋）

子夜歌　李　煜

人生愁恨何能免，销魂独我情何限！故国梦重归，觉来双泪垂。　高楼谁与上，长记秋晴望。往事已成空，还如一梦中。

此词调名，《全唐诗》作《菩萨蛮》，与《子夜歌》为同调异名。宋代马令《南唐书·后主书第五》云：“后主乐府词云：‘故国梦初归，觉来双泪垂。’又云：‘小楼昨夜又东风，故国不堪翘首月明中！’皆思故国者也。”这是李煜入宋后在汴梁（今河南开封市）所作抒写亡国哀思的作品。

后期的李后主，是经历大苦恼、大悲痛的伤心人，所作之词，都是用泪水写成的。此词写梦归故国和梦醒后的悲哀，字字句句都凝着血泪。

人们梦醒时，梦境犹存脑际，会自然因之而生悲喜怨怒之情。上片写的就是这个境界。词中从梦醒后的悲叹写起，然后再说昨夜的梦，这样可以增强悲叹的语调，加重表现作者的悲痛之情，同时又避免了平铺直叙，使词的结构有所变化。当然，就此词言，作者不过实写当时景况而已，初未计及“章法”，犹人情急时抢地呼天，绝无暇去挑选词句。李煜后期的词全属此类，这也是他不同于其他词人的最大特色。

“人生愁恨何能免”，是讲一般人的情形，言外是说，如果只是一般人那种愁恨，倒也罢了。

“销魂”谓因过度刺激而神思恍惚，如魂欲离体，可用以形容极度痛苦情状。“何限”意同无限。“销魂独我情何限”，是说自己的愁恨多而强烈，世上没有谁像自己这样痛苦：常人只是难免有时会有愁恨，自己却时时刻刻都在痛苦之中，永无欢乐之时；常人的愁恨还可以忍受，自己的痛苦却到了无法忍受的程度。据宋代王铚《默记》卷下记载，李煜入宋后寄给金陵（南唐国都，今江苏南京）旧宫人的书信中，说他“此中日夕，只以眼泪洗面”，心境的悲痛可以想见。上面还只是泛言自己平时的情形，写此词时，则又有异于平时的特殊境遇：“故国梦重归，觉来双泪垂。”梦中是一国之君，多么尊严、富贵、欢乐；醒来却变成了敌国之囚，多么卑贱、屈辱！由最顶端一下跌到最底层，这是多么强烈的对比，怎能不刺痛他的心，使他心碎肠裂，泪流满面？日有所思，夜有所梦，梦境正是现实的投影，这说明作者无时无刻不在思念故国，梦里越欢乐，醒来就越痛苦，无时无刻不处在极度悲痛之中。

表面看去，下片似与上片文意不接，实则开头两句就是对昨夜的梦的具体说明。这里用的是倒叙，意思是说，昨夜梦到过去在故国秋日登楼远眺，醒来回忆梦境，想起昔日那种美好生活，不禁悲叹现在再也没人同他一道登楼了。“谁与”即“与谁”，是用诘问表示否定。昨夜梦到的，并不一定只是登楼一事，但此事应当是梦中的内容之一，正因为如此，梦醒后还特别提起。自然，也是因为平时常常记起此事，它才会在梦中出现。或将此解作与梦无关，上下片词意便不通贯。回想过去作为一国之君，晴秋登楼，仪仗前导，妃嫔簇拥，武士卫护，大臣跟随，何等威风气派，繁华无比。据《默记》卷上说，李煜入宋后，“有旨不得与人接”，直如身居囹圄之中，这与从前正好形成强烈的对比，昔日的富贵繁华，恰恰反衬出今日的孤独凄凉。过去的一切已成虚幻，作者五内摧伤，无可奈何，只有悲叹往事如梦，再也不会重来了。但明知往事不堪回首，作者却又无法把它忘却，这悲叹的本身，就是对过去的眷恋。作者后期的词，即全以怀念故国为内容，其中写梦回故国的，竟有四篇之多，足见作者无时无刻不因思念故国而伤心流泪，直至最后在泪水中结束了他的生命。

李煜后期的词，都是从心里自然流出来的，不是“做”出来的。中心痛楚，以歌代哭，自然无事雕琢。即如此篇八句，即全是脱口而出，句句如同口语。因为情真意深，故如实写出，自成绝唱，不能从章法句法求之。（王思宇）

临江仙　李　煜

樱桃落尽春归去，蝶翻轻粉双飞。子规啼月小楼西，玉钩罗幕，惆怅暮烟垂。　　别巷寂寥人散后，望残烟草低迷。炉香闲袅凤凰儿。空持罗带，回首恨依依。

这首词，是李煜在围城中所作。开宝七年（974）十月，宋兵攻金陵，明年十一月城破。词当作于开宝八年初夏。词中字句，各本有出入，词尾缺十六字，据陈鹄《耆旧续闻》所录补足。全词意境，皆从“恨”字生出：围城危急，无力挽回，缅怀往事，触目伤心。“樱桃落尽春归去”，写初夏的典型景物以寓危亡之痛。这里的“春”，应包含“四十年来家国，三千里地山河”（《破阵子》)、"晚妆初了明肌雪,春殿嫔娥鱼贯列"(《玉楼春》)的和平豪华的帝王生活,"春"既"归去",悔恨何及?紧接着"蝶翻轻粉双飞",与上句的情境极不调和,以粉蝶无知,回翔取乐,反衬并加深悔恨心情。"子规啼月小楼西",子规,相传为失国的蜀帝杜宇之魂所化,这就加深了亡国的预感。这句与"蝶翻"句,从相反的方面刻画矛盾心境。"玉钩罗幕",点明词人以上见闻所及,是从小楼窗口获得的。倚窗销愁,愁偏侵袭,望暮烟之低垂,对长空而惆怅。这里"惆怅",是明点此时此地的复杂心境:宋兵压境,国家朝不保夕,但词人又无能为力,徒然为国势失望而自伤。"暮烟垂",形象地表现这种沉重的"惆怅"。

上片写外景,视线由内向外,时间自日至暮;下片写内景,视线由外转内,时间自暮入夜。"别巷寂寥人散后",写小巷人散初夜寂寥的景况,是顺着上片的时序,着重突出"寂寥",以渲染环境气氛。"烟草低迷",是"暮烟垂"的扩展与加深,冠以"望残"二字,刻画出凄然欲绝的寂寥人怅对寂寥天的形象。此处是一转折:窗外已无可望,亦不忍望,只得转向室内。"炉香闲袅",本是宫廷中的寻常事,而在此一瞬间却产生特异的敏感作用:危急的心情,乍遇炉香闲袅,似乎得到一晌的平静,然一念及"一旦归为臣虏"(《破阵子》),则愈觉惶惑难安。况且炉香是闲袅着"凤凰儿"的,更是凄惋万分。"凤凰儿",应是衾褥上的文饰(施肩吾《抛缠头词》:"一抱红罗分不足,参差裂破凤凰儿"),同时也暗喻小周后。小周后的形象在这里隐约一现,是符合逻辑的,能完整地显现出词人的内心世界。在词人眼底,往日经常出现"绣床斜凭娇无那"(《一斛珠》)的媚态,而今却见她"空持罗带"的愁容。江山如此危殆,美人如此憔悴,怎能不"回首恨依依"!结处明点一"恨",倒贯全词,"凄凉怨慕,真亡国之声"(苏子由评此词语)。

李煜词,无论是写豪奢生活,或写亡国哀怨,无不深切感人,闪耀艺术光焰。这主要是由于他博学多能,而又不失其赤子之心,故虽用赋体直抒胸臆,而皆形象鲜明,性灵炳焕。(许永璋)

望江南　　李　煜

多少恨,昨夜梦魂中:还似旧时游上苑,车如流水马如龙。花月正春风。

这是李煜亡国入宋后写的词。《望江南》这个词调的早期作品如白居易的几首,就是回忆江南旧游的。李煜用这个词调来表达对故国繁华的追恋,可能不是偶然采用。原作二首,内容相近,这一首历来为人们所传诵。

"多少恨,昨夜梦魂中。"开头陡起,小词中罕见。所"恨"的当然不是"昨夜梦魂中"的情事,而是昨夜这场梦的本身。梦中的情事固然是他时时眷恋着的,但梦醒后所面对的残酷现实却使他倍感难堪,所以反而怨恨起昨夜的梦来了。二句似直且显,其中却萦纡沉郁,有回肠荡气之致。

以下三句均写梦境。"还似"二字领起,直贯到底。"还似旧时游上苑,车如流水马如龙。"往日繁华生活内容纷繁,而记忆中最清晰、印象最深刻的是"游上苑"。上苑,皇帝的园林。在无数次上苑之游中,印象最深的热闹繁华景象则是"车如流水马如龙"。后一句语本《后汉书·马皇后纪》:“车如流水,马如游龙。”唐诗中也有成句(苏颋《夜宴安乐公主新宅》七绝首句),用在这里,极为贴切。它出色地渲染了上苑车马的喧阗和游人的兴会。

紧接着,又再加上一句充满赞叹情味的结尾——“花月正春风”。在实际生活中,上苑游乐当然不一定都在“花月正春风”的季节,但春天游人最盛,当是事实。这五个字,点明了游赏的时间以及观赏对象,渲染出热闹繁华的气氛;还具有某种象征意味——象征着在他生活中最美好,最无忧无虑、春风得意的时刻。“花月”与“春风”之间,以一“正”字勾连,景之秾丽、情之浓烈,一齐呈现。这一句将梦游之乐推向最高潮,而词却就在这高潮中陡然结束。

从表面看(特别是单看后三句),似乎这首词所写的就是对往昔繁华的眷恋,实际上作者要着重表达的倒是另外一面——今日处境的无限凄凉。但作者却只在开头用“多少恨”三字虚点,通篇不对当前处境作正面描写,而是通过这场繁华生活的梦境进行有力的反托。正因为“车如流水马如龙,花月正春风”的景象在他的生活中已经不可再现,所以梦境越是繁华热闹,梦醒后的悲哀便越是浓重;对旧日繁华的眷恋越深,今日处境的凄凉越不难想见。由于词人是在梦醒后回想繁华旧梦,所以梦境中“花月正春风”的淋漓兴会反而更触动“梦里不知身是客,一晌贪欢”的悲慨。这是一种“正面不写,写反面”的艺术手法的成功运用。

唐圭璋《唐宋词简释》说:“此首忆旧词,一片神行,如骏马驰坂,无处可停。”上面所说的反面用笔的手法之所以成功,和这首词一气直下,略无停顿,最后在似无可煞的情况下陡然收煞的写法很有关系。正是由于这个结尾,留下了大段空白,这才引导读者去吟味思索那些意兴淋漓的描写背后所隐藏着的无限悲怆。如果在这下面再接上“故国梦重归,觉来双泪垂”“往事已成空”一类句子,便觉兴味索然。(刘学锴)

望江南　　李　煜

闲梦远,南国正清秋:千里江山寒色暮,芦花深处泊孤舟。笛在月明楼。

李煜入宋以后寄托他亡国哀思的词,有不少是回忆梦中情景的。这首《望江南》,常被解释作梦中游江南之所见。不过认真寻味,似乎又不是记梦。因为从开头的这个三字句“闲梦远”看,也可说作者陷入深沉的愁思中,精神迷离惝恍,那如烟的往事,虽仍萦回脑际,可是却如梦一样地远不可追了。

再从“梦”的具体内容看,“生于深宫之中,长于妇人之手”,过着“量珠聘伎,纫彩维艘”之类极度奢侈生活的李煜,他入宋以后所思念的多是他往日里的生活情景。而这首词所写的并不像李煜的亲身经历。南国,指江南。宋太祖开宝四年(971),李煜遣弟朝贡于宋,去唐号,称“江南国主”,改印文为“江南国印”。江南,也即是他一直念念不忘的故国。写“故国”,在这里他没有像不少词中那样怀念它的“凤阁龙楼”“雕阑玉砌”,春花上苑,夜月秦淮,他只是说此时的“南国”正是“清秋”。可是此刻的自己呢?作者一个字也没有写。这种手法,在李煜的词中颇常见,如“还似旧时游上苑,车如流水马如龙。花月正春风”(《望江南》),虽然作者写的是“旧时”,可是“今时”呢?也一个字没有写。但了解了李煜的身世,便不难想象得到。所以把词的前两句连起来看，可以说此时被幽禁在小楼上的李煜，正愁肠百结，神驰千里之外了。

南国的清秋使人萦怀，这是从大处落墨。李煜于宋太祖建隆二年(961)从他父亲中主李璟手里接过政权，南唐已去除帝号三年，改称国主，不过三千里地的山河还维持了近二十年。这里说“千里”，既见出秋来江山之寥廓，更表示出对国土的思念之情。“寒色暮”是对寥廓秋景的描绘，接下来两句所写的是在这清秋暮色的天地里两件具体典型的事物。

“芦花深处泊孤舟。”芦花洁白如雪，丛生拢聚，而一叶孤舟就稳稳地隐藏在它的“深处”。这种超然尘世之外、放浪江湖之间的生活，李煜虽不曾亲身体验过，但从前人诗文中、图画里，是见得多的，对比他此刻的身遭囚禁，这“芦花深处泊孤舟”，毕竟是世外桃源，谁说他不会心向往之！

“笛在月明楼。”这更是一番清幽别致的景色。明月满楼，笛韵悠扬，多么令人留恋的境界！如果说上句是“旅人之秋”，这句便是“居人之秋”。但无论或旅或居，虽略染些凄清的色调，景色却是美丽迷人的。

在这首只有二十七个字的小词中，如果说是记梦，一、二句八个字是说梦入南国的清秋，接下来三句是梦中之所见。如果不是记梦，那是他情思恍惚，积郁满怀，神游故国，追慕起那清幽自在的情境和人物。总之，在构思上它以少总多，以小见大，南国的清秋虽只写了那简单的两三件，却是纤尘不染、清雅绝俗而令人心向往之的。这些具有典型意义的景物，最能触动“梦里不知身是客”的人的胸怀，写来又情景交融。表面上没有一个字触着人的感情，但它比直接说出“多少恨，昨夜梦魂中”，“多少泪，断脸复横颐”更凄绝动人。全篇朴素自然，神行纸上。

这首词，或作为“闲梦远，南国正芳春。船上管弦江面绿，满城飞絮辊清尘，忙杀看花人”这首《望江南》的下阕。但此调在唐时为单调，至宋时始为双调。且用韵不同，应是单调两首，同时所作。一忆南国的芳春，一忆南国的清秋，手法是完全一致的。(艾治平)

清平乐　李　煜

别来春半，触目愁肠断。砌下落梅如雪乱，拂了一身还满。　雁来音信无凭，路遥归梦难成。离恨恰如春草，更行更远还生。

这首小令相传是李煜亡国之前的作品。有的研究者甚而指实说，它是李煜请求宋太祖放还他的七弟从善而不可得的时候写的。如果把作者的《却登高文》等联系起来看，这种说法是有其可信之处的。但是，从作品本身所具有的深远境界和美学价值出发，却宁可把它的内容和含义理解得宽泛一些。这是一首代离人抒发愁恨的名篇。从作者的创作动因来讲，的确很可能是对景伤怀，枨触了内心深处对某一亲近者的想念之情，因而提笔成章的。不过，在创作过程中，作者已对所取素材进行了高度的概括、提炼和集中，在对自己的具体生活内容的抒写里，已经呈现出了人们处于类似环境时所通常会兴发的情景感受，具备了一定的共性特征。在这首词里，李煜纯任真率之情，脱尽书卷气与脂粉气，而采用白描与比兴相结合的手法，驱遣形象鲜明、生动流畅而又千锤百炼的艺术语言，准确而深刻地表现出一种最普遍最抽象的离愁别恨的情感，把这些人人心中所欲言而又不能自言的东西，写得很具体、很形象，使人不仅心里感受得到，眼里似乎也看得到，而且几乎手里也捉摸得到。由此可见，在欣赏这首词时，大可不必过多地牵涉它的“本事”与具体历史环境，而应着眼于它绝妙的抒情意境与精彩的表达艺术。

“别来春半，触目愁肠断。”词一开头脱口而出，直吐真情，而属辞秀雅，天然可爱。这两句概括性强，总摄全篇，下文具体抒情内容，皆已暗藏于此。“别来”与“愁肠”二语，交待了所抒发的情感内容——离愁别恨。“春半”点明时间。“触目”二字警醒，后面的景物描写与生动比喻，都由此生发出来。更有一“断”字夸张地形容别情之浓重，为全篇笼罩上哀婉凄绝的抒情基调。“砌下落梅如雪乱，拂了一身还满。”二句即承“触目”二字而来，以眼前实景来渲染满怀愁苦。落梅如雪，这是写的白梅花，因其开花较迟，故春半之时尚纷纷飘落。这两句描摹逼真，细节生动，宛然电影中的一个烘托人物心境的特写镜头。试看：香阶之下，落梅如雪；落花之中，一人痴立。此人面对无情的落花，悬想远方之亲人，伤春念别之情，不能自已。他低徊几许，怅恨再三，落花洒满了他的身子，他下意识地将它们拂去；然而树上不断落下的花瓣，又将他的衣襟沾满……这落不尽、拂不尽的梅花，犹如他心中驱不散、挥不走的离愁，使他难堪极了，痛苦极了！这里看似写景，实则以景物暗喻人情。愁恨之欲去仍来，犹如落花之拂了还满。一个情景合一的深婉境界，将离人愁肠欲断的内心悲痛形象化地展现在每一个读者眼前！

词的下片，是四个六字句。按《清平乐》一调的格律要求，韵脚换了；抒情境界也随之更新和深化了。这四句所写情景，从抒写线索上来看，是承开篇“别来春半”四字而来；从抒写方式来看，是把情感放进更大的时空范围里去发展，加倍写出浩渺的离愁。寥寥四句二十四个字，写得极有层次，极有力度和深度。头两句，言浅意悲：“别来”“音信无凭”是第一层悲哀，“别来”“归梦难成”是第二层悲哀，两层悲哀相纠结，抒情主人公不胜翘首远望之苦的形象已隐然现于字里行间。“路遥归梦难成”一句，尤为妙笔。俞平伯《唐宋词简释》云：“梦的成否原不在乎路的远近，却说路远以致归梦难成，语婉而意悲。”所评极为中肯。结拍二句：“离恨恰如春草，更行更远还生。”登高望远，情怀更恶，遂将眼中景、心中恨、意中人打并一起，以物喻情，推出了全篇最有特色的一个情景交融的妙境。春草之喻，既贴切，又生动，还具有意蕴的多层性。春草之一望无际，象征离恨之绵绵而远；春草之细碎浓密，象征离恨之盘曲郁结；春草之随处而生，象征离恨之浩渺无垠；如此等等。这样的警句，启人心智，导人遐想，给人以无穷的审美感受。能作出如此生动的比喻，写出如此深婉的意境，当然首先在于李煜对所怀念的人有极为深挚的感情，从真性情中流露出真文字，但也与他善于体物言情的深细精练的艺术功力密切相关。这两句警语，固然受了古诗“青青河畔草，绵绵思远道”的影响和启发，但却是意境全新的再创造的产物。古诗的原句结构比较简单，意蕴也比较单纯。这两句却婉转而层深，它以春草巧喻人情，将取喻之物与被比之物的几层相似之处充分发掘出来，进行淋漓尽致的比拟，做到了准确、生动、曲折多致和充分传情。在句子形式上也颇费经营。最末一句连用二“更”字与一“还”字，把一个六字句巧妙地造成二字一折、一句三折的特殊句式，借以充分地传达出内心曲折哀婉、绵绵无尽的离愁别恨，给人以一波三折和一层深似一层的真切感受。李煜这种巧妙的比喻和奇特的句式，给后世词家开许多法门。如欧阳修《踏莎行》之“离愁渐远渐无穷，迢迢不断如春水”，秦观《八六子》之“倚危亭，恨如芳草，萋萋划尽还生”等等，虽备受词话家的称赞，实则都是从此词化出的。（刘扬忠）

采桑子　　李　煜

辘轳金井梧桐晚，几树惊秋。昼雨新愁，百尺虾须在玉钩。　　琼窗春断双蛾皱，回首边头，欲寄鳞游，九曲寒波不泝流。

此词别作牛希济词，但《南唐二主集》注云“墨迹在王季宫判院家”，当系根据李煜墨迹收入。词属闺怨，抒写秋愁无限，离情难寄。

上片侧重环境气氛的创造，似从王昌龄宫怨诗“金井梧桐秋叶黄，珠帘不卷夜来霜”化出。“辘轳”是井上汲水工具，“梧桐”亦生井边，故词人将这三种物象铸于一句。用梧桐树来表明秋季，而用金井辘轳表明傍晚（古人汲水多在傍晚及清晓），同时这些物象还能体现秋天的怀感。（如李白《赠别舍人弟台卿之江南》：“去国行客远，还山秋梦长。梧桐落金井，一叶飞银床。”）“几树惊秋”是说秋风惊动了几多树木，同时也通过“惊”字，形象化地再现了秋风扫落叶的肃杀景象。秋日多淫雨，白昼绵绵不绝的细雨，也最易引起人的愁思。“昼雨新愁”句的意味还不仅如此，它同时还是一个比喻，所谓“无边丝雨细如愁”也。“百尺虾须在玉钩”即卷帘见雨意，珠帘的形象是透明的长条，密如虾须，故以“虾须”代帘，形象可感。以上通过具体景物烘托出独处深闺的女主人公的无法排遣的秋思，为下片抒写离情作了充分酝酿。

过片即出现主人公形象，且转入抒情。“琼窗春断”的“春断”不仅仅指季节上变换（依道理春早过了），同时应暗指女主人公和所欢者的一段“断”了的旧情。而这段旧情，如今由于秋风秋雨的催化，已变作了“新愁”，无计回避。才到心间，又上了眉头（“双蛾皱”）。那人现在已远在天涯（“边头”），但叫人不能不想他。于是女主人公想寄封书信，词中活用古诗双鲤传书的典故说“欲寄鳞游”，然而道路曲折遥远，书信是无由寄达的。但词人不这样直说，却推说黄河九曲，不能逆流，故寄书于鲤无望，尤耐咀嚼。后来晏殊《蝶恋花》有句云“欲寄彩笺兼尺素，山长水阔知何处”，即可作此词末二句注脚。

总体上看，此词上片写景，下片抒情。但上片“新愁”二字又贯通下片情事；下片的“琼窗”与上片“辘轳”“金井”“虾须”“玉钩”也打成一片，读来仍觉通体浑成，情景交融。这首词虽是以闺怨为题材，但其中应寄托有作者自己的人生感喟。（周啸天）

喜迁莺　　李　煜

晓月坠，宿云微，无语枕频欹。梦回芳草思依依，天远雁声稀。　　啼莺散，余花乱，寂寞画堂深院。片红休扫尽从伊，留待舞人归。

这首诗，是抒写对一个所钟爱的美人别后思念的情怀。李煜是“生于深宫之中，长于妇人之手”（王国维《人间词话》）的皇帝，故于女性总不免魂牵梦萦。词以“梦回”为结穴：通首全写梦回后的情景，梦中多少事，不着一字，只留下“芳草思依依”的朦胧的梦影残痕，而这残痕，却仍是梦回时的迷离之感，这颇与李商隐“庄生晓梦迷蝴蝶”的意境相似。既已确定产生意境的基点，便可由此深入意境，而获得多层次的美感。

上片，写彻夜梦思的情状，妙在以逆势翻腾。多情伤别，梦寐萦怀。正惺忪睡眼，怅对遥空；叹芳草天涯，依依别恨。远雁几声，梦回孤枕。这里的“雁声稀”，指音信难凭；“芳草”，喻指离恨。词人别首《清平乐》中“雁来音信无凭，路遥归梦难成。离恨恰如春草，更行更远还生”，与此相印证，意趣更加明晰。这两句，扩大了空间，增强了离恨，见出词人心情尤觉不宁，所以只得频频攲枕，默默无言。静对窗外，却见晓月坠沉，宿云微漠。这两句，写拂晓的景象，映衬出沉重的离情与隐微的愁绪。“晓月坠，宿云微”这一对偶句，本是表现梦回后的惆怅，而置于开头，便从逆势中暗示出由入梦至梦回的全部过程与心理状态。而坠月余晖，微云抹岫，又与梦里残痕、天边芳草暗相融洽，使人感到曲折深邃，缥缈汪洋。

下片，写寂寞的暮春景象，表示怀人的迫切心情。这里顺势走笔，从寂寞中生出波澜。“啼莺”，上接“雁声”；“余花”，遥映“芳草”；“画堂深院”，便是“梦回”寄情的处所，也是以此为主体刻画出寂寞的环境。独处画堂深院，孤寂难堪，而啼莺自散，余花乱落，更增添冷静的气氛，明示伤春之情，暗寓怀人之苦。“片红休扫尽从伊，留待舞人归”二句，从平易中拓开奇境：字疏而意密，语淡而情浓，逐步深入，擒纵生姿。“片红”满地，本极寻常，吩咐“休扫”，便深入了一层；“尽从伊”，又深入一层；“留待”，是把近象送到远方；“舞人归”，是把远影摄入近处。此中意蕴深沉绵邈：“片红休扫”，既是伤春，又是惜春；无限春情，既是执着，又是飘逸。“尽从伊”与“舞人归”，是把两种极不调和的意象融在一起，不仅深化了伤春惜春之情，而且寄寓一种美好的想象：保留着这天然地毯，总有一天，舞人归来，重现美妙舞姿。这片起处以“啼莺”的实景唤起春情，结尾以“舞人归”的虚象隐约地填补梦中的空白，曲折地表达思念的深情。写得惝恍飘忽，极饶烟水迷离之致，而其自然灵妙尤不可及。

昔人论词，好以东坡的“大江东去”与柳永的“晓风残月”相较，以明豪放与婉约的词风分道而驰。后来王渔洋又标出“婉约以易安为宗，豪放惟幼安称首”（《花草蒙拾》）。二者截然分开，则各有偏宕：若一味婉约，则失之纤丽；若一味豪放，则失之粗犷。合而一之，不着迹相，始为大家。李煜词正是如此，实能涵盖苏、柳，包容二安（李易安、辛幼安）。即以此词而论：“晓月”是高景，用“坠”字使之下沉；“宿云”是大景，用“微”字使之缩小；“天远”，则用“雁声稀”使之接近。而这些景象又都收到“无语频攲”的孤“枕”之上，且为耳目所及。也就是说，这些意象是在孤枕与长空之间一放一约而呈现出来的。所以在大词人笔下，无论大小远近高低巨细的景象，一经摄取，加以点染，即成完美的艺术精品。至其运用之妙，恰如行云流水，无迹可寻。（许永璋）

长相思　李　煜

云一緺，玉一梭。淡淡衫儿薄薄罗。轻颦双黛螺。　　秋风多，雨如和。帘外芭蕉三两窠。夜长人奈何！

这大约是李煜前期的作品。写女子秋雨长夜中的相思情意。

上片像是一幅用笔轻淡素雅的仕女画。“云一緺,玉一梭”两句,分写头发与头饰,意思是说,女子的云发挽成盘涡状的发髻,上面插着梭形的玉簪。用语清新而形象。

“淡淡衫儿薄薄罗”,续写衣着。“罗”是“罗裙”之省。“淡淡”“薄薄”,着意写其衣裳色调的轻淡、质地之细薄,以表现女子淡雅的韵致和轻倩的身姿。虽只写她的衫裙,而通体所呈现的一种绰约风神自可想见。

“轻颦双黛螺。”螺黛是古代用以画眉的一种青黑色矿物颜料,又名螺子黛,这里借指女子的双眉。这句方写到这位淡妆女子的表情。眉黛轻蹙,似乎蕴含着幽怨。相思怀人之意,于此隐隐传出,并由此引出下片。“轻”字颇有分寸,它适合于表现悠长而并不十分强烈的幽怨,且与通篇轻淡的风格相谐调。

下片续写环境和心情。“秋风多,雨如和。帘外芭蕉三两窠。”这是一个秋天的雨夜。秋风瑟瑟,秋雨潇潇,雨杂风声,风助雨势,听来恰似彼此相和。而这风雨之声,又落在“帘外芭蕉三两窠”上,奏出一支萧瑟凄清的秋窗夜雨曲,搅动得帘内的人心绪骚屑不宁,长夜难寐,增添了内心的幽凄冷寂。而这雨打芭蕉的凄切之声,又好像丝毫没有停歇的趋势,不免使人更感到暗夜的漫长。这就很自然地逗出末句:“夜长人奈何!”这仿佛是女主人公发自心底的深长叹息。这叹息正落在歇拍上,“奈何”之情点到即止,不作具体的刻画渲染,反添余蕴。联系上片的描绘,不禁使人联想到,这位“淡淡衫儿薄薄罗”的深闺弱女,不仅生理上不堪这秋风秋雨的侵袭,而且在心理上更难以禁受这凄冷气氛的包围。到这里,才进一步显示出上片的人物肖像描写对表现人物内心世界的作用。环境、人物、外形、心理的和谐统一,轻淡的笔调、明洁的语言与笔下女主人公素淡天然、玲珑剔透的风韵的统一,使得这首抒写常见的相思怀人题材的小令,具有一种高度和谐明朗的美。(刘学锴)

捣练子令　　李　煜

深院静,小庭空,断续寒砧断续风。无奈夜长人不寐,数声和月到帘栊。

这是一首本义词。白练是古代一种丝织品,其制作要经过在砧石上用木棒捶捣这道工序,而这工序一般都是由妇女操作的。这首词的词牌即因其内容以捣练为题材而得名。作者通过对一个失眠者夜听砧上捣练之声的描绘,写出了抒情主人公内心的焦躁烦恼。但作者却为这种忐忑不宁的心情安排了一个十分幽静寂寥、空虚冷漠的环境。头两句乍一看仿佛是重复的,后来汤显祖在《牡丹亭》里就写出“人立小庭深院”的句子,把“深院”和“小庭”基本上看成同义词。其实这两句似重复而并不重复。第一句是诉诸听觉,第二句是诉诸视觉。然而尽管耳在听目在看,却什么也没有听到和看到。这样,“静”和“空”这两个字,不仅在感受上给人以差别,而且也看出作者在斟酌用词时是颇费了一番心思的。至于“深院”,是写居住的人远离尘嚣;“小庭”则写所居之地只有一个空荡荡的小小天井,不仅幽静,而且空虚。头两句看似写景,实际是衬托出主人公内心的寂寞无聊。只有在这绝对安静的环境里,远处被断续风声吹来的砧上捣练之声才有可能被这小庭深院的主人听到。

第三句是这首词的核心。自古以来，砧上捣衣或捣练的声音一直成为夫妇或情人彼此相思回忆的诗料；久而久之，也就成为诗词里的典故。比如李白在《子夜吴歌》的第三首里写道："长安一片月，万户捣衣声。秋风吹不尽，总是玉关情。何日平胡虏，良人罢远征？"杜甫的一首题为《捣衣》的五律也说："亦知戍不返，秋至拭清砧。已近苦寒月，况经长别心。宁辞捣衣倦，一寄塞垣深。用尽闺中力，君听空外音。"李杜两家所写，是从捣衣人的角度出发的。而李煜这首词却是从听砧声的人的角度来写的。这个听砧的人不管是男是女，总之是会因听到这种声音而引起相思离别之情的。不过，第三句虽连用两次"断续"字样，含义却不尽相同。一般地说，在砧上捣衣或捣练，总是有节奏的，因此一声与一声之间总有短暂的间歇，而这种断续的有节奏的捣练声并没有从头至尾一声不漏地送入小庭深院中来。这是因为风力时强时弱，风时有时无，这就使身居小庭深院中的听砧者有时听得到，有时听不到。正因为"风"有断续，才使得砧声时有时无，若断若续。这就把一种诉诸听觉的板滞沉闷的静态给写活了。下面两句，明明是人因捣练的砧声搅乱了自己的万千思绪，因而心潮起伏，无法安眠；作者却偏偏翻转过来倒果为因，说人由于夜长无奈而睡不着觉，这才使砧声时断时续地达于耳畔。而且夜深了，砧声还在断断续续地响，是伴随着月光传入帘栊的。这就又把听觉和视觉相互结合起来，做到了声色交融——秋月的清光和捣练的音响合在一起，共同触动着这位"不寐"者的心弦。然而作者并没有绘声绘色，大事渲染，只是用单调的砧声和素朴的月光唤起了读者对一个孤独无眠者的同情。这正是李煜写词真正见功力的地方。

前人评论李煜词的特点，都说他不假雕饰，纯用白描。其实李煜写词何尝不雕饰？只是洗尽铅华，摆脱了尘俗的浓妆艳抹，使人不觉其雕饰的痕迹而已。这首小词无论结构、布局、遣辞、造句，作者都经过了严密的构思和细致的安排，而给予读者的感受，却仿佛只是作者的自然流露。一个作家能于朴实无华之中体现匠心，才是真正的白描高手。（吴小如）

浣溪沙　李　煜

红日已高三丈透，金炉次第添香兽，红锦地衣随地皱。　佳人舞点金钗溜，酒恶时拈花蕊嗅。别殿遥闻箫鼓奏。

这首《浣溪沙》是李煜早期生活的剪影。描写精细，气象华贵，艺术构思比较新颖。

"红日已高三丈透"，概括了多少画面以外的豪华生活：红烛高烧、嫔娥鱼贯的场面被省略了，"眼色暗相勾，秋波横欲流"（《菩萨蛮》）的情景被省略了。词人没有把着眼点放在那次"长夜之舞"的细节描写上，而是从万种柔情、百般蜜意的歌舞中，截取那最富于表现力的生活画面：太阳已经高高升起，给人以"欢娱嫌夜短"的感觉，从而拉长了纵情逸乐的时间跨度，增强了艺术的概括力。它蓦然而来，显得异常突兀，而又能总摄全词，借形于言语之外，这是李煜善于以简约的语言概括丰富内容的具体表现。这首词正是单起之调，不同于《破阵子》"四十年来家国，三千里地山河"那样的对起之调，要求从容整炼，纡徐宛转；而应该起得突兀，笔势挺拔，才符合词的结构规律。接着用一句话描写舞厅的豪华妆饰，一句话刻画舞女活跃的步伐和旋转的姿态，都是着墨不多，语短意长，逐层深入，迤逦入胜，形成极大的艺术容量。“金炉次第添香兽”，这是写陈设的豪华。据《五国故事》《清异录》和《默记》等书籍的记载，李煜宫中确实是装饰得金碧辉煌、雍容华贵的。如以销金红罗罩壁，以绿钿刷饰窗棂，以大宝珠悬于宫中来照明，借以制造和增强美的气氛。然而在这里他却摒弃了那些带着浓厚的富贵气和脂粉气的东西，只摄取生活中最突出的那一部分来反映他宫廷生活的全貌。“香兽”是以炭末为屑，杂以香料，做成各种兽形的燃料。在它的前面着一“次第”，则“金炉”陈列之多，歌舞历时之久，都在字里行间透露出来。“红锦地衣随步皱”，是对舞会场面的具体描绘，说是用红锦织成的“地衣”随着舞步的飞速旋转而打起皱来。“地衣”是铺在地面上的丝织品，犹今之地毯。词人用一个特写的镜头，先突出“地衣”的“皱”，再看到舞步的轻捷，而视觉的层次先后历历如绘。在“镂金错采”“裁花剪叶”的花间派词风笼罩整个词坛的时候，李煜即使写艳情的生活，也不用浓妆重彩去涂抹，用脂香粉气去妆饰，而是拣取明净的语言、白描的手法来表现它，说明他的审美情趣是高人一等的。

下片写佳人舞后的神情和微醉的娇态，与上片一气贯串。若不经意，而运转自如，有灰蛇蚓线之妙。“佳人舞点金钗溜”，一句话把佳人有情无力的慵态、媚态，描绘得活灵活现。“舞点”，就是“舞彻”，就是按着一定的节拍舞完了一个曲调。“金钗溜”，就是在舞步的旋转中，让金钗从发髻上滑了下来。两个细节，活脱出佳人舞罢娇无力的神态。“酒恶时拈花蕊嗅”，是一个为历代词人所艳称的名句。贺裳在他的《皱水轩词筌》中说：“写景之工者，如尹鹗‘尽日醉寻春，归来月满身’，李重光(后主)‘酒恶时拈花蕊嗅’……皆入神之句。”这句话为什么“入神”呢？一是吸收了当时生动的口语入词，赵德麟《侯鲭录》卷八说：“金陵谓‘中酒’曰‘酒恶’，则知李后主诗云‘酒恶时拈花蕊嗅’，用乡人语也。”可证。二是刻画了美妙动人的艺术形象。我们不仅可以从这句话里想象这位佳人微醉后的情态，而且可以想象出她那富于感情的内心世界，甚至她的整个标格和丰韵都在“拈”和“嗅”两个颇带戏剧性的动作中表现出来。那借酒撒娇的媚态，那欲盖弥彰的窘态，那我见犹怜的神态，无不宛然在目。最后一结，与起句遥相呼应，从空间的跨度上扩大了词的艺术含蕴。它告诉读者，不但这里是轻歌曼舞，通宵达旦；那寝宫之侧的便殿即“别殿”，也是箫鼓阵阵，笑语盈盈，红日已高，而歌舞未歇呢！使人想到这种淫靡荒唐的生活方式已经弥漫了这个小朝廷。这个艺术形象所揭示出来的意义，远远超过了李煜当时的思想认识。(羊春秋)

菩萨蛮　　李　煜

花明月暗笼轻雾，今宵好向郎边去。刬袜步香阶，手提金缕鞋。　　画堂南畔见，一向偎人颤。奴为出来难，教君恣意怜。

这是一首描写男女幽会的小词。那时李煜作为南唐小朝廷的君主，终日征歌逐舞，倚声填词，写了不少表现恋情的作品。与稍前的花间派词人相比，他洗尽铅华，不事雕绘，纯以白描的手法刻画感情，在词史上不能不说是一大进步。这首小词，便富有这样的特色。它的文字简练明白，自然真率，读完之后，词中女主人公热烈的爱情，大胆的追求，给我们留下深刻而又鲜明的印象。在唐五代词中，描写幽会题材的并非仅此一首，比李煜略早的牛峤也有一首同调作品，写得十分露骨。清人彭孙遹《金粟词话》针对其中两句评曰："牛峤'须作一生拚，尽君今日欢'，是尽头语，作艳语者无以复加。"这两首同一题材、同一词牌的作品，不仅风格不同，内容也有所差异。牛峤的词，着眼点在于幽会的本身，感情较为径直；李煜这首，着重表现女主人公在幽会之前的复杂的心理状态，感情较为缠绵。当然，它们也有相同之点，那就是王士禛《花草蒙拾》所说的"狎昵已极"。

李煜在这首小词中，运用环境铺垫，心理刻画，行为描写，语言表述等表现手法，塑造出一个相当生动的人物形象。首句描写环境气氛：月色朦胧，轻雾弥漫，娇花吐艳。这是一个多么美丽而又神秘的夜晚，正是情人们幽会的美好时刻。可这种美好时刻并非经常出现，"今宵好向郎边去"一句，透露了女主人公等了一个又一个夜晚，好不容易才等到今晚的消息，并且自然地流露了人物的心理活动，让我们清晰地看到女主人公兴奋而又紧张的神情。接着，在我们眼前出现了一组特写镜头：一双仅仅穿着丝袜的金莲小足；这双小足轻轻地踏上画堂前的玉阶；一只纤纤玉手提着一双金丝绣成的凤鞋；这女子正蹑手蹑脚地、神情紧张地向约会的地点——画堂南畔走去；画堂南畔出现了她的情人；她急忙奔过去，一头扑倒在他的怀里；许久，许久，她依偎着他，激动得身子微微颤抖。这时女主人公似乎在说："奴为出来难，教君恣意怜。"这两句理解为内心独白更为合适。两心相印，难道还需要如此这般地明说出来么？一个"教"字，体现了用动作说话的神情。

作者何以能在这首仅有四十四字的小词中，表现如许丰富的内容？奥秘在于作者所选择的景物、细节、语言都十分精练，具有高度的概括力。例如描写环境，他抓住花、月、雾三件典型的景物，并各冠以"明""暗""轻"等形容词。真可谓写景若活而又惜墨如金。整个环境是迷蒙的，"花明"并非眼见，而是由于闻到了浓郁的花香，才感觉到盛开着的鲜花的明艳。"月暗"并非深黯，而是月色朦胧，迷离渺茫。唯其如此，眼前的景物才隐约可见。"轻雾"自是薄薄的像轻纱一样飘动着的夜雾。"花明""月暗""轻雾"三者已构成一幅优美的和谐的图画，再在"轻雾"前着一"笼"字，全句皆活，呈现出一种迷离惝恍、令人心醉的意境。女主人公所期待的良宵，于是形成了。再如写人物行动，作者提炼了刬袜、提鞋、偎人颤等几个细节，既是富于美感的，又是最能生动地表现出特定环境中人物的心理状态的。在传统的写作方法上，这叫作"以少总多"。"一向"两字，据张相《诗词曲语辞汇释》卷三云："有指多时者，有指暂时者。"此处释作多时，较为符合人物心理状态。这句中的"颤"字也用得极工，将此女子与情人相见时的激动，以及相见前的紧张心情，并由此而造成的心有余悸，都表露无遗。末两句"奴为出来难，教君恣意怜"以精练之笔写透人物心事，实是探骊得珠之笔。近人王国维《人间词话删稿》云："词家多以景寓情，其专作情语而绝妙者，如牛峤'甘作一生拚，尽君今日欢'……"李煜这里也是专作情语，也臻于绝妙。"奴为出来难"，使人想起此女子既有等待良宵的焦急，又有刬袜潜声、屏气悄行的提心吊胆，当然还有其他种种人事间阻、礼教束缚……千难万难，通通包括在"出来难"三字中，何等简练，何等生动！也正因为如此，"教君恣意怜"就深刻地体现了女主人公对真挚的爱情生活热烈追求而终于得遂所愿的满足。

据马令《南唐书·女宪传·继室周后》以推测，此词似为小周后而作。小周后在她姐姐大周后抱病时，已入宫与后主李煜私通。有人因而将此词全盘否定。其实文艺作品所描写的并不一定就是作者的经历，它有个提炼、概括的过程；即便以作者的生活作为素材，人们在欣赏这首词时，并不全是着眼于他们爱情的原来情况，而大都着眼于词中所刻画的这个大胆的热烈追求爱情生活的女主人公的艺术形象，以及李煜在描写艺术上所取得的高度成就。（唐葆祥）

菩萨蛮　李　煜

铜簧韵脆锵寒竹，新声慢奏移纤玉。眼色暗相钩，秋波横欲流。　雨云深绣户，未便谐衷素。宴罢又成空，梦迷春雨中。

这是一首恋情词，说具体点，即抒写一种精神恋爱（《红楼梦》作者所谓“意淫”）的感情体验。近人多以为是小周后作，细玩词意，恐未必然。

从前两句看，女方是位乐伎。她正款移玉指，吹奏笙箫，奏出的是一支新谱乐曲，乐声清脆妙曼。首句乃“铜簧韵脆，寒竹声锵”之紧缩句。笙这种乐器，编竹管列置瓠中，施铜簧于管底，故云。不说笙而代以“铜簧寒竹”，不说指而代以“纤玉”，这种宁用有美感的字面而不取较普通的名词的做法，是继承了温词的作风。这位女子娴于笙乐，她的吹奏却是心不在焉的，因为同一时刻，她已与相悦的男子眉目传情了。“眼色暗相钩，秋波横欲流”，这种以眼风谈情说爱的方式，既是由于“众中不敢分明语”的特定环境制约的结果，又由于心有灵犀的青年男女“眉毛会说话，眼睛会唱歌”的缘故。所以片刻之间，双方即心许目成。虽不免有些不能畅所欲言的苦痛，又别有一番“意淫”的乐趣。这是《楚辞·九歌·少司命》“满堂兮美人，忽独与余兮目成”的境界。

不知是双方身份的差距太大，还是别的外在的间阻，彼此无由接近，致使男方有“雨云深绣户，未便谐衷素”之恨。（“未便”一作“来便”，与后文“宴罢又成空”扞格难通。）宴会之后，双方更无缘私下接触，回思“昨夜星辰昨夜风”，使人有宴罢成空之叹，怃然神伤。词的结句“梦迷春雨中”，为主人公的企盼与神伤创造了一个抒情气氛甚浓的环境。它显然受到李商隐“一春梦雨常飘瓦”名句之启发，不仅渲染着相思气氛，而且由于高唐神女的故事赋予“梦雨”以爱情的暗示，使词句带有比兴象征意味，读者从中可以体会到主人公殷切的爱的期待，与这种期待的飘忽渺茫。

其实，这里整个的词境都接近李商隐《无题》诗的某些意境。上片所写，近乎“身无彩凤双飞翼，心有灵犀一点通”；下片所写，又近乎“刘郎已恨蓬山远，更隔蓬山一万重”。向来论者于李后主词多看到其独创的一面，至于其继承关系则较少谈到，从这首词，我们大体可以看到晚唐李诗温词的某些影响。（周啸天）

浪淘沙　李　煜

往事只堪哀，对景难排。秋风庭院藓侵阶。一桁珠帘闲不卷，终日谁来！　　金锁已沉埋，壮气蒿莱。晚凉天静月华开。想得玉楼瑶殿影，空照秦淮。

这首词始见于南宋无名氏辑本《南唐二主词》。近人因这首词的风格比较“豪放”，而认为非李煜所作。其实，从创作风格看，它同李煜后期写的《虞美人》和另一首《浪淘沙》等词并无很大差异，都是直抒胸臆、一气呵成之作。

词的主旨一上来就开门见山地道破，即“往事堪哀”“对景难排”这八个字。“景”指眼前景物，正对“往事”而言，而“往事”又与今日之处境两相映照，昔日贵为天子，今日贱为俘虏，这简直有九天九地之差。而今生今世，再也过不成当年安富尊荣的享乐生活了。“往事”除了“堪哀”之外，再无卷土重来的机会。所以第一句下了个“只”字，“只”者，独一无二，除此再无别计之谓也。古人说“哀莫大于心死”，偏偏这个已经“归为臣虏”的降皇帝心还没有死透，相反，他对外界事物还很敏感，无论是春天的“小楼昨夜又东风”还是秋凉时节的“庭院藓侵阶”“天静月华开”，都在他的思想中有反应。这样一来，内心的矛盾纠葛当然无法解除，只能以四字概括之——“对景难排”。作者在词中所描写的“景”实际只有两句，即上片的“秋风庭院藓侵阶”和下片的“晚凉天静月华开”。上一句昼景，下一句夜景。“藓侵阶”即《陋室铭》中的“苔痕上阶绿”，表示久无人迹来往，连阶上都长满了苔藓，真是死一般的岑寂。作者对此既然感到“难排”，便有心加以“抵制”。“抵制”的方式是消极的，檐前那一长列珠帘连卷也不卷，干脆遮住视线，与外界隔绝。用这样的手法逼出了下面四个字：“终日谁来！”既然连个人影都见不到，我还卷帘干什么呢？但读者会问：“藓侵阶”既已写出久无人迹，又说“终日谁来”，岂不叠床架屋？其实，也重复也不重复。李煜后期的词大都直抒襟抱，不避重复，如《子夜歌》(人生愁恨何能免)只是一层意思反复地说下去，此词亦近之。但也不尽重复，而是用这一句配合“一桁”句来刻画自己复杂矛盾的内心世界。作者一方面采取“一桁珠帘闲不卷”的无可奈何的办法来消极“抵制”，另一方面却仍存希望于万一，或许竟然有个人来这里以慰自己的岑寂吧。不说“不见人来”而说“终日谁来”，字面上是说终日谁也不来，骨子里却含有万一有人来也说不定的希冀心理在内。这就与“藓侵阶”似重复而实不重复了，盖一写实际景物，一写心理活动也。

在悲观绝望之余，下片转入对“故国”的沉思。这也是李煜这个特定人物在特定环境下的逻辑必然。而沉思的结果，依然是荒凉萧索，寂寞消沉。但这是想象中的产物，比眼前实际更虚幻，因而感情也就更凄凉哀怨。“金锁”的“锁”也通作“琐”，王逸《楚辞章句》：“琐，门镂也，文如连琐。”“金锁”即雕镂在宫门上的金色连锁花纹。这里即作为南唐宫阙的代称。“金锁沉埋”，指想象中殿宇荒凉，已为尘封土掩。“壮气”犹言“王气”，本指王者兴旺的气象或气数。《太平御览》卷一七〇引《金陵图》云：“昔楚威王见此有王气，因埋金以镇之，故曰金陵。”这里的“金锁”两句，正如刘禹锡诗所说的“金陵王气黯然收”。说明当年偏安一隅的那点气数已尽，旧时宫苑久已蒿莱没径，不堪回首了。然而秋夜晴空，月华如洗，当年那种“归来休放烛花红，待踏马蹄清夜月”(《玉楼春》)的金粉豪华的生活一去不返，面对着大好秋光，无边月色，不禁为映照在秦淮河上的“玉楼瑶殿影”抛一掬酸辛之泪，这里面有悔恨，有怅惘，百无聊赖而又眷恋无穷。末句着一“空”字，正与开篇第一句的“只”字遥相呼应，在无比空虚中投下了无比凄惶。这正是作者《虞美人》中“雕栏玉砌应犹在，只是朱颜改”的另一写法。那一首说宫殿犹存，人已非昨；这里却说连玉楼瑶殿也该感到孤寂荒凉了吧。此词虽无彼之激越清醇，而沉痛哀伤则过之，正当与彼词比照而观。（吴小如）

浪淘沙令　李　煜

帘外雨潺潺，春意阑珊。罗衾不耐五更寒。梦里不知身是客，一晌贪欢。　独自莫凭栏，无限江山。别时容易见时难。流水落花春去也，天上人间。

宋蔡絛《西清诗话》谓本词是作者去世前不久所写：“南唐李后主归朝后，每怀江国，且念嫔妾散落，郁郁不自聊，尝作长短句云：‘帘外雨潺潺……’含思凄惋，未几下世。”从本词低沉悲怆的基调中，透露出这个亡国之君绵绵不尽的故土之思，可以说这是一支宛转凄苦的哀歌。

上片用倒叙，先写梦醒再写梦中。起首说五更梦回，薄薄的罗衾挡不住晨寒的侵袭。帘外，是潺潺不断的春雨，是寂寞零落的残春；这种境地使他倍增凄苦之感。“梦里”两句，回过来追忆梦中情事，睡梦里好像忘记自己身为俘虏，似乎还在故国华美的宫殿里，贪恋着片刻的欢娱，可是梦醒以后，“想得玉楼瑶殿影，空照秦淮”（《浪淘沙》），却加倍地感到痛苦。

过片三句自为呼应。为什么要说“独自莫凭栏”呢？这是因为“凭栏”而不见“无限江山”，又将引起“无限伤感”。“别时容易见时难”，是古人常用的语言。曹丕《燕歌行》中有“别日何易会日难”之句，《颜氏家训·风操》也说“别易会难”。然而作者所说的“别”，并不仅仅指亲友之间，而主要是与故国“无限江山”分别；至于“见时难”，即指亡国以后，不可能见到故土的悲哀之感，这也就是他不敢凭栏的原因。在另一首《虞美人》词中，他说：“凭栏半日独无言，依旧竹声新月似当年。”眼前绿竹眉月，还一似当年，但故人、故土，不可复见，“凭栏”只能引起内心无限痛楚，这和“独自莫凭栏”意思相仿。

“流水”两句，叹息春归何处。张泌《浣溪沙》有“天上人间何处去，旧欢新梦觉来时”之句，“天上人间”，是说相隔遥远，不知其处。这是指春，也兼指人、故国。词人长叹水流花落，春去人逝，故国一去难返，无由相见。

《人间词话》评李煜词云：“词至李后主而眼界始大，感慨遂深，遂变伶工之词而为士大夫之词。”李煜后期词反映了他亡国以后囚居生涯中的危苦心情，确实是“眼界始大，感慨遂深”。且能以白描手法诉说内心的极度痛苦，具有撼动读者心灵的惊人艺术魅力。本词就是一个显著的例子。（潘君昭）

玉楼春　李　煜

晚妆初了明肌雪，春殿嫔娥鱼贯列。凤箫吹断水云閒，重按《霓裳》歌遍彻。　　临风谁更飘香屑，醉拍阑干情味切。归时休放烛花红，待踏马蹄清夜月。

我以前写有《大晏词的欣赏》一文（见《迦陵论词丛稿》），曾经将诗人试分为理性之诗人与纯情之诗人二类。以为理性之诗人其感情乃如“一面平湖”，“虽然受风时亦复縠绉千叠，投石下亦复盘涡百转，然而却无论如何总也不能使之失去其含敛静止、盈盈脉脉的一份风度”。此一类型之诗人，应以晏殊为代表。至于南唐后主李煜，则恰好是另一类型，属于纯情之诗人的最好的代表。这一类型的诗人之感情，不像盈盈脉脉的平湖，而像滔滔滚滚的江水，只是一味地奔腾倾泻而下，既没有平湖的边岸的节制，也没有平湖的渟蓄不变的风度。这一条倾泻的江水，其姿态乃是随物赋形的，常因四周环境之不同而时时有着变异。经过蜿蜒的涧曲，它自会发为撩人情意的潺湲，经过陡峭的山壁，它也自会发为震人心魄的长号，以最任纵最纯真的感情来反映一切的遭遇，这原是纯情诗人所具有的明显的特色。李煜亡国前与亡国后的作品，其内容与风格尽管有明显的差异，却同样是这一种任纵与纯真的表现，这是欣赏李煜词所当具备的最重要的一点认识。

这首《玉楼春》，无疑的乃是后主在亡国以前的作品，通篇写夜晚宫中的歌舞宴乐之盛，其间并没有什么高远深刻的思致情意可求，然而其纯真任纵的本质，奔放自然的笔法，所表现的俊逸神飞之致，则仍然是无人可及的。《人间词话》有一段评语说：“温飞卿之词，句秀也；韦端己之词，骨秀也；李重光之词，神秀也。”这一段评语是极为切当的。飞卿之词精艳绝人，其美全在于辞藻字句之间，所以说是“句秀也”；端己则字句不似飞卿之浓丽照人，而其劲健深切足以移人之处，乃全在于一种潜在的骨力，所以说是“骨秀也”；至于后主则不假辞藻之美，不见着力之迹，全以奔放自然之笔写纯真任纵之情，却自然表现有一种俊逸神飞之致，所以说是“神秀也”。这一首《玉楼春》，就是写得极为俊逸神飞的一首小词。

先看第一句“晚妆初了明肌雪”，此七字不仅写出了晚妆初罢的宫娥之明丽，也写出了后主面对这些明艳照人之宫娥的一片飞扬的意兴。先说“晚妆”，有的本子或作“晓妆”，然而如果作“晓妆”则与下半阕踏月而归的时间、景色不合，而且“晓妆”实在不及“晚妆”之更为动人。一则，“晓妆”乃是为了适合白昼的光线而作的化妆，虽然也染黛施朱，然而一般说来则大多是以较为淡雅的色调为主的；而“晚妆”则是为了适合灯烛的光线而作的化妆，朱唇黛眉的描绘，都不免较之“晓妆”要更为色泽浓丽，所以只用“晚妆”二字，已可令人想见其光艳之照人。再则，“晓妆”之后或者尚不免有一些人间事务有待料理，而“晚妆”则往往乃是专为饮宴、歌舞而作的化妆，所以用“晚妆”二字，还可以令人联想到宴乐之盛况，是则仅此二字已足透露后主飞扬之意兴矣。再继之以“初了”二字，“初了”者，是化妆初罢之意，乃是女子化妆之后最为匀整明丽的时刻，所以乃更继之以“明肌雪”三字，则是说其如雪之肌肤乃更为光彩明艳矣。看后主此七字之愈写愈健，其意兴乃一发而不可遏。

继之以次句之“春殿嫔娥鱼贯列”，则写宫娥之众，“春殿”二字足见时节与地点之美，“鱼贯列”三字则不仅写出了嫔娥之众多，而且写出了嫔娥队伍之整齐，舞队之行列已是俨然可想。再加之以下面“凤箫吹断水云閒，重按《霓裳》歌遍彻”两句，歌舞乃正式登场矣。“凤箫”一作“笙箫”，笙、箫分别为二种乐器，凤箫则是一种乐器，按箫有名凤凰箫者，比竹为之，参差如凤翼，凤箫或当指此。总之，凤箫二字所予人之直觉感受乃是精美而奢丽的乐器，与本词所写之耽溺奢靡之享乐生活，其情调恰相吻合，如作"笙箫"反不免驳杂之感。再则，如作"笙"字，则此句前三句"笙""箫""吹"皆为平声，音调上便不免过于平直无变化，如作"凤箫"，则"凤"字仄，"箫"字平，"吹"字平，"断"字仄，在本句平仄之格律中虽然第二与第四两字必须守律，然而第一与第三两字之平仄则不必完全守律者也，后主以平仄间用，极得抑扬之致，且"仄平平仄"乃词曲中常用之句式。故私意以为作"凤箫"较佳。"凤箫"下断言"吹断"，"断"字，据张相《诗词曲语辞汇释》云"断，犹尽也，煞也"，是"吹断"乃尽兴吹至极致之意。再继之以"水云閒"，"閒"一作"闲"，又可作"间"，此字自当为"闲"字之通假，至于"间"字，如果认为乃"閒"字之同义字，亦原无不可，但"间"字多作中间之意，则"水云间"乃指凤箫之声吹断，其音飘荡于水云之间之义，似亦有可取者，但"閒"字有悠闲之意，作"水云闲"则一方面写所见之云水闲飏之致，一方面又与前面之"凤箫吹断"相应，是箫声乃直欲与水云同其飘荡闲飏矣。故私意以为作"闲"字更佳。

再继之以"重按《霓裳》歌遍彻"，"按"者，乃按奏之意，"重按"者，乃"重奏""更奏""再奏"之意，是不仅吹断凤箫，且更重奏《霓裳》之曲也。"吹"而曰"吹断"，"按"而曰"重按"，此等用字皆可见后主之任纵与耽溺，而且据马令《南唐书》载："唐之盛时，《霓裳羽衣》最为大曲，罹乱，瞽师旷职，其音遂绝。后主独得其谱，乐工曹生亦善琵琶，按谱粗得其声，而未尽善也。(大周)后辄变易讹谬，颇去哇淫，繁手新音，清越可听。"后主与大周后皆精音律，情爱复笃，何况《霓裳羽衣》又是唐玄宗时代最著名的大曲，又经过后主与周后的发现和亲自整理，则当日后主于宫中演奏此曲之时，其欢愉耽乐之情，当然更非一般寻常歌舞宴乐之比，故不仅"按"之不足而曰"重按"，且更继之以"歌遍彻"也。遍、彻，皆为大曲名目。按大曲有所谓排遍、正遍、衮遍、延遍诸曲，其长者可有数十遍之多，至于彻，则《宋元戏曲史》云"彻者，入破之末一遍也"，曲至入破则高亢而急促，六一词《玉楼春》有"重头歌韵响铮鏦，入破舞腰红乱旋"之句，可见入破以后曲调之亢急，则后主此句所云"歌遍彻"者，其歌曲之长、之久以及其音调之高亢急促，皆在此三字表露无遗，而后主之耽享纵逸之情亦可想见矣。

下半阕首句"临风谁更飘香屑"，据传后主宫中设有主香宫女，掌焚香及飘香之事，"焚香"易解，至于此句所云"飘香屑"者，盖宫女持香料之粉屑散布各处，则宫中处处有香气之弥漫矣。至于"临风"二字，一作"临春"，郑骞《词选》云："临春，南唐宫中阁名，然作'临风'则与'飘'字有呼应，似可并存。"可是，郑骞所选用的却仍然是"风"字，作"临风"实更为活泼有致，且临风而飘香，则香气之飘散乃更为广远弥漫，不见飘香之宫女，而已遥闻香气之扑鼻，故后主乃于此句中更着以"谁更"二字，曰"谁"者，正是闻其香而不见其人的口吻，恰好把临风飘散的意味写出，至于"谁"字下又着以一"更"字，则乃是"更加"之意，当与上半阕合看。盖后主于此词之上半阕，已曾写出其所欣赏者：有目所见之"明肌雪"与"鱼贯列"的宫娥，有耳所听之"吹断"的"凤箫"和"重按"的《霓裳》，而此处乃"更"有鼻所闻之"临风"的"飘香"，故着一"更"字，正极力写出耳目五官之多方面的享受，何况继之还有下面的"醉拍阑干情味切"一句，"醉"字又写出了口所饮之另一种受用，真所谓极色、声、香、味之娱，其意兴之飞扬，一节较之一节更为高起，遂不觉其神驰心醉，手拍阑干，完全耽溺于如此深切的情味之中矣。

至于最后二句"归时休放烛花红，待踏马蹄清夜月"，则明明乃是歌罢、酒阑之后归去时的情景，而后主却依然写得如此意味盎然，余兴未已。"休放烛花红"者，是不许从者点燃红烛之意。以“红烛”光焰的美好，却不许从者点燃，只因为“待踏马蹄清夜月”的缘故。“待”者，要也，只是为了要以马蹄踏着满路的月色归去，所以连美丽的红烛也不许点燃了。后主真是一个最懂得生活情趣的人。而且“踏马蹄”三字写得极为传神，一则，“踏”字无论在声音或意义上都可以使人联想到马蹄得得的声音；再则，不曰“马蹄踏”而曰“踏马蹄”，则可以予读者以双重之感受，是不仅用马蹄去踏，而且踏在马蹄之下的乃是如此清夜的一片月色，且恍闻有得得之蹄声入耳矣。这种纯真任纵的抒写，带给了读者极其真切的感受。通篇以奔放自然之笔，表现一种全无反省和节制的完全耽溺于享乐中的遄飞的意兴，既没有艰深的字面需要解说，也没有深微的情意可供阐述，其佳处极难以话语言传，却是写得极为俊逸神飞的一首小词。这一首词，可以作为后主亡国以前早期作品的一篇代表。（叶嘉莹）

谢新恩　李　煜

秦楼不见吹箫女，空余上苑风光。粉英含蕊自低昂。东风恼我，才发一衿香。　　琼窗梦□留残日，当年得恨何长！碧阑干外映垂杨。暂时相见，如梦懒思量。

从词意判断，这阕当是悼亡之作。后主十八岁娶司徒周宗之女娥皇，即位后册为皇后，夫妻感情笃好。婚后十年，娥皇病逝。据马令与陆游所撰之两部《南唐书》记载，后主“哀苦骨立，杖而后起”；并自撰诔文，文中有“苍苍何辜，歼予伉俪”“绝艳易凋，连城易脆”等语，言极酸楚。娥皇长得“纤秾挺秀，婉娈开扬”，且“通书史，善音律，尤工琵琶”，故此词起句便说“秦楼不见吹箫女”，把她比作传说中的秦穆公那位善于吹箫、乘凤仙去的女儿弄玉。现在，凤去楼空，上苑景色再好，也成虚设。因此次句便说：“空余上苑风光。”“上苑风光”自是眼前景物，也隐然有曩昔“接辇穷欢，是宴是息”的许多赏心乐事；而“空余”“不见”，又自有无限惆怅凄凉。此词一起，便见所咏之意。三句“粉英含蕊”是“上苑风光”的具体描绘。粉白的花、含蕊乍放，可见苑中春色之明媚鲜妍；乃接以“自低昂”，则春色之无人观赏、落寞寂寥可见。显然，词人心中已经失去了春天，虽百花临风作态，他何尝有心观赏！唯任其自开自落，自作低昂。“自低昂”三字，至为沉痛。以上三句合观，极富点染之妙。一、二两句写风光依旧，所欢不见，是“点”；三句“粉英含蕊自低昂”，即就上意渲染。一点一染，加深了词境。“东风”二句，承“粉英含蕊”迤逦写来。“一衿香”的“衿”，即衣襟之襟。“才发一衿香”是说花朵初放，刚刚发出袭人襟袖的芳香。这初放的花朵，使他联想起早逝的妻子（妻子死时才三十岁不到）。现在，东风偏偏在我面前催花吐艳，岂非有意恼我，增我惆怅吗？“东风恼我”之言，即由此生发。这两句，怨及东风，造意造语，十分新颖，表现了词人特殊的心理状态。

上片眼前风物，感官所及，皆伤心之色，断肠之香，故勾起下片一枕幽梦，过片换笔不换意。词人结想成梦，梦中再现了历历前欢。这里，不写梦中如何缱绻，但以“琼窗”（精美的窗子）作为梦中情事的衬景，语极蕴藉。可惜，好梦易醒，觉来唯见残日临窗，余光似血。这便是“琼窗梦□留残日”的境界。下句“当年得恨何长”，乃梦后思量的许多绸缪韵事。忆及当年，理应有无穷恩爱而不应有恨,但正因为爱得愈深,一旦永诀,也就遗恨愈长。再说,十载耳鬓厮磨,生活中又安能全无恨事?这些遗恨,现在是永远无法弥补了。唯有长埋心臆,思之余恨无穷。故曰:"当年得恨何长!"这一句,意蕴极丰,于转折中见出沉哀茹痛。此时词人推枕而起,凭栏四顾,唯见碧阑干外,垂杨掩映,一片寂寞凄凉。这碧绿的阑干,当年也曾与伊共倚;这垂杨之下,当年也曾与伊游憩。风景无殊,伊人永逝,乃愈感聚日之短暂,长恨之绵绵。这"碧阑干外映垂杨",仍在申足上句"当年得恨",是又一次点染刷色。词人肠回百折,但感往事如梦,相思的结果不过是引起更深的、无边无尽的相思,于是,以"暂时相见,如梦懒思量"的决绝语结束这场相思。这是挣扎之后无可奈何而故作超脱。而愈是故作超脱,愈见其无法解脱;愈说"懒思量",愈见出他无时不在思量。"懒思量"三字从反面着笔,结出余恨悠悠。

这首词睹物思人,触处皆物是人非之痛。词中春花春柳,琼窗碧阑,无一非阳春淑景,初无献愁供恨之意。但正如赵秋舲《花帘词序》所云:"不必愁而愁,斯视天下无非可愁之物。"所谓泪眼观花,正见出伤心人别有怀抱,感情真挚,自然哀婉动人。其艺术上超妙之处,在于处处用虚字、否定字作顿挫腾挪,使词意层层翻进。"秦楼吹箫女",本清绝艳绝,着"不见"二字,境界突变。"上苑风光",旖旎不尽,冠以"空余",顿成无限凄惶。"粉英含蕊低昂",春光何等烂漫,中间下一"自"字,则群芳寂寞。东风催发幽香,何等馥郁温馨,"恼我"一转,感情色彩全异。"琼窗"之美,映以"残日";碧阑垂柳,徒引旧恨。结穴处再点一"懒"字,愈见相思刻骨,心事成灰,情怀逆折,一往无既。后主当自写其沉哀,何尝计及章法、句法、字法,然无意中自见章法、句法、字法,此所谓"不期然而然"者,正周之琦《词评》云:"重光(李煜字)天籁也,恐非人力所及。"(赖汉屏)

破阵子　　李　煜

四十年来家国,三千里地山河。凤阁龙楼连霄汉,玉树琼枝作烟萝。几曾识干戈?　　一旦归为臣虏,沈腰潘鬓消磨。最是仓皇辞庙日,教坊犹奏别离歌。垂泪对宫娥。

苏轼的《东坡志林》卷四引此词并说:"后主既为樊若水所卖,举国与人,故当恸哭于九庙之外,谢其民而后行,顾乃挥泪宫娥,听教坊离曲!"因而后人往往解此词为后主当亡国之际,辞别太庙时所作。然细味词旨,分明是他沦为臣虏之后的回首往事,未必写于辞庙之日。

李煜从他做南唐国君的第一天起,就一直在北方强大的赵宋政权的威慑下过着朝不虑夕的日子,随时都有灭国被虏的危险,这在南唐君臣的心中投下了很深的暗影。大臣徐锴临终时就说:"吾今乃免为俘虏矣!"庆幸自己逃过了作亡国之俘的下场。然而亡国的一天终于来了,宋太祖开宝八年(975)金陵为宋兵占领,李煜肉袒出降。作为俘虏,他与子弟四十五人被宋兵押往北方,从此开始了他忍辱含垢的生活。三年之后,宋太宗毕竟容不下这个亡国之君,将他毒死在汴京,时仅四十二岁。

此词便写于他生命的最后几年中。南唐自先主李昪于公元938年立国,至975年后主亡国，计三十八年，称四十年是举成数言。版图共有三十五州，方圆三千里，定都金陵，当时堪称大国。宫中危楼高阁，栖凤盘龙，上迫云霄；御园内遍布名花奇树，草木葳蕤，一派豪华秾艳的景象。据宋人笔记中载，南唐宫中以销金红罗罩壁，以绿钿刷隔眼，糊以红罗，外种梅花；梁栋、窗壁、柱拱、阶砌等都作隔筒，密插杂花，可见其豪奢。所以此词的上片可视为实录，而且写得辞意沉雄，气象宏大，与当时盛行于词坛的花间派词风格迥异，已开后来宋人豪放一路。上片结拍："几曾识干戈？"顺着前面豪华安逸的宫廷生活而来，峰回路转，承上启下，生出下片屈为臣虏的情景，转折之妙全在于自然流走，绝无拗折痕迹。

《梁书·沈约传》说沈约与徐勉的信中称自己老病："百日数旬，革带常应移孔，以手握臂，率计月小半分。"后人因以"沈腰"指腰肢消瘦。潘岳《秋兴赋》说："斑鬓发以承弁（帽）兮。"后人以"潘鬓"作鬓发斑白的代称。李煜用了这两个典，极言自己被俘后精神与肉体上的苦闷和摧颓。古人说忧能伤人，诚然，亡国之痛，臣虏之辱，使得这个本来工愁善感的国君身心俱疲了。李煜被俘之后，日夕以泪洗面，过着含悲饮恨的生活。这两句即是他被虏到汴京后的辛酸写照。他沉痛地回首往事，想起那最不堪忍受的匆忙辞别太庙的时刻，宫中的乐工还吹奏起离别的曲子。教坊的音乐是李煜平日所钟爱的，他前期的不少词中都有听乐的记载，然而此时的笙歌已不复能给人带来欢乐，却加深了别离的悲凉。从一国之主骤然沦为阶下之囚，李煜的感受自然是深沉悲痛的，然而千愁百感不知从何说起，况且面对的是这些幽居深宫、不知世事的宫女，于是只能挥泪而别。教坊奏乐本可安慰离情别绪，然而这里反激起了他的无限愁苦之情。李煜另有《望江南》词，所谓"心事莫将和泪说，凤笙休向泪时吹，肠断更无疑"，正可给此词作一注脚。

全词的语言明白如话，而感情却深曲郁结。李煜词所以有语浅情深的艺术效果，在于他真率地披露了亲身的感受。读李煜的词，自觉一种开诚相见的情愫与毫不掩饰、绝无拘束的勇气。吴梅的《词学通论》中说："二主词，中主能哀而不伤，后主则近于伤矣。然其用赋体不用比兴，后人亦无能学者也。"所谓"用赋体不用比兴"，正指出了李煜词直抒胸臆、率真诚挚的特点。这首《破阵子》即堪称"赋体"的典范。此词另一个特点是对比的运用。上片极言太平景象，家国一统、山河广阔、宫阙巍峨、花草艳美，却反衬出了词人被俘后的凄凉悲苦，从而揭示了他绵绵不尽的哀愁。这种手法广泛地被运用在李煜后期的词中，因为他的今昔之感是太深太强了。（王镇远）

菩萨蛮　耿玉真

玉京人去秋萧索，画檐鹊起梧桐落。欹枕悄无言，月和清梦圆。　背灯惟暗泣，甚处砧声急。眉黛远山攒，芭蕉生暮寒。

据阮阅《诗话总龟》等书记载："南唐卢绛病痁，梦白衣美妇歌曰：'玉京人去秋萧索'云云。"从此，这首小词蒙上一层迷离恍惚的神秘色彩，被看作"鬼词"。其实，这只是一首倾诉闺情的篇章，它以笔致工巧、深婉动人，赢得了人们的喜爱，曾在北宋初年广为流传。从词中可知,抒情主人公是一位温柔多情、敏感娴静的女子。

玉京,本道教所谓天上宫阙,用作京城的代称。唐卢储《催妆》诗:"昔年将去玉京游,第一仙人许状头。"此"去玉京",谓赴京应试。在一个秋日的黄昏,她凭栏凝思,沉浸在对远方亲人的怀念之中。起首两句"玉京人去秋萧索,画檐鹊起梧桐落",描绘出一幅飒飒秋景,景中有情。前一句点出秋气而带出"人去"之意,是情与景双入之法。"萧索"二字是一篇眼目,后一句便就此点染,且下文之"月圆""芭蕉"诸句无不由此生发。喜鹊历来是吉祥之鸟,鹊起而不顾,暗示丈夫一去杳然无讯,闺中主人公的怅然失望亦隐然可见。细微如梧桐叶落之声尚清晰可闻,庭院之阒寂,女子怀想之深亦可以想见了。徐士俊谓"起落字妙,类之者,惟兔起鹘落"(见明卓人月《古今词统》)。于一句中相对举,益见得词笔摇曳有致。"人去",令人记起往昔未去之时;"萧索",烘衬出抒情者的悲凉意绪,连带说出便觉情景相生,这正是双入法的妙处。有此开篇,全词都笼罩着瑟瑟寒意了。基调亦由此确定。

接下来时间由黄昏而入夜。如果说前面两句侧重渲染气氛的话,那么这两句则着重刻画人的动作,中心落在思念二字上。夜不安寐,欹枕无言,用动作表现心理,形象而又委曲。"无言"是静默之状,又含"脉脉此情谁诉"之意。惟其默然远想,才引出下一句的"清梦"来。不知过了多久,这位辗转反侧的女子渐渐劳倦不堪,悄然睡去。梦中她见到了久别的亲人。词人把这梦中团聚和中天月圆巧妙地交织在一句之中,"圆"字双关。梦境沐浴着月的清辉,而一轮圆月又在梦的幻影之中,境界惝恍迷离,清幽怡人。梦境与现实、月色与人事两相对照反衬,使主人公的情怀表现得愈婉愈深了。

换头两句从上片连绵而下。"背灯惟暗泣,甚处砧声急"两句前后倒装。深夜里,不知什么地方响起阵阵捣衣声,把她从睡梦中惊醒。"甚处",说明砧声是从很远的地方传来,是一种并不太响,而且时断时续的声音,也符合乍醒来时恍惚莫辨的情态。这种声响竟把人惊醒,可知夜之静谧了。这样看来,句中极醒目的"急"字恐怕侧重于表现人的内心感受,未必是实写砧声。"背灯暗泣"乃梦断神伤之状。眼前的冷寂,经梦中欢聚一衬照,益发加深了感伤和怅惘,她怎能不柔肠寸断、哀泣不止呢?"暗"字兼言情、景,思妇心境之黯然具体可感。从上文的"欹枕无言"到此刻的"背灯暗泣",层层迭进,益转益悲了。

"眉黛远山攒",是隔接"背灯"句,给那攒蹙的秀眉一个特写镜头,把满怀的思念和哀怨全部凝聚在黛色如远山的眉间了。末句轻轻宕开,以景收束:"芭蕉生暮寒。"凄冷之意又真切,又朦胧,那寒气直沁入人的心里,却又不曾说破。辞婉而情切,令人哀感无端,正是所谓以景结情的妙笔。此词前后两片各用两仄韵,两平韵,平仄递转,情调亦由紧促转为低沉,与词意的转进正相谐和。结构上一句景,一句情,间或情景双写。在情与景的相映、相生、相融之中,女主人公的内心世界婉曲而深切地袒露出来。故而陈廷焯评赞道:"如怨如慕,极深款之致。"(《大雅集》)(周笃文　王玉麟)

临江仙　徐昌图

饮散离亭西去,浮生常恨飘蓬。回头烟柳渐重重。淡云孤雁远,寒日暮天红。　　今夜画船何处？潮平淮月朦胧。酒醒人静奈愁浓。残灯孤枕梦，轻浪五更风。

词一开头，便唱叹而起，大有"数声风笛离亭晚，君向潇湘我向秦"（郑谷诗）之慨。"饮散离亭"，友人们终于挥手别去，从此孑然一身，浪萍难驻，作孤蓬万里之游！起首就把伤别之情与身世之悲打成一片，用笔厚重深沉，凄凉无限。

甫登行程，便已回首，然而如烟似雾的杨柳早已遮断了望眼；只得放眼向前方望去，见到的是残阳如醉，孤雁远征。开头以情起，到这里已经完全融情入景。所有景语，尽成情语。"淡云孤雁远，寒日暮天红"，离人的眼中之景，正反映出离人的心中之情。以此为歇拍，境界阔大，意味悲凉，不减柳永的"念去去千里烟波，暮霭沉沉楚天阔"。雁称"孤雁"，日称"寒日"，孤单感加上向晚的寒意，极写浪迹飘零之苦。晚霞吐红，本是丽景；然而伤心人别有怀抱，在流浪人眼中看来，却是红光惨淡，透出寒意，这也是移情于景。

下阕全是设想。过片"今夜画船何处？"以一问提起，遂引出一系列愁情，举重若轻，毫不费力。意思是：此刻愁绪犹可，只怕到了夜间，潮平水落，泊舟岸边，月映清淮，夜色茫茫，其寂寞凄清之况，又何以堪？尤难耐者，在酒消人醒之后，万籁俱寂之时，往事难省，前途难测，种种感触，伴随别意离忧，齐涌心头，化为浓愁，更兼其时残灯明灭，孤枕梦浅，五更风起，暗浪拍船，——此时此境，此种苦味，又当如何排解啊！

过片一气流转而下，笔力酣畅，直贯篇末；且层层加深，步步递进，呜咽不尽，称得气足神完。末尾说到"残灯孤枕梦，轻浪五更风"，即此顿住，深深可味。贺裳《皱水轩词筌》云"凡写迷离之况者，止须述景"，"不言愁而愁自见"，正是此意。

下片妙处全在虚境实写，化虚为实，大做文章，写足羁旅之情。似此伤别词，从别时写到别后，似乎已写尽；却更把思绪延长，推想到途中旅况，虽是题外之语，却又正是题内之义。非如此便不足以尽吐飘泊者胸中郁积之闷，非如此亦不能成此唱叹有情之作。

柳永《雨霖铃》词深受此词写法影响，却将下阕内容，全部纳入"今宵酒醒何处？杨柳岸晓风残月"二句中，以少许胜多许，更觉凝练。徐词中月映清淮的朦胧夜色，浮荡着一种莫名的哀愁；到了柳永笔下化为杨柳晓风、残月渐隐的凄清之景，其中饱含着咀嚼不尽的黯然销魂的情味，也显出不同。再者，柳永所写，乃儿女握别、柔肠寸断之情，故啮齿叮咛，声情激切，全用入声韵，尤觉顿挫含悲。结尾处更是痛陈其情，一任感情的潮水奔注。徐词却趋于苍凉，是天涯沦落人的浩叹，措词也较含蓄深沉，过片、煞尾均是以景结情。用洪声平韵，缓缓道来，亦觉浑厚。柳词如高峡奔波，迸珠溅玉；徐词如河水平缓，其下却埋伏着急流。二者格调有异。在艳词充斥的五代词坛上，此篇堪称高调别弹。（孙映逵）

浣溪沙　薛昭蕴

红蓼渡头秋正雨，印沙鸥迹自成行。整鬟飘袖野风香。　　不语含嚬[①]深浦里，几回愁煞棹船郎。燕归帆尽水茫茫。

注 ① 嚬(pín)：同“颦”，皱眉。

薛昭蕴不是画家，但他这首《浣溪沙》却给我们描绘出了一幅苍凉寂寞的秋雨渡头待人图。

词的上片写秋雨中的渡头，水边长着紫红色的蓼花，沙滩上鸥迹成行。描绘出了渡头的苍凉、寂寞。在这样的环境中，却孤零零地站着一位佳人。这三句给我们在听觉上的是风雨声，在视觉上的是暖色的红蓼花，成行的沙鸥足迹和佳人的身影，在嗅觉上的是佳人和野花的芳香。但这些并没有使场面热闹起来。秋风、秋雨、红蓼、鸥迹、孤独佳人，使人突出地感觉到的是渡头环境的苍凉和寂寞。第三句“整鬟飘袖野风香”还给我们留下了一个悬念。当我们读到这一句时，心里自然而然地会问：她为什么站在渡头野风中？她是在观赏景致，还是要摆渡？她是在等候同伴，还是在盼望远行者的归来？或者都不是。“整鬟”，在这里不仅有整理髻鬟的意思，它实际还包含着“女为悦己者容”的意思。

在一首词中，过片是很重要的，历来为词家所重视，张炎《词源》说：“最是过片不要断了曲意，须要承上接下。”薛昭蕴这首《浣溪沙》的过片：“不语含嚬深浦里”，完全符合这个要求。“不语含嚬”的人就是上片“整鬟飘袖”的佳人。这是承上。为什么“不语含嚬”呢？“不语含嚬”的下文会是怎么样？这是启下，也是词人给我们安排的又一个悬念。紧接着的“几回愁煞棹船郎”，写佳人心事重重地皱着眉，默默地立在渡头，又不要摆渡、放舟，所以“愁煞”船夫。这里并没有注家所讲的佳人要“放船自适”“临流往返”的意思。还有，“愁煞”的“煞”是表示极甚之辞，但“愁煞”在这里不过是借不相干的人来烘托，指棹船郎亦受其感染，同情她，愁的分量是很轻很轻的。词的最后一句，拓开一层讲，“燕归帆尽水茫茫”，是说在佳人默望中，燕子归去了，江上的征帆过尽了，剩下的只有茫茫江水。至此，方始点明了怀人的主题，暗示了佳人的痴情和痛苦，也解开了上文一个又一个的悬念，结束了全词。

最后一句，从表面看来，燕归、帆尽、水茫茫，都是写景，而深含着的至真至切的怀人之情，却紧扣着读者的心扉，一切都在“不语”中。这较之温庭筠《梦江南》的“过尽千帆皆不是，斜晖脉脉水悠悠。肠断白蘋洲”之说破了更有味些，也更耐人寻思些。（马兴荣）

浣溪沙　薛昭蕴

倾国倾城恨有余，几多红泪泣姑苏。倚风凝睇雪肌肤。　吴主山河空落日，越王宫殿半平芜。藕花菱蔓满重湖。

古往今来，曾有许许多多骚人墨客吟咏过西施的传说和吴越的兴亡。有的为西施鸣不平，认为“吴王事事堪亡国，未必西施胜六宫。”（陆龟蒙《吴宫怀古》）有的歌颂越王勾践卧薪尝胆，刻苦图强，终成霸主。有的则感叹“越王宫殿，蘋叶藕花中”（牛峤《江城子》），霸图消歇，遗殿无存。更多的是凭吊“馆娃宫”“响屧廊”“采香径”等胜地的荒芜，发思古之幽情。而薛昭蕴这首《浣溪沙》却另辟蹊径，将西施的传说，吴、越的兴亡，自己的感慨，熔铸于一篇之中。

词的上片写西施。起句“倾城倾国恨有余”，概说西施外表的美丽和内心的痛苦。“倾国倾城”，此处指西施的美丽。第二句“几多红泪泣姑苏”、第三句“倚风凝睇雪肌肤”都是承首句下半句“恨有余”而言。因恨，故此作者发问：西施入吴后，在苏州流了多少眼泪？“红泪”，女子的眼泪。这个典故出自《拾遗记》。据说，魏文帝所爱美人薛灵芸离家赴京师途中以玉壶接泪，泪红如血。后世因泛称女子眼泪为“红泪”。因恨，故此作者遥想当年有如雪肌肤的西施常常默默无语，临风凝睇。读至此，我们自然会问：西施到底恨什么呢？是恨自己生得太美了以致被选献吴王，远离亲人和乡里，还是恨吴破越，或者是恨吴王宠爱自己而自己不能忠于吴王，或者是三者兼而有之？诗歌不同于散文或小说，短调又不同于慢词，它不能从容叙说，它也不必详细叙说，它给读者留下广阔的天地，让读者展开思索的翅膀去翱翔回旋。

下片转写吴、越，表面看来似乎是另写一件事了，而实际吴、越的兴亡与西施的关系颇为密切。清代词论家周济在《宋四家词选序论》中说：一首能令读者“耳目振动”的好词，上下片之间要“藕断丝连”。薛昭蕴这首《浣溪沙》就具有这样的特点。首句“吴主山河空落日”说吴王夫差的城池宫苑等等都不存在了，只剩下曾经照过吴国的落日了，这和李白《苏台览古》诗中的“只今惟有西江月，曾照吴王宫里人”类似。词人在“吴主山河”下缀一“空”字，正是表明吴主山河已成空的感慨。次句“越王宫殿半平芜”说越王勾践灭吴以后，和当年吴王灭越以后一样，踌躇满志，荒淫逸乐，但是，而今越王的宫殿也大都成了草地了。“藕花菱蔓满重湖”，在深深的湖水中长满了藕花和菱蔓，说明现在也没有人再游乐其中了。在兴盛的景象中实际充盈了衰败的史实。“重湖”，指吴越地区的太湖。三句写时移世异，吴越兴亡都成陈迹。

整首词并没有发表议论，但是，通过西施的红泪含恨、“吴主山河”、“越王宫殿”的今昔变化，自然而然地、清楚地表达了作者的人事沧桑之感。这正是《栩庄漫记》所谓的“伯主雄图，美人韵事，世异时移，都成陈迹，写尽无限苍凉感喟”。（马兴荣）

谒金门　薛昭蕴

春满院，叠损罗衣金线。睡觉水晶帘未卷，帘前双语燕。　斜掩金铺一扇，满地落花千片。早是相思肠欲断，忍教频梦见！

红颜少妇，伤春念远，此类题材，《花间集》中不知凡几。然而高明的词人各骋才思，竞出新构，表现手法，千变百端。譬诸裁缝制衣，虽然同是一处领口、两只袖管，古往今来，却也翻足了花样。薛氏此词，就“熟”而不“落套”，颇有几分别致。

“春满院”——起句拙甚。同样的意思，在汤显祖笔下便有那“姹紫嫣红开遍”“朝飞暮卷，云霞翠轩，雨丝风片，烟波画船”“遍青山啼红了杜鹃，荼蘼外烟丝醉软”“生生燕语明如剪，呖呖莺歌溜的圆”（《牡丹亭·惊梦》）等一连串的细节描写，何等的精彩！但我们不能忘记，套曲声繁，尽可以累唱辞如贯珠；小词腔短，却只能纳须弥于芥子。故《牡丹亭》中一大段华章，在薛词中仅以极抽象的三个字抵当之。此文学样式体制使然。读者见此三字，充分驰骋自己的想象，任意虚构一芳菲世界可也。

“叠损罗衣金线”——此六字接得极好。实只是上引《牡丹亭》同出辞中之所谓“锦屏人忒看的这韶光贱”也，却出以深隐婉曲之笔。唐代武宁军节度使张愔死后，宠妾盼盼念旧爱而不嫁，独居徐州燕子楼中十余年。白居易感其事，作《燕子楼》诗三首，其二云：“钿晕罗衫色似烟，几回欲着即潸然。自从不舞《霓裳曲》，叠在空箱十一年。”薛词“叠”字，义同白诗。春色满院，闺中佳人正宜艳服盛装，出户玩赏，今乃罗衣叠在空箱，则芳菲世界，佳人未赏，都付与莺和燕矣。且罗衣不仅仅“叠”，衣上金缕，竟“叠”而至“损”，则见出不服此衣，为时已久。“荡子行不归，空床难独守”（《古诗十九首·青青河畔草》）。少妇“谁适为容”（《诗·卫风·伯兮》）的索寞情怀，只凭借一件罗衣，曲曲传出，你道这六字下得妙也不妙？

“睡觉水晶帘未卷”——如果说上句是写夫婿远行之后，闺妇“有什么心情花儿靥儿，打扮得娇娇滴滴的媚”；那么此处即写她“准备着被儿枕儿，则索昏昏沉沉的睡”（均见王实甫《西厢记·送别》）了。春睡既觉，犹自不起，故水晶帘仍然垂地未卷。厌厌慵态，不言而尽在其中。

“帘前双语燕”——因帘未卷，故双燕不得而入，只好在帘前上下翻飞，软语呢喃，似讶似怨。燕影双双，燕语双双，而帘中人之孤独，自在言外。《花间集》中凡见双鸳鸯、双溪鸂鶒、双鹧鸪、双凤、双燕等意象，多以反衬或反跌出情侣的单栖孑立，薛词也未能免俗，惟自睡厌厌引出“帘未卷”，由“帘未卷”引出“双语燕”，犹不失其妥溜自然。

“斜掩金铺一扇”——过片词笔又宕开去写庭院。“金铺”，本是门扇上衔环的铜质底盘，作兽面形，饰以金，此即以局部代整体，指门。古建筑门分左右两扇，斜掩一扇，是院门半开半掩。此有意乎（留门待人归）？无意乎？写实乎？象喻乎（以院门喻心扉，暗示尚存希冀）？妙在并不挑明，耐人作三日想。

“满地落花千片”——本句回扣起处三字。但前者春色满院，此则春意阑珊，上下阕地同而时异，盖“愁里匆匆换时节”也。当其“姹紫嫣红开遍”之日，佳人尚无心玩赏，遑论“狂风落尽深红色”（杜牧《叹花》）的残春时节？同一伤春恨别之情怀，因时序之演变而愈见厚重；同一恨别伤春之心境，历物候之盛衰而愈见层深：此加倍跌宕之笔也，读者当细加体认。

“早是相思肠欲断，忍教频梦见！”——前六句皆景语、客观陈述语，情思隐隐，如泉脉潜行地中，至此则破土穿石，终以汹涌一喷，为全词之结束，力量甚大。而“频梦见”又逆绾上片“睡觉”，针缕亦颇严密。尤令人叹服者，此二句措意极新颖。闺妇本已因相思而肝肠寸寸欲断了，老天爷怎忍心让她再三梦见自己的郎君！二句中未出人称代词，作第三人称口气固无不可，但反复吟味，认作第一人称口气，解为思妇的内心独白，似乎更佳。“人寂寂，夜纷纷，才睡依前梦见君。”（韦庄《天仙子》）关山千里，重聚无期，现实生活中既难得团圆，转而渴望能于梦里厮见，这自是人之常情，前贤诗词早已咏及，屡见不鲜。而词人别出心裁，偏让思妇道出“忍教频梦见”来，言下有无限怨嗔，一似造物主不该教其“梦”，更不该教其“梦见”，尤不该教其“频梦见”者，天公有知，真不免要发“好人难做”之叹了。然而，这看似有悖常情的语言表达，却蕴含着较常情更为深刻的心理内容。后来北宋著名词人贺铸之《菩萨蛮》（彩舟载得离愁动）下阕云：“良宵谁与共？赖有窗间梦。可奈梦回时，一番新别离！”移用为本篇末句之解说，真是再贴切不过的。试想，一次离别，已不能堪，岂可以再，岂可以三？梦中相逢，固然慰情聊胜于无，其奈“觉来知是梦，不胜悲”（韦庄《女冠子》）何？“梦见”一次，即不啻重谙一遍离别的滋味，愈是梦见频，愈添离别苦，一颗心哪里经得起许多次的撕裂之痛啊！“忍教”云云，正谓此也。它确是透骨的情语！词人着意用此重拙之笔收束全篇，弥见精力饱满，情致浓郁，意思沉深。（钟振振）

小重山 薛昭蕴

春到长门春草青，玉阶华露滴，月胧明。东风吹断紫箫声，宫漏促，帘外晓啼莺。　　愁极梦难成，红妆流宿泪，不胜情。手挼裙带绕阶行，思君切，罗幌暗尘生。

五代词人薛昭蕴《小重山》共三首，皆以宫怨为主题，此处所选为第一首。薛词曾得到“清绮精艳”（李冰若《栩庄漫记》）、“清超拔俗”（唐圭璋《词学论丛》）等赏誉，这首词便是一例。

汉代，武帝陈皇后失宠，幽居长门宫，不堪冷清，遂使人奉黄金百两，令司马相如为作《长门赋》，陈皇后复得亲幸（司马相如《长门赋》并序）。在古典诗词中，借“长门”抒发失宠宫妃寂寞哀怨这一题材可谓佳作纷呈。薛昭蕴这首词师其意，以凄清的景物描写和细腻的情态刻画表现深居冷宫之人的孤寂哀凄，情感深沉婉曲，在同类题材中，闪烁着独特的光彩。

上片写景。词人首先以一句“春到长门春草青”为我们展现出碧草萋萋的明丽春色。草绿长门，人又如何呢？这深宫中的女子，不知度过了多少难捱的时日，而今岁序暗移，春光又至，对希望与美好的憧憬又如春回大地般悄悄地在心头涌动，那熄灭已久的相思火焰重又燃起，如春草般滋生蔓延开来。接下来，我们看到了一幅萧索的夜景：映照着月华的晶莹露水滴落在玉阶上，月色微茫，春夜阒寂，露水滴落的声音似乎特别响亮。华露滴阶仿佛是宫中之人听到自己痴心的破碎。“玉阶”二句与温庭筠《更漏子》“一叶叶，一声声，空阶滴到明”有异曲同工之妙。宫中人整夜不眠，窗外的声音渐次清晰起来：东风送来紫箫声，时断时续。“东风吹断紫箫声”一句，摭拾“吹箫”典故，略加融点。《列仙传》载秦穆公时有箫史，善吹箫，穆公女弄玉好之，后结为夫妇。“吹箫”遂被视为结婚之隐喻。风断箫声暗示着美好婚姻生活的破灭。“宫漏促”，是说更漏中的水滴声越来越短促，快滴完了，已近拂晓时分。箫声、漏声清瑟，又添“帘外晓啼莺”。以莺啼写哀伤在唐宋词中屡屡可见，如“试细听、莺啼燕语。分明共人愁绪，怕春去”（袁去华《剑器近》），这首词描写莺啼则与温庭筠《更漏子》“星斗稀，钟鼓歇，帘外晓莺残月”意境相类。帘幕透着凉气，又传过莺啼声，如人呜咽，这一句通过帘幕把悲哀渐渐袭入人内心深处的伤感表现得很有力度。上片措词之婉转，使景物描写对人物心境起到了极好的象征作用。让人联想到李煜《捣练子令》“深院静，小庭空，断续寒砧断续风。无奈夜长人不寐，数声和月到帘栊”的意境。

下片转笔写由景触情。“愁极梦难成，红妆流宿泪，不胜情。”换头出现了心境郁悒的女子，别宫仳离，愁思千缕。“乍暖还寒时候，最难将息。”（李清照《声声慢》）春景容易使人触目伤情、思恋往事，于独守别宫之人而言，更是如此。她恍惚入梦，却因无数悲愁齐聚心头，连片时的春梦都难以完整。愁与恨，几时极？梦断又添心悸，于是顿时泪水盈面，如此还是不能平静，只觉那悲感阵阵袭来，难以掩抑。“红妆流宿泪”句尤其警人，暗含“红泪”典故。晋王嘉《拾遗记》载：“文帝（曹丕）所爱美人，姓薛名灵芸……闻别父母，歔欷累日，泪下沾衣。至升车就路之时，以玉唾壶承泪，壶则红色。既发常山，及至京师，壶中泪凝如血。”“红泪”喻女子悲伤至极。此处，宫中女子一夜不眠，泪水伴着妆饰流下，其红如血，悲思轸念，可想而知。“永夜抛人何处去?”(顾敻《诉衷情》)宫中之人是断不能再入眠了。结拍三句,愁思更为深沉。先写出至门外的动作,因难眠而起身步至阶前,“手挼裙带绕阶行”,“挼”即揉搓意,手揉裙带、绕阶而行的动作,与前面“流宿泪”的描写相比,不是直接描写,但却更能传神地表现女子深闺幽怨萦系心头、焦虑苦楚的煎熬心态,体现出作者擅以动词呈露心理的技艺。俞陛云《五代词选释》云:“‘裙带’句旧恨新愁,一时并赴,皆在绕花徐步之时。”便揭示出作者描写动态的良苦用心。“思君切,罗幌暗生尘”句,使情境虚化。回首屋室,丝罗床帐空寂冷清,似乎已在不知不觉中生满尘土。这两句意境颇似韦庄《归国遥》“罗幕绣帷鸳被,旧欢如梦里”的物是人非之伤感,令人想见女子满怀幽恨、伫候伤神的形象。

这首词就题材而言虽是对传统宫怨作品的沿袭,然其在艺术手法上颇有可圈可点之处。其一,抒情流畅、深细。由春色写到孤清的夜色,再转入人物“不胜情”的悲伤、“绕阶行”的难耐,丝丝入扣,层层推进,愁情渐臻深沉,词笔流转自然,李冰若以“流折自如”(《栩庄漫记》)四字评此词笔法,甚为确当。其二,把人物之悲愁写得遥深哀婉,令人读之凄绝。词中情景妙合无垠,使人有身临其境之感。其三,善用音律营造意境。词中韵脚“青”“明”“声”“莺”“成”“情”“行”“生”,读来细弱哀婉,如泣如诉,又如声声叹息回荡句间,这亦是作者为增添词的哀伤色彩而着意经营之处。(刘燕歌)

柳　枝　　牛　峤

吴王宫里色偏深,一簇纤条万缕金。不愤钱塘苏小小,引郎松下结同心。

牛峤《柳枝》词共五首,这是第二首,专咏苏州宫柳。

“吴王宫”,指吴王夫差在姑苏(今江苏苏州)为西施建筑的馆娃宫。“苏小小”,乃南朝齐代钱塘(今浙江杭州)名妓。苏杭地处江南水乡,乃杨柳天然滋生的场所,无论宫中民间均多种植。白居易《杨柳枝》词有云:“苏州杨柳任君夸,更有钱塘胜馆娃;若解多情寻小小,绿杨深处是苏家。”乃是说杭州之柳胜于苏州。

牛峤此词也提到馆娃宫及苏小小,但似乎与白居易唱着反调,偏说苏州故宫之柳胜于钱塘。你看,“吴王宫里色偏深,一簇纤条万缕金”,该有多么繁富。要是钱塘的柳色更好,那为什么苏小小还要约郎到松柏之下而非柳下去谈情说爱(“结同心”)呢?词人根据古乐府《钱塘苏小歌》“妾乘油壁车,郎骑青骢马。何处结同心,西陵松柏下”,机智地对白词作了反讽。“不愤”即不服的意思。杨慎说,此词是“咏柳而贬松,唐人所谓‘尊题格’也。后人改‘松下’为‘枝下’,语意索然矣。”(《升庵诗话》卷五)说“尊题”,极是。说“咏柳贬松”,还未能中肯。词意实是说苏州宫柳胜于杭州耳。

不过,这首词的意味还不止于此。它可以引起读者更多的联想。杨柳枝柔,本来是可以绾作同心结的,但苏小小和她的情人为何不来柳下结同心呢?刘禹锡《杨柳枝》词有云:“御陌青门拂地垂,千条金缕万条丝。如今绾作同心结,将赠行人知不知?”原来柳下结同心,乃有与情人分别的寓意。而松柏岁寒后凋,是坚贞不渝的象征,自然情人们愿来其下结同心而作山盟海誓了。如果作者有将宫柳暗喻宫人之意的话，那么“不愤钱塘苏小小，引郎松下结同心”就不但不是贬抑，反倒是羡慕乃至妒忌了。词之有“味外味”也若此。（周啸天）

更漏子　　牛　峤

星渐稀，漏频转，何处《轮台》①声怨？香阁掩，杏花红，月明杨柳风。　　挑锦字，记情事，唯愿两心相似。收泪语，背灯眠，玉钗横枕边。

注 ① 轮台：唐时西北边地舞曲名。唐轮台在今新疆米泉县境。任半塘《唐声诗》下编第八：“天宝间封常清西征时，轮台为重镇，轮台歌舞或即于此时传至内地，精制为舞曲，流入晚唐、五代不废。”李商隐《汉南书事》诗：“将军犹自舞《轮台》。”

这是一首写思妇的词，笔触细腻，可见花间词人传情入微的本领。

星稀漏转，夜已深沉。这时，不知从何处传来《轮台曲》的歌声，情调哀怨。《轮台》为边地乐曲，入耳自唤起对戍边的亲人的相思和惦念之情。诗词中对边疆，每有随意拈出一个地名用以代指或泛指，如陆游诗：“僵卧孤村不自哀，尚思为国戍轮台。”（《十一月四日风雨大作》）泛指守边，未必定要特地到轮台去。歌曲名也是如此：苏轼《浣溪沙》“哀弦危柱作《伊》《凉》”，辛弃疾《贺新郎》“一抹《梁州》哀彻”，无非也以之代指西北地区音乐。对此词中的《轮台》也可作如是观。又甚至于连真实的《轮台曲》也未必听到过，只是由于怀人苦切，于心神劳瘁之夜，便仿佛若有所闻，按之词情，这似乎更近真实些。南朝《子夜歌》云“夜长不得眠，明月何灼灼，想闻欢唤声，虚应空中诺”，便有此例了。

这偶尔一现的幻听、幻觉，一时间更给思妇带来似乎身临塞外，即将见到亲人的惊喜。在迷茫中开门看塞外风光，扑入眼帘的却仍然是朝夕相对的江南春色，方知自己依然独处深闺。“香阁掩”三字，从中传出失望的叹息，于此也不难想象她无可奈何地掩门而卧的情态。总之，还是关门睡觉吧，任它杏花明月柳风。一切良辰美景，对她还有什么意义呢？徒增惆怅而已。“香阁掩”三句以乐景写哀，大有唐人所云“寂寞空庭春欲晚，梨花满地不开门”（刘方平诗）的情味。

可是她再也睡不着了。她起来给对方写信以寄相思（这里用苏蕙织锦为《回文旋图诗》寄丈夫事，代指写信），同时回忆着两人欢聚时种种快乐的往事，只愿像往日一样两心相印，便可聊以自慰了。“唯愿”二字，可见不敢抱太高的希望，透露出凄咽的悲音。有没有重新团聚的一天呢？不敢想象。

睡不着，起来写信；可是又写不下去，只好再去睡觉。她擦了擦眼泪，懒得灭灯，背着灯光，和衣而卧，一条玉钗从她头上悄悄地滑下，落在枕边。“背灯眠”三字，描摹百般无奈的慵懒情状，如在目前。“玉钗横枕边”，从虚处传写钗坠鬓乱、首如飞蓬的睡态，微妙地烘托出女主人公厌厌不乐的心理。欧阳修有句云“水精双枕，傍有堕钗横”（《临江仙》），向以新颖秀美为读者击节赞赏，殊不知是从牛峤词化出。

这首词词体虽小，却能一波三折，夜深幻听的惊喜，觉来的孤独惆怅，锦字难织，玉钗横枕，思妇心理的波澜迭出，层层演进，曲尽其情。全词文笔清淡，上片仅用“杏花红”略作点染，以反衬寂寞心情。“月明杨柳风”，尤是天然好语，可以想见夜风轻拂，柳条参差，月下弄影的清绝之景。虽从北齐萧悫名句“杨柳月中疏”（《秋思》）化出，但是丝毫不着痕迹。结句更是出奇制胜，抓住落在枕边的一根小小玉钗作为道具，纯用侧笔摹态，竟如此传神。（孙映逵）

望江怨　牛　峤

东风急，惜别花时手频执，罗帏愁独入。马嘶残雨春芜湿，倚门立。寄语薄情郎，粉香和泪泣。

这是一首闺中曲，咏女子盼望情郎归来而不得的怨恨。闺怨本是唐、五代、两宋诗词中习见的题材。牛峤此词在诸多同类作品中，自呈面目，别具风味。从体式看，这是一首令词，单调不分片。从情节结构看，它包含三层意思：一忆昔别，二叙等待，三寄情思。每层之间，既有内在联系，又留下大块空白，让读者缀合、联想和补充。词的发端运用追忆手法，以突兀而来的“东风急”领起，似乎给人一种紧迫感。东风劲吹，百花争艳，这是一个春意盎然的季节。在此良辰美景，一对情人双手紧握，离别在即。那依依惜别、难舍难分、万语千言之情，全从这个富有动作性的“频”字中传达出来。两情是何等的深挚、热切！“东风”“花时”，点明了“惜别”时的物候和时令。作品以美好的景致和环境，反衬离愁凄恻之情，收到相反相成之效。第三句补上一笔，正面点出“愁”来。这个“愁”字，把女主人闷闷不乐、郁郁寡欢的情态和心境写出来了，而“独入”，更点出她从此孤居寂寞的处境。正当她沉浸在痛苦的回忆时，突然远处传来了马嘶声。“倚门立”应“马嘶”，为有所盼的动作。不言而喻，以为“郎骑青骢马”归来了。但竟不如所愿，门外只见“残雨春芜湿”。此句当从杜诗“雨露洗春芜”化出。牛词用此，语意双关。既点明此时此际的实景：淅淅沥沥、时断时续的雨水，春草都沾湿了；又隐喻这位女子暗暗抽泣，泪痕斑斑，如同残雨。汤显祖《花间集》评语说此句是牛峤集中的“秀句”，“湿”字“下得天然”。“马嘶”声没有给她带来希望，反而倍增其悲楚之情。难怪她要责骂那个无情无义的“薄情郎”了。

牛峤此词在布景造情、章法安排、选调用韵等方面，颇具特色。它以女主人公“倚门立”为轴心，思路朝两个方向延伸：一是对往昔分别情景的追忆，勾画出一幅情深似海的“惜别图”，这也是今朝“倚门立”，切望情人归来的思想基础；一是对未来的思考，遥寄相思的深沉，倾诉别后的情怀，哀怨、惆怅、失望、期待各种复杂思绪错综交织，弹出一曲“诉衷情”。今朝与昔日沟通，景物是个触媒。此时眼前所见的“春芜”，触发往日彼时的“花时”；由“残雨湿”引出“和泪泣”，又从昔时的“手频执”，反照今日的“薄情郎”。而“薄情”却从“马嘶残雨春芜湿”的写景中透露出消息。所以郑文焯说：“文情往复，杂写景中，致足讽味。”（《花间集评注》引）

近人说此词“情调凄恻”（俞陛云《五代词选释》）。其实不尽然。“马嘶”声虽然没有给她带来喜讯，但她不灰心，不气馁，不从此罢休，相反，她仍然充满信心，寄予希望，托人捎信，一吐衷情为快。“粉香和泪泣”，与李煜《望江南》词中所说“多少泪，断脸复横颐”有类似之处，但李词写得切直显露，牛词则柔中藏刚，绝望之中隐含着希望，纤弱之中带有一股劲气。有怨愤，有离恨，但更表现了她的痴顽、执着和追求。况周颐在《餐樱庑词话》中说：“昔人情语艳语，大都靡曼为工。牛松卿《望江怨》词、《西溪子》词，繁弦促柱间，有劲气暗转，愈转愈深。此等佳处，南宋名作中，间一见之。”可谓中的之评。故陆游以为此词乃“盛唐遗音”（《历代诗余》卷一一三《词话》引），饶有古意。

用入声韵是此词的又一个特点。《望江怨》，原属唐教坊曲调。唐代无人作此词，宫调亦失传。《花间集》中仅此一例。此词单调三十五字，七句六韵：急、执、入、湿、立、泣。入声韵气急而短促，它与离妇等待情郎归来的急切之情、失望之怨和厚笃痴顽之性甚相吻合。所以许昂霄在《词综偶评》里说此词“有急弦促柱之妙”。（陈耀东）

菩萨蛮　牛　峤

舞裙香暖金泥凤，画梁语燕惊残梦。门外柳花飞，玉郎犹未归。　愁匀红粉泪，眉剪春山翠。何处是辽阳？锦屏春昼长。

春闺怀人之词，作者已多。此词语言俊丽，形象鲜明，曲折传情，仍很值得一读。

开头两句“舞裙香暖金泥凤，画梁语燕惊残梦”，写女主人公独守空闺，当春光秾丽之时，渴望征人能从远方归来，由于怀思之殷，午睡时梦见和亲人聚会。“舞裙”句借梦境写重聚的欢愉。在梦中，她穿着饰有金凤的舞裙，翩翩起舞，迎接亲人。“香暖”不仅写衣服经过香熏，也显示心境的欢欣。次句点梦境无端被梁间的燕语惊醒。不解事的燕子，絮语呢喃，更增添主人公的怅惘。这两句一起一落，一开一合，一幻一真，从实处着笔，而有空灵之妙。三、四两句“门外柳花飞，玉郎犹未归”，写梦醒后的凝望。门外柳花飞雪，已是暮春，而远人还未归来，不能不使主人公萦情牵恨。“犹”字示怨而不怒的缠绵悱恻之情。在这两句中，词人以凄婉的笔调，点出主人公的心思所在。

下片头两句“愁匀红粉泪，眉剪春山翠”，写梦虽惊醒，而怀人之情，不仅未断，且倍感殷切，所以勉强梳洗。前句写她含泪试妆，不觉泪珠与红粉同匀；后句写淡扫秀眉，整齐如剪的眉黛，似欲与春山争翠，而翠黛凝愁，愈增相思。结尾两句，更忆及远人所在的地方：“何处是辽阳，锦屏春昼长。”辽阳在今辽宁辽河一带，唐代为东北边境，经常驻有重兵。沈佺期《古意》诗有“十年征戍忆辽阳”之句，以后在诗词中就作为征戍地的代称。这里通过写女主人公忆念征戍的场所，把她内心怅惘缠绵的感情，含蓄地展现出来。她抱着无限的相思，锦屏独坐，春思撩人，如丝如缕的愁绪，难以排除，故愈觉春昼之长，语意深永。

这首词在艺术上的特色是欲抑先扬，声情顿挫。词的意旨，原在于刻画女主人公思念征人的情怀。开篇却用高华曼丽的笔墨，先构成一个美妙的梦境，把主人公放在特定的梦境欢会当中，使她在好梦惊醒以后，益增离别之苦，词意亦陡转沉郁。“惊残梦”以下转入正文，又用低回咏叹的方式，先写门外是春光骀荡，而人“犹未归”，于极度失望中，再展望归之情，词笔亦再作顿挫。换头处又以整妆期待的笔墨，使主人公凄清的内心世界，于纸上徘徊重现，不言其怀人而自见幽怨。词境由委婉转向深沉。结尾更从主人公的内心深处，迸发出“何处是辽阳”的感叹，征人不归，他们的闺中少妇，却是在痴心等待。此妇所忆之人遭遇如何，不得而知。但一边是霜戈壁立、铁骑腾踏的边塞，一边是春意浓郁、锦屏寂寞的深闺，纵使重逢有望，也不知道在何年何月。因此“锦屏春昼长”一句，更深沉地揭示了主人公的怨思。咏叹至此，对主题发抒已达言有尽而意不尽的境界，在情节上也作出第三次的顿挫。至此，则不仅主人公在深思，读者也有“此恨绵绵”之感。（马祖熙）

菩萨蛮　　牛　峤

玉炉冰簟鸳鸯锦，粉融香汗流山枕。帘外辘轳声，敛眉含笑惊。　　柳阴轻漠漠，低鬟蝉钗落。须作一生拚，尽君今日欢。

刘体仁《七颂堂词绎》说牛峤的词“不离唐绝句”，正如唐初之诗，“未脱隋调”；也就是说在词的发展史上，尚处于从近体诗向曲子词过渡的阶段。从词的体制来讲固然如此，然就情韵而言，它却带有浓厚的词味了，这首《菩萨蛮》便足以证明。

此词写艳情。《花间集》中的艳情有不同的风格：温庭筠词多用华丽的辞藻，寄托幽怨的感情，题旨较难晓。韦庄词则注重白描，对人物内心活动刻画得渐渐细致。牛峤这首词则综合了他们的优点又向前发展了一步。它以秾丽的语言描绘艳情，没有丝毫的隐晦，冶雅俗于一炉，可谓极小词之能事。这一点，也可算是牛峤自己的风格。

词中以男女幽会为主要内容，侧重写幽欢过程中的情景和女主人公的心理状态，词风大胆泼辣，淋漓尽致。首句写室内陈设的华丽：玉炉，状香炉之华贵；冰簟，状竹席之晶莹凉爽；鸳鸯锦，谓绣有鸳鸯的锦被。从字面上看，与温庭筠词的镂金错采并无二致，温之《菩萨蛮》其四云“翠翘金缕双鸂鶒”，其十云“宝函钿雀金鸂鶒”，在语辞和语法上非常相似。但温词下一句仍停留于写景，下面几句即使写感情也较隐微婉曲。此词不仅通过首句的景物描写，为一对情人的幽会安排了特定的环境，而且第二句紧接着写幽会，词意径露，不避浅俗，在《花间集》中也是罕见的。然而写欢情也只是到此为止，词人笔下还是注意分寸的。以下二句，他便宕开一笔，写外在因素的侵扰和女主人公心理的细微变化。当他们欢情正洽时，帘外传来了一阵辘轳声，划破了长夜的宁静，报道了拂晓的来临。辘轳，所以汲水也。是谁起得那么早，到井边汲水来了？这像一块石头投进平静的池塘里，立即引起强烈的反应。“敛眉含笑惊”，就是辘轳声在女主人公感情上激起的波纹。“敛眉含笑”，正尔欢浓，早汲声传，顿惊晓色，所谓“欢娱嫌夜短”也。简单五个字，概括了女主人公一刹那间复杂的感情变化，用笔何其精练而又准确。

换头一句，从室内写到室外，化浓艳为疏淡。温庭筠《菩萨蛮》其二云：“水晶帘里玻璃枕，暖香惹梦鸳鸯锦。江上柳如烟，雁飞残月天。”也是采用此法，两者可谓同其美妙。细玩本篇词意，“柳阴轻漠漠”一句并非写一对恋人在柳阴下相会。盖由夜至晓，初日斜照，窗外的杨柳已投下一片阴影。柳阴非但表现了时间的转移，且与起句的“冰簟”相呼应，说明季节已届夏天。何以得知并非写柳阴相会，下面一句可以为证。“低鬓蝉钗落”，语本李商隐《偶题二首》之一：“水文簟上琥珀枕，傍有堕钗双翠翘。”可见仍写枕边情事。

由于下阕仍写室内，故结尾二句便有了着落。一般小词均以景语作结，给读者留下想象的余地，此词却以情语取胜。近人王国维云：“词家多以景寓情，其专作情语而绝妙者，如牛峤‘甘（当作“须”）作一生拚，尽君今日欢’，顾敻之‘换我心为你心，始知相忆深’。此等词求之古今人词中，曾不多见。”（《人间词话》）刘永济甚至说：“末两句虽止十字，可抵千言万语。”（《唐五代两宋词简析》）其实如果从严要求的话，这两句不免邻于狎昵，作艳语者无以复加。但为什么却能备受前人称道呢？主要是因为它大胆地描写了女子对感情生活的热烈追求，直抒胸臆，毫无掩饰，也毫无假借，更没有其他小词中那种欲吐还吞、扭捏作态的样子。用今天的话讲，它还打破了几千年来温柔敦厚的诗教，表现了女主人公爱好个性自由、反抗封建礼教的精神。一句话，它塑造了生活中一个真实的、人性未被扭曲的人，一个有血有肉、有性格特点的人。就词风而言，则于婉约中具豪放之笔，在唐五代词中极为少见。（徐培均）

定西番　牛　峤

紫塞月明千里，金甲冷，戍楼寒，梦长安。　乡思望中天阔，漏残星亦残。画角数声呜咽，雪漫漫。

这首词描写边塞风物，表现征人的乡愁。词以“紫塞月明千里”开篇。北国早寒，夜间披金甲，守戍楼，本已凄冷难耐。孤独中眺望远天，只见明月临关，光照千里。浩荡的月色更引发乡思。紫塞与长安之间，“隔千里兮共明月”（谢庄《月赋》），对月怀人，千载同此情感。思极入梦，因有“梦长安”之语。牛峤是唐僖宗时进士，他笔下的人物所梦的长安，当是实指，不是如后世之以“长安”代指当时京师。说是“梦长安”，当兼思故土与念亲人，且当不止此一夕为然，所以下片便不接写梦中所见如何如何，不写比写出的容量更多。

下片仍是写月夜望乡。残夜行将消逝，望中只见高天辽阔，残星黯淡，漫漫飞雪中乡关迷茫，只听得戍楼之间回荡的画角数声，呜咽沉郁，在愁人听来，真是如泣如诉。后来周邦彦《浪淘沙慢》过片的“情切，望中地远天阔。向露冷风清无人处，耿耿寒漏咽”几句，便从此出。唐末五代时期，战争频仍，民不聊生。而词坛上最多追逐声色艳情之作。诚如陆游《跋花间集》所说：“方斯时，天下岌岌，生民救死不暇，士大夫乃流宕如此，可叹也哉！或者亦出于无聊故耶？”牛峤虽属花间一派，在香艳的词作之外，还能将创作的视野由花间樽前扩展到边塞戍楼，写出了反映征人离愁之苦的作品，是很难得的。

《定西番》所抒写的边塞乡愁，从其情调上看，更接近中唐李益的边塞七绝。它们所表现的悲凉、凄冷的情韵、气氛，正是日益衰败的悲剧时代的折光反映。但是，牛峤在词中以紫塞戍楼、中天皓月、飞雪漫漫等景物寄情，使得这首小词的境界显得阔大、雄浑，因此，虽悲凉而不绝望，虽凄冷而含有对温情、幸福的期待。（林家英）

江城子　牛　峤

鵁鶄[1]飞起郡城东。碧江空。半滩风。越王宫殿，蘋叶藕花中。帘卷水楼鱼浪起，千片雪，雨蒙蒙。

注 ① 鵁鶄(jiāo jīng)：古书上说的一种水鸟。

此词的调名即是题目，写的就是一个多彩多姿的江城的风物。从既是郡城，又曾有越王宫殿等情况看，自然写的是古会稽(今浙江绍兴)。前三句“鵁鶄飞起郡城东。碧江空。半滩风”，写的是江城的外景：一江碧水从城东流过，江面空阔，沙滩阵阵风起，好一派秀美、旷远的江郊景色。“越王宫殿，蘋叶藕花中”是对此城作历史的回顾与沉思。越王勾践是春秋时期赫赫有名的霸主之一，他就曾在这里建都，可如今已经不见痕迹，往日的宫殿遗址上已是一片片藕花翠蘋了。这就点明了此城的显赫的历史，增加了一个描写层次，无异于在它的背景上涂上了一层古老苍凉的底色，丰富了江城的形象。当然作者的怀古之情也是显而易见的，那就是说任何雄图霸业、奕奕声光，都经不起时间的销蚀而云飞烟灭。这就是李白在《越中览古》一诗中所慨叹过的：“越王勾践破吴归，义士还家尽锦衣。宫女如花满春殿，只今惟有鹧鸪飞。”尾三句“帘卷水楼鱼浪起，千片雪，雨蒙蒙”，集中描写最富江城特色的景观：当你登上临江的水楼，卷起帏帘，凭窗一望时，只见鱼跃浪翻，激起千片飞雪，一江雨雾，迷迷蒙蒙，蔚为壮观。尤其是此番景色是透过水楼窗口而摄入眼帘的，更如一幅逼真的画卷，美不胜收。

此词仅三十五字，却把一个江城的风物描写得如此形神兼备，笔力实在不凡。究其奥妙，大约有此三端。一是注意多侧面、多角度的描写。它先从远观角度写江郊景色，次以历史眼光看湖塘风光，再用特写镜头写水楼观涛。如此不仅层次清晰，而且颇富立体感。二是注意色彩的多样与调配。斑斓的鵁鶄、碧绿的江水与白色的沙滩构成一种清新淡远的色调；翠绿的蘋叶与鲜红的荷花相配，又以秾丽的色泽耀人眼目；浪花之如雪和水雨之蒙蒙又构成一种朦胧混茫的气象。三是注意景物的动态描写，如鵁鶄的起飞，碧水的东流，半滩风吹，浪花飞舞等等，这种种动态景象，无疑赋予江城以勃勃的生机和飞动的气韵。

在秾艳的牛峤词中，此词可谓独具一格。(谢楚发)

浣溪沙　张　泌

马上凝情忆旧游：照花淹竹小溪流，钿筝罗幕玉搔头。　早是出门长带月，可堪分袂又经秋。晚风斜日不胜愁。

这首词录自《花间集》，写一位行役之人旅途中追念旧游的情怀。

“马上凝情忆旧游。”一位游子离乡远行、鞍马劳顿之际，他凝神远想，情寄旧游。这个开头领起下文，也为全词定下了一个深沉、感伤的基调。他在追忆什么呢？“照花淹竹小溪流”，这是旧游之地。一条淙淙流淌、波光闪烁的小溪，映照着山间的花丛，浸润了涧边的翠竹，景色十分幽美。但他更为思念的，则是旧游之人，一位他倾心相与的女子。“钿筝罗幕玉搔头。”在小溪旁，他曾携侣游赏，踏青寻芳。张设起丝织的帷幕，依傍着摇曳的花竹，她用纤纤玉指，拂筝按弦，弹奏出动人的乐曲，华贵的簪饰轻贴鬓侧，映衬得姿容更加娇美。人情物态，历历在目，赏心乐事，难以忘怀。这两句铺写自然景物，刻画人物细节，都是侧面着笔，以虚涵实。写花竹，只言其被澄澈溪水反照、浸润的形态；写人物，只言其乐器、发饰的精美；均不涉本体，用笔空灵，而其境其人，却备显真切，那一片甜润温馨、深挚缱绻的依恋之情，更是油然溢出纸外。然而，这种回忆越是美好，就越发映衬出今日羁旅之孤凄。词从上片的忆旧，自然转入下片的伤今。

过片承“马上”，叙写别后景况。“早是出门长带月，可堪分袂又经秋”，谓别后行役在外，总是天未明即起行——令人想起温庭筠《商山早行》的名句“鸡声茅店月”。风尘仆仆间，不觉又过一年。“早是……可堪……”同于现代汉语“已是……哪堪……”句式，具有递进、加倍的作用。行役已艰辛备尝，更哪堪分别日久的相思之苦呢！结句就此再作渲染，晚风萧瑟，斜阳惨淡，使他难以为怀。这既回应了开头情境，使首尾相贯，浑然一体，又借苍茫黯淡的暮色，将无形的愁思衬出，收到语深意长、含蓄不尽的艺术效果。

全词通过精心选择、描述几个具有典型意义的事件、场景，事中见意，景中含情，使词画面鲜明而情味浓郁。张泌《浣溪沙》词现存九首，其他诸篇多写深闺绣帏，怜香惜玉，时有幽艳语（沈雄《古今词话》卷上），散发着花间词常有的脂粉气。但这首词写得清新疏隽，别具风调，“开北宋疏宕之派”（谭献《谭评词辨》），是九首中写得最好的一首。（蔡　毅）

浣溪沙　张　泌

晚逐香车入凤城。东风斜揭绣帘轻。慢回娇眼笑盈盈。　　消息未通何计是，便须佯醉且随行。依稀闻道“太狂生”！

这首词写一幕小小喜剧，鲁迅在一篇杂文中曾戏谓为“唐朝的钉梢”（按“唐朝”当作五代）。

首句就巧妙交代出时间——一个春天（下文有“东风”）傍晚；地点——京都（“凤城”）的近郊；人物——一男（“逐”者）一女（被“逐”者，在“香车”之中）。盖封建时代男女防闲甚严，而在车马杂沓、士女如云、男女界限有所混淆的游春场合，就难免有一见钟情式的恋爱、即兴的追求、一厢情愿的苦恼发生，难免有“钉梢”一类风流韵事的出现，作为对封建禁锢的积极或消极的反应。

首句又单刀直入情节：在游春人众归去的时候，从郊外进城的道路上，一辆华丽的香车迤逦而行，一个骑马的翩翩少年尾随其后。显然，这还只是一种单方面毫无把握的追求。也许那香车再拐几个弯儿，彼此就要永远分手，只留下一片空虚和失望——要是没有后来那阵好风的话。“东风”之来是偶然的。而成功往往不可忽略这种偶然的机缘。当那少年正苦于彼此隔着一层难以逾越的障幕时，这风恰巧像是有意为他揭开了那青色的绣帘。虽是“斜揭”，揭开不多，却也够意思了：他终于得以看见他早想见到的帘后的那人，果然是一双美丽的“娇眼”！而意想不到的是她竟然“慢回娇眼笑盈盈”。这样丢来的眼风，虽则是“慢回”，却已表明她在帘后也窥探多时。这嫣然一笑，是下意识的勾引，是对“钉梢”不动声色的响应。两情相逢，使这场即兴的追求势必要继续下去了。

这盈盈一笑本是一个“消息”，使那少年搔首踟蹰，心醉神迷。但没有得到语言上可靠的印证，心中不踏实，故仍觉“消息未通”。而进城之后，更不能肆无忌惮，怎样才能达到追求的目的呢？“消息未通何计是”的问句，就写少年的心理活动，颇能传焦急与思索之神。情急生智——“便须佯醉且随行”。醉是假的，紧随不舍才是真的。这套“误随车”的把戏，许能掩人耳目，但岂能瞒过车中那人？于是：“依稀闻道‘太狂生’！”（“生”为语助词）

这突来的一骂极富生活的情趣。鲁迅说：“上海的摩登少爷要勾搭摩登小姐，首先第一步，是追随不舍”，“第二步便是‘扳谈’；即使骂，也就大有希望。因为一骂便可有言语来往，所以也就是‘扳谈’的开头。”（《二心集·唐朝的钉梢》）这里的一骂虽然不一定会马上引起扳谈，但它是那盈盈一笑的继续，是打情骂俏的骂，是“大有希望”的“消息”，将词意推进了一步。

词到此为止，前后片分两步写来，每次都写了男女双边的活动。在郊外，一个放胆追逐，一个则秋波暗送；入城来，一个佯醉随行，一个则佯骂轻狂，前后表现的不同根据在于环境的改变。作者揭示出男女双方内心与表面的不一致甚至矛盾，戳穿了这一套由特定社会生活导演的恋爱的“把戏”，自然产生出浓郁的喜剧效果。此词不涉比兴，亦不务为含蓄，只用白描抒写，它开篇便入情节，结尾只到闻骂为止，结构紧凑、简洁。所写情事，逼肖生活。（周啸天）

浣溪沙　张　泌

独立寒阶望月华。露浓香泛小庭花。绣屏愁背一灯斜。　云雨自从分散后，人间无路到仙家。但凭魂梦访天涯。

张泌为晚唐五代词人，字子澄，生卒年不详。“此公与徐铉、汤悦、潘祐俱南唐人，有文名。”（汤显祖评《花间集》卷二）其词大多为艳情词，风格介乎温庭筠、韦庄之间，而与韦庄为接近。

《浣溪沙》“独立寒阶望月华”是一首怀人词，通过对春夜景致的描叙和美好往事的追忆，抒发了词人对心上人的深切怀念与刻骨相思。

上片写景，主要通过三个典型情境的描摹，展现词人春夜思人的无限孤寂之感。“独立寒阶望月华”，词作起笔便以类似特写的镜头描述一位深夜独立寒阶思念恋人的典型画面，塑造出一种孤寂清幽的氛围。词人孤单地矗立在寒冷的青石台阶上，将无限的思念寄托于遥远的明月。“明月”在古典诗词中本就和离情别绪紧相联系，此处所述“寒阶望月”之孤寂意象既是当时实际境象的展现，亦是作者心绪的间接凸显。“露浓香泛小庭花”，此句紧承首句仰望星空而来，词人将视野从天空远处移回到庭院中近距离的景致。夜已经很深，庭院中各色小花在浓露的笼罩下泛发出沁人的幽香。"绣屏愁背一灯斜",室内昏黄的斜灯照耀在富丽堂皇的绣屏之上,因词人情绪的感染,似乎也沾上了满屏的愁绪。

下片沿着思念恋人的愁绪进而追溯和心爱之人的甜蜜生活,侧重于抒发对恋人的真挚情感。"云雨自从分散后,人间无路到仙家",词人高度肯定了自己和恋人从前的欢快生活,将之誉为"仙家"一般的生活,认为"自从分散后",人间再也无路到达原来那种美好的生活。尤其在这样一个孤寂难耐的春夜,这种期盼的心境显得更加迫切和明显。"但凭魂梦访天涯",既然人间难以再见,于是将此种相思遥寄于梦中的寻访,哪怕是追寻到天涯海角,词人也要不断地追逐下去,以慰词人的相思之情。结尾一句,将绵绵相思幻化成了无尽的追寻,体现出作者深沉的思念。

况周颐《餐樱庑词话》云:"张子澄词,其佳者能蕴藉有韵致,如《浣溪沙》诸阕",肯定了张泌《浣溪沙》诸词蕴藉有致的艺术特点。全词通过月明之夜,花香四溢的氛围渲染,独立寒阶,睹景思人具体情境的设置,抒发了对恋人的无限思念之情。风格委婉含蓄,意蕴深长,且情感真挚,是怀人词中的上乘之作。在景物描述的具体操作上,作者采取由远及近、由外到内的叙述视角,全面铺叙孤寂情感的氛围。先叙"寒阶望月"的高远之景,接着描写"露浓花香"的庭院近景,最后将目光转向室内"斜灯照屏"的内景。随着叙述视角的转换,词人的愁绪也愈加深沉。另外,在情感铺叙上,以梦境相寻来凸显情感的深切,既符合深夜怀人的典型环境,也契合了词人情绪的发展轨迹,使词作写得含蓄蕴藉,颇有层次。(曾绍皇)

临江仙　张　泌

烟收湘渚秋江静,蕉花露泣愁红。五云双鹤去无踪。几回魂断,凝望向长空。　　翠竹暗留珠泪怨,闲调宝瑟波中。花鬟月鬓绿云重。古祠深殿,香冷雨和风。

张泌的《临江仙》词,是一首题材别致、意境凄迷的作品,写的是洞庭湖畔黄陵庙中湘妃的故事。相传,湘妃是帝尧的两个女儿,也就是帝舜的两个妃子:娥皇和女英。帝舜南巡,死于苍梧,二妃从征,溺死于湘江,死后做了湘水女神。后世在洞庭君山和湘阴县北洞庭湖畔都有奉祀二妃的祠庙,君山上的湘君祠,唐时似已毁废(有宋人记载为据),故唐人所记咏的二妃祠,指的都是湘阴县北洞庭湖畔的黄陵庙。张泌此词写的就是黄陵庙中的湘妃。

词从环境描写入手:"烟收湘渚秋江静,蕉花露泣愁红。""秋"点时;"湘渚"点地,说明这是在湘江之滨,也就是黄陵庙的所在地。这时候,宿烟已收,湘江上的洲渚,历历分明;秋江静悄悄的,想是早晨时分吧?红色的美人蕉花还带着露水,像在哭泣,显出愁怨的情态。这两句,在景物搭配上,一远一近,一大一小。前句是全景镜头,摄取了秋江、秋空和洲渚的画面,显示出远景的辽阔,使人感受到那秋郊的寂寥。后句是特写镜头,把焦点集中在蕉花上。美人蕉叶肥花大,花色深红,怎能不惹人注目呢?但是这一句的描写,却打上了深深的感情色彩。作者构思的艺术匠心,使此带露的鲜花,带上了人具有的饮泣、愁怨的情态,从而为全词定下了凄凉愁怨的主调。不仅如此,作者何以选择蕉花而不是其他的花来描写,除了因其显眼这一点外,我们千万不要放过其隐喻的"美人"之意。这两句,既描写了黄陵庙的环境,也暗喻了庙中女神湘妃的愁怨情怀,开篇起得很好。

"五云双鹤"三句,步入正题,写二妃伤逝事。"五云",五色的祥云,"鹤去"谓驾鹤乘云而去,喻人的死亡,这里即指帝舜的死。既然如此,那么留给二妃的,就只有"几回魂断,凝望向长空"——向长空凝望,一次又一次地魂断伤心而已。"几回"二句,作为词的前片结语,是深得"尚存后面地步,有住而不住之势"(王又华《古今词论》引张砥中语)的妙处的,它能结束上片,带起下意。

由于过拍的善于蓄势,故过片即紧承上文,不断曲意,进一步展开对二妃的具体描写:"翠竹暗留珠泪怨,闲调宝瑟波中。"前句系《博物志》所云"舜崩,二女啼,以涕挥竹,竹尽斑"的故事,李白《远别离》对此有十分动人的描写:"帝子泣兮绿云间,随风波兮去无还。恸哭兮远望,见苍梧之深山。苍梧山崩湘水绝,竹上之泪乃可灭。"张泌此句,谓至今湖湘一带的翠竹上,文点斑斑,就是二妃因悲怨而留下的珠泪痕迹。后句说的是湘灵鼓瑟(弹奏瑶瑟)的故事。《楚辞·远游》篇载:"使湘灵鼓瑟兮,令海若舞冯夷。"按本意这里的"湘灵"是泛指湘水的神灵,不指二妃;不过传说中的二妃既作了湘水之神,所以后来唐章怀太子李贤在为马融《广成颂》中的"湘灵下"作注时,就以"湘灵"为"舜妃",因而鼓瑟也就成了两位女神的事了。"大历十才子"之一的钱起有一首著名的《省试湘灵鼓瑟》诗,绘声绘色,把这两位"帝子"的瑟音描写得凄怨动人:"苦调凄金石,清音入杳冥。苍梧来怨慕,白芷动芳馨。流水传湘浦,悲风过洞庭。曲终人不见,江上数峰青。"张词的"闲调宝瑟波中",即借助此一传统意象,传达出二女的凄怨,与"翠竹"句构成和谐的整体。这两句描写富于动作性,通过外部动作传达出人物的内心感情,娥皇、女英二妃的悲剧形象,就凸显于读者的眼前。而不管挥泪成斑也好,湘浦鼓瑟也好,都充满了缥缈的神话色彩,因而这个悲剧形象也就充满了浪漫的气息。

"花鬟月鬓"三句,写祠中所见神女塑像及环境气氛。"花鬟月鬓绿云重",字面上写的是她们的头发之美(花鬟,像花一样的环形发髻;月鬓,半月形的耳旁头发;绿云重,指头发之密),实际上是以部分概括全体,形容她们全身的美丽。可是,尽管她们还保持着花容月貌,但却香冷粉消,只能居于古祠深殿之中,和她们作伴的,只有那风风雨雨而已——意思就是惋惜她们悲剧性的死。"古祠深殿,香冷雨和风",以景结情,含有余不尽之意,深得"迷离称隽"(沈谦《填词杂说》)之妙。

这首词,通过形象描写传达出来的思想意蕴,是对因失去丈夫而悲剧性地死去的湘妃的同情。全词以景起,以景结,中叙二妃事;娥皇、女英的悲剧形象,与黄陵庙环境的阴冷气氛融为一体,情景相生,酿造出一股凄凉愁怨的情味。写景、叙事、抒情之间,"词气委宛,不即不离"(汤显祖评语),给人以空灵缥缈、意境凄迷的美感。况周颐称张泌词"佳者能蕴藉有韵致"(见《餐樱庑词话》),此词可谓当之无愧。张泌词的语言风格,沈雄称其"时有幽艳语"(见《古今词话》),王国维亦赏其"幽艳"(见《人间词话》);李冰若则径指"蕉花露泣愁红"为"凄艳之句"(《栩庄漫记》)。其实不但这一句,"翠竹"二句、"香冷"句也是。即就全词来说,语言风格也是"凄艳"或"幽艳"的。(洪柏昭)

柳 枝　张 泌

腻粉琼妆透碧纱，雪休夸。金凤搔头堕鬓斜，发交加。　倚着云屏新睡觉，思梦笑。红腮隐出枕函花，有些些。

这首词描写一位女子梦后初起的姿容。上片作者从她的妆束外饰着笔，以赞叹的口吻，写她的绝伦美貌。她冰肌玉骨，浓粉未销，透过碧纱帐，仍可看出她的绝代丽质，洁白得连雪也难比；金凤凰的搔头（簪子）斜堕在鬓边，鬓发撩乱。娇慵情态，跃然纸上。

下片，词先点明这女子刚从睡梦中醒来。她不是忙于理妆，却倚着屏风，回味着梦境的甜美，不觉露出深情的笑。李冰若《栩庄漫记》评云："'思梦笑'三字，一篇之骨。"确是如此。它是"新睡觉来"的头等大事，梳妆都在其次。这是全词表现她的形体动作和内心情思最简练又最丰富、最深刻的一笔。想到梦中的情事，她有些羞涩，脸上泛起红晕。而"红腮隐出枕函花"，又说明她才离枕，枕痕犹在。以此回应"新睡觉"，衬托"思梦笑"，点出"思"的时刻，"笑"的模样，针线细密。"隐"字是唐人俗语，见于唐诗（王梵志诗："梵志翻着袜，人皆道是错。乍可刺你眼，不可隐我脚。"又皇甫湜《石佛谷》诗："土僧何为者，老草毛发白。寝处容身龛，足膝隐成迹。""隐"是凸起的硬物上压、下垫、旁挤致影响于其他物体的意思。现在成都、广州还有其音相似、其义相同的方言），宋以后沿用。明李实《蜀语》："有所碍曰隐。隐，恩上声。"举例有"昼寝，为（身边佩囊中）弹丸所隐，胁下极痛"。正与"红腮隐出枕函花"事理相同，只轻重有别罢了。末句说腮边隐出的枕函花纹还"有些些"，暗示她的"思梦笑"，从离枕倚屏起颇有一段时间，枕痕渐退而仍留"些些"，语浅意丰，字字传神。

古诗词中，纪梦的大多着力描写梦境本身。梦者往往藉梦中情事来取得一种安慰和解脱。醒来以后，梦境如烟，得到的是更深的怅惘。张泌这首词，构思精巧，立意新颖，一扫纪梦诗词的梦里贪欢、梦后怅恨的窠臼。它不从正面描写梦境的美好，但却把美梦表现得极为透脱、深浓；更未写梦后有何悲怀，而是写主人公玩索回味梦中情事的甘甜，沉浸于称心如意的快乐与幸福之中，梦幻与现实完全一致，融合无间，确是一阕别具匠心的词作。（王锡九）

江城子（二首）　张 泌

碧栏干外小中庭。雨初晴，晓莺声。飞絮落花，时节近清明。睡起卷帘无一事，匀面了，没心情。

浣花溪上见卿卿。脸波秋水明，黛眉轻。绿云高绾，金簇小蜻蜓。好是问他来得么？和笑道："莫多情！"

唐末五代词人中，有三个张泌。一为常州人，名一作"佖"，先仕南唐后仕北宋；一为淮南人，为句容县尉，曾向李后主上书极谏；另一个字里无考。这里的两首《江城子》，见《花间集》卷五。由于《花间集》不收南唐词，所以可以判定其作者是那位字里无考而曾在西蜀居住的张泌，《花间集》称为张舍人。《江城子》词调是晚唐人的创制，有单调、双调之不同，且单调中又有三十五字、三十六字、三十七字诸体。这里的两首就分属三十五字和三十七字两体。

这两首词所表现的内容很可能与作者青年时代的一段恋爱生活有关。第一首写早春自然景色和女子闲得无聊的心情，第二首写作者与这位女子的相遇和对此的美好回忆。

这两首词语言明白晓畅，富于民歌风味，笔调轻倩灵动、活泼流丽，人物刻画非常成功，使人有如闻其声、如见其人之感。

分别来看，第一首的表现特点是先渲染环境，后写人物动态，以自然界盎然的生机与人物的抑郁寡欢作对照。她居住的环境虽然相当不错，但“碧栏干外小中庭”实际上成了拘禁她年轻身体和热烈感情的牢笼。在这夜雨初晴、晓莺啼唱的早晨，在杨柳飞绵、落花狼藉、清明将近的大好春光里，她多么想走出这狭小的庭院，去呼吸大自然的清新空气。可是，她办不到。她睡够了，起床来几乎无事可做——实际上，有的事，如老一套的针黹女红之类，她不愿再做；而那些她感兴趣、渴盼着的事，却又不允许她做。因此，尽管她照常梳妆傅粉，可是内心深处却感到生活毫无意趣，苦闷得很。“睡起卷帘无一事，匀面了，没心情”三句，以女子的口吻直接吐露她的心事，语调明快，颇具民歌情味。

第二首所写的时间比前首稍迟，地点也移到蜀人在春天常爱游玩的浣花溪畔，但重点并不放在写景而是集中力量塑造人物形象。先以充满柔情的笔调描写她的形貌：“脸波”，指脸上的表情神韵，主要指眼神而言。“脸波秋水明”是说这女子目光清朗，神气俊秀，犹如明净澄澈的秋水一般。“黛眉轻”，淡淡涂抹过黛色的细眉。“绿云高绾”，形容这女孩子梳着高高的发髻。“金簇小蜻蜓”，指她头上戴着打成蜻蜓模样的首饰。这一切综合起来，便成为作者心目中最美、最可爱的少女形象。下边写作者与女子的对话。“好是”，是短句“最好的是”的省略。“好是问他来得么？”意思是，最好最值得怀念的是，我曾经有机会和她约会，问她下回还来不来。“和笑道：莫多情”是那女子的回答。这是亲昵的嗔语，“和笑”道出。虽然语言的表面带有拒绝的味道，可是这样的拒绝当然不会令作者生气和绝望。词写到这里也就戛然而止，以后如何，不得而知，但不管如何，留给作者的印象却是难忘的。这两首词并不是在给人们讲故事，它从一个侧面反映出古代女子的生活并刻画出一个可爱少女的形象，富有情味。（董乃斌）

河渎神　张　泌

古树噪寒鸦，满庭枫叶芦花。昼灯当午隔轻纱，画阁珠帘影斜。　门外往来祈赛客，翩翩帆落天涯。回首隔江烟火，渡头三两人家。

《河渎神》原属唐教坊曲名。唐词多缘题而赋，《河渎神》即用以咏鬼神祠庙。张泌这首词从河畔神祠的角度对眼前景色进行描写，勾勒出一幅素雅的秋江图。上片的开头两句，“古树噪寒鸦，满庭枫叶芦花”，是典型的祠庙外围景物，给人一种萧瑟的感觉。接着，笔锋转向楼阁。“画阁”，是指镂画彩图的楼阁，这是庙中供奉神像的地方。“昼灯”即神前的长明灯。时正当午，阳光透进薄纱窗，挂着的珠帘在屋内留下一条斜斜的影儿。这里，作者虽然没有直接写人物，可是“画阁珠帘”数语，已经意味着其中有人物在。至于是神是人，或是人化了的神，迷离惝恍，未可根究。这种手法，大抵源于《楚辞·九歌》。下片是从这位画阁主人观景的角度来写的，同样没有写人，而字里行间却能体会到，作者的笔下是一种倚楼眺望的景致。“门外”是祠庙之外，行客过往匆匆，江中的风帆片片逐去。这两句写得很美，尤其是“翩翩帆落天涯”，形容船只渐渐远去，似乎落到望不见的天边，不露痕迹地反套了李白《望天门山》诗中“孤帆一片日边来”。“祈赛”，是古代人们感谢神灵保佑的一种祠祭活动，盛行于南方。“祈赛客”，是对专程前来祭祠的香客的称呼。如果说前两句描绘了白日的江景，那么后两句则勾勒了夜幕下的江渚：黑夜笼罩着江上，白天热闹的景象已经消失；隔岸遥观，只能隐约见到星星点点的稀疏灯火——俨然又是一幅秋江晚景的画图。前人特别称赞这两句词，认为“与首二句同一萧然其为秋也”（见《栩庄漫记》）。可惜，这只道破了一层意思。更有一层深意，那就是前后两句的鲜明对比。前者尚有一些热闹，后者则显得清冷、萧疏，从景色的变换中，我们不难想象，那位倚楼人伫立凝望的时间已经很久了——从日午时分直到夜幕初降。他究竟在观望什么？仅仅为了欣赏江景吗？作者全词的主旨，正含蓄地回答了这个问题。

王国维的《人间词话》认为，文学作品中的一切景语皆情语，写景是为了写情，即人们通常所说的“寓情于景”。张泌这首词正是如此，全词借萧疏的秋景抒发了一种惆怅的心绪，充满了淡淡的忧愁。稍稍细嚼一下，就不难发现，词中的主人公始终处于孤独的境地，周围所发生的一切都与他保持着距离，无论白天还是夜晚，那斜晖下的帘影、渡头稀疏的灯火都增添着孤寂的气氛。过往的行人、船只来去匆匆，而他只是一个旁观者，丝毫也没有卷入生活的洪流中去，陪伴他的只是孤独和寂寞。不过，作者对这种惆怅的心绪并不用铺叙的直说，而是表达得曲折委婉，含蓄深沉。通过对景物的描绘和巧妙的拼接，令人感受到这种惆怅的心绪。从字面上看，句句写景，而前后呼应，由近及远，又处处在写人，写人的感情。词的最后，经过几番静和动的交替，终于又点出了原有的寂寞、宁静和萧条，语尽意未尽，颇有唐人所推崇的意境。借景写情，正是这首作品成功的秘诀。此外，作品的语言体现了词人近似于韦庄的自然、疏朗风格；尤其是下片，写景之语虽平常，却能翻出未经人道的新意。（朱金城　朱易安）

蝴蝶儿　张　泌

蝴蝶儿，晚春时。阿娇初著淡黄衣，倚窗学画伊。　还似花间见，双双对对飞。无端和泪湿胭脂，惹教双翅垂。

这首词，是写一位少女在描画蝴蝶过程中的情思。

“蝴蝶儿，晚春时。”开头从真蝴蝶写起。晚春时节，百花争艳，正是彩蝶成双成对、翩翾花间的时候。两句淡淡着笔，不加形容刻画，却能唤起对晚春时节自然界美好风光的丰富联想。

“阿娇初著淡黄衣，倚窗学画伊。”汉武帝陈皇后小名阿娇，这里用以借指词中女主人公——

一位美丽的少女。淡黄衣是春装，说“初著淡黄衣”，自然有关合时令季节的意思，但主要的还是为了表现这位少女雅淡天然的风韵。面对三春芳华、彩蝶纷飞的天然图画，她心里充溢着青春的喜悦，情不自禁地要借画来表达自己的感受，于是她倚着窗儿学起画蝴蝶来了。由面对花间纷飞的真蝴蝶到倚窗学画，与其说是艺术的冲动，不如说是情苗的萌动。“学画伊”三字宛然少女声口。

过片承“学画”，转写画上的蝴蝶。自然界的蝴蝶本来就是双双对对飞舞于花间的，倚窗写生入画，当然会是“还似花间见，双双对对飞”的了。粗粗一读，或许会觉得这只不过是表明少女画得逼肖真切，实际上，它所蕴含的感情颇为复杂微妙。如果把全词看作第一人称的自我抒情，那么这两句便既表现出少女对自己这幅生动逼真的图画的自我欣赏，更包含着面对充满青春欢乐气息的画幅时的沉思默想。“还似”二字，颇可玩味。画中的蝴蝶，一似自然界中的蝴蝶，成双成对，占尽春光，画中虽织进了自己对青春欢乐的向往追求；但自己究竟能不能像这画中的蝴蝶一样，嫁一位称心如意的郎君，“双双对对飞”呢？这就自然引出结尾两句来。

“无端和泪湿胭脂，惹教双翅垂。”深锁幽闺的少女，尽管向往着青春的欢乐、幸福的爱情、自由的生活，但却不能像春天的蝴蝶那样，双双对对，飞舞花间，充分享受青春与爱情的欢乐。因此，这充满春意的花间蝶戏图反而触动了少女对自身的伤感，勾起了伤春的苦闷，禁不住流下了眼泪，沾湿了脸上的胭脂。“无端”二字，把少女从充满青春向往到充满青春苦闷的心理变化，描绘为连她自己也不知其所以然的微妙过程。少女伤春情怀的萌动，往往就是在瞬息间由于外物的触动而不自觉地发生的，因此这描写真切而传神。

末句尤耐寻味。作者没有明说究竟是少女的胭脂泪沾湿了画面上的蝴蝶，致使蝴蝶变形，双翅下垂，还是由于苦闷心理的潜在支配，不自觉地在未完成的画幅上画出了垂下双翅的蝴蝶。后一种情景或许更切合女主人公当时的心理状态。这“双翅垂”的蝴蝶，正像是这位充满青春苦闷的少女的自我写照，或者说就是青春苦闷的一种象征。

这首词从开始的晚春蝶舞的天然图画，到少女充满喜悦地倚窗对景画蝶，再到对画自赏自伤，最后到移情入画，在画面上出现“双翅垂”的蝴蝶，经历了一个由物到人、由人到画、由画生情、由情生画的曲折变化过程。笔笔不离蝴蝶，笔笔关合少女的情怀，到最后，那“双翅垂”的蝴蝶已经和人物融为一体。用笔轻淡朴素，却细腻含蓄，耐人咀嚼。特别是在抒写人物感情的微妙变化方面，达到浑然不觉的境界。这首词兼有民间词的清新朴素与文人词的含蓄细腻，如果要给它安个题目，那就是词中最常见的题目——闺情。但它通过这样一个特殊题材、这样一种手法来表现，却给人耳目一新之感。（刘学锴）

河 传　张 泌

红杏，交枝相映。密密蒙蒙。一庭浓艳倚东风。香融。透帘栊。
斜阳似共春光语。蝶争舞。更引流莺妒。魂销千片玉罇前。神仙。瑶池醉暮天。

此词是一首触景抒情之词。通过典型春景的描摹，表达了作者惜春、惜时的真挚情感。

上片侧重于春天红杏的描摹。“红杏，交枝相映。密密蒙蒙。一庭浓艳倚东风。”“浓艳”指繁茂的鲜花。李白《清平调》中有“一枝浓艳露凝香，云雨巫山枉断肠”之句。词作一开篇即以特写镜头的方式凸显春天独有的典型景致——红杏。为了更好地展现词的主旨，词人特意选择从室内向室外的叙事视角来窥探。从帘内向外望出，袅袅东风中一庭红杏，枝叶相交，互为映衬，重重密密，香气四溢。“香融。透帘栊”，帘栊亦作“帘笼”，指的是窗帘和窗牖。也泛指门窗的帘子。红杏等春天繁华所散发出的浓郁香气，已渗透过装饰华丽的窗帘，沁入到闺室内房。流露出对一派春光的欣赏、珍惜与留恋之情。

下片则主要抒写春光旖旎下主人公内在的心理感受。“斜阳似共春光语。蝶争舞。更引流莺妒。”“流莺”即莺。“流”谓其鸣声婉转。宋晏殊《酒泉子》词称：“春色初来，徧拆红芳千万树，流莺粉蝶斗翻飞”即是此意。过片以比兴手法来写主人公的心理活动，比拟轻巧适当。斜阳留恋春光，似与春光共语；蝶莺飞舞，有意争春。二者体现出自然界的动植物尚且惜春，对于富有情感世界的人来说，则更不待言了。“魂销千片玉罇前。神仙。瑶池醉暮天”，“玉罇”亦作“玉樽”，指的是玉制酒器，亦泛指精美贵重的酒杯。“瑶池”指古代传说中昆仑山上的池名，为西王母所居之地。最后写醉卧春光，令人销魂。日暮时分，主人公面对如许艳丽春光，酒兴大发，“魂销千片玉罇前”，仿佛变成了天上神仙，沉醉于缥缈的瑶池仙境之中。

该词虽主要描绘春天景致，但其中却包孕着词人浓郁的情感体验，达到一定的艺术高度。一方面，移情入景的表现手法。词人在描述景物时总能将自己的主观情感渗透其中，不管是红杏交枝、花香透帘的直接描写，还是斜阳共春光语，蝶舞引流莺妒的拟人展现，无不暗含着作者的惜春之情。另一方面，拟人手法的巧妙运用。为了将景物写活，词人颇费心思地运用拟人手法。斜阳欲语，蝶莺争妒，把本是静态的景物描写得活灵活现。李冰若《花间集评注・栩庄漫记》称该词“‘斜阳似共春光语’，隽语也”，大概也是从这个层面来审视此句之妙的。（曾绍皇）

酒泉子　张　泌

春雨打窗，惊梦觉来天气晓。画堂深，红焰小。背兰釭。　　酒香喷鼻懒开缸，惆怅更无人共醉。旧巢中，新燕子，语双双。

“物感说”是关于诗歌生成的重要理论之一。钟嵘《诗品序》中就认为“气之动物，物之感人，故摇荡性情，形诸舞咏”，强调季节变化、人生境遇、社会现实和外在景致对人内心情感都具有深切的影响。张泌的《酒泉子》“春雨打窗”就是这样一首触景怀人之词。通过春晓梦觉景致的描述，激发了词人对心上人的无限思念之情。

上片着意于典型环境的塑造。主要是通过主人公春晓梦觉的所见来渲染情绪，烘托氛围。“春雨打窗，惊梦觉来天气晓”，清晨时分，淅淅沥沥的春雨敲打窗户发出的滴答之声，惊醒沉醉于春梦的主人公。一觉醒来，天空已经泛起了鱼肚白。“画堂深，红焰小”，主人公环视周围景致，唯见画堂幽深寂静，室内灯焰将尽，发出微弱的灯光。“背兰釭”之“背”，熄灭之意。“兰釭”指以兰膏为油的灯。接着，词人起床灭掉了灯火。上片通过主人公春晓梦觉、环视周围、熄灭室灯等一连串动作的叙述,夹杂着丰富的闺房意象和室内景致的描绘,为下文情感的抒发奠定了一个扎实的情感基调。

下片侧重抒写主人公的思想情绪。“酒香喷鼻懒开缸,惆怅更无人共醉”,昨晚酒醉,虽然已度过了漫长的深夜,但残余的酒香仍扑鼻而来,令人心醉。但是词人不敢、也懒得再度打开酒缸继续喝酒,因为在这寂寥的清晨,无人相伴,饮酒也变得了无兴致了。“旧巢中,新燕子,语双双”,紧接着,以主人公眼前燕子双宿的实景凸显其寂寥之情。屋内旧巢中,一对新燕正呢喃私语,双宿双飞。

汤显祖评《花间集》卷二称此首词:“抚景怀人,如怨如慕,何减《摽梅》诸什?”正是看到此词以景衬情的鲜明特点。词作大量铺叙了春雨打窗、画堂幽深、室内灯灭、旧巢新燕等典型的景物,营造出一个凄清哀婉的情感氛围。在表现手法上,词人以对比反衬的手法来强化感伤的情怀。词中用旧巢新燕“语双双”的特写镜头凸显词人孤寂落寞的情感现实。景物叙写符合生活常识,契合词人的情感色彩;抒情则触景生情,同时拥有真挚的情感积淀,娓娓叙来,感人心腑。(曾绍皇)

南歌子　张　泌

柳色遮楼暗,桐花落砌香。画堂开处远风凉。高卷水精帘额,衬斜阳。

整首小词从头至尾不见人物出场,全都是对于景物的描写。描画了一幅精美的小楼夕阳晚照图。

画卷的中心为小楼,楼旁碧柳如茵,柳树的枝叶轻柔细嫩,随着清风微微晃动,光影也随之浮动,在小楼周围投下了一片片暗色的树影。一个“暗”字突出了明暗对比,正如绘画中的光影效果。梧桐树的花传来阵阵幽香,在风中飞舞,最后落在小楼的石阶上。可见,此时的时令正值盛夏。一个“香”字,于整幅画卷之外带来了不一样的感官体验。一般以梧桐为题材的作品中,梧桐这一意象出现的时节往往是秋天,随之而来的是风雨如晦、梧桐叶落的衰飒之感。但此篇却独辟蹊径,写盛夏之时,梧桐花落叶正浓,于意境中只有静谧没有颓败,只见自在不见伤怀。开篇两句,便让人觉得闲雅空灵,格调高远。

对小楼周围的环境交待完毕之后,转而对小楼的陈设细节进行刻画。画堂的门敞开着,任远处的风为室内带来阵阵清凉,厅内的水精帘高高卷起,在斜阳的照射下闪烁着斑斓的色彩。“衬斜阳”三个字不但是描写小楼和珠帘,而是为整幅画卷涂抹上了迷人的色彩。至此,这幅夕阳晚照中的小楼便描绘完毕。图中没有出现人物,但那树荫遮掩下的小楼,那阶前的落花,那凉风穿过的厅堂,那溶于夕阳色彩中的珠帘,又无不流露出小楼主人的清雅自在、气度悠然。这正是王国维所说的“以物观物,故不知何者为我何者为物”的无我之境。(于　飞)

南歌子　张　泌

岸柳拖烟绿,庭花照日红。数声蜀魄入帘栊。惊断碧窗残梦,画屏空。

这是一首抒情词。该词截取主人公普通生活中的景物片段，通过杜鹃惊梦这一特定情境的描述，凸显出主人公对明媚春光的无限珍惜之情，也反映出往事成空的极度无奈之感。正如俞陛云在《唐五代两宋词选释》中称《南歌子》"二词写明丽之韶光……结局云'残梦屏空'，则花明柳暗，皆春色恼人耳。"

"岸柳拖烟绿，庭花照日红"，词作开篇便以大手笔勾勒出词人所面对景致的总体轮廓。远处的岸边是一望无际的依依杨柳，呈现出漫无边际的烟绿色彩。近处，庭院中的繁花在明媚阳光的照耀下，显得更加娇妩动人。开篇展现出来的一切春景无不洋溢着万般的生机和无限的活力，表达出对明媚春光的欣羡之意。

紧接着，词人笔调一转。"数声蜀魄入帘栊。惊断碧窗残梦，画屏空。""蜀魄"，犹"蜀魂"，鸟名，指杜鹃。相传蜀主名杜宇，号望帝，死后化为杜鹃。春月昼夜悲鸣，蜀人闻之，曰："我望帝魂也。"故有"蜀魂""蜀魄"之称。唐李咸用《题王处士山居》诗有"蜀魄叫回芳草色，鹭鹚飞破夕阳烟"之句。如果说前面两句是对景色的总体勾勒，那么此句则择取杜鹃啼鸣的特定景致来描摹。窗外传来杜鹃零星的几声凄鸣，打破了画面的宁静，也惊断了主人公美好梦境。"碧窗残梦"的描述充满了对浪漫往事的无限追忆。回到现实，只有空空如也的画屏孤独地矗立在屋中，借以映衬主人公往事成空的无限感慨。

词作虽只有五句十六字，但在叙事艺术上却颇为成功。李冰若《花间集评注·栩庄漫记》评价此词称："意亦犹人，词特清疏。"确实，从叙事操作的角度看，该词确有鲜明特点：其一，意象选择注重鲜明的色彩对比。词作在描摹景物时，充分调动色彩的调配功能，反映出词人意象截取的独具匠心。"柳绿""花红""碧窗""画屏"无不是充满色彩感的词汇，描绘出一幅鲜明的图画。其二，以动写静的景物描摹。"数声蜀魄入帘栊。惊断碧窗残梦。"词作在景物描述过程中，通过杜鹃凄厉的几声鸣叫，惊断主人公美好梦境的动态展现，衬托出明媚春日的无限宁静。其三，以景结尾，融情入景。结尾"画屏空"一语，既是对眼前景致的描摹，也是词人当时心境的具体体现，尤其是"空"字详尽地反映了主人公"残梦屏空"的无限感慨。（曾绍皇）

临江仙　牛希济

洞庭波浪飐晴天，君山一点凝烟。此中真境属神仙。玉楼珠殿，相映月轮边。　　万里平湖秋色冷，星辰垂影参然。橘林霜重更红鲜。罗浮山下，有路暗相连。

五代词人牛希济喜作《临江仙》，在他所存十四首词中，便有七首是《临江仙》。作为一位花间派词人，牛希济自然也不脱脂粉气。但与蜀中其他词人相比，在他的作品中，尚能透出一丝平淡清丽的气息。正是这么一点可贵的"异趣"，曾经引起过有识见的文学史家的注目。如郑振铎就曾指出："其词虽存者不过十余首，却可看出其为一大诗人。"认为他的词作"皆甚蕴藉有情致"。这便是我们赏析牛希济词的一个着眼点。

这首《临江仙》，写的是洞庭湖秋夜的景色，由于没有标题，诗人究竟是在陆上观赏，还是在水中游览，不能确知。但是细玩词意，当以泛舟湖上为近。

上片第一句，极言洞庭之大。位于湖南的洞庭湖，是我国第二大湖，素有“八百里洞庭”之称。因此，写洞庭而言其大，可说是抓住了要点。句中的“飐”字，是风吹浪动的意思。因湖面广阔，外与天接，遂有“飐天”之说。因知此句并非写浪涛的汹涌，而是写湖面的广阔。第二句，写在湖面上遥望君山，犹如一点凝烟。君山，是洞庭湖中的一处名胜。这里仅用“一点凝烟”来描绘，既反衬出湖面之大，又为画面平添了一种神秘朦胧的情韵。第三句紧承上句，进一步说明神秘朦胧的君山实在是个神仙的世界。关于君山，神话传说颇多，如湘妃泣竹、柳毅传书等故事，都与此有关，因此，这句词就能够引起人们的种种联想，而不显得空泛了。第四、五两句“玉楼珠殿，相映月轮边”，是作者对仙境的想象，但也不是没有因由的。两句承上君山、仙境而下，而君山上有湘妃祠，容易联想到玉楼珠殿。“相映月轮边”，景色奇丽，又非常自然地交代了作者游湖是在夜间。

下片第一、二句，作者进而以“秋色”二字点明时令。湖水宽阔，秋夜增寒，出一“冷”字，则天之为秋为夜，地(宽广的湖面)之气温，人之体肤心理感觉，都包容于此一字之中。由此推定作者在泛舟游湖，是不无道理的，这种“冷”，只有身处水天空阔之中才感觉得真切。第二句写星斗下垂，也是湖面视野开阔所见景象，与杜甫《旅夜书怀》诗在“危樯独夜舟”句下所写“星垂平野阔”意境相同。“参然”可以有多种解释，这里似以释为“不齐貌”为妥。第三句写的是洞庭湖畔橘林，经秋霜一压，橘子成熟，更显得红艳娇美。即韦应物《答郑骑曹青橘绝句》所谓“书后欲题三百棵，洞庭须待满林霜”者。词的最后二句，把洞庭湖与道教圣地罗浮山联系起来，“有路暗相连”，事出宋谢灵运《罗浮山赋》，赋曰：“客夜梦见延陵茅山，在京之东南。明旦得洞经，所载罗浮山事云：茅山是洞庭口，南通罗浮。正与梦中意相会。”罗浮山，号称道教的“第七洞天”，相传为葛洪炼丹处。词人游洞庭而联想到罗浮山，表现了对仙境的向往，既与上片的君山呼应，又明确了这首词的主旨。

从整首词来看，作者运用虚实相间的写作手法，充分地驰骋想象，淋漓尽致地写出了洞庭湖的神韵。而在语言的运用上，又崇尚自然平易，确实给人一种清新明丽的感觉。(陈允吉 胡中行)

生查子　牛希济

春山烟欲收，天淡稀星小。残月脸边明，别泪临清晓。　语已多，情未了，回首犹重道：“记得绿罗裙，处处怜芳草。”

此词写别情，上片用画笔写景，景中含情；下片用诗笔写情，情中有景。

篇首二句描画背景，交代故事发生时的情状：时间是在春天破晓时分，夜雾渐消，山的姿影变得明晰起来；天已微明，万里苍穹只剩下不多几颗小星。“稀星小”，一作“星稀小”。但“稀星——小”，明显地分为两个印象；“星——稀小”，尽管也有“稀”与“小”两个不同的层次，但由于“稀”与“小”都处于谓语的位置上，在印象上就合一了，似不及“稀星——小”形象丰富。

三、四句镜头移近，在春山、淡天的背景上映出一对恋人，西下的残月就像映在脸边，涟涟的别泪，在这清幽的晨光中显得格外晶莹。前三句闲闲道来，似乎在随意设色点染，至“别泪”句方才令人恍然大悟：原来前三句是在着意烘托铺垫，表明“相见时难别亦难”的一刻已经到来。这正是大家手笔：于无声处炸响惊雷，在不知不觉之中引入正题。“别泪”句是上片的归宿，作大特写，以“别”字入题，以“泪”字由景入情，转入下片。

换头“语已多”，一语托住上片，夜来如何互诉衷肠，丁宁后约，临别又怎样彼此关照，互道珍重，已尽在这高度概括的三字之中。前人论用笔，有疏可走马、密不通风的说法，“语已多”三字正是成功运用疏笔的一个例子。接着的“情未了”作荡开之笔。话已说得很多，却还远远没有把感情充分表达出来，从而反跌出“回首犹重道”的下文。这几句将恋人之间难舍难分的心理表现得极为细腻深入。“记得绿罗裙，处处怜芳草”之广为传诵，一定程度上是得力于“语已多”三句一步三回头的绘形绘色的刻画的。唐代诗人张籍的《秋思》诗：“洛阳城里见秋风，欲作家书意万重。复恐匆匆说不尽，行人临发又开封。”以摹写心态见长。牛希济的这首小词，在这一点上，与《秋思》诗有异曲同工之妙。

末两句是全词最有光彩的句子。是谁“回首犹重道”呢？从全篇看来，所写人物虽然有两个，着力描写的则是送行的女子。从“残月脸边明”开始，作品观照的角度一直对准着她，她的情郎则一直处于陪衬的位置上。“残月脸边明”时，当是在庭院之中，到“回首犹重道”时，她已送情郎出门正转身返回。用笔上岭断云连，有所暗转，有所省略。末两句深情嘱咐，正是女主人公对远行的情郎所寄予的厚望：如果记得临别时我穿的这绿色罗裙，你走到哪里都会爱上绿草的。言下之意是希望对方不要忘了自己，但话说得委婉，还不乏几分幽默。这两句之所以动人，归根结底是由于道出了离别之际情人心中所共有的感情，同时也因为它既继承传统又有所创新。在古典文学中，借助绿草以寄写感情，有着久远的历史。早在汉代，就有人唱出“王孙游兮不归，春草生兮萋萋”(淮南小山《招隐士》)，古诗中更有了传诵不衰的名句“青青河畔草，绵绵思远道”。南朝陈代江总的妻子是把罗裙与芳草联系起来的第一人。她的《赋庭草》诗说：“雨过草芊芊，连云锁南陌。门前君试看，是妾罗裙色。”到了唐代，有杜甫的“蔓草见罗裙”(《琴台》)与白居易的“草绿裙腰一道斜”(《杭州春望》)等继起的歌唱。由于传统上常将离情与芳草、芳草与罗裙相联系，从而形成一种习惯性的欣赏心理，因而“记得绿罗裙”二句，不仅不会使人感到突兀，相反，还给人以亲切的感觉。“记得”二句在修辞上又有所独创。简短十个字中，运用了多种修辞手段：用“罗裙”代表人，是借代；从“记得绿罗裙”过渡到“处处怜芳草”，是联想，又是移情。同时，虽是从女子口中说出，却是从男子一方想入，多了一层曲折，平添了一种情味。因此，比喻虽旧，却能化旧为新，于亲切之外，又见新颖。末句中的“芳草”，遥应篇首的“春”字，可见“芳草”的比喻，既从眼前的罗裙起兴，又切合时令的特点，在结构上还有融首尾为一体的作用。陆游说：“剪裁妙处非刀尺。”(《九月一日夜读诗稿有感走笔作歌》)大概指的就是此等妙笔吧！

李冰若《栩庄漫记》说：“‘记得绿罗裙，处处怜芳草’，词旨悱恻温厚，而造句近乎自然，岂飞卿辈所可企及！‘语已多，情未了，回首犹重道’，将人人共有之情和盘托出，是为善于言情。”注意到了“语已多”三句以心理描写见长，“记得”二句匠心独运却又出语天成，是颇有识见的。(陈志明)

生查子　牛希济

新月曲如眉，未有团圞意。红豆不堪看，满眼相思泪。　终日劈桃穰[1]，人在心儿里。两朵隔墙花，早晚成连理？

注 ① 穰(ráng)：这里指桃仁。

五代词人牛希济这首《生查子》，是有浓厚民歌风味的抒写爱情的词。词中以比喻、象征和双关的手法、明快的语言、开朗的境界，表现了女主人公为相思所苦、热望同恋人早成佳侣的深挚感情，气息清新，感情质朴，别有风致。

作者选择了四种富于象征和比拟意义的景物，从主人公对这些景物的观察和联想着笔，有层次地展开抒写，结构成章。

起笔“新月曲如眉，未有团圞意”两句，首先举出了有象征意味的新月。前句以眉毛形容新月的弯曲纤细，这是沿用鲍照诗“娟娟似蛾眉”的比喻，尽管人们了解以月亮圆缺象征人间离合的传统，但如果仅仅从这一句看，也难说有什么寓意，就像诗人们有时把新月形容为“帘钩”“玉弓”“爪痕”似的。可是，加上了第二句就不同了，“未有团圞意”，给如眉的新月涂上了感情色彩。它用“团圞”这个形容圆的状貌的字眼，特别强调了新月还没有呈现圆形的趋势，在隐约流露的恨月不圆的感情中，突出了新月象征不团圆的意味。同时，也使人联想到“团圞”作为“团聚”解的双关含义，这就揭示了望月的主人公渴望团圆而不得团圆的境遇和心情。

三、四两句“红豆不堪看，满眼相思泪”，紧承上文，拈出了“红豆”，描写了主人公对它的感受。红豆一名相思子，它不仅以鲜红而带有黑斑的形象惹人喜爱，更主要的，是以它那象征爱情和相思的独特含义深入人心。王维的《相思》诗不是说“愿君多采撷，此物最相思”吗？词人在这两句中，用“不堪看”刻画主人公一看到红豆就勾起相思之痛而难以禁受的心情，在指出她甚至为此而泪流满面的当儿，还特意点明，她所流的乃是“相思”之泪。这样，就继第一、二句之后，进一步表明，她所渴望的团圆并不是一般家人亲友之间的团聚，而是“有情人”之间的结合；与此同时，也充分渲染了她相思的强烈、爱情的深挚。

以上，在上片侧重表现了主人公相思之苦；下片转入表现主人公切盼与心上人早成佳侣的愿望。

过片“终日劈桃穰，人在心儿里”，两句又设一比喻。劈开桃核就可以得到深藏其中的桃仁。作者利用句中隐含的桃仁的“仁”字同句中暗指心上人的“人”字相谐音，用前句引出后句，隐喻那心上人印在她的心里，就像那桃仁深藏在桃核里。冠以“终日”两个字，意在强调心上人无时无刻不在她的心里。五、六两句就这样突出了主人公在同恋人不得团圆的情况下，执着于爱情，甚至近于痴情的表现，进一步丰满了主人公的形象。

在“两朵隔墙花，早晚成连理？”这结尾两句中，作者从主人公的心理出发，创造出“隔墙花”这一贴切的比喻，来形容她同恋人这一对难成眷属的有情人，并且采用了“连理枝”这个当时人们熟悉的形象来表达她的美好愿望。“连理枝”是不同根株的植物枝干长得连成一体，历来被看作爱情结合的象征。白居易在《长恨歌》中就曾用“在天愿作比翼鸟，在地愿为连理枝”作为李隆基与杨玉环的爱情誓言。这里的“早晚”，不作“迟早”解，而是“何时”的意思。这两个字把主人公的愿望变成疑问。因为现实生活已经告诉她，在有形、无形的“封建”墙壁阻隔之下的“花朵”，是难以长成“连理枝”的，但她又不甘心就此绝望，这一疑问就表现了她交织着绝望的叹息和渺茫的期待的复杂感情。这样的结尾，提出了究竟是什么“墙壁”阻隔了她美好愿望实现的问题，以及关于她未来的命运的悬念，给读者留下了思索的余地。

在艺术表现上，作者受到了南朝乐府民歌的启示，继承了它的情调，又发展了它以物态喻情、以谐音寓意的手法，在反复的咏叹中对主人公作了更充分的描写，词情也更加细腻和完整。（范之麟）

临江仙　*尹　鹗*

深秋寒夜银河静，月明深院中庭。西窗幽梦等闲成。逡巡觉后，特地恨难平。　　红烛半条残焰短，依稀暗背银屏。枕前何事最伤情？梧桐叶上，点点露珠零。

在堆金砌玉的《花间集》中，尹鹗词是能自树一帜的。尹鹗仕王蜀为翰林校书，累官参卿，遭逢世乱，风雨飘飏，故其词多幽怨之思。此词写的是传统的“闺怨”一类题材，而俞陛云认为作者“身值乱离，怀人恋阙，每缘情托讽”（《五代词选释》），固亦知人论世之语，虽未必然，也可以向读者提供思索的余地。

首二句，力写一个“静”字。深秋寒夜，银河横亘中天，凄冷的月色，照进寂寥的深院。两句渲染出秋夜萧索的气氛，为下文入梦作了铺垫。王夫之曾说过：“情、景名为二，而实不可离。神于诗者，妙合无垠。”（《姜斋诗话》）此词亦在写景中表露了人物的内心世界。“西窗幽梦等闲成。逡巡觉后，特地恨难平。”三句转入人事，情景相副。一般作手，写相思怨别，往往用“无寐”“不成眠”等语，已成熟调，而本词却说幽梦易成，别出机杼。一是与上文“静”字相应，一是点出闺中人困极方眠。久立中庭，徘徊愁思的情况可想而得之。“幽梦”二字，已暗示了闺人梦中的情景，也许是梦到了久别的情人。“等闲成”，更见其恋情的深挚。“逡巡”，犹言顷刻、须臾。可惜的是，好梦匆匆，等闲而成，逡巡而觉，梦里片时的欢娱，更加深了醒后的怨思，“特地恨难平”，收束上片，笔意重拙，质直而有味。

下片写梦醒后的情景。室内的残烛，暗淡无光，只依稀照见在床上背向屏风的闺人身影。红烛残焰，与上片写室外的银河明月恰成对照，气氛更觉凄寂。夜已阑珊，一醒之后，梦再难成，唯有独自伤心而已。“依稀暗背银屏”，六字刻画出沉浸在痛苦中的闺人形象，笔触带有浓重的感伤色彩，个中的别恨离愁，已不言而喻了。紧接一句设问：“枕前何事最伤情？”承上启下。“暗背银屏”，是“伤情”的动态，而“伤情”的原因呢？词人没有直接说出来，只用两句景语作结：“梧桐叶上，点点露珠零。”这真是传神之笔，能从精微处落想。俞陛云曰：“结句尤有婉约之思，‘只有一枝梧叶，不知多少秋声’，与‘零露’句同感也。”（《五代词选释》）梧桐叶上的点点零露，不也是她那枕上的盈盈珠泪吗？不也是她那凄苦寂寥心境的写照吗？通过这两句景语，含蓄地暗示了闺人的身世遭遇。节物凋零，年华将逝，寒夜里，明月照着深院中的梧桐，更触起了无尽的离愁，闺中人堕入了深沉的思念中。“伤情”之意至此全出。二语洵为词中胜境，唤起读者多少联想。清沈雄《柳塘词话》评此词云：“流递于后，令读者不能为怀。岂必《花间》《尊前》句皆婉丽也。”词中用语明净，意境凄清，不用任何秾艳的色彩，把闺人的离愁烘染到极致。（陈永正）

菩萨蛮　尹　鹗

陇云暗合秋天白，俯窗独坐窥烟陌。楼际角重吹，黄昏方醉归。　荒唐难共语，明日还应去。上马出门时，金鞭莫与伊。

这首《菩萨蛮》的作者尹鹗并非著名词人，词写女子痴情又是常见的题材，但却写得不落俗套，颇有特色。

首句写景，铺染的景物是：秋日的天空，陇云在不知不觉中汇合。“陇云”就是“陇上云”“白云”，出自陶弘景《答梁高祖诗》“山中何所有，陇上多白云”。这一句描绘了秋日的景象，点明了季节，也暗点出时间，所谓“日暮碧云合，佳人殊未来”（江淹《拟休上人怨别》），又兼寓怀人之情。接着，笔触转向了女主人公。她独个儿坐着，俯身从窗帘中窥望暮烟笼罩的陌上。“烟陌”承上句，进一步点明了时间。这句里的“独”和温庭筠《梦江南》里的“梳洗罢，独倚望江楼”的“独”字相同，它的内涵也一样是丰富的。它告诉我们，女主人公是形单影只、沉默无语的，心情是孤寂的。这是写人。从另外一个角度来说，这一句也是作者铺染的景物。总之在这两句中，情、景两者很难分解开。王夫之在《姜斋诗话》中说：“情、景名为二，而实不可离。神于诗者，妙合无垠。”况周颐在《蕙风词话》中也说：“写景与言情，非二事也。善言情者，但写景而情在其中。”可以说，上述两句，正是情在景中、景情妙合的。

在寂寞的黄昏中，又再次传来城楼上的号角声，自然分外撩拨起人的焦急愁烦情绪。这时，盼望的人回来了。虽然到了黄昏才回来，可究竟是回来了。应该高兴吧，但他却是醉醺醺地回来的，这自然使盼望他回来后卿卿我我、恩恩爱爱等等都落空了。当然，比独个儿守空房要好些。唐无名氏《醉公子》不是说“门外猧儿吠，知是萧郎至。划袜下香阶，冤家今夜醉。扶得入罗帏，不肯脱罗衣。醉则从他醉，还胜独睡时”吗？

下片“荒唐”两句，进一步写面对醉汉时，女主人公的心情变化。“荒唐”在这里是表现不正常的意思，指那人的醉态；下此二字，还包含着她的怨、恨、爱的潜台词。酒醉有醒时，一切等醒后再说吧。但是，明日他还要离去。“应去”不是应当去，而是说明天想必还要去。和白居易《缭绫》诗里“昭阳殿里歌舞人，若见织时应也惜”的“应”字相同。话说回来，明天他还要离去，怎么办呢？一般来说，那时候的妇女遇到这种情况，只有哭泣的份儿，韦庄《江城子》“露冷月残人未起，留不住，泪千行”，不就是这样写的吗？但是，这首词里的女主人公则暗下决心，明天待他“上马出门时，金鞭莫与伊”。词至此一笔宕开，充分表现了她的泼辣有决断，表达了她的未尽之言、至深之情。

这首词的语言质朴，明白如话，似乎是随口而出，实际上对每个词语的运用都是颇具匠心的，除了上面谈到的“俯窗独坐窥烟陌”的“独”，“荒唐难共语”的“荒唐”，“明日还应出门去”的“还应”之外，如上片“楼际角重吹”的“重”，说明报时的号角声已经是再一次吹起，点明时间已经晚了；“黄昏方醉归”的“方”，体现出她等待之久，心情之切。况周颐《蕙风词话》说：“词过经意，其弊也斧琢；过不经意，其蔽也褦襶。不经意而经意，易；经意而不经意，难。”尹鹗这首词的语言，可以说就是“经意而不经意”的一个范例。

这首词以四十八字写女子痴情，一气呵成。而仔细玩味，又觉得这首词并不“直”。盼归，醉归，恨其醉，拟阻其行，层层转折，委曲尽情，耐人寻味，其境界并非易到。（马兴荣）

浣溪沙　李　珣

访旧伤离欲断魂，无因重见玉楼人。六街微雨镂香尘。早为不逢巫峡梦，那堪虚度锦江春。遇花倾酒莫辞频。

这是一首言情之作，叙述的是一个十分普通的故事。词人旧地重游，去探访意中人，但眼前所见物是人非，倍增伤感。为了不虚此行，还是借酒浇愁吧。这样的故事在古典诗词中屡见不鲜，也无多少动人之处。但是，由于作者词风不俗，写得“蕴藉”，所以仍不失为一首成功之作。

所谓蕴藉，也就是含蓄深沉、宽广博大之意。就这首词而言，确是足以当之。词的一、二句，即概括了此行的目的和结果，显得十分洗练。“无因”，就是“无从”“无由”的意思。在这里，“无因”的原因是什么，作者并未交代，而是让读者驰骋自己的想象，这就是含蓄。第三句可谓精雕细琢，立意殊新。六街，按唐宋时城市建制，京师共设左右六街。故六街即为京师的代称。李珣为前蜀人，此处所谓京师，当指成都。按下阕“锦江春”句可证。“微雨镂香尘”，写得十分新奇精巧，“镂”字可谓传神之笔。同时，此句的好处还不仅仅在于此，从整句的意境看，又是非常朦胧空灵，恰如其分地表现出作者惆怅伤感的心绪。给人一种深沉之感。

词的下阕直抒胸臆，首句借用巫山神女的典故，事见宋玉《高唐赋》：“昔者先王（怀王）曾游南唐，怠而昼寝，梦见一妇人，曰：‘妾，巫山之女也，为高唐之客，闻君游高唐，愿荐枕席。’王因幸之。”后人遂用“巫山梦”来借指男女欢会。如果从更深层来分析，尚可发现作者借用此典，是在含蓄地揭示所爱之人的身份，神女荐枕，成而即逝，说明作者钟爱的“玉楼人”实际上是一位风尘女子。正由于此，作者虽然情有所钟，但他的伤感还是有限度的。所以他不肯虚度大好春光，而要去觅花倾酒，在烟花风尘中放浪形骸。下阕的成功处，在于准确地揭示了作者从向往爱情到颓废放荡、自甘沉沦的心理变化。而这种心理变化，是通过自抒胸臆的方式来加以表现的。这种方式，在五代词中尚不多见。而在宋词中，上阕写景，下阕抒情或议论，则成为一种常见的格式。所以有人评价李珣词，说他下开北宋体格，这首词确可为一佐证。（陈允吉　胡中行）

浣溪沙　李　珣

红藕花香到槛频，可堪闲忆似花人。旧欢如梦绝音尘。　　翠叠画屏山隐隐，冷铺纹簟水潾潾，断魂何处一蝉新。

李珣的这首词写得清奇流丽，与花间词秾艳香软的基本风格很有些不同。从横向看，倒是与南唐词风颇为接近。南唐的冯延巳、李煜等人，固然是词家大宗，"堂庑特大"，不能用清奇流丽一言以蔽之。但从词的发展倾向来说，他们也的确从温、韦的秾艳香软中摆脱了出来，而与花间词派分镳并驰。相比较而言，清奇流丽也可说是南唐词的基本特色。

李珣的这首词，与他的另一首《浣溪沙》(访旧伤离欲断魂)取的是同一题材，不过时间稍有先后。从两词所用韵脚来看，五韵中有三韵相重，估计写作日期也不会相距太远。从内容来看，另一首写的是春天，寻"旧欢"不着，颇觉意外，所以情绪起伏较大。而这一首则写夏秋之际，已是痛定思痛，因此意蕴也就较前首更为婉约深沉。

词的首句用的是传统的比兴手法。荷花发出阵阵清香，不时地飘进廊槛上来。第二句即点出主题：由花香引发愁思，在百无聊赖中实在不堪回忆所爱之人。由于上句已写明荷花，就使下句的"似花人"变得很具体，在我们眼前仿佛出现了一位高洁、素雅而又风姿绰约的美女形象。第三句进一步说明不堪回忆往事的缘由。旧欢已成梦幻，"她"再也不会来了！这就把词人的绝望心情和盘托出，足以引起读者的同情与共鸣。

词的下阕写得十分成功，历来为人所激赏。近人况周颐称之为"以清胜者""所云下开北宋体格者也"(《历代词人考略》)。细味词意，知此说不虚。第一句是写屏风，其上远山含翠，隐约多姿；第二句写竹席，其上竹纹如波纹，十分清澈，给人带来一丝凉意。这两句虽然写的是眼前器物，但用山水来象征词人与意中人的分离，是十分妥帖的。这两句在艺术手法上的确堪称杰构，首先，对仗十分工巧，又具有鲜明的词的特色，绝不混同于一般的律诗。如"山隐隐""水潾潾"，一看便知是词，真所谓是词家的"当行本色"。其次，冷铺纹簟水潾潾，比喻新奇，内涵丰富，既有季节特点，又有人的感受，写得十分出色。尤为难得的是，在连得两个佳句之后，并无"才尽"之感，最后一句竟又翻出新意；伤心的思绪在空中飘荡，突然听到一声蝉鸣。《礼记·月令》："仲夏之月，蝉始鸣。"此句含意幽深。蝉鸣，既使作者回到了现实，又让读者产生无穷的联想。蝉鸣有诉恨的寓意。李商隐《蝉》："徒劳恨费声。"而且蝉声一起，炎夏悠悠，日长难度。"断魂"二字，通过"一蝉新"告诉人们，无穷无尽的悲哀正在等待着词人。(陈允吉　胡中行)

巫山一段云(二首)　李　珣

有客经巫峡，停桡向水湄。楚王曾此梦瑶姬，一梦杳无期。　　尘暗珠帘卷，香销翠幄垂。西风回首不胜悲，暮雨洒空祠。

古庙依青嶂,行宫枕碧流。水声山色锁妆楼,往事思悠悠。　　云雨朝还暮,烟花春复秋。啼猿何必近孤舟,行客自多愁。

李珣是一位花间词人,他的词却多摹绘山水,叙写风土人情。一次,作者沿江而下,经过巫峡的峭崖碧流,联想起有关的传说和史事,不禁有感而写下这两首具有咏史性质的词篇。

这两首词具有一定的连贯性,采用了写景、叙事与想象融合的手法。第一首写巫山神女祠,从有关传说转到眼前空祠,兴起怀古幽情。第二首从神女祠与楚王、瑶姬的传说转到楚灵王细腰宫遗址,又从吊古引出个人身世之感。由于神女传说和细腰宫都与楚国君王有关,楚国因君王昏庸、国事腐败而被秦国所灭,所以词中弥漫着今昔兴亡之感。

第一首先写词人舟过巫峡时,泊船江边,来到神女祠前。这里本来是一座金炉珠帐、画帘高挂的神殿,如今却已冷落荒废。陆游在《入蜀记》中写道:"过巫山凝真观,谒妙用真人祠。真人即世所谓巫山神女也。祠正对巫山,峰峦上入霄汉,山脚直插江中……然十二峰者,不可悉见,所见八九峰,惟神女峰最为纤丽奇峭,宜为仙真所托。"词人徘徊祠前,仰望对面十二晚峰,云雾轻绕,散开又复相合,特别是那奇丽的神女峰,最为引人注目,词人的联翩浮想,也随之悠然而生。"楚王"两句,包含着一个梦幻般的传说:"昔者先王尝游高唐,怠而昼寝,梦见一妇人曰:'妾巫山之女也,为高唐之客。'"(宋玉《高唐赋》)这"巫山之女",也即传说中赤帝之女,名叫"瑶姬";牛希济《临江仙》云:"峭碧参差十二峰,冷烟寒树重重。瑶姬宫殿是仙踪。"而自从楚王一梦与之相遇以后,就此人神永隔,所以说是"杳无期",只留下永久的惆怅。

下片写神女空祠,从想象转到现实。而面对空祠,又使词人联想起楚国史事,怀古之思油然而生,笔法曲折而又含蓄。"尘暗"两句,是步入神祠后所见。"珠帘""翠幄",想见昔日殿内陈设之华丽多彩;"尘暗""香销",叹息如今帘帷之上尘灰厚积。庙外西风飒飒、冷雨凄凄。从往昔神祠的繁华兴盛到如今空殿的寥落衰败,从传说联想到楚国史事,无限盛衰兴亡之感涌上心头:神女之事固属虚无缥缈的传说,但楚国由于君王昏庸而终于覆亡,却足以为后世鉴戒;如今念及有关史事,令人不胜感慨,诚如阮籍《咏怀》所云:"箫管有遗音,梁王安在哉!"

第二首仍从神女祠写起,然后过渡到细腰宫。"古庙"句写神女祠的环境。"庙后山半,有石坛平旷……坛上观十二峰,宛如屏障。"(陆游《入蜀记》)青嶂,即庙后之山。下面即由神女祠转到楚行宫,描叙临水而筑的细腰宫残迹。《入蜀记》又云:"早抵巫山县……游楚故离宫,俗谓之细腰宫。有一池,亦当时宫中燕游之地,今湮没略尽矣。三面皆荒山,南望江山奇丽。"这座傍山枕水的离宫,据说是春秋时楚灵王的游宴之处,如今仅仅遗留下一些供人凭吊的残迹。《韩非子·二柄》云:"楚灵王好细腰,而国中多饿人。"这座行宫,便是帝王荒淫的具体见证。"水声"两句,写词人面对残留的行宫遗址,眼前似乎浮现出昔年细腰宫中歌台暖响、妆楼镜开的情景,那不分昼夜的歌舞游宴,像是永无休止之时。然而,往事已矣,那些轻歌曼舞的宫廷盛况,如今仿佛都已幽闭在潺潺碧流和暧暧翠岚之中,正如李白所说:"宫女如花满春殿,只今唯有鹧鸪飞。"(《越中览古》)"锁"字是虚写,用来暗示山水长存,而王室繁华已不复可见,离宫也仅留下一片废墟,供人凭吊,引人深思。

“云雨”两句，与第一首“楚王神女”之说遥相呼应。云雨，仍为有关神女的传说：“去而辞曰：‘妾在巫山之阳，高丘之阻，旦为朝云，暮为行雨，朝朝暮暮，阳台之下。’”烟花，指繁花盛开如同烟霞。碧天巫山，雨迷云轻，花开花落，春去秋来，岁月就这样无声地流逝，这里不仅写巫山之景，也还有触景而生的慨叹。

末尾两句，总括词意，达到吟咏史事兼以抒发感慨之目的。啼猿，以巫峡中为最多，所谓“巴东三峡巫峡长，猿鸣三声泪沾裳”。“依旧十二峰前，猿声到客船。”（李珣《河传》）词人在猿啼声中登舟还望神女空祠和行宫废址，对于春秋战国之时楚国兴亡的史实，由于帝王荒淫无道而导致的亡国悲剧，感慨无穷，词人自己的无限身世之感也如丛生之草，不可收拾。真是别有幽愁暗恨生，何必等凄异的猿声来触发幽思呢？孤舟中行客的愁恨已经是够多的了。这两首词，寓写山水景物与咏史事为一体，颇具低回留连、回环曲折之致。（潘君昭）

南乡子　　李　珣

烟漠漠，雨凄凄，岸花零落鹧鸪啼。远客扁舟临野渡，思乡处，潮退水平春色暮。

乡土，永远牵系人心。它张开无边无际的蛛网，用乡情的细丝，日夜不舍地捕捉旅人的乡梦。而乡梦，对旅人来说，是无所不在的。在这首词中，乡思徘徊在迷蒙的暮霭里，在凄冷的雨声里，在落花里，在鹧鸪声里，在杨柳岸边的舟船中，在野渡头，在潮来潮去的水声中，亦在阑珊的春色里。人类有某些感情，需要某种独特的景物作触发剂，唯独乡思，似乎是蕴藏在所有景物之中。乡思，对旅人说，天上人间，无所不在。今人如此，古人更是如此。

这首《南乡子》，是一幅着墨不多的水墨画，一片江乡暮春景色，却被作者弄得满纸春愁。说起来，烟当然漠漠，而雨却未见得人人都觉着凄凄。以愁眼看世界，雨亦不免凄凄。至于岸花零落，当然是自然现象，但斯时也故有斯落也，它自落它的，根本不买任何人的账，看落花泛乡愁的人，即使给他看花开，他亦只会看到“开的僝僽”。或曰“这是点明时间”，却没有想到乡愁与时间全不相干，没有任何人可以证明，乡愁只能在某个时间内才会产生。作者只是把他无处发泄的思乡之情，像喷泉一样喷射，谁碰上也免不了变成“愁根恨苗”。作者的感情，使这些烟枝雨叶改变了它们客观的面目。只有这样，才能从这些被扭曲了的事物上表现出作者内心的感情。

鹧鸪，在文学史上，和杜鹃、鹈鴂一样，都是被冤枉了的典型。只为它的叫声像是“行不得也哥哥”，被千古以来的游子所怨恨，虽然因此它获得了文学上的生命，也被蒙上了一个多事的声名。若说这都是误会，那是科学家的意见，不是谈艺术；若说这都是感情作怪，在文学史上，除了那些不受欢迎的坏诗词之外，又有哪些不是感情作怪的产物呢？这里给读者的是“愁云恨雨，满目凄清”的感觉，而拆碎下来，却是烟、雨、落花与鹧鸪的叫声而已。但就在这十三个字里，却使人觉得这些碎玉零珠滚滚而来，既是互相连贯，又能互相配合，说到底，这都是作者那条感情丝线上悬挂的琼瑶，它们是由感情组织在一起的。

这首词属于“单调小令”，但它有个特色值得注意，那就是前十三字用平韵，后十七字换仄韵，复又句句押韵。从韵脚的改变，很自然地使人产生一种错觉，像是分了上下片。而实际上这首词在行文方面也的确如此。前十三字，以比兴——或说形象见作者情思。后十七字，用叙述式说明上文的情思是自己的乡愁。在韵脚上似断，而在文字和内容上却一气呵成。

野渡扁舟，水平潮退，是不得不思乡处，客路风雨，又值春事阑珊，又是不得不思乡之时。野渡凄寂无人，不堪鹧鸪之啼矣。前后照应，结构完整，字少思深，平易感人。（孙艺秋 孙绿江）

南乡子　李　珣

乘彩舫，过莲塘。棹歌惊起睡鸳鸯。游女带香偎伴笑。争窈窕，竞折团荷遮晚照。

李珣共有《南乡子》十七首，所咏皆为东粤风情。珣本西蜀词人，《南乡子》当是他东游粤地之作。这首是《南乡子》中的第四首，写得情趣盎然，饶有民歌的风味。然而，它又毕竟是文人的作品，比起民歌来，确要典雅、精致一些。

词的前两句，写词人乘坐着游船经过荷花塘。彩舫是有彩饰的船，此当指游船。第三句，写兴之所至，船上的舟子唱起了欢乐的山歌，惊动了并肩而睡的鸳鸯。此处的鸳鸯，或许真是词人泛舟时所见，或许是为了引出下文而故设。因为由鸳鸯而引出游女，实在是顺理成章的。“游女带香偎伴笑”，这一句写得十分传神，游女们看到鸳鸯，似乎想到了什么敏感的事情，于是相互嬉笑，说着连词人也无法听见的悄悄话。或许词人被游女们的嬉笑声所吸引，开始把注意力转向她们；或许游女们也发现了词人在注视她们，于是竞相折取荷叶遮挡夕阳的同时，也用来表现自己美好的身姿。在这里，词人为我们画下了一幅楚楚动人的美女图。如前所说，这首词颇具民歌风格，又比民歌来得典雅、精致，如“竞折团荷遮晚照”这样的句子，就非民歌风调。

这首词写得清新自然而又精巧，是花间词中令人瞩目的一篇佳作，读来确实赏心悦目。人们常说王维“诗中有画”，如果说李珣的这首《南乡子》是“词中有画”，当非溢美之词。（胡中行）

南乡子　李　珣

渔市散，渡船稀，越南云树望中微。行客待潮天欲暮。送春浦。愁听猩猩啼瘴雨。

西蜀词人李珣，曾经游历东粤之地，作《南乡子》十七首。这十七首词，均取材于当地的风土人情，具有浓厚的地域色彩，且短小精炼，颇似民歌，又添了几分文人情思在其中。于淳朴自然中更显境味悠然。属于《花间》词中比较特出的一类。这首《南乡子》便是其中的一首。展现的是行客江边待潮欲渡的情境。

起首两句极为平实，直接描写了当日当地的所见所闻。“渔市散”交代了时间，正是天色将晚，喧闹的渔市里当地的渔民和买主都渐渐散去，白日里拥挤的渡口旁的船只也变得寥寥无几。少了人，少了舟车，空间于是显得开阔，眼光也舒展开去，远远望见越王台的南边的高耸入云的树木是那样渺小。越王台是汉时南越王赵佗所建，属于当地具有代表性的景物，在李珣的这一系列词中时常出现。前三句均为景物描写，但是日暮，人稀，景物苍茫，着实渲染出了一种悲凉而寂寥的情境。那么，市人散尽，各自归家的日落时分，究竟是什么人会在渡口眺望远方，而心中生出如许哀愁呢？

后三句便交代了原因，“行客待潮天欲暮”，原来是将要远行的旅人因为江潮未到，不能起锚，所以在渡口徘徊许久。而“天欲暮”三个字，不但和前面的渔市散在时间上相呼应，同时也暗示了等待的漫长和内心的焦急。而这份焦急和苦恼的心情又无法排解，只好不断眺望远方，映入眼帘的便是越王台上一排排的云树。春浦为送行之地，也正是旅客离开之地。羁旅之人总是归心似箭，无奈潮头未起，欲渡不得，心中自然涌起的是羁旅行役之苦。最末句的猩猩和瘴雨都是闽粤地特有的自然风貌。但对于并不习惯此地生活的人来说，猩猩的号叫和雾气弥漫的雨林确实是哀愁和恐慌的代名词，再加上原本焦急的心情，便自然地生出一个“愁”字来。于是在那种特殊的情况下，旅人的徘徊等待的形象和寂寥愁苦的心情便呼之欲出，给人留下了深刻的印象。

李珣的这首词的文人之心态，体验当地之风物，用王国维的话说便是典型的“以我观物，物物皆着我之色彩”的有我之境。虽然渔市、渡口、越王台、云树、猩猩、瘴雨都是东粤之地的独特风貌，但却因行人的愁苦而呈现出孤寂悲凉的色彩。一切景语皆关情，能将当地之见闻与士大夫的羁旅之情融合得如此无间，正是这首词的精妙之处。（于　飞）

南乡子　李　珣

相见处，晚晴天，刺桐花下越台前。暗里回眸深属意。遗双翠。骑象背人先过水。

这首小词，描写的是东粤当地的少女和情人相会的情景。词中处处可见东粤独特的风物和习俗。词中质朴纯真的感情和开门见山的表达方式颇似民歌，在艺术手法上工巧典雅，匠心独运，于天然淳厚中更显玲珑剔透。

“相见处，晚晴天，刺桐花下越台前。”词的前三句以叙事的方式直接交代了事情的发生时间，地点和人物。“相见”是指青年男女的相约相见。当时的时间正是黄昏日暮之时。天空晴朗，万里无云，尚未完全落下的夕阳余晖将天空涂满了绚烂多彩的金色。从中我们可以想象那赴约的少女的心情大概也正如这天色般晴朗光明。仔细品味这三个字的妙处还不止于此。

在民歌中有一种常见的艺术手法，就是通过谐音字来暗示人物的情感，明确又含蓄地传递出微妙的心绪。如以“莲子”来谐“怜子”，即爱怜之意，以“丝”来谐“思”，“悬丝”即“悬思”，是思念惦记之意。“晴”在民歌中往往用来谐情感的“情”字，是情意、爱情之意。所以“晚晴天”这三个字不禁让我们想起了刘禹锡的《竹枝词》中的名句“东边日出西边雨，道是无晴却有晴。”一方面，可见在少女的心中确实是“有情”的，另一方面，这种极富民歌特点的艺术表达方式无疑使整首词增添了民歌的风情，也为词中尚未直接刻画的少女形象添上了一抹明快亮丽的色彩。第三句进一步描写了相见的地点和季节，刺桐花属豆科落叶乔木，早春开花，极为艳丽，是南方特有的植物。越台即越王台，是东粤有代表性的建筑。这句景物描写看似平实朴拙，却又在前两句的基础上恰到好处地渲染了约会的氛围。至此，风和日丽，夕阳晚照，越王台前，刺桐花下，景物的铺叙全部完成，只待主人公的出场，便可上演一幕甜蜜浪漫的故事。

词的后三句，果然，女子见到了自己的心上人，自然是喜上眉梢，但是又怕让别人看见，所以只好偷偷地注视，以暗送秋波的方式传递自己的情感。等到对方也回应了自己的心意后，当然要留下一个定情信物，又不敢公然上前去送，于是她想出了一个非常聪明的主意，故意将头上的翠钿掉在地上，然后立刻转过身去，背着众人骑上大象涉水而去。男子自然会过去拾起，这样不但成功地将信物送到了对方手上，而且又避免了被众人发现的尴尬。果然是怀春少女才具有的细密心思。

至此，我们不难想象当时的东粤似乎有这样的风俗。春季时分，黄昏日暮，青年男女纷纷骑象渡河而来，聚在越王台前与自己的意中人约会。这种风俗在古代多有记载，甚至现在还有一些少数民族保留了类似的习俗。整首词便是对这一风俗的描写。而词人以独特的眼光，独具匠心地选取了其中一位少女，仅用暗里回眸，遗下双翠，骑象过水这几个动作，便将怀春少女的热情与娇羞生动传神地展现了出来，让我们千百年后读罢仍不禁为之会心一笑。（于　飞）

南乡子　李　珣

云带雨，浪迎风，钓翁回棹碧湾中。
春酒香熟鲈鱼美，谁同醉？缆却扁舟蓬底睡。

这是一首描写南国渔家生活的词，寄托了作者闲适隐逸的情怀。作者李珣，字德润，五代前蜀人，国亡不仕，隐遁湖湘草泽，以诗酒自娱，留下了《南乡子》《渔父》等描绘南国风土人情、渔父隐逸生活的风流自在、逍遥闲适的系列词篇，李冰若《栩庄漫记》云：“李德润词大抵清婉近端己，其写南越风物，尤极真切可爱。花间词人能如李氏多面抒写者甚鲜，故余谓德润词在花间可成一派，而可介立温、韦之间也”，这一类词作恰同李珣是波斯人的身世一般风味特异，在五代词苑中可称是一朵奇葩。

本篇短小精悍，干净爽利而又风味隽永。开篇骤然嵌入：云拥雨至，风生浪起，渔翁迎风面雨，出入波涛，在碧湾上持桨往回。“云带雨，浪迎风”不加雕饰，甚至有些质野，但是恰好给人生气勃勃,明晰直接之感,加上这又是一幅壮阔并富动感的场景,读之心胸激越,“回棹”是一个轻巧熟练的动作,“碧湾”又是一派清新合融的景色,“钓翁回棹碧湾中”真是一帧剪接醒目的影像。一番生涯,一个动作,一种归宿,短短的一句,动静张弛,节奏明快,给人留下了过目不忘的印象和韵致,我们仿佛也置身船头,在青绿色的浪涛间迎风面水,心潮涌动。

唐人言“春酒”一般指冬酿春熟之酒,自《诗·豳风·七月》:“为此春酒,以介眉寿”以来,凡言“春酒”大都带有乡土野趣,而“鲈鱼”更是让人联想起张季鹰“莼鲈之思”,《世说新语·识鉴》:“张季鹰辟齐王东曹掾,在洛,见秋风起,因思吴中菰菜羹、鲈鱼脍,曰:‘人生贵得适意尔,何能羁宦数千里以要名爵?’遂命驾便归”,所以“春酒香熟鲈鱼美”不光说春酒甘醇、鲈鱼鲜美,更暗示着一种恬然适宜的隐逸生活,——谁人一起享醉?系了小舟就在船篷之下浓睡,香梦甚惬!读此意向往之,不觉陶然心醉,多么快活自在,多么洒然逍遥,多么悠哉游哉。

词作上片主动,兴奋激越;下片主静,恬静安然,动静结合,放收自如,把出入风波的形象和希夷恬美的韵味深深地印在读者心头,在寄寓闲适隐逸的情趣中兼有盎然浓郁的生活气息,于唐五代一般词作和风格中别具特色。(张　旭)

菩萨蛮　　李　珣

回塘风起波纹细,刺桐花里门斜闭。残日照平芜,双双飞鹧鸪。　　征帆何处客?相见还相隔。不语欲魂销,望中烟水遥。

这是一首写少女春情萌动的词。虽然它出于“花间派”词人李珣之手,但冲破了“宫体”“娼风”、秾艳香软的“花间词”的樊篱,犹如“一枝红杏出墙来”,给人以耳目一新的感觉。

乍一看来,上片纯是景语。但仔细品味,可见景语中蕴藏着情语,活现出少女春情萌动中那一瞬间的心态。词人写景语,借鉴了中国画中散点透视的章法,以游移挪换的视点组成一个个由静而动的画面,折现出那情窦初开的少女心灵深处的点点闪光。词人先将视点投向水面之景:“回塘风起波纹细。”春风乍起,将幽静的塘面吹起一片片涟漪。这涟漪荡漾的水面之景,暗喻着少女的心灵深处荡起了感情的浪花。接着,将视点转向岸上之景:“刺桐花里门斜闭。”“刺桐”,是生长在南方的一种落叶乔木,春间花开,令人赏心悦目。“门斜闭”,是指刺桐花簇拥中的少女所居之屋门半开半闭。这句是写景,又是写情。花开门闭的景物,象征着情窦刚启的少女那微妙的心态,象征着少女含苞欲放的爱情之花。为什么这样说呢?这是因为在李珣的词中,时常以刺桐花联系着少男少女的暗里赠情。比如他的《南乡子》词:“相见处,晚晴天,刺桐花下越台前。暗里回眸深属意,遗双翠。骑象背人先过水。”写一位天真无邪的少女,在越王台前、刺桐花下,向一位少男暗通情意。这首《南乡子》可以与本首《菩萨蛮》相互印证,从中看到词人在此写刺桐花的象征意义。上片的后二句中更是视角多变:“残日照平芜,双双飞鹧鸪。”无论是西天的残日与平旷的原野,还是鹧鸪的双飞与双落,都是由仰视到俯视的迭换,而视点的迭换则象征着少女心灵深处春情波澜的起伏。陈廷焯谓“‘残日照平芜’五字精绝秀绝”(《白雨斋词评》),不仅生动地状写出一幅春日黄昏的图景,而且以夕阳将落引申出时不可失，以及须珍惜青春年华、珍惜初恋之情的深意。“双双飞鹧鸪”，是古典诗词中常见的象征爱情和美的意象。描写双飞双落的鹧鸪，将少女朦胧中的春情形象化、具体化了。由此可见，上片紧紧扣合着春情刚刚萌动的少女的特定身份，用委婉含蓄的手法暗示少女的心态，情语深深地隐藏在景语之中。

下片多写情语，而且是情语带出了景语。这是因为有一个过客的形象跃入了这位少女的眼帘，犹如一石激起了她心中的千层浪，引发了这位少女心中爱情的喷吐。原来，这位若有所思、若有所求的少女，情不自主地登上堤岸，注目于烟波浩渺的江面。蓦然间，她看到一艘征帆高扬的客船上，站着一位姣好的少年郎，不禁神驰心往。然而，一在岸上，一在船上，“相见还相隔”。“相隔”，兼指这对少男少女的人相隔与心相隔。尽管这位豆蔻年华的少女一见钟情，但她很可能是单相思，她倾吐爱情的言语很难传送到客船上少年郎的耳中。这位少女热切地期待着与少年郎相见相亲，但偏偏是水陆相隔，而且客船扬帆远去，也许使自己与那个少年郎永远失去了相见相亲的机会，这便造成了她的苦闷：“不语欲魂销。”“魂销”，即“销魂”，这里是形容少女失望时悲伤的情状。“魂销”二字是“词眼”，既点明了少女心中爱情喷吐的高峰，又揭示了全词的主旨：写少女初恋失意的苦闷。然而，她求爱的愿望并没有在机会失去中熄灭，而是在苦闷中燃烧：“望中烟水遥。”这位少女魂系客船，目送着远去的白帆消失在浩渺烟波之中。以遥望中的少女形象收束全词，既拓宽了词中所写的少女春情的时间与空间，又拓宽了读者思索的天地。

这首词以善于捕捉少女心灵深处微妙的感情见长。词人将少女春情萌动时的心理变化刻画得惟妙惟肖，而且层次分明。上片写少女春情萌动的瞬间，下片写少女春情的勃发和长久的相思。上片为景语，下片多是情语，景语清丽可喜，情语缠绵动人。而且景语中含有情语，情语中间有景语，景语、情语浑融一体，构成了纯真、优美的词境。（陈书录）

河　传　李　珣

去去！何处？迢迢巴楚，山水相连。朝云暮雨，依旧十二峰前，猿声到客船。　　愁肠岂异丁香结？因离别，故国音书绝。想佳人花下，对明月春风，恨应同。

此词与《巫山一段云》（古庙依青嶂）可说是姊妹篇。同以三峡风光和神女故事为题材，抒发离情别恨，风格质实直率而又清空婉转，两者相辅相成，水乳交融，在《花间集》中是较为特出的。

起句劈头两叠字，仄韵。“去去”，声调凄恻，郁郁离情，迷惘惆怅，溢于言表。此行何去？便是那“两岸连山，略无阙处”（《水经注·江水》）的三峡。“迢迢巴楚，山水相连”两句，用大笔浓墨挥洒，写成一幅山水长卷，空间异常高远广漠，突出了三峡的壮伟，境界阔大。

巫山奇观与神女传说早已结下不解之缘。“朝云暮雨，依旧十二峰前”两句，既是峡谷气象与景色的典型描绘（清晨，彩云萦绕望霞峰顶，时聚时散；薄暮，湿气蒸郁，雨水蒙蒙），同时又是神女行踪的形象写照(宋玉《高唐赋》"旦为行云,暮为行雨")。在这里,神女传说与云雨巫山十二峰的真实刻画相结合,是神话,仿佛又是现实,亦虚亦实,虚实结合,质实与清空融洽无间,给人以丰富的想象余地和深刻的美感享受,诗味无穷。上片结句"猿声到客船",是巫峡景物的一个特写镜头:两岸猿声,"空谷传响,哀转久绝",由远而近,随风飘荡,传至客船,一阵阵敲打着游子的心弦,勾起他浓重的离愁别绪。词中通过猿声的实写,渲染出一种哀伤的气氛,流露了一股悠悠的情思,写得含蓄蕴藉而又空灵传神,质实中见出清空。

过片起句"愁肠岂异丁香结",本于李商隐《代赠二首》:"芭蕉不展丁香结,同向春风各自愁。"承上启下,接写离愁。丁香结,即丁香的花蕾,词人用以比喻"因离别,故国音书绝"而引起的愁情,郁结不开,落笔婉转委曲,极富象征意味。

结尾三句"想佳人花下,对明月春风,恨应同",不实写游子对心上人的拳拳思慕,却虚写佳人在明月、春风、花下的美好环境氛围中,当也因离别之故,而与自己同愁同恨。从己方不堪之情拟想对方亦应如是,复从对方之应该如是,双倍写出自己之恨之愁。"恨应同"只寥寥三字,而全篇意思,尽皆消纳其中,通过它,把双方心心相印的深情像镜中影、水中月那样表现得异常清晰、明朗、具体,可谓玲珑剔透。

《河传》一调,叶韵方式颇多歧异。此词上片句句用韵:第三句"楚"、第五句"雨",与首二句"去""处"叶;第四句"连"字换平韵,与下"前""船"叶。李珣两首皆然。通过韵脚的已转仍连,造成句意的若断若续,结构奇妙,为此调仅见,颇堪玩索。(何国治)

定风波　李　珣

志在烟霞慕隐沦,功成归看五湖春。一叶舟中吟复醉,云水,此时方认自由身。　　花岛为邻鸥作侣,深处,经年不见市朝人。已得希夷微妙旨,潜喜,荷衣蕙带绝纤尘。

李珣喜作具有隐逸情趣的词。细分之,又有两类,其一是写对于自然美景的陶醉;其二是写逃脱世俗的欣慰。就意境而论,后者远不及前者。但若要探讨作者的身世或思想,则后者又比前者更有价值。

这首《定风波》显然属于后者,在艺术上,除了表现出李珣特有的淡婉风格而外,并无多少可取之处。因此,读这首词的主要目的,应在于对李珣的思想作一番了解。词的第一句如果孤立地看,当有两解,一是向往神仙,一是仰慕隐士。因为烟霞既可作天上解,又可作名山大川解;同样,隐沦也可解作神仙,如桓谭《新论》:"天下神人五,一曰神仙,二曰隐沦……"也可解作隐士。但是,通过对全词的理解,便可确知此句是写隐士而非神仙。明确这一点,对于了解李珣的思想是重要的。第二句,表现的是功成身退的思想,用范蠡助越灭吴后乘轻舟浮于五湖的故事(见《国语·越语》)。五代时期,政局动荡,每有朝不保夕之忧,因此,这种思想就变得更有市场,也更具代表性。下面几句紧承上句,具体写了隐居生活的乐趣:整天驾着一叶扁舟,吟诗饮酒,寄身于云水之间,方知自己是个不受羁绊的自由人!

下阕的前三句，写的还是荡湖的情景，词人设想隐逸湖中，泛舟自适，以无人居住的花岛为邻，以水中沙鸥为友，整年见不到市场上、朝廷中追名逐利之人。这几句反映的是作者对隐逸生活的美好想象，但在现实生活中，要达到这样的境界实际上是不可能的。最后三句极赞隐士生涯的神秘高洁，流露出一种自得其乐的心情。“希夷”，语出《老子》：“视之不见名曰夷，听之不闻名曰希。”实际上是一种虚寂玄妙的境界。隐士力图摆脱尘世间的困扰，追求的正是这样一种境界。“荷衣蕙带”则出自屈原《九歌·少司命》一章：“荷衣兮蕙带，倏而来兮忽而逝。”可知“荷衣蕙带”原是神（少司命）的装束，这里借指词人隐居后的形象，既表现出纤尘不染的高洁，又表现出飘忽不定的神秘。

一般认为，这首词写于蜀亡后，因据《茅亭客话》载，李珣曾“事蜀主衍，国亡，不仕”。若按此说，则很难解释“功成归看五湖春”的准确含义。因此，我们主要还是应该把它看作对隐居生活的向往，而不必拘泥究竟作于何时。（陈仁凤）

定风波　李　珣

雁过秋空夜未央，隔窗烟月锁莲塘。往事岂堪容易想，惆怅，故人迢递在潇湘。　　纵有回文重叠意，谁寄？解囊临镜泣残妆。沉水香消金鸭冷，愁永，候虫声接杵声长。

这首词一开始提供了这样一幅画面：秋夜，一位女子正倚窗而立，凝望着河汉星空。一队大雁悠然南飞而过，之后，浩瀚的星空又显寂寥。只见荷塘月色蒙着一层淡淡的烟雾……表面看去，这些似乎是客观的描绘，但仔细吟味，发现词人所描绘的景并非是“无我之景”。一个“锁”字道出了那女子对眼前景物的心情。荷塘在月光之下所呈现的那种优美景色，本可使观赏者愉悦，可是烟雾之“锁”却大煞风景，使人有“雾露隐芙蓉，见莲不分明”（《子夜歌》）的怨叹。此怨意从何而来？“往事岂堪容易想”，“容易”，轻易、随便之意。原来有一段往事不堪回首。下面不说“往事”内容如何，只写道“故人迢递在潇湘”而使她深感“惆怅”。由此一笔，则所谓“往事”，虽不写，也已写了，词笔之含蓄如此。潇湘，水名，在湖南，也指潇湘水流域一带之地。词用此地名，不必实指，体会其说远行之意就是了。南朝梁柳恽《江南曲》“洞庭有归客，潇湘逢故人。故人何不返，春华复应晚”，应是“故人”一句所本。

词的下半阕，作者进一层描写了女子的心理活动。她本想给远行的“故人”写信寄思念之意，又愁无可托付之人。词用十六国时前秦女诗人苏蕙作《回文璇玑图诗》的典故，表明这“故人”就是她的丈夫而非情人。词情至此又进一步明朗化，“纵有回文重叠意，谁寄”两句，写心理曲折层深，文字亦婉转多姿。有“意”而以“回文重叠”形容之，说明她情思蕴积之深，缴绕之密。武则天《璇玑图序》说苏蕙的织锦回文，“五色相宣，纵横八寸，题诗二百余首，计八百余言，纵横反复，皆成章句”。“回文重叠”这四个字，抵得许多相思之苦、望归之切的辞藻刻画。“意”字是相对于“笔”而言的。前加“纵有”，后缀“谁寄”，“意”仍是意，终未笔之于书。未写的原因是无人寄。——其实即使是写成了，也只是寻常形式的书信。璇玑图只能有一，不能有二,读诗词于此类句子,都可作如是观。信未写成,百无聊赖,女子只得含泪卸妆就寝。夜深人静,此恨绵绵,自然是不能安睡。床前焚的香早已灭尽了,就是那香炉也变得冷冰冰的了。夜漫长,耳边不断地传来秋虫的悲鸣和远处的捣衣声。"愁永"二字,合主观情绪之自愁与客观事物之令人愁为一体,字平、句短而意丰。"杵声"和"候虫声"反衬周围的寂静,寂静的夜又反衬了女子内心的思潮汹涌,辗转反侧,可谓传神。

这首词刻意描写人物的心理活动。用"雁""候虫声""杵声"紧扣住秋夜,用短句"惆怅""愁永"来贯穿全篇,使词始终处在低沉的调子之中,烘托了主题。无论是景色描写还是意境塑造方面,都与当时盛行的"花间派"创作手法不同,给人以"清疏"之感。(陈仁凤)

临江仙　　李　珣

莺报帘前暖日红,玉炉残麝犹浓。起来闺思尚疏慵。别愁春梦,谁解此情悰?　　强整娇姿临宝镜,小池一朵芙蓉。旧欢无处再寻踪。更堪回顾,屏画九疑峰。

《花间集》是最早的一部文人词总集。它远绍齐梁宫体,近承唐末艳情诗。于事多为"绮宴公子,绣幌佳人",于情多为花前月下、伤春悲秋,风格多为绮靡轻艳、缠绵幽怨,文辞多为雕琢繁复、满眼锦绣。然以文人之心思作聊佐轻欢之小词,则或精于写貌,或长于设色,或工于构思,故亦不乏因循出新之作,为后人所称道。李珣这首《临江仙》显示这样一首于寻常中见奇巧的佳作。

整首词的主旨非常明确,即是闺中女子的伤怀之作。所写也仅限于日常闺阁的寻常景物和寻常事件。全词写景设色紧扣一个"愁"字,将一名金闺绣户中的妙龄女子那美好的青春、娇艳的容颜和那绵密幽深又无从排遣的伤感情怀渲染得恰到好处。

词的上阕由外及内,由景及人。"莺报帘前暖日红",描写的是闺阁之外的大好春光。阳光即使隔着厚重的绣帘,依然将室内照射得红彤彤、暖洋洋。一个"暖"字,一个"红"字,为整个环境赋予了温度和色彩,也从侧面烘托了金闺绣户的错彩镂金的富贵感觉。一个"报"字实为点睛之笔。帘外的黄莺不知疲倦地啼叫着,似乎执意要将这春色报告给屋内之人,于是便扰了清梦。第二句掀帘而入,描写室内的景物。首先看到的是香炉中即将烧尽却依然升起的袅袅炉烟,继而闻到浓浓的香气。这闺阁中的典型物件,传递给人的是静谧、慵懒甚至些许凝滞的感觉,正如闺中女子的心思,与帘外盎然的春意形成了鲜明的对比。第三句进一步深入室内,转到了最深处的闺床之上,床上之人被帘外的黄莺吵醒,似乎还没有完全分清梦境和现实,因此虽是起床了,却仍觉得疏懒、恍惚。现实中的相思离别的哀愁和梦境中的欢会的喜悦互相交织。哀伤中带着淡淡的甜蜜和希冀,喜悦中缠绕着一层层的哀愁。这样的心情谁能完全说得清,谁又能完全听得懂?这细腻曲折的闺阁情思便这样如此真切又如此婉转地展现在我们眼前。

下阕情景交融,继续按时间顺序和空间顺序推进。起床后的第一件事,自然是梳妆打扮。

一个"强"字，紧扣上阕的"闺思尚疏慵"而来。"娇姿""宝镜"写人物之美好和器物之华贵，不出花间词风。然而"小池"一句却不禁让人眼前一亮。花间派鼻祖温庭筠一首《菩萨蛮》中有一句女子整妆临镜的描写"照花前后镜，花面交相映"，是写一前一后两面镜子将女子的娇美容颜和头上的贴花重重叠叠映照其中，霎时间仿佛春色满园，艳丽无比，实是名句佳作。李珣的这句"小池一朵芙蓉"与之相比，若说温词似花团锦簇，李词则是一枝独秀，各擅胜场。那明亮的宝镜恰似一池平静的湖水，穿帘而入的阳光照射其上，光影斑驳恰似潋滟的水波。而镜中那娇美的容颜端庄秀丽，宛如春日芙蕖亭亭玉立，更显高贵典雅。而那独立湖心的秀美姿容又似乎流露出淡淡的寂寞与哀愁，却又正是闺中女子哀婉寂寥的真实写照，于清丽高贵中又平添几分楚楚可怜。这一比喻真可谓神来之笔。

"旧欢无处再寻踪"，直接写出了内心的愁苦和愁苦的原因。这愁苦本就不堪回顾，徒惹悲伤，词人却安排女子无意中从镜中看到了那绘着九疑峰的画屏。九疑山是传说中虞舜南巡死而落葬之地，于是便有了舜的妃子娥皇、女英奔至南方，洒泪竹林的凄美的爱情故事，九疑峰也因此而被赋予了悲伤的色彩。现在这悲伤映照在镜中，仿佛溶进了那一池春水，也更深地融入了女子的心中。画屏本是闺中寻常之摆设，这看似无心的一句，实则为情感的发展起到了推波助澜的作用。使愁苦之情更加繁复绵密，又含蓄蕴藉。于是，风格端庄典雅，情感含蓄幽深，铺陈比喻心思独到，便成就了这首词在《花间集》中的名篇地位。（于　飞）

渔　父　李　珣

棹警鸥飞水溅袍，影随潭面柳垂条。终日醉，绝尘劳，曾见钱塘八月涛。

《渔父》又名《渔歌子》，原是唐教坊曲名。《唐书・张志和传》："志和居江湖，自称烟波钓徒，每垂钓不设饵，志不在鱼也。尝撰《渔歌》。"

作者李珣，五代前蜀词人，国亡不仕，作有《南乡子》《渔父》等描绘南国风土人情、渔父隐逸生活的风流自在、逍遥闲适的系列词篇，而《渔父》诸篇要比《南乡子》诸篇稍多感慨之音。

开篇两句从动态和静态两个方面交代渔父的活动和场景。船桨惊起渔鸥，水滴溅上衣服，影子映在水面，样态随着潭水别有意趣，杨柳静垂绿意生机的枝条，首句动感活泼，次句静谧安闲，一动一静，捕捉了渔父生涯的典型画面：终日与渔鸥相乐，与碧水相亲，在绿柳幽潭间悠游度日。

李珣在另一首《渔父》词中说"倾白酒，对青山"，面对此恬静清和的境象，不消举觞，心已经肯皈依了，复酌美酒，更是惬意到十分。"尘劳"是佛教谓世俗事务的烦恼。没有一丝一毫的尘劳，永无忧扰，岁月静好。"曾见钱塘八月涛"是侧面衬说，八月的钱塘潮是壮丽闹热的风光，隐喻曾经的俗世生涯：功德事业，爵禄名利，兴亡得失，虽然不免辉煌煊赫，但是风情看饱，襟怀臻于高淡，"曾见"略略透出一丝倦怠和不屑，反衬出今日渔隐之乐的富足和安适。况周颐《蕙风词话》说曾见钱塘八月涛，"殆所谓感慨之音乎"，揆之李珣身世，异族出身，亡国遗民，退隐而终都给他带来深切的感慨，李珣的作品多是怀古、追欢、忆昔或是隐逸闲适的，而此首

描写渔隐生活的词作也因为带上感慨之音而显得寓意深邃、滋味隽永。(张　旭)

更漏子　毛文锡

春夜阑,春恨切,花外子规啼月。人不见,梦难凭,红纱一点灯。　偏怨别,是芳节,庭下丁香千结。宵雾散,晓霞晖,梁间双燕飞。

毛文锡善写闺情,词语艳丽,这首《更漏子》是一首艺术性较高的描写闺思之作。

闺中少妇,思念远别的亲人,通宵不寐,直待天明。以其爱之甚切,故恨之亦切;以其思之甚深,故怨之亦深。这一怀思绪,主要通过环境气氛的描写来烘托和表现。

词中的景物,不只是作为一般春天景物用以渲染春天的气氛,有些景物如子规、孤灯、丁香、双燕等,同时还作为一种"意象",借以表达离情别绪和春思春愁。

"花外子规啼月",思妇在静夜里听到鸟声,本来就容易勾起孤寂之感。以鸟声烘托岑寂,是以动写静。而这鸟声又是子规的啼叫声,便包含着更深一层的意思。子规的叫声近似"不如归去"。杜牧诗云:"蜀客春城闻蜀鸟,思归声引未归心。"这首词里所写花外子规,也具有思归的意象,但不是用以表现游子思归,而是用以表现思妇切盼情人归来。

"红纱一点灯",思妇独守空闺,孤寂之中,对着红纱笼罩的孤灯凝思,此景此情,都带点凄凉之感。"孤灯"在这里是烘托思妇孤寂的一种意象。思妇夜里思念情人,不能入寐,梦也难成,空对着一点寒灯。在寒灯的映照下,益显出思妇心情的孤寂。

"庭下丁香千结",写室外之景。丁香结蕾,唐宋诗人多用以比喻愁思固结不解。如李商隐《代赠》诗:"芭蕉不展丁香结,同向春风各自愁。"这首词描写庭下丁香花蕾千结,同样暗喻思妇愁肠千结,表现了思妇的离愁和春愁。

"梁间双燕飞",双燕飞于梁间,最易引起思妇的春思和春愁。本来成双成对的燕子绕梁而飞,是一种很和谐的景物,可以唤起欢愉的情绪,然而当对着这景物的主人公心境十分孤寂的时候,这一和谐的景物与孤寂的心境恰形成鲜明的对比。所以当词中的思妇彻夜不眠,送走宵雾,迎来晓霞,看到双燕在晨曦中绕梁而飞的时候,不是解除了夜间的相思之苦,而是更增添了一种孤寂之感,更无法排遣心中的春情和春思、春愁和春恨。

词中子规、纱灯、丁香、双燕这四种意象,是实景,又不是单纯的实景,可以说是"实中有虚",也就是说既具体又抽象,因为它们已成了引发愁情的触媒,甚至成了这无形无质的情思的表象。这首词对于这些意象的运用是很成功的。(林东海)

甘州遍　毛文锡

秋风紧,平碛雁行低。阵云齐。萧萧飒飒,边声四起,愁闻戍角与征鼙。　青冢北,黑山西。沙飞聚散无定,往往路人迷。铁衣冷,战马血沾蹄。破蕃奚。凤皇诏下，步步蹑丹梯。

五代十国是我国历史上混乱而黑暗的时代。豪强军阀割地自王，北方契丹乘隙攻入，兵役繁兴，赋税苛重，民不聊生。可是这样的社会面貌在五代词里并未得到充分反映。这首《甘州遍》别开生面，以朴实生动的语言描写了守边将士在艰苦环境中抵御敌军奋勇卫国的场面。

公元922年，契丹主阿保机率兵南下，进攻定州，李存勖大破之，驱契丹出境。923年李存勖建后唐，925年灭前蜀。毛文锡随蜀主王衍降后唐。这首小词可能即为歌颂李破契丹兵而作。

此词写作特点，一是扣住“环境”，极力渲染、夸张环境的恶劣，勾勒出一幅秋风肃杀、沙漫云浓的画面，以突出战地的气氛。首句“秋风紧，平碛雁行低”中，“低”字点睛，配合“平碛”写出天穹与茫茫沙漠相接，显得低沉沉的，传达出一层压抑情绪；与“紧”字相映，又让人仿佛觉得急飞的雁行是在战争气氛的沉重压迫下才飞低的，情绪上的压抑又添了一层。“阵云齐”，谓云层叠起如兵阵，云端齐成一线，沙碛地带往往有此景象。《史记·天官书》云“阵云如立垣”，就是像竖起的城墙，古人以为是“兵必起”的征兆之一。“风紧”“雁低”“云齐”，使人感到有大战迫在眉睫之势，可谓于景物中见情思。

二是围绕着各种“声音”来烘托临战时的紧张气氛。“萧萧飒飒，边声四起，愁闻戍角与征鼙”，转而写所闻。马嘶风吼、号角呜咽，战鼓隆隆，一片悲凉激越的“边声”，通过这些声音渲染出枕戈待旦、控弦欲发的气氛，收到了情景相生的效果。

三是巧写战况。“青冢北，黑山西”这两个对偶句工整妥帖，精练蕴涵，暗示了这次战争的对象、性质、地点。“青冢”是指西汉远赴匈奴和亲的王昭君墓，“黑山”为唐朝北方边塞。青冢之北、黑山之西就不单是点明战地方位，也表明战争性质是“御外”。接着，作者潜运匠心，巧妙地用“沙飞聚散无定，往往路人迷”一句作旁衬，既烘托出艰苦的战争环境，又缓和语势，增加了词的起伏变化。在展现激战场面时，作者运用侧面描写，缘情造景，只用了“铁衣冷，战马血沾蹄”一句，就使读者充分领略到这次战争的宏阔场面、激烈程度，和将士浴血鏖战的精神。接下来“破蕃奚”是这首词的主题。蕃指契丹，奚族居幽州东北数百里之琵琶川，在五代时附属于契丹，常为之守界上。这三个字点明了这次战争以对方被摧败而告终，令人在欣赏过这组边塞破敌图后，分享到将士们的胜利欣喜。结尾写战胜契丹后将士得到朝廷下诏升赏，对前面艰苦战斗的场面作一收束，完成了颂扬的主题。

《甘州遍》仅有六十三字，却分十五句，八韵，体制小，范围狭，韵脚密，属笔时是比较难于腾挪驰骋的。而这首描写金鼓杀伐之事的词，句法浑涵，字词精练，苍凉中流露出一股悲壮、豪迈、慷慨的情绪，读之令人精神振奋。在当时艳红香软的词坛上，出现这样一篇雄浑刚健之作，是很值得重视的。（宛新彬）

醉花间　毛文锡

休相问，怕相问，相问还添恨。春水满塘生，鸂鶒[1]还相趁。　昨夜雨霏霏，临明寒一阵。偏忆戍楼人，久绝边庭信。

注 ① 㶉鶒（xī chì）：古书上指像鸳鸯的一种水鸟。

首句“休相问”，起得突兀。从生活习惯上说，应有交代不清之嫌，但这里却做到了先果后因，渐次分明，只在三两句内，即把前因后果叙述清楚，不故作过多悬念，在效果上有紧凑利落之感，收言少意多且又曲折婉转之妙。

不欲人相问，因怕所问之事重新触及感情上的伤痕。此种内心痛苦，唯恐躲避不开，如若相问，则心上幽恨又不得不因之更增加一分，此所谓“添恨”。三句三转折；休相问，虽为首句，但暗含问句，为一转。怕相问，又一转；添恨为三转。共十一字，将曲折复杂之内心情感及人物对话，叙述详尽，思路清楚。其中有许多情和事，虽未说出，却已传出，使人于十一字中，见其绵绵幽怨，不绝如缕，又所谓言短情长。

短词用字少，似应避免重字、重词，而此词首韵，则以重词为特色，可见法不宜死。人物之幽恨缠绵，皆以“相问”起，因之，作者即就相问为叙述主线，将相问之前因后果，反复描写。而只用“休”“怕”“添恨”四字辅助之，竟将这生活中常见之普通一问，生出许多波澜，使人有感于艺术中细节运用之不易。

既怕问及此相思之苦，亦拟旁顾左右而以他言掩饰之，此亦逃避痛苦之一法。不妨谈谈眼前景物，转移怕引起而已引起之久别相思之苦。而举目所见，唯春水生时，满塘凝绿，对之似可暂时忘忧，不意于绿水之上竟见㶉鶒（紫鸳鸯），更不意㶉鶒之相逐相趁，对对双双。本来人心中原有一段苦处，欲避烦恼，烦恼却处处逼人。㶉鶒句中，作者驾驭文字之功力使人惊服。趁，就也。相趁，谓彼此相就，非以此就彼，亦非以彼就此，而是两两相就，无限情深。“趁”字以在韵脚处，陡增其生动气象。词于一开始处即以“相”字表现双方活动。首韵说人事，次韵说㶉鶒，人事怕相问，㶉鶒却相趁，两“还”字，亦正起对照作用。

“还添恨”下，忽接春水，文字似是被拦腰斩断，而内容却于㶉鶒处暗连。布局起伏突兀，忽开忽合，文字简短而变化莫测。

上片全从虚处落笔，究不知所恨何事，故下片直叙事由。对思妇言，春日夜雨已是恼人，而黎明时之侵梦春寒，更催人泪下。何以有此感触？是因为戍楼人远，边信久疏。此妇人怨苦之所从来。这自是诗词熟套。词从开头一个圈子兜回到它的出发点了。但词的巧妙处就在于它兜了这个圈子。熟事生写，是它的成功之处。（孙艺秋　孙绿江）

应天长　毛文锡

平江波暖鸳鸯语，两两钓船归极浦。芦洲一夜风和雨，飞起浅沙翘雪鹭。　渔灯明远渚，兰棹今宵何处？罗袂从风轻举，愁杀采莲女。

词写别情，而没有送别场面的描写，也没有情人离别时的软语叮咛，却把人们分离的情愫表现得深至感人。

开头二句，写水满波平而又温暖融和，鸳鸯悠闲地嬉游着，相对款款作语。傍晚时分，渔船成对地返回江边洲渚之地。这是多么优美的景象，又是多么幽静闲适的生活图景。“芦洲一夜风和雨，飞起浅沙翘雪鹭。”一夜风风雨雨，洲渚上的芦苇摇晃倾斜，失去了它在平静中的姿态；栖息于水清沙浅的滩头上、稳惬舒适的白鹭，也因风雨的袭击，翘起了头，伸长了颈项，惊飞而散。

上阕，写了两种不同的自然环境和生活情景。前幅是理想的生活境界，后幅则是不理想的生活现象。白鹭惊飞，具有象征意味，暗示出人世的悲欢离合。生活中聚少散多，别易会难。词就这样潜气内转，过渡到下片抒写别情。

过片，先写从行人的角度回头顾望，只见停泊于极浦（远渚）的渔船闪烁着耀眼的灯光，这使他想到：那里的主人或许在过着宁静温馨、赏心快意的生活。而我呢，却在这风雨之夜，驾着一叶扁舟，离别亲人，迈上了征程，不知今夜将漂泊到何处，栖止于何方。通过两者在同一时间里生活情景的对比，表现了行人哀惋凄恻的别情。“兰棹今宵何处”一句，为柳永《雨霖铃》“今宵酒醒何处？杨柳岸、晓风残月”所本。柳词长于铺叙，层层渲染，写得比较“放”“露”，固属名句；“毛词简质而情景具足”（况周颐《餐樱庑词话》），不同于柳词，只是用笔一点，但主人公漂泊无依、寂寥落寞的景象，凄楚悲酸的情怀，也都深深地包孕其中，亦很警策。

词的最后两句则转笔写送行者在他们分别时不胜其情，用以渲染行人的离情别绪。直到这里，“采莲女”才出现，这表明词里所写的是一对情人的离别。但它是在描写抒情中顺笔点出，并未着力描写，殊为省净。“罗袂从风轻举”，风吹起了她的衣袖，也吹乱了她的心，这一细节，将女子目送行人远去，悲怨难禁的情态逼肖地表现了出来。对抒写行人的别情来说，“渔灯明远渚”起相反相成的作用，这两句则起相辅相成的作用。它们从不同的侧面对行人的情丝恨缕作了有力的烘托。

前人评毛文锡的词为“质直寡味”（李冰若《花间集评注》）。此词初看上去，两句一幅画面，一种情景，似乎各自独立。其实，每一幅画面，每一种情景，都是紧扣别情的。有的寄寓着离人的生活理想和美好追求，有的象征着劳燕分飞的惊恐凄楚；有的从相反的情形来反衬，也有的从相似的情形来烘托，感伤离别的主旨得到了多层次、多侧面的挖掘和表现，因而也就显得较为深刻。可以说，这首词在同类题材中，写法上确有巧妙别致之处。（王锡九）

临江仙　**毛文锡**

暮蝉声尽落斜阳。银蟾影挂潇湘。黄陵庙侧水茫茫。楚江红树，烟雨隔高唐。　　岸泊渔灯风飐碎，白蘋远散浓香。灵娥鼓瑟韵清商。朱弦凄切，云散碧天长。

毛文锡是五代词人，他的这首《临江仙》，取材于江湘女神传说，但表现的内容似是一种希慕追求而不遇的朦胧感伤，主题与词题是若即若离，恰好反映了从唐词多缘题而赋到后来去题已远之间的过渡。

“暮蝉声尽落斜阳。银蟾影挂潇湘。”起笔词境就颇可玩味。时当秋夕，地则楚湘。从日落到月出，暗示情境的时间绵延，带有一种迷惘的意味。词一发端，似已暗逗出一点《楚辞》的幽韵。“黄陵庙侧水茫茫”，接上来这一句，便点染出幽怨迷离之致。黄陵庙在湘水入洞庭处，是古人为帝舜的二妃娥皇、女英所建的祠庙。相传舜南巡死于苍梧，葬于九疑，二妃追之不及，溺死于湘水，遂“神游洞庭之渊，出入潇湘之浦”(《水经注·湘水》)。写黄陵庙，点追求怨慕之意，而黄陵庙侧八百里洞庭烟水茫茫境界的拓开，则是此意的进一步渲染。“楚江红树，烟雨隔高唐”，词境又从洞庭湖溯长江直推向三峡。楚江红树，隐然有“袅袅兮秋风，洞庭波兮木叶下”(《楚辞·九歌·湘夫人》)的意味；而烟雨高唐，又暗引出楚襄王梦遇巫山神女的传说。神女“旦为朝云，暮为行雨”(宋玉《高唐赋》)，襄王梦遇神女，实则“欢情未接”，以至于“惆怅垂涕”(均见《神女赋》)。这与二妃追舜不及实无二致。句中下一“隔”字，则词人心神追慕之不遇，哀怨可感。连用两个传说，可见词人并非着意于咏某一传说本身，而是为了突出表现追求不遇的伤感。

“岸泊渔灯风飐碎，白蘋远散浓香。”水上渔火飐碎，已使人目迷。夜里白蘋香浓，愈撩人心乱。上片写黄陵茫茫、高唐烟雨，见得词人神魂追求之不已。过片插写这段空景，暗示追求之不遇，足见追求之难。变幻的词境，层层增添起怨慕的意味。神女究竟在何处呢？“灵娥鼓瑟韵清商。朱弦凄切，云散碧天长。”历尽希慕追求，神女这才终于若隐若现出来了。鼓瑟的灵娥，自应是黄陵二妃，但何尝又不可视为高唐神女呢？而且词境既展开于从湖湘至江汉的广袤楚天，自然还会使人联想到《诗·汉广》中“不可求思”的汉上游女，《楚辞·湘君》中“吹参差兮谁思”的湘夫人，她们都是楚地传说中被追求而终不可得的女性。灵娥鼓清商之乐，韵律清越，使词人希慕愈不可止。虽说朱弦俨然可闻，则神女也应宛然可见，但云散天碧，“曲终人不见”，终归于虚，终归于一份失落感。结尾写碧天长，不仅示意鼓瑟之音袅袅不绝，而且也意味着词人之心魂从失落感中上升，意味着希慕追求的无已。所以陈廷焯评云：“结超越。”(《词则·别调集》)

此词构思确有新意。它杂糅黄陵二妃与高唐神女的传说造境，表现的是一种希冀追求而终不可得的要眇含思。由潇湘而洞庭而高唐的神游，象征着词人希慕追求而终归于失落的心态。若隐若现、可遇而不可即的灵娥，不必指实为某一传说中的神女，而应是词人生活中所追求的理想女性或人生理想的化身。题材虽缘取调名，但实是发抒己意。与《花间集》中一些徒事摹写神女故实的词相比，便显出命意上的个性，体现了词的演进。同时，此词风格清越，也有别于《花间集》中他词之秾艳。正如俞陛云《五代词选释》所评：“五代词多哀感顽艳之作，此调则清商弹湘瑟哀弦，夜月访黄陵遗庙，扬舲楚泽，泠然有疏越之音，与谪仙之‘白云明月吊湘娥’同其逸兴。”(邓小军)

诉衷情　魏承班

银汉云晴玉漏长，蛩[①]声悄画堂。筠簟冷，碧窗凉，红蜡泪飘香。　皓月泻寒光，割人肠。那堪独自步池塘，对鸳鸯！

注 ① 蛩(qióng)：蟋蟀。

此词就其言情的主题而言，可说是典型的花间词；但就格调而言，比起那些倚红偎翠的作品来却要略胜一筹。魏承班是前蜀大官僚，词作多绮靡，格调低下，但这首词却高雅得多。

词的上片，通过对一系列事物的描写，创造了一种寂寞凄凉的气氛。这是一个晴朗的夜晚，银河横亘天空，长夜漫漫，使满怀愁绪的人更加无法入睡。词的第一句，就把人带到了一个漫长而又难以排遣的秋夜。第二句“蛩声悄画堂”，蟋蟀的鸣叫，使画堂更显得宁静。它体现了中国诗歌“以动写静”的特点，与“蝉噪林逾静，鸟鸣山更幽”之类的句子有异曲同工之妙。紧接着，作者又把竹席、纱窗、红烛组合在一起，用静物来进一步深化寂寞清冷的意境。同时，又连用“冷”“凉”“泪”三个词，突出了人的感受，“物皆着我之色彩”（王国维《人间词话》），因此整个上片虽然没有直接写人，却使读者分明感到人的存在。这就是所谓的“有我之境”。

词的下片重在抒情。苍白的月亮发出寒冷的光芒，就像一把利剑，令人肠断。本来，秋月与春花一样，是最迷人的。月下花前，是情侣倾诉衷肠的美景良辰。然而，对一个满怀愁绪的人来说，这也是最难堪之时。词读到这里，我们仿佛已经看到了一个坐卧不宁、痛苦不堪的人物形象，但他究竟为谁而痛苦，为何事而愁绝，尚不得而知。词的最后二句，才为我们解了谜。在这样的环境中，怎么能够忍受孤身一人去面对成双作对的鸳鸯呢？鸳鸯雌雄相伴，历来是男欢女爱的象征。因此，这二句在揭开人物情感之谜的同时，也就揭示了这首词的主题。

这首词的主题无非是写相思之苦，但由于作者着意于对环境氛围的侧面烘托，避免了花间词人常用的对欢恋场面的直接描写，因而显得比较高雅，不失为一首颇可玩味之作。（陈允吉　胡中行）

生查子　魏承班

烟雨晚晴天，零落花无语。难话此时心，梁燕双来去。　　琴韵对薰风，有恨和情抚。肠断断弦频，泪滴黄金缕。

清代的万树在《词律》中讨论魏承班的这首《生查子》：“五言八句四韵，作者平仄多有参差。此词八句第二字俱用仄者。”又称：“按韩偓词前第三句‘那知本未眠’，后第四句‘和烟坠金穗’，此乃初创之体，故只如五言古诗。至五代而宋，渐加纪律，故或亦依此魏体，而前后首句第二字用平者为多。虽间有一二拗句者，然名流则如出一轨也。”由万氏所述可知，《生查子》词牌其实亦是源出于五言诗。

既是源出于诗，通常便会保留下一些诗的特点。比较突出的一个表现，就是这个词牌，常常以一对句子作为一个意义单元——如果一个词牌的每片恰好是奇数句，这种特点几乎是不可想象的，而句数呈偶数，则是诗的一个特征。

魏承班的这首《生查子》，亦保持着这种特点。“烟雨晚晴天”，细雨稍停，晚晴方至，这样的光景，本来可悲可喜，并不一定要有什么固定的心情。但下一句“零落花无语”，随即便为此时的心境定了调。飘零的落花默默无语，面对生命的凋落，这样的情景，谁又能高兴得起来呢？“难话此时心，梁燕双来去。”说是此时的心境难以说明，但通过下面的梁间燕子双双来去的描写，我们已经可以猜出个十之八九。一个“双”字，早已写出了主人公的孤独。面对双宿双飞的燕子，她所感到的，其实便是那所谓的失侣之痛吧。上片的这四句，在逻辑上恰如一问一答，上句提起，下句托出，每两句构成一个相对完整的意义单元，而各个意义单元又被置于一个大的抒情框架之内，显现出一种层层递进的关系。

下片的四句，依然延续这种写法。“琴韵对薰风，有恨和情抚。”既然无人来作伴侣，能陪伴主人公的，便也只有这鸣琴了。琴韵随着暖风飘荡，弯弯曲曲，道尽无穷心事。只因胸中有难消之恨，故这琴声中有不尽之情。前句但写弹琴，后句又补充道乃是含情而奏，同样的一提起一说明，构成了一个相对完整的意义单元。“欲将心事付瑶琴”，只可惜，“弦断有谁听”（岳飞《小重山》）？“肠断断弦频，泪滴黄金缕。”暖风轻拂，并没有抚息心中的悲怆；银筝轻响，却反叫人痛断肝肠。弹琴的人儿似乎还想演奏下去，但琴弦却屡屡崩绝。琴声戛然而止，只有飘落的泪，打湿了绣金的衣襟。至此，主人公的悲痛已到达顶点，她终于控制不住自己，任由泪水纵情奔涌了。

魏承班的这首《生查子》，层层铺垫，层层递进，各层次间，错落有致，极富变化。通篇贯穿一个“情”字，却自始至终不肯说破。写主人公之柔婉性格、状主人公之深情缱绻，读来使人觉得但在目前，而毫不觉其做作。全词含蓄蕴藉，正所谓不着一字，而得不尽之意，无论当时现在，均可称佳作。（刘竞飞）

虞美人　　顾　夐

深闺春色劳思想，恨共春芜长。黄鹂娇啭泥[①]芳妍，杏枝如画倚轻烟，琐窗前。　　凭阑愁立双娥细，柳影斜摇砌[②]。玉郎还是不还家，教人魂梦逐杨花，绕天涯。

注 ① 泥（nì）：呼也。　② 砌（qì）：台阶。

本首为思妇之词，开头两句，通摄全词，点明由春色引起春恨。上片主要写春色，下片主要写春恨。上下片仿佛两个相连的画面，全词情景交融。

开始两句十二字，内蕴丰富。“深闺”暗示抒情主人公是少妇，面对恼人春色，不禁情思绵绵。一个“劳”字透露出她那“为君憔悴尽，百花时”的隐痛。由“劳”瘁而怨“恨”，可见其爱之深切。“恨共春芜长”，李冰若评曰：“佳。”（《花间集评注》）“佳”在何处？“佳”在“春芜”一词含义双重而使全句意味隽永。“芜”，原是乱草丛生之意。以春草喻离别，是中国古典诗歌的传统。远如“王孙游兮不归，春草生兮萋萋”（《楚辞·招隐士》），又如“离恨恰如春草，更行更远还生”（李煜《清平乐》）。以上“春草”都是本义，没有引申之意。而“恨共春芜长”的“春芜”，除春草本义外，还隐寓行人之意，也就是说本句不仅有闺中人的怨恨随着春草不断增长之意，还含有“平芜尽处是春山，行人更在春山外”的人越远、恨越深之意。这就深化了诗意，即前人所谓得“句外意”之妙。下面三句写景，以具体意象补充首句“春色”，选取深闺“琐窗前”的视角写思妇所见所闻。“黄鹂娇啭泥芳妍，杏枝如画倚轻烟”两句宛如五代花鸟画，用笔工细，着色鲜艳。前一句声色并茂，以声为主，富有动势。黄鹂的婉啭娇鸣，似与满园春色而共语，后一句写杏枝倚立于淡淡烟霭中，恬静如画。这春色以黄鹂、红杏为主，缀以群芳的姹紫嫣红，一片暖色，再加上黄鹂悦耳的娇啼，真是“红杏枝头春意闹”不足喻其美。少妇透过琐窗所见以上春光，当比“忽见陌头杨柳色”感触更为深婉了。上片如从思维顺序出发，触景而生情，则开头两句亦可算是逆笔。

从上结至过片，时空转换为另一个画面。张炎云：“最是过片，不要断了曲意。”（《词源·制曲》）“凭阑”句既自成画面，又未断意脉。原来闺中人被春色所吸引，不满足于隔窗观花，她轻移莲步，款款伫立于阑干旁，含愁凝眸。“双娥细”，以秀眉的细长以形容其青春貌美。“柳影斜摇砌”，是思妇凭阑所见，也是下片唯一景语。下文思妇的内心独白，有上片的蓄势，直至此句才引发出来。从杨花的摇落，联想自己红颜将凋零，所以她痛苦地唱出了全词的最强音：“玉郎还是不还家，教人魂梦逐杨花，绕天涯。”和开头暗相呼应。

“魂梦逐杨花”为思妇词开创了新的意境，对后代有所影响，如晏几道名句：“梦魂惯得无拘检，又踏杨花过谢桥。”（《鹧鸪天》）似受此词启发，又如章楶的《水龙吟·杨花》以及苏轼的和词，咏杨花而和思妇情怀相联，也似乎受到本词的影响。

《花间》词温庭筠多丽藻，韦庄多质朴语。顾夐成就不及温、韦，此词却能熔丽藻与质朴于一炉，使之疏密相间，恰到好处。此词也写得深婉，徐士俊评曰：“皆人所能言，然曲折之妙，有在诗句外者。”（《古今词统》）（钱鸿瑛）

杨柳枝　顾　夐

秋夜香闺思寂寥，漏迢迢。鸳帏罗幌[1]麝烟销，烛光摇。　正忆玉郎游荡去，无寻处。更闻帘外雨潇潇，滴芭蕉。

注 ① 幌（huǎng）：布幔。

顾夐的《杨柳枝》，从内容上看，是一首闺怨词，写的无非是妇女空守闺房的寂寞凄苦。在古典诗词中，此类题材的作品很多，而在花间词中更多。遗憾的是，花间词中的此类作品，大多有一个通病，那就是流于淫靡，作者们对思妇的痛苦似乎抱有一种病态的欣赏心理。例如“一自玉郎游冶去，莲凋月惨仪形。暮天微雨洒闲庭。手挼裙带，无语倚云屏”（鹿虔扆《临江仙》），作者津津乐道的，是妇女的体态身姿；至于“寸心恰似丁香结，看看瘦尽胸前雪”（魏承班《拨棹子》）之类的句子就更其无聊了。相比之下，顾夐的这首《杨柳枝》在格调上确实要高出许多。究其成功处，主要在于艺术表现上的颇具匠心。

这首词突破了花间词醉心描摹妇女外形身态的陋习，着意渲染主人公耳闻目见的景物，来突出“她”的心理感受。在这里，作者不再是个轻薄无聊的旁观者，而是设身处地地在为主人公抒发哀怨，读来也便使人觉得有身临其境之感。无疑，这就很自然地增强了艺术感染力。

除此而外，这首词在结构安排上也颇有引人注目之处。全词按上下片分别从时间与空间两方面来着力刻画，成功地为闺怨的主题提供了一个典型环境。上片的秋夜，更漏、麝香、烛光，都刻画了时间的漫长难挨；而下片所写的“玉郎”（丈夫或情人）出外游荡不知去向，又把女主人公的愁思置于一个广阔的空间里。这样的对比，往往会使读者受到强烈的感染。

这首词的成功处，还在于有些佳句为它增色。比如上下片的末句，就都写得十分巧妙。先看“烛光摇”，此处着一“摇”字，意境全出。烛光动摇，说明烛蜡将尽，从而交代出夜之将尽。同时，时明时暗的烛光，也使环境变得更为阴冷凄清。而这一切又和主人公心神恍惚的情态多么相合。再来看“滴芭蕉”。芭蕉的主要特征是叶大，“叶广尺，长一丈”（《广志》）。因此，夜雨打芭蕉，就会产生一种静中有动、动而更静的意境。雨点滴在芭蕉叶上，等于把雨声放大了，这对于一个辗转反侧、不能入眠的人来说，的确是增添了一番愁绪。其原理是和雨打梧桐相同的。因此，“更闻帘外雨潇潇，滴芭蕉”，与李清照的“梧桐更兼细雨，到黄昏，点点滴滴”相比，实在是有异曲同工之妙，能使人产生不少的联想，留下隽永的回味。（陈允吉　胡中行）

诉衷情　顾　敻

永夜抛人何处去？绝来音。香阁掩，眉敛，月将沉。　争忍不相寻？怨孤衾。换我心，为你心，始知相忆深。

这首词写一位独守空闺的少妇因丈夫不归而产生的深沉怨艾和她真挚强烈的感情。整首词既有文人词的细腻华美，又带有民歌风味，是写闺情的别开生面之作。

“永夜抛人何处去？”发端突兀，扣人心弦。一个问句，不仅揭示了女子愁怨的根由，而且写出她因久盼不归而产生的焦灼、苦闷、不安和疑虑，虽是直抒胸臆，却生动地反映出女子复杂的心理活动。“永夜”，即漫漫长夜。一个“抛”字暗示出女子对自己命运的担心。“绝来音”，一则写夜阑人静、悄无声息，烘托出女子的孤寂无伴；同时透露出在漫漫长夜、寂寂空闺中，她一直在侧耳凝神聆听户外声息的不安心情。门外的每一点哪怕是极轻微的声音都会唤起她的希望，使她激动和喜悦。然而，当希望之火一次次在心头燃起旋又熄灭以后，她终于明白今宵是无望的了，“香阁掩”三字表明了她内心的绝望。闷坐空闺，独对孤灯，怎不令人忧思万端，愁肠百结？“眉敛”，正是她内心深处压抑不住的怨情的不自禁的流露。夜已经很深了，但恼人的思绪却搅得她难以入寐。“月将沉”一句不仅点明天将破晓，而且蕴蓄极富。它既暗示了清幽的月光没有给人以任何安慰，徒然增加了女子的愁思，也透露出女子为怨思所苦而一夜无眠。在辗转反侧之际，往日恩爱厮守、形影相随的情景不觉浮现在眼前，在独卧孤寝的凄清中更添加了几分寂寞和冷清。再由今日的凄凉展望他日的前景，对那位负心的男子不由得又思念又怨恨，忍不住发出“争忍不相寻”的嗟叹。“争忍”即“怎忍”。至此，种种忧思悬想、寂寞难堪之情统统化为对男子的嗔怪，自肺腑喷薄而出：“换我心，为你心，始知相忆深。”这里不直言自己相忆之深，而是用对写法通过假设，曲折地表达出对男子薄情的不满和自己的一片痴情。这样写不仅含蓄地表达了女子不能把握自己命运、担心被弃的痛苦，而且将女子深挚强烈的感情抒发得更为婉曲，因此王士禛《花草蒙拾》赞它："自是透骨情语。"作者用质朴的语言将人人意中所有而笔下所无的感情表达得如此真切动人，实为难能可贵。后人云"妾心移得在君心，方知人恨深""只愿君心似我心，定不负相思意"，都显然脱胎于此。由此可知它在词坛的影响。此词既工致细密，时复有清疏之笔，艳中有质，相衬益彰。况周颐论顾词风格时说："顾敻艳词，多质朴语，妙在分际恰合。"（《餐樱庑词话》）于此词可见一斑。（张明非）

河　传　顾　敻

棹举，舟去。波光渺渺，不知何处。岸花汀草共依依。雨微。鹧鸪相逐飞。　　天涯离恨江声咽。啼猿切。此意向谁说。倚兰桡。独无聊。魂消。小炉香欲焦。

离愁别绪一直是中国文学创作中的主要题材之一，在诗词创作中更不绝如缕。顾敻之词亦不逾斯矩，其《河传》一词就堪为代表。此词通过离别时分典型场景的铺叙，描摹了一位离家远行者与恋人之间难以排遣的离情。

顾敻词风绮艳却不浮靡，意象生动，情致缠绵，别具艺术匠心。况周颐在《餐樱庑词话》中称其作品为"五代艳词上驷也"，高度肯定顾敻之词"工致丽密，时复清疏。以艳之神与骨为清，其艳乃益入神入骨。其体格如宋院画工笔折枝小帧，非元人设色所及"，看到了顾敻之词的独特之处。

该词共分两片，上片择取富于离情色彩的典型性意象来着意渲染悲凄的离别场景。词作一开篇便将离别场景定格在兰舟出发的一瞬间。"起四语，一步紧一步，冲口而出，绝不费力"（陈廷焯《词则・别调集》卷一）。当船夫挥动那沉重的木桨，离别之舟驶入波光渺渺的江水之中，渐行渐远，消失在烟波浩渺的江水中央。抬眼望去，姹紫嫣红的岸花汀草也似乎受到词人悲凄离情的感染，呈现出一派依依相恋之状。此时，迷濛细雨从天空淅沥地洒落下来，一对对双宿双飞的鹧鸪在微风细雨中追逐嬉戏，更勾起词人对自己心中恋人的无限思念。以鹧鸪双飞反衬出词人难以排遣的孤独与寂寞。

下片抒发离别时的孤寂情绪。如果说，上片是从离别时大的环境着笔，来渲染离情别绪的氛围，那么，下片则将镜头聚焦在远行者所乘之舟的小范围上来集中抒发词人的孤寂情怀。面对着离别天涯的无尽愁恨，词人登上舟头，举目四望，但见江水滔滔，奔流东去，似乎也在为词人的离别而呜咽不止。江水两岸，还夹杂着江猿无尽的凄切哀啼，将词人本不平静的心绪搅得更加寝食难安。此情此景，纵有千般情思，又能向谁诉说？词人斜倚船桨，独自出神。就连舟上炉中的香火业已燃烧殆尽，词人也未曾察觉出来。

词是一种长于刻画内心的体裁，在展示心理深度方面，较诗歌有更明显的优势。本词即从普通人的离情别绪角度立意，来抒写词人难以言说的缠绵情绪，层次分明，质朴无华，具有鲜明的特点。其一，情景交错的结构特征。从总体上看，该词上、下两阕大体表现为前景后情的结构方式。上片写景，主要描述离别之际的景致，用“渺渺波光”“依依花草”“迷濛微雨”“双飞鹧鸪”等典型化意象加以渲染烘托，寓情于景，情景交错。下片言情，重点突出词人离别时分孤寂落寞的内在心境，并以“江声呜咽”“啼猿清切”等予以映衬。结尾“小炉香欲焦”一句更是以景语收束，将主人公萦绕别情、已忘却周遭一切事物变化的情态淋漓尽致地展现出来。其二，高度凝练的叙事手法。该词以白描式的手法来刻画离别的场景、叙述离别的情绪，呈现出高度凝练的叙事特征。如开篇即以“棹举，舟去”四字高度概括了离别场景，虽省去了众多离别的细节展示，但却将依依惜别的无奈情绪展露无疑，充满了怅然离去的无限感慨。同样，下片“魂消”二字亦直白地呼喊出内心的诉求，高度概括出词人离别时分伤心欲绝的痛苦心境。

汤显祖在评论《花间集》时称：“凡属《河传》题，高华秀美，良不易得”，并举顾敻《河传》三题为例，认为“此三调，真绝唱也”，未为虚誉。全词以平淡质朴之语写出，于朴实无华中蕴含着深切的真情，真正达到了景真情切之效，尤其能引起后世读者的共鸣，在五代离别词中亦属难得之词。（曾绍皇）

临江仙　鹿虔扆

金锁重门荒苑静，绮窗愁对秋空。翠华一去寂无踪。玉楼歌吹，声断已随风。　烟月不知人事改，夜阑还照深宫。藕花相向野塘中。暗伤亡国，清露泣香红。

这是一首抒写“黍离之悲”的词。但在《诗经·王风》的《黍离》篇中，可以看到“行迈靡靡，中心摇摇”的行役之人，听到“悠悠苍天，此何人哉”的叹息之声；在这首词中，却看不见一个人影，听不到一点声音。作者的“黍离之悲”，既不是通过自己之口直接表达的，也不是借助他人之口间接描述的，而是由词笔下的景物折射出来的。

词的上半阕，一开头就把读者带进了一个重门深锁、绮窗紧闭的废苑。接下来，作者以翠华（皇帝仪仗，代指蜀主）已去点明苑内杳无人迹，以歌吹声断点明苑内阒无人声，从而给人以极度荒凉静寂之感。词的下半阕，更以烟月点明时间是深夜，以露荷点出季节是初秋，展现了一个月照深宫、残荷泣露的画面，进一步为这座荒寂的废苑增添了凄清的色彩，把环境气氛渲染得更为悲怆。

从表面看，这首词通篇都是写眼前景，但字里行间却流露出了作者的心中情。王夫之在《夕堂永日绪论》中说：“情、景名为二，而实不可离。神于诗者，妙合无垠。”况周颐在《蕙风词话》中也说：“写景与言情，非二事也。善言情者，但写景而情在其中。”这首词就正是一首寓情于景之作。而且不妨说，它打动读者、感染读者的，主要倒不是呈现在纸面上的废苑凄凉之景，而是渗透在词笔中的作者哀痛之情。鹿虔扆生在五代十国纷乱之际，曾在后蜀做过永泰军节度使，进检校太尉，加太保，蜀亡后没有出仕新朝。联系他的经历，可以想见，他在写这首词时，身负亡国巨痛，不能不如王国维在《人间词话》中所说，“以我观物”，使“物皆着我之色彩”。尽管他没有让自己出现在词中，词中却处处有他的影子。而正由于作者写词时是以我观物，寓情于景，在物中隐藏着我，在景中注入了情，读者在欣赏这首词时，也自会反过来，由物及人，由景及情，从词中呈现的那一荒寂凄凉的境界，进入作者的内心世界，看到他的哀伤的心境。

在这首词中，作者不仅寓情于景，而且还赋情于景。他把本是无知无情的景物写得似乎有知有情，或应当有知有情。在他的笔下，荒苑中的一扇扇“绮窗”，因人去楼空而感到寂寞，愁对秋空；野塘中的一朵朵“藕花”，因暗伤亡国竟相向而泣，泪湿香红。作者更为“烟月”仍照深宫而责怪她的懵懂。这样，“绮窗”“藕花”“烟月”都和人一样成为历史沧桑的目击者，而“暗伤亡国”的“藕花”，更成为作者感情的化身。这种拟人化的手法，在诗歌中是常常运用的，而与这首词在取景、命意上最相似的是晏殊《蝶恋花》的上半阕：“槛菊愁烟兰泣露。罗幕轻寒，燕子双飞去。明月不谙离恨苦，斜光到晓穿朱户。”鹿词令窗愁、荷泣，而责怪烟月不知人事已改；晏词则令菊愁、兰泣，而抱怨明月不谙离别之苦。但从内涵来说，晏词让槛菊、兰草、明月表达的只是个人的离别之苦；鹿词让绮窗、藕花、烟月表达的则是国家的沦亡之恨，其感情分量是更为沉重的，其感染力量也是更为强烈的。

还有一点值得拈出的是：这首词要显示的本是一个极度荒寂凄凉的境界，但作者并不一味去写荒凉，而在写荒凉的同时，以“金锁”“绮窗”“翠华”“玉楼”“歌吹”“香红”等字样来暗示当年的繁华，使荒凉中闪现着繁华的余辉。这一明笔与暗笔的错杂运用，以暗笔写昔日的繁华来反衬今日的荒凉，就使这一荒凉景象显得更加可悲，也使今昔之慨与兴亡之感自然浮现纸上。

此外，作者在使用拟人化手法的同时，也交叉重叠地使用了衬托手法，以增强艺术效果。在这首词中，被赋予生命和浓烈的感情、并赖以点明主题的是“藕花”，但她却不是孤零零地出现的。作者不仅在上半阕中就已经安排好了“绮窗”作为陪衬，以“绮窗”的“愁对秋空”，遥遥引出“藕花”的“露泣香红”，而且把懵懂的“烟月”穿插在“绮窗”与“藕花”之间，使其上下起衬比作用，一方面反衬上面“绮窗”的愁恨，一方面更与下面相向而泣的“藕花”形成强烈对比，从而更有力地托出了通过“藕花”来表达的“暗伤亡国”的主题。

沈雄《古今词话》引《乐府纪闻》称鹿虔扆“词多感慨之音”，倪瓒也称赞他的词“曲折尽变，有无限感慨淋漓处”（《历代诗余》）。他仅仅留下来六首词，其中《思越人》一首有“双带绣窠盘锦荐，泪侵花暗香销”句，据吴任臣《十国春秋》说，被“辞家推为绝唱”，但比较之下，仍应推这首《临江仙》词为其代表作。（陈邦炎）

浣溪沙　阎　选

寂寞流苏冷绣茵，倚屏山枕惹香尘。小庭花露泣浓春。　刘阮信非仙洞客，嫦娥终是月中人。此生无路访东邻[①]。

注 ① 东邻:宋玉《登徒子好色赋》:"(宋)玉曰:天下之佳人莫若楚国,楚国之丽者莫若臣里;臣里之美者莫若臣东家之子。东家之子,增之一分则太长,减之一分则太短;着粉则太白,施朱则太赤;眉如翠羽,肌如白雪,腰如束素,齿如含贝。嫣然一笑,惑阳城,迷下蔡。然此女登墙窥臣三年,至今未许也。"后人多用"东邻"借指美女,如李白诗:"自古有秀色,西施为东邻。"

这首词的头两句共写了三件东西,都是床上之物:流苏帐、"绣茵"(床上垫的被褥)、山枕(即枕头)。韦庄词曰"香灯半卷流苏帐",帐半卷,又有香灯照壁,说明人尚未眠。此词写流苏帐,而曰"寂寞流苏",流苏帐本是无情物,如何会感到"寂寞"?显然,寂寞者,人之感觉也。今日有此寂寞感觉,可想往日乃有"芙蓉帐暖度春宵"之时也。"流苏"寂寞,"绣茵"自然也就"冷"了,加一倍渲染了孤眠滋味。

写枕头更是浓墨重彩,先说山枕倚屏(古代床头有屏风)而放,又说它"惹香尘"。关于"香尘",有两处记载值得注意,《拾遗记》提到晋代石崇"屑沉水之香如尘末,使所爱之女子践之";又冯贽《南部烟花录》说陈后主宫中美人着"卧履",履中贮沉香末屑,步履有香尘。这两个故事都和女子欢爱有关,可见此词中"山枕惹香尘",实是暗示这里也曾有过男女间的风流艳事。而如今伊人已去,唯山枕尚留一点香泽了。

词的开头两句所以集中写床上之物,正是暗示一场艳情。如今情过事迁,抒情主人公看到庭院中含着露珠的花朵,恍惚感到花儿也在为他伤心流泪!

上片没有出现抒情主人公的形象,全是通过几个有情之物来透露事情的一些蛛丝马迹,词境飘忽迷离。

下片的写法完全不同了。抒情主人公走到台前来,直接倾吐自己相思、失恋的痛苦。他自比有过一场风流韵事的刘阮,自叹入仙境而复返,终非仙洞客也。而他那心爱的人,却如嫦娥一进月宫就回不来了。从此,天上人间,无路可通,永无相见之日矣!"此生无路访东邻","东邻",出《登徒子好色赋》,这里借指所爱的美人。下片三句,连用三典,一气呵成,语意晓畅,表现出真挚的感情,扣人心弦。

这首词上下两阕写法迥然不同。上片侧面写事,下片正面抒情;上片暗写,扑朔迷离;下片明写,直抒胸臆。在词的色彩格调上也迥然不同,上片香艳密丽,下片则清新疏朗。总之,上下两片相反相成,相映成趣。我们知道,画家作画,要讲究画面景物有疏有密,光线要有明有暗,色彩要有浓有淡,才能使画面富有层次,妙趣横生。从阎选这首词的写作来看,写词不也很像作画吗!(高　原)

八拍蛮　阎　选

愁锁黛眉烟易惨,泪飘红脸粉难匀。憔悴不知缘底事?遇人推道不宜春。

这首词写一个闺中少妇对丈夫深沉的思念。全词四句,分两层意思。前两句写少妇的"愁态",后两句写她的"愁情"。

"愁锁黛眉烟易惨,泪飘红脸粉难匀。"以工整的对句写少妇在闺中的愁态。闺中少妇的愁绪从心头冲上眉头，深深地"锁"住眉宇。一个"锁"字，形象地写出了双眉紧蹙的神态，充分地显示了内心悲愁的程度。愁情难抑，脸上如笼阴霾，因而说"烟易惨"。起句还是写静态的愁状，已使人看到一个脸色阴沉、翠眉紧皱的妇女，内心凝集着哀怨悲戚。第二句则转为动态的描绘，她由愁思转而为流泪了。红脸飘泪，粉渍斑斑。词人写泪，不用流、堕、洒、涌等动词，而用一"飘"字，则泪飞之状顿出，悲情难遏之态尽显。这位少妇，脸红眉黛，形象是美的，可是这外形美丽与内心愁苦形成鲜明对比，这是什么原因造成的呢？

"憔悴不知缘底事？遇人推道不宜春。""憔悴"承上文而来，"不知缘底事"，应联系下句理解。她不将心底真话道出，对人只是"推说"不宜春。"不宜春"分明不是真意，因而是"推托之词"。她为什么不径直说明是思念丈夫呢？这是封建社会的妇女在礼教束缚下，一种很自然的羞涩态度。这个少妇满腹愁绪，多想一吐为快，可是对人反而不说，这种压抑使她内心更加痛苦。

这首词写少妇的愁态、愁情，就是不明揭愁因。但从她的憔悴之状与"推道"之话，完全可以探知是思念丈夫。至于她丈夫是薄情，还是从军，还是求官而去，则无从得知。不管怎么说，这反映了闺中少妇对她丈夫的深厚情意。沈谦《填词杂说》云："词要不亢不卑，不触不悖；蓦然而来，悠然而逝；立意贵新，设色贵雅，构局贵变，言情贵含蓄。如骄马弄衔而欲行，粲女窥帘而未出，得之矣。"阎选这首《八拍蛮》就有这种韵致。（徐应佩　周溶泉）

临江仙　毛熙震

幽闺欲曙闻莺啭，红窗月影微明。好风频谢落花声。隔帷残烛，犹照绮屏筝。　绣被锦茵眠玉暖，炷香斜袅烟轻。淡蛾羞敛不胜情。暗思闲梦，何处逐云行？

黎明。莺声，月影。残烛摇曳，炉香袅袅。户外，室中，一切都充满着迷幻的色彩。闺人拥被犹卧，她在沉思着，回味那方醒的绮梦……

起两句，写天将明的情景。屋外边传来阵阵婉转的莺啼，朦胧的月影散射窗间，幽闺已见微明的曙色。"闻莺啭"，先从听觉角度着笔。最先使人从睡眠中醒来的外界刺激是声音，首句正是闺人清晨初醒时刹那间的感受。"红窗"句，再从视觉方面推进一层，仍只是从表象写来，尚未进入人的内心世界。"好风频谢落花声"，由景入情。词中抒情主人公已开始思想活动。落花之声，似有还无，然而在黎明的幽静环境中，已被敏感的闺中人觉察到了，为什么，因有"风"故，所以测知，并唤起了某种微妙的感情。一"谢"字，已露闺怨的本意。看，隔着薄薄的帘帷，暗淡的残烛还照着挂在绣屏上的宝筝，而筝呢，早已不弹了，情人远去，谁人来欣赏自己的乐声？"隔帷"二句，运用暗笔，以屏筝作衬，侧面写出闺人的孤寂。"犹照"二字，笔意纡回。晚间睡前见此，清晨醒后仍见此，触目感怀，而当日相对调筝的欢聚情境也可想而得知了。上片五句，表面纯是客观描述，然个中自有人在。这种手法，为《花间》所擅，情余言外，"不止以浓艳见长也"（转引自沈雄《古今词话》）。

下片换笔，描写闺人的情态和心理活动。"绣被"句，以秾艳之笔写凄凉之意，此亦唐五代词家绝诣。“玉”，喻女子的肌体。她睡在温暖的绣被锦茵之中，静看着炷香的袅袅轻烟，在空中盘绕扩散。此情此景，何以为怀！“淡蛾羞敛不胜情”，她含着娇羞，半敛着淡画的双眉。在这孤寂的清晨，她想到了什么呢——“暗思闲梦，何处逐云行？”啊，方才那一场好梦，梦里相见的欢娱，醒后已再难寻觅。远方的游子，像那缥缈无定的行云，将要飘流何处？末两句，是全词点睛之笔，用意与冯延巳《蝶恋花》词“几日行云何处去”略同，而本词写自己梦逐行云而行，亦不知其处，则更深一层了。（陈永正）

清平乐　毛熙震

春光欲暮，寂寞闲庭户。粉蝶双双穿槛舞，帘卷晚天疏雨。　含愁独倚闺帏，玉炉烟断香微。正是销魂时节，东风满树花飞。

当春光消逝落红无数的时候，人们不免产生一缕怅惘的心绪。莺歌燕舞、姹紫嫣红的春光给人带来生活的欢乐和美的享受，也悄悄带走人的青春年华。这首词在暮春时节风雨花飞的背景上，抒写闺中春愁，它所蕴含的春思情韵，别有一番耐人寻味的意蕴。上阕写晚天疏雨、粉蝶双飞。一般地说，春天的蜂儿、蝶儿，多在日间和风丽日的花树丛中穿飞。而作者笔下的双双粉蝶，偏于晚天疏雨中穿槛而飞，其点缀寂寞庭户，反衬闺中人孤独境况的用心，不言而喻。粉蝶双飞本是无意，但在有情人的心中，顿起波澜，牵动春思：她对青春幸福的向往，对爱人的期待，通过这对比鲜明的画面暗示给读者。下阕写闺中人在期待中的失望。晚天疏雨中，天气微寒，她独倚帏帐，双眸含愁，任“玉炉烟断香微”。只是当帘外闲庭中东风摇荡花树，满树花飞如雨的景象才将她从痴迷中唤醒，春光匆匆归去，不禁使她销魂荡魄。

毛熙震是花间派词人，但这首词的写景状物却多用白描，清丽疏淡，情味蕴藉，与“花间”秾丽香艳、镂金错彩的词风迥异。作者写的闺中人，不描摹其体态衣妆，不明言其多情善感，除了“含愁”一句正面点明其期待与失望，再以“玉炉”一句烘托其期待之久、相思之苦外，其余各句，均于景物描写中带出她的形影与神态，这正是词论家所称道的融情入景的功力。词中所摄取的双飞的粉蝶、疏雨晚天、东风花树等景物，是最富于表现暮春情韵和闺中人春愁的典型景物，将它们和谐地组合起来，使全词有了直观的画面，具有诱人的美感，情景交融，了无痕迹。前人论词的章法，讲究“短章蕴藉”，言尽意不尽。此词就是一首情景相生、含蓄蕴藉的佳作。它那情在言外的意蕴，比起痛快淋漓的表白，更具有耐人寻味的魅力。尤其篇末“东风满树花飞”一句，形象凄艳，含蕴无穷。（林家英）

菩萨蛮　毛熙震

梨花满院飘香雪，高楼夜静风筝咽。斜月照帘帷，忆君和梦稀。　小窗灯影背，燕语惊愁态。屏掩断香飞，行云山外归。

这首词写闺中人静夜独居、忆念离人的情状，运笔纡回，含思缥缈。于篇终见意，曲尽掩抑难言的境况，洵为五代词中高格。《菩萨蛮》词，前有温飞卿十四篇精湛之作，而毛氏此词，易秾华为淡雅，变密艳为幽丽，别出新意，使飞卿不得专美于前也。

"梨花"二句，写高楼静夜的情景，渲染怀人的气氛。楼下的院子里梨花飘谢，楼上只听到风吹檐铁的阵阵声响。"风筝"，悬在檐间的金属片，风起作声，故称"风筝"，也叫铁马。明杨慎《丹铅录》："古人殿阁檐棱间有风琴风筝，皆因风动成音，自叶宫商。"二句写景，实已托出索居寂寞的楼中人的形象。"梨花"句，写春光已逝，时不待人。"高楼"句，写夜静闻声，极无聊之状。可与李商隐《燕台诗》"云屏不动掩孤颦，西楼一夜风筝急"参看。"斜月照帘帷，忆君和梦稀。"上句写月光照在薄薄的帷幕上，亦古诗中常见的境界，不外从"明月照高楼""薄帷鉴明月"等语化出，以表现闺人的愁思。两句好就好在"和梦稀"的"稀"字，一字可抵宋徽宗《宴山亭》"怎不思量，除梦里有时曾去。无据，和梦也新来不做"数句。恨君之深，思君之切，皆由此字透露消息。忆极而生恨，故作此怨怼之语。

下片写室中情状和闺人动态。"小窗"二句，运思甚奇。她背着小窗前的灯光，是为了不让照见脸上的啼痕，可是，却教栖息在帘帷上的燕子窥到了。它们呢喃相语，仿佛为闺人的愁态而吃惊呢！二语从侧面描写，一"惊"字尤为入妙。一结两句，"屏掩断香飞，行云山外归"，为全词中精绝之笔。俞陛云亦称其"尤为俊逸"(《五代词选释》)。"断香"，指断续的炉香。她床前屏风低掩，只见到薰炉中升起的袅袅轻烟。疑是那缥缈的行云，冉冉从山外归来。"山"，指屏风上绘画的山峦，词中语意相关，亦暗示情人的去处。由断香而想及屏山上的行云，由行云而想到漂流远方的游子。宋玉《高唐赋序》谓楚怀王梦巫山神女，神女自言"旦为朝云，暮为行雨"，因以"行云"喻男女的欢合。"行云山外归"，疑行云之归，正是怨其不归，真是痴心人语。与作者《临江仙》词"暗思闲梦，何处逐云行"，意似相反而情味实同。(陈永正)

凤归云　敦煌曲子词

闺　怨

征夫数载，萍寄他邦。去便无消息，累换星霜。月下愁听砧杵彻，塞雁(成)行。孤眠鸾帐里，枉劳魂梦，夜夜飞飏。　想君薄行，更不思量。谁为传书与，表妾衷肠。倚牖无言垂血泪，遍祝三光[①]。万般无那处，一炉香尽，又更添香。

注 ① 三光：指日、月、星。

敦煌发现的《云谣集杂曲子》中《凤归云》词有两首，这是其一。由于民间词传抄中出现的问题，况周颐、朱彊村、董康、王国维等各家校本颇有分歧，本文以俞平伯的校本为据。

本词的主旨已如题目所示："闺怨"。所以正文一开始就说"征夫数载，萍寄他邦"，词是为思念"征夫"而写的。环绕这个中心，作者作了事实的叙述、环境的描绘和心理的剖视，于是使作品于平淡之处见主人公的深情。

词的上片侧重叙事，于叙事中达情。“征夫数载”固然纯属客观的交代，然而“萍寄他邦”则隐含着思妇对征人的感情因素。三、四两句，一则表示征人离家的长久，更重要的还在于表达了思妇在音讯皆无的岁月中的不安与思念。就是在这种心情下，捣衣的砧杵声、成行的飞雁，都加重了主人公的思绪。一个“愁”字，就将思妇的情怀表露无遗。最后三句，以“孤眠”示苦寂之重，以“魂梦”之“夜夜飞飏”言思念之深，缀以“枉劳”，更是思不得见，转而生怨，情见乎词，感人心脾！

词的下片侧重在达情，在心理描绘中叙事。“想君”二字，表明是思妇的内心活动。她大概将征夫一去数载无消息，设想是他的“薄行”了，不再想到家里的人。平平说来，艾怨之情，更能摧人肺腑。她想给丈夫写信，以叙衷肠，却又无人托寄；倚窗流泪、多方祝祷；于百无聊赖中不断添香。从而把一位孤寂、多情、纯真的思妇心曲和盘托给了读者，让读者了解、同情、激动不已。

这首《凤归云》词，我们自然还无根据断言它就是民间词，但是这首早期词作无疑保持了民间创作的质朴、清新特色。说它质朴，是指它的内容虽属闺思、闺怨、男女私情，但它尚未受到后来剪红刻翠的“艳词”的沾染，所以只见真挚、深沉的健康感情，毫无脂粉艳丽之气。说它清新，是指它没有雕饰，流畅自然，完全以白描手法，抒写了主人公的心理活动和行为表现。这种朴素、自然的文学风格，以及它的艺术性和感染力，都是某些文人创作所不及的。（吴曼青）

天仙子　敦煌曲子词

燕语莺啼三月半，烟蘸柳条金线乱。五陵原上有仙娥，携歌扇，香烂漫，留住九华云一片[①]。　犀玉满头花满面，负妾一双偷泪眼。泪珠若得似珍珠，拈不散，知何限，串向红丝应百万。

注 ① 留住句：《列子·汤问》：秦国之善歌者秦青，“抚节悲歌，声振林木，响遏行云”。

这阕词出自《云谣集杂曲子》，作者已不可考，但从文字风格看，确如王国维所说：“当是文人之笔。”（《评〈云谣集〉》）与其他敦煌词相对照，它是不甚“质俚”的。

本词刻画一个歌女的仪态和内心。开头推出了一个颇为热烈的场面，似乎还要说一点故事情节，可是终于没有说，就结束了，留下一个悬念让读者自己去想。“燕语”两句，交代了时间和环境。三月中旬，阳春烟景，正是万物向荣、燕语莺歌的美好时节，此时此景，自然会有青年男女的欢会。“出其东门，有女如云”（《诗·郑风·出其东门》），所以，三、四两句的五陵原上那位手持歌扇的仙娥，便早应该是不呼自出了。五陵，汉时长安豪门贵族聚居地，景色优美，惯常是青年男女游冶的地方，这里是借指。仙娥，是美丽的歌女。这位姑娘手持歌扇，身上散发着烂漫浓香，她的歌声可以把行云留住。应该说，这姑娘够美了，够好了，够值得青年们迷恋了！“五陵年少争缠头，一曲红绡不知数”（白居易《琵琶行》），此时此地，将会出现喜剧性的场面吧。

事情出乎意料。“仙娥”却认为：“犀玉满头花满面，负妾一双偷泪眼。”尽管贵重首饰插戴满头，脸上笑靥如花，可是这同她那暗中偷弹珠泪的双眼是多么地不调和！原来她是过着强颜欢笑的生活。至于所因何事，没有说明，也无须说明。下面四句是她内心的独白："泪珠若得似珍珠，拈不散，知何限，串向红丝应百万。"以珠泪之多，表中心之苦。如许泪，只偷弹，则更苦。四句纯从"泪"字生发，从"珠"字取譬。"拈"也，"散"也，"串"也，都是说珠，而借珠说泪。"珠泪"这个常人使用过千万遍的普通词语被轻巧地拿过来，又神奇地化开去，为古来写泪文字所未见。这里用得上前人评词的一句话，是："濡染大笔何淋漓！"

这阕词所写的只是生活中的一个片断，可称即景小品。这种小品式的作品，所取虽然只是一景、一物、一人、一事，然而由于作者选材巧妙，表现得当，仍能带给读者以优美的艺术享受。（吴曼青）

抛球乐　敦煌曲子词

珠泪纷纷湿绮罗，少年公子负恩多。当初姊姊分明道，莫把真心过与他。子细思量着，淡薄知闻解好么？

这首敦煌曲子词，出自《云谣集杂曲子》。它以第一人称的口吻，如泣如诉地叙述了女主人公在爱情上的不幸遭遇及其悔恨。"珠泪纷纷"是指眼泪之多，连丝绸衣服都滴湿了，主人公的心情悲伤到了什么程度便不言自明了。为什么悲伤呢？接着便给了回答——"少年公子负恩多"，是由于对方的负心。在这里，"少年公子"犹如"五陵年少"，特指豪富之家的子弟，是这种人玩弄、抛弃了她，从而给她带来了极大的精神痛苦。按照通常的行文习惯，接下去大概是要数说这负心郎的薄幸行径了。可这首词的作者却避开了常规，转而去叙写主人公的自我埋怨：姊姊当时就曾劝说过的，不要把纯真的爱情给予他。这两句初看似乎平淡的词句，细细品味却感到内涵十分丰富。显然，由于主人公的过于单纯、热烈，她已把"真心过与他"了；旁观的姊姊倒是早看出来了，"少年公子"是不值得信赖的，可自己偏偏没有预见到，而且没听姊姊的好言相劝。这种揪心的自怨自艾，这种不宜声张的深沉痛苦，不是比那种据理的抗争、大声的指斥更能拨动读者的心弦吗？痛定思痛，冷静下来，"子细思量着，淡薄知闻解好么"。后一句是思量后的领悟。"知闻"谓交游相识之人，"淡薄"则指其薄情。"解"是懂得。我把真心过与他，他却负我，是不懂得好歹者。思姊姊言语，想今日局面，这种内心独白所表示的追悔，表现了主人公的心灵创伤和悲苦。体味词中情事，似是妓女口吻，"姊姊"是院中姐妹之年长者。这种事司空见惯，但写来并不落入陈套。

这首词成功的一点是：作者有意摆脱了对事件的烦琐叙写，而是让主人公出面，向她的读者一下子敞开了心扉，从而激起了读者的共鸣，引起人们对那不幸女子的深切同情，而对纨绔子弟玩弄女性、背信弃义表示极大的愤恨。加以通篇全系口语入词，更显得神情宛转，感情真挚。这种从肺腑中流泻出来的话语，更增强了词作的艺术魅力。

这些艺术上的特点，在相当程度上反映了早期词的面貌，即表现现实生活是真切的，生活气息浓厚，语言通俗生动。与后来的文人作品相比，技巧上也并不逊色。（吴曼青）

鱼美人　敦煌曲子词

东风吹绽海棠开，香榭满楼台，香和红艳一堆堆。又被美人和枝折，坠金钗。

敦煌发现的曲子词，系唐五代人手抄，具有极高的史料价值。例如这首《鱼美人》，就为我们了解词的原始风貌及其发展演变提供了一份珍贵的材料。但是，也正由于是出自民间的写本，故文字上舛讹颇多，这又给我们阅读和欣赏带来了诸多不便。在这方面，我们的前辈已为后来者做了许多有益的工作，特别是郭沫若与任二北两位先生，他们曾分别对这首词作考订，提出过一些精当的见解。例如，词牌所谓的"鱼美人"，实则为"虞美人"之误，看来此词所表现的形态，当为《虞美人》词形成、演变过程中最早的一体。这就纠正了前人认为《虞美人》词创自李煜的传统看法。又如，他们还指出"香榭"应作"香麝"，对于疏通词意也起了关键性的作用。但郭、任两家对这首词的作者、疏解、评价等许多问题，看法时而相左，有些地方甚至是针锋相对的。如任二北认为此词之创作应"出于乐工歌妓之手"，而郭沫若则疑为五代欧阳炯所作。任氏以为此词"重沓矛盾，并无文理，虽勉为改易讹别，仍难救药"，而郭却认为这是一首"绝妙好词"。两家看法如此悬殊，归根结底是属于对词意理解上的分歧。

"东风吹绽海棠开"，词意清楚，了无歧见。下面一句，任、郭均证"榭"为"麝"。但任释"香麝"为海棠，而郭则释为看花的妇女们。按任说，二句即解作"东风吹开了海棠花，花香满楼台"。而按郭说，则为"东风吹开了海棠花，赏花的妇女们站满楼台"。后者的意境远胜前者。且海棠本无香，以海棠释香麝终觉牵强。李白诗："风吹柳花满店香。"柳花无香，此处着一"香"字，乃指"吴姬压酒"之酒香。任说"唐五代人海棠之咏，皆色香兼至"，恐亦多"风吹柳花"之类。而香麝与佳人的关系，则是极密切的。《晋书·石崇传》："尽出其婢妾数十人以示之，皆蕴兰麝。"敦煌词《竹枝子》云："颜容二八小娘，满头珠翠影争光，百步惟闻兰麝香。"故香麝可以代指佳人。下句"香和红艳一堆堆"，香指人，红艳指花，人簇花，花拥人，真是一幅优美的图画。下句"和枝折"，即为"连枝折"。末句"坠金钗"，有人解作因折花而坠落金钗，似欠妥。蒋礼鸿《敦煌词校议》认为"坠"字应与"缀"通，是同音假借。这样说词意就通顺了。

平心而论，这首词写得春意盎然，颇有情致，从意境上看，说它是一首"绝妙好词"并不过分。但是也应看到，这首词在遣词用语方面确也比较粗糙，如首句，"绽"与"开"意有重复，着一"绽"字意思已足，加一"开"字实有凑音节之嫌。再如"香和红艳一堆堆"，总觉得太俗了一些。因此，郭沫若认为"必出于名人之手无疑"，并把它推断为欧阳炯之作，理由是不充分的。殊不知造境佳妙而遣词粗糙，正是民间词的一个特点。（陈允吉　胡中行）

鱼美人　敦煌曲子词

金钗钗上缀芳菲，海棠花一枝。刚被蝴蝶绕人飞，拂下深深红蕊落，污奴衣。

这首《鱼美人》，无论从状物抒情还是遣词用语上看，都与上一首（东风吹绽海棠开）有着密切联系。在敦煌写本中，又是两首连抄，致使有人认为它们是一首词的上下片。任二北《敦煌曲校录》定为单片两首。调名应作《虞美人》。从词体发展与早期词的特点等方面考察，其说可从。我们细味词意，亦可略见端倪。如上一首“又被美人和枝折”，显是旁观者的口吻；而下一首末句“污奴衣”，则用第一人称。可见作者是将其作为两首来写的。然而，两首之间的联系又至为密切，因此，不妨把它们看作姊妹篇来读。

如果说，上一首《鱼美人》展示了一幅海棠盛会的全镜头，那么这一首则是一个特写：一位美人把摘下的海棠花连缀在金钗上，人与花交相辉映，真是美极了。不料偏偏引来了蝴蝶在美人头上飞绕，拂下海棠花粉，污染了她的衣裳。美人露出了娇嗔的神态。

对于这首词的词义疏解，有如下几处应注意：其一，“刚被蝴蝶绕人飞”的“刚”，据张相《诗词曲语辞汇释》：“刚，犹偏也；硬也。”证以白居易《惜花》诗“可怜夭艳正当时，刚被狂风一夜吹”，亦用“刚被”，与此处正合。其二，“拂下深深红蕊落”的“深”字，须随文解释，其义始见。这里用以修饰“红蕊”之“红”，则作颜色深浓解，重言之，故曰“深深”。与杜甫《曲江》诗“穿花蛱蝶深深见”，虽同是关涉到花与蝴蝶，但杜是说蝴蝶“穿花”，深入花间，于花丛深处见之，情景不同，故又不宜移彼释此。其三，“花蕊”的蕊有二义：一指未开的花，即花苞；一指花心，有雄蕊、雌蕊之别。这两个义项的选定，对通解全词最为关键。如指未开的花苞，则海棠花未放时确为深红色（开后淡红色），于“深深红蕊”之语最合，而对下句“污奴衣”却又不甚切。因为要说花苞跌落衣衫上，颜色能“污衣”，总是非常勉强。所以郭沫若取“蕊”是花心之蕊一义，解释为“花粉”。但是问题接着又来了：海棠花粉并非红色！于是郭老说：“‘拂下深深红蕊落’应是‘黄蕊落’，海棠花瓣虽红而花蕊却黄。黄色的花粉被蝴蝶扇落，落在衣衫上是会染色的。”（《读诗札记四则》）这样说，“污奴衣”的问题算讲得通了。至于“红蕊”是否“黄蕊”的误写，只能存疑。谁教敦煌卷子的抄写人笔下的错别字太多，让后世研究者伤透了脑筋，这里派他多写了一个错字，也是“罪”有应得。也不妨忽发奇想：花会变种，月季、菊花、牵牛的品种颜色层出不穷，我们现代人所见的海棠花粉是黄色的，怎知道千年前的无名词人当日写这首小词时所见的不是地地道道红色的呢？这样，词人不错，抄手不错，而我们却错怪了他们呢？这是题外话。总之，敦煌曲子词文字上问题不少，完全弄通畅是困难的，我们只能领会其通体大旨。其四，作“偏”义的“刚”字，语气直贯至末句“污奴衣”，三句十七字须作一气读，才能得其神理。盖美人簪花，正喜气洋洋，不料偏引得蝴蝶飞来，拂落花蕊，“污”了“奴衣”，大煞风景也。“奴”字下得绝妙，作第一人称，词意顿然灵动起来：“金钗钗上缀芳菲，海棠花一枝”两句，虽非口中所说，却是心下快活言语，何等得意；自“刚被”至“污奴衣”，使可喜事翻成可恼，不由得嗔怪到蝴蝶身上。于是其人娇态可掬，其词亦谐婉可诵。

这首《鱼美人》与上首一样，都不是简单的咏物词，而是重在借花写人。然借海棠写人，却是值得注意的现象。唐李德裕在《平泉花木记》中称：“凡花木以海为名者，悉从海外来，如海棠之类是也。”此花在唐以前殊无记载，盛唐以后，咏者渐多。唐玄宗就曾用海棠来比杨贵妃，谓其醉态如海棠春睡未足。其后海棠身价日高，贾耽著《百花谱》，已称海棠为“花中神仙”；到了晚唐，著名诗人如郑谷、薛能等人都有咏海棠诗传世，“则知海棠足与牡丹抗衡”（宋沈立《海棠记序》）。可见人们偏爱海棠，实为盛唐以后形成的新风气。再有，据记载，海棠起自蜀地，“蜀花称美者，有海棠焉”（同上引沈立序）。这两首《鱼美人》词记的很可能是蜀地盛事，而蜀

地又正是晚唐五代词作的一个中心，记此以供参考。（陈允吉　胡中行）

菩萨蛮　敦煌曲子词

霏霏点点回塘雨，双双只只鸳鸯语。灼灼野花香，依依金柳黄。　　盈盈江上女，两两溪边舞。皎皎绮罗光，轻轻云粉妆。

这首词描写江上女子在春光里歌舞的景色。通过上阕对景物的描写和下阕对人的描写，展现出一幅色彩鲜丽的画面：在蒙蒙的细雨中，池塘里的鸳鸯，对对双双，相偎相倚，好像在情话缠绵。旁边是一片耀眼的野花，散发着阵阵幽香，上边是金黄色的柳条，在轻轻地拂动：这是一个春意盎然的优美环境。在这个环境里，一群姑娘出场了，她们体态轻盈，脂粉薄施，三三两两在溪边舞着，唱着，她们的罗衣随着舞姿的变换而闪耀着光彩。到这里，大自然的美和姑娘们的美和谐地融为一体而互相映发：明媚的春天景物，把姑娘们烘托得格外妖娆；姑娘们的娇姿艳态，为春天增添了无限的光彩。一切都是美的，但最美的毕竟还是人。在这首词里，写景是为了写人，可以很明显地看出它的艺术手法。它在艺术上还值得注意的是每句都用叠字开头，不仅细致地生动地写出了景和人，且构成了谐婉的声调，增强了它的音乐性。唱起来是一支动听的乐曲，随着曲调的抑扬婉转，把人们带进了诗情画意的境界，显示出它的艺术魅力。

叠字的运用在《诗经》里已大量地出现，《文心雕龙·物色》论述它的作用，说："诗人感物，联类不穷。流连万象之际，沈吟视听之区，写气图貌，既随物以宛转，属采附声，亦与心而徘徊。故'灼灼'状桃花之鲜，'依依'尽杨柳之貌，'杲杲'为出日之容，'瀌瀌'拟雨雪之状，'喈喈'逐黄鸟之声，'喓喓'学草虫之韵。……并以少总多，情貌无遗矣，虽复思经千载，将何易夺！"说明了叠字对于写情状物的重要意义。《诗经》以后，在一首诗里用叠字最多的是《古诗十九首》中的《青青河畔草》和《迢迢牵牛星》。前者十句，前六句用叠字；后者也是十句，开头四句和最后两句都用叠字，生动地写出了楼头思妇的美好体态和牛郎织女相望相思的深情，为后人所称赏。在词里用叠字是比较难的，吴衡照《莲子居词话》说："词有叠字，三字者易，两字者难，要安顿生动。"在五代的文人词里，也只是用在一句上，如张泌《蝴蝶儿》："还似花间见，双双对对飞。"阎选《八拍蛮》："光景不胜闺阁恨，行行坐坐黛眉攒。"（均见《花间集》）而这首《菩萨蛮》词却句句用，而且用得贴切而自然，带有浓厚的生活气息，在词里是罕见的。在宋人词里，句句用叠字与此首相近的，有葛立方的《卜算子》："袅袅水芝红，脉脉蒹葭浦。淅淅西风淡淡烟，几点疏疏雨。　　草草展杯觞，对此盈盈女。叶叶红衣当酒船，细细流霞举。"对照此词，可知其手法所自来。至于李清照在《声声慢》的前三句里，连用了七处叠字，情挚味浓，不觉重复，显出了她的艺术才华，但用叠字的方式，是集中而非分散；又另是一格了。

这首《菩萨蛮》词见于敦煌卷子中。敦煌曲子词绝大多数来自民间，也杂有文人作品。此词也可能是无名文士所作，它在表现艺术上的特色，应该重视。（李廷先）

菩萨蛮　敦煌曲子词

清明节近千山绿，轻盈士女腰如束。九陌正花芳，少年骑马郎。　罗衫香袖薄，佯醉抛鞭落。何用更回头？谩添春夜愁。

这首无名氏词见于敦煌卷子，早期词的那种清新活泼格调跃然纸上。词作以白描手法勾勒了一幅年轻人在清明踏青时相遇的画面，情趣横生，风情如画。

首句开门见山。“清明节近千山绿”，既点明春深时令，又写出郊野环境。一个“绿”字绾合两者，盖时至清明而叶始盛，地当山野而树始多。在这样的时间和地点，自然会招来少男少女的春游兴趣。果然，接着出场的就是体态轻盈、腰细如束的美丽姑娘。第三句“九陌正花芳”，九陌是田野间的道路，中间一个“正”字，更渲染、强化了那种春色宜人的景观，又似以花比拟上句的士女。正是透过对特定地点、时间、环境的描绘，创造了主人公出场的艺术条件。第四句“少年骑马郎”，在作者好像是轻描淡写，一笔带过，但带给读者的联想却又十分丰富，仿佛使我们看到，在这春日旖旎风光中正有一位英武矫健的少年骑马驰荡。第五句“罗衫香袖薄”又点出在这五彩缤纷的画面上还有一位轻盈、美丽的姑娘。同第四句相对照，不再直写人物，而是用“罗衫香袖”指代，更给人以形象的感受。

如果说以上写的都是静态的话，那么，“佯醉抛鞭落”，便使我们在画面上看到了动势：一位佯装酒醉的英俊少年故意抛落马鞭，实际却被巧遇的姑娘的美貌所吸引，“遗却珊瑚鞭，白马骄不行”（崔国辅《少年行》），借机多注视上几眼。接下去就便于点出主题了。这就可看出姑娘的出现，已投入少年的心潭，在少年的内心中飞溅起一朵朵浪花。正当男主人公感情激发的高潮，镜头突然停止，以“何用更回头？谩添春夜愁”作结，诗情荡漾，曲折有致。这两句似是作者的旁白，对于这个场面加以评论，笔意冷隽。好像是对这个“少年骑马郎”进言：何必再回头多看几眼呢？徒然弄得晚上苦思苦想睡不着觉。李白《陌上桑》结尾云：“托心自有处，但怪旁人愚。徒令白日暮，高驾空踟蹰。”此词与李诗有异曲同工之妙。（吴曼青）

菩萨蛮　敦煌曲子词

香销[①]罗幌堪魂断，唯闻蟋蟀吟相伴。每岁送寒衣，到头归不归？　千行欹枕泪，恨别添憔悴。罗带旧同心，不曾看至今。

注 ① 销：有的本子作绡，此从任二北《敦煌曲校录》。

这是一首思妇词。从词里“每岁送寒衣”一句来看，女主人公所怀念的不是一般的游子，而是从征的战士，从征人的亲人方面反映了当时的社会现实。

这首词是用第一人称写的，写自己在深夜就寝前后，怀念亲人的苦情。“香销罗幌魂堪断，唯闻蟋蟀吟相伴。”“香销罗幌”，罗帷中熏炉里的香已燃尽，表明已到了夜阑人静应该就寝的时候，这个时候也最易引起对远方亲人的思念之情，不觉得神魂飞越，感到孤独悲凉。谁来陪伴自己呢？不是亲人，而是四壁蟋蟀的吟叫声。夜越静，蟋蟀的吟叫声似乎越响，它的凄苦的吟叫声，扣动着思妇的心弦，越发使人感到寂寞而难以为怀。由闺中孤寂而想起亲人，由蟋蟀吟秋而递入寄送寒衣，暗中过渡。“每岁送寒衣，到头归不归?”这两句话是责问亲人，实际上也是对唐政权委婉的谴责。当时戍边的士卒，“多为边将苦使，利其死而没有财”(《资治通鉴》卷二一六《唐纪》三十二)。他们是不被当人看的，定期番代的规定，早已成了空文。他们有的被折腾而死，暂时还活着的也累年不得归，使得闺中思妇魂牵梦绕，年年寄送征衣，而年年归信杳然。这在唐代的诗词里反映是很多的，例如敦煌《云谣集杂曲子》里的《凤归云》：“怨绿窗独坐，修得为君书。征衣裁缝了，远寄边隅。”《捣练子》：“造得寒衣无人送，不免自家送征衣。”李白《子夜吴歌》(其四)：“明朝发驿使，一夜絮征袍。素手抽针冷，哪堪把剪刀？裁缝寄远道，几日到临洮?”陈玉兰的《寄夫》：“夫戍边关妾在吴，西风吹妾妾忧夫。一行书信千行泪，寒到君边衣到无?”都可以证明这首词反映的完全是真实情况。下阕写她就寝以后，并没有安然入睡，而是哀伤不已，泪流千行，想到和亲人分手以后，自己在逐渐憔悴，而团聚无期。“罗带旧同心，不曾看至今。”罗带上的同心结，本是夫妻恩爱的表征，按常情，分别以后，会时时看看它以慰离怀，但她却怕触发自己的幽情苦绪，从别到今没有看过，这种加倍写法，表现出自己异乎寻常的深情。

唐代由于战争多，战期长，产生了大量的以战争、征人为题材的边塞诗，和它相对应的一面就是写思妇的作品也不少，有许多出色的，如上引李白和陈玉兰的诗就是。在文人词里这类作品不多，只有温庭筠写了一些，敦煌曲子词里也保留了几首。这首词是否出自女性之手不得而知，就词来说，写得朴实自然，不假雕饰，而情深透骨，感人至深。和晚唐的文人词比较起来，风味是迥乎不同的。(李廷先)

菩萨蛮　敦煌曲子词

枕前发尽千般愿，要休且待青山烂。水面上秤锤浮，直待黄河彻底枯。　白日参辰现，北斗回南面。休即未能休，且待三更见日头。

本篇见于敦煌遗书斯4332号，是一首很有特色的民间爱情词。

特色之一是开门见山。全词从感情的高峰上泻落，滚滚滔滔，一发难收。芙蓉帐里、鸳鸯枕上的这位女主人公，既贪恋云雨新欢的良宵，又不能不担心现实生活中女子常遭遗弃的不幸，两种感情的撞击一下子将她推向盟山誓海的峰巅。因而一落笔，感情便喷薄而出，并外化为开门见山的结构特点，晴日之下忽然轰雷四起，以高八度唱出：“枕前发尽千般愿。”“发愿”，即发誓，是唐代的俗语，也是至今仍活在江南一带的口头语。发愿本来已是庄重的表示，“发”而至于“尽”，“愿”有“千般”之多，更可看出女主人公感情的激动与态度的坚决。首句切入正题，同时又有着提纲挈领、笼罩全篇的作用，以下七句所举六事，便是从首句“发愿”这一源头上流出而形成的一条绵延不绝的感情的长河。

特色之二是博喻手法的运用。为了表现对坚贞不渝的爱情的向往，词中广泛设喻。女主人公表示，除非六件不可能实现的事都成为事实，否则绝不同意婚姻关系的解除。她举出的六件事是：青山烂，秤锤浮，黄河枯，白天同时见到参星和辰星，北斗的斗柄转向南面，半夜里出现太阳。这和汉乐府民歌《上邪》的构思极为相似："上邪！我欲与君相知，长命无绝衰。山无陵，江水为竭，冬雷震震，夏雨雪，天地合，乃敢与君绝！"都是采用日常生活中习见的事物作比喻，"青山烂"与"山无陵"、"黄河枯"与"江水竭"，更是如出一辙。但这并不意味着《菩萨蛮》因袭《上邪》，而正好说明了它们都来自生活。正因为是来自生活，所以所用比喻尽管相似，却并不全同。"白日参辰现"与"三更见日头"，同"冬雷震震，夏雨雪"虽然都是从时间的角度立论，但前者着眼于昼夜，而后者着眼于四季。具体的写法也各有千秋：《上邪》以前后两个"绝"字相呼应，五个比喻一气直下；《菩萨蛮》则以第一个"休"字引出五个比喻以后，略一顿挫，以"休即未能休"的让步副句以退为进，意思是即使以上五种假设都成为事实，要遗弃（即所谓"休"）我，也还是办不到的，从而在更高的层次上提出了"且待三更见日头"的新的假设。此词由于紧紧围绕着"不能休"这一中心取譬设喻，所以"群言虽多，而无棼丝之乱"（《文心雕龙·附会》）。众辞辐辏，如大弦小弦嘈嘈切切，似大珠小珠跌落玉盘，响起的是一片繁富而又和谐的乐音。

特色之三是具有民歌的情调与风格。文人笔下的"柔情似水，佳期如梦"的纤细情感，蕴藉含蓄、欲说还休的委婉的表达方式，以及反复推敲、精雕细琢的炼字造句的功夫，与这首词是无缘的。此词抒发的是天籁之声，大胆，热烈，奔放，率直。意在夸张，不惜夸大其辞（如"枕前发尽千般愿"句）；为了强调，比喻的运用层见叠出；在用字上也不避重复，三用"休"字，二用"面"字、"日"字，"且待"两见而又用了"直待"。这些，无不表现出民间歌谣拙朴、自然的本色。南朝民歌《大子夜歌》说："不知歌谣妙，声势由口心。"所谓"声势由口心"，是说民间歌谣独特的风情格调的形成，是由于心有所感，以口写心。这大概也是这首《菩萨蛮》语浅情深、似拙而巧、成为一首好词的奥秘吧？（陈志明）

菩萨蛮　敦煌曲子词

敦煌古往出神将，感得诸蕃遥钦仰。效节向龙庭①，麟台②早有名。
只恨隔蕃部，情恳难申诉。早晚灭狼蕃，一齐拜圣颜。

注 ① 龙庭：朝廷。　② 麟台：本指汉朝的麒麟阁，汉宣帝时曾令在麒麟阁画立过大功的名臣霍光等十一人像，并题其官爵、姓名。

敦煌曲子词中有《菩萨蛮》十八首，这是其中较早的一首，最迟亦当作于德宗建中初年（据任二北《敦煌曲初探》）。

吐蕃是七世纪初在青藏高原上建立的奴隶制政权。到赞普松赞干布时，定都拉萨，开始强盛。贞观十四年（640），松赞干布向唐朝求婚，唐太宗以文成公主嫁之，友好往来，不绝于途。到了高宗咸亨初年，吐蕃奴隶主贵族大开边衅，尽占吐谷浑故地（青海西部地区），向唐朝内地进逼。以后唐和吐蕃长期处于时战时和状态。天宝十四载(755)安史之乱发生后,唐朝边兵多内调平叛,吐蕃乘虚进攻于代宗广德元年(763)攻据长安。撤兵后,又于次年(764)攻占唐朝河西节度使府所在地凉州(甘肃武威)。敦煌当时是沙州治所,大历元年(766),新任河西节度使杨休明以凉州失守,移治沙州。其后甘州(甘肃张掖)、肃州(甘肃酒泉)、瓜州(治所晋昌,在甘肃安西东南)先后被吐蕃攻占,敦煌处于四面包围中,和内地交通完全断绝,但仍在坚守中。坚守的主将先是杨休明,后有沙州刺史周鼎、阎朝等。直到德宗建中二年(781),沙州才被吐蕃占领,前后共坚持了十多年之久。这首词反映了在唐朝和吐蕃的激烈争斗中,敦煌人民强烈的爱国热情。

上阕写敦煌的光荣历史,说敦煌过去屡出"神将",使得诸蕃远远地表示钦敬,不敢进犯,"神将"向大唐朝廷效忠,受到嘉奖,英雄榜上早已有了他的名字。这里所说的过去的"神将",可知的有沙州刺史贾思顺,开元十七年(729)曾大破吐蕃军,其他的已难考知。下阕写道路隔绝以后的情况,"只恨隔蕃部,情恳难申诉"。他们只恨吐蕃把道路隔断,使得他们不能向朝廷倾诉衷肠,流露出他们对唐王朝中央的深厚的感情。最后两句表达了希望:"早晚灭狼蕃,一齐拜圣颜。""早晚"即何时之意,当时俗语。"狼蕃",这是当时对处于敌对状态的吐蕃的蔑称,而把朝见皇帝称为"拜圣颜",说明了他们对唐天子的崇敬。在封建社会,皇帝是国家的象征,这种忠君思想,当时往往会迸发出巨大的精神力量,鼓舞着人们进行英勇的斗争。这首《菩萨蛮》词所表现的斗争精神,并没有因沙州被吐蕃攻占而消失,"州人皆胡服臣虏,每岁时祀父祖,衣中国之服,号恸而藏之"(《新唐书·吐蕃传》)。过了六十多年,即宣宗大中初年,敦煌又出了一位"神将"张议潮,率领沙州人民收复了沙、瓜、伊、西、甘、肃、兰、鄯、河、岷、廓十一州之地,大中五年(851),并派遣使臣向唐宣宗奉献十一州图籍,使河湟广大地区,又归于唐。这首《菩萨蛮》对吐蕃分割疆土表示愤慨,对于融融泄泄的大一统局面表现了真诚的向往,语朴而情茂,从而在词史上获得了崇高的地位。王重民说它唱出"敦煌人民之爱国壮烈歌声,绝非温飞卿、韦端己辈文人学士所能领会、所能道出者"。(李廷先)

菩萨蛮　敦煌曲子词

昨朝为送行人早,五更未罢金鸡叫。相送过河梁,水声堪断肠。　唯念离别苦,努力登长路。驻马再摇鞭,为传千万言。

离情别绪一直是词作善于表现的情感素材。敦煌曲子词《菩萨蛮》"昨朝为送行人早"就是一首典型的送别词。该词既集中笔力渲染了离别的苦情,却有意破除了因离别带来的浓得化不开的感伤情怀,以一种相对积极的态度来面对人们普遍遭遇的人生情感。

上片主要铺叙离别前的心理状态、准备工作和河梁相送的离别场景。"昨朝为送行人早,五更未罢金鸡叫"描述的就是离别前的担忧、紧张或激动的心理状态。为了尽早地与远行之人告别,词人已经彻夜未眠。在昨日清晨五更未罢、金鸡啼鸣之时,早早地为送别远行之人做着相关的准备工作。"相送过河梁,水声堪断肠"则是选择一个特定的离别场景进行刻画。在古代，水路较之陆路更为发达，所以词人有意选择了水边相送的特定情境，并以水声喧腾来象征词人内心的不平，形容贴切自然，切中肯綮。

下片转而叙述离别时的劝勉和离别后的思念。“唯念离别苦，努力登长路”，出语直抒胸臆，直言离别之苦，让人陷入到离别的情绪氛围之中。但是，词人的高妙之处在于，其目的不在于凸显离别之情的伤感，而是以更为积极奋进的态度转到对远行之人的劝勉，希望对方“努力登长路”，以乐观积极的情绪来消解因离情别绪带来的感伤情怀，较之一般的离别词，词意更豁达，境界更阔大。结尾“驻马再摇鞭，为传千万言”，从对方角度落笔，用远行之人“驻马”“摇鞭”“传言”等一系列的动作来凸显词人对其的无限思念之意。

该词词意虽浅近，但自有其鲜明的特点。首先，完整展现了离别之情的全部过程和情感经历。由离别前的心理活动和准备工作到离别时场景的渲染、相互鼓励的劝勉，再写到别后的相思之情。从离别前一直描述到离别之后，完整再现了离别这种人类普遍存在的情感活动的全部过程。其次，意象选择的典型性。该词有意选择了一些与离别相关的意象来描述，比如“行人”“五更”“金鸡”“河梁”“水声”等等之类。“行人”在唐代既可指出征的男子，也可指一般出行之人，不管是何种含义，都与离别有着千丝万缕的联系。“五更”形容送行之早。“金鸡”原有吉祥之意。此处选用“金鸡”暗喻有祝行人一路顺风、吉祥平安之意。“河梁”为离别之地，“水声”既照应前面所述之“河梁”，又带有以“水”喻“愁”之意，用流水的声音来衬托出送别双方的痛苦心情。其三，从表现手法上看，该词以积极心态写离情，虽写感伤之情而未陷入消沉颓靡。离别题材的诗词在情感表现上一直有壮别和惜别之分。按此分类，此首曲子词明显属于壮别一类，对离别题材的扩展有重要的作用。其四，明白晓畅的民间词风味。该词以浅近的白话文作为主要的语言形式，摒弃一切华丽的词藻和深奥的典故，写得通俗易懂且朴实无华，体现了非常明显的民间词特色。（曾绍皇）

浣溪沙　敦煌曲子词

五两[1]竿头风欲平。张帆举棹觉船轻。柔橹不施停却棹——是船行。　满眼风光多闪烁[2]，看山恰似走来迎。子细看山山不动——是船行。

注 ① 五两：原作五里，五里应为五量，即五两。　② 闪烁：原作陕沩，音近而误。

民歌之神理，在其纯为一片天籁。这首敦煌词的魅力，正在于此。

这是首舟子之歌。请听他开唱：“五两竿头风欲平。”古人用鸡毛五两系在竿顶，以测风力风向，这叫“五两”。凡开船，必先看五两。李白有《送崔氏昆季之金陵》诗“扁舟敬亭下，五两先飘扬”，可证。竿头五两随风轻举，将近水平状态，说明风大可助船行。原来，起句唱的是要开船。接着唱的一句，就是开船了：“张帆举棹觉船轻。”扯起帆，乘风打桨，只觉这船轻轻地行。舟子心情之轻快，自然也就流露出来。行至中流，“柔橹不施停却棹”。摇橹轻捷，谓之柔橹。柔橹不施，桨也不打了，这暗示着啥？当然是风力大的缘故。所以接着摊出一个短句：

“是船行。”不用划船，嘿，船可在走。歌词由七字句一变而为三字句，顿觉声情摇曳多姿。字句虽短，但从其字声之为仄平平，犹可体会其乐句之悠长高扬。天助人愿，行船凭借好风力，舟子之快活得意，尽在这拖长一句的歌声悠扬之中。

船，风行水上。舟子，昂首船头。展眼望水面，阳光下，但见“满眼风光多闪烁”，一派浮光耀金，好不炫人眼目。风和日丽，是个好日子呢！再抬头，看远山，“看山恰似走来迎”。远山走向舟子，来迎接他哩。歌句很美。果真是远山走来迎吗？且听舟子又唱了：“子细看山山不动——是船行。”原来并不是山迎过来，是船往前行得快呢。本来，船一往前走，前方的山就好像迎面来，这是种错觉，只有初次乘船的人，尤其儿童，才会给迷住。而一辈子以行船为生的舟子这么一唱，却是自然地流露出他的风趣和喜悦，流露出他对行船的热爱。唯有热爱自己劳动的人，才永远也不会失去对劳动的那种新鲜感。试吟诵词句，仿佛就感受到舟子从容豪迈的歌声，悠扬在丽日长天烟波浩渺之间。

这首敦煌词的魅力，首先在于暗示之妙，出自天然。舟子行船赶上顺风的喜悦，并无一语道破。上片是以停下桨而船在行的直感，暗示顺风。下片则以山来迎的错觉，暗示船速加快，从而又进一步暗示风力的增大。舟子心头之快活，性格之风趣，自然也就随之流露出来。

这首词还可以给我们以更多的启示。舟子歌唱行船之喜悦，表现出劳动者对人生的从容大度和乐观精神，尤其上下片两结反复唱出“是船行”这一歌句，体现从容不迫之人生态度，实在优美。若非饱经惊涛骇浪，哪得如此人生素养。人生有苦亦有乐。自古以来，乐观之精神，在中华民族的心灵中，就比忧患意识来得更重要。对于这种乐观精神，我们不仅可以从《周易·系辞上》“乐天知命故不忧”的哲理中认知，也可以从这样一首民间歌词中感受到。（邓小军）

望江南　敦煌曲子词

莫攀我，攀我太心偏。我是曲江临池柳，这人折了那人攀。恩爱一时间。

这是一首反映妓女内心痛苦的作品，通篇采用第一人称写出。她诉说的对象，看来是一位属意于她的青楼过客。词中的“曲江”，即曲江池，在今西安市东南，是唐代京城长安郊外的著名游赏胜地。女主人公自比“曲江柳”，当是就近取譬，可知她是长安的妓女。

作品开门见山。在一、二句中，女主人公直截了当地劝那位男子不必多情，不要死缠她。所谓“心偏”，即“偏心”，相当于现代北方话中的“死心眼”。为什么她要取这样决绝的态度呢？后三句作了回答：“我是曲江临池柳，这人折了那人攀。恩爱一时间。”意思是，自己的身份是妓女，就像是曲江池边的柳枝，谁都可以任意攀折，所以不可享受专一长久的情爱。

从词中可以看出，女主人公对那男子真诚相爱的表示是感激的；唯其感激，才投桃报李，坦率相劝。那男子，也许还是一个初涉青楼的年轻后生，不谙世事；而这女子，却是一位老于风尘的过来人，懂得生活的严峻。她用否定语气说出的“恩爱一时间”，表明她对于坚贞的爱情是向往的。但自己身为烟花女子，只有卖笑的义务，并没有被爱和爱人的权利。她对那男子直言不讳，足见她心地的善良、高尚，也说明了现实的黑暗和她作为妓女的深深的不幸。她拒绝了那男子真诚相爱的表示，也等于认可了自己永远不可能得到真正爱情的不幸处境。真是欲哭无泪，令人痛绝！

全词结构的重心在中间“我是曲江临池柳”一句。前两句中的两个“攀”字，后一句中的“折”字与“攀”字，都从这一句引出。从感情的抒发来说，一、二句逐渐加强，到第三句揭出原因而达于顶峰，四、五句所写自己不幸的处境，仍是由第三句所说的身份决定的，因而语势变得和缓下来，从而全词在结构形态上形成高潮居中的两边低、中间高的“山”字形。五个句子的字数大体上也是作由少而多，又由多而少的走向，正好与抒情达意的内在需要相适应。

综上可见，这首小词看似浅显，实则具有思想深度；不仅内容可取，而且结构相当完美。前人说“真诗果在民间”（李梦阳《郭公谣序》），这首小词是一个很好的证明。（陈志明）

望江南　敦煌曲子词

天上月，遥望似一团银。夜久更阑风渐紧，与奴吹散月边云，照见负心人。

这首“敦煌曲子词”，是一首失恋者之怨歌，或一首民间“怨妇词”。但仅仅指出其中有“怨”意，是很不够的；还须体味词中含蕴的那一份痴情，须看到女主人公对“负心人”尚未心死，才能够味。

“天上月，遥望似一团银”二句写景而兼比兴。它有两重象征意味。首先，对于失恋（或被弃）的女主人公，那一轮灿烂耀眼如银的团圞明月，会勾起美好的往日之记忆。也许过去正是在这同一明月之下，她与那位男子缔约，相好来着。然而曾几何时，这段爱情就因为对方的负心而产生了危机。所以，这一轮圆月又有反衬人的离分，即象征爱情危机的作用。

从这两句到下两句中有个跳跃，形成一处空白，这就是夜阑天变，月被云遮，晦暗不明，所以有下文呼风驱散“月边云”之语。词中女子似未觉到风起正是天变云生的征兆，反而寄厚望于风，求它“与奴吹散月边云”，痴态可掬。其所以这样，是因为她急于让明月“照见负心人”。然而“照见”又如何，却不更说，意极含混，惹人寻思。也许是想借明月之光对不忠实者昭示鉴戒？也许是希望他良心发现？也许是希望他在这一时刻即出现在自己的面前？总之是未能忘情之语，痴之至也。否则，“反是不思，亦已焉哉”（《诗·卫风·氓》），来个“一刀两断”岂不干脆。“听话听反话，心爱叫冤家”。即便骂对方为“负心人”，也未必是决绝语，反而见出自己的未能忘情。否则，直斥为“氓”，多少冷淡。

可见此词之妙，全在将俗语所谓“痴心女子负心汉”作了艺术的表现，且写得很有特色。韦庄词写女子相思情痴云：“春日游，杏花吹满头。陌上谁家年少足风流，妾拟将身嫁与一生休。纵被无情弃，不能羞。”（《思帝乡》）也许此词女主人公当初与那人结好，正是出于自由之意志，故即使出现了被无情而弃的情况，亦不能翻然悔悟，以至“为伊消得人憔悴”也。

此词表现手法之妙，在于将恋爱变故情事与一个风云变幻的月夜密合，由女主人公口吻道出，情景浑然一体。而口语化的语言，又为词作增添了活泼生动的情致。（周啸天）

定风波（二首）　敦煌曲子词

攻书学剑[1]能几何，争[2]如沙塞骋偻㑩[3]？手执绿沉枪[4]似铁，明月，龙泉[5]三尺斩新[6]磨。　堪羡昔时军伍，谩夸儒士德能多。四塞忽闻狼烟[7]起，问儒士，谁人敢去定风波？

征战[8]偻㑩未足多[9]，儒士偻㑩转更加[10]。三策[11]张良非恶弱[12]，谋略，汉兴楚灭本由他。　项羽翘据[13]无路，酒后难消一曲歌[14]。霸王虞姬皆自刎[15]，当本[16]，便知儒士定风波。

注 ① 攻书学剑：汉代司马相如“少时好读书，学击剑”，见《史记》本传。后遂以“书剑”为士子的特征。　② 争：怎。　③ 骋偻㑩：骋，逞。偻㑩，聪明伶俐、机灵能干。　④ 绿沉枪：古代名枪。唐殷文圭《赠战将》诗：“绿沉枪利雪峰尖。”绿沉，深绿色。　⑤ 龙泉：相传春秋时名匠欧冶子、干将作铁剑三枚，其一曰“龙渊”。见《越绝书》。后用为宝剑的泛称。唐时避高祖李渊讳，改称“龙泉”。　⑥ 斩新：崭新。　⑦ 狼烟：即烽火。古烽火用狼粪为燃料，取其烟直而聚。　⑧ 征战：原抄件作“征後(后)”，不辞。任校改“征战”。笔者以为“後”当是“役”的形讹。“征役”即应征从役者，指军士。南齐谢朓《从戎曲》：“自勉辍耕愿，征役去何言。”　⑨ 多：称道、赞许。　⑩ 转更加：转，反而。加，超过、在上。　⑪ 三策：原抄件作“三尺”，任校改“三策”。按《礼记·玉藻》载古代士人束腰丝带长三尺。唐王勃《滕王阁序》：“三尺微命，一介书生。”“三尺”正与张良的儒士身份相符，可通，不必改。说见蒋礼鸿先生《〈敦煌曲子词集〉校议》。　⑫ 恶弱：原抄件即如此。“恶”疑是“愚”的形讹。　⑬ 翘据：原抄件即如此。“翘”疑是“窃”的音讹。　⑭ 一曲歌：《史记·项羽本纪》载项羽被汉军围困在垓下，饮酒于帐中，对爱姬虞美人、骏马乌骓慷慨悲歌：“力拔山兮气盖世，时不利兮骓不逝。骓不逝兮可奈何，虞兮虞兮奈若何！”　⑮《史记》《汉书》均无关于虞姬自刎的记载，其事当出自后世传说。　⑯ 当本：原本。

这两首词的原抄件今藏巴黎。由于抄写者的文化水平不高，因此错讹甚多，几乎不可卒读。此处所录，是任二北先生校理过的文字（见任著《敦煌曲校录》）。

从文义来看，它们应是两个人的对唱。当我们司空见惯了文人词中占百分之九十九的独唱歌曲，再回过头来读一读这两首词，不禁会产生耳目一新的感觉：原来，民间词里还有这样一种生动活泼的艺术表现形式！

揣想当年演出时的情景，很可能是这样的：甲乙两人分别扮作文武二士，粉墨登场。“武士”斜睥白了“文士”一眼，露出鄙夷而不屑一顾的神态，挑衅地唱出了第一支曲子。他的唱辞可真够尖刻的，一开头就把文士们所致力从事的学业贬了个一钱不值——你们这些儒生成天价攻读诗书，学两下子剑术，能有什么大不了的出息呢？贬低他人，目的当然是抬高自己，故顺势带出第二句——你们哪儿比得上我们这些在边塞沙场上大显身手的武士啊！接下去三句，进一步炫耀自己的勇武：瞧，我们武士手持像铁一般坚实的长枪，宝剑磨得簇崭新，寒光闪闪，好似天上的明月，那才叫威风哩！十六个字只写两件兵器，不着一语去描画人的形象，但武器精良如此，人物的剽悍更不待言了，这便是侧笔的妙用，比正面写人要来得精彩。上阕得意洋洋，风头出足，相形之下，文士已显得寒酸、局促，黯淡无光；但"武士"似乎还觉得不够尽兴，下阕又加倍跌宕，换头处再次折回去用直笔贬抑儒生：往昔立下战功的军人们才值得羡慕，别瞎吹嘘什么儒士的德行和能耐如何之大了。末三句更变本加厉，改用诘问的口吻：听说眼下四方边塞都燃起了烽火，请问你们这班儒生，哪位有勇气去平息战乱?！这一"军""将"得极狠，盖上文云云，还不过是说文学不如武艺，本领高低，前途大小，见仁见智，无关宏旨，"文士"尽可笑而不答，以示自己的雅量；而一旦问题牵涉到敢不敢挺身而出，为国家戡乱，则事关儒士的人格和荣誉，非同小可，容不得装聋作哑了，势必予以回答。然而，这问题又实在不好回答：倘若硬充好汉，投笔从戎，以书生文弱之躯去冲锋陷阵，即无异于犬羊之入虎口；如果自认怯懦，作龟缩之状，那么从此再也别想抬头见人：真是进有所不能，退有所不甘，进退两难，在观众看来，"文士"已被逼到了墙角，无路可遁了。演出至此已进入高潮，人们当饶有兴致地等着看那"文士"如何下台。这时，只见他不慌不忙，脱口唱出第二支曲子来。

"你们武士那点本事没什么值得称道的，我们儒士的能耐更在你们之上呢！"——反唇相讥，"文士"一甩手，也抛出两句大话。何以见得？自有历史为证：君不见汉高祖手下的头号谋士张良乎？那张良体弱多病，从不曾率军作战，但他"运筹策帷帐中，决胜千里外"(《史记·留侯世家》)，楚汉相争，楚强汉弱，而终究汉兴楚灭，可全亏了张良的谋略。"文士"拉出这面大旗只轻轻一晃，便化解了"武士"其来势也汹汹的进攻招数。脚跟既已站稳，下阕就势反击：楚霸王项羽"力拔山兮气盖世"(《史记·项羽本纪》载霸王《垓下歌》)，武功不可谓不高吧？然而魔高一尺，道高一丈，在张良的谋略面前，他还不是四面楚歌、走投无路，落了个乌江自刎的下场？——弦外之音不啻是说：你们武士谁还狠得过楚霸王？什么绿沉枪、龙泉剑、"沙塞骋偻㑩"之类的话头快快收起，休要再提了，匹夫之勇，何足道哉！一段为人们所熟知的历史，正面的启示，反面的教训，都已说尽，最后便自然而然地遥应前篇，以直接回答"武士"的诘问作收：以古例今，从来就是儒士平息战乱！我们书生最"善于"定风波，岂止"敢去"而已？那"文士"成竹在胸，辩口捷给，眼见得这场"舌战"是他赢了。如若曲子词也援杂剧之例，须用小字注出演员临场发挥时的表情和动作的话，此处必定是以"'武士'垂头语塞科"而告结束。

从这两首词的创作倾向来看，作者当是下层社会的一位士子。创作动机也很明显，大抵当时的社会风气重武轻文，词人的自尊心受到了刺激和伤害，因而借歌伶之口为书生们吐气，到娱乐场上去谋取精神胜利。关于它们的写作年代，任二北《敦煌曲初探》推断为唐玄宗开元、天宝之间(713—755)，虽然没有直接的证据，但看其中充满着为国靖边戡乱、建功立业的自信心，格调豪健爽朗，确实是有些"盛唐气象"的。

平心而论，安邦定国自必须文武并重，相辅相成，这两首词持论都不免失之于偏颇；然而"武士"既自负沙场野战之劳在先，"文士"又何妨转而标榜一下帷幄运筹的业绩，以"过正"来"矫枉"呢？词中喜剧式的争执气氛，活脱脱表现出"文""武"二士好强斗胜的个性，质朴可爱，并从一个特定的侧面反映了我们民族那种奋发向上的进取精神。

尽管这两首词的笔触还显得稚拙，但它们的艺术构思却是很精巧的。玉蕴璞中，连城之价并不因表面的粗糙而遂掩没。(钟振振)

鹊踏枝　　敦煌曲子词

叵耐灵鹊多谩语，送喜何曾有凭据。几度飞来活捉取，锁上金笼休共语。　　比拟好心来送喜，谁知锁我在金笼里。欲他征夫早归来，腾身却放我向青云里。

词这种文学样式可以说是擅长于表现男女闺情的，不过，像无名氏这首敦煌曲子词的作品，即使在词作中也并不多见：它舍弃了通常赋、比、兴手法的运用，避开了作者感情的直接抒发，却巧妙地实写了少妇和灵鹊的两段心曲。正是这两段似乎平常的心曲，不仅有机地构成全词上、下两片的浑然一体，而且凸显了它那刚健清新、妙趣横生的艺术特色。之所以会这样，因素是多方面的，但同作者纯熟地运用了拟人化手法却不无关系。

将物拟人，这本是文学表现上极常见的艺术手法，远在《诗经》时代就已经出现了，可在词学领域，却不能不首推这阕《鹊踏枝》。而且，它在词作中一经运用，竟然能如此不事雕饰、朴素自然、逼真入微、情趣横溢，显得尤其难得。这一场小小的冲突，虽然发生于少妇和灵鹊之间，却完全具有人和人之间的性质、意义。上片显然出自少妇的口吻：误以为灵鹊说谎，便把它捉来锁进笼中，不再同它讲话。这里通过少妇的想象、行动，赋予了灵鹊以人的思想、行为，使之人格化了。下片则转换了一个叙述角度，让灵鹊讲话：我好心准备来报喜，哪知却把我锁在金笼里，但愿她那出征的丈夫早日归来，那时就会放我到天空飞翔去了。这就不仅仅是少妇对灵鹊的猜想，而且是通过对灵鹊内心世界的直接披露，完成了它的“人化”。正是这种拟人化的运用，才使得这一阕民间小词具有特殊的韵味。

有人说，这上、下片之间是少妇和灵鹊的问答或对话，这说法恐怕不确，实际上倒更像二者的心理独白或旁白，从语气和情理上看，它们之间不必也不像对话。而且，早期的词是入乐的，它通过演唱者的歌声诉诸人们的听觉，以口头艺术特有的声调语气，使用独白或旁白，是易于表现主人公的心理态势，以至于表达主题思想的。上片在于表明少妇的“锁”，下片在于表明灵鹊的要求“放”，这一“锁”一“放”之间，已具备了矛盾的发展、情节的推移、感情的流露、心理的呈现、形象的塑造，这也就完成了艺术创作的使命，使它升华为一件艺术品了。

灵鹊报喜是我国固有的民间风俗。《西京杂记》载汉陆贾答樊哙问“瑞应”之语，有“干（乾）鹊噪而行人至”一条。《开元天宝遗事》中也有“时人之家，闻鹊声皆以为喜兆，故谓灵鹊报喜”的记载，这都透露了此种民间风俗的消息。不过，将灵鹊的噪叫当作行人归来的预报，毕竟只是一种相沿而成的习俗、观念，它本身并不见得合理，因而也就往往难以应验。而作者采用这一习俗入词，正是觑着了它的“跛腿处”而有意生发，其目的还在于表现少妇思夫不得而对灵鹊的迁怒。于是，不合理的习俗倒构成了合理的故事情节，而且也由此增强了词作的生活气息和真实感。这真有如点铁成金的魔棒，有此一着，顿使全词发生了奇妙的变化，给了两段普通的心曲以光彩、活力、生命，词作活起来了。

文学作品的活与不活，取决于社会基础的深浅、生活气息的强弱、艺术表现的高低，那是一个复杂的文学理论问题，与此有关而又是本词特点的两点：一是心理描写上的逼真入微，上片用少妇对灵鹊的迁怒、惩罚，反映了一个空闺盼夫的少妇的渴念、急切、失望、怨怼，下片用灵鹊的表白，写出了它的善良、委屈、同情、愿望，而且前后呼应，相互补充，把两副赤裸裸的心肠摆在读者的面前，让读者触摸到它们激烈的跳动，看到了它们的细微的回环！二是艺术风格上的含蓄蕴藉，这不仅是指在全词中丝毫不直写少妇的思念，更是指它用委婉的方式，若隐若现、欲言又止、发人联想地去表达所要表达的内容，从而又使人感到全词都贯穿着少妇的思念。北朝民歌的“老女不嫁，踏地呼天”，以及敦煌曲子词的“枕前发尽千般愿”，它们所表达的那种出自肺腑的决绝的呼唤，自然不见于这阕《鹊踏枝》，但是，谁又能说它所蕴藉着的感情暗流不足以同它们相比呢?！而且，从艺术欣赏上讲，直接而强烈的呼唤，固然能给人以心灵上的震动，引起人们的强烈共鸣，可委婉而含蓄的暗示，却往往能启人心扉，发人联想，给人回味，让人掩卷之后仍然感到余音犹在、余味无穷。它的感人不在于如何强烈，追求的只是艺术上的隽永。描写细微方能形象、真实，风格含蓄才会深沉、感人，《鹊踏枝》那盎然的生气正是同这种描写方法和风格特点相关的。

重现于敦煌石窟的这阕词作，它的作者已经无从查考了，从它所保持的清新、活泼、通俗化、口语化等特点看来，当是一阕民间创作，它同敦煌卷子中所录存的其他词作，共同构成了一幅民间词创作的绚丽画卷，不仅使人们从中得以窥见早期词作的思想内容和艺术形式及其特点，而且再一次生动地证明“歌、诗、词、曲，我以为原是民间物”（鲁迅语）和“在人民的创作中，蕴藏着无限的财富”（高尔基语）等等论断的正确性。（魏同贤）

南歌子（二首）　　敦煌曲子词

斜倚朱帘立，情事共谁亲？分明面上指痕新。罗带同心谁绾？甚人踏破裙？　　蝉鬓[①]因何乱？金钗为甚分？红妆垂泪忆何君？分明殿[②]前实说，莫沉吟！

自从君去后，无心恋别人。梦中面上指痕新。罗带同心自绾，被猕儿、踏破裙。　　蝉鬓朱帘乱，金钗旧股分。红妆垂泪哭郎君。信是南山松柏，无心恋别人。

注　① 蝉鬓：晋崔豹《古今注》载魏文帝宫人莫琼树为蝉鬓，缥缈如蝉翼。　② 殿：上古通指高大的房屋，见《汉书·霍光传》“鸮数鸣殿前树上”颜师古注。后用以专指帝王宫室。此处究为“堂”的误字抑或中古民间话言里尚保留有以“殿”泛称堂屋的习惯，待考。

这两首词和前面《定风波》二首（攻书学剑能几何、征战偻㑩未足多）相仿佛，也是二人对唱联章体。作为无独有偶的实证资料，它们向文学艺术史的研究工作者们披露了一件秘密：当曲子词兴起并盛行于民间之时，原本有着多种多样的表演形式，可以向着各各不同的方向发展。如若不是由于文人们使她基本定型为一种新的抒情独唱歌曲的话，像上述这两组略具代言体表演性质的对唱词，满可以随着情节的进一步繁衍和角色的渐次增多，较快地过渡到以曲子词为音乐唱腔的戏剧,那么,中国戏剧史上最早成熟的品种就数不到元杂剧,而应该是“宋杂剧”甚至“唐杂剧”了。

堕瓮不顾。任何一种文学艺术样式的发展都有她自己的内部规律,都受着种种社会因素的制约,回过头去对业已发生的事实侈谈什么“如果”“本该”,未免多余,只要看到民间曲子词里曾经孕有过后世戏剧的胚胎这一点,也就足够了。下面,我们还是言归正传,具体来读一读这两首词。

很明显,此番出场的两名演员,扮相为一对青年夫妻。

第一曲,丈夫远出归来,乍进房门,见妻子倚帘伫立,若有所顾盼,顿时起了疑心,只当她果真做出什么丑事,于是因疑生妒,由妒转怒,怒不可遏,遂以喝问的口气唱出一连串的“共谁”“因何”与“为甚”来:妆面上清清楚楚印着刚留下的指痕,你这是和谁有了私情?衣带上是谁替你绾成了同心结?什么人踩住过你的裙裾,以致扯破了罗裙?你的鬓发怎么会蓬松散乱?髻上的金钗为什么拆成了单股?(还有一股赠送给谁去作信物了?)胭脂两颊粉泪双垂,在想哪个男人?——草草一看,以上六问,问得似乎有点杂乱无章,一会儿“面痕”“罗带”“裙裾”,一会儿“蝉鬓”“金钗”“泪脸”,东一榔头西一棒,使人如丈二和尚摸不着头脑,疑惑作者若非有意让词中角色于盛怒之下方寸大乱,定是因笔力不济而凑拍趁韵了。及至反复吟味,琢磨再三,方才恍然大悟,那顺序编排着实经过一番精心构思,决不是率尔落笔:上阕由问“面痕”而问“罗带”而问“裙裾”者,眼见得那拈酸吃醋的汉子已将自家的媳妇儿从头到脚粗粗打量过一遭了也。惭愧!他居然看出许多破绽,遂不免收拢目光,盯住妻子的头发、脸庞,再作一番仔细的观察。于是乎乃有下阕“鬓乱”焉、“钗分”焉、“泪垂”焉等等新的发现,益发要打破砂锅问到底了。也难怪,一方绿头巾儿正在半空中吊着,做丈夫的焉得不急?故词人不仅要让他“问”,而且要让他“逼”,这就十分符合夫权社会生活逻辑地引出了歇拍两句——“分明殿前实说,莫沉吟!”说!老老实实地说!就站在这儿说!说明白!不许拖时间编谎话!九个字里包含着这许多法官讯囚式的苛辞,声色俱厉,真能传神。听到这一声凶神恶煞般的吼叫,人们不禁要为那可怜的弱女子捏一把汗了。

第二曲,无辜而善良的妻子强忍一肚子委屈和羞愤,据实以对,有理、有利、有节。“自从君去后,无心恋别人。”二句先作总的剖白。以下即一一针对丈夫的诘问,委婉地予以正面回答:脸上的指痕,是妾睡梦中自己抚摩出来的。罗带上的同心结,也是妾自己所绾成。小猴儿踩住过妾的裙裾,因此扯破了罗裙。鬓发之所以散乱,是不小心让门帘勾扯了。至于金钗为什么成了单股,那可是过去的事。泪湿妆脸,哭是因为想念郎君您哪。这一大段,貌似消极被动、平淡无奇,但咀嚼涵咏,却也话中有话:指痕自抚,可见梦里都在渴望狎昵温柔的情爱啦。同心自绾,谁让您想不到替妾来绾它呢?猕儿踏裙,独守空闺,除了小畜生,还有谁来与我作伴!朱帘乱鬓,可不都是倚门盼您回家才惹出的麻烦?钗股旧分,不知哪回您出远门时拆了两家分开作为表记的,怎么您倒忘了这茬儿?真好记性!垂泪哭郎,得,想您还想出话把儿来了,真是!——说话听声,锣鼓听音,这样一读,或许就能咂出点味儿。解释已毕,最后自称的的确确如南山松柏一样忠实坚贞,“无心恋别人”。一篇之中,此句首尾两见,不是简单的重复,而是一再地强调。信誓旦旦,把个恨不能掏出心肝给丈夫看的妻子形象写得活灵活现,既反映出民歌的特色,也更符合说话的口吻。以拙为巧,这等好处,文人词中正不多见呢!

至此，一场天大的误会涣然冰释。丈夫转怒为喜，妻子破涕而笑，夫妻重归于好。词中不曾写出，场上效果自见。当日观众死绝，无人为笔者作证，固是一憾；但也不致有谁来抗议说在下信口开河，未始不值得暗自庆幸罢。

这事若叫宋代话本小说中的"快嘴李翠莲"撞着，当是另外一种结局：柳眉倒竖，杏眼圆睁，一蹦三尺，以机关枪对迫击炮，大不了休书一纸，散伙开路，挟着陪嫁的妆奁回娘家去。那么，这出戏就有了反封建的意义。但我们没有权力要求唐代的大家闺秀具有宋代市民阶层的个性解放意识，《快嘴李翠莲记》塑造的是下层社会人民心目中带有理想色彩的妇女典型，本篇塑造的则是封建社会里打着时代烙印的现实生活中的妇女典型，桥归桥，路归路。反封建，自然更好；反映封建，也还不失其一定的认识价值。（钟振振）

醉公子　无名氏

门外猧儿吠，知是萧郎至。刬袜下香阶，冤家今夜醉。　　扶得入罗帏，不肯脱罗衣。醉则从他醉，还胜独睡时。

这首词收入《全唐诗·附词》，出于民间作者之手，既无字面上的精雕细琢，也无句法章法上的刻意经营，但在悬念的设置上颇具特色，读者当看其中那一份生活情趣。调名《醉公子》与词的内容吻合，此即所谓"本意"词。

这首词采用单刀直入情节的写法，首句就是"门外猧儿吠"。但读者应揣知其题前之境，女主人公当常有"独睡"之苦，其意中人即词中"萧郎"必不常来，使她时常惦念。所以她一听门外小狗的叫声（狗对生人与熟人叫法是有区别的），便能即刻"知是萧郎至"。但这里的所谓"知"，仍是下意识的，或不完全确定的。未得见面时，尚难置信也。这是一重悬念。在它支配下，紧接便是女主人公"刬袜下香阶"，光穿袜子就跑出室外，可见女主人公之迫不及待。及至见面，果然是他。"既见君子，云胡不喜"，一切的愁怨，此时都烟消云散了。"冤家"这词儿，是对情人的昵称。女主人公一腔爱嗔之情，溢于言表。

这里女主人公的喜，是有几分保留的。因为人虽来了，但似乎并非专程相会，你看："冤家今夜醉。"知他在哪里作乐，灌了许多"黄汤"？他又将如何解释这一切！这是第二个悬念。然而从下两句"扶得入罗帏，不肯脱罗衣"看，他简直是酩酊大醉了。此情此景，和他理论不得。女主人公无奈只得让他和衣而睡了。

本来好戏到此都已演完。偏偏末尾通过女主人公的心理刻画，翻出一道波澜："醉则从他醉，还胜独睡时。"似乎是说，这也好，只怕他不醉还不来呢。本来，揆之情理，女主人公此时心情应是打翻五味瓶，情绪复杂，不是滋味。但只作欣慰之语，似乎慰情聊胜于无，其实全是"精神胜利法"。如果读此词仅仅看到女主人公情痴，不免肤泛。要知道本质与现象往往不统一，有时辞若有憾而实深喜之，有时辞若欣慰而实深憾之。像这首词，是否客观上也反映了旧时代女人难做的淡淡悲哀呢，末尾"还胜"云云，不也是一种含泪的笑么。这首词在活泼谐谑的语言形式下，是有着严肃的本质内容的，而它的意味也似乎正在这里。（周啸天）

菩萨蛮　无名氏

牡丹含露真珠颗，美人折向庭前过。含笑问檀郎：花强妾貌强？　檀郎故相恼，须道花枝好。一向发娇嗔，碎挼花打人。

这是唐末无名氏的作品，写娇憨天真的女儿之态，极有情趣。

上片前两句，写"美人"折牡丹向庭前走过，用"牡丹含露真珠颗"作开头，表明正是暮春三月，牡丹花开的时令，时间显然是在早晨，因花枝上尚有一颗颗真珠般的露水。先写牡丹，后写动作，有点像电影那样，先来一个景物的特写镜头，然后再出现人物的行动，给人以深刻的印象。上片的后两句，先写"美人"的表情，继出"美人"向"檀郎"的发问，问得极其有趣。这里没有一句话形容"美人"的面貌和体态，但从这一句"含笑"的发问里，就能使我们的脑海里浮现出一个"美人"的形象来了。从这个发问里，可以看出，这个"美人"对自己的美，是很欣赏的，所以才会这样发问；同时又是很自信的，所以才有这个假问；对她的所欢来说，是十分亲昵的，既带有三分娇气，也掺杂一点骄气，所以才这样随口提问，目的无非想获得一个预期的、足以满足自己好胜要强心理的回答。

但出其不意的是，在下片里，出现了"檀郎故相恼，须道花枝好"的结果。"须"字是"却"的意思。"美人"既是假问，"檀郎"偏作假答，故意来恼她一下，和她开一个玩笑。这就是说，在他的心目中，她比花强，原是毫无疑义的，但却偏要说一句不称她心、不合她意的话来气气她。这里作者直接出面说明是"故相恼"，用来表现她所爱的人的心理，用语简洁有力。——于是，这个"美人"就立刻变脸，但又不是真怒，而是"娇嗔"，因此，她没有说话，也没法用话来说，而只有态度和行动："碎挼花打人。""碎挼花"写她的"嗔"，"打人"写她的娇而兼嗔。短短的几句，把这个美人纯真的撒娇，细致而又生动地表现了出来。文字全用白描，其生趣和情趣，绝不是静态的绘画所能传神的。

在写作上要补充说明的是：第一，作者为什么要以牡丹来作比呢？其他的花岂不也可以吗？不，那是不同的。因牡丹是"花王"，有"国色天香"之称；选用牡丹，典型性更强。第二，写"美人"的发问，明明是故问，假问，作者不加说明，我们已能意会得之；写"檀郎"的答问，是故答，假答，作者却特予点明。这是因为：作为主体的东西要详描，宜于直接用行动来细写；作为客体的东西要略叙，宜于叙述式的描写。这首词的这种表现手法，于宾主的剪裁和处理上，是很得体的。而且在文字的表达上，也有运用变化之妙。

北宋词人张先集中，也有这首词，最后两句改成："花若胜如奴，花还解语无？"这一改，原来那种撒娇的劲儿不足了，"娇嗔"的味儿冲淡了，这直接影响到人物个性的突出。后来，到了明代唐寅，又作《妒花歌》云："昨夜海棠初着雨，数朵轻盈娇欲语，佳人晓起出闺房，将来对镜比红妆。问郎花好奴颜好？郎道不如花窈窕。佳人闻语发娇嗔，不信死花胜活人，将花揉碎掷郎前：请郎今夜伴花眠！"显然，这是模仿上面那首《菩萨蛮》词的。但他这样敷陈一番，又使人物性格走样，已不像闺房的佳人，而是骂街的泼妇了。鲁迅说过，好的作品，"全部就说明着'应该怎样写'"，"在学习者这一方面，是必须知道了'不应该那么写'，这才会明白原来'应该那么写’的”(见《且介亭杂文二集·不应该那么写》)。从这几首诗词的比较里,也能给我们的写作以一定的启发。

《词林纪事》卷一引《稿简赘笔》云:“宣宗时,有妇人断夫两足者,上戏语宰相曰:‘无乃碎挼花打人?’盖时有此词云。”可见当时这首词的流行之广,唐宣宗已把它作为“今典”来使用了。(刘衍文)

后庭宴　无名氏

千里故乡,十年华屋,乱魂飞过屏山簇。眼重眉褪不胜春,菱花知我销香玉。　　双双燕子归来,应解笑人幽独。断歌零舞,遗恨清江曲。万树绿低迷,一庭红扑簌。

关于这首词作者时代身份,有两种推测。一是近人俞陛云《唐词选释》据词中“遗恨清江”句,推测为唐末遗民所作。一是刘毓盘《词史》据词调结构特点,认为是五代人所作。宋陈岩肖《庚溪诗话》卷下则谓此词乃北宋宣和间修洛阳宫殿,掘地得碑,上刻此词。综合诸说,此词可能是五代入宋者所作。

前三句只是说“十年华屋”难锁“千里故乡”之思,故梦魂常常飞越重重屏山归去。梦的显在内容乃是梦中无意识思想的一种表现,其根源乃在日间所思。这几句又给人够多的暗示,作者当是前朝旧臣,虽然在词中已经化身为一个身锁华屋不得自由的女性。“乱魂”一作“乱云”,二者的差别只在显言与隐言耳。作者在造句上颇有推敲,语序稍事挪移,以“千里故乡,十年华屋”开篇,不仅对仗工致,而且通过长远的时空困离为词中愁情增添了分量。

紧接二句写梦醒后回到现实生活来时的情态。“眼重眉褪”是睡后而睡眠未得充分的样子(沈际飞《草堂诗余别集》评引“眼儿失睡微重”成句,即“眼重”的最好注脚),原因是做了一夜的梦,醒来不胜“春困”,揽镜自照,玉容销减。这当非一日之功,自不在话下。“菱花”即镜子。“镜里朱颜瘦”是寻常言语,今说“菱花知我销香玉”,替代字太多,自是一病,幸得“知我”二字,使全句化腐为奇,言镜亦有情,不无知己之感。此句还有一层言外之意,就是“此恨谁知”,菱花知我即无人知我之转语也,又能形象状出顾影自怜意。其造句有无限委婉深厚,再一次见出作者在这方面的功力。

“千里之遥,十年之久,而知其憔悴者,唯有菱花,其踪迹销匿可知。”(俞陛云评)过片写燕子双飞笑人幽独,还不仅仅是写处境的孤单。古人诗词中提到燕子归来,还有另一种含义。“燕语如伤旧国春”(李益《隋宫燕》),“燕子不知何世,向寻常巷陌人家相对,如说兴亡斜阳里”(周邦彦《西河·金陵怀古》)等句,均可参阅。于是提到了作者之“遗恨”,“断歌零舞,遗恨清江曲”,二句大有“旧江山浑是新愁”的意味。那“断歌零舞”,当然是遗留在作者记忆中的片断。要之,在词中主人公看来,好时光都已过了,人生几何,春已成夏:“万树绿低迷,一庭红扑簌。”眼前落红成阵,绿叶成阴,言下大有寻芳恨迟,年光恨促之感。末句从元稹《连昌宫词》“风动落花红簌簌”句化出,寓故园萧条之意。这结尾二句写花以“红”,代叶以“绿”,“万树”对

“一庭”,“低迷”对“蕿簌”且均叠韵,对仗工,意象美,音韵妙,能传凄迷之情味。与上片开端及煞拍的铸语悉称,颇有凤头猪肚豹尾之风采。

总之,这首词的炼意造句,颇臻上乘。虽有锤炼,却自然婉秀,无一点生硬痕迹。作者名氏虽不可考,但必为名手无疑。(周啸天)

梧桐影　吕　岩

明月斜,秋风冷。今夜故人来不来?教人立尽梧桐影。

这首词的作者,是民间传说中的一位“神仙”。《全唐诗》小传说他“咸通中举进士不第,游长安酒肆,遇钟离权得道,不知所往”。咸通(860—874),唐懿宗年号。同书“凡例”又言:“词家相传,吕岩《梧桐影》乃当时所作。至于他作,乃乩师所录。”那么这首词是他学道前的作品,写的是人世间诚挚的友情。

开头两句,短短六字,就写出了从那特定的环境中油然而生的特定的感情。月轮西挂,秋风送寒,清光如洗,银河泻影。如此良夜,思与友人共话。词人只用一个“冷”字,点染出秋夜的冷寂,微带凄清感,从中流露出自己的思友之情。月已西斜,这个“斜”字,也暗示出等待很久,有些焦急了。似乎是淡淡的两笔随意小景,却处处传情。

“今夜故人来不来?教人立尽梧桐影。”果然等急了。有约在先,兴致勃勃地等了很久,不免有些埋怨情绪。怎么还不来呢?到底来不来呢?让人等了这么长时间!这埋怨不仅见出待之久,也见出望之切,情之深。前一句纯是脱口而出的白话,语气逼真,一片天籁,无须修饰。“立尽梧桐影”,更觉蕴涵丰富,足见确实等待了很长时间,这是一;借这个“影”字显示出月华满地,不能不触起似水友情,这是二;别无他人相伴,只有梧影在旁,更见孤单,这是三;梧桐枝叶扶疏,风声飒飒,更兼月影错落,形象极美,这是四。这一结意味极浓。

此词与唐代孟浩然的《宿业师山房待丁大不至》诗风味相似:“夕阳度西岭,群壑倏已暝。松月生夜凉,风泉满清听。樵人归欲尽,烟鸟栖初定。之子期宿来,孤琴候萝径。”一诗一词,值得品味的都是那高逸脱俗的清冷感。着笔之处亦颇类似:孟诗写了“松月”“风泉”“孤琴”“萝径”,吕词写了“明月”“秋风”“梧桐影”,都很善于借助外界环境的背景来表现人物内在的情怀。烘云以托月,借景以写人,堪称高妙。在晚唐五代词中尤为罕觏,故可珍视。(孙映逵)

图书在版编目(CIP)数据

文学经典鉴赏.唐五代词三百首 / 上海辞书出版社文学鉴赏辞典编纂中心编.—上海：上海辞书出版社，2021

ISBN 978-7-5326-5888-6

Ⅰ.①文… Ⅱ.①上… Ⅲ.①词(文学)-诗歌欣赏-中国-唐代②五代词-诗歌欣赏 Ⅳ.①I206

中国版本图书馆 CIP 数据核字(2021)第 249943 号

WENXUE JINGDIAN JIANSHANG • TANGWUDAI CI SANBAISHOU

文学经典鉴赏·唐五代词三百首

上海辞书出版社文学鉴赏辞典编纂中心　编

责任编辑　吕荣莉
装帧设计　姜　明
责任印制　楼微雯

出版发行　上海世纪出版集团
上海辞书出版社(www.cishu.com.cn)
地　　址　上海市闵行区号景路 159 弄 B 座(邮编 201101)
印　　刷　上海盛通时代印刷有限公司
开　　本　720×1000 毫米　1/16
印　　张　17
字　　数　403 000
版　　次　2021 年 12 月第 1 版　2021 年 12 月第 1 次印刷
书　　号　ISBN 978-7-5326-5888-6/I·501
定　　价　58.00 元

本书如有质量问题，请与承印厂联系。电话：021-37910000